中央民族大学国家"十五""211工程"建设项目

赵志忠 主编

中国少数民族文学史

杨 春 编著

人民文学出版社

图书在版编目（CIP）数据

中国少数民族文学史. 散文卷/赵志忠主编；杨春编著. —北京：人民文学出版社，2015
ISBN 978-7-02-011566-2

I. ①中… II. ①赵…②杨… III. ①少数民族文学—文学史研究—中国②少数民族文学—散文—文学研究—中国 IV. ①I207.9②I207.6

中国版本图书馆 CIP 数据核字（2016）第 075458 号

责任编辑　胡文骏
装帧设计　柳　泉
责任印制　苏文强

出版发行　人民文学出版社
社　　址　北京市朝内大街 166 号
邮政编码　100705
网　　址　http://www.rw-cn.com

印　　刷　三河市西华印务有限公司
经　　销　全国新华书店等

字　　数　386 千字
开　　本　720 毫米×1020 毫米　1/16
印　　张　32　插页 1
印　　数　1—2000
版　　次　2016 年 12 月北京第 1 版
印　　次　2016 年 12 月第 1 次印刷

书　　号　978-7-02-011566-2
定　　价　87.00 元

如有印装质量问题，请与本社图书销售中心调换。电话：010-65233595

总　序

　　中国历来是一个多民族的国家。中国文学既包括汉族文学，也包括少数民族文学。中国少数民族文学是整个中国文学的组成部分，离开了少数民族文学，中国文学是不完整的。但由于历史的原因，少数民族文学始终没有得到应有的重视，少数民族文学研究也仅仅处于初级阶段，其综合与比较研究更是刚刚开始。

　　为了进一步促进少数民族文学的繁荣与研究，我们组织了一批国内专家学者，历时八年，共同完成了这套《中国少数民族文学史》丛书。这套丛书由五部专著组成，分别是《中国少数民族文学史·诗歌卷》、《中国少数民族文学史·小说卷》、《中国少数民族文学史·散文卷》、《中国少数民族文学史·戏剧卷》、《中国少数民族文学史·文学批评卷》。这套丛书的主要特点和价值有如下几个方面：

　　一、填补空白之作。到目前为止，国内外还没有一套类似的丛书出版。其中小说史、散文史、戏剧史、文学批评史更是首次面世。本丛书将填补此项研究的空白。《中国少数民族文学史》丛书将从史的角度去论述不同时代产生的作家与作品，从古代文学、近代文学、现代文学，一直到当代文学。同时，还注意到了不同时代、不同民族出现的文学现象与思潮，并且阐述这些作家及作品在少数民族文学史，乃至整个中国文学史上的地位。这种阐述与评价在以往的少数民族文学研究中是不多见的。

二、以作家文学为主。在民间文学领域里,少数民族创作了大量的神话、英雄史诗、民间叙事诗等作品,极大地丰富了中国民间文学宝库。"三大英雄史诗"《格萨尔王传》、《江格尔》、《玛纳斯》更是享誉世界。但人们对少数民族作家文学了解得并不多,此套丛书恰恰以作家文学为主,向人们展示从古至今少数民族作家的创作。李直夫、杨景贤、萨都剌、耶律楚材、李贽、纳兰性德、曹雪芹、文康、顾太清以及老舍、沈从文、萧乾、端木蕻良、舒群、颜一烟、牛汉、李凖、柯岩、玛拉沁夫、晓雪、霍达、张承志、乌热尔图、阿来等一大批作家,与同时代的汉族作家一起登上了中国文坛,并取得了令人瞩目的成绩,有些人甚至代表了所处时代文学的高峰。虽然从整体上看,少数民族作家文学与汉族作家文学有一定的差距,但这些作家及其作品仍然在中国文学史上占有一席之地。

三、注重综合与比较研究。少数民族文学研究如果从新中国成立初算起的话,已经走过了 50 多年的历程。在过去的研究中,一方面注重文学的搜集、整理,一方面开始了每个民族文学史、文学概况的编写。时至今日,50 多年过去了,大多数民族已经基本上弄清了自己的文学面貌,并且编写出了自己的文学史或文学概况,对少数民族文学进行进一步的综合与比较研究,进行理论总结已经势在必行。所谓民族文学的综合研究,就是指将我国 55 个少数民族的文学作为一个整体进行研究,以区别单一民族的文学研究。当然这种综合研究是建立在单一民族文学研究基础上的,如果没有一个一个民族的文学研究,也就没有综合研究。中国少数民族文学比较研究,或者说"多民族文学比较研究"包括了两层含义:对内是汉族文学与少数民族文学之间以及各少数民族文学之间的比较研究;对外是中国周边国家文学以及跨境民族文学比较研究。我们也应该有自己的神话学、史诗学、叙事诗学,以及小说体系、戏剧体系、文学批评体系。本套丛书正是朝着这个方向努力的。把 55 个少数民族文学作为一个整体,分成诗歌、小说、散文、戏剧和文学批评进行研究,以突出其综合研究特点。尽管比较的成分不多,理论体系也没有完全建立,但方向是不会改变的。

我们相信,《中国少数民族文学史》丛书的出版,将极大地促进少数民族文学研究,并且将这种研究引向更高的层次,少数民族文学研究也将走向一个新的台阶。

赵 志 忠

2011 年 10 月 10 日

目　　录

绪论 …………………………………………………………………… 1

上编　古代少数民族散文（222—1912）

第一章　三国两晋南北朝时期散文（222—589）………………… 7
第一节　古羌人书表 …………………………………………… 7
第二节　姚兴、姚嵩 …………………………………………… 8

第二章　隋唐五代时期散文（589—960）………………………… 14
第一节　靺鞨人表、书、牒、笺、状、志、铭 ……………… 14
第二节　吐蕃碑铭 ……………………………………………… 17
第三节　突厥文碑铭 …………………………………………… 21

第三章　宋辽金元时期散文（960—1368）………………………… 27
第一节　羌人书表 ……………………………………………… 28
第二节　羌人碑铭 ……………………………………………… 36
第三节　女真散文 ……………………………………………… 40
第四节　藏族历史文学《巴协》……………………………… 47
第五节　蒙古族历史文学《蒙古秘史》……………………… 48
第六节　维吾尔族历史文学《喀什噶尔史》和
　　　　《加尼别克的遭遇》………………………………… 55
第七节　羌人散文 ……………………………………………… 56

第四章　明清时期散文（1368—1912）…………………………… 66

1

第一节　藏族历史文学 …………………………………… 67
　　第二节　蒙古族历史文学 ………………………………… 71
　　第三节　维吾尔族历史文学 ……………………………… 77
　　第四节　藏族传记文学 …………………………………… 80
　　第五节　蒙古族传记文学 ………………………………… 84
　　第六节　维吾尔族传记文学 ……………………………… 89
　　第七节　回族散文 ………………………………………… 92
　　第八节　维吾尔族散文 …………………………………… 111
　　第九节　满族散文 ………………………………………… 113
　　第十节　蒙古族散文 ……………………………………… 118
　　第十一节　壮族散文 ……………………………………… 130
　　第十二节　哈萨克族、锡伯族散文 ……………………… 136
　　第十三节　纳西族、彝族、侗族散文 …………………… 139

下编　现当代少数民族散文（1912—2008）

第五章　民国时期散文（1912—1949） …………………… 149
　　第一节　民国时期散文概述 ……………………………… 149
　　第二节　萧乾、赛春嘎等蒙古族散文 …………………… 156
　　第三节　满族作家黄裳、老舍、端木蕻良散文 ………… 197
　　第四节　穆青、郭风等回族散文 ………………………… 201
　　第五节　壮族作家华山、万里云 ………………………… 214
　　第六节　沈从文与《湘行散记》、《湘西》 ……………… 217
　　第七节　马子华与《滇南散记》 ………………………… 223
　　第八节　赵银棠与《玉龙旧话》 ………………………… 227
　　第九节　舒守恂、苗延秀等侗族散文 …………………… 231

第六章　中华人民共和国时期散文（1949—1976）……… 237
　　第一节　20世纪50、60年代散文概述 …………………… 237

第二节　萧乾散文特写 …………………………………… 245
　　　第三节　满族作家散文 …………………………………… 250
　　　第四节　回族作家散文 …………………………………… 258
　　　第五节　壮族作家散文 …………………………………… 262
　　　第六节　那家伦、张长散文 ……………………………… 269
　　　第七节　乌·白辛与《从昆仑到喜马拉雅》…………… 279

第七章　中华人民共和国时期散文（1976—2008）……… 283
　　　第一节　新时期少数民族散文概述 ……………………… 283
　　　第二节　特·赛音巴雅尔、鲍尔吉·原野等蒙古族散文 …… 293
　　　第三节　舒乙、赵玫等满族散文 ………………………… 313
　　　第四节　柯岩、理由报告文学 …………………………… 331
　　　第五节　张承志、马瑞芳等回族散文 …………………… 335
　　　第六节　凌渡、苏长仙、冯艺等壮族散文 ……………… 355
　　　第七节　杨明渊等苗族散文 ……………………………… 383
　　　第八节　晓雪等白族散文 ………………………………… 389
　　　第九节　杨苏、景宜传记、报告文学 …………………… 396
　　　第十节　杨世光等纳西族散文 …………………………… 402
　　　第十一节　黄永玉、杨盛龙等土家族散文 ……………… 411

第八章　中华人民共和国时期散文（1949—2008）[上]…… 424
　　　第一节　土族散文 ………………………………………… 424
　　　第二节　仫佬族散文 ……………………………………… 435
　　　第三节　布依族散文 ……………………………………… 445

第九章　中华人民共和国时期散文（1949—2008）[中]…… 450
　　　第一节　藏族散文 ………………………………………… 450
　　　第二节　彝族散文 ………………………………………… 464
　　　第三节　哈尼族散文 ……………………………………… 471
　　　第四节　傈僳族散文 ……………………………………… 478

第十章　中华人民共和国时期散文（1949—2008）[下] ……… 481
　　第一节　布朗族散文 ……………………………………… 481
　　第二节　佤族散文 ………………………………………… 486
　　第三节　独龙族散文 ……………………………………… 493
　　第四节　阿昌族、普米族散文 …………………………… 496

参考文献 ……………………………………………………… 500
后记 …………………………………………………………… 504

绪　　论

　　散文是一种古老的文学样式之一,与诗歌、小说、戏剧、影视文学等并称。散文形式比较自由灵活,可叙事、抒情、也可议论。它主要撷取生活的浪花与片断,以表达作者的情思,从而揭示其社会意义,体现审美主体的情感。少数民族散文涵盖文体有书表、碑铭、历史文学、传记文学、随笔、游记、小品、杂文、抒情散文、报告文学、特写等,内容丰富,形式多样,并具有多重价值。我国少数民族散文作品最早可追溯至三国时期西北地区的书表和碑铭,它们不但具有史料价值,而且具有文学价值。至明清,逐渐出现了游记、随笔、杂文等。现当代以来,又相继出现了小品、特写、通讯、报告文学等散文样式,取得了重大突破和可观的成就,并涌现了一大批少数民族散文作家。19世纪下半叶新疆曾有一时将长诗改写成散文的风气,如维吾尔族的默罕默德·胡都伯克将自己的诗作《真理的涵义》改写成散文,佚名的叙事长诗《萨迪尔·伊斯堪德尔》被改写成散文,艾利希尔·纳瓦依的长诗《帕尔哈德与西琳》和《莱莉与麦吉侬》被乌买尔·巴克改写为散文,等等。这种平静的改写很快就被硝烟打破,有感于社会的矛盾激化,哈萨克族诗人阿拜·库南拜依的散文集《阿克利亚》提出新的兴邦治国的主张,其散文作品大多为犀利的杂文。1919年以后的现代少数民族散文在内容、形式和风格上与古代散文迥然不同,面貌一新。五四文学革命、无产阶级文学倡导运动、抗战文学运动,以及第二次世界大战和国内解放战争,使新闻通讯、报告文学、杂论、政论、小品文崛起,在内容上充满了硝烟,在风格上如匕首般锋利,如冲锋中的呐喊,弥漫着战斗的气息。各民族作家充分发挥散文灵活自由的特长,多方面多角度地反映各民族的生活,抒发情感。1949年以后的当代少数民族散文,报告文学、历史文学、随笔、通讯、政论、游记、抒情散文、叙事散文、杂文大量涌现,作者队伍逐渐壮大,如百花争艳,目不暇接。各民族作家致力于模山范水,从民俗风情、地理物产等方面表现五光十色的少数民族生活。故都之风物,草原之壮美,亚热带风光,南国奇观,以及生活于其间的少数民族丰富多彩的生活及其历史文化,有机地融合在一起,构成了一幅幅民族历史和民族风情画卷,体现出中国当代少数民族散文创作的浓郁民族特色。历代少数民族散文,反映了时代的变迁、历史的风云、社会的变革,以及各民族的风土人情、自然景观,成为中华文学不可缺少的一部分。

少数民族散文具有题材广泛、形式活泼多样、手法灵活多变、功能与时嬗变等风格特点。

1. 题材广泛。少数民族散文取材较之小说等体裁要广泛得多,集中体现出三个突破:一是突破本民族题材的局限,在与其他少数民族交往中取材于其他少数民族的生活。壮族作家凌渡的散文,就涉及了广西的所有原住少数民族;白族作家马子华的散文,就涉及云南傣、佤、拉祜等民族。二是突破少数民族题材的范围,取材于包括汉族地区的全国。苗族作家沈从文,满族作家老舍、端木蕻良、黄裳,蒙古族作家萧乾,回族作家穆青、郭风,壮族作家华山等的散文、通讯、报告文学,许多就取材于汉族地区等全国区域。三是突破国内题材范围,取材于其他国家,萧乾"二战"时期在欧洲写的通讯、报告文学就具有代表性。表明了少数民族散文家视野开阔,胸襟博大。

2. 形式活泼多样。少数民族散文既有书表、碑铭、游记、随笔、小品、特写、速写等形式活泼、短小精悍的篇幅,也有历史文学、传记文学、报告文学、长篇特写和革命回忆录那样的鸿篇巨制。其风格或深沉,或思辨,或幽默风趣,或感情真切,给人不同的艺术享受。又由于这些散文中有的是用民族文字创作的,其形式与少数民族民间文学有着天然的联系,故而深受各民族民间作品格式的影响,有的作品为散韵结合的形式,活泼风趣,引人入胜。

3. 手法灵活多变。少数民族古代散文作品中的历史文学、传记文学,叙事和议论相结合,抒情和思辨相补充,史实与夸饰相映衬,显得既有历史感,又富文采。少数民族现当代散文吸收了中外写作技法,有的以白描为主,有的以细致入微取胜,有的浓墨重彩,有的新奇浪漫。而叙事、抒情、议论、夸张、浪漫、虚构、讽刺、顺叙、倒叙、插叙等交叉使用及简洁优美的语言,使这些散文作品异彩纷呈。

4. 功能与时嬗变。文学的功能主要是通过审美实现的,不同的美感产生不同的功能,而美感是因时因地因人而异的,这便是功能嬗变的客观基础。古代少数民族的散文,如藏族、蒙古族的历史文学和传记文学,其审美理想多与藏传佛教教义密切相关,以遵佛法为美,以善为美,以修行为美,以慈悲为美。到了近代,壮族的散文有一种强劲的警世功能,产生了一种强烈的体现近代中国社会变革主流的善恶观,其审美理想在于国家的独立、民主和富强。现当代少数民族散文则有着多层次、多棱面、多角度的审美要求,其共性则是"文以载道"。抨击时弊、呼唤独立、争取自由、欢呼解放、赞美新风、批评陋习、倡导文明、追求理想、振兴中华,都是散文中的"道",体现了时代的审美理想和要求,发挥了不同内容、不同形式、不同风格作品的功能。正因为如此,少数民族散文既体现出壮美、豪美和崇高美,也体现出柔美、优美和纤柔美。

本书章节的设置以年代为序,上编为古代部分,下编为现当代部分。考虑到书名为《中国少数民族文学史·散文卷》,应广泛容纳各民族作家的创作,打破以往各类少数民族文学史仅限于作家众多的民族和有代表性的作家个人的撰写惯例,在下编"中华人民共和国时期散文"部分增设了八、九、十章,阐述那些文学创作滞后、作家数量较少民族的散文。因为我国55个少数民族绝大多数是中华人民共和国成立后识别的,故这三章的起始时间是中华人民共和国成立后。这样的设置是本书的突出特点。

上编　古代少数民族散文
（222—1912）

第一章　三国两晋南北朝时期散文
（222—589）

中国少数民族文学界通常将古代各民族书表归为散文的范畴，据此，中国古代少数民族散文创作最早出现于三国时期——由古羌人用汉文创作的书表。两晋南北朝时期是古代少数民族散文的起始期。虽然体裁单一，数量不多，而且仅限于个别民族，内容和形式单薄、稚嫩，但它开启了少数民族散文的先河，为此后少数民族散文的发展奠定了基础。

第一节　古羌人书表

三国两晋南北朝时期的少数民族书表，就目前研究资料显示，只见于古羌人。三国时，古羌人出现了一批汉文化程度较高的军事将领，如马腾、马超、姜炯、姜维等，他们不仅通晓汉文书简，而且有的还能熟练地运用汉文进行创作。三国时期的古羌人书表作品主要有：马超的《临没上皇帝书》，姜维的《表后主》、《密书通后主》，以及无名氏的《姜女书简》等。其中，马超的《临没上皇帝书》是目前见到的最早的一篇古羌人书表作品，大约作于公元222年。这一时期的古羌人书表，篇幅比较短小，文采亦略显不足。

两晋南北朝时期，能用汉文写作的古羌人越来越多，书表创作的数量明显增多，其中，个别作品在思想和艺术上都达到了一定的高度。但是由于种种历史的原因,特别是东晋刘裕在攻灭后秦后,抄杀焚烧,"建康百里之内,草木皆燋死焉"①,使得这一时期产生的古羌人书表作品,大多在战火中散失了。如据史书记载,后秦末主姚泓曾与后秦儒生胡义周、夏侯稚等"以文章游集"②,但今查姚泓的作品,除一道简短的"下书"外,其余均荡然无存。

这一时期古羌人的书表,就其内容和功用大致可分为三类:一为招贤求士而作的诏文,如姚兴的《与桓、标二公劝罢道书》、《与僧迁等书》等。这类作品,内容深邃,情感真挚,骈散相间,文采流溢。二为以谈论佛教理义为主的撰述,如姚兴的《通三世论》、姚嵩的《上后秦主姚兴佛义表》等。这类作品,内容玄虚,文字苍奥,但一些比喻却较为生动,并富有文学意味。三为处理军政国事而作的文书,如姚弋仲的《上石勒书》、姚苌的《下书禁复私仇》、姚兴的《敕关尉》、姚泓的《下书复死事士卒》等。这类作品,内容多比较单薄,文字也很简短,史学价值较高,文学意味稍嫌不足。

第二节　姚兴、姚嵩

姚兴(366—416),字子略。建初九年(394)继其父姚苌位为后秦国王,改元皇初。姚兴虽属古羌人,但自幼跟随姚苌,转战秦陇,逐鹿中原,受中原文化影响极深。他不仅知晓尧舜之史,而且还能熟练地运用汉文进行写作。现存姚兴作品,几乎全为诏表书信,从内容上看大致可分为诏贤参政的文书和谈论佛教理义的书表两类。

诏贤参政的文书。如《与桓、标二公劝罢道书》、《诏桓、标二公》、《再诏桓、标二公》、《与鸠摩罗耆婆书》、《与僧迁等书》等。

---

①② 《晋书·载记第十九》,中华书局1996年版。

第一章 三国两晋南北朝时期散文（222—589）

这类作品，集中抒发了作者"思得群才，共康至治"①的思想，同时也反映出他对政教关系的一些见解。如《与桓、标二公劝罢道书》：

> 卿等乐道体闲，服膺法门，皦然之操义，诚在可嘉。但朕临四海，治必须才。方欲招肥遁于山林，搜陆沉于屠肆。况卿等周旋笃旧，朕所知尽。各抱干时之能，而潜独善之地，此岂朕求贤之至情，卿等兼弘深趣邪？昔人有言："国有骥而不乘，方惶惶而更索。"是之谓也。今敕尚书令（姚）显便夺卿等二乘之福心，由卿清名之容室，赞时益世，岂不大哉！苟心存道味，宁系白黑，望体此怀，不以守节为辞。
>
> ——《弘明集》卷十一

诏文以饱满的笔墨，抒发了作者"倾万事之殷，须才以理之"②的思想。言辞恳切，情感真挚。其中昔人之言"国有骥而不乘，方惶惶而更索"的妙引，更将自己"求贤之至情"的心境，表现得淋漓尽致。作品篇幅虽不长，结构却较为严谨，谋篇布局、遣词用语亦颇为考究。如诏文以"苟心存道味，宁系白黑，望体此怀，不以守节为辞"作全文结语，是颇费了一番心思的，可见在写这篇诏文时，姚兴已预感到了桓、标二人将不肯还俗从政。与《与桓、标二公劝罢道书》内容相连的《与僧迁等书》，是姚兴书表中的上乘之作。为了网罗后秦政权所需要的人才，姚兴曾三次下书，敕令桓、标二人还俗参政，但均遭婉拒。最后不得不求担任悦众之职的僧迁帮助劝说：

> 省疏所引，一二具之。朕以谓独善之美，不如兼济之功；自守之节，未若拯物之大。虽子陵颉颃于光武，君平傲岸于蜀

---

① 《与僧迁等书》，《弘明集》卷十一。
② 姚兴：《与鸠摩罗耆婆书》，《弘明集》卷十一。

肆,周党辞禄于汉朝,杜微称聋于诸葛,此皆偏尚耿介之士耳,何足关嘿语之要,领高胜之趣哉!今九有未乂,黔黎茶蓼,朕以寡德,独当其弊,思得群才,共康至治。法师等虽潜心法门,亦毗世宣教,纵不能导物化时,勉人为治;而远美辞世之许由,近高散发于谢敷。若九河横流,人尽为鱼,法师等虽毗世宣教,亦安施乎?而道桓等伏膺法训,为日久矣,然其才用,足以成务,故欲枉夺其志,以辅暗政耳!若福报有征,佛不虚言;拯世急病之功,济时宁治之勋。功福在此,而不在彼。可相诲喻,时副所望。

——《弘明集》卷十一

在书文中,作者不仅叙述了希望桓、标二人"释罗汉之服"[1],"以辅暗政"的愿望,而且道出了他对于政教关系的一些见解:"朕以谓独善之美,不如兼济之功;自守之节,未若拯物之大。"在作者看来,虽然佛教与王业都是重要的大事,但当崇教之志与王业之需在具体问题上发生矛盾时,崇佛就应遵从于王业。因为"功福在此,而不在彼"。这些看法,虽然带有明显的阶级功利性,并且含蓄地反映出了他之所以扶植佛教的根本目的,但是在那群雄争霸、"黔黎茶蓼"的十六国时代,姚兴"欲枉夺"桓、标二人的崇佛之志,以"辅暗政"、"拯世急病"、"济时宁治"的做法,还是值得称道的。

《与僧迁等书》在文风志气、典故运用、骈散相融等方面具有独到之处。首先,就文风志气而言,颇有一点"建安风骨"的遗韵,从头至尾,贯穿着一种蓬勃向上的气势。特别引人注目的是,作品悲悯民生疾苦,亟思尽力去改变这种现实:"今九有未乂,黔黎茶蓼,朕以寡德,独当其弊,思得群才,共康至治。"言辞明朗,情感充沛,文墨所至,基本做到了"慷慨以任气,磊落以使才。造怀指事,

---

[1] 姚兴:《与鸠摩罗耆婆书》,《弘明集》卷十一。

第一章 三国两晋南北朝时期散文(222—589)

不求纤密之巧;驱辞逐貌,唯取昭晰之能"①。其次,文章在典故运用上,显得灵活巧妙,明贴自然。引典之余,又略加评点,既增加了文章内容的包容量和厚实感,又不致使作者的思想湮没于典故之中。此外,文章在骈散处理上,也表现出较高的造诣。通篇骈散兼具,以散文的气度,带动骈句,语势灵活,既不单调,也不呆滞,辞意丰满,气势流走。

谈论佛教理义为主的书表。如《与安成侯姚嵩议述佛经》、《通三世论——咨什法师》、《通不住法任般若》、《通圣人放大光明普照十方》、《通三世》、《通一切诸法空》、《答安成侯姚嵩书》、《重答安成侯姚嵩》等。这类作品,着重书写的是作者对佛法理义的认识和理解,文辞苍缛,内容玄虚。如《通三世论——咨什法师》:

> 曾问诸法师,明三世或有或无,莫适所定。此亦是大法中一段处所,而有无不泮,情每慨之。是以忽疏野怀,聊试孟浪言之。诚知孟浪之言,不足以会理,然胸襟之中,欲有少许意,了不能默已。辄疏条相呈,匠者可为折衷。
>
> 余以为三世一统,循环为用,过去虽灭,其理常在。所以在者,非如《阿毗昙》注言:五阴块然,喻若足之履地,真足虽往,厥迹犹存。常来如火之在木,木中欲言有火耶,视之不可;欲言无耶,缘合火出。经又云:圣人见三世。若其无也,圣无所见;若言有耶,则犯常嫌。明过去、未来,虽无眼对,理恒相因。苟因理不绝,圣见三世,无所疑矣。
>
> ——《广弘明集》卷十八

全文谈论的皆因果报应、三世轮回等一类佛教事理,字里行间显现

---

① 《文心雕龙·明诗篇》。

出某些个人之见。文中比喻的运用较值得称道,如:"余以为三世一统,循环为用,过去虽灭,其理常在。所以在者……常来如火之在木,木中欲言有火耶,视之不可;欲言无耶,缘合火出。"以"火之在木"之理,喻说"三世"之存在,寥寥数语,便将一个深奥玄虚的佛教道理,生动形象地表述而出,妙趣浑然。姚兴议佛一类的文书,皆为通法习理的谈玄之作,其佛学价值大于文学价值。

姚嵩,生卒年、字号不详,姚兴之弟。官至秦州刺史、司隶校尉等职,并受封侯位于安城,故有安城侯之称。姚嵩作为后秦王国重臣,不仅文武兼备,还十分崇信佛教,曾跟从姚兴参与后秦的佛经翻译事宜。由于姚嵩出身王族,又热心于研习佛法,故姚兴待他非常恩厚,曾赐以珠佛像和自著关于佛教的文章。姚嵩也"蒙恩还奏",写下了《谢后秦主姚兴珠像表》、《上后秦主姚兴佛义表》、《重上后秦主姚兴表》等文。姚兴死后,姚嵩又辅助姚泓治国,后在与后秦叛将杨盛的交战中,兵败身亡。

现存姚嵩的作品,多为与姚兴讨论佛事的书信,故其内容也大多是一些关于佛法理义的议论。其中,《上后秦主姚兴佛义表》一文较有代表性:

> 臣言:奉陛下所通诸义,理味渊玄,词致清胜,间诣逾于二篇,妙尽侔中观。咏之,玩之,纸已致劳,而心犹无厌。真可谓当时之高唱,累劫之宗范也。但臣顽暗,思不参玄。然披寻之日,真复咏歌弗暇,不悟弘慈善诱,乃欲令参致问难。敢忘愚钝,辄位叙所怀,岂曰存难,直欲咨所未悟耳。臣言:上《通三世》,甚有深致,既已远契圣心,兼复抑正众说。宗涂亹亹,超绝常境,欣悟之至,盖令赏味增深。加为什公研核该备,实非愚臣所能称尽。正当铭之怀抱,以为心要耳。
>
> ——《广弘明集》卷十八

第一章　三国两晋南北朝时期散文(222—589)

表文除对姚兴的佛教著作进行评点外,还尽其言辞之能,大肆恭维姚兴,作为谈玄议佛的应酬之作,姚嵩书表的文学价值逊于佛学价值。

第二章　隋唐五代时期散文
（589—960）

中国少数民族文学界通常将古代各民族碑、铭、状、志归为散文的范畴，如此，隋唐五代少数民族散文继书、表后又出现了碑、铭、状、志、笺、牒的样式。迄今，在敦煌的藏文献中发现有纪年、世系、赞普传略、王臣唱和、碑铭等体式的散文，渤海国靺鞨人（满族先民）有表、书、牒、笺、状、志、铭，维吾尔族先民也发现有古代突厥文碑铭散文十余篇，还有古代壮族先民在武则天当政时留下的《智诚洞碑》《大宅颂碑》两块摩崖石刻。

隋唐五代时期是古代少数民族散文的初创期。虽然仅限于少数几个民族，而且数量不多，内容和形式也比较单薄、稚嫩，但它进一步夯实了少数民族散文的基石，拓展了古代少数民族散文的领域。

第一节　靺鞨人表、书、牒、笺、状、志、铭

满族古代散文最早可追溯至渤海国时期的先民靺鞨人的表、书、牒、笺、状、志、铭，虽然留存至今的作品数量较少，但亦可从中窥知其概貌。

"表"是古代臣下向帝王致以奏章的一种文体。在渤海国立国的二百余年中，与唐朝的关系一直是极为密切的，双方有着大量

第二章 隋唐五代时期散文(589—960)

的书表往来,遗憾的是这些书表几乎已亡佚,现今仅存一篇渤海国致唐朝的《贺正表》:

> 三阳应律,载肇于岁华;万寿称觞,欣逢于元会。恭惟受天之祐,如日之升。布治维新,顺夏时而谨始;卜年方永,迈周历以垂休。臣幸际明昌,良深抃颂。远驰信币,用申祝圣之诚;仰冀清躬,茂集履端之庆。

这是一篇渤海国使臣致唐朝廷祝贺新春的表文,具体年代不详,"正"即正旦,正月初一日。表达了恭贺颂祝的美好意愿,反映出两国间亲密友好的关系。全文为四六对句的骈体文,工整平稳,语言流畅,修辞考究。文中"三阳"、"岁华"、"元会"、"履端",均指新春或正旦,同义数词,避免重复。

在日本史籍中,保存有渤海王致日本天皇的国书17篇:《武王致日本圣武天皇书》(727)、《文王致日本圣武天皇书》(739)、《文王致日本淳仁天皇书》(758)、《康王致日本桓武天皇告国殇书》(795)、《康王致日本桓武天皇报嗣位书》(795)、《康王致日本桓武天皇书》(796)、《康王致日本桓武天皇书》(798)、《康王再致日本桓武天皇书》(799)、《定王致日本嵯峨天皇书》(810)、《宣王致日本嵯峨天皇书》(819)、《宣王致日本嵯峨天皇书》(821)、《王彝震致日本仁明天皇书》(841)、《王彝震致日本仁明天皇别状》(841)、《王彝震致日本仁明天皇书》(848)、《王虔晃致日本清和天皇书》(858)、《王玄锡致日本清和天皇书》(871)、《王玄锡致日本阳成天皇书》(876)。渤海中台省致日本太政官牒文7篇:《中台省致日本牒》(759)、《中台省致日本太政官牒》(841)、《中台省致日本国太政官牒》(848)、《中台省致日本太政官牒》(858)、《中台省致日本太政官牒》(871)、《中台省致日本太政官牒》(876)、《中台省致日本太政官牒》(891)。以及《史都蒙等上光仁天皇笺》和《裴璆谢状》各1篇。

上述国书,主要表达通邻友好,恭维祝颂,发展两国友好关系,愿两国世代修好,相隔万里的友邦情义始终不变,行文条理明晰,简洁畅达。牒,古时指公文,也属散文类作品。上述官牒为外交文书,表达问候和通报来使,以及睦邻友好之情、望继续发展两国间的友好关系,遣词造句多为普通散文格式,简洁明了,文辞华美,流利通畅。

《史都蒙等上光仁天皇笺》作于777年,可谓一篇书信体散文。776年,渤海国王派史都蒙率167人的使团,赴日本贺光仁天皇即位并吊王妃之丧,将抵达日本越前国时,突遇风暴,多数成员被风浪吞噬,只有史都蒙等46人幸免于难。次年2月抵达时,日方限令只许30人入京,其余人在越前港口等候。为此,史都蒙等向天皇上书,极言此行之不易,恳请日皇准许46人一同入京。这封以使团全体成员的名义向日本天皇写的"上书",详述事情经过,据理力争,言辞恳切,坦诚直率,感人至深,因而获得天皇的理解与同情,特准46人全部入京觐见。文章简洁明快,直言其事,直申其情,语言质朴,风格淳厚。

《裴璆谢状》作于930年。裴璆多次出使日本,以高才凤仪名扬日本。926年,渤海国被契丹所灭,裴璆降仕契丹,并于929年冬率团出使日本,次年春抵日,遭到日本天皇的诘问谴责,裴璆作此谢状。谢状言词简短,对背弃先主,投降辽国,违反常规来使日本,作了交代和忏悔,以《诗经》中《振鹭》、《相鼠》两篇自遣,失节之人再不该受到从前的盛大欢迎,为人应知礼义廉耻,否则如同鼠类。

此外,渤海国时期留存下来的还有墓志铭2篇:《贞惠公主墓志铭》、《贞孝公主墓志铭》。墓志铭包括志和铭两部分,志多为散文体,记叙死者姓氏、籍贯、生平等;铭为韵文体,用以概括全文,是对死者的赞扬、悼念或安慰之词。两篇墓志铭文句绝大多数相同，只有五六句因人稍有不同，歌颂公主祖父、父亲是圣明君主，行王化，有戎功，其德行可与虞舜、夏禹并列，其成就韬略可与成汤、周文王相媲美；歌颂公主幼年即从女师学习，以周文王之母为效法榜样，仰慕汉代班昭风范，喜爱礼乐，善于诗书。多为四六相间的句式，铭文部分全为工整的四字句，熟练自如，对比贴切，辞藻华美。

第二节 吐蕃碑铭

藏族古代散文最早见之于吐蕃时期古藏文文献中的盟誓碑文和铸钟铭文，多为和约盟誓、祝颂祈祷一类的记述性文字，如《唐蕃会盟碑》、《俺拉木·达扎鲁恭记功碑》（又作《恩兰·达札路恭纪功碑》）、《谐拉康碑》（甲、乙）、《第穆萨摩崖刻石》等。按其内容大致分为记述汉藏友好、歌颂赞普德政功勋、记录臣属忠贞功绩、盟誓信佛崇法、颁赏王族特权等碑刻。这些碑铭既是珍贵的历史文献资料，也是难得的文学作品，它们是古代藏族散文的重要组成部分。

记述汉藏友好的碑铭文。此类碑铭以《唐蕃会盟碑》为代表，它记载了唐长庆元年（821）和长庆二年（822）唐与吐蕃先后两次会盟于长安和拉萨的重大历史事件。唐穆宗李恒长庆元年、赤祖德赞时期，汉藏双方派使节，先在唐京师长安盟誓，第二年又在吐蕃逻些（拉萨）重盟，"商议社稷如一"，"重申邻好之义"，"盟约永无沦替"[①]。公元823年，将盟文刻石立碑，用汉藏两种文字对照，立于拉萨大昭寺门前。这便是历史上有名的甥舅和盟碑，又称唐蕃会盟碑或长庆会盟碑。

---

① 王尧：《唐蕃会盟碑疏释》，《历史研究》1980年第4期。

碑文首先阐明结盟始末："圣神赞普赤祖德赞与大唐文武孝德皇帝和叶社稷如一统,立大和盟约。兹述舅甥二主结约始末及此盟约节目,勒石以铭。"①强调结盟的目的是"和叶社稷如一统"。然后追述和赞扬历史上汉藏两族的友好往来和亲密关系："圣神赞普弃宗弄赞(即松赞干布)与唐主太宗文武圣皇帝和叶社稷如一,于贞观之岁,迎娶文成公主至赞普牙帐。此后,圣神赞普弃隶缩赞(即赤德祖赞)与唐主三郎开元圣神文武皇帝重协社稷如一,更续姻好。景龙之岁,复迎娶金城公主降嫁赞普之裔,永崇舅甥之喜庆矣。""况唐廷谊属重姻,地接比邻。犹者,和叶社稷如一统,甥舅彼此思虑相洽,与唐主圣神文武皇帝结大和盟约,旧恨消泯,更续新好。此后,赞普甥一代,唐主舅又传三叶,嫌怨碍难未生,欢好忱诚不绝。亲爱使者,通传书翰。珍宝美货,馈遗频频。"②这些友好往来的记述,虽然偏重于上层统治阶级的往来,却是当时汉藏两大民族亲密团结的表现,反映了人民的意愿,文词恳切真挚。碑文还检讨了以往某些"弃却友好,代以兵争"的不愉快事件,谴责"开衅"的"边将"。最后点题："圣神赞普赤祖德赞陛下……乃与唐主文武孝德皇帝舅甥和叶社稷如一统,情意绵长。结此千秋万世福乐大和盟约于唐之京师西隅兴唐寺前。"③自此盟誓后,唐与吐蕃间的纠纷基本结束,表明和盟顺应了唐蕃社会发展的历史潮流,体现了汉藏两大民族睦邻友好的愿望,是汉藏人民团结、友好的历史见证。

盟约文字朴实无华,通俗流畅,朗朗上口,行文气势浑厚雄壮,

---

① 中央民族学院《藏族文学史》编写组:《藏族文学史》,四川民族出版社1985年版,第66页。
② 中央民族学院《藏族文学史》编写组:《藏族文学史》,四川民族出版社1985年版,第66、67页。
③ 中央民族学院《藏族文学史》编写组:《藏族文学史》,四川民族出版社1985年版,第67页。

结构细密严谨,反复强调"和叶社稷如一统",表达出迫切的心情、真诚的意愿,体现出高超的表达技巧,具有极强的思想性和朴素优美的文采。

记载臣属功绩的碑铭文。在藏族古代碑文中,记录表彰名臣将相功绩的,占有相当的数量。其中《俺拉木·达扎鲁恭记功碑》、《谐拉康碑》(甲、乙)较具代表性。

《俺拉木·达扎鲁恭记功碑》于公元765年刻立于拉萨布达拉山对面,方柱形石碑,三面有文字,记述鲁恭的功绩和赐予之爵赏特权等。俺拉木·达扎鲁恭是赞普赤松德赞时期的重臣,出将入相,屡建功勋,赤松德赞长期依之为股肱,敕授诏书,赐爵树碑以旌其功。碑正面是赤松德赞授予达扎鲁恭的诏书,主要记述赞普对鲁恭的子孙后代要赐爵授官,予以保护,只要不背叛赞普,对其罪行均予减刑或赦免,不夺其奴隶、土地、牲畜等家产。特别申明:决不听信挑拨离间之言,不计小过,不予罪谴,如有背叛者,罪谴仅及本人,决不连坐等。碑的左面和背面文字记述达扎鲁恭的功绩,着重记述达扎鲁恭内助赞普平叛逆、理国政,外领蕃军攻唐廷、陷京师等功绩。碑铭反映出吐蕃统治阶级内部、奴隶主之间矛盾斗争的尖锐和残酷,唐、吐蕃双方在祖国统一和民族友好的主潮中,有时也有激烈征战的旋涡,使民族关系遭受损害,给人民带来灾难。字里行间透露出达扎鲁恭虽然位尊爵高,深受重用,仍如伴君如伴虎,形象地表明统治者彼此间全以利害关系为用,尔虞我诈,互不信任。此碑立后仅三年,赤松德赞因鲁恭手握重兵,权掌内外,声威震主,借鲁恭反佛崇苯之罪名将其流徙北方,囚困而死,终难逃兔死狗烹、鸟尽弓藏的命运。碑文虽则长留,而子孙实含恨也!碑铭文字简朴,语言流畅,达意明晰,实为古代藏族碑铭的佳作。

《谐拉康碑》系赤德松赞为旌表高僧娘·定埃增的功劳而颁

诏刻立的,因刻立于谐拉康(意为帽儿寺,位于今拉萨东北墨竹工卡县境内)而得名。记述定埃增为赤德松赞的师傅,自幼对其多所教诲爱护:"予幼冲之年,未亲政事,其间,曾代替予之父王母后亲予教诲,又代替予之舅氏培育教养。"①当赤松德赞死后,外戚联络赤松德赞的妃子和母亲才邦氏以反佛崇苯为号召,欲倾覆王室,篡夺政权。赤德松赞之兄牟尼赞普继父登位仅一年余,即被母后才邦氏毒死,次兄牟迪赞普(又作牟茹赞普)也被害身亡,赤德松赞的生命也危在旦夕。多亏娘·定埃增等人极力护卫并拥立之,赤德松赞方得登上赞普之位保卫了王室政权,安定了社会,立下不世之功:"迨父王及王兄先后崩殂,予尚未即位,斯时,有人骚乱,陷害朕躬,尔班第·定埃增了知内情,倡有益之议,纷乱消泯,奠定一切善业之基石,于社稷诸事有莫大之功业。"②此后,娘·定埃增辅佐赞普治理国家,忠贞不贰,卓有功绩:"及至在予之驾前,常为社稷献策擘划,忠诚如一,上下臣工奉为楷模栋梁,各方宁谧安乐。及任平章政事之社稷大论,一切所为,无论久暂,对众人皆大有裨益。"③碑文最后记述赐爵、封赏后代、永享财产禄位等。《谐拉康碑》(甲)、(乙)内容大体相同,(乙)较(甲)更强调所赐特权永受保护之意。

　　此外,隋唐五代时期的藏族碑铭还有《赤德松赞墓碑》,歌颂赤德松赞足智多谋,宽宏大度,骁武勇毅不拔,为人主而常理法度,内乱不起,百姓安宁,蕃土民庶,安谧起居,社稷安若磐石等德政。《工布第穆萨摩崖刻石》为赤德松赞赐予公布地区噶布小王的盟誓文书,重认并维护噶布小王一系在当地的特权,不许他人滋扰侵犯。《噶迥寺建寺碑》、《桑耶寺兴佛证盟碑》倡行佛法,约之以盟誓。《楚布江浦建寺碑》记述建寺缘起及赐予寺庙特权等。各类

---

①②③　引自《吐蕃金石录》,第116页。

碑铭文字简朴,语言流畅,叙事明晰。

第三节　突厥文碑铭

　　碑铭文学在古代维吾尔族散文中占有特殊的地位。公元551—840年的300余年间,突厥与回鹘民族在我国西北部地区曾先后建立过东突厥汗国、后突厥汗国与回鹘汗国等地方政权,各汗国的可汗喜刻石立碑,以记录自己民族的历史和首领们的丰功伟绩,这就是突厥文碑铭,是维吾尔等民族最古老的书面文学。迄今为止已发现数十块碑石,比较完整而有重大历史、文学、语言学价值的大块碑铭,计有《雀林碑》、《翁金碑》、《暾欲谷碑》、《阙特勤碑》、《毗伽可汗碑》、《厥利啜碑》、《磨延啜碑》、《铁尔浑碑》①、《九姓回鹘可汗碑》、《苏吉碑》、《塞维列碑》、《铁兹碑》、《雅格拉卡尔汗碑》、《喀拉曲勒碑》等十余块,学术界将这些碑铭上所刻文字统称为"碑铭文献"、"碑铭文学"。其中,《阙特勤碑》和《毗伽可汗碑》两碑的文学性最强。这些碑铭记述民族和汗国的发展史,歌颂可汗的英雄业绩,具有英雄史诗的韵味。碑铭用突厥文和粟特文书写,汉文部分(有的碑上无汉文)则是唐朝皇帝所颁赐的墓志铭文或是原文的转写。碑文有记叙、有抒情,也有充满草原气息的描写和比喻。语言古朴亲切,文字精练,韵散相间,结构严谨,叙事形象生动。

　　究其古代维吾尔族碑铭文学发达的原因:一是长期受中原碑铭文学影响和启发。由于多年与中原碑铭接触,认识到刻碑可以记功,还可以发表文告传之久远,可以纪念死者的诸作用,因而也有了采用此种形式的需求。他们立碑常请中原汉人工匠,可以旁

---

① 耿世民:《古代突厥文碑铭研究》中译作《铁尔痕碑》,中央民族大学出版社2005年版。

证中原碑铭刻写的先进及突厥所受影响的来源。二是记录、传播突厥历史的需要刺激了碑铭文学的发达。突厥民族建立汗国之后,其历史单靠口耳相传就显得不够,既不易广泛传播,又容易误记、走样。只有刻石可以长期准确保存。三是古突厥文字的规范化使用给碑铭文学的发达提供了可能性。越来越多的人识字,给碑铭的传播文告和历史的作用有了可行性。四是在纸、笔、书等文化用品不普及的情况下,刻石文学比较容易流传。

古代维吾尔族碑铭通常采用第一人称叙述,以追述汗国或父可汗的历史作为发端,接着写主角可汗的继位及其战功和政绩,然后是诏谕之辞,最后是纪念辞或附记。有些简单的碑铭如《翁金碑》、《苏吉碑》等则只有主角可汗的继位及其战功、政绩、财富的记述。

《阙特勤碑》和《毗伽可汗碑》分别建于公元732年和公元735年,于1889年在今蒙古鄂尔浑河流域和硕柴达木湖畔同时被发现,故又都被称作和硕柴达木碑,高约3.75米,皆为大理石刻成。正文为突厥文,碑背刻有汉文。两座碑铭的原文均出自阙特勤和毗伽可汗的外甥药利特勤(又作也勒哥)之手,毗伽可汗和阙特勤又是兄弟,所经历的战斗大体相同,故两碑有许多雷同之处。

《阙特勤碑》是迄今所发现的篇幅最长的突厥文碑铭,据耿世民译文统计,译成汉文将近8500字。碑文分两大部分。第一部分为题铭小议,与《毗伽可汗碑》的题铭相同,说明刻石立碑的原因和目的,是为了召唤受到诱惑而分离出去的突厥民众:"我在这里刻写了,你们头人和百姓,如何集合突厥人民,建立自己的部落联盟,你们怎么犯了错误,分离出去,我统统刻在这里,我想要讲的话,都刻在这块永恒的碑石上。"[①]第二部分为正文,分四段,以毗

[①] 引自李陶、徐健顺、魏强、梁莎莎:《中国少数民族古代近代文学概论》,辽宁民族出版社2001年版,第207—208页。

第二章 隋唐五代时期散文(589—960)

伽可汗的口吻,用第一人称的方式,记述颉跌利施、默啜、毗伽和阙特勤四位可汗和大臣的英雄业绩,缔造汗国50年的艰难历程,表明创业之艰辛、幸福来之不易,呼吁全体突厥人民团结一致,共守基业。第一段记述颉跌利施可汗(又称骨咄禄可汗)如何在国家衰亡之际,率17人出走,聚集起700人,四处征战,最终建立起了国家和法制。第二段记述默啜可汗出征25次,参加战斗13次,使汗国繁荣昌盛,然而由于突厥民众的背叛,招致了恶果:"由于(你们)无知,由于你们无义,我叔可汗死去了。"①第三段记述毗伽可汗统治时期,内无食、外无衣,人民贫困可怜,"我同我弟阙特勤和两个设一起,努力工作,筋疲力尽,我努力不使联合起来的人民成为水火。"②第四段记述阙特勤英明睿智、勇武善战、抵御入侵、治国兴邦的功绩,历次战役,身先士卒,冲锋陷阵,绘声绘色描摹其坐骑毛色、体态、马种、名字,生动形象。阙特勤死后,毗伽可汗十分悲痛:"我的眼睛好像看不见了,我能洞悉(事物)的智慧好像迟钝了。我自己很悲痛。"③

《阙特勤碑》巧妙运用拟人、比喻、夸张、重复、对比等修辞手法,辅之以民间格言、谚语,语言古朴生动,语法严谨。叙述语言以散文为主体,行文之际,多有韵文和哲理性排比句,散韵相间,诗意浓烈,轻灵流畅,同时字里行间渗透着强烈的抒情色彩,深沉亲切,语重心长。碑文穿插生动的对话和精练的内心独白,叙事与抒情交相辉映,形成独特的碑碣格式,富于艺术感染力。碑文结构完整,层次分明,脉络清晰,历程险关接踵,艰难迭起,表现阙特勤及突厥百姓不平凡的业绩,气势非凡,极富抒情色彩,宛如一首雄伟的英雄史诗,曲折动人。

---

①② 引自马学良等主编:《中国少数民族文学史(中册)》(修订本),中央民族大学出版社2001年版,第732页。
③ 引自马学良等主编:《中国少数民族文学史(中册)》(修订本),第733页。

《毗伽可汗碑》专门为纪念毗伽可汗而立，因汉文史籍称其为默棘连可汗，故又名《默棘连碑》。碑文题铭与《阙特勤碑》相同，正文描述了毗伽可汗在19年为设、19年为可汗的过程中南征北战的英雄业绩，叙事说理周密细致，文词流畅生动，可与《阙特勤碑》相媲美。碑铭第一部分从毗伽可汗登基说起，强调奉天承运、官民同庆，为毗伽夺取可汗之位作掩饰。第二部分记述毗伽可汗的战斗经历，8岁即开始战斗生涯、南征北战、出生入死建功立业。第三部分记述毗伽可汗主持国政后发生的一系列征战和政绩，多次出现敌强我弱、敌众我寡或形势不妙的记述，一再告诫突厥人民不要背叛他们的可汗，是可汗养育了突厥人民和乌古斯人民。第四部分是作者也勒哥的附记。碑文喜用排句，在叙述描写中多用夸张的、游牧民族特有的比喻，如"他们如火如飙一般地冲来"写敌军声势吓人，"我父可汗的军队如狼一般，他的敌人如绵羊一样"夸张其父所率军队所向披靡，"你们的血像水一样流，你们的骨头在地上堆成了山"夸张突厥人民所做出的牺牲。

《暾欲谷碑》由克莱门茨夫妇于1897年在蒙古土拉河上游巴颜楚克图地区发现，故又称《巴颜楚克图碑》。碑文刻在两块大石碑上，石碑四面均刻有文字，共62行，用古突厥文书写。作者为暾欲谷（645？—725？）本人。碑铭基本部分大约完成于715年，毗伽可汗继位（716—734）后，又在碑文后补充了一小段对新可汗的称颂。

《暾欲谷碑》主要记叙暾欲谷所经历的重大事件和建立的功勋，包括辅佐骨咄禄可汗登基，在骨咄禄、默啜可汗时期率军击败乌古斯，攻破唐朝城池23座，远征打垮突骑施人和黠戛斯人，一直打到康居后胜利班师。记叙基本按照时间顺序，采用朴素的叙述语言，保持了碑铭文学典雅的传统风格。作者充满自豪感地大谈其武功战绩，是为了让突厥人民不忘自己的战功和东突厥汗国昔日的辉煌。碑文不无悲哀地指出,无能的领导人可能会毁了东突厥汗国。在记叙行军作战的大事时,一再提到曾与其他贵族、将领的争执,提到小可汗对他的不信任,提到突厥上下人等对唐朝生活的羡慕,因此他号召突厥人搞好内部团结。

碑铭从结构上看分三大部分。第一部分记叙暾欲谷协助、敦促骨咄禄登上可汗之位,使东突厥复国的过程。第二部分记叙暾欲谷在骨咄禄、默啜二可汗在位时所指挥的重大战役及所取得的胜利,是全文重点。第三部分为结语,总结骨咄禄可汗与暾欲谷合作建立的功绩,用一段说教作为政治遗嘱。碑铭所记都是历史大事件的罗列,显得有些平淡,然而带有草原游牧民族特色的比喻、格言、谚语的运用增强了碑文的文学意味。如写敌军声势吓人:"敌人如火一般地扑了过来",写敌守我攻,敌静我动的情态"周围的敌人如同死去了一般,我们如同大隼一般"。较复杂的比喻兼具格言意味,如:"如果瘦公牛和肥公牛在远处互相顶架,人们就不能区分哪个是肥公牛,哪个是瘦公牛。"用这一比喻说明骨咄禄最初虽只有700余人,只要自称为可汗,再主动出击打几个胜仗,远方各部落不辨虚实,便会归顺,后来的事实证明这一招果然奏效。又如:"把薄的东西弯起来是容易的,把细的东西折断是容易的。要是薄的变成厚的,要弯起来就困难了。要是细的变成粗的,要折断就困难了。"用这一格言式比喻说明团结的重要和威力。碑文的古突厥文原文较多地使用8音节句式,或前三后五,或前五后三,有意识造成诗一般的节奏韵律。现存此碑的汉文译文以韩儒林译文和耿世民译文为代表,前者用文言,后者用现代汉语译出,基本体现了原文的风貌。

《磨延啜碑》大约建于759年,1909年芬兰人兰司铁于蒙古色楞格河的希耐乌苏地区发现。碑高约4米,分上下两截,碑文共50行,正文为突厥文,另有粟特文和汉文部分。碑铭以磨延啜自述的口气叙述他随父亲回纥汗国第一代可汗骨力裴罗一起兴兵作战,灭掉后突厥汗国的经历,一直记述到骨力裴罗去世。碑铭充满一连串战争记述,有时间、地点、战果,重点记述了征服葛逻禄、拔悉密的战争。除记述战争外,碑铭也记述了建设业绩:"在那里我命人建立了汗庭,命人在那里造了围墙。我命人在那里把我的千年万日的诏谕和印记刻写在平滑的石头上。""我命粟特人和中国人在色楞河建造了富贵城。"碑铭注重人物原话的引用,如探子的报告、使者与黠戛斯人的对话、"舌头"的供辞、属下的保证之辞等,这与汉族碑铭不同,而与史传文学相近。

《九姓回鹘可汗碑》建立于814年,1889年俄国考古学家雅德林采夫在回纥汗国旧都所在地哈喇巴喇哈逊附近发现。碑铭作者为伊难主,汉文献写作"伊难珠"。碑铭用突厥文、粟特文、汉文刻写而成,其中突厥文部分破损严重,粟特文部分也残缺不全,汉文部分相对较完整。碑铭分两部分,第一部分追述回鹘汗国建立以来的大事,一直从开国可汗骨力裴罗起,到第九代可汗保义可汗,记述了牟羽可汗从唐朝传回摩尼教的过程。第二部分主要记述回鹘汗国第九代可汗一生的功绩,特别是出兵西域,帮助唐朝保卫北庭和龟兹的过程。

第三章 宋辽金元时期散文
（960—1368）

　　中国少数民族文学界通常将古代各民族历史文学归为散文的范畴，如此，宋辽金元的少数民族散文继书表、碑铭后又出现了历史文学的样式，标志着少数民族文学的新发展。公元 11 世纪以后，在藏族、蒙古族和维吾尔族中相继涌现了一种独特的文学样式，这些作品虽以写史为主，但书中均引用了一些本民族的神话、传说、故事、寓言、民歌、谚语，运用了诸多文学虚构的写作手法，因而使作品文采斐然，妙趣横生，避免了枯燥的历史罗列，具有文学的风格，因而被称为历史文学，成为少数民族文学的重要组成部分。历史文学成为这一时期少数民族散文亮丽的风景线，它们包括藏族的《巴协》，被称作蒙古族"三大史书"之一的《蒙古秘史》，维吾尔族《加尼别克的遭遇》等。

　　这一时期，一些少数民族诗人也有零星的诏制表章、碑铭序跋和传记体散文问世。如贯云石（维吾尔族）《阳春白雪序》、《今乐府序》品评元代散曲家，阐述自己的创作主张，即创作风格应该多样化，以形象鲜明的比喻谈论艺术风格，内容丰富，语言生动活泼；《孝经直解序》阐发自己为《孝经》作直解的用心。马祖常（维吾尔族）《周刚善文集序》认为文学的根本目的在于"经世而载道"，提倡朴实的文风，强调文章要实实在在、朴素无华，主张文学风格多样化；《记河外事》、《小石山记》、《息氓传》等，叙述、记游、写景，新奇有致,文字简洁朴实,别具特色。萨都剌(回族)《溪行中秋玩月·序》雅洁有致,明艳委婉。迺贤(回族)记录游历见闻的《河朔访古记》。辛文房(回族)《唐才子传》记叙评价了唐至五代初有诗名者近四百人,品评、记述其事迹,对"笃志山水"、"投闲吟酌"、"调逸趣远"的诗人较多青睐和关注,盛赞唐代诗人隐逸的生存方式,赞美他们凌俗不羁的性情和清奇不俗的诗境。

宋辽金元时期是古代少数民族散文的成长期,主要是羌族的书表、碑铭和藏族、蒙古族、维吾尔族的历史文学。虽然仍仅限于少数几个民族,数量也不多,内容和形式仍比较单薄、稚嫩,但它为下一时期少数民族散文的发展繁荣,进一步奠定了坚实的基础。

第一节 羌人书表

随着党项羌人的崛起和"大夏"王国的建立,西夏时期的羌人书表创作较之以往有了长足的发展。主要表现为:从事书表创作的羌人明显增多,作品数量进一步增大,总体质量亦有所提高;更为广阔地反映了当时的社会生活;西夏文书表创作的出现,进一步拓宽了羌族书表创作的领域;艺术表现手法更加多样化,更为丰富多彩。西夏之前,羌人书表创作的表现手法主要有叙事、议论、比喻、对仗、排比,而这一时期,在继承和发展上述表现手法的基础上,又增加了描写、对话、人物性格刻画,以及将民间传说故事引入书表创作等新的手法,大大增强了书表创作的表现力,进而使其作品更具有浓厚的文学色彩。从文风看,这一时期的羌人书表创作,虽然大多受到中原汉族骈体文的影响,但又不为其刻板的模式所拘泥,在注重运用对偶、排比等手法的同时,又能根据内容的需要而改变句式,自由发挥。值得注意的是,这一时期的许多羌人书表作品,字里行间流贯着一种深沉的民族情愫。

第三章 宋辽金元时期散文(960—1368)

早在西夏王国建立以前,党项羌人作为中原王朝的臣民便活跃在历史舞台上了。由于政治、军事、经济和文化的需要,党项羌人的首领们常常要与朝廷发生这样或那样的联系,而奏折表章之类的文书,就是其相互交往的重要"桥梁"之一。这些奏折表章既是他们用来联系上下级关系的重要纽带,同时也是文学创作。令人遗憾的是,由于各种各样的原因,这些奏折表章,特别是羌人于唐代写下的表文,现在大都已散失殆尽,只有极少数留存下来。

这一时期留存下来的羌人书表之作,在创作时间上较早并至今仍存有部分内容的作品是李克文的《上宋太宗表》。李克文是夏州党项羌酋李继捧的叔父,宋太宗时官至绥州刺史和西京作坊使。公元980年,夏州节度使李继筠病故,照理其官职应由其子继承,但其子当时尚年幼无知,故夏州节度使之职便被其弟李继捧继承。这一"失礼"行为,引起了其他党项羌酋的不满。在这种情形下,李克文想借朝廷之手,解除李继捧夏州节度使之职,便于公元982年向宋太宗赵光义上了这篇表。表文今已散轶,只在汉文献《续资治通鉴长编》(卷二十三)有只言片语的摘录,言辞简朴。它的出现和残存,表明至迟在宋初,党项羌人中就已出现了用汉文创作的书表作品。这是羌族古代书面创作继姚秦政权灭亡之后,再次出现的书表作品。

如果说李克文的《上宋太宗表》因其留存的文字仅有只言片语,无法展示宋初党项羌人书表创作的基本风貌的话,那么李继迁于公元995年写下的《上宋太宗表》则可窥其一斑。表文在清人吴广成撰《西夏书事》(卷五)有大段摘录,先以自豪而恭顺的口吻,追述祖先的丰功伟业,以及党项羌人自唐初以来,一直是中原王朝忠实宦臣的历史事实,接着顺水推舟地将笔锋一转,提出向宋朝索要夏州的要求,使人感到如果朝廷连"弹丸"之地都不肯让忠臣据守,未免显得太小气了。文章感情充沛,层次分明,流走的笔势,不时带有工整的对偶语句,清爽顺畅、抑扬顿挫。特别是一些比喻的妙用,更增添文章的艺术色彩,如"蓬梗之飘零"的比喻,将作者率部东躲西藏,像蓬草之梗那样随风飘零的可怜情景,表现得生动形象,淋漓尽致。此外,文章刚柔相济,耐人回味,如"恭惟皇帝陛下,垂天心之慈爱,舍兹弹丸,矜蓬梗之飘零,俾以主器。诚知小人无厌,难免僭越之求",既表现出对宋王朝的"恭顺",又反映出不怕朝廷封锁和讨伐的意念,卑中有亢,柔里带刚,起到向宋朝巧施压力的作用。当然,见多识广的宋太宗并没因这份佳美的表奏文字而满足李继迁的要求,是随着李继迁实力的不断增长,特别是宋朝在对李继迁的军事进攻失利之后,不得不重新考虑李继迁的要求。因此,事隔三年后,当李继迁再次派人进京上表时,宋真宗便被迫答应了李继迁索要"故土"的要求。

西夏建国前有书表传世的羌人还有李继迁之子李德明(980—1031),西夏王权的主要奠基人之一,公元1004年承袭父位。他善于审时度势,利用时机,并牢记父亲"以表和宋","一表不听则再请,虽累百表不得请,勿止也"[1]的遗训,频频向宋王朝进上表文,或请求和好,或宣发誓言,以便赢得宝贵的时间与和平的环境来发展壮大自己的实力。公元1005—1016年,李德明起码向宋王朝呈上过三次表文,其中公元1016年的《上宋真宗表》较具代表性。表文在汉文献《续资治通鉴长编》(卷八十八)有摘录,以跌宕的激情,陈述蕃、汉边臣都应严守朝令的重要性,结构严谨,表述清晰,笔力苍劲,文辞流畅。就连时常批阅各种奇文佳篇的宋真宗,也认为这是一篇"布露恳诚,条成章疏"[2]的好文章。

西夏建国前羌人书表均用汉文创作,且或多或少受到汉族骈体文的影响,表明当时生活在夏州一带的党项羌人比较注重学习

---

[1] 《西夏书事》卷八(参见《宋史》卷二百八十二《向敏中传》)。
[2] 《续资治通鉴长编》卷八十八。

第三章 宋辽金元时期散文(960—1368)

中原文化。西夏建国前羌人书表创作呈现由简至繁的特点,如李克文所留下的书表仅有1篇,并已残缺不全,而李德明的表文至少有3篇,且存留的篇幅比较长。这表明随着党项羌人在政治、军事以及文化上的不断崛起,能够从事书面创作的人员在日益增加,创作频率也在逐步增快。尽管从文学的角度看,西夏建国前羌人书表创作还存在这样那样的局限,但它们以具体的实绩,打破了羌人书面创作自后秦灭亡以来长期处于寂静无声的局面。西夏建国前羌人书表作品,已不再是单篇独作,而是成批的,表明羌人书表创作,在当时已具有一定的规模。

党项羌人于西夏建国后创作并留存至今的书表,有用汉文写作也有用西夏文写作的,如元昊《延祚二年上宋仁宗书》、谋宁克任《上夏崇宗皇帝书》、婆年仁勇《黑水守将告近稟帖》(西夏文)等。尽管元昊在称帝前后即存有以胡礼蕃书抗衡于中原王朝的意念,但由于世居夏州一带的党项羌人受中原文化影响较深,加之西夏国内也有不少汉人,以及西夏政权在对外交往中,仍需不断与中原王朝发生联系等缘故,用汉文从事书表创作的风气被沿袭下来。同时,随着西夏文字的创制和使用,出现了以西夏文创作的羌人书表作品。从史书有关"西夏国内所有艺文诰牒"一般都要用"新制夏字书写"①的记载看,以西夏文字撰写表文应是西夏羌人表文创作的主流,遗憾的是,由于种种原因,流传至今的西夏文之作为数不多,能够确定为羌人所作的更是微乎其微。

元昊(1004—1048),又名曩霄,李德明之子。宋明道元年(1032),元昊承袭父职,成为夏州党项政权的最高统领之后,去掉朝姓,自号嵬名,改换年号,令造蕃书(西夏文字),加紧为建立西夏王朝作准备。公元1038年元昊正式登基称帝,建立起一个先后

---

① 吴天墀:《西夏史稿》,第265页。

31

与宋、辽、金相鼎峙的封建割据政权——西夏王国。

元昊不仅是一位雄才大略的政治家和军事家,而且也是一个较有造诣的"文化人"。元昊对西夏文化的最大贡献是主持创制、并颁行西夏文字。为大力推广西夏文字,元昊一面派人到民间去教习传授,一面又在朝中设立"蕃字院"。这一举措,不但对提高党项羌人的文化水平,巩固西夏的政权建设起到积极作用,而且也为后来的西夏文文学创作的出现奠定了基础。

今存元昊书表均用汉文撰写,其中成就较高、影响较大的是其登基称帝时,给宋王朝上的表章。公元1039年,元昊称帝后三个月,遣使至宋朝,给宋仁宗带去一篇表章:

> 臣祖宗本出帝胄,当东晋之末运,创后魏之初基。远祖思恭,当唐季率兵拯难,受封赐姓。祖继迁,心知兵要,手握乾符,大举义旗,悉降诸部。临河五郡,不旋踵而归;沿边七州,悉差肩而克。父德明,嗣奉世基,勉从朝命,真王之号,凤感于颁宣;尺土之封,显蒙于割裂。臣偶以狂斐,制小蕃文字,改大汉衣冠。衣冠既就,文字既行,礼乐既张,器用既备。吐蕃、塔塔、张掖、交河,莫不从伏。称王则不喜,朝帝则是从。辐辏屡期,山呼齐举。伏愿一垓之土地,建为万乘之邦家。于是再让靡遑,群集又迫,事不得已,显而行之。遂以十月十一日郊坛备礼,为世祖始文本武兴法建礼仁孝皇帝,国称大夏,年号天授礼法延祚。伏望皇帝陛下,睿哲成人,宽慈及物,许以西郊之地,册为南面之君。敢竭愚庸,常敦欢好。鱼来雁往,任传邻国之音;地久天长,永镇边方之患。至诚沥恳,仰俟帝俞。谨遣弩涉俄疾、你斯冈、卧普令济、嵬崖妳奉表以闻。
> ——《宋史·夏国传(上)》

表文以臣子身份追忆祖先与中原王朝的关系及其功劳,申述自己

第三章 宋辽金元时期散文（960—1368）

建国称帝的合法性，并要求宋王朝正式承认其皇帝称号。文章气势磅礴，不卑不亢，说理深透，文采飞扬，特别是一些排比、对偶手法的妙用，更添文章艺术风韵。如："臣偶以狂斐，制小蕃文字，改大汉衣冠。革乐之五音，裁礼之九拜。衣冠既就，文字既行，礼乐既张，器用既备。吐蕃、塔塔、张掖、交河，莫不从伏。"将三组不同句式的排比重叠在一起，骈中带散，挥洒自如，既展示了较为宏大的生活画面，又给人一种江河横流，势不可挡的艺术感受。又如"敢竭愚庸，常敦欢好。鱼来雁往，任传邻国之音；地久天长，永镇边方之患。至诚沥恳，仰俟帝俞"。不但对仗工整，用语考究，而且感情充沛，充分体现出华丽纤巧的语言风格。

　　元昊建国称帝的行为，引起北宋王朝的愤慨与恐慌。宋王朝不愿看到新的地方割据政权的萌生，更不肯承认元昊的帝位。于是降下诏令，削夺元昊的赐姓和官爵，停止一切与西夏政权的贸易活动，并在边境张贴悬赏榜文，希望有人能够捕杀元昊及其西夏重臣。元昊在摸清了宋廷的态度和底细后，决定发动一场与中原王朝的战争，为激怒并促使宋朝率先出兵，以便推卸发动战争的责任，同时也征得西夏统治集团的支持，元昊听从部臣杨守荣的计谋，于公元1039年底写下一篇名为"嫚书"的表文。表文在汉文献《续资治通鉴长编》（卷一二五）有摘录，以强硬的口吻，对北宋王朝进行了一系列的指责和挖苦，言辞跌宕，刚柔相济，充分体现出元昊雄毅、骄横而又狡诈的性格。文中表现出的那种个性与激情，耐人寻味。"蕃汉各异，国土迥殊。幸非僭逆，嫉妒何深！况元昊为众所推，盖循拓拔之远裔，为帝图皇，又何不可？"这段披肝沥胆的质问，非元昊所不能道。这些咄咄逼人的文辞，发自作者内心深处的呐喊，情感真挚，个性鲜明，给人以强烈震颤，留下深刻印象。

　　谋宁克任，生卒年月不详，官至御史大夫，现存其汉文书表仅一篇《上夏崇皇帝乾顺书》，节录于下：

> 治法之要，不外兵刑；富国之方，无非食货。国家自青、白两盐，不通互市，膏腴诸壤，寖就式微。兵行无百日之粮，仓储无三年之蓄，而惟恃西北一区，与契丹交易有无，岂所以裕国计乎？自用兵延、庆以来，点集则害农时，争斗则伤民力，星辰示异，水旱告灾，山界数州，非浸即削，近边列堡，有战无耕。于是满目疮痍，日呼庚癸，岂所以安民命呼？且吾朝立国西陲，射猎为务，今国中养贤重学，兵政日弛。……臣愿主上既隆文治，尤修武备，毋徒慕好士之虚名，而忘御边之实务也。
>
> ——《西夏书事》卷三十二

以非凡的胆识，对国中重文轻武、务虚废实的倾向提出严厉批评，以精练的笔墨，写出连年战争给西夏人民带来的巨大灾难："自用兵延、庆以来，点集则害农时，争斗则伤民力，星辰示异，水旱告灾，山界数州，非浸即削，近边列堡，有战无耕。于是满目疮痍，日呼庚癸"。表虽名为上皇帝书，但并未以歌功颂德的口吻粉饰太平，而是以清醒冷峻的目光看待现实，针砭时弊："吾朝立国西陲，射猎为务，今国中养贤重学，兵政日弛。……臣愿主上既隆文治，尤修武备，毋徒慕好士之虚名，而忘御边之实务也。"表文情感真挚，文笔流畅，有感而发，直抒胸臆，既有讲求排比、对仗的骈文韵味之风，又不乏写实精神。表文具有一种深邃曲折的民族特色，字里行间洋溢着深沉的民族情感，如文中称西夏当以"射猎为务"，曲折透露出对民族狩猎、放牧生活的一种偏爱。又如作为一个党项羌人，谋宁克任竭力反对重文轻武的倾向，其实质就是反对大力提倡汉文化，以保持党项羌人尚武精神的传统民俗。可见，谋宁克任对事物所持的一系列特殊观点，渗透着浓郁的民族情感，这种情感的外泄，使其文章带有一定的民族色彩。

第三章 宋辽金元时期散文（960—1368）

　　婆年仁勇《黑水守将告近禀帖》系用西夏文字写成，出土于今内蒙古额济纳旗黑城。公元13世纪初叶，成吉思汗开始对邻国不断征战，面对骁勇善战的蒙古铁骑强大攻势，西夏王朝虽想尽办法，但始终摆脱不了覆灭的命运。公元1224年，地处西夏西北边陲要塞的黑水城，因西夏东部战事而告急，出现粮饷不济的情况，将士处于饥饿之中，无心守城，身为黑水城守将的婆年仁勇，又接到老母病重的消息，思虑再三，写下这篇请求调动的报告：

> 黑水守城管勾持银牌赐都平官走马婆年仁勇禀。兹（有）仁勇自少出身学途，原籍鸣沙乡里人氏，因有七十七高龄老母在堂守畜产，今母病重，而妻儿子女向居故里，天各一方，迄不得见，故迭次呈请转任，迄放归老母近处。彼时因在学与老弓手都统相处情感不洽，未蒙见重，而原籍司院亦不获准，遂致离家多年。此后弓首亦未呈报。今国基已正，圣上之德暨诸大人父母之功已显，卑职亦得脱死难，当铭记恩德。惟仁勇原籍司院不准调运鸣沙窖粮，远边之人，贫而不靠，唯持食禄各一缯，所不足当得之粮无着。今食粮将断，恐致羸瘦而死。仁勇不辞冒犯，以怜念萱堂等，乞加恩免除守城事，别遣军将×××××来此……仁勇则请遣往老母近处司（院）任大小职事，当尽心供职。是否允当？专此祈请议司大人慈鉴。乾定申年七月仁勇。①

以坦诚的笔调，叙述请求调动的原委，文从字顺，理义分明，字里行间不时透露出一股浓郁的人情味，情真意切。《黑水守将告近禀帖》是西夏时期羌人作者现今留存的唯一一篇用西夏文创作的书表作品，标志着羌人书表创作在西夏时进入到一个新的阶段。西夏以前，历代羌人书表创作都用汉文，此帖的出现，打破了这种固

---

① 引自《评苏联近三十年的西夏学研究》（载《社会科学战线》，1978年2期）。

有的传统局面，为羌人书表创作增添了一道亮丽的风景，也在一定程度上反映出羌人西夏文书表创作的风格、特点及其所达到的高度。

元昊、谋宁克任、婆年仁勇是西夏羌人书表创作较具代表性的作者，虽留存至今的作品不多，但体现出西夏羌人书表创作所能达到的艺术高度，其共同的特征是：个性鲜明，激情荡漾，字里行间氤氲着一股深沉的民族情愫；言辞清丽，行文晓畅，既受中原骈文影响，又不为其所拘，注重遣词用语，又挥洒自如。他们的文风，对其后元代羌人书表创作产生了深远影响。

第二节　羌人碑铭

西夏时期，羌人创作有许多碑文刻记，表明西夏羌人创作除书表、序言之外，出现了碑文题记的创作，又添一种散文新体式，成为宋辽金元时期羌人散文创作的重要组成部分。西夏羌人碑刻铭文，保存至今的有：甘肃武威《凉州重修护国寺感通塔碑》、甘肃张掖《黑河建桥敕碑》、宁夏银川《西夏帝陵残碑》；碑石已失，铭文尚存的有《夏国皇太后新建承天寺瘗佛顶骨舍利碣铭》、《大夏国葬舍利碣铭》。此外，甘肃敦煌莫高窟和安西榆林窟中，西夏时期遗留的各种汉文和西夏文刻字题记共有50余处，由党项羌人刻写（或参与刻写）的至少15处。[①]西夏羌人碑文刻记中，至今存文较为完整，并有较高文学价值的是《凉州重修护国寺感通塔碑》（西夏文）和《黑河建桥敕碑》（汉文）。

《凉州重修护国寺感通塔碑》刻立于西夏天祐民安五年（1084），现存于甘肃省武威县（西夏时的凉州）文庙，塔高2.5米，

[①] 参见李明、林忠亮、王康：《羌族文学史》，四川民族出版社1994年版。

宽 0.9 米,两面均刻有文字,一面西夏文,一面汉文,西夏文由党项羌人浑嵬名迁撰写。碑铭着重记述凉州城护国寺内一座七层高的佛塔,它是阿育王所建八万四千座佛塔中的一座,以安奉佛的舍利之用。后因年久失修毁坏,前凉王张轨在位时,曾将其宫殿建于此塔遗址上,结果引出许多神奇的"灵应"之事。张天锡继位后,毁弃宫殿,重建佛塔。及至西夏时,此塔虽历经八百多年的沧桑,却依旧完好无恙,且屡有护祐夏国兴盛的"灵应"事件出现。碑铭用大量的篇幅来宣讲佛法理义,并将其与佛塔的"灵应"联系起来,其用意在于通过一些离奇的故事来宣扬佛法的威力,并为西夏统治者崇佛之举歌功颂德。

碑文笔墨精练,生动传神,在叙写历史事件时,注意选取一些具有传奇色彩的典型事例加以描述。如写塔基倾斜后"泥瓦匠每欲荐整,至夕皆风大作,塔首出现圣灯,质明自然已正如前",淡淡几笔,便将佛塔的"灵应"表现得淋漓尽致,趣味盎然。碑文对建筑物的描写也非常精彩,"妙塔七级七等觉,丹壁四面治四河。木干复瓦如飞腾,金头玉柱相映现。七珍庄严如晃耀,诸色庄校殊美好。绕觉奇宝光奕奕,悬壁菩萨活生生。一院殿帐呈青雾,七级宝塔惜铁人。细纬幡垂花簇簇,白银香烛明晃晃。法物种种聚所善,供具一一全且足。"艺术地展现出佛塔修缮后所具有的庄严、雄伟、壮丽、华美的风姿,文采四溢,隽永传神。

碑文语句与修饰手法运用,亦表现出较高造诣。如叙写佛塔景色,佛法理义,以及作者万千思绪:"五色瑞云,朝朝自盈噙金光;三世诸佛,夜夜必绕现圣灯。一现一灭,就地得道心踊喜;七级悉察,福智俱得到佛宫。天下黔首,苦乐二之可求福;地上赤面,力负俱之是根本。十八地狱,受罪众生得解脱;四十九重,乐安慈氏爱遍至。三界昏暗,智灯一举皆见显;众生乐海,惠桥已建悉渡运。圣宫造毕,功德广大前无比;宝塔修成,善因圆满泽量高。人身不实,潮湿□帐如麻竹;人命无常,安城秋明同夏花。"①联想奇特,比喻生动,节奏鲜明,对仗工整,既朴实厚重,又不失神奇浪漫。碑铭采用四言与七言相连,两句对偶而行,铺排直泻的句式,显然是受中原骈体文影响,但由于碑铭是用西夏文撰写,故在具体语法和修饰上又不完全与汉族骈文相同。西夏学家史金波称"碑文语句朴实生动,刻画细致入微,多用重叠的手法增饰艺术效果,更多地反映了党项民族文学的独特风格。"②

《黑河建桥敕碑》刻立于西夏乾祐七年(1176),碑的阳面刻汉文铭文,阴面刻藏文铭文,由党项羌人仁孝撰写。仁孝(1125—1193),西夏政权第五代皇帝夏仁宗,当政期间,十分重视文化教育,在各州县设立学校,在宫中设立皇家小学,规定凡皇室7至15岁的子弟都必须入学学习;模仿中原制度,在西夏国内设立太学,策试举人。这一系列"崇儒"、"尚文"的政策,不仅大大提高了党项羌人的文化素养,而且使西夏书面文学创作和经典翻译呈现出繁荣局面。仁孝本人也身体力行,写有一些碑铭和发愿文,如《黑河建桥敕碑》、《〈观弥勒上生兜率天经〉施政发愿文》等。

作为西夏王朝的最高统治者,仁孝不止一次地出巡河西地区,当其听到黑河桥修造者的种种神奇传说之后,为其宗教色彩所触动,出于统治阶级利益的需要,同时基于信仰方面的缘故,仁孝不仅亲自光临过张掖县的黑河桥,而且派人将其修建一新,并写下这篇告神敕文:

> 赖镇夷郡境内黑水河下上所有隐显一切水土之主,山神、水神、龙神、树神、土地诸神等,咸听朕命,昔"贤觉圣光菩萨",哀悯此河年年暴涨,漂荡人畜,故发大慈悲,兴建此桥,

---

① 以上引文均引自李明、林忠亮、王康:《羌族文学史》,第662—664页。因原碑铭有缺损,无法补上的文字以"□"符号代替。
② 史金波:《西夏文化》,吉林教育出版社1986年版,第138页。

第三章 宋辽金元时期散文（960—1368）

> 普令一切往返有情咸免徒涉之患,皆沾安济之福,斯诚利国便民之大端也。朕昔已曾亲临此桥,嘉美贤觉兴造之功,仍罄虔恳,躬祭汝诸神等,自是之后,水患顿息,固知诸神冥歆朕意,阴加拥祐之所致也。今朕载启神虔,幸冀汝等诸多灵神,廓慈悲之心,恢济渡之德,重加神力,密运威灵,庶几水患永息,桥通久长,令此诸方有情,俱蒙利益,祐我邦家,则岂惟上契十方诸圣之心,抑亦可副朕之弘愿也,诸神鉴之,毋替朕命。大夏乾祐七年岁次丙申九月二十五日立石。①

碑文以国君的口吻,敕告黑水河上下的所有自然界诸神,希望他们重加神力,密运威灵,使水患永息,桥通久长。虽有不少虚幻之冥和唯我独尊的封建思想,但亦表现出对于利国便民者的赞赏和爱国兴邦的思想。碑铭中对山神、水神、龙神、树神、土地诸神的敕命,表明西夏社会除信仰佛教之外,还信仰原始的多神教,有助于了解这一时期党项羌人的民情风俗。整篇碑文气势雄浑,感情充沛,词意丰厚,文才流溢。此外,作者还将口头传说引入到碑文创作中,可见民间文学对作家书面文学的影响。

《凉州重修护国寺感通塔碑》和《黑河建桥敕碑》是目前所见较为完整的羌人碑文创作,拓展了古代羌人散文创作领域,是羌人文学史上两篇重要作品,代表着西夏羌人碑铭创作的水准,一定程度上丰富了古代羌人散文创作。西夏之前还未曾见到一篇由羌人创作的碑铭作品传世,而西夏文碑铭作品的出现,更是前所未有,是古代羌人碑铭创作的新样式。两篇碑铭某些艺术手法的运用,亦达到了一个新的高度,如较为成功地将民间传说引入碑铭创作之中、对建筑物的精彩描绘等,在古代羌人碑铭创作中是不多见的,尤其是西夏文碑铭创作对后世产生了莫大影响。如元代北京

---

① 《黑河建桥敕碑》,转引自陈炳应《西夏文物研究》,宁夏人民出版社1985年版。

《居庸关过街塔》和敦煌莫高窟《功德碑》、明代保定"西寺"石经幢等中,均有采用西夏文创作并刻写的铭文。

第三节　女真散文

宋辽金元时期的女真散文,主要是渤海遗裔和金代女真的书表、志跋、碑铭、游记等。公元926年,渤海为契丹所灭,大批渤海遗裔在辽、金时代依然繁盛,创作并留存有诸多文学作品。渤海遗裔的散文如乌玄明《上宋太宗表》,张汝为《游灵岩寺记》,张如能《金赠光禄大夫张行愿墓志》,高衎《苏文忠公书李太白诗卷跋》,王遵古《博州庙学碑阴记》,王万庆《李山风雪松杉图跋》、《双溪小稿跋》、《与夹谷行省书》,王庭筠《五松亭记》、《香林馆记》、《李山风雪松杉图诗跋》、《西京留守厅题名记说》、《涿州重修蜀先主庙碑》等。

《上宋太宗表》为981年定安国王乌玄明致宋太宗表文,阐明渤海遗民保据一方,另立国家的缘由经过,表示愿臣属中原汉族王朝,尽力与宋合作共同讨辽,透露出心向中原王朝的热情。表文基本以四字句式为主,兼有些骈体形式,略有对仗,词清理顺,流利通畅。

《金赠光禄大夫张行愿墓志》作于1150年,张如能为其祖父撰写的墓志。主要述其祖父张行愿的曾祖父母、祖父母、父母亲的世籍、官位、封号和其二子、一女、四孙及曾孙男女的简况,而对墓主人的称颂极少,只"公赋性沉厚,传家清白;以其早逝弗克,大耀所蕴,为乡人之嗟惜"寥寥数语。风格朴实无华。

张汝为《游灵岩寺记》作于1156年,表达淡泊名利,向往山水清幽之地,避世隐居的愿望。文章记述乘劳赏军兵之机,游完泰山之后,又不顾路途遥远,来到久已向往的山东长青灵岩寺游玩。此寺建于北魏年间,寺周古木参天,有立鹤泉、佛日岩、摩顶松等名胜,风景优美。得偿夙愿,心旷神怡。游记多为四字句,句式整齐,富于韵律感,文笔流畅,简洁明快。

高衎《苏文忠公书李太白诗卷跋》作于1159年,为北宋著名散文家苏洵所书李太白诗卷写的跋文,以表赞赏、追念之情,跋文短小简练。

王遵古《博州庙学碑阴记》作于1181年,记述博州庙学的悠久历史,百年来历经沧桑,如今在有志于办学的地方官员和士绅的谋划赞助下,终于再次将庙学兴办成功。碑文紧扣热心向学的主旨,条理清晰,叙事明畅,文笔清丽。

王万庆《李山风雪松杉图跋》作于1243年,评论李山老人其人其画,着重议论其"老矣始解作画"之见,认为人至老年,功夫至到,始解作画,深解作画之甘苦。跋文毫无矫饰,信笔写来,一气呵成,简练畅达。《双溪小稿跋》盛赞双溪诗稿"气体高远,清新绝俗。道前人之所不道,到前人之所不到。情思飘如,驭风骑气,真仙语也!"真情洋溢,用语精奇,足见喜爱之深,并为使这绝妙佳句广为世人传颂,决定将诗稿刊行于世,"不敢珍藏秘惜,乃复刊行之,以新世欲见而不得者"。《与夹谷行省书》是写给一姓夹谷的地方长官的信,向其举荐侄女婿张子玮,书信详细介绍了张子玮的情况,列举其诸多有利条件,恳请夹谷行省能够接纳任用。

王庭筠不仅是金代诗词名家,散文亦负盛名,可惜留存至今的寥寥无几。《五松亭记》作于1188年,应彰德府丞李弼之请而作,表现出归隐田园、远离世俗的愿望。开篇描摹西山风景之奇特优美,继而详细介绍宝岩寺,交代在此修建五松亭的缘起和经过,文末表达对此山此亭的喜爱和欣赏,指溪水为誓,待儿女成家立业后,定学陶渊明来此隐居终老。文章描写独到,写景抒情融为一体,浑然天成,文笔细腻,语言清丽流畅。《涿州重修蜀先主庙碑》

作于 1197 年,借为重修蜀先主庙作碑记,阐发对"仁"的理解,对理想之"仁"的向往与崇拜,对历史上多行"不仁"的深切愤慨,反复论述仁者和不仁者的对比与区别、不以成败论仁的思想。文章洋洋洒洒,纵横驰骋,文笔恣肆,气势非凡。《香林馆记》作于 1200 年,为以右宣徽使出使沂州的张汝方所建之香林馆而作,由张汝方写给王庭筠的信和王庭筠的复信组成。前半部分为张汝方致王庭筠的信,记述在公事余暇,为有个更好的休息环境而特建了香林馆,实际目的在于"致思于其中",阐述摆脱俗物相扰才能有助于精心思考政事,并以事实加以印证。后半部分是王庭筠的复信,对张汝方治理沂州给予充分赞扬,称其对民宽厚,对官吏严厉,为百姓做好事,表明从政为官当以为民办事为重的态度。文末对张汝方诗画给予高度评价,乃是"日坐香林,思而得之"的结果。文章由事而发,重在抒发议论,简洁明了,清新利落。

　　金代女真散文,从留存至今的作品看,多为女真贵族所撰,内容多为创业,具有明显的应用性和实用性,风格朴实无华,受汉文学影响明显。主要有诏、制、诰、奏疏、表、书、议、册文、祭文、祝文、记、碑铭,以及孛术鲁翀、完颜璹等诗人的散文创作。

　　诏、制、诰,是古代帝王给臣下和民众所下的旨令,属于古代朝廷官府使用的下行公文,总称为诏令文。诏乃王言,有诰、誓和命三种,至秦改为"诏",历代沿用。据赵志辉主编《满族文学史》载,现存金代女真诏令有 100 余篇、诏册 50 余篇,主要是太祖创业诏、太宗劝农诏、海陵王迁都燕京诏、世宗不忘女真旧风诏、卫绍王《章宗承御范氏胎气损失诏》和《赐章宗元妃李氏承御贾氏自尽诏》等。表现伐辽、建国、创业、安民、迁都等建功立业之举、宽厚待民之心、赏罚严明的治国治军之道。表达关心民众、体恤民情、长治久安、以农为本的仁者思想。提倡保持女真纯厚、纯实、纯直之风,不忘女真祖先艰苦创业的精神。言辞恳切,情深理明,言简意赅,清楚明白,体现出尚实尚用的风格特点,语言简洁明快。制和诰,古代一种下行公文。据赵志辉主编《满族文学史》载,现存金代女真制、诰有20余篇,如《立贵妃满氏为皇后制》、《立楚王为皇太子制》、《皇子生大赦天下制》、《孔元措袭封衍圣公诰》、《超授孔元措中议大夫仍赐四品诰》、《参知政事李蹊授左丞诰》等,语言流畅,易于宣读传播。

奏疏和表,是臣下给帝王的上书,属于古代的上行公文。奏疏又有奏、疏、奏对、奏启、奏札、封事、弹事等名目。表,实际上也是一种奏疏。据赵志辉主编《满族文学史》载,现存金代女真奏疏有20余篇、表20余篇。其中,较有影响的如完颜勖《谏索女直逃入高丽户口疏》,谏言停止索回逃入高丽的女真人,这不仅是"施惠下之仁"之举,而且会达到"自我得之"的效果,首尾照应,条理分明,论述充分。徒单克宁《请立皇太孙疏》不避危险上疏请立皇太孙,以及立皇太孙为嗣的好处,缓立储嗣则将酿成大祸,皇帝应当机立断立嗣,精粹严密,层层深入,流畅准确。徒单镒《论为政之术疏》谏言皇帝施行"正臣下之心"和"导学者之志"的为政之术,治理国家要明法制,"裁断有定"。完颜素兰《论革弊政疏》以"善革弊者必究其弊之所自起"为论点,指出如能革弊政则治安之效指日可待,劝谏皇帝革除弊政,不可重蹈前人的覆辙,论述充分,恳切感人。完颜杲《上太祖谥号表》谏议增太祖之谥号及理由,逻辑严密。宗翰、宗望《贺俘宋主表》记述奉诏伐宋的经过、理由和结果,即赵桓出降稽首,伐宋之所以得胜是"得道多助",符合天意,宋帝被俘是咎由自取。

书,古代泛指臣下向皇帝陈词进言的公文和亲朋间往来的私人信件。后来,臣下向皇帝陈词进言的公文称上书、奏书、奏疏,亲朋间往来的私人信件则称书、书牍、书札、书简等。据赵志辉主编《满族文学史》载,现存金代女真书有50余篇。其中,较有影响的如太祖阿骨打《与宋誓书》，表明辽主失道是金兵兴师讨伐的缘由，与宋约定共同伐辽，誓言如果违约将受惩罚，体现了金太祖创业过程中处理国与国之间关系的策略，文字简约严明。完颜宗弼《临终遗行府四帅书》告诫四帅对抗宋兵的办法，仿宋兵器制造能够战胜敌人的武器，表现出一个民族英雄和忧国者的赤诚忠心，情辞恳切。昭德皇后《上世宗书》直斥完颜亮的罪恶，指其必亡，体现昭德皇后的高贵品格和忠贞不渝的节操，以及坚持正义的勇气和胆识，情真意切，委婉严谨。完颜匡《复宋参政钱象祖书》是一篇交割议和书信，指责宋之渝盟，"如能斩送韩侂胄，徐议还淮南地"，这是圣上的旨意，表明大金"宽仁矜恤曲从"的胸怀。完颜宗浩《复张岩书》揭穿来书之虚伪、言辞浮华而无实意、多无理失理，指出宋之求和并非诚意，提出金的议和条件与理由，并向宋发出警告。

议，古代一种议论性文体，有奏议、私议、驳议、谥议等。议最初只是议论国政，并未形诸笔墨，形诸笔墨后则为文章，即议论体散文。据赵志辉主编《满族文学史》载，现存金代女真议有10余篇。其中，较有影响的如宣宗朝关于德运争论产生的议：《翰林待制兼侍御史完颜乌楚议》、《翰林修撰舒穆鲁世勣、刑部员外郎吕子羽议》、《朝请大夫应奉兼编修穆颜乌登等议》、《集议德运省箚》等，或主张金应继宋为土德，尚黄；或主张金应为金德，尚白；或主张金应继唐而为金德，仍尚白。完颜宗弼《增上太祖谥号议》属于谥议，也是奏议，是给熙宗提的建议。提出虽有困难但必须增上太祖谥号，而且不宜从简，阐述给太祖增上谥号的充分理由，以及增上太祖谥号为"太祖应乾兴运昭德定功睿神庄孝仁明大圣武元皇帝"的原因。完颜元宜《增上睿宗谥号议》阐述增上睿宗谥号的必要性与依据，以及所增谥号及其含义。完颜宗磐《上庙号谥议》属奏议，庙号即皇帝死后在太庙立室奉祀时特立的名号，如"世祖"、

"世宗"之类。议文阐述先祖诸皇帝的功劳业绩,根据谥法建议加给诸位先祖皇帝庙号和谥号,然后为之立庙,奉上宝册。完颜宗鲁《南迁议》针对玄宗南迁诏,从历史教训和当前形势,阐述不主张迁都,劝阻玄宗南迁汴。这些议作为议论文,论理明晰,逻辑性强,层层深入,简洁明了,朴实无华,流畅自如。

记,古代一种记叙性文体,内容有记人、记事、记物之分,写法杂以议论、抒情,故又称之为杂记文。现存金代女真记文只有寥寥数篇,如孛术鲁端仁《观稼亭记》记述作者忠于职守,关心民众,体恤民情,自己出资建造观稼亭的经过。文章以记事为主,夹以少许议论,气势跌宕回环。蒲察孟里《染庄社记》记述一条名叫"雅"的蛇通人性、知恩图报的故事。"雅"由食野兽,进而噬人,具有蛇的本性,对饲养过它的恩人则极有感情,当恩人"叙故旧而数其罪"时"俯首伏诛",蛇血染红整个村庄。《仰天山记》和《拟江楼记》两篇作者有姓(完颜)无名,前者为游记,记述游仰天山之感,后者借记叙拟江楼的建造和命名发表议论,天下之物"不约而自同"。

碑,刻在石碑上的文辞,后演变为一种文体。碑文一般记人之功德、生平事迹、庙亭建造过程等内容,故又称为碑记、碑志。现存金代女真碑文不多,如完颜璹《长真子谭真人仙迹碑》记述长真子谭真人的功德事迹,属功德碑。长真子谭真人是道教教主王重阳门下四仙之一,生而特异,非凡胎,实为仙体。碑文记述其生平、学道及得道经过,传道、授业事迹以及人们对他的敬仰,神奇玄妙。石抹铫《伏牺庙碑》记述伏牺(伏羲)庙方位,村民祭庙景况,前往敬谒,发现"无碑文壁记",从而提出并论述为之立碑作文的意义。

元代著名女真诗人孛术鲁翀的散文,据赵志辉主编《满族文学史》载,留存至今的有碑铭15篇、序3篇、颂1篇、策问1篇。其碑铭记叙翔实,充分记述死者生平经历、功德政绩、品格,夹叙夹议,在纪实的基础上介绍时人对死者的评价,反映死者在当时的影响。其现存3篇序中,《大元通制序》记述修撰《大元通制》并为之作序的过程,深刻阐述典章制度于国于民的重要性,充分肯定元帝修《大元通制》之举,认为是"生民之福"。《韵会举要书考序》论述修撰韵书之重要性,文字与道德教化、国家政事有着密切关系,所以许慎、沈约等人才致力于文字学、声韵学,其作用不可低估。《张文忠公〈归田类稿〉序》记述张文忠的功德、品格和文章风格。颂,一种歌颂文体,与赞属同类。现存孛术鲁翀所作《驻跸颂》歌颂自太祖完颜阿骨打以来历代帝王所建功业,歌功颂德,文字典雅华丽,极尽铺张夸饰。策问,即提出有关经义或政事等问题,以简策难问,征求对答。现存孛术鲁翀所作《大都乡试策问》从事物的各个方面及其联系入手,多方面阐述朝政、礼乐之重要,论证清晰,逻辑性强。

  金代著名女真诗人完颜璹的散文,今仅存2篇:《全真教主碑》和《长真子谭真人仙迹碑》。分别记述全真教主王重阳和其弟子谭处端的生平及得道成仙经过,生动描摹二人从幼年及至修炼成仙的奇异历程,对二人大加赞颂。结构严谨,条理明晰,文笔洒脱,流畅自如。《全真教主碑》记述王重阳充满传奇色彩的生平,他生而奇异,文武全才,讲义气,深得乡人敬仰。后遇仙人,传授口诀,大彻大悟,抛妻弃子,独自穴居,能将泉水变成美酒给人饮用,收马从义、谭处端等人为徒。有叙述、有描写、有对话、有议论,绘声绘色,活灵活现。《长真子谭真人仙迹碑》记述王重阳真传弟子谭处端的生平事迹,他生而不凡,坠井中得安然而出,遇巨栋碎于榻前而不惊,长于诗书,尤工草隶,在身患风痹之疾后心向道教,求为王重阳门生。运笔简洁,鲜明突出,语言明快。

第三章　宋辽金元时期散文(960—1368)

第四节　藏族历史文学《巴协》

据相关历史文献记述,藏族历史文学极为丰富,吐蕃时期,就有许多编年史、赞普传略、赞普世系等历史文学著作;13世纪前后涌现出名为"伏藏"的历史文学著作,无作者署名;14世纪后署名的历史文学著作大量问世,形成藏族历史文学的繁荣局面。这些著作虽以写史为主,但其中不乏大量藏族民间神话、传说、故事、民歌等内容,具有浓郁的文学色彩,形成一种融历史、文学、哲学、宗教于一体的特殊文学作品,成为藏族文学园地中的一朵奇葩。

《巴协》,是藏族较早的一部文情并茂的历史文学作品,以手抄本传世,有数种不同的异文本。成书年代不晚于11世纪。作者一说是巴·赛囊(8世纪中、晚期人),赤松德赞时期的名臣,曾受赤松德赞的派遣去印度迎请堪布菩提萨埵来西藏,后从之出家,法名益希旺布,是藏族最初出家的七试人(又称"七觉士")之一;一说是枯敦·尊珠雍钟(1011—1075),藏族佛教"后弘期"的重要人物,继其师竹梅主持唐布切寺,并曾拜阿底峡为师;还有一说是桑喜,亦为协助赤松德赞推行佛法的重臣,曾被派遣到汉地取经,其父为随金城公主入藏的汉人。

作品从赞普赤德祖赞在位(704—755)兴佛写起,直到其子赤松德赞建成桑耶寺,《增广本》则写到阿底峡入藏(1038)。反映了藏民族对汉族文化的景仰及肯于倾心学习的心情和态度,汉族朝野上下,对藏族人民的使者热情欢迎、无比尊敬、极力帮助的友好行为,是一曲汉藏两族互相学习、亲密无间的友好赞歌。内容主要为4部分:第一部分记述金城公主的事迹,许嫁王子姜擦拉温,双方喜悦,不幸王子突然死亡;与赤德祖赞成亲,生下小王子,不料遭纳囊妃喜登抢夺;最终以小王子自认舅认母终结。对这位为藏汉友谊远嫁他乡的金城公主,寄予满腔同情、无限敬爱,并庆贺她生下一位英明的王子,艺术地表现了藏族人民希望与汉族人民友好相处的愿望。第二部分记述赤德祖赞派大臣桑喜等到内地取经的过程,着力叙述汉藏两族的亲密关系和友好往来,藏族对汉族先进文化的景仰及倾心学习,汉族朝野对藏族使者热情欢迎、无比尊敬、极力帮助。第三部分描述在兴佛灭苯的外衣掩盖下,统治阶级内部王室与奴隶主贵族之间展开的一场你死我活的激烈斗争,充分展现其尖锐性和残酷性。第四部分叙述修建桑耶寺的前后经过,勘察地势,立佛殿大柱,三层主殿具有藏、汉、印三式,以及盛大的开光和落成庆典。

作品根据历史事实,采用文学手法,吸取民间传说,加以渲染而成,情节曲折生动,起伏跌宕,极富传奇色彩。如赤松德赞派骑兵前往印度取佛舍利、派人到山洞中运取财宝、莲花生大师应邀来西藏沿途征服魔鬼和地方神祇的记述,极富神话传奇色彩,生动曲折。作品描写细致入微,人物心理刻画逼真,行文简朴通畅,脉络清晰,富于神话色彩。

第五节　蒙古族历史文学《蒙古秘史》

蒙古族历史文学产生于13世纪中叶,兴盛于17—18世纪,本时期主要作品是《蒙古秘史》。

《蒙古秘史》亦称《元朝秘史》,是蒙古族最古老的历史文学巨著,世称蒙古三大史书和蒙古三大文学名著之一。作者不详。从书末所记"大聚会,鼠儿年七月,写毕于客鲁涟河的阔迭顿阿剌勒地面的朵罗安孛勒答合和失勒斤扯克之间的行宫"推断,大约成书于1240年,原本至今尚未发现,只有汉文音译的各种版本流传国内外。全书共12章282节(学术分节),是13世纪中叶以前蒙古黄金家族谱系、史事的文学性"实录"。

《蒙古秘史》继承蒙古族家谱世系、实录记事的传统,以成吉思汗黄金家族为中心,真实而形象地记述了12世纪下半叶至13世纪上半叶蒙古高原发生的重大历史事件,详细记载了蒙古族原始社会的遗迹,以及奴隶社会的阶级分化和封建制度的确立,全面系统地反映了13世纪蒙古的社会制度、生活习俗、文化遗产、宗教信仰以及蒙古军队的组织机构、战略战术等。作品气势磅礴,讴歌成吉思汗顺应历史潮流的巨大功绩,记叙蒙古社会封建化的过程,是蒙古族社会发展崭新阶段的记录,具有历史学、文学、民族学等多重价值。

《蒙古秘史》作为蒙古黄金家族的"祖传家训",首先记述被当作蒙古部族共同祖先的孛儿贴赤那和豁埃马阑勒夫妇及其子孙之世系,继而记述孛端察儿及其子孙世系,而孛端察儿被视为成吉思汗氏族集团的始祖。这样便把成吉思汗的"黄金家族"置于蒙古部族全体族祖的系谱上,为成吉思汗英雄形象的塑造做好铺垫。是时蒙古草原处于激烈动荡之中,各部落间矛盾重重,浴血搏斗,互相掠夺财物和奴隶,形成尖锐对立。在此背景下,铁木真(成吉思汗)度过了他幼年时期苦难的生活。他父亲也速该把秃儿被塔塔儿人害死,他和寡母、幼弟们被泰亦赤兀惕部抛弃。他曾逃亡于深山密林,避于斡难河水中,在载羊毛的车里藏身。艰难的生活和不幸的遭遇,激起他强烈的反抗意识和统一蒙古诸部落的愿望。

《蒙古秘史》又是一部战史文学,真实记述了蒙古统一这一伟大历史进程中具有雄厚实力的各个集团间的角逐、杀戮和征战。有激战的场面,有英雄智慧和才能的竞争,有不同个性的草原英雄所展示的风采。为统一蒙古,成吉思汗以"那可儿集团"即伴当集团作为支柱,加入该集团的有奴仆、平民、部落首领等各色人物。他主张在统治阶级内部和黄金家族内部以团结和睦为准则,结识了孛斡尔出、木华黎、哲别等忠实可靠的助手。成吉思汗先同王罕、札木合等联盟,消灭篾儿乞惕部,接着展开与札木合及泰亦赤兀惕的争斗。札木合率札答阑部族3万人进攻成吉思汗的答阑巴勒主惕,成吉思汗亦率领3万人与之对抗,成吉思汗被札木合所迫,退入斡难河的哲列捏狭地,这便是著名的"十三个古列延战役"。公元1201年,合答斤族、撒勒只兀惕族、朵儿边族、塔塔尔部、乃蛮部、篾儿乞惕部与泰亦赤兀惕部推举札只剌歹族人的札木合为合罕,与成吉思汗和王罕联盟战于阔亦田,札木合兵败,称为"阔亦田战役"。从此成吉思汗的势力愈加强大,群臣荟萃,众星捧月。札木合不甘心失败,勾结客列亦惕部的王罕和桑昆进攻成吉思汗,最终札木合败逃,客列亦惕部灭亡,王罕被杀,称为"卯温都儿战役"。札木合逃至乃蛮部对成吉思汗构成威胁,为粉碎札木合与乃蛮塔阳罕的联盟,成吉思汗率部势如破竹,包围了那忽昆山,塔阳罕被杀,乃蛮部灭亡,札木合在倪鲁山被擒。最终成吉思汗用了17年时间,统一朔漠南北,建立起强大的封建蒙古汗国。作品还记叙了成吉思汗挥鞭向西,远征西夏、花剌子模等国的情景,写到成吉思汗长子术赤和次子察合台之间的权力之争,最后窝阔台即位。作者站在时代的高度和进步的封建阶级利益的立场上,肯定顺应历史潮流的新兴封建阶级代表人物成吉思汗,讴歌推动社会变革的积极力量。

  以散体为主、韵体为辅、散韵结合,是《蒙古秘史》的文体形式特征。散体文字约占全书的三分之二,基本为叙事文;韵文约占三分之一,主要为各种类型的抒情诗,也有一部分叙事诗。与文体的形式特征相对应,作品以叙事为主、抒情为辅、叙事和抒情相结合。叙事部分朴实清晰,详略得当,人物对话生动传神,富于性格特征,类似高超的白描手法。叙事中间,在人物矛盾冲突的某些关键时刻,事件进展的某些重要场面,作者或作品人物即打开情感的闸门,或赞颂,或谴责,或明誓,或讽刺,将激荡的感情一泄无余,使作品的节奏起伏跌宕。如第 78 节,少年铁木真、合撒儿射杀同父异母兄弟别克帖儿后,诃额仑母亲对铁木真、合撒儿所犯罪过的愤怒谴责:"祸害!/你冲出我的热肚皮出生时,/手里就握着一块黑血!/你活像咬断自己肋骨的凶狗一般,/像冲击山岩的猛兽一般,/像生吞活噬的蟒蛇一般,/像搏击身影的海青一般,/像怒不可遏的雄狮一般,/像噤声吞食的狗鱼一般,/像咬断驼羔后腿的公驼一般,/像暴风雨中窥视的野狼一般,/像把雏儿赶出巢穴吃掉的鸳鸯一般,/像返身护巢的豺狼一般,/像捕食的猛虎猎豹一般,/像胡冲乱撞的野兽一般。"诃额仑母亲的感情被意想不到的事情所震撼,心中的愤怒脱口而出,自然、激烈、奔放。

叙事的形象性,是《蒙古秘史》的重要特征之一。作品描写的许多人物与事件,有情节,有细节,有人物对话,有心理描写。如第 63、66 节,也速该把阿秃儿为铁木真求婚的描写,不仅记叙了人物、时间、地点、事情的简要经过和结果,还描述了也速该把阿秃儿和德薛禅见面互相问答的对话,德薛禅回忆的梦兆、铁木真父子应邀到德薛禅家相亲定亲的过程,以及定亲过程中德薛禅诵唱的婚礼歌词。形象的记述、富于性格特征的人物对话、层层加强的环境气氛烘托,12 世纪末蒙古草原相亲、求婚、许婚、定亲的一幅完整的婚礼风俗画展现眼前。也速该把阿秃儿、德薛禅等人物的音容笑貌活灵活现,相亲定亲的欢乐气氛扑面而来,如临其境,如闻其声。

《蒙古秘史》叙事的形象性还表现在直接展露人物心理活动的心理描写和内心独白、反映事物本质的生动细节描写等。如第 80 节,泰亦赤兀人搜捕铁木真,铁木真躲在山上几次想下山但被神谕制止的心理活动描写:

铁木真在密林里住了三夜,想要出去,正牵着马走的时候,他的鞍子从马上脱落下来,回头一看扳胸照旧扣着,肚带也照旧束着,可是鞍子竟脱落了。他想:"肚带扳胸都扣着,鞍子怎能脱落呢?莫非是上天阻止我吗?"就折返回去。又过了三夜,再要下山的时候,在密林出口,有帐房那么大的一块白岩石倒下来塞住了路口。他想:"莫不是上天阻止我吗?"就又回去过了三夜。这样没吃没喝过了九夜。他想:"怎能无名地死去呢?出去吧!"

浓厚的抒情色彩,是《蒙古秘史》的又一重要特征。作品常常专门展开抒情的篇章,以作者的口吻或作品中人物的口吻将内心的思想感情直接抒发出来,达到以情感人、以情塑像、以情咏史的目的。此外,在韵文叙事中也蕴含着强烈浓郁的抒情成分。这些抒情表现为赞颂、谴责、明誓、讽刺、悲叹五类。赞颂抒情,绝大部分是对杰出的英雄人物、将领、武士的颂歌,也有少数是对神的颂歌。如第74节,对带领儿女艰难度日的诃额仑夫人的赞颂:"诃额仑夫人生来是贤能的夫人,/养育她幼小的儿子们,/端正地戴上固姑冠,/沿着斡难河上下奔走,/拣些杜梨山丁日夜糊口。//诃额仑夫人生来是有胆识的夫人,/养育她有福分的儿子们,/拿着杉木橛子,/沿着斡难河上下奔走,/剜红蒿野葱养育子嗣。"

谴责抒情,是对罪过、背信弃义等行为的谴责,强烈的感情溢于言表。如第177节,合兰真沙陀之战,成吉思汗遭到王罕倒戈偷袭,悲愤难忍,派使谴责王罕:"我们不是曾一起说过:/若是被有齿的蛇所离间,/不要受他离间,/要用口用舌对证才相信吗?/如今我的汗父啊!/你是经过口舌对证,/才和我分离的吗?/我的汗父啊!"

明誓抒情,主要用于拥戴、投奔、联盟等的誓言和盟誓诗。如第123节,阿勒坦、忽察儿、撒察·别乞等推戴铁木真为合罕时的誓言诗:"立你做可汗!/铁木真你做了可汗啊!/众敌当前,/我们愿做先锋冲上阵去,/把姿色姣好的闺女贵妇,/把明朗宽敞的宫帐房屋,/拿来给你!/把外邦百姓的美丽贵妇,/臀部完美的良驹骏马,/拿来给你!/围猎狡兽,/我们愿给你上前围堵","厮杀之际,/如果违背了你发的号令,/叫我们与妻儿家属分离,/把我们的头颅抛在地上!/和平之时,/如果破坏了与你的协议,/叫我们与妻妾属下分离,/把我们丢弃在无人野地!"

讽刺与悲叹抒情,主要是些自讽诗、悲叹诗等,虽然不是很多,但却颇引人注目。如第111节,赤勒格儿孛阔的自讽诗:"黑老鸦的命本是吃残皮剩谷的,/竟想吃鸿雁、仙鹤;/我这不成器的赤勒格儿,/竟侵犯到尊贵的夫人!/给全篾儿乞惕人带来祸患的罪孽,/已经降临到贱民赤勒格儿头上!/想逃我这仅有的一条命,/钻进幽暗的山缝,/可是哪有躲避的地方。//坏白超的命本是吃野老鼠的,/竟想吃天鹅、仙鹤;/我这服装不整的赤勒格儿,/竟收押了有洪福的夫人!/给全篾儿乞惕人带来灾难的罪孽,/已经降临到枯干的赤勒格儿的脑袋上!/想逃我这羊粪般的一条命,/钻进幽暗的峡谷,/可是哪有遮挡我的围墙。"

善于塑造鲜明的人物形象,是《蒙古秘史》的重要特征之一。作品勾画了大大小小400多个人物,运用形象的抒情手法,成功塑造出鲜明的人物形象,通过对各类历史事件的描述和对各种历史人物的刻画,生动地反映了历史与时代对杰出人物的呼唤。成吉思汗是作品记述的中心人物,他以具有远见卓识的封建阶级政治家、才华横溢的军事家、蒙古民族利益的代表和蒙古民族团结的旗帜的形象出现,光彩照人。作品从他的诞生写到去世,集中记述其统一蒙古和南征北战的英雄业绩。先以简约的记事笔法,选择典型事件描写其坎坷的青少年时代,表现其不屈不挠的性格。从其称汗,肩负起民族统一的历史重任后,则通过对一系列不同性质的战争、战争中人心的向背、部落的分裂组合、民族统一后国家整体的创建等重大政治、军事活动的描述,在矛盾斗争中多侧面地展示其雄才大略、思想品德、性格情操。成吉思汗善于用人,在他的伴当集团中,不分贵贱,不分氏族,既有他的亲人,也有其他部落英雄,还包括投诚的名将,他不计前嫌,一概任用。

　　作为一位政治家,成吉思汗既具有雄才大略,又具有纵横捭阖的军事指挥能力。在各部落互相角逐的无数次大小战役中,成吉思汗采取各个击破的战术。他虽已看透克烈部王罕的昏庸和其子桑昆的骄纵与愚蠢,仍与之结盟,先消灭其世仇篾儿乞惕部、泰亦赤兀惕部、塔塔尔部,然后再消灭王罕的势力。在每一次战争中,成吉思汗严密部署,灵活机动。消灭乃蛮部落是一场硬战,他没有与敌人硬拼,而是制定了行之有效的作战方案。当得知乃蛮部落的马比自己的强壮时,便按兵不动,精心喂马并虚张声势,夜晚让人点火5处,令乃蛮畏惧。在战斗中,成吉思汗英勇果敢,雷厉风行,常以迅雷不及掩耳之势攻击敌方,故成吉思汗的军队势如破竹。成吉思汗治军,严明军纪,赏罚分明,执法如山。在与塔塔尔部作战中,有三人因贪财而贻误军务,成吉思汗派哲别、忽必烈前去将他们所获马群及其他财物一概没收。别勒古台是成吉思汗的弟弟,屡有战功,但因对外泄露了黄金家族所议之事,因而令其不得参与重要会议,只可理外事。因此,成吉思汗的军队骁勇善战,遵纪守法,争立功勋。作品也描写了这位封建阶级政治家狡黠善变、凶残冷酷、强露虚饰的一面。历史的与阶级的、民族的与乡土的特征集于一身,真实地反映了成吉思汗性格的复杂性与多面性。此外,王罕、札木合、诃额仑夫人的形象也给人留下了深刻影响。

　　《蒙古秘史》的语言生动活脱,简洁明快,浑厚淳朴,音韵节奏感强,散发着浓烈的草原生活气息。作品采用散韵结合的语言形式,叙事时采用散文,对话时采用韵文,散文与韵文相互配合,和谐统一,天衣无缝。叙述语言精练准确,形象生动,人物对话有声有色,富于个性,二者有机结合,穿插运用,往往寥寥数笔,便写活一个人物,烘托出一个场景。韵文形象鲜明,富于诗意,节奏感强,朗朗上口。

《蒙古秘史》运用了大量民间口头传说、歌谣、谚语、格言、赞词等。一方面吸收民间文学语言的丰富滋养和人民活的口头语言,一方面把民间歌谣、谚语、格言直接融入事件情节,使得语言风格既有书面语精炼严密的特点,又有民间口语刚健清新的韵味,表现出鲜明的民族风格。如在人物对话中经常征引古语祖训,吸收生动活泼的口语:"人的身子有头呵好,衣裳有领呵好"(推崇部落酋长的作用);"影子以外没有朋友,尾巴以外没有鞭子"(比喻处境孤立)等。作品采用了大量比喻附托,喻体与附托之物来自狩猎游牧生活,贴切而别致,富有民族特色。如以"裹着油脂狗不闻,包着青草牛不吃"比喻无所作为的不肖子孙;以"带着套马杆子的野马,中箭的牡鹿"比喻狼狈逃窜的敌人;以"深水已干,明石已碎"说明部落氏族的没落消亡等。

第六节 维吾尔族历史文学《喀什噶尔史》和《加尼别克的遭遇》

维吾尔族历史文学产生于13世纪中叶,16世纪以后开始兴盛。本时期的维吾尔族历史文学著作,主要有《喀什噶尔史》和《加尼别克的遭遇》。

《喀什噶尔史》,马学良、梁庭望、张公瑾主编《中国少数民族文学史》称作《喀什史》。作者为艾布·福图赫·阿卜杜勒·加法尔·阿勒马伊,喀什噶尔(今新疆喀什市)人。约成书于11世纪70年代,原书已佚,部分章节保存于维吾尔族历史学家贾玛尔·卡尔施14世纪初用阿拉伯语编撰的《苏拉赫词典补编》中。记述了喀喇汗王朝早期的历史,该王朝与中亚伊斯兰萨曼王朝(874—999)的关系,萨图克·布格拉汗秘密改宗伊斯兰教和发展信徒,及其在萨曼王朝穆斯林援助下在喀什噶尔夺取政权的经过、对巴拉萨衮尚未皈依伊斯兰教的大汗进行圣战等事迹,以传说故事的形式加以叙述,生动传神,具有强烈的文学色彩,既是一部历史著作,又是一部文学作品。

《加尼别克的遭遇》全名为《奥格杜鲁米希之子加尼别克的遭遇》,约成书于1260年。作者加尼别克·奥格杜鲁米希(1180—1270?),出生于喀喇汗王朝维吾尔巴彦阿吾勒部一贵族家庭,幼年曾习回鹘语,深受伊斯兰文化影响。1195年被蒙古军队扣押,后在成吉思汗宫内任职。大约1210年,成吉思汗派其前往中亚各国了解情况,先后到达高昌、七河、喀什噶尔、大宛、伊拉克,搜集了许多资料。返回时经印度而达广州,时值宋与蒙古交战,加尼别克一行被宋朝扣押。大约1215年宋与蒙古议和,加尼别克一行才被移交给蒙古军队,此后一直被成吉思汗重用。晚年,根据自己的亲身经历和所掌握的材料,完成了《加尼别克的遭遇》。

《加尼别克的遭遇》以加尼别克的亲身经历为主线,记述了成吉思汗、术赤汗、巴图汗时期的一系列军事、政治、经济、文化活动,反映了1195至1260年间蒙古、回鹘、突厥、契丹、汉、阿拉伯等民族的社会生活状况。作品以历史为依据,真实地记述了历史人物和历史事件,但在表现、描述时运用了文学的方法,使之具有浓郁的文学色彩,既是一部史书,也是一部历史文学作品。

第七节　羌人散文

西夏时期羌人散文体裁有了新发展,文体形式增多,除诏文、书表和碑铭外,出现了序文、记事文、契文、宗教发愿文等多种文

第三章　宋辽金元时期散文(960—1368)

体,西夏文创作的出现,进一步拓宽了羌人散文创作的领域。从事散文创作的羌人增多,作品数量增大,质量有所提升。作品反映的社会生活面更为广阔,字里行间运贯着深沉的民族情感,艺术手法更为丰富多彩,创作手法更加多样化,在继承和发展以往叙事、议论、比喻、对仗、排比等表现手法的基础上,又增加了描写、对话、人物性格刻画以及将民间传说故事引入散文创作的新手法,大大增强了散文作品的表现力。

《番汉合时掌中珠》序言及"人事下"是西夏羌人散文的重要作品。《番汉合时掌中珠》为西夏著名辞书,作者骨勒茂才。从成书年代看,作者应是生活于西夏仁宗至襄宗时代(约1139—1211)的人,是时西夏王朝正由盛及衰,政治、军事矛盾日益加剧,但崇儒、尚文的风气则日趋兴盛,著书立说的文人越来越多,各种辞书层出不穷。在此情形下,骨勒茂才深感学习和研究番、汉语言文字,对增进各民族间的相互了解,具有十分重要的意义。于是着手编撰了《番汉合时掌中珠》一书,其中序言和"人事下"部分,不仅是研究西夏语言文字和社会历史的重要资料,而且也是西夏散文创作中的佳篇。序言分别用西夏文和汉文书写,基本内容完全相同,汉文部分如下:

> 凡君子者,为物岂可忘己,故未尝不学;为己亦不绝物,故未尝不教。学则以智成己,欲袭古迹;教则以仁利物,以救今时。兼番汉文字者,论末则殊,考本则同,何则?先圣后圣,其揆未尝不一故也。然则今时人者,番汉语言可以俱备,不学番言,则岂和番人之众?不会汉语,则岂入汉人之数?番有智者,汉人不敬,汉有贤士,番人不崇,若此者,由语言不通故也。如此则有逆前言。故茂才稍学番汉文字,曷敢默而弗言,不避惭怍,准三才,集成番汉语节略一本,言音分辨,语句昭然;言音未切,教者能整;语句虽俗,学人易会,号为《合时掌中珠》,

贤哲睹斯，幸勿哂焉。时乾祐庚戌二十一年□月□日骨勒茂才谨序。

序文短小精悍，以饱满的激情，论述了"番人"和"汉人"都应互相学习对方语言文字的重要性："不学番言，则岂和番人之众？不会汉语，则岂入汉人之数？番有智者，汉人不敬，汉有贤士，番人不崇，若此者，由语言不通故也。"一针见血地指出，民族间语言、文字上的差异，是妨碍人们相互了解的主要障碍。因此，要想搞好民族间的团结和交流，就必须注重学习彼此的语言文字。作为西夏王国的主体民族党项羌人，骨勒茂才不以唯我独尊的眼光看待不同民族的国人，主张无论番人或汉人，只要有德有才，就应受到社会的敬重，表现出不带狭隘民族意识的宽阔胸襟和尊重知识、尊重人才的高尚情怀。文章格调清新，说理至切，笔势流畅，尽所欲言，散句中略带骈味，但又不为骈文的格式所拘泥，挥洒自如，隽永成趣，不愧为西夏时期羌人序言文创作中的力作。

《番汉合时掌中珠》虽然是一部辞书，但由于它的编纂体例较为特殊，许多上下相连的词语在内容上都有密切的联系，使某些词条通读起来具有文学色彩。如："搜寻文字，纸笔墨砚，学习圣典，立身行道，世间扬名。行行禀德，国人敬爱，万人取则，堪为叹誉。因此加官，坐司主法。"这是由11个词条构成的一段简洁文字，孤立起来看是一个个相对独立的词语，连接起来便成为一段能表情达意的散文。此类由词条构成的文字片段，在《番汉合时掌中珠》"人事下"一章共有5处。如一段有关司法、审案的词条：一个失道小人，因朝夕趋利，不敬尊长，恃强凌弱，伤害他人，而被枷在狱里。面对严酷拷打，失道小人竟不肯招认，但当官吏采用宣说《孝经》精神的方法时，他终于认罪伏法。记述一桩民事案件的发生及审理过程，表现了对朝趋取利、不敬尊长、恃强凌弱等不良社会行为的鄙视，体现了以礼俗为主，法治为辅的思想。较之以往的羌人散文,没有采用传统的创作方式来展开论述,而是以一个案件的审理过程来进行叙述,具有一定的故事性。在叙事过程中刻画了一个朝夕趋利,鲁莽好斗,不惧严酷拷打,但服孝道说教的"小人"形象,进一步增强了文学色彩。出现人物对话描写,并以此作为刻画人物性格的重要手段,起到画龙点睛的功效。这些特点在以往的羌人散文创作中是不曾有过的,大大增强了作品的艺术性,标志着羌人散文创作在西夏时期进入了一个新的阶段:由单纯的政论性、书表性散文,发展到融叙事与说理于一体,并注入故事情节、人物形象和对话描写等内容的散文创作,是古代羌人散文创作的新发展。

元代,西夏羌人遗民的散文创作十分活跃,是古代羌人散文创作的鼎盛时期,但由于年代久远及收集保存等原因,大部分作品已散佚,留存下来的不多。这一时期羌人散文作品,深受秦汉乃至唐宋汉族传统文学影响,或反映当时的政治斗争和战争风云,或揭露民族矛盾和民生疾苦,或描绘名胜古迹和风土人情,或记录仕途际遇和人生感慨,虽无民族生活的直接描写,但字里行间隐隐透露出对西夏先祖和党项民族的眷念之情,曲折反映出深沉、真挚的民族情感。创作成就和影响较大的有余阙、孟昉等,余阙著有《青阳先生文集》,孟昉著有《孟待制文集》。

余阙(1303—1358),字廷心,一字天心,人称青阳先生。祖籍河西武威(今甘肃省武威市),幼年丧父,中进士前,躬耕苦读于青阳山。青阳山位于庐州(今安徽合肥市)东南60里,处巢湖之上,湖山胜景,陶冶着余阙的性情。置经史百家于田边舍旁,劳作之暇坐而苦读,学有所成收授学徒,教书养母。元统元年(1333),考中进士,授官泗州同知。余阙热心文化教育,于培养后学上尤为着力,出仕后,扩修青阳山书房,增益储书,以惠来学。为官之余即到此讲学,受教育者有里中弟子,也有郡邑之人,甚至四方之士也闻风而至。

余阙创作丰富,又为元朝名臣,故作品留存下来的较多,其中以明刊9卷本《青阳先生文集》最为完备,收有93首诗,68篇文,另录《青阳先生文集序》3篇、《青阳山房记》1篇。《四部丛刊》续编、《四库全书》有《青阳集》6卷(《总目》及《简目》均误为4卷)。陈垣在《元西域人华化考》中称:"马祖常之外,西域文家,推余阙。"表明余阙散文在元代少数民族作家文学中有着重要的地位。余阙散文包括序、记、书、表、碑、铭等文体,其中最值得称道的是那些以序、记、书名篇的散文,影响和成就较大的是议论文和记叙文,语言朴实,议论宏伟,深受秦汉和唐宋文风影响。以下分类别析论:

1.议论性散文。余阙自幼苦读,博闻强识,经史百家,无所不览。其议论文,或评说古今讨论政治,或议论教育探讨创业,引经据典,旁征博采,具有较强的论说性。其政论文,均对当时社会政治问题直接发表见解。如《元统癸酉廷对策》论如何保有天下,首先提出"仁者,人君临下之大本也"的论点,而后就"得天下者为难,保天下为尤难"的观点展开论说。认为"忧患而思勉者易,安乐而勿失者难","治平则志易肆,崇高则气易骄。志肆则败度之心滋,气骄则爱民之意熄",从根本上指出"保天下为尤难"的原因。接着引述史实,以"成康文景之君"和"桀纣幽厉桓灵"为例,从正反两方面加以论证,阐明"惟思祖宗得天下之难者,则于保天下也斯无难"的道理。又引孔孟学说为理论依据,归结出"我国家得天下之本,一仁而已矣"。最终得出"守成之本,仁也;所当先务者,仁也"的结论。全文体制宏大,议论雄伟,论点鲜明突出,论据丰富充分,具有较强的理论逻辑和浩荡充沛的文章气势。《题宋顾主簿论朋党书后》有感而发,认为"国家之政,夫人而得言之",天下者人人之天下,大家都应当忧之言之,大有天下兴亡,匹夫有责之感,说理透彻,比喻恰切。忧国感言的政论文还有《上贺丞相》,申述国势之艰危,指陈时政之弊端,力主破敌之良策,言辞剀切激越。《题涂颖诗集后》、《送葛元哲序》等议论文学创作,颇受孟子"养气说"和曹丕"文以气为主"的影响,强调作家的内在修为和气质的重要性。《题涂颖诗集后》谈学诗:"余尝论学诗如炼丹砂,非有仙风道骨者,不能有所成也。"认为在诗歌方面要想有所成就,必须经过反复磨练。所谓"仙风道骨",是指通过刻苦修炼而形成的一种超越常人的气质,这种气质对一个诗人来说是根本性的。《送葛元哲序》论述语言表达与道德修养的关系,认为语言的精当,不是"孜孜焉追琢磨砺"就能达到的,欲学圣贤之言,首先要学圣贤之道。因为"圣贤道德之光,积中而发外,故其言不期其精而自精",如果仅仅是"学于圣人之言,则非惟不得其道,并所谓言胥不能至矣",强调作家的道德修养对语言表达的决定作用。《送月彦明经历赴行都水监序》议论治理黄河,开篇论述黄河特性及难治之因:"其性劲悍,若人性之有强力。其来也甚远,而其注中国也为甚下,又若建瓴水于峻宇之上,则其所难治也固宜。"继而考查治河历史,认为"以寻丈之防而捍,犹螳螂之臂而可以捍大车之奔",是不会成功的。最后根据黄河多泥沙、易淤积的特点和南高北低的地理位置,提出疏导北引的治河方案。文章围绕治河这一中心,从黄河的特性、治河的教训及黄河的现状三个方面展开论说,议论有据,说理有事实。

2. 记叙性散文。余阙记叙性散文有记事和记人两类。记事散文大都条理清楚,层次分明,且尚议论。《穰县学记》叙述"蒙古伊噜布哈君"在穰县兴建学校的盛况:"遂出其田禄,以为民倡。民欢乐之,乃买地于州治之西,攻其正位。肖孔子及颜子以下十四人之像于殿,余七十二子以及诸儒之从祀者,悉绘之于两序。后为学舍,廪厫以安居其师弟子。前辟门道,属于大衢,立表而题其上曰:

‘穰县之学’。”从倡议、买地到学宫学舍的建成,因事写来,文序井然,语言洗练朴实。而后大谈"学校之教,圣人所以尽人性者也"的道理,议论重于记叙。《湘阴州镇湘桥记》开篇记述湘水源流和湖水阻隔之患,表明湖上建桥的必要性。继而回溯宋代州人邓氏媪建邓婆桥和元初黄仲规以私财建石桥的历史,叙写黄惟敬兄弟继承父业集资修复镇湘桥的情况:"乃撤覆木,施石梁,更作大屋。中为道,左右为市肆。桥广若干尺,袤若干尺,上可以任大车,下可以通千斛舟。饰以彩绘,远而望之,烂若阴虹之饮湖中。"比喻形象生动,状物细致逼真,灿烂崭新的镇湘桥恍若就在眼前。文末发表议论:"夫水,天下之至险,圣人为之舟楫以济民,而舟楫需人之力。人之力有限,而涉者之无穷也。不须人而能济,有无穷之利者,惟桥为然。"阐明修桥的深层意义。文章融叙事、描写、议论为一体,文字准确严谨,因水而记桥,因桥而写人,赞扬人们征服险阻,造福大众的无畏精神。

　　余阙记人散文,或叙友谊,或述交往,或赞其文章,或称其道德,在塑造形象、刻画性格方面着墨较多。《高士方壶子归信州序》记超凡脱俗的画师方壶子,开篇写北方"幽并"之地天气寒苦,环境恶劣,生活习性迥异,南方之人"或至焉者,则亦名利之人也",以引起人们对方壶子是否名利之人的关注。继而写与之交往后的印象:"高士方壶子至正中至自信州。余始遇之,以为名利之人也。徐与往来,见其气泊然,其貌充然。人与之谈当世之事,则俯而不答。独其性好画,人以礼求之,始为出其一二,皆萧散非世人所能及。"刻画其气貌,寥寥数语便活画出一个淡泊世情的高士形象。进而表明,方壶子之到北地,是为观赏"雄杰奇丽"的景色和"古之名画",赞其如轮扁,"不知有王公之贵","不知有晋楚之富",是一位潜心绘画艺术的"善操技者"。《贡泰父文集序》记述与友人贡泰父(名师泰,官至户部尚书)的交往,紧扣"迁"字落

第三章 宋辽金元时期散文(960—1368)

笔,先以"余性素迂",引出贡泰父这个"迂者",继写两人因"迂"而交谊,又因"迂"而离京,十年后又久别重逢于京城"相见益欢",突出迂性之未改。通过饮酒赋诗、信马过市等举动的描写,刻画二人自由洒脱、不拘礼节的性格,并以极大的热情,描述贡泰父的容貌,赞美其道德文章。二人之"迂",正是污浊官场中难能可贵的率真。

余阙是西夏党项羌人后裔,虽然生长于庐州,在经济生活、风俗习惯上受中原文化的影响,但在内心深处,仍保留有对西夏故地和党项民族的眷恋。《送归彦温赴河西廉使序》以深情的笔墨、赞赏的口吻,记述合肥西夏族同胞的体貌、性格和风俗:"合肥之戍,一军皆夏人。人面多黎黑,善骑射,有长身至八九尺者。其性大抵质直而上义。平居相与,虽异姓如亲姻。凡有所得,虽箪食豆羹,不以自私,必召其朋友。""岁时往来,以相劳问,少长相坐以齿不以爵。献寿拜舞,上下之情,怡然相欢。醉即相与道其乡邻,亲戚各相持,涕泣以为常。予初以为,此异乡相亲乃尔;及以问夏人,凡国中之俗莫不皆然。"而面对党项羌后人淳朴和睦风尚的变化,余阙痛心疾首,以一个儒者特有的目光,希望归彦温到河西后,能使那里恢复良好的风俗:"今为廉使于夏,必能兴学施教,以泽吾夏人。吾夏人闻朝廷以儒臣为尊官以莅己,必能劝于学,以服君之化。风俗必当丕变,以复于古,其异姓相与如亲姻,如国初时,如余所云者矣。故道吾夏之俗以望吾归君焉。"通过教育使夏人风俗大变如国初,"以泽吾夏人",寄寓着强烈的复兴夏人的美好愿望,透露出深切而诚挚的民族情感。

现存余阙散文中有两篇警寓文章,亦诗亦文,颇具特色。《结交警语》:"君子相亲如兰将春,无夭色之媚目,有清香之袭人;小人相亲如桃将春,有夭色之媚目,无幽香之袭人。"《染习寓语为苏友作》:"人若近贤良,喻如纸一张;以纸包兰麝,因香而得香。人若近邪友,喻如一枝柳;以柳穿鱼鳖,因臭而得臭。"前者阐述君子之交虽淡,然有味,小人之交虽浓,但无益。后者阐述的是近朱者赤、近墨者黑的道理。语言生动幽默,比喻浅近有趣。

余阙是古代羌人散文创作的集大成者,在羌族文学史上占有重要地位。元朝之前,历代羌人散文创作只是零星的,时断时续。西夏时期的羌人散文,保存下来的也不多,没有产生大的影响。元代出现了数量众多的羌人散文创作者,开创了古代羌人散文创作的新局面,昭示着羌人散文空前繁荣时代的到来。在众多的作家中,余阙无疑最突出,与同时代、同民族的作家相比,其创作最为丰富,所留存下来的作品,数量多,质量出众,反映的社会生活面广,思想内容丰富。他能熟练运用中国传统文学的各种形式,并在艺术上取得较高成就,以其优秀的创作,将羌人散文创作推进至一个更加成熟的阶段。

孟昉,生卒年不详,字天昈,亦作天伟,河东人,羌人古文家。孟昉刻苦好学,20年间读书不废,有多方艺术才能,除诗文创作外,还工书法、歌曲,精究声韵之学。

孟昉以古文创作而闻名,有《孟待制文集》流传当世,今已亡佚。傅若金《孟天伟文稿序》称其好学有才识:"暇日即读书,为文不废。凡志、记、叙、述、铭、赞、赋、颂之作,各极其体,汲汲焉古作者之度。"[①]可见孟昉为文之辛勤,体裁之多样,内容之丰富。陈基《孟待制文集序》将孟昉的文章置于元朝文风范围考察,认为元朝散文有至元、延祐、天历三个时期的变化,文章峭刻森严,雕琢过甚。此后,孟昉的古文异军突起:"孟君之文,舍峭刻而就和平,却雕琢而趋忠厚,倬然于三变之后,操不野之音,含不朽之璞,若固有之充。"可见孟昉古文创作能吸取前人之精华而去其糟粕,文章趋

---

① 傅若金:《傅与砺文集》卷四,《北京图书馆古籍珍本丛刊·92》(集部·天别集类),书目文献出版社1988年版。

于古雅质朴,承袭了秦汉散文的优良传统。张昱《寄孟昉郎中》称"孟子论文自老成,早于国语亦留情"。余阙《题孟天昉拟古文后》称其"喜模仿先秦文章,多能似之"。苏天爵《题孟天昉拟古文后》称"观所拟先秦、西汉诸篇,步趋之卓,言语之工,盖欲杰出一世"。可见孟昉文章在当时的成就与影响。

　　孟昉散文现存仅《天净沙·十二月乐词序》一篇,论声调之所兴起,述历代乐歌之概况,表明作者创制这组小令的原因。《天净沙·十二月乐词》从正月至十二月,每月一首,加上闰月一首,共13首。孟昉最初是想为唐代李贺的《十二月乐词》诗配上音乐曲调,以供演唱。然经朝夕涵咏,寻绎日久,终未能成。于是便"增损其语,而檃括为《天净沙》,如其首数。"全文长 300 余字,可窥孟昉散文之一斑。

第四章　明清时期散文(1368—1912)

中国少数民族文学界通常将古代各民族传记文学归为散文的范畴。15 世纪以后,在藏族、蒙古族、维吾尔族等民族中,出现了一种独特的文学样式——传记文学。这些传记作品主要记述各民族可汗、赞普、大臣、官吏、佛陀、高僧的一生或部分事迹,有的穿插进许多魔幻故事,具有浓厚的宗教气息和神异色彩,不仅具有重要的史料价值,而且富有文学色彩。如藏族的《米拉日巴传》、《颇罗鼐传》、《布敦大师传》、《萨迦班智达传》、《马尔巴传》、《日琼巴传》、《汤东结布传》、《朱巴滚勒传》等,蒙古族的《名为黄金史之成吉思汗传记》、《圣者乃吉托音达赖曼殊室利传——开光显扬如意珍鬘》、《热津巴札雅班第达传·月光》、《章嘉阿旺罗桑却丹传·珍珠璎珞》、《普渡众生上师章嘉活佛若必多吉前世传·如意珍宝》、《文殊怙主佛灯持大金刚益希丹白坚赞前世传·三界唯一庄严妙法如意宝鬘》、《法统宝座甘丹赤巴罗桑丹白尼玛传·生成明辨意根之源》、《遍智圣者宗喀巴传·吉祥之源》、《恩德无比之至尊上师罗桑楚臣传略·信莲盛开之日光七章》等,维吾尔族的《和卓传》、《霍集占传》、《艾斯哈布勒凯夫传》、《布格拉汗传》、《乐师传》、《乌瓦依斯耶传》、《萨吐克·布格拉汗传》、《马乌兰纳·阿尔西丁·瓦里传》、《默哈买德·夏立甫和卓传记》、《阿布·纳斯尔·萨曼尼和卓传记》等。

明清时期少数民族散文继书表、碑铭、文论、杂著、游记、序跋、历史文学后又出现了传记文学、笔记、书信、随笔、时文、小品、杂感等样式。越来越多的民族涌现出自己的散文作家作品,产生了一批在各民族文学史上有着重要地位和影响的作家作品。这一时期,历史文学和传记文学呈现兴旺景象,藏族产生了历史文学名著《西藏王统记》、《贤者喜宴》、《西藏王臣记》等,蒙古族产生了蒙古族"三大史书"之一的历史文学名著《黄金史》等,维吾尔族产生了历史文学名著《拉失德史》、《拉失德史(续编)》、《伊米德史》、《喀什史》、《宗谱之海》等。其他样式的散文作品也大量涌现,满族麟庆的散文集《鸿雪因缘图记》,以记游为主,共收记文、图画各240篇、幅,图文并茂,别开生面。哈萨克族阿拜的散文集《阿克利亚》、壮族黄诚沅的杂文集《迩言》、锡伯族何耶尔·维克金的《辉番卡伦来信》、侗族诗人姚复旦的《石头记》、壮族韦继新的《戒洋烟赋》和《今日安闲恃文兄》等名篇佳作,文质兼美、脍炙人口。

明清时期,是少数民族古代散文全面发展并取得丰硕成果的时期。尤其从鸦片战争开始,经太平天国、辛亥革命,至五四运动的近代历史时期,少数民族散文创作在全国各族人民如火如荼的反帝反封建的革命浪潮和爱国激情的推动下,保持着旺盛的发展势头,成就不凡,标志着少数民族古代散文创作进入繁盛时期。

第一节 藏族历史文学

14世纪以后,藏族社会相继涌现出大批的历史文学作品,其中著名的有:索南坚赞的《西藏王统记》、巴俄·祖拉陈哇的《贤者喜宴》、阿旺·罗桑家措的《西藏王臣记》、布敦·仁钦珠的《布敦佛教史》、旬努贝尔的《青史》、蔡巴·贡嘎多杰的《红史》等。这些作品涉及藏族社会的政治、经济、文化、宗教等各个方面,又引述了许多民间神话传说,语言活泼生动,文采流畅,兼有史学和文学的价值。

《西藏王统记》，又作《王统世系明鉴》、《藏王世系明鉴》、《西藏王统世系明鉴》。成书年代一般认为在明洪武二十一年（1388）。作者索南坚赞（旧译"福幢"），西藏萨迦派僧人，生卒年不详，从成书年代看，应为 14 世纪人。全书共 18 章，记述上自吐蕃史前传说时期藏族的起源，以及聂赤赞普后的历代赞普，下至吐蕃王朝崩溃后诸小王割据、社会一度动荡不安的历史，着重叙写松赞干布、赤松德赞和赤热巴坚在位时统一藏族、制定法律、倡制文字等丰功伟绩，以及汉藏民族关系，展现藏族社会从原始社会到奴隶社会崩溃的历史延续和佛教发展史，以及与邻邦的交往。在记述历史时引用了许多民间神话、传说和故事，如至共赞普与大臣洛昂斗殴被杀故事的引述：

> 至共赞普为魔蛊惑，忽对其臣洛昂达孜言曰："汝可作余格外敌手。"洛昂答言："大王何为？我乃臣下，曷敢与主敌对。"强之，不获免，乃备战。择氐宿亢宿日为斗期。王有一变化神犬，名宁几拉桑（229）。王遣其往洛昂处刺探。已为洛昂所觉，遂诡言："后日王来杀我，不领士卒，王头束黑绫，额系明镜，右肩挂狐尸，左肩悬死犬，挥剑绕头顶，复以灰袋置红牛背上而来，则我不能敌也。"犬归，以告于王。王竟依所言设备。及至后日，如言装束，往杀洛昂。忽有狂啸声起，红牛惊逸，灰袋碎地，扬尘障目，狐尸使战神被秽而遁，犬尸亦使阳神被秽而逃。舞剑盘顶，致天绳为断。尔时大臣洛昂对王额上明镜放出一箭，王遂中箭身亡。①

形象地刻画了至共赞普的愚蠢和自负，以及大臣洛昂的聪敏机智。语言委婉活泼，妙趣横生，舒畅流利。书中还引述了迎娶文成公主

---

① 索南坚赞著，刘立千译：《西藏王统记》，民族出版社 2000 年版。

第四章　明清时期散文(1368—1912)

的故事,以及修建大昭寺和小昭寺的故事等。整部作品运用藏民族惯用的散韵结合体裁,韵文流畅风趣,韵律音节和谐。作品参阅大量历史资料(所引汉藏史籍著作达17种之多),记述古代藏族社会政治、经济、文化等方面的丰富内容,是同类作品中的佳作,不仅有重要的历史价值,也有重要的文学价值,受到国内外学者的重视,有汉、英等文译本。

《贤者喜宴》,全称《圣法转轮大德史明轮·贤者喜宴》。作者巴俄·祖拉陈哇(1504—1566),亦译巴卧·祖拉陈哇,原名米庞却吉杰布顿珠,噶举派噶玛支系活佛,著名学者。作者自述自42岁始,先后两次撰写此书,1564年成书。因刻版于山南洛扎代哇宗拉隆寺,故又称《洛扎佛教史》,是一部史料翔实、内容丰富、广征博引、文采流溢、妙趣横生的藏族历史文学著作。全书5编17章,以散韵结合的形式,记述上至西藏远古,下至元明时期的藏族历史,包括世间形成,佛教产生及发展,吐蕃王统史,各教派之兴起,译师、论师史,噶玛噶举教派史,以及汉地、突厥、苏毗、吐谷浑、于阗、南诏、西夏、蒙古等的佛史王统,古印度王统、泥婆罗、克什米尔、大食等古史亦有记述。在记述历史事件时引述了大量神话、历史传说、故事等民间文学作品,以神化、夸张、传奇的手法表现历史人物的神奇事迹,文学韵味浓郁。如猕猴与岩魔女结合繁衍藏族,聂赤赞普降生为人主,至共赞普比武被杀,拉托托日年赞得天降宝匣,松赞干布迎娶汉(文成公主)、尼公主,建大昭寺,赤德松赞迎娶金城公主、修建桑耶寺等当时藏族社会广为流传的神话、传说、故事。这些神话、传说、故事虽不止一次在藏族其他史书中记述过,但本书较之其他诸本情节曲折委婉,有对话、心理活动、地方风习的描述,生动活泼,情趣盎然,语言朴素生动,文字简练流畅。如噶尔·东赞求智的故事,着墨不多,却将噶尔·东赞求智若渴、塔杰·芒布吉以计窃智、其·芒协安巴醉献良策的性格举止表现得

69

栩栩如生,以简略的细节描写突现人物粗略面目。此外,本书还记述了许多宗教神话故事,如千手千眼佛的来历、松赞王派化身比丘先后赴印度取蛇心檀香的自现观音像和乳浇檀香观音像、塑造大昭寺神像、吐蕃地方神鬼聚议反对佛法等。其中,千手千眼佛来源传说,十分有趣,既阐释了千手千眼十一面佛的来历,又彰显了无量光佛和观音菩萨性格中富于人情味的一面。

《西藏王臣记》,全称《西藏历史·春后之歌》,成书于1648年。作者五世达赖阿旺·罗桑加措(1617—1682),出生于山南一个琼结贵族家庭,6岁时被认定为四世达赖转世灵童,由三大寺僧迎入拉萨哲蚌寺。9岁拜四世班禅罗桑曲吉坚赞为师,受沙弥戒。22岁从四世班禅受具足戒,积极从事社会活动,扩大自己的政治影响,与驻青海的蒙古和硕特部首领固始汗一道派人赴盛京(今沈阳),与满族统治者表示通好。1642年,固始汗应五世达赖和四世班禅之邀率兵入藏,帮助其取得西藏最高统治地位。1652年,赴北京会见顺治皇帝,被封为"西天大善自在佛所领天下释教普通瓦赤喇坦喇达赖喇嘛",为祖国统一、民族团结做出重大贡献。

《西藏王臣记》记述自松赞干布执政至固始汗入藏、黄教格鲁派建立噶丹颇章政权的千年西藏史,着重记述后400年西藏社会连年交兵、屠杀焚掠、动荡不安的状况,各地政权间纵横捭阖、尔虞我诈、错综复杂的政治纷争以及互相争城掠地、征战不息的军事攻伐,广大僧俗民众因各种政权割据一方、互相攻掠、残杀无辜而遭受的灾难和痛苦。作品记述历史人物和事件时,注意突出人物的形象和事件的故事性,通过形象和故事透露作品意旨;采用藏族历史文学独特的散韵结合的抒写形式,以散文叙事,以韵文抒怀,如重峦叠嶂、层出不穷的藻饰排句,独具特色;然而,由于滥用梵语借词,堆砌浮词,文字晦涩、臃肿。

《西藏王臣记》所记史实与《西藏王统记》、《贤者喜宴》等大体相同,所不同的是在记述历史时采取详今略古、详政略教的方法,以五分之三的篇幅叙述后400年的历史,其目的是"述历代之昏暗,显当时之清明"。该书内容丰富,富于文采,不仅对研究西藏历史有重要的史料价值,而且是藏族历史文学的代表性作品之一,在藏族文学史上占有一席之地,历来受到历史学家和文学家的重视。

第二节 蒙古族历史文学

蒙古族历史文学自13世纪中叶产生,17至18世纪达到兴盛,涌现出《黄金史纲》、《罗·黄金史》、《蒙古源流》、《黄金史》、《宝贝念珠》等代表作品。

《黄金史纲》,全名为《诸汗源流黄金史纲》,作者不详,因此学界称其为"佚名氏《黄金史纲》"。写作和成书年代,作品本身和其他历史文献均无记载,故有多种推论,最早为1604年,最晚为1725年。是一部记述从远古到作者生活时代蒙古黄金家族诸汗源流史,黄金家族族谱世系记述完整准确,在某种意义上也即是蒙古族通史。作品主要记述:古印度和西藏王统世系,远古时期黄金家族从孛儿帖·赤那到成吉思汗父也速该把阿秃儿的传承世系及其史实,成吉思汗统一蒙古诸部、对外征战业绩及其驾崩殡葬过程,蒙元时期从窝阔台汗到妥欢帖木儿汗的传承世系和妥欢帖木儿汗失国,明代蒙古从妥欢帖木儿汗到林丹汗的传承世系及其史实。

作品将历史人物、事件传说化。对明代蒙古历史传说的记述,从内容看,一是黄金家族大汗的传承世系,二是历史人物、事件的传说故事;从整体架构看,则是在黄金家族大汗传承世系框架内填充一段一段的历史传说故事。所记述的史实片断,参与的大小人物一般都有名有姓,事件经过有头有尾有情节。如从明安哈剌会盟到那哈出阿里雅解救博勒呼济农几段连续性的传说，涉及有名有姓的大小人物37个，其中有地位显赫、在历史事件中产生过重要作用的大汗、济农、太师，也有身份卑微、在某一具体环节尽职尽责的亲随、士兵、奴仆。传说故事的记述形象直观，其中某些人物的对话、细节的描写更是生动逼真。如那哈出盗马过程的描述：

  当时，因为刮风的原故，也先太师以外氅遮挡了火，坐着。他竟越过四周熟睡的人，去解那拴在也先太师身旁的甘草黄骒马和黑鬃黄儿马；猛地听到咚咚的声音，环视之下，却不见人影，解开缰绳，骑了一匹，牵了一匹，刚刚要走，又咚咚地响了，环视一番，仍无人迹，这才发觉是自己由于紧张而心跳的声音。当营中人问起"你是谁"时，回答说："你可真够机警的，有蒙古的哈尔固楚克台吉、那哈出二人，把他们抓住！"言毕，越营而出。①

环境气氛的渲染，人物心理活动的刻画，可谓如临其境，如闻其声。语言形象生动，情感真挚。

  作品采用形象直观、知情合一的表现方式和叙述、描写、抒情相结合的语言表述，吸收融会蒙古族谚语格言、祝赞誓词、遗言悼诗等传统民间文学形式。如记述科尔沁王那颜博罗特向满都海夫人求婚时，引用民间约定俗成隐语："让我点燃你的灶火，指示你以牧场吧！"既含蓄而又气势逼人。满都海夫人回绝道："吾汗之遗产，合撒儿的子孙能继承吗？你合撒儿的遗产，我们能继承吗？有推不开的门扇，有跨不过的门槛。"两个明确反问后的两个隐喻，使拒绝的态度有理有据、斩钉截铁。

  《黄金史》，作者罗桑丹津，故又称《罗·黄金史》，以区别于其他同名著作。大约成书于17世纪50年代后期。它不仅采录了

---

① 朱风、贾敬颜：《汉译蒙古黄金史纲》，内蒙古人民出版社1985年版，第64页。

第四章 明清时期散文（1368—1912）

《蒙古秘史》大部分内容，因而保留了《蒙古秘史》所具有的形象性和抒情性的文学色彩，而且还插入了许多民间神话传说、叙事诗、训喻诗、格言诗、历史故事等，并杂以作者虚构的成分，使其成为具有神奇色彩、荟萃各种文学样式和具有高度艺术结构的历史文学作品，在蒙古族文学史上占有重要地位。

作品记述了成吉思汗统一蒙古、统一草原并登上汗位，及其子孙统治蒙古的历史。前半部记述从蒙古先祖到成吉思汗逝世的历史，转录了《蒙古秘史》大部分文字，时间跨度也与之大体相当；后半部记述从窝阔台、贵由、蒙哥到元朝建立者忽必烈薛禅可汗至林丹汗时期的历史，内容与佚名氏《黄金史纲》基本相同。前半部虽转录了《蒙古秘史》大部分文字，但其思想倾向并不尽相同，相较而言《罗·黄金史》极力强调只能建立一个统治中心，极力神化成吉思汗，极力突出黄教思想的指导作用。

作品穿插了许多蒙古族民间神话、传说，体现出夸张、神奇的色彩；将受萨满教观念影响的成吉思汗置换为奉佛祖之命降生人间的"天神"，为达此目的，不惜采用虚构手法：天神霍尔穆斯塔在镶嵌宝石的玉碗中斟满仙酒，送给成吉思汗饮用；成吉思汗为教训高傲自大的合撒儿、别勒古台二人，变形为卖弓老人等，极具神话传奇色彩。

作品以历史人物为蓝本，塑造了成吉思汗、合撒儿等许多富有政治头脑和个性鲜明的英雄形象。成吉思汗，一个神化了的历史人物，不仅是一位以武功盖世著称的英雄，同时也是一位精于"文治"的杰出政治家，尤其突显其"文治"方面的卓越才能，表现其治理"五色之国，四夷之邦"的一系列治国安邦之策略。合撒儿，成吉思汗的弟弟，二人之间有矛盾，作品较其他著作夸大了兄弟间的矛盾，且对合撒儿多有贬词，如写他贪天功为己有、企图同成吉思汗一样分享上天所赐的仙酒、逃跑后又归来等。

作品散韵相间、诗文并茂,荟萃古代蒙古族各种文学样式。散体和韵体的运用灵活多样,有的章节全部用散体,有的章节既有散体也有韵体,有的章节全部用韵体。一般而言,歌功颂德、赞扬勇士、讽刺仇敌、鞭挞暴戾,或讲述格言、训语时,主要采用韵体形式;记述历史传说、民间故事、笑话则主要采用散体形式,有时中间穿插些韵文点明主题、突出中心。韵体中的叙事诗,在行数、每行字数、韵律、格式方面没有严格要求,句子有长有短,不追求整齐之感;格言诗、训喻诗则在句数、每句字数、对仗、用韵方面都有具体格律规定,具有强烈的节奏感。反映社会生活并有强烈抒情色彩的叙事诗和以理服人、发人深省的哲理诗,构思巧妙,情节曲折,矛盾尖锐,人物众多;格言诗与训喻诗中,夹杂一些民间谚语,如"吃肉的牙,长在嘴里;吃人的牙,藏在心中"等,突出阐明有关治国安邦、团结统一、反对分裂割据的政治主张,表现成吉思汗的求实精神和奋发图强的坚强意志。

《罗·黄金史》还有大量使用梵、藏语词的语言特点。作者在熟练运用简洁、精确的蒙古文书写的同时,自觉不自觉地采用佛经中的许多梵、藏语汇,将其运用于各种比喻包括博喻之中。如《成吉思汗与其九员大将的对话》的赞美诗,一连采用二十多个比喻称颂成吉思汗,而这些为数众多的比喻几乎都来自佛经的梵、藏语。例如形容成吉思汗的宽广胸怀,不用自然界的海洋作比,而用"阿纳巴达"这一源自佛经中的海洋作比;称颂成吉思汗是造福人民的可汗,则将其喻为"结满了各种甜蜜果实的宝树"等。

《蒙古源流》,原名《额尔德尼·脱卜赤》,作者萨刚彻辰,成书于1662年。记述宇宙的形成、人类的起源、印藏王统以及蒙古诸汗源流,从蒙古始祖孛儿帖·赤那一直到成吉思汗、忽必烈汗、达延汗直至林丹汗,其中对15—17世纪蒙古社会历史、诸汗世系的记载,尤具珍贵的史料价值。而在记述每一历史事件时,无不倾注着作者鲜明的爱憎感情,以表达对现实的不满和批判,其中的许多故事、韵文具有相当的文学色彩,不失为一部历史文学著作。

作品从宇宙的形成一直记述至清朝顺治中期,原书不分卷,汉译本分为8卷。内容分四部分:宇宙的形成和人类的起源,印度、西藏的王统和佛教的发展,蒙古汗统及佛教在蒙古地区的发展,明朝简史和清朝初期简史。第一、二部分内容来自佛经或梵、藏文史料,记叙气、水、土三者妙合而凝聚,形成宇宙大地,接着一位天神下凡为人,繁衍生息,形成人类,同时形成苍天、大地、地狱三界,随后生成"六凡"。印度出现一位受众人敬爱的可汗,名摩诃三摩迪。天空中出现照耀人世的太阳、月亮和星星,而后释迦牟尼诞生。接着简要记述印度和西藏的历史,摩诃三摩迪可汗后裔到西藏为藏疆之王,其后人阿拉坦希热图可汗的小儿子孛儿帖·赤那,为逃避国内骚乱,携妻子豁阿马兰勒,渡过腾吉斯海来到不儿罕合剌敦山脚下居住,并统治着那个地区的人民,成为蒙古可汗。

第三部分叙写蒙古诸汗和封建领主历史,同时记述喇嘛教在蒙古地区的传播过程,特别突出右翼三万户的历史,其中对鄂尔多斯部和土默特部历史记述得尤为详细。在叙写忽必烈薛禅可汗丰功伟绩时,用不少篇幅记述八思巴喇嘛的神通,强调政权与宗教"两种原则"并存,二者相辅相成、共同发展的道理。

第四部分主要记叙后金贵族努尔哈赤。他是天神下凡,是大福大贵和有远见卓识的杰出人物,他统一了水滨的3万女真人,建立后金,进而灭叶赫、珍扈伦等。他进攻明朝,以少胜多,以弱胜强,占领辽东抚顺等地,表现出杰出的军事才能。接着记述皇太极的功绩,皇太极与林丹汗的斗争以及与林丹汗之子额哲的关系,清朝皇帝对班禅、达赖的册封和满洲人入主中原前皇太极的逝世,其中提及明朝皇帝崇祯的自杀,农民起义军李闯王的失败。对明朝历史的叙述极为简略,仅为历代皇帝年谱。

作品在真实记叙历史事件、历史人物的同时,融入大量神奇故事、历史传说和抒情诗歌。善于在记叙重大历史事件和重要历史人物时,通过这些历史人物在重大历史事件中表现出来的一两个具体行为或一两句简短的话语,阐明一个历史事件的性质或表现一个历史人物的性格特征。如也先用离间计成功地破坏了岱总可汗与其弟阿噶巴尔济济农的血肉关系,并杀死阿噶巴尔济济农,进而要杀自己外孙时,咬牙切齿地说"灭了孛儿只斤(家族)后代";俘获明英宗后,又放回英宗,蓄意挑起明廷内部不睦,表现出一代"枭雄"也先的政治手腕和阴险狡诈的性格特征。

《蒙古源流》在继承古代蒙古书面语言的基础上,一方面吸收贵族知识分子在官场惯用的文言文和鄂尔多斯地区的一些方言,另一方面又在不少章节中采用从佛经翻译过来的梵、藏词语和从满、汉文献中引用的满、汉词语,因而形成既丰富多彩又晦涩难懂的语言特点。

《黄金史》,作者莫日根葛根·罗桑丹毕坚赞(1717—1766),成书于18世纪。有多种抄本和刻本,从内容和形式的完整程度看,主要有33章本和13章本,13章本的内容较33章本简要,形式也更为古老。相较其他同类蒙古族历史文学文本,《黄金史》突出了蒙古统一时期成吉思汗兄弟合撒儿的功绩和其后裔世系,对印藏王统的叙述更加详细。作品史论结合,每一章的结尾都有评述性诗句,文中亦不时插入训谕性的对话和议论,在印藏王统和蒙古汗统的叙述中穿插一些带有神话色彩的传说故事,表现出某种独特的文学性。

《宝贝念珠》,作者噶尔丹托萨拉奇(1796—1880?),成书于1841年,原本迄今未见,以手抄本流传。共2章46节,记述自17世纪初至19世纪前半叶蒙古历史事件:满洲占领外蒙和西部蒙古后重新以盟旗苏木划分,外蒙古黄教流行,创建圣库伦(乌兰巴托),满洲派军进驻外蒙古、修建军事设施、开垦军田,划分蒙古与俄罗斯边界,确立满洲与俄罗斯的关系,外蒙古民众兴起反满运动,以及清王朝向蒙古僧俗封建领主加官晋爵、赐印奖赏,不惜巨资修建寺院,并向一些寺院降国书等。作品记述历史事件,波澜起伏,历历在目,刻画人物心理活动,笔触细腻,丝丝入扣,具有浓厚的文学趣味。

第三节 维吾尔族历史文学

维吾尔族历史文学自13世纪中叶产生,至16世纪开始兴盛,涌现出诸如《拉失德史》、《拉失德史(续编)》、《伊米德史》、《安宁史》、《宗谱之海》、《杰米伊尔史》、《伊斯兰史》、《王书》等代表性作品。这些作品以文学的形式写史,穿插神话传说,间或引用诗句,用抒情的手法描写事件的经过和表达作者自己的情感。

《拉失德史》又译作《中亚蒙兀儿史》,约成书于1545年,用波斯文书写。作者米儿咱·海答儿(1499—1551),全名米儿咱·马黑麻·海答儿·朵豁剌惕·古列干,出生于喀什噶尔。母亲忽卜·尼格尔·哈尼木出身察合台王族,父亲马黑麻·忽辛·古列干属朵豁剌惕部。米儿咱·海答儿生活在一个动荡的年代,青年时跟随父亲转战各地,父亲遭乌兹别克昔班尼汗杀害后被赛义德收留,并被委以重任。1514年,米儿咱·海答儿协助赛义德进军喀什噶尔,击败阿巴伯克尔人,建立了叶尔羌汗国。1541年,为躲避拉失德的加害,米儿咱·海答儿逃亡克什米尔。1541至1545年,米儿咱·海答儿搜集书籍,整理传说,进行著述,完成传世之作《拉失德史》。

《拉失德史》记述了13至16世纪中亚特别是新疆地区的历史。全书分两部分,第一部分写秃黑鲁·帖木儿时期到拉失德时期的历史,记述两个统治家族的兴衰,一是起始于秃黑鲁·帖木儿的察合台汗王族,一是起始于异密播鲁只的朵豁剌惕部诸异密家族。第二部分是作者回忆录,从出生起一直到他统治克什米尔止,记述作者生平、皈依伊斯兰教后维吾尔化的察合台王族后裔以及乌兹别克汗的事迹。第一部分主要依据他人著作和搜集到的传说写成,第二部分是作者亲身经历和所见所闻。作品在叙述历史事件的同时,以富有诗意的语言表现自己对历史事件的看法和态度,在叙述历史事件的过程中,以富于情感的诗歌语言议论或抒情。如第一编第五章异密帖木儿采取斗智不斗勇的方法来防止"汹涌而来的一场洪水猛兽"时,边叙述异密帖木儿的明智行动,边在适当时候插入表现作者有关看法和体会的诗句:"暴虎凭河勇,/何以智谋高。/智勇能兼备,/赫赫名可标。"第十章叙述帖木儿一天夜间命令部队在最高的山峰四周生火,敌军见火光冲天,抱头鼠窜,在这十倍于己的敌军被击溃时,插入两句诗:"恶运远其身,/成功莫此盛。"

《拉失德史》集传成史,大胆运用文学手段表现历史人物,把历史人物置于典型环境中,在各种矛盾冲突中展现人物的性格,通过生动丰富的情节来塑造人物,再现历史。历史叙事与艺术表现融合统一,既是历史著作,又是文学作品。

《拉失德史(续编)》又作《编年史》,成书于1687年(一说1676年)。作者麻赫穆德·朱拉斯,又称沙·马合木·楚剌思或马赫茂德·贾拉斯,全名米尔扎·沙阿·麻赫穆德·朱拉斯。麻赫穆德为其本名,朱拉斯为所属部族名称。生卒年不详,大约生活于17世纪20年代至18世纪初。

《拉失德史(续编)》记述了13至17世纪发生在中亚和新疆地区的一系列重大历史事件,继《拉失德史》之后,续写了自拉失德至巴哈杜尔之间叶尔羌一百多年的历史。虽为修史,却不乏文采,语言流畅、生动,叙事状物、塑造人物手法高超,善于从传说中辑录细节,生动传神地再现历史人物的形象。如关于窝阔台汗的一则传说故事,生动具体地再现了窝阔台汗足智多谋,处理政务的风采:相传成吉思汗有令,禁止臣民断喉杀牲,只能敲死勒死,这显然与伊斯兰教法规和穆斯林生活习俗相左。一穆斯林百姓,购得一羊,牵回家关门闭户,按伊斯兰教规断喉放血,准备食用。不料一居心叵测者,怀着告发请赏之心尾随其后窥视,当这位穆斯林刚把羊宰掉,即从天窗跳入,将人扭送王宫,要求窝阔台汗按律处死这位犯禁的穆斯林。然窝阔台汗的判决却出人意料,认为这个穆斯林是遵守王命的,他关门闭户后才断喉杀牲,正是不想违抗可汗禁令的做法,不但不应受罚,而且应当嘉奖。于是窝阔台汗下令处死告密者,将其家产判归被告。

《伊米德史》成书于1908年。作者毛拉·穆萨·赛拉米(1836—1917),全名毛拉·穆萨·本·毛拉·艾萨·和卓·赛拉米,出生于新疆拜城县赛里木地区托克逊乡阿纳克孜村,父亲是当地有名望的宗教人士兼经学堂的教师。1847年,毛拉·穆萨·赛拉米进入库车萨克经学院学习,刻苦攻读《古兰经》、《圣训》、阿拉伯语、波斯语,赢得小学者称号。1854年毕业返回拜城,在赛里木经学堂任教。1864年,库车爆发热西丁和卓领导的反清大起义,毛拉·穆萨·赛拉米率学生和亲友投奔起义军。1867年,阿古柏向阿克苏大举进攻,库车起义军将领不战而降,毛拉·穆萨·赛拉米出任巴巴伯克·伊萨里的私人秘书,直至清政府消灭阿古柏,收复南疆。阿古柏覆灭后,毛拉·穆萨·赛拉米用几年时间游历了西起喀什噶尔、东至吐鲁番的许多地方,收集到许多重要文献后回到阿克苏,从此闭门著述近40年。

《伊米德史》是在作者另一部历史文学著作《安宁史》(成书于1903—1904年)的基础上补充、修订而成,基本结构,甚至章节标题都一致。作品在写史时采用讲故事的方法,一面用文学手法叙述历史事件,一面适当加以议论,表明对所述历史事件的评价和看法。有时,还引用民间传说和神话故事,来阐述自己的观点。在每一历史事件叙述完之后,在结语中总是出现几行充满哲理的诗句,画龙点睛地总括全篇。此外,还大量引用谚语、格言和警句。

《宗谱之海》,作者赛布里,又作赛布尔、色保尔,全名伊米尔·胡赛因·赛布里。"赛布里"是其写诗时自称的别号,后人习惯以此称呼他,渐渐取代了他的真名。生卒年不详,大约生活于19世纪。作品上溯至人祖亚当,逐一记述历代圣人、先知、穆圣四友、苏菲贤达以及各朝君王的宗谱,一直到18世纪止,其中对喀喇汗王朝、成吉思汗及其后裔、叶尔羌赛义德王朝迈赫杜姆·艾赞姆及其后裔的宗谱记述尤为翔实。可见作者查阅了大量的历史资料,就文学价值而言,它开创了特殊的表现形式和写作风格。

《王书》,作者依玛米,生卒年不详,生活于17世纪。作品以维吾尔文和波斯文撰写,记述7、8世纪吐蕃贵族联合西突厥贵族反抗唐王朝统治,以及西域各地抗击吐蕃进击安西四镇、侵占塔里木盆地各绿洲的历史,其间穿插一些民间传说故事,颇具文学色彩。

第四节 藏族传记文学

传记文学是我国古代少数民族一种记叙历史事件和历史人物的既有历史特色又有文学色彩的文体,以文学作品的形式写史,文中穿插神话传说,间或引用诗句,用抒情的手法描写事件的经过和表达自己的情感,或精雕细琢,或大笔挥洒,严谨中包含洒脱,语言纯朴自然、流畅和谐。属于"传记"文学的著述在藏文典籍中很多[①],最初的一

[①] 据《藏族文学史》(中央民族学院《藏族文学史》编写组编著,四川民族出版社1985年版,第323页)记载有400多部。

些历史书籍,便有不少"名王将相"的事迹记述,虽只是片断,但颇具文学意味,是藏族传记文学的先声。吐蕃王朝崩溃后,藏族地区陷于分裂割据状态。随着各地方统治集团势力经济、政治、文化的发展壮大,以及宗教教义传承、仪轨、修习和一些教理上的差异,藏传佛教相应地产生了各种教派。各教派为扩大影响、伸展势力,极力宣扬本派观点,为吸引民众信教,常常将各自教派中较有名望和成就的喇嘛的生平事迹,加以渲染神化,撰写成书进行宣扬。于是便出现了大批"高僧大德"传记,如《米拉日巴传》、《颇罗鼐传》、《布敦大师传》、《萨迦班智达传》、《马尔巴传》、《日琼巴传》、《汤东结布传》、《朱巴滚勒传》等。这些传记文学作品,大多是大喇嘛生平事迹的记述,他们研习佛教经典并成为名家的过程,具有浓厚的宗教色彩;亦有少量世俗领主生平事迹的记述,围绕某一历史人物,描述波澜壮阔的社会生活。它们不同于一般的传记、宗教史和王统史,而是将历史人物进行了一定程度的夸张,情节上亦有不少虚构,并穿插引述一些宗教神话和民间传说故事,以形象的语言勾画典型环境、塑造人物性格。

《米拉日巴传》,又名《米拉日巴的一生》。作者桑吉坚赞(1452—1507),又名藏宁·海如嘎·乳毕坚金,后藏娘堆扎西喀呷人。噶举派(白教)教徒,从噶举派大堪布贡噶桑吉受沙弥戒。曾云游西藏各地,远至尼泊尔,所到之处,广收门徒,宣扬佛法。平日化缘度日,生活清贫,行为怪癖,对违反佛教教义、追名逐利的佛教徒颇感不满。对米拉日巴甚为崇敬,以其为楷模,隐迹高山岩窟,潜心苦修。除《米拉日巴传》,尚著有《玛尔巴传》、《日琼巴传》、《米巴格雷传》等。《米拉日巴传》是在米拉日巴传说基础上撰写而成,在藏族社会广为流传,影响深远,受到国内外学者的重视,国内有汉文、蒙文译本,国外有英、法、日、德等文字译本。

《米拉日巴传》记述米拉日巴一生的事迹,其父辈家境原很富有，7岁时父亲亡故，伯父、姑母趁机霸占家产，将孤儿寡母逐出家门。母亲为复仇，督促米拉学习咒语，学成之后，以咒术法力致伯父、姑母家3人死于塌房之下，全村庄稼毁于冰雹。事后米拉深感自己罪孽深重，追悔莫及，为消除罪孽，师从当时噶举派鼻祖马尔巴修习佛法。经过一次次磨炼，学得法要，独自遁入山林，潜心修行，终于获得"正果"，成为噶举教派一代宗师。

作者的主观意图是为宣传教义，欲借米拉日巴"苦修妙法"、"即生成佛"的典范事例来劝导人们信奉佛法，出家修行，求得解脱。但在客观上，却反映出当时藏族社会阶级关系、教派斗争以及人们的审美观念等。米拉日巴一家的悲惨遭遇，正是当时一般藏族民众生活的写照：战乱灾祸、剥削压迫。作品客观真实地反映了统治阶级腐朽、虚伪的丑态，赞扬米拉父亲善良忠厚的品德，谴责米拉伯父和姑母自私、贪财、忘恩负义，并通过他们最终得到应有的惩罚，体现了民众的善恶观及受压迫者反抗复仇的斗争精神。作品还通过米拉妹妹贝达和米拉日巴关于罢日译师的对话，暴露和抨击某些宗教上层违背佛教教义、欺世盗名、生活奢侈腐化的现象。罢日译师是当时萨迦派显赫人物，他假借宗教名义欺世盗名，过着腐朽糜烂的生活："下坐重裀，上张伞盖，身衣锦缎，酒茶交饮；学徒弟子，吹着法螺，多人围绕，供养物数也数不清"，和米拉日巴所过的"口中没有吃的，身上没有穿的"清贫生活形成鲜明对比，不仅反映出教派间的对立，更具深刻的社会意义。

全书共三大部分，采用问答与第一人称自述的形式，即米拉日巴与日琼巴师徒间的问答和作者的叙述，大部分是米拉日巴与日琼巴师徒问答，只有文末小部分由作者叙述。全书基本为散文体，只有文末部分是散韵相间，穿插一些歌词。通篇脉络清晰，结构错落有致，人物性格刻画丰富传神，显示出较高的艺术造诣，语言通俗、口语化，文笔朴实无华，生动流畅。

《颇罗鼐传》,作者朵喀夏仲·才仁旺阶(1697—1764),亦译刀喀夏仲·才仁旺阶。作品主要记述颇罗鼐·索南多吉(1689—1747)一生的事迹:年轻时敢与地方权贵相抗衡,不畏权势和强暴;从政后,外抗准噶尔部侵扰,内平隆布鼐和阿尔布巴之乱,屡建功绩,受到清朝中央政府的重用,加官封爵。在颂扬颇罗鼐事迹的同时,透露出西藏统治者内部争权夺利的斗争,权势者贪婪腐化、排斥异己的丑行,分裂国家、制造叛乱者的罪行,形象地反映了18世纪西藏动荡不安的社会面貌,既是一部史料翔实的传记著作,又是一部极富文采的文学作品。

传记通篇采用散韵结合的藏族传统文体,行文说唱相间,协调变化,不显呆板。善于通过渲染铺叙,运用对话、比喻以及细腻的描摹来刻画人物形象。如:"夫人贝桑吉巴在出嫁的时候,脸和两手,用净水洗得干干净净,贴身系上油亮闪光软绵绵的黑裙,外面罩上宝蓝色波纹起伏的有孔雀翅膀花朵的外衣。上身穿着北京姑娘巧手织就的彩红花缎做成的上衣,脚上穿着美丽的长筒靴。苗条婀娜的细腰上,扎上嘛尼宝珠镶嵌着的腰带,腰带的筒子发出叮当的声响。柔软的妙龄女郎的玉腕,带上金黄的手镯。……这样多的衣服饰物,打扮得妖娆的人儿,真堪与马头寻香仙人的女儿意抄玛媲美。"[①]这一大段渲染铺叙及比喻,一方面表现了贵族夫人的雍容华贵、美丽无比,一方面反映了当时西藏的社会风俗,以及统治阶级的奢侈生活。作品对主人公颇罗鼐的事迹更是不惜笔墨加以描绘,写其文才武略超群,与众人比武的一段,将其箭术之高写到极致,对手"畏惧退缩,不敢和他比武"。这样的赞美、夸张,比比皆是,可见作者对主人公的崇敬和爱戴。传记采取以点涉面的方法,虽主要写颇罗鼐一生的事迹,但亦涉及其先祖世家、亲友

[①] 马学良、梁庭望、张公瑾:《中国少数民族文学史》(下),中央民族学院出版社1992年版,第425页。

同僚交往、贵族内部争斗，以及社会风习、信仰、西藏政治风云、国家民族关系等。全书内容丰富，事件纷繁、错综复杂，写来却井然有序、错落有致，或不惜浓墨重彩，或简括叙述，疏密相间、笔墨凝练，显示出作者深厚的艺术功底和渊博的历史知识。但作品对颇罗鼐的功绩言过其实，一些段落过于堆砌辞藻，晦涩难懂，佛教义理的不当插入造成情节脱节。

敦煌古藏文写卷历史文献中，有一些赞普传略，如《止贡赞普传略》、《达布聂赛传略》、《纳日伦赞传略》、《松赞干布传略》、《赤都松与赤德祖赞传略》、《赤松德赞传略》等。主要记述6至9世纪数百年间，青藏高原上独立、分散居住着的众多部落和邦国，通过长期的交往和不断的征战，逐渐达成统一，建立起强盛的奴隶制吐蕃政权的过程，还有那些在统一过程中起过一定推动作用的历史人物的事迹。揭示统治阶级内部你死我活的激烈争斗，叙说部族邦国间的友好往来，赞颂在统一过程中建立功绩的赞普。选材精当准确，人物刻画生动，叙事虚实结合，语言朴素简练，在散文叙述中，插入诗歌对话，使行文更加生动活泼。

第五节　蒙古族传记文学

远古、蒙元时期，蒙古族史传不分，历史文学与传记文学不分。明代后期，随着印藏佛教史学和文学对蒙古族史学和文学影响的深入，尤其受印藏佛教文学高僧传记的影响推动，开始出现单一的传记和传记文学。大约17世纪初，在阿拉坦汗去世后不久，专门记述阿拉坦汗一生业绩的《阿拉坦汗传》创作完成，差不多同时，以口传资料为基础的《名为黄金史之成吉思汗传记》也编写成书。这两部作品的问世，标志着蒙古族单一传记体裁的形成，而具有一定文学性的《名为黄金史之成吉思汗传记》的出现，则标志着独立

第四章 明清时期散文(1368—1912)

的传记文学体裁的形成。18世纪,蒙古族佛教文学高僧传记的创作达到高潮,先后出现《章嘉阿旺罗桑却丹传·珍珠璎珞》、《普渡众生上师章嘉活佛若必多吉前世传·如意珍宝》、《文殊怙主佛灯持大金刚益希丹白坚赞前世传·三界唯一庄严妙法如意宝鬘》、《法统宝座甘丹赤巴罗桑丹白尼玛传·生成明辨意根之源》、《遍智圣者宗喀巴传·吉祥之源》、《恩德无比之至尊上师罗桑楚臣传略·信莲盛开之日光七章》、《圣者乃吉托音达赖曼殊室利传——开光显扬如意珍鬘》、《热津巴札雅班第达传·月光》等有影响的作品。从内容和形式看,蒙古族传记文学承袭了历史文学的历史性和文学性的双重性特征。

蒙古族传记文学主人公均为统治阶级上层人物,其中又分世俗人物和宗教人物两类。世俗人物主要是国家、部族的汗主、大臣,以汗主居多,如以成吉思汗为主人公的《名为黄金史之成吉思汗传记》、以土尔扈特部历代汗主为主人公的《土尔扈特诸汗史》等。宗教人物主要是佛教寺庙的转世活佛和道行高远、法理渊深的大喇嘛,统称为高僧,如以蒙古族高僧为主人公的传记《圣者乃吉托音达赖曼殊室利传——开光显扬如意珍鬘》、《热津巴札雅班第达传·月光》等,以印藏高僧为主人公的传记《遍智圣者宗喀巴传·吉祥之源》等。传记主人公生平事迹基本属于历史事实,但某些史实被神化、夸张,具有了神话传奇色彩,或干脆将虚构的传说故事写入传记,形成历史事实与传说故事相结合的特点。具体到每部传记作品,传说故事成分所占比重不等,有的传说故事成分多些,如《名为黄金史之成吉思汗传记》、《圣者乃吉托音达赖曼殊室利传——开光显扬如意珍鬘》等,有的传说故事成分少些,如《热津巴札雅班第达传·月光》等。除少数作品如《名为黄金史之成吉思汗传记》等外,大部分作品具有佛教色彩,佛教高僧传记自不待言,即使是世俗汗主、大臣传记,也都程度不同地具有佛教

85

色彩。

蒙古族传记文学是本民族传统传记形式和印藏佛教高僧传记形式的结合。从本民族传统说，具有族谱记事模式、简洁朴素的叙事方式等；从印藏高僧传记的影响说，具有篇首诗、尾诗、插入诗等镶嵌诗形式。《名为黄金史之成吉思汗传记》等早期作品，印藏高僧传记形式的影响较少，17世纪中叶后成书的传记作品，印藏高僧传记形式的影响便越来越明显。记述印藏高僧如释迦牟尼、宗喀巴等的传记，基本模仿印藏高僧传记形式；记述蒙古族世俗汗主、高僧传记作品，如《圣者乃吉托音达赖曼殊室利传——开光显扬如意珍鬘》等，一般以本民族传统形式为主，同时吸收印藏高僧传记的某些模式。

蒙古族传记文学是一种散韵结合的新文体。蒙古族历史文学和印藏高僧传记都有自己散韵结合的文体传统，将二者结合以后即形成一种新的散韵结合文体，即蒙古族文学简洁朴素的叙事方式与印藏高僧传记镶嵌诗的结合统一。

《名为黄金史之成吉思汗传记》，简称《成吉思汗传》，作者不详。成书于16世纪末、17世纪初，最早为手抄本，以经卷纸、竹笔黑墨抄写，全书97页，每页14行，每行3或4字，约5000字。自成吉思汗之父也速该把阿秃儿行猎途中抢夺诃额仑夫人开始记述，一直到成吉思汗征伐唐兀惕去世，灵车途经毛尼山之呼和布尔陷入泥淖，苏尼特的吉鲁格台把阿秃儿向圣主英灵禀明誓言，拽出灵车。作品将历史事实传说化，即把成吉思汗及其父也速该把阿秃儿的许多历史事实演变成传说故事，如也速该把阿秃儿抢夺诃额仑夫人、成吉思汗征服三百泰亦赤兀惕人、合撒儿出逃的传说故事等。许多故事充满传奇色彩，其中也速该把阿秃儿抢夺诃额仑夫人的传说，许多情节是《蒙古秘史》、《黄金史纲》等史书所没有的，增加了抢婚前三个星相师的观察，诃额仑夫人和其丈夫的对

第四章　明清时期散文(1368—1912)

话,也速该把阿秃儿与也客赤列都的交战,诃额仑夫人披头散发祭夫、被扶上马后哭得前俯后仰、披散的头发绊住马腿、长生天训谕劝说等情节,诃额仑夫人的美丽、忠贞,也速该把阿秃儿的英武、果断,也客赤列都的虚骄、懦弱等性格特征被鲜明地刻画出来。

《名为黄金史之成吉思汗传记》口传特征明显,全书基本为传说故事的连缀。除个别词句外,基本没有佛教的影响。语言修辞保留了蒙古族历史文学古朴的风格,文体虽与印藏高僧传记相似,均为散韵结合,然并非印藏高僧传记镶嵌式散韵结合,而是在质朴的叙述中插入类似传统谚语的双行、四行韵文。如也速该把阿秃儿抢夺诃额仑夫人的传说,基本是简洁明快的散体叙述,但在人物对话或情节转换的关键处插入双行韵文,如三个星相师观察后回报:"不是男人而是珍宝,不是凡人而是麝獐","从前面看像太阳,从后面看像月亮"。

《圣者乃吉托音达赖曼殊室利传——开光显扬如意珍鬘》,简称《乃吉托音传》,一部蒙古族高僧传记典范,在蒙古族文学史上占有重要地位。作者帕日吉纳萨嘎拉,成书于1679年。全书共5章:第一章记述乃吉托音诞生于四卫拉特土尔扈特部汗王之家,乳名阿毕达,其父莫日根特伯纳为阿尤希汗之叔父。在一次狩猎中,乃吉托音射伤一头即将产仔的野驴,见其流产而死,心灵受到极大震颤,决心信佛向善,撇下妻儿家室,遁入佛门。第二章记述乃吉托音拜西藏扎什伦布寺班禅大师学习经咒佛学,经大师指点得道后,转道家乡土尔扈特、喀尔喀,往东方呼和浩特之地宣教。第三章记述乃吉托音在呼和浩特修炼23年,施法术降雨解旱、将官员和平民引入佛门、招收众多徒弟等宣教活动。第四章记述乃吉托音离开呼和浩特继续往东方宣教,经翁牛特旗至沈阳问候太宗皇帝,巡游土谢图、扎赉特、喀喇沁、察哈尔、巴林等旗,世祖皇帝患病被传至北京、遭萨斯里雅诺门汗诬陷受罚、率60名弟子返回呼和浩特。第五章记述乃吉托音因土谢图旗宾图夫人病重召见,东行途中在翁牛特旗圆寂,官员、百姓等众施主及其徒弟大办经会,建塔安葬其舍利。

《乃吉托音传》以历史事实为基础,又将其传说化、传奇化,主人公乃吉托音的形象表现出神异的传奇色彩。作品根据来自寺院和民间的传说,将乃吉托音的生平事迹传奇化,如乃吉托音出家的传说,他在戈壁沙漠施法降雨解救五百名商人和一万匹马的传说,收查干禅师为徒并施法术躲避雨、雪、洪水的传说等,整部传记几乎是传说故事的汇集。这些传说大多有现实基础,如乃吉托音救活胎盘滞留的产妇、使盲人重见光明等传说,基于喇嘛除宗教活动外还为人治病的现实基础;乃吉托音徒弟用金鞍宝马换破鞍瘦马等传说,基于黄教初传入蒙古、喇嘛守戒较严的现实基础。这些传说在流传过程中又大都融入了蒙古族民间文学和印藏佛教故事的某些母体,如乃吉托音出家信佛的传说,在历史事件的基础上显然融入了释迦牟尼出家的传说母体;乃吉托音用法术降雨的传说显然融入了古代蒙古族萨满施法术降风雨的传说母体;进入温布洪台吉家大吃手把肉的传说则显然融入了蒙古族英雄史诗中英雄进入敌国大吃大喝的情节母体等。由于将历史事实传说化,乃吉托音的形象不但感性地丰满起来,而且上升到超凡越圣的神佛境界。如对乃吉托音在西藏勤奋学经以及在经学方面的高深造诣,不直接述其学习如何刻苦、经学如何高深,而是讲述了一个成就非凡的蒙古热津巴喇嘛与乃吉托音比试经学的故事,热津巴喇嘛最终败下阵来,一边叩头一边心悦诚服地说,我这辈子在经学方面从未被人战败过,真是有眼无珠,从而将乃吉托音在经学方面的高深造诣形象地衬托出来。

《乃吉托音传》以华丽的散文叙述为主,于开头、结尾和中间插入一些四行的镶嵌诗,辞藻华美,行文错落有致,情感起伏跌宕。

开头、结尾的镶嵌诗多为佛教哲理赞颂诗,较宏阔空泛;中间的镶嵌诗则与散体叙述内容结合得较紧密,使人震撼于传说故事神奇的同时,又在韵律优美的语言赞颂中悠然升起敬慕之情。

《热津巴札雅班第达传·月光》,简称《札雅班第达传》,大约成书于1691至1695年间。作者拉德那博哈得拉,卫拉特部人。传记记述札雅班第达一生的事迹和光辉形象,以及与其相关的卫拉特政教历史事件,同时按照佛教化身转世的说法,记述了札雅班第达圆寂以后约30年卫拉特的政教历史活动。札雅班第达(1599—1662),乳名希日哈宝格,和硕特部人,17世纪卫拉特部著名高僧、诗人、翻译家。17岁出家去青海、西藏受戒,得法名那木海扎木苏。西藏学经10年,获热津巴学衔。1638年,奉达赖喇嘛和班禅喇嘛圣命,回到卫拉特弘扬佛法。12年后再赴西藏献祭供品,继续为经教奔波。1662年夏第三次赴西藏,途中在青海柴达木圆寂。作品在顺序记述札雅班第达一生事迹的过程中,重点突出其在卫拉特20余年的政教活动。

《札雅班第达传》在历史笔法中不时插入文学笔法,使真实的记述呈现出一定的形象性、抒情性、象征性;比比皆是的人物对话,意蕴深厚的隐喻和抒情,以及宗教色彩浓厚的镶嵌诗,声情并茂,生动传神。

第六节 维吾尔族传记文学

在维吾尔族文学史上,传记文学一般有两种写作形式,包含两种内容。一种是宗教传记,即记述伊斯兰教著名人物的传记,倘某一人有过一种理想、主张,宣扬过某一主义,在民众中有过较大影响和威望,其生平事迹、言论、宗谱、在民间的名望就被用这种文体记录下来而传世。另一种是历史传记,多为对诗人及汗主、大臣、官吏等历史人物的生平、游历、事迹的记述,有时亦引用诗人作品片段来评说其创作。上述两种传记文学的写作在中世纪的中亚各地曾盛极一时,成为维吾尔族文学史上一种专门的文体。如《和卓传》、《霍集占传》、《布格拉汗传》、《乐师传》、《乌瓦依斯耶传》、《萨吐克·布格拉汗传》、《马乌兰纳·阿尔西丁·瓦里传》、《默哈买德·夏立甫和卓传记》、《艾斯哈布勒凯夫传》、《阿布·纳斯尔·萨曼尼和卓传记》、《阿尔斯兰汗传记》、《尊贵毛拉的传记》、《文坛荟萃》、《寻求真理者之友》等既是重要历史典籍,又颇具文学性的作品。

《文坛荟萃》是一部以察合台语书写的维吾尔族传记文学作品,成书年代不详。作者纳瓦依(1441—1501),本名阿里雪尔,纳瓦依是他的笔名,意为"洪亮、高亢"。出生于呼罗珊汗国首府赫拉特,自幼便对文学产生浓厚兴趣,并师从知识渊博的学者,学习东方古典文学。1456年,跟随乌不利卡斯本·巴布尔来到马什哈德,并在其手下效力,开始文学创作。1457年,乌不利卡斯本去世,纳瓦依回到赫拉特,在阿布赛伊特·米尔扎宫中任职,不久前往撒马尔罕,入阿訇·法孜楼喇·阿布来斯经学院学习。1469年,出任赫拉特执政官,1472年升任宰相,1476年因遭诽谤辞职,从此不问政事,专心文学创作。《文坛荟萃》记述了作者的前辈和与之同时代的459位作家的生平、作品,其中有35人是用维吾尔语进行创作的,对后人了解当时文坛和突厥语传记文学的发展有着不可磨灭的贡献。

《和卓传》又译《尊贵世家传》,约成书于1769至1771年间。作者萨迪克(1725—1849),全名毛拉·穆罕默德·萨迪克·喀什噶里,出生于喀什噶尔一宗教家庭。幼年随父读书,稍长进入喀什噶尔一所经学院学习,毕业后担任喀什噶尔皇家经学院教师,其丰富的学识和优良的品德为人称道,引起喀什噶尔的阿奇木伯克米尔扎·奥斯曼伯克注意,召其入府充任秘书官,命其撰写《和卓传》。1795 至 1796 年间,米尔扎·奥斯曼伯克去世,由吐鲁番人玉努斯·塔吉·艾克木伯克·斯坎德尔王继任,此人喜好结交文士,对萨迪克十分敬重,仍留他任职。其间萨迪克创作了《艾斯哈布勒凯夫传》等作品。1839 年,萨迪克辞官归里,1849 年谢世。

《和卓传》详细记述了众和卓到新疆的历史过程,"白山派"和"黑山派"派别的形成以及形成这些派别的宗派之间由于相互不同而引发的矛盾及其后果,和卓们怀着各自的目的涉足新疆以及他们为达其目的给新疆带来的灾难和厄运,反映了新疆 14 至 18 世纪末的社会生活状况。作品开篇记述"黑山派"(俗称"黑帽回")的形成过程及其缔造者伊斯哈克吾力的生平,继而记述"白山派"(俗称"白帽回")的形成过程及其形成之前所走过的曲折道路,穆罕默德·玉素甫和阿帕克和卓父子两代为此付出的毕生精力。作品继承民族民间叙事长诗韵散结合的传统,叙述历史事件过程用散体,描述人物内心情感、发表议论用韵体,善于运用文学描写手法塑造完整的人物形象。风格多样,错落有致,语言具有强烈的讽刺性,善于运用暗示讽喻手法,辛辣地嘲讽反面人物。如文中一些称谓便具有反语作用:"天生的圣贤"、"显奇迹者"、"圣贤之圣贤"、"众圣贤之王"、"上苍喜悦者"、"尊贵世家族长们的苏丹"、"诸世界之极"、"人类和万物之长"等,用来描述穆罕默德·玉素甫和阿帕克和卓,看上去似乎是对他们的赞誉之辞,实际上是嘲讽之语。

《霍集占传》,作者萨迪克,成书年代不详。重点记述了伊斯哈克吾力和卓与阿帕克和卓,是《和卓传》的扩展和延续,其内容一直延续到清朝在新疆建立稳固的秩序,全面实现王制,而《和卓传》只写到"白山派"波罗泥都利用满清力量推翻持续 23 年的艾尔西和卓的统治,结束"黑山派"当政的历史。

《艾斯哈布勒凯夫传》又译《艾斯哈布勒麻扎传》,作者萨迪克。作品以《古兰经》中提及的"艾斯哈布勒凯夫"一语为据,记述关于鄯善县吐峪沟乡著名的"艾斯哈布勒凯夫山洞"的有趣传说,阐述伊斯兰教在吐鲁番地区的传播历史和"艾斯哈布勒凯夫山洞"的历史。作品引用许多民族民间谚语,娓娓道来,语言形象生动。

《阿尔思兰汗传记》,作者毛拉艾伊提,记述了喀喇汗王朝阿尔思兰汗一生的事迹。

第七节　回族散文

相关文献显示,回族散文创作元代便已出现且有很大发展,许多作家立足现实,运用日益纯熟的汉文创作了大量作品。遗憾的是笔者未搜获此方面的有关资料。

明、清回族散文创作,虽呈现出散而杂的特征,然较之元代,有较大突进。李贽、海瑞、马一龙、马自强、韩雍、冯从吾、马世俊、丁炜、孙鹏、马时芳、蒋湘南等都有杂著和散文传世。这些杂著并非纯粹的文学性文集,而是具有鲜明的经世致用色彩,这与回族的历史形成、经济地位、传统职业及心理素质密不可分。以经商为主要谋生手段的回族人,除不惜付出全部辛劳外,还须学会一套诸如设计谋划、成本核算、远销近沽乃至承担风险等适应市场变化的本领。许多回族作家的家庭就是商家或农商兼营之家,富甲一方,如清代的蒋国平就是出身于世代富商之家。自宋元以来,回族人继承了阿拉伯发达的科学技术文化传统,许多人在天文、历算、医学、机械、建筑等方面造诣很深,这也直接影响了回族古代散文经世致用这一功利主义特点。如赡思《河防通议》、马欢《瀛涯胜览》、费信《星槎胜览》及马文升、海瑞的奏议等。

第四章 明清时期散文(1368—1912)

明、清回族散文多为注重实用性的古文,表现手法质朴,语言平实,缺乏感情色彩,很少艳词丽句。其优点是章法绵密,理胜于词,有补于国计,有益于民生,这是抒情性古文所无法比拟的。海瑞、李贽、马文升、蒋湘南等人的散文正是如此。

明、清回族散文不少篇幅描写清真寺、拱北及以通俗文字阐释伊斯兰教经籍。千百年来,这些清真寺、拱北、汉文经籍蕴含的丰富文化意蕴和深邃人生哲理,受到回族民众的普遍敬重,并且深刻影响着他们的生活及观念,对于建构民族文化,提高民族自信心,增强民族凝聚力不可或缺。

李贽(1527—1602),原姓林,名载贽,字宏甫,号卓吾(一说字卓吾,号宏甫),别号温陵居士,泉州府晋江县(今福建泉州市)人。著有《藏书》、《续藏书》、《焚书》、《续焚书》、《李氏文集》等。李贽散文包括书信、杂著、史论、序、跋、记等,虽大多为谈禅之作,但亦不乏思想内容深刻、文笔精练生动、艺术感染力强的优美散文。

李贽散文多不受传统古文格式束缚,文章长短不一,语言生动幽默,见解精辟,大胆独到,风格尖锐泼辣,特别是批判封建教条和假道学的驳论性杂文,尖锐直率,痛快淋漓。如《答耿司寇》声讨假道学,无情而彻底地揭露当世著名理学家耿定向言行不一的伪善,尖锐地指出耿定向口是心非的本质,并将其言行与普通民众相比:"翻思此等,反不如市井小夫,身履是事,口便说是事,做生意者但说生意,力田作者但说力田。凿凿有味,真有德之言,令人听之忘厌倦矣。"将假道学假仁假义的伪善面目揭露得淋漓尽致、入木三分。

李贽散文表现出勇于批判封建传统的叛逆精神和战斗性。如《题孔子像于芝佛院》通过层层说理、剖析,揭露漫长封建社会这样一种怪现象:人们把孔子当成圣人来对待是一种盲目崇拜,原因在于万口一词,千年一律,陈陈相因,而不以为非,不敢有自己的独立思考。文章巧妙运用"以子之矛，攻子之盾"的批驳手法，将孔子的原话搬出来，作为讽刺的武器，不仅增强了文章的讽刺意味，而且使盲从者的可笑面目得到充分暴露。文章不足300字，短小精练，文笔辛辣，语言幽默生动，是一篇极具讽刺性，揭露民族痼疾的小杂文。《赞刘谐》以辛辣诙谐的文笔，三言两语为假道学勾勒出一幅漫画像，突出其虚伪性，接着以聪明之士刘谐与这位"高屐大履，长袖阔带"道学先生的几句对话，使那从孔子处仅知"拾纸墨之一二，窃唇吻之三四"的家伙先是勃然大怒，马上便"默然自止"、无言以对，将其不学无术的本质和盘托出。文章短小精悍，语言幽默，简洁有力，充满生气，寥寥几笔，道学家与刘谐的形象便生动鲜活、栩栩如生地跃然纸上。

　　李贽散文大胆直率，开门见山，直抒胸臆，采用"以子之矛，攻子之盾"的驳论手法，毫无传统文人温柔敦厚之风。《论交难》开篇即紧扣题旨，提出"交难则离亦难，交易则离亦易"这一相反相成的论点。进而指出，以势利相交者如同做买卖，买卖做完就散伙，不足为怪，因为这不是真正的朋友之交。真正的朋友之交是志同道合的师友之交，如孔子和他的70多个得意门生，相互可以满足难以满足的需求，故终生不散，这是很难得的。据此，进而揭露"今之学者""阳为圣人""阴为市井"的假道学面目，指出其结局"非但灭族于圣门，又且囚首于井里"，为君子和百姓所不齿，并以"圣人之学"、孔子师生之交与之对比，加以分析批驳，收到事半功倍之效。从立论到论据，通篇以相互对立的事物对比论证，如"交难"与"交易"，"市道之交"与"同志"师生之交等。同时，有虚（市道之交）有实（孔子师生之交），虚实相生，层层深入剖析，痛快淋漓地揭露假道学的虚伪、丑恶面目。

　　李贽散文有时亦采用比喻、象征和讲故事的方法阐述观点，增强文章的可读性和形象性。《与焦弱侯》谈论豪杰，称人如水，豪杰如巨鱼,以巨鱼必定生于大海比喻豪杰之士心胸之阔、见识之广,指出善于发现豪杰贤才者应是同样具有卓越不凡的心胸识见的豪杰圣贤。如果以乡人、庸人的观点和趣味去选择贤才、豪杰,势必如"坐井钓鱼",误以庸人为选择对象,说明"钓鱼者"并非真圣贤、真豪杰。进而更尖锐地指出,这类"钓鱼者"根本不想成为发现人才的真圣贤,只不过是想借此博得善于发现人才的美名,趁机也成为贤者,汲汲于"钓誉"而已!

总之,李贽散文不论其艺术方法如何变化,篇幅或长或短,大都具有杂文的讽刺性和战斗性,充分表现了"异端"思想家别出手眼、落笔惊人的风采。

海瑞(1514—1587),字汝贤,一字国开,号刚峰,广东琼山(今海南海口市)人。著有《备忘集》,流传后世并收在《四库全书》中。海瑞作为明代著名政治家,终身都在实践着"心学",试图追求"知行合一"的理想境界,因此他的散文多是心中蓝图的描绘和"圣人政治"模式的重建。海瑞散文包括政论文、文诰条令、奏疏、序跋、赠序、书信、墓志、杂记、讲义等,现存约300篇。海瑞写作态度严谨,反对陈词滥调、歌功颂德的阿谀风气,主张实事求是地反映作者的真实思想。

海瑞散文大都具有鲜明的针对性,针对当时的社会现实提出自己的见解,切中时弊。《治黎策》针对当时海南岛黎族人民反抗阶级压迫和民族压迫、不断起义,明政府不断派兵进行残酷镇压的形势,分析解决海南岛黎族问题的重要性,并提出自己的见解:"人法兼资,而天下之治成。"黎族人民不断起义,是因为人法没有兼资,政策得不到黎族人民的拥护,要解决黎族问题,就必须在海南岛开辟从南到北、从东到西的"十字大道",使海南岛各族人民互相往来,互相了解,消除隔阂。同时在黎族聚居地区设立县治,迁移无田汉民到黎族地区去耕种,用先进的生产方法和经济文化去影响和教化黎族民众。批评在对待黎族问题上的一些错误主张,指出这些主张只是求得一时和平的权宜之计,不能从根本上解决问题,只有开通"十字大道",在当地设立州县行政机构,才是百年之计。《治安疏》是海瑞任户部云南司主事时写给嘉靖皇帝的奏疏。首先指出"君者,天下臣民万物之主也",皇帝对天下的臣民万物都负有非常重大的责任,如果民间的疾苦皇上不知道,皇上就不能尽到责任,就不是一个称职的皇帝;要想尽到责任,成为称职的皇帝,就必须让臣民没有顾虑地向皇帝说出自己要说的话。接着,以汉文帝李恒与嘉靖皇帝朱厚熜作比,文帝是汉代贤君,然贾谊对其还要提出批评,而嘉靖皇帝朱厚熜"天资英断,睿识绝人",本可以成为尧、舜、禹、汤和周文王、武王那样的贤君。但嘉靖帝不能像汉文帝那样"节用爱人",采取一系列有效措施使国家富强起来,相反,却"反刚明而错用之",自即位以来大兴土木,贪图享乐,为求仙学道,长生不老,竟然"二十余年不视朝"。文章指出,举凡官吏贪污、役重税多、宫廷无限浪费和各地盗匪滋炽,皇帝本人都应该直接负责。作者希望皇帝幡然悔悟,由乱致治,如果皇帝能够真正振作,选择合宜的道路,痛下决心,还是有机会成为尧舜之君的。《劝农文》劝导和鼓励广大下层劳动人民勤于生产、节俭持家,方能安居乐业,不受饥寒之苦。文章是写给老百姓看的,因此通俗易懂,亲切感人。

韩雍(1422—1478),字永熙,长洲(今江苏省苏州)人。明正统七年(1442)中进士第,旋即授御史衔。景泰二年(1451),任广东副使,不久擢升右佥都御史,代巡江西。成化元年(1465),任左佥都御史,此后历任左副都御史,提督两广军务,右都御史,两广总督。现存作品收于《襄毅文集》,有散文7卷,其中记1卷,序2卷,题跋书赞1卷,行状墓表1卷,墓志铭1卷,祭文1卷。

韩雍散文以游记、景物记、城坊记、书院学舍记为佳,修辞谋

第四章 明清时期散文(1368—1912)

篇,典雅绵密,一木一石,远山近水,均关联着圣贤古训、国计民生。《赐游西苑记》记叙皇家苑林的巍峨宫殿、清流曲池及奇花异草,歌颂明王朝的德威和由此形成的天下清平。文章以游览路线为主干,通过时间的推移,将目不暇接的层层景物分主次一一串联起来,同条共贯又错落有致:"由西华门而西,可百步许,入西苑门,即太液池之东南岸也。池广数百顷。维时,时雨初霁,旭日始升,池之上烟霏苍莽,蒲荻丛茂,水禽飞鸣,游戏于其间。隔岸林树阴森,苍翠可爱。心目为之开明。"

韩雍的游记,大都记叙其仕宦道路的亲历和对现实生活的认知,除少许应景虚作外,多为记录生活和社会现实的写实之作。《鸥波亭记》、《行素轩记》等表达淡泊名利,参悟自然的宽广胸怀和自我超越的思想境界。《增修江西察院记》、《边静亭记》、《聚落新城记》等,表现作者果敢任事,勤政不懈的优良作风。《顺德县学新建奎文阁记》、《友情书院记》等则反映出作者重视教化、修文偃武的深远眼界。《菿溪草堂记》通过描写自家花园,表现作者清高孤洁,不同凡俗的傲岸精神:"复有小池,植千叶红莲。临池与垣,有桑、枣、槐、梓、榆、柳杂树二百株,余则菜畦也。物性不同,随时发生。取之可以供时祀,给家用。而当雪残雨收,月白风清之时,与良朋佳客游其间,又可以恣清玩,解尘虑。若异卉珍木,古人好奇而贪得者,不植焉。"

马一龙(1499—1571),字负图,号孟河,又号玉华子,江苏溧阳人。著有《说农》、《玉华子游艺集》。马一龙擅长议论文,运用自如,层理分明而言辞优美。如《论蒙师》、《立四科说》、《论水旱为备》、《说贫》、《仕学异共论》、《论月受日光史汝贤》等,所涉范围广泛,从古至今,从修身立世到治国方略,从伦理道德到自然科学,无所不包,无所不论。文章观点鲜明,论述详备,层次分明,具有说服力,句式灵活多变,富于变化起伏,力避平庸俗套。马一龙有许多读书笔记,如《读礼》、《读纲目》、《读性理书》等,谈及求学、读书做学问的道理,很有启发性。《学说》10篇则集中论述学习方法和原则。马一龙记叙文往往篇幅短小,以叙事为引导,阐发其中的问题。如《救溺》叙述搭救一名投河老妇人的始末,就老人无人赡养的问题,抨击世风日下,人无恻隐之心,"世道不古良可慨"的现实。叙事简洁,议论精当,相得益彰。

马自强(1513—1578),字体乾,号乾庵,陕西同州(今陕西大荔县)人。著有《马文庄公集》二十卷,清道光年间,其后人重新整理存稿,编有《重刻马文庄公集选》十五卷,其中卷一、二为23篇序,卷三为4篇记,卷四为1篇经筵讲章,卷五为6篇表,卷六为8篇奏疏,卷七为10篇志铭,卷八为5篇行状、墓碑、传,卷九为11篇祭文,卷十为25篇书,卷十一为5篇议、论、策,其余为诗。马自强散文受时代及本人身份影响,多是应用类、应酬类文字,序多为乡试、府试以及"贺"、"送"而作,8篇奏疏中5篇为谢恩之作,而表则全是贺表。作品主要反映官场生活内容,文风雅正平和,有浓厚的道学气。《潼关兵备道题名记》、《固原改建总督诸公祠记》、《巩昌府两学记》、《固原镇新修外城记》4篇记,内容多为纪实,彰显所记人事之功绩。

冯从吾(1556—1627),字仲好,号少墟,长安(今陕西西安)人。明万历十七年(1589)进士及第,授御史。著有《冯少墟集》,收入《四库全书》集部。其中第13卷为各种序,以书序为多,第14卷为论说,第15卷为杂记,第16卷为杂著,第17卷为人物传记和诗歌,第18卷为奏疏。

冯从吾散文数量众多,体裁多样,形式自由。晚明时新兴散文多为公安派、竟陵派文学主张之作。冯从吾散文摆脱了古已有之的散文规范的束缚,从简单拟古的枷锁中解脱出来,有一种清新的个性特征,虽受其心性学影响,未能摆脱代圣人立言、文以载道的藩篱，却是其个人经历和思想的总结与升华，自成一家，别具特色。

冯从吾散文具有鲜明的思想倾向性，一贯的思想、政治主张，针对晚明社会世风日下、人欲横流的一种自觉积极的批判。其散文毫不隐晦文以载道、经世致用的写作目的，甚至可说是功利主义的，让人们以古代圣贤的言行为准绳，深思力践，格物致知，即明辨是非是格物，存善弃恶是致知。他大声疾呼，身体力行，用澡雪精神，使运交末世的士民明辨义利，同归于善。其记叙性散文，具有较高水准。如《关中书院记》，与晚明流行的景物游记一样，着墨清淡，文字活泼，给人以置身书院，远离尘嚣，清贫执教的轻松闲适之感。

冯从吾散文也具有抒情性，主要表现在祭文和人物传记里。如《萧沈二先生传》以细腻的描写，表露对自己启蒙老师的尊敬与同情。在表现手法上，夹叙夹议，出入两端。叙事求其详赡，不惜笔墨。议论透彻剀切，时见精辟，惊世骇俗。行文中不时夹杂方言和白话，呈现出活泼轻松、平易近人的特点。

马世俊（1609—1666），字章民，号甸臣，江苏溧阳人。顺治十八年（1661）进士，授翰林院修撰。著有《匡庵文集》十二卷，清康熙刻本。马世俊在其27岁所作《匡庵文集·旧稿自序》中说"余之习为古文辞凡十余载"，可见其十余岁便开始写作，一生写有大量散文。其散文创作态度严谨，篇篇均为用心之作，是情志的自然流露。

马世俊散文较突出的是游记，在描摹自然景色的同时，往往寓含一定的哲理，抒发真切感受。《登燕山记》开篇点明"居人为余述燕山石盘之胜"，引起作者浓厚兴趣，于是便在一个阴雨初晴之日，与诸门人同游燕山。一行"过小桥"、"行里许"，踏上一条小路到达燕山近处的"横山下"，在小亭中休憩后继续登山，"从庵之左穿乱松而上，时见巨石腥矿，顽丑若陨石，求所谓石盘者终不可见"。于是再登上一座山峰，不但未见到"石盘"，连邑志中关于"燕山形如飞燕"的记载也看不出来。又接连攀登数峰，这时"山风大作，见两翼如左右夹，疑欲乘余飞去，最下一峰之势直趋横山，余始悟燕山之所以得名者"，但还是未见到"石盘"。不过，已经登上最高峰，燕山诸峰秀丽景色已尽收眼底，因而"从石涧觅路而还"，此时才发现"石盘"就在庵的右侧。由此生发对"见石忘山"陋习的感慨，提醒人们不要被目光短浅的世俗说法所束缚，告诫人们学习也如游山一样，只有不断攀登，才能获得新的知识。

马世俊许多山水游记不单纯只是描摹山水风光，往往在描写山光水影中联系历史事件，表现自己对史实的见解。《登吴山记》先写"少读方志，有立马吴山第一峰"之句，便以为吴山必高出群峰之上，但当泛舟吴山之下时，才发现吴山"最卑而居湖上群峰之尾"。于是带着疑问登上吴山，经实地观察，得出吴山"左江右湖，北背海，南负山，杭郡之观可一览而得，虽谓之第一峰，可也"。原来方志所称"吴山第一峰"，不是指它的高大，而是指它的位置险要。由此援引发生在这里的历史事件，并加以评论："方宋主南渡，筑宫于此，环山入苑。丞相之灯火天子得以望而见之，君弱臣骄，歌舞嬉游，时启敌人立马之志。武穆诸公极力督战，而反得祸。此宋之所以亡欤！"进一步指出保卫国家"在德不在险"，唯有居安思危，方保长治久安。

马世俊山水游记，常常记述一些当地的民间传说，使之增添浪漫色彩，如《志溧阳二十胜》中的"金濑吊古"、"护牙遗胜"、"方山石马"、"观山峭壁"、"大石龙洞"等都有瑰丽的传说故事，引人入胜。采用朴实的语言和平铺直叙的手法描述家乡景色，《志溧阳二十胜》所记20处景物皆为名不见经传、不为人知的小地方，但又都是未经人工开凿的纯自然景色，深受当地人们的喜爱。

除山水游记外，人物传记也是马世俊散文创作的重要部分。

第四章 明清时期散文(1368—1912)

其人物传记多写一些鲜为人知,但又富有才华,不为世用,终老山林的平凡人物。《正则兄传》记述从兄马正则的一生,少时生活优裕,"凡馈遗供馔,一岁之费辄百余金",日日游宴,家产渐衰。少年即中秀才,后屡试不中,性格更加倔强自负。家产耗尽后,"遂谢去绮纨之好,而已澹约俭啬为事。一布袍四五年不易,敝巾破履,杂于众宾","朝夕吟诗,自娱而已",面对逆境泰然处之,醉心诗书。跟随舅父"往衢州任"时,纵观桐庐山水,"归客武林,囊无所携,惟得诗数卷"。避居洮湖时,"偕一二缁流往来,足迹不轻入城","自披蓑行阡陌"。生动地刻画出马正则的个性,能在纷繁的世界里保持清醒的头脑和高尚的气节,表现出甘愿清贫的思想。

马世俊散文中,书序、赠贺文占有一定的篇幅。《寿陶母序》记述与门人陶淑生母子间多年的真挚情意,"余师弟之情谊又最厚,甘苦休戚,无不相闻",作者到京城为官后也并未因此而疏远。陶淑生为让年迈的母亲高兴,千里托人请马世俊为其母写一篇寿文,马世俊欣然允诺。寿文高度赞赏陶淑生的勤奋苦学与孝顺,陶母的教子有方与慈蔼,祝愿这对贫贱不移、待人宽厚的母子幸福安康。《杜诗序》开篇即言"余寝食于杜诗二十余年,窃见评注无一善本","世所遵千家注,苟简不成书。近见李空同评本,仅得其音节,不谙其神理",将流行的各种杜甫诗评注之弊病一一指陈。接着指出"诗至唐人而体无不备,杜诗又备唐人之体",认为杜甫诗"有王、骆之庄赡,有储、刘之深厚,有王、孟之秀远"。继而指出,杜甫亲历从开元盛世到国破家亡的剧变,所以"史官所不及载,故老所不能述者,少陵一一发之于诗,读之者有忠孝之思焉,有乱贼之惧焉,有盛衰存亡之感焉"。文末,对杜甫的文学成就给予极高评价:"继三百篇者楚辞也,继楚辞者杜诗也"。《韩文公集序》对韩愈"独持仁义之说",反对天子迎佛骨的行为大加赞赏,得出"从来能为文章者岂有不本于气节而传者欤"的结论,批评扬雄"好为雕镂之语"。指出"晋魏而降,骈丽尖凿,无复三代秦、汉之体。终隋之世以及于唐,骈丽尖凿日滋月长,王、骆殆甚,而燕、许手笔复不免,以是知诐淫邪遁中于人心而不能解者,非朝夕之故也。韩愈出而廓清之功如高江之荡积秽,如迅风之扫败叶",充分肯定韩愈在古文运动中的历史功绩以及处事立言的气节。文章以"立言之不可无本"收束,彰显本意,作文与做人同样重要,气节乃做人之根本,独树一帜的观点是作文的根本。《丸阁集诗序》首先提出"诗之衰也,体愈备而气愈下"。认为"古人诗体未备",所以古代"乐府题甚典奥而幽思质响,足以相称",古人写诗注重思想感情和内容。而"诗体莫备于今,今人不能自命一题,创一格",今人作诗只注重追求形式体格,只模拟古人的形式,不注重思想感情和内容。文章批评明七子"馆阁之气多于泉石,学问之气多于性情",赞扬徐渭"独以苍郁古挺之调,扶二百年之衰",驳斥世人关于"袁徐同体"的说法,指出袁宏道诗"纤缛柔靡"。文章强调创作风格应自成一家,反对一味拟古。《李长吉诗序》、《徐文长诗集序》等就不同历史时期、不同作家的成就、文风予以比较,做出较为允当的评价。《黄自先诗序》、《泉石子诗序》等则是对当朝作家作品的评论。

　　马世俊散文常采用拟人化手法,抒发自己的情感。《昌阳君传》将四种竹子寓以昌阳君、秦大夫、楚君子、罗浮仙,赋予人的语言和性格,展开富有哲理的对话:秦大夫曰:"吾岁寒不凋,倘足与世无患乎?"(昌阳)君大笑曰:"秦最无道,子受大夫封,愧湘山草木多矣,子将及祸。"楚君子曰:"抗尘走俗,干青霄而直上者,吾之长也。"(昌阳)君曰:"节高则物忌,为子犹之。"罗浮仙曰:"贞白自持,缁尘不染,非吾不能。"(昌阳)君曰:"子得气最先,恐难逃名耳。"后来,三君子果如昌阳君所言,一一遭到不幸,昌阳君为自全,"乃退托一卷之石,一勺之水,以自娱乐。好事者或献笔床茶灶、琴席棋枰于君,君亦不辞也。与物无竞,随遇而安。"文章表面以拟人方式写物,实则是以物喻人,暗示出要想保全自己,只有向昌阳君那样"与物无竞,随遇而安"。

丁炜(1631—1701),字瞻汝,号雁水,福建晋江(今泉州市)人。著有《问山诗集》十卷,《问山文集》八卷,《紫云词》、《涉江词》各一卷。《问山文集》收各类文章近百篇,分序、记、书、传、祭文、行状、志铭、杂著八卷,其中序、书篇目最多。同时代诗人毛际可《问山文集序》称其文章:"雁水之文,固卓然源本大家者也。然以理为主,而运之以气,驭之以才,并举其数十年问学之所积,酝酿充斥于中。且筮仕燕豫,回翔郎署,按节赣南郁孤之间,所历名山大泽,废垒荒祠,与其故乡珍禽奇树之观,丹青雕刻之异,皆一一于文发之。"

丁炜散文各体兼备,风格多变。《甏园记》记述自辟甏园的经过,详细铺叙从立意到准备到修葺到再造新园的全过程,及享受其中的浮想遐思。园东一片闲置空地,引发作者的感慨,修葺旧园的想法由此萌生。详细记述花木罗列、园亭布置的全部经过。当所有工作结束后,想到给新花园命名,并畅想一年四季在其中悠游自在的生活。后半篇抒发修园感想,援引典故,说明从古至今,人们对于自然山水的向往和亲近始终如一,特别是文人雅士更是乐此不疲,常常自种竹、兰、菊等芳卉,在亲躬培育和欣赏成果过程中怡心怡情。全文有叙有议,层理分明,文辞优美。《明八大家文集选序》梳理古文发展脉络,阐明唐宋大家精学于秦汉,指出"道与文非二物,秦汉与唐宋亦非二途"。文章首推韩愈,对其历史功绩进行具体论述,反对机械模仿、一味崇拜,重在领其神韵,"学秦汉之文而苟得其神,不袭其迹,虽谓韩欧,可也;学韩欧之文而苟因其流以溯其源,虽谓之秦汉亦可以。"《与叶丙霞少乘书》是一篇书信体散文,诚恳地邀请好友叶映榴为其弟的诗集作序,述及许多兄弟之间、朋友之间的深情故事。叶映榴,字丙霞,号苍岩,顺治十八年（1661）进士。曾与清代著名文人黄庭表一同点校过丁炜《问山文集》。《哭亡女诗序》是丁炜为其亡女丁报珠所作悼亡诗序言,句式整齐,文字典雅,具体形象,情真意切,感人至深。

孙鹏（1688—1759）,字乘九、图南、铁山,号南村,云南昆明人。《云南丛书》收其《少华集》2卷、《锦川集》2卷、《松韶集》4卷。

孙鹏散文题材广泛,论说文见解独到,议论不凡,语言简洁;叙事写人则娓娓道来,情真意切,感人至深。《王褒论》对西汉著名辞赋家、谏议大夫王褒作出新评价。王褒曾替汉宣帝祭金马碧鸡之神,并作祭文。文章对此进行批评,认为汉宣帝受方士迷惑,祷祀金马碧鸡之神,然身为谏议大夫的王褒"有谏议之责,忍令吾君不民社之重,而日与方士从事虚无","不能辅之朝四夷,卫百灵,而代往求二仙之神"。直言王褒的行为有失职责,也侧面指陈君王不应迷信神仙方术,治国应以民生社稷为重,励精图治。《〈李南山遗稿〉序》先写作序缘由和经过,追忆与南山的深厚交情:"南山与予同事新安夫子",对其文风给予评价:"南山古文似学晚唐,而诗则不能盛唐,当在晚唐与宋间。要之,言均蔼如,均善学夫子者也。"继而对南山高贵人品大加赞扬:"夫人以品贵,诗若古文,亦以品贵。未有人品不高,而诗品、文品能高者。有南山之人品,即有南山之诗品、文品。"正因为有高贵的品格才能作出真正好的诗文,通过翻阅其遗稿可深切地感受到这一点,其高洁的人品和精神"跃跃欲从字里行间出"。接着回忆与南山交往的一件小事,"言犹在耳,宛如昨日"。文末回到南山遗稿,"集中所载,诗亦无多",想起南山曾说的话:"'庭教九载,屏去帖括,专事古文',则所自喜亦在古文,而不在诗。欲去诗存古文,继讽读再四,言言至性,亦真亦婉,宋也,而仍唐不可废。"作者了解自己的朋友,也理解自己的朋友,并愿意为实现朋友的遗愿尽心尽力。全文言辞恳切,一气呵成,情意贯穿其间,真切动人,体例匀称,语言精练,叙述议论相得益彰。《〈徐云客先生诗〉序》先概括徐云客的诗风:"其登临怀古也,则多苍凉悲壮之词;其赋物咏怀也,则有幽忧悄丽之思;其往来赠答也,则又沉郁顿挫、缠绵悱恻。"继而回忆与徐云客平日交往的点点滴滴:亲自送来一把题有好诗的纨扇;饮酒作诗低头立就,不易一字;为我置酒饯行,依依难舍……想起这些,感慨万千,"弹指间,忽忽十五年,俯仰今昔,聚散生死,邈若山河,欷歔乎哉!"然后补叙为其诗集作序的由来,其子拿诗稿相求,而最根本的原因是徐先生以抱病之躯成不朽之业的精神感动了作者。由徐先生的坎坷经历和卓然成就,不禁联想到自己,心生感慨,"若鹏半世居诸,尽抛弃于车辙马蹄之下,忧患日多,读书日少,虽两目炯炯而愀然失志,学日就荒"。《答某翰林书》阐发作者某些文学主张,这些文学思想主要是关于诗歌创作的:"诗,声音之道,与文不同。以气味为高,以体格为贵。常有字句甚工,而卒不可语于诗者,气体卑也。太白之高,高在气味;少陵之贵,贵在体格。"

孙鹏散文还善言形势,论用兵。《滇中兵备要略》指陈金滇形势及兵事,《送魏龙山之官大理提标序》展现了作者地理、历史、军事方面的知识素养。

马时芳(1761—1837),字诚之,号平泉,河南禹州人。有清末刻本散文选集《垂香楼文稿》、《续稿》。《垂香楼文稿》共8卷,卷一《说辩》,卷二《论序》,卷三、卷四《书》,卷五《读史》(史论和史评),卷六《书后》(书于历代名人传记后的感言),卷七《传》、《祭文》、《寿言》、《墓志》、《哀辞》,卷八《杂著》包括赞、铭、赋。

马时芳散文雍容大度,不忮不求,围绕儒家学说明心见性、安身立命观冷静观察世界,保持平和心态,追求理性和谐的世界,希冀人们读书明理,体道修身,共同创造古之圣贤提倡的天理彰著、心智无蔽的光明时代。《学庸一脉说》、《求放心说》、《学问涵养说》、《格物辨》、《娱己娱人辩》等论说文,以古拙质朴的语言、逻辑性推理,透彻论述自己的观点,具有很强的说服力。《辟月琐言序》深刻论述一个人的命运、机遇与努力实践之间的相互关系,在遭遇困难和挫折的逆境时,主张积极奋进,尽人事而听天命,宣扬儒家"天行健,君子以自强不息"的积极精神。

马时芳散文有许多游记、景物记、生活记,如《宴大观亭记》、《宴康氏桂花园记》、《陈心田先生祠堂记》、《江汉游》等。这些散文清丽雅致,以描摹见长,大多着墨不多,简短洗练,寓情于景,夹叙夹议,以其哲学观,如同情心、人道主义、对大自然的赞美,来充实、统辖其文,表达作者旷达冲淡、习静向道的一贯思想。

马时芳存赋作3篇:《河阳赋》、《德峰赋》、《遂己赋》。《河阳赋》面对黄河巨浪追思怀想,充分表达自己久客思归的心情和功业未就、时光易逝的苦闷。作者时为河阳(今河南巩义市)县学教谕,官微职卑,入不敷出,但在困难和挫折面前,能够不乱其神明,不沮其意志。文末在梦中与道貌岸然的天神就人生问题进行讨论,结论是达人知命,君子安贫。《遂己赋》集中表现躬耕自适、超然避俗的思想,"假薄田之百亩,开荒圃兮数畦。呼吾儿以作苦,时荷锄而助之。虽沾涂以何伤,幸力耕之不欺。"

蒋湘南(1795—1854),字子潇,河南固始人。其文现存有《七经楼文抄》6卷,刘元培在《七经楼文抄序》中对其师文风这样评述:"先生之文,以力矫伪八家为主,故归震川、方望溪两家之法,在所不用,以八家之流弊,皆自两家开也。""其文撷经之精,镕汉之髓,大而入细,奇不乖纯,无一字凿空,无一论涉肤,自成一家之法。"蒋氏《唐十二家文选序》一气呵成,首尾呼应,体例精悍,言辞利落,诸多观点卓有见地,集中体现了作者的文学观。《与田叔子论古文书》以猛烈抨击桐城派而闻名,强调桐城派古文乃是一种

第四章 明清时期散文(1368—1912)

"伪八家",真时文,从而否定其正宗地位,将桐城古文之弊概括为奴、蛮、丐、吏、魔、醉、梦、喘 8 字,从文风、内容、形式上全面抨击桐城古文。《近人古文》将方、刘、姚桐城三祖斥为"根柢浅"、"未闻道也",主张道当见于人情物理变幻处,指责"三家之文,误以理学家语录中之言为道,于人情物理无一可推得去,是所谈乃高头讲章之道也,其所谓道也,非也"。

明、清回族散文,较突出的还有以下作家作品。《瀛涯胜览》成书于 1451 年,作者马欢,生卒年不详,字宗道,浙江会稽(今绍兴)人。明永乐、宣德年间,马欢以通事身份追随郑和第四次(1413 年)、第六次(1421 年)和第七次(1431 年)出使西洋,前后历经 20 余个国家和地区,写下这部写景、记游散文。

《瀛涯胜览》翔实生动地记叙了占城(今越南南部)、爪哇、旧港(今印度尼西亚巨港)、暹罗(今泰国)、满剌加(今马来西亚马六甲)、哑鲁(今印度尼西亚阿鲁群岛)、苏门答剌(腊)、那孤儿(今苏门答腊岛西北部)、黎代(今苏门答腊岛北部)、南浡里(今苏门答腊岛西北部)、锡兰山(今斯里兰卡)、小葛兰(今印度西海岸南端奎隆)、柯枝(今印度西海岸柯钦)、古里(今印度西海岸科泽科德、卡利卡特)、溜山(今马尔代夫)、祖法儿(今阿曼沿海佐法儿)、阿丹(今也门亚丁)、榜葛剌(今孟加拉)、忽鲁谟斯(今伊朗霍尔木兹海峡沿岸)、天方(今沙特阿拉伯麦加)等国家和地区的地理位置、历史沿革、山川形势、城池建筑、居民人口、宗教信仰、服饰穿着、气候物产、风土人情、鬼神怪异、货运交易、婚丧嫁娶以及诸国同中国的朝贡通使等。文笔简洁、流畅,描绘景物生动、形象、逼真。作品采用由远及近、由小及大、简练概括全貌到具体事物描绘的叙述方法,从不同方位、不同角度对风物人情进行描绘,给人以身临其境之感。

马欢所经 20 余个国家和地区中,信奉伊斯兰教的国家和地区有9个，穆斯林和其他民族混居的国家和地区有3个，反映出15世纪伊斯兰教已覆盖大部分西洋地区。作品全面记述了西洋穆斯林的饮食、衣着服饰、婚丧之礼以及富裕的生活，如忽鲁谟斯"国民皆富"，阿丹"国富民饶"，天方"无贫难之家"。由于古印度各国与阿拉伯各国一直保持着较频繁的贸易联系，7世纪伊斯兰教创始伊始，便由阿拉伯商人传入印度半岛，经过与古印度其他宗教长达几个世纪的抗争，终于在半岛上赢得了众多信徒，加上原来"西番各国为商流落此地"而形成的回回人，形成一个相对独立的社会阶层。这一穆斯林阶层文化较发达，社会文明程度较高，以其自身的"体貌清白丰伟，衣冠齐楚标志"，"衣食诸事皆清致"和"风俗纯美"、"民俗淳善"、"民风和美"影响着周围的民族。如受纯伊斯兰国家满剌加国的影响，苏门答腊"风俗淳厚，言语婚丧、穿扮衣服等事，皆与满剌加国同"。

《瀛涯胜览》有多处早期华侨在"南洋"、"西洋"诸地居住、经商的生动记述，"杜坂，番名赌斑，地名也。此处约千余家以上，以二头目为主，其间多有中国广东及漳州人流居此地。""于杜坂投东行半日许，至新村，番名荳儿昔，原系沙滩之地，盖因中国之人来此创居，遂名新村，至今村主广东人也，约有千余家，各处番人多到此买卖。""自新村投南船行二十余里，到苏鲁马益，番名苏儿把牙……其间亦有中国人。"多次提到中国与他国的贸易和中国铜钱在各国使用的情况，如爪哇"中国历代铜钱通行使用"，旧港"市中交易亦使中国铜钱"，锡兰"中国麝香、纻丝、色绢、青瓷盘碗、铜钱、樟脑，甚喜，则将宝石珍珠换易。王常差人赍宝石等物，随同回洋宝船进贡中国"。

《星槎胜览》成书于1436年，作者费信（1388—？），字公晓，吴郡昆山（今江苏昆山）人。1409年，"选往西洋，四次随从正使太监郑和等至诸海外，历览诸番人物风土所产"。先后参加了第三次

(1409年)、第四次(1413年)、第五次(1417年)、第七次(1431年)下西洋。

《星槎胜览》分前后两集,前集记述作者亲历诸国的所见所闻,后集系采辑传译而成,多出自元汪大渊的《岛夷志略》。共述记45个国家和地区,前集22个,后集23个,对其地理位置、历史沿革、都会、港口、山川形势、社会制度、政教刑法、人民生活状况、社会风俗、宗教信仰、生产状况、商业贸易、气候、物产、动植物等作了扼要叙述。对郑和第三次出使时间、人数、舰船数、出发地、航行日程等一一作了叙述。还详细记述了明朝另一位杰出的航海外交家侯显的出使及其受到的礼遇,以及满剌加、苏禄等来华进贡的情况。于正文之后皆附一首纪行诗(阿鲁国除外),简要吟诵前述内容。

《星槎胜览》以细腻简洁的笔法描绘所经国家地区的异域风情,注重记述当地有关风物和生活习俗的传说。文末所附纪行诗,以当地民风民俗为主题,寓情于景,增添了作品的文学性和趣味性。如"其山与满剌加国接境,产沉香、黄熟香。水木丛生,枝叶茂翠。永乐七年,正使太监郑和等官兵入山采香,得径有八九尺,长八九丈者六株。香清味远,黑花细纹,其实罕哉。番人张目吐舌,悉称皆天兵之力……蛟龙走,兔虎奔也。"文末诗曰:"九州山色秀,远见郁苍苍。四面皆环海,满枝都是香。树高承雨露,岁久表祯祥。采伐劳天使,回朝献帝王。"

《星槎胜览》每述一国和地区,均特别交代当地特产和中国与之贸易的产品,反映出彼时中国与东南亚、南亚以及阿拉伯半岛的物质文化交流状况。如占城"其国所产,巨象犀牛甚多,所以象牙犀角广贸别国",宾童龙国"地产棋楠香、象牙、货用金银花布之属",交栏山"地产豹、熊、鹿皮、玳瑁,贸易之货用米谷、五色绢、青布、铜器、青碗之属",暹罗地产"苏木、犀角、象牙、翠毛、黄蜡、大风子油,货用青白花瓷器、印花布、色绢、金银铜铁、烧珠、水银、雨伞之属",旧港"地产黄熟香、速香、降香、沉香、黄蜡并鹤顶之类,货用五色珠、青白瓷器、铜鼎、五色布绢、大小瓷器、铜钱之属"。书中还有中国人侨居海外的记述,如交栏山"胡元之时,命将高兴、史弼领兵万众……至今民居有中国人杂处,盖此时有病卒百余留养不归,遂传育于此"。旧港"海寇陈祖义等聚众三佛齐,抄掠番商"。满剌加"间有白者,唐人种也"。

沐昂(1379—1445),字景高,明初平西侯沐英第三子。早年在京城读书,任散骑舍人等闲职,家庭经济优裕,交游甚广,文友颇多。永乐初到云南任职,滇西、滇东、滇南大部分郡县都留下了他的足迹,熟谙云南山川风物、民俗风情和历史文化。著有《素轩集》,共十二卷,前十卷为诗歌,十一卷为序,十二卷为记、跋。初刻于天顺年间,嘉靖时再刻,云南另有抄本传世。沐昂喜欢结交文士,共同切磋文章,极重感情,其散文主要表达对友情的珍重。《题逯先生诗集序》称逯昶诗"气度宏远,声律古淡","皎乎如白月流光于青天,蔼乎如群花秀丽于名苑,可谓独步者也",并感叹其诗才不为人所知:"骐骥不遇伯乐,何以知其材美;璞不逢和氏,无以识其珍良!"

丁自申,生卒年不详,字朋岳,号槐江,福建晋江人。嘉靖二十九年(1550)进士,授南京工部营缮司主事。著有《三陵集》十二卷、《古文搜玉篇》一部。《三陵集》取意于生于温陵(晋江),官于金陵、嘉陵,是谓"三陵"。概括其生平事迹,显现其诗文产生的地域范围。丁自申散文多为阐扬性理的谠言正论,亦有描写生活情趣、亲情感情的生动细微的篇什,平易近人。《先大人后吾府君行实》即回忆父亲生平事迹、充满喜怒哀乐的抒情散文。

笪重光(1623—1692),字在莘,号江上外史,自称郁岗扫叶道人。《江上诗集》卷十《江上集》收其散文15篇,其中奏疏2篇,书

第四章 明清时期散文(1368—1912)

序及赠序6篇,书跋2篇,碑记1篇,书札3篇,像赞1篇。其散文叙事详尽,说理透彻,不过分地藻文绘色,以朴素庄重见长。

此外,孙继鲁《习杜祠堂记》通过记述和赞颂习凿齿、杜甫二人的功绩,阐述爱国爱民情怀,坚决反对分裂,希望国家安定统一,百姓衣食丰足,安居乐业,表现出一个有良知的知识分子关注国计民生的伟大胸襟;《送李简斋分教蕲州序》以对话形式,指出管理教育官吏,自身要先有模范行为,短小精练,含蓄深刻。马汝为《元江清水河桥记》为家乡新建桥梁所作,短小精悍,行文流畅,言辞恳切,表现出对家乡的一片真情;《关侯庙记》对关羽彪炳日月的忠义行为进行气势恢宏的回顾与评价,认为关公堪称古今真正的大丈夫,语言简洁,有述有评,相得益彰。《催妆启》委婉含蓄,文辞华美,雍容端庄。杨应奎《七月七日海岱会集序》仿王羲之《兰亭集序》,以华丽骈文表现海岱会集,文人雅集,置酒高会,曲水流觞,吟诗作赋,托物寄兴,续此绝代之胜事。闪继迪《龙泉寺常住田碑记》、《刻弘山先生存稿语录序》、《创建十一城碑记》,文笔平实,章法谨严,起伏有致。哈锐《云泉府君行状》回忆叔父哈从龙,以诚挚的亲情,刻画了一位心怀大志又时运不济的文人鲜明形象,情态逼真,呼之欲出。

第八节 维吾尔族散文

明、清时期维吾尔族散文主要是一些诗人撰写的零星杂著、序跋等。如可迪尔汗(?—1572)《克得日诗集序言》,纳瓦依《心之所钟》、《天课书》,赛布里《文章集》等。

《克得日诗集序言》共28页,现存27页,用波斯字体阿拉伯文书写。序言叙述编辑诗集的目的、环境和主观条件,说明诗集的分类、名称和内容,诗体格式包括马斯纳维双行诗、柔巴依、克特额、乃孜木等。

《心之所钟》大约成书于 1500 年,是作者人生经验的总结,体现其社会政治观、道德观和哲学思想。作品由三部分组成,第一部分 40 章,记述社会各阶层、各行业的特点,号召人们秉持正义、行善积德;对国王、大臣、各级官吏行贿受贿、阿谀奉承、荒淫奢侈、懒惰行骗、花天酒地的现象进行严厉抨击;对劳动人民特别是农民则表示尊敬,认为他们心地善良、地位至尊;希望不管从事什么职业的人,都要忠于职守,遵守职业道德,努力学习专业知识,提高专业水平,老老实实地工作。第二部分 10 章,阐述走歪路的人将受到恶报,走正道的人将受到好报的道理,要求人们应具有忠诚、谦逊、公正的高尚品质和忠实于爱情的道德风貌,对伪善者、贪婪者进行无情抨击。第三部分由 125 条箴言、警句组成,包含深奥的社会知识、道德格言和对生活中一些问题的哲理性思考,鼓励那些懂道理的人继续进步,唤醒那些浑浑噩噩、不懂或否定生命价值的人幡然悔悟。

《天课书》成书年代不详,分序篇和正文两部分。序篇记述构成呼罗珊政权组织的部族、部落名称和作者所做的善事及其憧憬,赞颂要人艾勒依·赫沙木、苏丹·侯赛因·巴依哈拉。正文记述作者为"伊赫拉斯亚"清真寺和"哈拉拉斯亚"修道院交纳天课的情况,两个宗教场所供职的教职人员、负责天课的人员、上学的塔里甫人数、年薪以及关于天课资助人、天课的享用者和管理者的义务等。

《文章集》大约成书于 1842 至 1843 年间,分引言和正文两部分。引言部分开篇赞美真主、诸先知、穆圣四友,盛赞思想家兼诗人纳瓦依,高度评价其作品,继而表述对当时执政者祖乎尔的感谢,以及遵祖乎尔之嘱写作的缘由。正文共 18 章,借鸟禽故事,生动、形象地阐述对社会政治、道德观念、政务的看法,提出实行社会改革,人民自己决定自己命运,选举英明正确、有权威的领袖,在其领导下建立一个公正、重德、有序的社会;认为道德的没落是社会腐败的一个方面,慷慨是"人身上最重要的品质",知足常乐是赢得财富和尊重的品格。

作品集故事、寓言、议论、抒情于一体。采取以各种飞禽形象拟人化手法表现劝诫内容,一方面使议论不直接与社会势力挂钩,可方便自如地畅所欲言,一方面使作品显得生动活泼,饶有趣味,使人耳目一新。大量使用讽喻手法,有力地鞭笞了违背人们道德良知的不良社会现象。善于运用对比,在鲜明的对比中把问题阐述得清晰透彻。在论述中常常引用维吾尔族和波斯古典作家作品中的诗句、名言,节奏齐整、协调上口,或者插入某些故事、寓言,使立论更加言之有据,易为人接受。调动多种语言表达手段,用词通俗易懂,表述明快流畅,亲切感人。

第九节 满族散文

满族古代散文创作可追溯至清初,有用满文创作的,也有用汉文创作的。满文散文代表作品如《太宗皇帝大破明师于松山之战书事文》、《太祖大破明师于萨尔浒之战书事文》、《随军纪行》、《出使交趾纪事》、《异域录》、《百二老人语录》等。

《太宗皇帝大破明师于松山之战书事文》和《太祖大破明师于萨尔浒之战书事文》由康熙皇帝和乾隆皇帝据松山之战与萨尔浒之战的史实创作而成,以纪实手法,详尽细腻地描述了这两次后金时期的重要战役,并借此抒发怀古悠思情怀。《太祖大破明师于萨尔浒之战书事文》记叙清太祖努尔哈赤与明军之间的萨尔浒之战,该次战役发生于后金天命四年(1619),后金以少胜多,以几万之兵击溃明军20万之众,成为后金不断发展壮大的关键之役。有关萨尔浒之战,史籍多有记载,其中以《满文老档》、《清太祖武皇帝实录》较早。乾隆皇帝为弘扬祖上功德,让更多人了解此事,遂依据《清太祖武皇帝实录》创作了此文:"每观'实录',未尝不流涕动心。思我祖之勤劳,而念当时诸臣之宣力也。谨依'实录'叙述其事","此予因'实录'尊藏,人弗易见,而特书其事,以示我大清亿万年,子孙臣庶期共勉,以无忘祖宗开创之艰难也"①。作品虽"谨依'实录'叙述其事",但其篇幅长于"实录",更为详尽,且字里行间多有作者的情感色彩浸透,在叙事的同时,亦不乏精彩的文学描写:

> 而所遣助吉林崖之兵,自山驰下冲击。右二旗兵渡河,直前夹击明兵之在界藩山者,短刃相接。我兵纵横驰突,无不一当百,遂大破其众。明总兵杜松、王宣、赵梦麟等皆殁于阵。横尸亘山野,血流成渠。其旗帜器械及士卒死者,蔽浑河而下,如流澌焉。②

叙述文字流畅,尤其是其中一些战争场面描写,有声有色。如"我兵纵横驰突,无不一当百","横尸亘山野,血流成渠。其旗帜器械及士卒死者,蔽浑河而下,如流澌焉",反映出这场战争的规模与残酷,尸横遍野,血流成河,可以想见萨尔浒之战几十万人厮杀的战斗场面是如何的惨烈。除了战斗场面的细致描写外,努尔哈赤与诸大贝勒的对话以及战争氛围的渲染、双方兵力部署等描写亦给人深刻印象。

清代满语散文作品另一常见的形式是"纪行"、"纪事"体,如《随军纪行》、《出使交趾纪事》、《异域录》等。这些作品多以作者自身的相关亲历为线索,或随军出征,或办外交事务,记述事情的

---

① 赵志忠:《清代满语文学史略》,辽宁民族出版社2002年版,第179页。
② 赵志忠:《清代满语文学史略》,第180页。

第四章 明清时期散文(1368—1912)

经过和自身的感受,描述战争状况、风土人情、异域山川景色等,不同程度地反映出清代社会历史、风俗习惯等风貌。《随军纪行》共4卷,现仅存1卷,作者曾寿,满族下级官吏,此书作于其参与平定三藩之乱时(1680—1682),主要记述由粤入滇清军的军事行动以及由滇返京的历程,以时间先后为序,除较详尽地记述战争场景外,还描述了南方地区的风物习俗及八旗兵丁一些风俗习惯。如有关陶登战役的记述,战斗场面的描写紧张、生动,双方兵力部署、阵式等描述细致,如"列鹿角、藤牌、鸟枪、大象四阵","贼之枪声犹如爆豆","箭似猬刺一般钉入大象,象往山外逃去"的描写形象生动、有声有色,给人一种身临其境之感。文中记述的"藤牌"、"大象"阵,反映出云贵一带的特有风情,"藤子"与"大象"纯属南方地区的产物,对满洲八旗兵丁而言是陌生的,在其所生长的那片白山黑水之间恐很难见到,它们在战争场面中出现,从一个侧面表现了八旗兵丁平定三藩的艰辛。再如八旗兵丁在广西过年情形的描写:"新年之际,八旗章京、兵丁皆大吃大喝,护军、披甲俱置身街上,男扮女装,唱着'祷仰科'歌戏乐。我思念老人而内心郁闷。"八旗兵丁上街"祷仰科"的场面,即为满族"跳秧歌"的一种习俗。在紧张激烈的战争间隙过年,八旗兵丁表现出的乐观激昂精神,十分难能可贵,正是凭着这种精神才使其历尽艰辛,远离故乡,长年征战,取得平定三藩的最终胜利。每逢佳节倍思亲,在欢度新年的时刻,八旗兵丁充满对故乡、亲人的思念,"我思念老人而内心郁闷",正代表了全体八旗兵丁的心声,那就是结束战争,早日同亲人团聚。

满族自入关以来,在接纳汉文化方面表现出极大的主动性,满族文人创作了数量庞大的汉文诗词,显示出极高的汉文学修养。但在散文创作方面则稍微逊色,传世的优秀作家作品较少,最具文学价值、在创作上独具特色的当数麟庆和他的散文集《鸿雪因缘图记》。

麟庆（1791—1846），姓完颜氏，字伯余，号见亭，镶黄旗人。生于北京，19岁中进士，历任内阁中书、兵部主事、徽州知府、总督江南河道兼兵部侍郎、都察院右副都御史等职，因河道缺口革职，后复职充办事大臣，因病未到职，逝于家中。先世为女真望族，世代书香门第，母恽珠出身美术世家，麟庆在文学和美术方面均具有较高修养。麟庆自幼随父宦游河南、杭州、温州，至长居官北京、安徽、河南、贵州、湖北及江南各地，"足迹半天下"，见闻广博，视野开阔，创作出《鸿雪因缘图记》这样一部图文并茂的独特佳作，也是其生平经历的自传性文字。

《鸿雪因缘图记》包含地理、文物、旅游、水利、民俗等多方面知识，是一部体例特殊的散文集。全书共三集，每集有记80篇，图80幅，共有记文、图画各240篇，以图文并茂的形式记述了作者的生平游历。其中记文全部为麟庆自己撰写，历时20多个春秋，记述自己从出生至病逝前的人生经历。图则多为麟庆幕僚所画，均为写实性作品。

由于作者的宦游经历，《鸿雪因缘图记》"大旨以纪游为主"，游记散文是其中最主要的部分，有不少独具特色的佳作。如描写贵州溶洞的《牟珠探洞》，将鬼斧神工的造化奇观生动地展现于读者面前，悬空倒垂的钟乳石："漫空乳溜做花，若刻若镂，巨者、幺者、长者、平者、缩者、锐者、菡萏者、螺旋者，一一倒悬。"峭壁之石千姿百态、奇妙难言："左为童子拜观音，形神如绘。右为罗汉等像，或倚岩舞袖，或踞石跐跌，或盘若虬龙，或蹲为狮象，似动似跃，奇诡难状。"描摹如画，生动传神。又如《翠微问月》清丽流畅，转折自如，将六朝古都的繁盛和如画美景赋予诗一般的意境，结尾深沉，尤有余韵。

《鸿雪因缘图记》中值得称道的篇章还有描写作者宅第"半亩

园"情况的《半亩营园》,开篇叙写半亩园的来历及变迁,继而述及修缮后的园林结构与所撰楹帖,文末抒发得此园之幸,欣喜之情溢于言表:"以少年企慕所不可必得者,而竟得之,且几兆于三十年前,事成于三十年后,而修复工峻于癸卯四月,余到以五月,因缘天成,何其幸也。"大约因作者余兴未尽,又作了《拜石拜石》一文,专门描绘半亩园的奇石怪磊,先追溯奇石艺术乃出于李渔之手,继而记叙米芾嗜怪石之癖,再叙述园中奇石的来历,而后依次对诸山矿石、架叠石经、石笛石箫、假石、星石等一一描绘。"天然云山,云中一月,影园而白",天然妙趣。情不自禁为各种奇石折腰"照袍笏拜之,遂颜曰:拜石",意趣盎然,引人入胜。

麟庆生于北京,长于北京,又卒于北京,《鸿雪因缘图记》中有许多描写北京名胜的篇章,如《天坛采药》、《香界重游》、《碧云抚狮》、《卧佛遇雨》、《玉泉试茗》、《丰台赋芍》等,既有文学审美内涵,又具历史文献资料价值。此外,《五福祭神》详细叙述满洲民族祭祀的过程,《上南抢险》真实表现民工抢险抗洪的惊险场面,也有少数篇章透露出朝政腐败、官员昏庸的社会状况。

英华(1867—1926),字敛之,号安蹇,赫奢礼氏,正红旗人,清末著名学者、作家。著有《敝帚千金》、《也是集》、《也是集续编》、《安蹇斋丛残稿》、《劝学罪言》、《万松野人言善录》、《蹇斋剩墨》、《英敛之先生日记遗稿》等,其中《敝帚千金》收入的全是白话文作品。1902年,英华在天津创办鼓吹新学思潮的《大公报》,提倡白话文,成为倡导白话文的先驱之一。在报上连续发表许多杂文和政论文,如《王照案之慨言》、《论出洋考政治要在得人》、《说官》等,提倡自由平等思想,开启民智,阐发新见,反对专制,产生了较大影响。其文风犀利,说理精辟,层次分明,特色鲜明。

第十节　蒙古族散文

　　明、清之际蒙古族高僧的藏文信札是蒙古族古代散文的重要组成部分。松巴堪布·耶喜班觉（1704—1788）是其中的佼佼者，"耶喜班觉"为其本名，"松巴堪布"相当于汉地佛教寺院住持或方丈的一种教职称号。耶喜班觉出生于一个族源卫拉特蒙古部的小贵族家庭，7 岁进寺院当喇嘛，9 岁受"格斯勒"（梵语"室罗摩尼罗"，简称"沙弥"）戒，接着往西藏哲蚌寺系统研读印藏经籍，1730 年回到青海。1735 年开始在郭隆寺讲经，被授予堪布称号。1737 年被派往北京联络政教事宜，先后拜见乾隆皇帝、章嘉活佛等政教领袖人物，其间到内蒙古多伦淖尔、克什克腾旗、阿巴嘎旗等地养病游历，1738 年返回郭隆寺。其后多次来往于青海、北京、内蒙古之间，为传扬经教奔走、写作，直至去世。由于其出生于青海蒙藏杂居的阿玛道地区，自幼在青藏各大寺院修习印藏经籍，成年后为传扬经教奔波于蒙藏各地，其著述全部用藏文写就，故后世有人称他是藏族，有人称他是蒙古族，也有人称他是土族。从其著述全集中收录的自传《堪布额尔德尼班第达之行规述·持声之养》看，应系蒙古族。

　　耶喜班觉著述全集以经卷木刻版印制，收藏于青海塔尔寺、甘肃拉卜楞寺以及内蒙古呼和浩特和北京等地。其中有一部题名为《给诸位高僧那颜的信·妙音琵琶》的信札汇集，收录作者于不同时期写给六世班禅大师、札雅呼图克图、土观林布察、丹隆诺门汗、鄂尔多斯的固什朝日吉、阿巴嘎旗的大固什等人的信札十余封。或向班禅大师禀告传布经教的艰难险阻、个人修持的疑惑苦恼，祈求大师指点解惑，或与蒙藏各地的地方那颜、寺庙高僧互致问候，交流经教，具有较强的感情色彩，加之部分信札用诗体书写，表现出一定的文学性。如写给札雅呼图克图的信中有这样四句诗：
"渊源圣洁的经藏瞬时显现，/贤智者与薄命人皆须细阅，/经教的光辉启迪众生愚昧，/佛灯的金光照亮黑暗人间。"这是一首藏头诗，每一句的头一个藏字排列起来正好是札雅呼图克图的藏文名字"伊希丹碧茹格木"，表现出作者藏文根底的深厚和炼字炼句的工巧。

这些信札中，篇幅较长、内容较丰富的是作者从卫藏写给家乡郭隆寺松巴朝日吉叔侄们的一封信。开篇回顾自己年少远离家乡亲人，初到卫藏，人地生疏、生活不适的状况和心情。从家乡出发前，他怀着朝拜佛教圣地、寻求佛学真谛的美好愿望和热切心情，以为到了拉萨"就像儿女回到了父母的身边"。然而到达后所见的景象却跟原先的想象完全不同，"就像住进了放臭肉的房间"，不但感到"害怕"，甚至后悔来到这样遥远的地方进行宗教冒险，生活在一种惊悸疑虑、灰心丧气的情绪中。更使其伤心的是临行前家乡寺庙的同行们散布的流言蜚语，说"以他的德行"即使到卫藏"也学不到什么真学问，很可能把黑教带回来"，如一根根尖利的钢针刺痛他的心扉。以满腔义愤揭露那些"用罪恶的利箭刺伤柔软的心灵"的假佛僧的伪善面孔，两面三刀、颠倒黑白的伎俩，他们"外表虽然用柔软的袈裟包裹，内心却像野兽的犄角一样坚硬"。作者告诉自己的喇嘛叔侄们，生疏的环境、伪善者的诬陷不但没有动摇他求学的决心，反而激起他修持的意志，在幽静的寺庙里、明亮的佛灯下勤学苦读，"学问的长进如上升的明月"。书信通过叙述作者到卫藏修习经籍的经历和感受，从某一侧面形象地反映出当时寺庙僧徒的真实生活。

清初以来，蒙古族作家的汉文散文创作是蒙古族古代散文的重要组成部分。它们包括笔记、杂著、日记、随笔、时文、序跋、文论等。这些作品形象地反映了清代蒙古族社会的历史、文化、宗教、民俗等风貌,内容涉猎生活的各个领域,举凡国政朝章、文苑掌故、征战工役、生息劳作、山川风物无所不包。特别是大量的边疆纪实,为了解当时蒙古社会的沿革变迁、风土人情提供了形象化的史料。代表性作家有法式善、博明、松筠等。

　　法式善(1753—1813),原名运昌,号时帆,又号梧门。法式善,系1785年乾隆皇帝所赐,满语,意为勤勉上进。伍尧氏,先祖统姓为蒙乌吉氏,祖籍察哈尔,天聪时入清,隶内务府正黄旗。生于京师,7岁从师读书,10岁父病殁,家道衰落,贫不能延师,伯母亲自督课,授《离骚》、陶渊明诗,遂对中国古典文学产生浓厚兴趣,16岁入咸安宫官学。乾隆四十四年(1779)乡试中举,次年会试中式,改庶吉士,散馆授职检讨。此后累官日讲起居注官、国子监司业、祭酒、翰林院侍讲学士、侍读学士。曾参与《四库全书》、《全唐文》、《皇朝词林典故》、《皇朝文颖》等编纂工作。虽为官30余年,然性极淡泊,无意仕宦腾达,惟以诗词文章为乐事,博览群书,勤于著述,崇尚前贤,奖掖后进,文誉名噪海内。同时代名流洪亮吉曾如是评说:"先生二十外即通籍,官翰林,回翔禁近者及三十年。作诗为文,三馆士竞录之,以为楷式。"①

　　作为文学家,法式善深于文,尤深于诗,勤于笔耕,既工且富。著有文集《存素堂文集》4卷、《存素堂文续集》2卷。赵怀玉曾对其诗文作过高度评价:"顷以所著存素堂文初钞见示,读之则气疏以达,言醇而肆,意则主于表章前哲,奖成后进居多。学士诗近王韦,文则为欧曾之亚。"②法式善散文各体兼备,有论说文、考证文、记传文、序跋、小品、笔记、尺牍等,诸体中以序跋文为多。

　　法式善的论体散文,善从大处着眼,总结历史经验,见地深刻,立论阔通,气势充沛,说理透辟,情理兼备,语言简练,与刘勰《文

---

① 赵怀玉:《存素堂诗集序》,见《存素堂诗初集录存》卷首。
② 赵怀玉:《存素堂文集序》。

心雕龙·论说》所言"其义贵圆通,辞忌枝碎"极为切合。《唐论》、《宋论》、《狄仁杰论》等史论文章,论宦者之祸,言明辨君子与小人对朝政之重大意义,可与唐宋八大家之一的欧阳修所撰《五代史宦者传论》、《朋党论》有异曲同工之妙。《西涯考》是法式善文集中篇幅最长的一篇散文,援引明清史乘、笔记、诗歌等文史资料考索明大学士李东阳之西涯遗迹,虽为考证文字,行文却自具性情,纡徐飘渺,缛而不碎。与此相类的尚有《李东阳论》、《西涯图跋》、《明李文正公年谱序》、《修李文正公墓祠记》、《明大学士李文正公畏吾村墓碑文》等,以不同体裁,自不同视角,评价名臣李东阳,持论公允,指陈此前一些轻薄诋毁之词,集中体现了作者表彰先贤的主旨。

  序跋文在法式善文集中占有相当大的比重,它们包括诗文、年谱、古像、遗墨、图谱之序跋和书后,是其散文创作的重要篇什。《洞麓堂集序》、《钱南园诗集序》等篇,撮举、钩沉前贤和朋辈遗诗逸文之事,激赏其才华与贡献,笔法纡徐曲尽,风神溢出,足传其人。《蔚嵫山房诗钞序》通篇为诗品,既阐述作者对诗的看法,亦结合诗人丁郁兹的事迹论述诗人品格对其创作的影响,见识卓然,所举之例尤得立言之体。《伯玉亭诗集序》以倒叙手法追述往日与玉亭先生的情谊,叙其性情与为人,事事关诗而又欲言故止,几经回环往复方切入主题,总论其诗:"太行绵亘数千里,汾河之源发于昆仑,其濡染于诗也,必有磅礴浩荡之奇气缠绵固结于笔墨间。先生扶晋且十年,式太白之庐,访玉溪之里,修遗山之墓,流风余韵转益为师,盖先生之政感被于三晋人之心者甚深,而三晋之山川风气所以感发于先生之诗者亦甚深也。"

  寿序文属于赠序文类,专为祝寿而作,法式善文集中有寿序文数篇。作者恪守历代名家为人做寿不轻率下笔,视其人有所表现可以风世敦俗者方为之的原则,以求其人其文皆能传之于后世。

《陆先生七十寿序》以简洁清淡的文笔,叙述师生情谊,章法严谨,文情并茂,被誉为集中第一等文字。《陈约堂太守七十寿序》以南昌彭尚书及家书为前因后果,以三世交情为主线,虽寥寥千字,然"篇法绝佳,立言更亲切有味。扫尽祝嘏浮词,行墨间自有太和之气,是谓之大方之家"①。

法式善的记事小品文,被当时的文艺学家们誉为碎金。此类小品文以叙事为主,辅以议论,如《校永乐大典记》、《重装钱南园副使画马记》、《具园记》、《诚求堂记》、《思过斋记》等。《重装钱南园副使画马记》仅200余字,叙述珍藏钱副使翰墨始末,尺幅间俯仰今昔,一往情深,清夷之气与渺致傲色皆现诸笔端。《具园记》开篇描述杨月峰在京师所辟半亩之园:"宽仅半亩,而堂台榭轩,阁楼亭廊莫不毕备,交错盘互,咸尽其宜。"继而以庭园建构格局推论主人之用心,"所谓公而非私也,见其大而忘其小也,辨有无而非较多寡也。杨君于是乎有合于君子之用心矣"。作品以小见大,极尽缭曲往复之致。《诚求堂记》以议论堂名入手,叙述周子霁作为县令以得民心为急务的嘉言善行,议论、叙事相得益彰,文虽短却藏无数层折,文极精粹。

此外,法式善文集中尚有传记碑文20余篇,如《张逸庵传》、《先妣韩太淑人行状》、《例授奉直大夫礼部主事吴君墓表》、《重修尚氏家庙碑文》等。其中《先妣韩太淑人行状》一文最为人称道。

法式善的散文涉猎内容丰富、充实,富于情韵,学古而不拘泥于古人,舍其貌而得其神髓,不名一家,兼采众长,体各有别而言之有物,章法娴熟,运笔周详。论说文识见宏卓,自成一家之言;传记碑铭文则夹叙夹议,文情并茂;序跋文及其记事小品文,或评价文坛名流杰作,探究得失,或描摹景物,铺叙人事,以益博闻聪听。他

---

① 法式善:《具园记》,见《存素堂文集》卷四。

第四章　明清时期散文(1368—1912)

在《与徐尚之论文书》中写道:"余独怪今之为文,致饰于外,如优俳登场,衣冠笑貌,进退俯仰;一一曲肖,旁观者未尝不感愤激昂,欲歌欲泣。迨夫境过情迁,渺不知其为何事,犹自矜绝伎,以为不如是不足以取名誉、炫流俗也。呜呼,伪亦甚矣。古之为文则不然,不剿说,不雷同,宁为一时訾议必使后世可传,理得而心安,如是而已。"①其散文创作正是这一深刻见解的具体体现,显示出不凡的造诣。清代诸儒在为《存素堂文集》所撰序跋中,充分肯定其注重言之有物的文风和务求独创、力避人云亦云的立言弊病。杨芳灿高度评价其散文所达到的艺术境界,陈用光从立言角度盛赞其散文风格,吴锡麟称其文章"简而明,信而通,有类乎庐陵之为之者"②。

在清代蒙古族作家汉文创作中,法式善的散文成就最大,以可观的卷帙和繁多的文体丰富了当时的蒙古族文学创作,其中类似诗品的诗文集序跋和记事小品是古代蒙古族散文创作中所罕见的篇什。

博明,生卒年不详。原名贵明,字希哲,一字晰斋,号西斋。博尔济吉特氏,世居乌叶尔白柴,高祖天聪时入清,隶镶蓝旗。生于京师,乾隆十二年(1747)丁卯科乡试中举,十七年壬申科会试中式,选庶常馆,散馆授翰林院编修。历任起居注官、广西庆远洗马、云南迤西道、兵部员外郎、凤凰城榷使,为官30余载。1785年参与千叟宴,作纪恩诗。清代蒙古族文学家中,博明以其多才多艺、兼擅文史而引人注目。他出身贵胄,精通本民族语言文字,对蒙古乃至北方民族历史烂熟于胸,又熟谙汉文,遍览经史子集。其文集有《西斋偶得》3卷,《凤城琐录》1卷,重编《蒙古世系谱》5卷。另有一部《祀典录要》,未经刊刻,以钞本形式著录。

---

① 法式善:《存素堂文集》卷三。
② 吴锡麟:《存素堂文集序》。

《西斋偶得》属于笔记杂录，分卷上、卷中、卷下，共96条。内容包括天文、地理、器物、人事、史考、饮食、音乐、文学艺术等，涉猎广博，见地深刻。其中文史杂考之类堪称学术笔记，而探究自然界现象的篇什无异于科普小品。据卷上所收"状元"条写于乾隆三十六年，卷下所收"外国纪年"条写于五十三年，写作时间延续近18年。嘉庆六年（1801）广泰据邵楚帆净写本连同《凤城琐录》合刻于广陵节署，题为《西斋杂著二种》，光绪二十六年（1900），杨钟羲重刻《西斋偶得》于杭州。

《西斋偶得》中的文史杂考篇什，多考证中华悠久的文明历史。作者并非事无巨细地罗列、津津于一物一名的订讹阐误，而是从大处着眼，考索其在各个重要历史时期的变化，探寻事物变化的内因和外因。《饮食音乐》、《物变》等总结物变之普遍性规律，既符合客观现实，又充分肯定中西交通所带来的积极作用。《朝鲜诗人》对朱竹垞的《明诗综》补遗良多。《义山诗话》对唐代著名诗人李商隐《碧城三首》逐句笺释，直道义山原意，就朱竹垞等人出己意以为屈说提出不同见解。《五色》以哲学之相反相成原理解释五色相宜之理，较之西方的同一理论先出近百年。《目理》阐释目之视近与视远的道理，如将其所言"度"换成"视角"，则与现代光学理论相一致。

博明对辽、金、元史的考证文章尤为人称道。《辽金国名》、《辽京》、《西夏》、《金京都》、《元朝姓氏》、《蒙古族姓》、《说部辨误》等，援引翔实的历史、语言资料，考厥由来，甄综群言，如以《蒙古秘史》为据，论述奇渥温姓之由来，以各民族语言的音义之别辨析前人对女真、蒙古国号的曲解，新见层出，发人所未发。

《凤城琐录》作于乾隆四十二年（1777），有嘉庆六年（1801）的广陵刻本、《辽海丛书》本以及其他钞本行世。琐录所记述的皆辽东及朝鲜故事，涉及该地区社会、经济、文化以及清廷与朝鲜关系

第四章　明清时期散文(1368—1912)

等诸多方面,是作者出任凤凰城権使时,意识到此地僻处东南,鲜为人知,深恐此间轶事久后湮没无闻,于是"询访故迹,惜无知之者,求什一于千百,浸录成帙,半皆琐细,用备考核。朝鲜贡员亦时相过访,并问其国中典故,亦间有所得,集其语附焉。"[①]

松筠(1752—1835),字湘浦,玛拉特氏,先世为喀喇沁部人,隶蒙古正蓝旗。初以翻译生员入仕,后考授理藩院笔帖式,充军机章京。乾隆四十八年(1783)超擢内阁学士,兼任副都统。后累任内务府大臣、军机大臣、将军、户部尚书、兵部尚书等。1785 年奉命往库伦治俄罗斯贸易,秉公断事,以恩信为祖国赢得荣誉,历经 8 年,圆满完成使命。1794 年和 1822 年两次出任吉林将军,其间又在驻藏办事大臣任上供职 5 年。1800 至 1813 年先后三次出任伊犁将军,在西陲度过 9 个春秋。

松筠屡任要职,常驻边陲,在艰辛且繁忙的工作之余,广泛搜集资料,辛勤著述。著有《西招图略》、《古品节录》、《西藏图说》、《路程》、《招西秋阅记》、《西藏巡边记》等。此外,刊布于嘉庆二年至道光三年(1797—1823)间刻本《镇抚事宜》(又名《随缘载笔》),收有松筠的《绥服纪略》、《西招图略》、《卫藏图说》、《西招纪行诗》、《秋阅吟》。另有《松筠丛书》5 种 6 卷,内容与《镇抚事宜》本同,只个别篇名略异。

《西招图略》初刻于嘉庆三年(1798),道光二十七年(1847)又重刻。记述作者任西藏办事大臣时的施政经验和心得,认为守边之要乃忠信笃敬,所以在任职期间恪守不渝,多举惠政,并将其归纳为 28 条,旨在为他人提供借鉴。"湘圃相国特膺兹任,上体天子之恩,下悉卫藏之情,著有《西招图略》一书,分为二十八条,绘以图说,于山川形势,番汉兵卡,令人开卷了然。而前招后招性情之

[①] 博明:《凤城琐录自序》。

殊，抚驭之法，练习之方，缕析条分，尤为切中。"①类似的边疆图籍，还有《西藏图说》、《路程》、《招西秋阅记》、《西藏巡边记》等。《古品节录》6卷，初刻于嘉庆四年（1799），嘉庆十六年重镌于江西，记述幼时父亲督课所讲古代名贤事迹，于汉代至元代名人传记中遴选若干人，摘书其精要，以便观摩自省。

　　清末蒙古族著名小说家、学者尹湛纳希亦创作有许多散文作品，其评述性散文和训谕性杂文，尖锐地揭露民族落后的痼疾，提出改革的良方，以雄辩的逻辑推理和形象化的语言阐明事理，抑恶扬善，为蒙古族古代散文创作增添了某种范式，做出突出贡献。

　　尹湛纳希（1837—1892），乳名哈斯朝鲁，汉名宝瑛，字润亭，号衡山。卓索图盟土默特右旗（今辽宁省北票市）忠信府人。蒙古族伟大的文学家，其成就主要在小说创作，亦有许多议论性散文传世，如开鲁本《青史演义》初序、纲要和回后批语，异文本《青史演义》回前回后随笔，以及《〈中庸〉附记》、《〈龙文鞭影〉随笔》、《尹湛纳希晚年札记》等。这些议论性文字，可笼统归属为杂文范畴，内容涉及哲学、历史、政治、文学、宗教、民俗等众多领域，是近代蒙古族文学的珍贵遗产。尹湛纳希具有思想家的悟性与思辨精神，一生追寻光明，忧国忧民，焦心于民族命运，杂文成为其用以展现内心世界的表述方式。其杂文，常常是短小精悍而切题重大，具有很强的逻辑性而又生动活泼。

　　开鲁本《青史演义》初序、纲要和回后批语，在尹湛纳希杂文创作中占有重要地位。《青史演义》的纲要，大约作于1871年，作者自云12篇，现存8篇，初序在内容方面亦可纳入纲要系列。纲要叙及创作《青史演义》的缘起、动机和创作过程的艰辛，隐含作者的哲学观、对清代蒙古政策的批评、对民族和宗教问题等的思

---

① 王师道：《重刻西招图略序》。

第四章　明清时期散文(1368—1912)

考。每篇含一二个议论重点,又由此而涉及其他。

纲要首先从不在外藩蒙古设立科举入手,抨击清代蒙古政策。认为内地实行的科举选仕制度,有利于发现人才和引导人才的成长,可清廷却不在外藩蒙古设科举,反而倡导黄教,推行愚民政策,压抑蒙古族人才,这是造成蒙古地区落后于内地的重要原因。同时批评蒙古贵族上层的不学无术,腐朽淫逸,只因其祖先曾以戎马效力清廷的勃兴,"因此便赐以王、公、贝勒、贝子的虚名,使其享用金银绸缎,当差听命"。表明尹湛纳希已经意识到科举制度与贵族世袭制之间的矛盾,对清廷不在蒙古地区设科举与清廷在蒙古地区推行贵族世袭统治的批评,有着内在的深层呼应。

纲要和初序有关儒释"有"与"空"的阐述,体现了尹湛纳希核心哲学观。作者从儒释关系、生与死、成与败、存在与消亡的角度,深刻阐述"有"与"空"的辩证关系,并将其升华至人生、社会和宇宙万物的总体认识:"有"即事物的存在,"空"即事物的消亡,"有"与"空"相互转化即事物的发展变化。进而在儒释比较中,结合蒙古社会现实,展开对释教(黄教)的批判。认为追求"空",为成佛而去当喇嘛,断绝子嗣,影响人口增长,是造成蒙古族日渐衰落的重要原因。初序痛心疾首地写道:"我们蒙古族的衰落,难道不正是受了贪图安逸和追求玄奥的害吗?人人都幻想成佛,反而成了鬼魅,却仍然不觉醒。那佛岂是人人皆有缘分的吗?还不会爬的时候,就整天算计如何展翅高飞,与自寻缢死又有什么两样呢!"清代漠南蒙古,曾经出现无处无寺,无处无僧,一家男子二人,必一人为僧,甚或四人而僧其三的黄教恶性膨胀状况。尹湛纳希从民族生存发展的角度,通过儒释比较,提出对黄教精神专制的质疑,在当时无疑具有启蒙意义的进步主张。

纲要表现出反对民族歧视、追求民族平等、倡导民族觉醒的近代民族启蒙意识。作者批评蒙古人忘记祖先伟绩，妄自菲薄，热衷于炫耀中原历史与文化一知半解的知识，创作《青史演义》是为使蒙古人了解自己祖先的业绩，振奋民族精神，抨击封建统治者的民族歧视政策和观念。以包括成吉思汗时代的蒙古历史等具体例证，批评中国封建时代某些"智者"唯以中原为是的偏狭观念，认为每一个民族都有其所长和所短，每一种信仰和生活习俗，都有其自身的合理性。站在一己的立场，贬斥其他人的生活方式和宗教信仰，是片面的，不可取的。人们应该互相尊重各自的生活习俗和宗教信仰，即使在我们看来是不可取的生活习俗和宗教信仰，只要那个地区或民族的人们奉行它，就必定有他们自然合理而善良的解释。世上万物因环境不同而出现差异，并不是坏事，而是好事，"譬如，这世上自然之极美者乃花，但各种花却不同，各自都有一种自己的美；又如这世上自然之至佳味者乃果，但各种果却有别，难道不是各自都有一种自己的佳味吗！"表现出作者反对封建思想专制，倡导个性的自由与解放。

开鲁本《青史演义》前 30 回，每回回后均有作者写下的批语，大约作于构思和撰写纲要前，主要分析各回的结构层次和故事内容。批语没有拘泥于情节本身去议论小说，而是将小说中描写的故事，置于中国数千年历史和大文化之中加以说明，以此表明一个总体思想，即边疆少数民族在智慧方面并不低于中原汉民族，他们中也能出现成吉思汗这样的伟人、木华黎这样的智者，也可以成为尧、舜、禹、汉高祖、唐太宗的继承者，也可以实现统一中国的伟业，也有自己如同内地"三纲五常"的伦理准则。批语大量引用古代汉文典籍和小说名著中的人与事，与《青史演义》中的人与事进行比较。四书、五经、二十四史等汉文典籍，《三国演义》、《隋唐演义》、《东周列国志》等汉文小说中的儒家思想，特别是四书、五经中的观点，成为其衡量是非曲直的标准，常在批语中引用。反映出

第四章　明清时期散文(1368—1912)

尹湛纳希汉学造诣高、涉猎广。

异文本《青史演义》回前回后随笔和《尹湛纳希晚年札记》是留存至今的尹湛纳希晚期杂文。异文本《青史演义》回前回后随笔,留存下来的主要有《石枕的批评》、《经文和书卷》、《释者的虚伪》等。《石枕的批评》记述一位名叫丹布林扎布的释者去世后,其制作精美的石枕被他人享用,而享用石枕之人,却批评其生前未能将"制作此石枕的才智,先去修行安宁的空性"。作品以"毒蛇的舌尖舔入满桶的奶中"比喻此人的言论,对其丑恶心灵和专以攻击他人为能事的行径,表示极大愤慨。《经文和书卷》以形象的比喻,阐述儒释间的是非曲直,从朴素的唯物论出发,抨击释教的空幻与脱离实际,主张以能否真实反映生活实际判断理论是非,是对当时漠南蒙古黄教专制的大胆挑战。《释者的虚伪》通过叙述一只变化为释者的狐狸的故事,批评释教"空幻无际",可任由人们阐释,致使与释教毫无干系的狐狸,也可以变化为释者行骗。

《尹湛纳希晚年札记》中较具代表性的篇目有《勿忘祖先》、《村野老翁志》、《论圆形的画图》等。《勿忘祖先》抨击清代蒙古族内部出现的民族虚无主义,愤慨地指陈东三盟蒙古贵族中的许多人,并不清楚自己民族的历史,却暗怀自我鄙薄之心:"我们蒙古能有什么明确清楚的来历?"矛头所向,从王公、贝勒、贝子,直至一二三四等台吉。《论圆形的画图》通过描述从上海到北美洲,再到欧洲,经苏伊士运河,最后回到上海的环球旅行路线,阐述大地如同圆球,日升日落,春夏秋冬,"不是太阳在动,乃是大地在动"的近代自然科学观,表明追求真理,勇于抛弃虽已成传统却是错误的观念。

清末蒙古族汉文散文创作还有倭仁(1804—1871)的《倭仁端公遗书》和凤凌的《四国游记》、《游余仅志》。《倭仁端公遗书》中的奏疏、文章、日记、书信等，情感真挚浓郁，语言形象生动。《应诏陈言疏》描述君子与小人，生动形象，骈比成对，声韵铿锵，将君子与小人的种种品行情态一一呈现。《请崇俭疏》以帝师身份进谏同治皇帝大婚典礼应从简操办，力陈崇俭去奢对国家治乱安危的重要性，语词尖锐，慷慨激昂，忧国忧民之心溢于言表。《四国游记》和《游余仅志》是出访英、法、意、比四国的考察记，详细记述了四国科技军工、地理物产、政治制度、风土人情等，文字记述外还绘有图表，对当时欧洲科技新成果电话机、X 光透视机、体温量度计等，不但对其神奇作用渲染描绘，亦对其构造作了详细记述。两书采用纪实笔法，内容真实生动，情感真挚恳切，意境开阔新颖，文笔朴实流畅，兴致所至，随笔点染，曲尽其妙：越南西贡景色人群、巴黎市容市貌，以及西方的婚丧习俗、宗教信仰、文体娱乐等，形象鲜明，充满奇异色彩，表现出较高的艺术造诣。

第十一节　壮族散文

　　壮族古代散文始见于清代，均用汉文创作，且较为零散。清代中期刘光烈、黄彦坊等的说记，夹叙夹议，既有严密的说理议论，又充满深切感人的情感抒发；刘新翰、莫景隆、梁大川等人的游记体散文，写景抒情，托物言志，颇具文采；张鹏翩、潘成章等的骈赋文，吟咏山水，文词华丽，极尽雕琢铺陈之能事。张鹏翩《上林八景》，潘成章《春山赋》，如花团锦簇，炫人眼目，然内容无新意，只是古人词采的重组而已。清代晚期韦继新的骈赋文，取材生活，立足现实，充满反帝爱国情怀；黄诚源的杂文，揭露军阀罪恶，针砭时弊，尖锐泼辣，慷慨激昂，势如响箭。

　　刘光烈，生卒年不详，广西象州人。乾隆三年（1738）举人，小有"神童"之誉。隐居教馆，教书为业，善作古文，且能突破八股文

第四章　明清时期散文(1368—1912)

的死板格式,开一代新风,可惜留存下来的作品不多。《象云说》是其代表作,属"说辩"体裁。作品以实地观察的事实为依据,"郡有山,山有云,云类象",阐述象州命名之缘由,是因为象州山上之云若群象奔走,独具特色之故。文章描绘象云的生动景象:

> 适仲夏八日,日午初斜,清风不作,予避暑其上。倏忽彤云密布,阳焰无光,雷鼓为之施威,天公于焉舒笑。滂沱蔽野,林木滋垂。已而天开霁色,波净沙澄,四山之烟光荡漾,瀑布飞空。予方凭栏骋目,心旷神怡,而山腹中祥光隐跃,瑞霭毕呈,纷纷缦缦,秉扶日之姿,蕴从龙之态。其质白以洁,其体高而庞,不金羁,不锦襜,若舞若拜,俨然长鼻柱蹄,自南递北,度陌越阡而上者十数队,队各分列成形,不相牵杂,求之他山,概无有焉。①

仲夏日,彤云密布,雷雨滂沱,遮天蔽日,继而天开云霁,山水空澄,瑞霭升腾,白云涌动,幻化出洁白高大的象云,千姿百态,奔走若象,多达数十队,蔚为壮观。唐代壮族首领曾以披金襜的拜象舞,以迎使者,眼前之象,虽为云雾变幻而成,比那真的象舞还要壮观。描摹绘声绘色、形神毕肖,神采飞扬,壮丽生动,颇富感染力。

黄彦坊,生卒年不详,广西武鸣人。其散文多从社会问题入手,具有极强的现实意义。《捕蝗记》记叙道光十三年(1833)武缘农民扑灭蝗灾的经过,蝗虫初现,人们不以为意,以至蝗虫滋生,"不半月而蠕蠕然,又数日而跃跃然,团聚则大如斗,散处则密如蚁,满山遍野,所在皆蝗"。引起人心惶惶,群起而扑灭之,"少者壮者老者矍铄者,相跃跃持器械,崎岖原野,扑取而尽瘗

---

① 李陶、徐健顺、魏强、梁莎莎:《中国少数民族古代近代文学概论》,辽宁民族出版社2001年版,第238页。

之。虽蝗之丑类繁滋,岂能敌万人之日日殄灭者哉!"蝗灾被扑灭,人们并未因此放松警惕,形成经常性防范措施,当蝗虫再次袭来时,旋即二次扑灭蝗灾,"夫何秋成有日,黄茂盈畴,纷纷阵阵而来。昏天蔽日,复惊呼曰:'蝗至矣!'则仓皇奔走,揭竿鸣钲,鼓噪而往,阡陌之外,杂遝如云,尽逐蝗人也。于是回翔不敢下,哄然散去。"文章将蝗虫的孳生过程写得活灵活现、跃然纸上,将众人扑蝗壮观场面描写得如火如荼,夹叙夹议中传达出众志成城、人定胜天的深刻哲理,再通过二次扑蝗的描写,将主旨升华至更高境界:人们不靠神,不信鬼,只有万众一心,才能战胜灾难。文章写景状物,细致入微,层层深入,笔力雄劲,气势磅礴,富有极强的感染力。

《戒磨苗说》和《戒掳牛说》抨击社会上一些恶风恶俗,既有严谨透彻的说理议论,又充满深切感人的情感抒发。《戒磨苗说》抨击那种为搞报复而去铲除别人禾苗的恶俗,是"狡诈无赖者之所为",作者愤慨地写道:"夫以苗之含荣吐秀,欣欣然发育于和风细雨之中,而蹂躏之,殄灭之,枯槁狼藉,则行道之人莫不痛心,而竟为之也!""人种而我磨之,我种而人磨之,彼此报复,徒见污莱,曾于我无益分毫也。以嫉其人之故,而泄忿于苗,苗亦何辜而遭此荼毒?"禾苗何罪之有,竟遭此劫难,嫉人何必毁苗,表现出对农事的关心和对劳动果实的爱惜,与劳动者有着相同的情感。文章同时指责那些裁判磨苗行为的貌似公正的"长民者",实际上都是些昏庸荒谬之人。作品高瞻远瞩,以理服人,有很强的说服力。《戒掳牛说》将掳牛这一恶风恶俗给人们造成的痛苦和无奈细致真切地展现出来:"牛之于人,诚相依为命,莫不宝爱之,防护之,肥其身,种其子孙,以为一家利赖焉","一旦被人掳去,抢天呼地,无所措手,其愤懑不知何如也!而又无力鸣官,只得忍气吞声,苦求赎退,而彼方盛气相凌,谓为无可如何,而诧为得计。噫,弱之肉强之食,

第四章 明清时期散文(1368—1912)

有如是耶!"农民惜牛之心刻画细致入微,对掳牛者严厉谴责,激愤时不乏理智,议论中包含感情,表现出关心农事、农民和深沉的忧世爱民情怀,深切感人。

刘新翰《起凤山记》开篇感叹穷乡僻壤的"邱壑林峦之胜"遭到埋没,继而描写起凤山地理方位、山势形状、周遭碧水及村落的景色,山腰蒲月形圆洞秀丽奇绝,若隐若现,光影幻动,若幻境一般,虚幻神奇。起凤山是一座平地隆起的石山,双峰,似凤凰欲飞之态而得名。文章清秀雅洁,景物描摹细致入微,虚实相衬,笔势不凡。莫景隆《黄竹岩记》以生动的笔触描绘洞口"大厅"的雄伟阔大,千姿百态的各种石灰岩形状,12房及其各具千秋的景致,写景状物,穷尽其态,驰骋想象,以实为虚,营造梦幻境界。其《石牛山记》、《翠屏山赋》等文描绘山形石态,吟咏山川秀色,文字朴素流畅,叙事描写简洁传神。

潘成章《春山赋》描绘春山绮丽情态,草木鸟兽,杂以天象人事,风云露月,异彩纷呈,承汉魏大赋传统,排比铺张;《咏古桐》借吟咏古桐孤傲不群的品格,赞颂一种人生品格。潘成章这些骈赋文以及张鹏翽《上林八景》等,文词华丽,极尽雕琢铺陈之能事,如花团锦簇,炫人眼目,然流于空泛,内容实无新意,只是古人词采的重组而已。

韦继新(1810—1866),字芹塘,广西环江人。道光二十三年(1843)举人。善诗赋,其散文词锋犀利,使人耳目一新。《戒洋烟赋》揭露鸦片烟为害中国、毒害人民的惨状,将瘾君子们"形同饿鬼"和种种贪婪、谄媚、虚伪、无耻,令人可鄙可恨、可笑可怜的丑态刻画得淋漓尽致,表现出忧国忧民的情怀。开篇叙述鸦片对人身心的危害,逐一历数鸦片之弊,对人毒害之深,令人触目惊心,对洋人洋烟,深恶痛绝。继而描写瘾君子们贪烟恋食、卑贱无耻的丑恶形象和穷愁潦倒的凄惨情景,鸦片导致人格的鄙陋和心性的贪谗,病入膏肓,难以自拔。文章极尽冷嘲热讽,淋漓尽致地刻画出瘾君子们人不人、鬼不鬼、令人作呕的丑态,活生生一幅"烟场百态图"。然作品并未停留于讽刺批评,而是本着治病救人之心,以热切的笔调,劝勉瘾者幡然悔悟,痛改前非:"立心尚悔前非,割爱还须坚忍。烟枪本杀人凶器,谨避锋芒;烟托乃刺肉利针,不重舐吮。"言辞恳切,语重心长,形象生动,深切感人。文章立意高卓,内容充实,文字流畅活泼,描形绘象细腻传神、鲜明生动。

其《今日安闲恃父兄》同样是一篇忧世伤时之作,揭露那些依靠父兄血汗而安享清闲,外表风雅而内心空空的士子形象,揭示其不学无术、空虚愚顽的精神面貌,表里不一的假斯文派头:"其行动之际,气象雄伟;言论风采,俨然以书生自恃。而考其品质,岂真当代名儒? 细察不过一柄白纸扇,一件好绸衫,一双蝴子履。几案之间,笔砚纵横,经书罗列,宛然以博雅自居。而扣其诵读,止此诗文两本。致死不能数周朝三十六王,汉朝二十四帝,唐朝一十八宗。"嬉笑怒骂,刻画入微,字里行间极尽冷嘲热讽。

黄诚源(1863—?),又作黄诚沅,字云生,号芷坪。广西武鸣人,长期居官云南,曾参与订立《滇缅界约》,极力维护国家疆土。辛亥革命后,主笔广西新报馆,以批判文章闻名,由于对军阀统治不满,也因文章不合于"当道者",遭排挤出报馆,避居云南从事教育工作,执教终生。黄诚源擅长杂文,任广西新报馆主笔时,发表了许多针砭时弊、尖锐泼辣的杂文,讽刺、揭露社会黑暗、军阀混战,直言不讳,慷慨陈词,嬉笑怒骂,皆成文章。著有《蜗寄庐文撮》收杂文30篇,其中《迩言》部分属杂论形式的短文,《爱国》、《军主与财主》、《奴隶性》等篇较具代表性。

黄诚源杂文中最重要也最精彩的是揭露军阀统治罪恶的文章,鞭辟入里,入木三分。《爱国》以尖锐的笔触,揭露那些大谈

第四章 明清时期散文(1368—1912)

"爱国"的军阀政客,实际上将国家视为"肥肉大鱼",妄图据为己有,以"爱国"为借口,干尽伤天害理之事,"爱国"的呼声越高,国家越不安宁,将其"爱国"的实质暴露无遗,活画出一张张借"爱国"之名争权夺利、互相残杀之徒丑态百出的嘴脸,痛快淋漓。文章爽快果决,尖锐犀利,毫无婉曲矫饰。《军主与财主》猛烈抨击辛亥革命前后的军阀混战,将其概括为"君主——民主亦军主——财主"的时代,指出民国后中国由君主社会转为军阀割据、再转为买办官僚宰制,社会被军主(军阀)和财主们所垄断,玩弄于股掌,人民生活每况愈下,国家未来令人忧心忡忡,字里行间充满忧国忧民的情怀。文章对军阀的抨击,对政局实质症结的揭露,对帝国主义走狗的无情鞭笞,对辛亥革命不彻底性的敏锐观察,切中肯綮,一针见血。文章层次分明,文笔简练犀利,词采生动,富于哲理,格调劲健。

  黄诚源还有一些取材于日常生活的小品杂文,顺手拈来,触处生情,给人以启迪。《警笛》通过生活中发生的一件小事,抨击社会上某些人文过饰非、是非颠倒、以功为过、恩将仇报的不近人情的心理,以浅显的反常事例,展现人情世态中的畸形怪状,具有深刻的警世惩恶性。《奴隶性》抨击张勋的复辟不仅"暗于大义",而且一针见血地指出其"只知其主",不顾道义、不看时代发展的封建愚忠,闪烁着时代的思想火花。

  清代壮族还有许多碑铭石刻,如《迁司治记》、《建镇南桥记》、《筑土城记》、《重修灵水庙碑记》、《重修云山寺碑记》、《秀岩别墅记》、《奉本府王太老爷禁革碑》、《全茗土州革除碑记》、《若盈土州碑记》等。这些碑铭石刻短小精悍,语言简朴生动,富于文采,既是重要文献,又是独特的文学作品。

第十二节　哈萨克族、锡伯族散文

一、哈萨克族散文《阿克利亚》

哈萨克族古代散文出现于清代晚期,代表作是由哈萨克族书面文学奠基者、杰出的诗人阿拜·库南拜依创作的散文集《阿克利亚》,是哈萨克文学中的一颗明珠。自1890年开始创作,花费多年心血而成,共45篇。它是作者生活经验的结晶、治国兴邦的政治主张、人生处世哲学及观察社会的体会,是对生活、社会、哈萨克民族深刻反思的结果。同时,记述了19世纪哈萨克族社会政治、经济、教育、文化、伦理、风俗习惯,不但是一部优美的散文集,亦是一部不可多得的文史著作。

《阿克利亚》大量阐述生活经验、人生处世哲学,充满哲理的光芒,至今仍使人获得教益:

> 人并不是一生下来就懂事的,而是通过听觉和视觉,以及手的触摸和舌的品尝,逐渐认识周围的事物,区别什么是好的,什么是坏的。而见得多,懂得多的人,就成为智者。
>
> 经常注意聆听智者教诲的人,也会成为智者。但并不是每个见多识广的人都可以有作为。
>
> 在听智者的教诲时,不虚心聆听,不仔细领会,敷衍了事;有一位学者说过:"与其向不懂话的人说教,还不如饲养一头跟随你的牲畜。"[①]

阐述学习与教益、见多识广与有所作为的辩证关系,挖苦那些不听

[①] 马学良、梁庭望、张公瑾:《中国少数民族文学史》(下),中央民族学院出版社1992年版,第586页。

劝告的当权者,"与其向不懂话的人说教,还不如饲养一头跟随你的牲畜"。语言明白易懂,道理深入浅出,亲切感人,给人以深刻启迪。

《阿克利亚》勇于揭示哈萨克民族自身的缺陷,以沉痛的心情抨击现实生活中的痼疾:

> 为什么我们哈萨克人彼此仇视,而不互相支持?为什么讲真话的少?遇事好争执而且比较懒惰?
>
> 伟大的先知者早就说过:所有的懒汉都胆小,缺乏毅力;缺乏毅力而又胆小的人大都喜欢吹嘘;胆小而又喜欢吹嘘的人,都愚昧无知;所有愚昧无知的人都不知羞耻。凡是不知羞耻的懒汉都要变成贪得无厌、不能约束自己、没有本领又不能和别人相处的叫花子。
>
> 上述现象是因为我们只顾繁育牲畜而没有其他打算所造成的后果。如果我们在发展牲畜的同时也兼顾务农、经商、习艺、科研,是不会落到这步田地的。①

作者清醒意识到哈萨克民族自身的种种缺陷,大声疾呼,希望自己的同胞认识到这些缺陷,振作起来,开拓新的生活。

《阿克利亚》最突出的特征是其深刻的哲理性,是一个智者对生活认真观察、深刻反省的结晶,放射着智慧的光芒。语言生动流畅、犀利雄辩,为增强说服力,常采用设问、反问的手法,列举大量事实,反复说明一个道理。

二、锡伯族散文《辉番卡伦来信》

锡伯族古代散文出现于19世纪中叶,有幸保存下来的是写成于1850年前后的书信体散文《辉番卡伦来信》。它一直以手抄本

---

① 李陶、徐健顺、魏强、梁莎莎:《中国少数民族古代近代文学概论》,第232页。

的形式在锡伯族人民中广泛流传,并不断被传抄、复写,当作留给子孙后代的珍贵遗产之一,在锡伯族文学史上占有极其重要的地位。

《辉番卡伦来信》作者何耶尔·维克金,新疆伊犁察布查尔五牛录人。19世纪初出生于一个普通的锡伯族农民家庭,18岁应征入伍,先后在牛录和总管挡房当差,清道光末年升为侍卫,咸丰初年(1850)曾到辉番卡伦(即哨所)换防。《辉番卡伦来信》即是何耶尔·维克金在辉番卡伦驻防时所作,以书信体形式撰写,收信人为"诸位仁兄贤弟"。全文约4000个汉字,内容分两部分,不仅是一篇优美的散文,亦是一篇具有重要历史价值的锡伯族文献资料。

《辉番卡伦来信》以书信体形式记述锡伯族官兵远赴辉番卡伦换防的经历和见闻,表现锡伯族官兵吃苦耐劳、坚守卡伦、保卫边关、报效祖国的拳拳之心和高度的责任感。夹叙夹议,情景交融,文字清新流畅,娓娓道来,情真意切。第一部分约占全文的三分之一,描述从察布查尔赴辉番卡伦沿途所见之自然风光、风土人情和旅途中所思所感:"话别之后,马首朝西,走出北郊,过了大桥,经过大榆树,直至塔尔奇","人行在谷底,势如坐井观天,有时登诸高岗之上,视人如在画中。如此栈行许久,居然蓝天明显,好似别有一天地。这里,山川茫茫吐浓艳,林木青青缀春景;兔玩于野,雉鸣林间,和风舒愁肠,莺声解离骚","这一带地方,土地广阔,田亩肥沃,物产富饶,奈水源不足何!倘若兴修水利,开渠引水,种何不宜耶"。沿途所见,信手拈来,沿途所思,一一记述,以行旅为纬,将所思所见串起,犹如一串精美的珍珠。

第二部分描写到达卡伦后的日常工作生活状况,详细生动地记述卡伦的地理环境、房屋建筑、驻防情况以及自己的日常起居。此地乃与"外夷交错杂处"的关防要地,但风景亦很优美,"其东南方向有庙寺一所,正北有大树一株。寺庙周围所植之树,均有一抱粗细。寺庙之南,另开一区,密植树木,成为'博什塘',其境亦很优美。"记述作者忠于职守、以身作则、认真勤勉的精神和高度的责任感,以及锡伯族官兵不畏艰辛、守卫卡伦、坚决保卫祖国边防的拳拳报国之心。为保卫祖国领土,到换防时作者"竟不思速返家乡者,恐为定律耳。他人笑我情痴,吾言非也",一片报国赤诚之心,令人感佩!

第十三节 纳西族、彝族、侗族散文

一、纳西族散文

就目前所见史料和研究看,纳西族古代散文主要是清人杨昌的散文。

杨昌(1784—1847),字东阳,号竹塘,云南丽江人。早年从学于丽江李廷俊先生,又曾负笈游省五华书院。嘉庆丁卯(1807)科举人,赴会试,屡试不第。后以大挑(清制,每经数科会试后,拣送下第举人,以知县、教职分制录用,谓之"大挑")历任湖北省黄梅、谷城、潜江、天门诸县知县。《丽郡诗文征》称其"政绩文名,皆为时重"。杨昌在外游宦期间,确曾为当地做过一些好事,如兴义学,置义冢,特别是在潜江时,倡议疏导潜水,兴修水利,取得一定成效,撰有《导潜记》,详纪其事。1835年夏,又遇汉水暴涨,河堤"日凡数决",县城"日日告警",他决计"劳怨独担",组织民力,抢险修筑13处堤坝,撰有《修堤略述》一组文章,分别记述13堤修筑情况。其中《复幕客某书》写道:"在工次十余日矣。委官四五人,分护各堤;仆疲于奔命,久住隈堤。风熏日炙,面目黧黑,饥而食,则壶浆列碇杵间,类农家之馌。深宵露坐,假寐堤下茅屋,魂梦常惊。"

杨昌工诗,尤长于散文,著有《四不可斋文集》和《舟居琐言》。《四不可斋文集》今已无完本,现存《丽郡诗文征》中收录的28篇,有纪游、纪事、人物传记、序跋、书信及论说文。《舟居琐言》现仅存《自序》一文。据序文所记,《舟居琐言》是在修筑汉水诸溃堤时,于舟中"剪烛深宵,吮墨含毫,杂录成帙",将所见、所闻、所感,"无论巨细,信笔直书",并强调所记"事事俱有一我在其中,作以我观我之法"。其中也有回忆游踪,描写山水之作,作者称"夙耽登览,或童时钓游,或泥鸿印爪,各有忧乐,意兴随之,托诸语言,寄于性情;愧无雅什点染林泉,以我本来面目,还山水真面目而已"。文末言,此编"事不一类,文不一体,庄谐怒骂,信手拈来。或有议其琐者","处琐境以写琐语,自其宜也。因以琐名篇"。由此看来,《舟居琐言》有可能是一部颇具文学趣味和价值的作品。

《游玉湖记》和《梦游玉泉记》是两篇在纳西族文人中广为流传的游记,都写故乡山水,但各具特色。前者如实描写,从描绘景物中,流露出年轻的作者对于功名前途的向往;后者托于梦境,萦绕在字里行间的是一缕缕游子乡情。如《游玉湖记》:

丁卯春,余与牛铁山内弟及王子碧泉,读书玉峰梵寺。寺距湖十里,每邀僧同游,辄为风雨所阻。四月十六日夕,明月满地,万籁俱寂。余偶出斋散步,徘徊于风露之间。呼二子云:"如此良夜,玉湖宜可游矣。"二子云:"曷即行乎?"遂掩关,转侧山麓而北,信步出森林,相与咏"松际露微月,清光犹为君"之句。乘兴踏月,忘路远近,月光向西,行抵雪松村,距玉湖数十步耳。比屋而居,绕宅流水,穿林触石,铮铮作漱玉响,盖湖水之下流也。

晨光微出,徐至湖畔,相与席地倚石而坐。冷冽之气,逼人肌发。俄而波定风平,湖光明洁若镜,峰峦林木,禽兽飞徊,如隔玻璃屏展画图,眉宇为之一新。须臾,朝暾遥上,峰头积

第四章 明清时期散文(1368—1912)

雪,微抹绀红,天半朱霞,相与掩映,目不给赏。二子善吹笛,作穿云裂石之声,有令人心旷神怡,手舞足蹈不自知者。

此文作于嘉庆丁卯年(1807)初夏,正是作者参加乡试中举的那一年。是时,作者对功名前途充满着希望,流露出跃跃欲试的心情。

《梦游玉泉记》作于丙申年(1836),时作者游宦在外,年已过半百。这篇游记,将故乡的山水景物放在梦中来描写,一方面营造浓郁的抒情氛围,一山一水、一花一木都被笼罩在一缕乡情之中,增强感染力,处处感觉到一颗热忱的游子之心。一方面将审美对象放在"不即不离"的适当位置来观照,使笔墨有更大的挥洒余地,既不脱离玉泉本身,又可随意兴之所至,有所虚构和点染,收到较佳的审美效果。这样,使描写的景物,因有实地蓝本而逼真,又因经过艺术加工而如画,虚实相间,如临真境,如展画图,似梦非梦,是真非真,于迷离中得到美的感受:

丙申二月,梦与客偕游玉泉。时风日清美,花柳明媚。自双桥之北,行里许,遥见象山一带,林木葱蔚……

至玉泉,则桥上有亭,倚栏小憩,清冷之气,沁入心脾,不特与耳谋,与目谋也。历桥而东,则有屋橡,门署:"玉泉学社",隐隐有读书声。顾谓客云:"名山攻读,当有伟人出其间乎!"转而之北……淙淙之水,穿林而出,小桥跨其上,题其坊云:"渐入佳境。"至此,则树里湖光,树梢楼台,高低隐现,如披画图,心驰目眩,应接不暇矣。……有僧出迎,邀往其别业小坐,历阶延入翠竹如沐,繁花欲迷……折至神祠,顾视殿阁规制轩昂,刻桷丹楹,穷极工巧,金碧耀日,铃铎摇风……山林中绰有富贵气象焉。其前为挹爽楼……窗栊映绿,开窗西望,则湖光一片,广逾十顷。正值春日晴霁,沿岸桃花绚熳于垂杨柳絮之间;麦气盈郊,桑葚腻唇;田歌牧唱,忽近忽远;湖上小舟,时时来去。湖中耸起一阁,如翚斯飞,演剧之所也。波影倒涵,若凌空结构;意作乐其上,丝竹之音当与山水同清。客与余徘徊既久,纵谈天下名山水,云:"滕王阁、岳阳楼,借名人之笔,乃流传至今。"僧云:"果尔!诸君子曷不使斯楼不朽乎?"

文章清新秀美,文中间以偶句,既十分自然,又增加了文采。写景状物,多用短句,字凝语炼,又不失生动。

杨昌传记散文,所写皆真人真事,但不是泛泛记述其生平事迹,并加上几句揄扬之词,而是抓住值得传扬的某一侧面,详尽叙述,认真评述。《恒超先生传》和《李锦堂先生传》是两篇为家乡人写的传记,前者突出恒超(即丽江牛毓麟)热心奖掖地方人才,负责筹集、管理"乡会试赆金",20年来一丝不苟的事迹和精神;后者开篇道"邑之友于兄弟以全其孝者,莫如锦堂李先生",文章围绕这一点展开,末了以"昌两世执经门墙,知之最悉",表明其事之真实性。

《李晓桐小传》是为一个落拓画家写的传记,赞美其高尚品格,评述其艺术造诣,并对其不幸境遇寄予深切同情。李晓桐,字祥凤,太仓人。少时喜画山水,一位"先达"曾告诫他,学画入迷,"必不谐于世"。但他不以为然,"未几,技精而好酷;性日邻于孤"。后因画名声著,曾"由孝廉作宰广东;旋以迂拙降授黄梅之清江县丞,与县令恒龃龉,终岁恒不入县署"。但"其作画也,不可以势利动,与之合,不惮数日之力为之;否则,不肯轻落一笔"。竟有一次,"观察某诞日,僚属具厚仪……凤(晓桐)作小幅水墨祝嘏。且与观察言:'为传世之计,故止书单名款识。'人益笑其痴"。文章突出描述了这个"不谐于世"、"人笑其痴"的画家,处于这样的社会而"不可以势利动"的可贵品质。作者曾与之交往,称"窥其所学,不仅工山水,山水其寄意者也。……晓桐作《长江万里》、

《寻阳晚景》诸图赠余,纸短韵长,宛然对庐山真面目焉"。说明他画山水是以之"寄意",故其所作"纸短韵长",有画外意,仿佛可以从其画依稀见到其人品。文章最后说明作者写这篇传记散文的用意,"余尝与晓桐谈:画理与文理通。及观其作品,构思运笔,一如文家的幅短韵长,别具高致。"此文作于作者在湖北省当县令期间,他特地为这样一个有品格,有才情,而人以为"迂拙"、"不谐于世"的落拓文人作传,对当世是有一定讽喻意义的。

《巧翁记》借巧翁之成进士"到蜀十余年,为宰四五县,凡人所竟为者,不能为之;人所不肯为、不能为、为之而过莫测者,则必为之。劳瘁不辞,谴责不辞,而又不肯自明,其心以为苟益于民,弗计也。"谁知"当道者乃以巧诈严谴之"。这篇数百字的散文,以借喻手法,对是非颠倒的现实进行了严厉的谴责。词锋犀利,对比鲜明,是描摹末代王朝政治腐败的神来之笔。

二、彝族散文

就目前所见史料和研究看,彝族古代散文主要是清代那解元的作品。

那解元(1771—1823),原名那文凤,昆明西山车家壁人。乾隆五十九年(1794)乡试甲寅科解元,至今车家壁彝族人仍称那文凤后代为"那解元"家。那解元自幼刻苦好学,学通《五经》,尤长于诗和散文,由于清咸同年间兵火之灾,其作品至今无法寻觅,仅有少数碑刻,留存于西山。那解元为西山附近各族人民撰写有不少碑刻铭文,但由于种种原因,多数被毁,仅有《建月台庙序》、《白眉村龙王庙碑序》等少数碑文留传下来,这些碑刻是彝族风习的可贵纪实。

乾隆四十九年(1784)十一月初八,那解元和彝族民众共同建造"月台庙",并撰写了《建月台庙序》。乍看,这是一篇记述风俗的碑文,细细品味,更是一篇状写车家壁彝村的优美散文,既有"培风脉"的彝家习俗记叙,又有车家壁秀丽风光的抒情描绘:"此地有峻岭崇山,更兼茂林修竹。前人重春祈秋报,遂遣桂殿兰宫,启高轩,开广闼,绮绾绣错。境里山水烟霞,倏忽变迁,画中雨晴浓淡,其气象万千。不可具状者,固古庙之一大观也。然而门前势窘,屋下形虚,俯视如立危岩,遥瞻恍临空谷;倘听任险危,弗加修补;无论难保异日之固,已觉难壮今日之观。将所谓竹苍松茂者安在乎?"200多年前滇池畔的车家壁彝村,茂林修竹,山水烟霞,气象万千。

《白眉村龙王庙碑序》是那解元嘉庆辛酉六年(1801),应白眉村人所求而撰。碑序记述道:"白眉村北首,斜行百余步,奇岩屏列,佳木葱茏。其间石磴层层,可供登览。其下原泉泯泯,足快游观;宛沂水舞云之风焉。且人之所赖者水也。而此水则环绕村前,汲饮者于斯。"昆明西山白眉村的龙潭给彝族人民带来了许多好处,人们饮用龙泉水,用它来灌溉农田,祭祀它。彝家祭龙风习,客观上能封山育林、绿化环境,对保护生态起到重要的作用;青年男女借祭龙娱乐休闲、歌舞助兴,有益于增进民族情感,增强民族历史感。那解元的碑序文朴素踏实,却充满激情,有别于那些县、州、府官娱乐游记。

三、侗族散文

侗族古代散文产生于清代,主要是碑文,均采用汉文创作,流传下来的作品较少,仅杨映云《以破天荒》、姚复旦《石虎记》。

杨映云,贵州省黎平县人,秀才,一生执教,嘉庆十五年(1810),为竹坪侗寨创建学堂,撰写碑文《以破天荒》,刻石立于竹坪侗寨学堂,记述自己开创乡学的原因和过程,抒发立志教育事业的志向。全文如下:

第四章 明清时期散文（1368—1912）

地名曰竹,继之以平。夫竹得平,必挺然疏茂,文秀蔚起,居此者,亦应为斯也。己巳年余舌耕此,见人民殷富,子弟明敏,爰将向来询诸父老,每以鲜识诗书为辞。因谓之曰:"乡学未立,专业无所,竹犹未得其平,故无斐然之盛,如竹箭之有筠也。"父老然之,是岁季冬,鸠工集木于寨之北,建树房屋数椽,傍山而居,义取诸静;离寨独处,业取诸专。又有小溪旋绕左右,足以洗濯心胸,洵读书之佳境也。今而后,俾弟子皆造焉,肆业有所,竹果得平,猗猗之美,未必不以此举卜之地,居此馆者,共勉之乎哉!

石匠信飞杨敬刊

潭清杨映云敬撰

嘉庆十五年岁次庚午七月谷旦立①

以竹起兴,将侗寨景致尽现笔端,继而阐述创立乡学由来,叙写鸠工集木建造落成,文末勉励后学"业取诸专"。集状物写景、说理议论为一体,文笔流畅,情深意切。

姚复旦(1824—1917),字晓亭,诗人,亦作有不少散文,然仅存《石虎记》一篇。《石虎记》以一则民间传说为线索,加以哲理性阐发,言简意赅地揭示某些生活的哲理。传说中的石虎虽然能化作真虎危害人间,但只要将其眼睛、头足凿通,它便失去灵性,不能再害人。生活中许多邪恶事物亦如此,只要有办法抓住其要害,不畏强暴制服它,便能使其不再为害人间。

---

① 马学良、梁庭望、张公瑾:《中国少数民族文学史》(下),第446页。

下编 现当代少数民族散文
（1912—2008）

第五章　民国时期散文
（1912—1949）

第一节　民国时期散文概述

民国时期少数民族现代散文在内容、形式和风格上与古代散文迥然不同，面貌一新。五四文学革命、无产阶级革命文学运动、抗战文学运动、解放战争和第二次世界大战，使新闻通讯、报告文学、杂论、政论、小品文崛起，内容充满硝烟，风格如匕首投枪、冲锋号角，弥漫着战斗的气息。各民族作家充分发挥散文灵活自由的特长，多方面多角度地反映各民族的生活，抒发情感。描写少数民族人民的苦难，反映国内外重大社会事件，揭露社会黑暗，表现各个历史时期人民的革命斗争，歌颂不同时代的英雄和先进人物，成为少数民族现代散文创作的重要题材内容。这些作品往往以质朴的文字和火热的激情，记述具有特殊意义的历史和生活事件，刻画或普通或非凡的人物，以真实地反映历史、高度地再现生活，形成独具特色的写实风格。这些写实性作品，形成少数民族现代散文创作凝重的"板块"，并涌现出萧乾（蒙古族）、郭风（回族）、穆青（回族）、华山（壮族）、马子华（白族）、萧离（土家族）、李英敏（京族）等以创作写实性散文著称的作家。其中，萧乾的散文特写，以其强烈的时代气息、独到的选材角度和珍贵的历史价值，产生了广泛而深远的影响。此外,一些少数民族小说家、诗人也有散文作品问世,如沈从文(苗族)、老舍(满族)、端木蕻良(满族)、黄裳(满族)等。

民国时期,少数民族现代散文创作伴随着中国现代社会的变化而律动,大体经历了两个发展阶段。

第一阶段(1912—1937),少数民族现代散文的产生和发展时期。新文化运动、文学革命、五四爱国运动对各族作家产生了持久的震撼力,一些受五四文学革命和革命文学运动影响的少数民族作者,创作了最初的少数民族现代散文作品。如沈从文的散文集《湘行散记》、《记胡也频》、《记丁玲》和小说戏剧散文诗歌集《鸭子》中的散文,题材广泛,主题多元,语言优美,描写细腻,表现出浓浓的湘西苗族、土家族特有风情,古朴简约、清新明丽、生动活泼的白话文体语言,令人耳目一新。老舍的诗歌杂文小品集《老舍幽默诗文集》中的杂文和《何容何许人也》、《又是一年芳草绿》、《青岛与山大》、《想北平》、《英国人》、《我的几个房东》等散文,剖析中国的国民性,记述自己的人生与处事,生动、传神、幽默。邓恩铭(水族)作有杂文《灾民之我见》、《改造社会的批评》,前者就灾民的产生对军阀进行无情的鞭挞,初步提出一些救国主张;后者提出要改造社会,首先就得了解社会,研究社会,表明从俄国传来的马克思列宁主义,已在少数民族先进分子中生根。韦杰三(壮族)作有散文《一个为盲婚而战的学生》、《自传·一个校友的自述》,前者表现出与封建专制作斗争的坚定性和彻底性;后者勇于解剖自己,洋溢着个性解放的激情。高孤雁(壮族)的《这倒把我赶上革命的战阵》、《咱小子的自悔和希望》、《"反唐运动"与滇桂人民的出路》、《铲除娼妓制度运动》、《猛攻》等战斗杂文,向旧制度猛烈开火。张子斋(白族)的杂文《纪念〈纪念〉》、《老旦》抨击蒋介石"攘外必先安内"

的政策,将其丑恶面目无情曝光,痛快淋漓,文章采取借喻手法,妙趣横生,既尖锐又引人入胜。李英敏的散文《忆我的导师》纪念鲁迅先生。这一阶段尚未形成专门的少数民族现代散文创作队伍,大都是些小说家、诗人、革命者的零星创作,但也体现出了少数民族现代散文创作的最初实绩。

第二阶段(1938—1949),少数民族现代散文的发展壮大时期。报告文学、新闻通讯、特写得到较快较充分的发展,孕育出萧乾、穆青、华山这样一些全国知名的报告文学家。杂文也得到进一步的发展,沈从文、穆青、马宗融(回族)、陆地(壮族)、赵银棠(纳西族)、张子斋等许多作家和诗人都有杂文作品问世。这一阶段少数民族报告文学、新闻通讯、特写的基本主题,主要表现为两个方面。一是反映抗日战争。许多少数民族作家奔赴抗日战场,实地进行考察和采访,写下大量战地通讯、报告文学、特写。萧乾《湘黔道上》、《由香港到宝安》记述日寇占领上海后,作者被迫辗转于武汉、昆明、香港、岭东;《血肉筑成的滇缅路》以惊天地、泣鬼神之笔,记述云南边疆2500万各族民工、边陲百姓,为打通后方与前线的联系,支援在缅甸与日军作战的中国远征军,以血肉之躯修筑了一条滇缅公路,创造筑路史的奇迹。李乔(彝族)《禹王山的争夺战》是作者加入滇军开赴鲁南参加台儿庄战斗,在战地采写而成,记述鲁南禹王山对日之战,真实地反映了台儿庄战斗的一个侧面,关键之处浓墨重彩,具有感人的艺术魅力;《军中回忆》通过国民党兵士悲愤控诉长官克扣军饷和逃跑行为,揭露国民党军队的腐败,从另一侧面反映出国民党部队的军心涣散。穆青《搜索》、《赵占魁同志》开大写特写英雄人物的先河,在解放区激起学习赵占魁的热潮,涌现出一批"赵占魁式"的劳动模范。萧离《当敌人来时——乌镇战役中含血带泪的穿插》以尖锐的笔触揭露日寇的惨无人道,到处烧杀劫夺,奸淫妇女,是一群无所不用其极的禽兽,然而中国人民没有被吓倒,成千上万兄弟姐妹起来与日寇拼死战斗,最终将日寇赶出了乌镇。华山《窑洞阵地战》记述太行山人民用自己的聪明智慧巧妙地与日寇斗争,在山脚挖上很多"保险窑",以对付日寇的扫荡,洋溢着革命乐观主义精神;《碉堡线上》描写敌后武工队神出鬼没、英勇机智地与日寇拼杀,使敌人防不胜防。万里云(壮族)的通讯、报告文学集《滨海八年》记述山东滨海地区人民八年抗战的英勇事迹。李英敏《越过海上封锁线》取材独特,记述一批共产党员和爱国华侨横渡琼州海峡,征服滚滚浪涛,冒着生命危险,穿过敌人封锁线,到达海南参加敌后抗日队伍,抗击日寇的事迹,其中包括作者的经历,情节惊险,引人入胜。

这一时期少数民族报告文学、通讯、特写的另一个基本主题,是反映解放战争。许多少数民族作者亲身经历了中国人民的解放战争,解放大军的重要进展和战役成为其取之不尽的题材,他们紧随人民解放战争的步伐,选取时代的典型事例和人物,创作了大量具有真实美、意境美、结构美、语言美的通讯和报告文学。穆青《一部震天撼地的史诗》、《空中飞来的哀音》、《月夜寒箫》、《一枪未放的胜利》等,记述东北人民解放军的节节胜利和蒋介石集团在东北统治的崩溃;《淮河两岸》、《湘鄂道上》、《狂欢之夜——长沙市民欢迎解放军入城速写》、《湘中的红旗》、《记湖南的和平解放》、《衡宝战役》、《界岭夜雨》等作品,记述自东北一直横扫到南海北岸的气吞山河的解放战争,气势磅礴,给人以痛快淋漓的崇高美感。华山《踏破辽河千里雪》描写中国人民解放军在长白山麓到松花江畔的千里平原上,将战线向南推进到东北南部辽河平原,雄伟壮观的行军场面和战斗场景,取材典型,描写细腻,场面雄伟,富于艺术感染力;《英雄的十月》记述辽沈战役雄伟壮阔的场面,将敌我双方、指挥员和战斗员、部队和群众、战前和战后各方面做了特写式的描绘,将四个战斗场面表现得淋漓尽致,使人如身临其

第五章　民国时期散文(1912—1949)

境,形象地展现战士们革命乐观主义精神和急于入关歼敌的急切心情,场面阔大,层次分明,行文流畅;《承德撤退》记述解放战争初期人民解放军的一次局部战略转移,为后续反攻蓄积力量;《解放四平街》《光荣属于勇士》以东北解放军战士的英勇战斗事迹为题,热烈赞颂他们的英勇善战。苗延秀(侗族)《南征北战的英雄》记述"模范加猛虎"连身经百战的英雄司汉民,战斗中冲锋在前,勇猛如虎,攻城拔据,战功赫赫,展现其坚强的意志;《南下归来》记述我军宣传干事郭慎随军南下到达湖南,因工作需要返回延安,途中经过敌人占领的一些市镇,突破敌人层层关卡和封锁线,历经许多艰险,最终回到革命圣地,表现革命战士坚定的意志和信心,延安是他们心中的明灯,指引他们克服艰险,无论是集体行动抑或单独行动都不会迷航,这是一种巨大的精神力量。王廷珍(布依族)《罗平人民迎接南下大军》等通讯报告,记述西南地区的解放战争。这一时期少数民族报告文学、通讯、特写的特点,一是善于捕捉社会演化进程中的重大题材,凸显与时代发展和国家民族命运相关的重大主题;二是回荡着高亢的革命英雄主义、集体主义、共产主义理想的激情,给人以艺术震撼;三是语言朴实优美,准确传神,生动形象。

这一阶段少数民族散文、小品、杂文创作取得了一定的成就。沈从文的散文集《湘西》、《记丁玲》续集、《烛虚》和散文评论集《昆明冬景》是重要收获。《湘西》记叙湖南湘西永顺、凤凰、溆浦、常德、保靖、黔阳等十几个县历史沿革和风土人情,以浓浓的乡情,写出人民的勤劳、朴实、正直、勇敢,谴责地方的黑暗政治,对民众的保守、自负自弃、缺乏进取的热情,哀其不幸,怒其不争,希望自己的家乡不要暮气沉沉。《昆明冬景》借敞坪中人们的对话,道出"我去打仗,保卫武汉三镇"的抗战意识,表明作家对时局和国家命运的关注。《五月卅下十点北平宿舍》是新中国建立前夕作者在"精神失常"状态下的一篇手记式散文,"别旧"与"惧新"的剧烈心理冲突,使其焦灼、苦闷以至于"迷狂",一个历经文坛坎坷,善良、清醒、孤独而忧惧的灵魂,毕现眼端。黄裳的散文集《锦帆集》记叙作者由上海至内地的旅途生活,山河破碎的悲痛和乱世漂泊的凄迷,渗透在类似古典诗词的意境里,使这些作品伤感而凄美;《锦帆集外》在山川和人物的具体描写中,流露出抗战时期流徙西南的羁旅心情,南明史实的叙述和议论,实为吊古伤今,与国家命运息息相关;《关于美国兵》描写国民党军中的腐败状况和某些人在洋人面前的丑态,刻画入木三分。郭风的散文集《开窗的人》体式和思想均较驳杂,其中的散文诗较具特色,"不仅是家乡和劳动的赞歌,更是对旧世界十分愤激的诅咒"[①]。穆青《雁翎队》以白洋淀旖旎的秋色为背景,描绘雁翎队英雄神出鬼没打击日寇的富有传奇色彩的战斗场面,笔调细腻。陆地的《小姑娘》、《爬犁、豆油灯、子弹》等,记述东北人民的翻身解放和支前运动;《阅读与写作》记述作者创作实践和经验之谈。马宗融的散文集《拾荒》题材多样,部分记述异国风情,大部分以抗战为中心,以夹叙夹议的手法,既表明自己的观点,又做相应的引证和说理,有许多新见;《我为什么要提倡研究回族文化》、《抗战十年来的回教文艺》等从民族文化角度阐明自己的观点。纳·赛音朝克图(蒙古族)的散文集《蒙古兴盛之歌》从内容到形式风格独特,上册以同学、师生、母女之间的通讯形式,表现对社会诟病的抨击和对改变现实的期盼;下册对社会及人生的阐释虽有唯心论成分,想以改良方式改变现实不切实际,但对民族兴旺的期盼、对改变现状的呼声是积极的。赵银棠诗文合集《玉龙旧话》中的散文描绘丽江旖旎风光,妙趣横生的景色和浓郁的民族风情,对家乡如醉如痴的深厚

---

① 林非:《现代六十家散文札记》,百花文艺出版社1980年版,第225页。

情感,极有特色,体现出细腻而多姿的艺术风格。张子斋的杂文《论"一二·一"运动》针对"一二·一"惨案而发,抓住要害,点明实质,语言尖锐,揭露深刻,入木三分,有一种不容置疑的凌厉气势。蓝鸿恩(壮族)《忧郁的旷野》由"黄昏"、"忧郁的旷野"、"北极星"三部分组成,采取隐喻和象征手法,"黄昏"喻国统区荒芜、腐臭的现实,人民生活的痛苦;"北极星"喻中国共产党,中国的指路明灯。

民国时期少数民族散文,虽然没有形成作家队伍的团体优势,但有的作者却取得了突出的成就,他们的作品具有广泛的影响。沈从文的散文集《湘行散记》、《湘西》、《烛虚》等,不仅创造了一种独具特色的文体,给读者以独特的审美享受,而且具有丰富的社会学、历史学、民俗学的价值,可谓是现代散文的精品。萧乾的散文特别是关于中国抗日和欧洲反法西斯战争的通讯特写,如《雁荡行》、《落日》、《南德的暮秋》等,则为中国现代散文提供了独特的题材,具有不可替代的价值。其他如穆青、华山等的关于抗日战争、解放战争的通讯报道,真实地记录了中国人民艰苦卓绝的斗争,表现了革命人民的英雄气概,具有很强的革命历史意义。

民国时期少数民族散文,直接描写边疆民族地区的自然风光、风土人情、人民的生活和命运,以其鲜明而浓郁的民族特色和乡土特色,丰富了中国现代散文的题材内容。沈从文的散文描写的是湘西的风土人情,那里是苗、土家等族人民的聚居地,他们独特奇异的社会生活和人生际遇、风俗人情,以鲜明的个性特点进入作家优美的散文中。马子华、赵银棠等云南少数民族作家的作品中,云南众多的民族和他们丰富多彩的生活,当地绚丽的风光山水,得到了真实的反映。马子华散文小说集《滇南散记》是中国现代文学史上颇有影响的作品,它"填补了解放前没有反映边地生活的文艺作品的空白"①。《滇南散记》中的多篇纪实散文,都是作者"整整以八个月的跋涉体尝到的那种'狄草蛮花'的风土和血腥的味道","几乎全是我耳闻目睹的事实"②。作者怀着同情人民,为他们悲惨处境鸣不平的愤慨心情,真实地描写了那个黑暗残酷的年代里云南边疆各族人民灾难性的生活、不幸的命运,特色鲜明,情深感人。我国各少数民族,由于各自特殊的居住地域和长期的历史文化积淀,具有独具特色的山川景致,形成了独有的文化习俗、生活风情等。描写这些独特的景物、风习人情,必然会充溢着浓郁的民族特色。

民国时期少数民族散文,以其鲜明的民族特点和独特的审美价值,在中国现代文学史上独树一帜,占有重要的不容忽视的地位。民国少数民族散文作家中,成就与特点较突出的有沈从文、萧乾、华山、穆青、黄裳、马子华、赵银棠、马宗融等。尽管民国时期少数民族散文有了以上新的发展和变化,但较之其他体裁,散文在民国少数民族文学创作中未能充分发展,成就较为薄弱,未形成专业的作者队伍,作品数量也相对较少。

第二节　萧乾、赛春嘎等蒙古族散文

萧乾(1910—1999),原名萧秉乾,中国现当代蒙古族著名记者、作家、翻译家。1910年1月27日出生于北京一个蒙古族贫民家庭。父亲是管理东直门城门的差役,萧乾出生前病逝。母亲出身寒微,善良软弱,丈夫去世后无力支撑门户,带着孩子寄居于亲戚家,给人拆洗衣服、当佣工维持生计。萧乾6岁入私塾读书,因家贫而辍学,后入半工半读的崇实洋学堂。不久,母亲去世,萧乾

---

① 周良沛:《滇南散记·序》,马子华《滇南散记》,云南人民出版社1983年版。
② 马子华:《滇南散记》前记。

成了孤儿,但他并未放弃学业,靠半工半读进行高小、初中和高中的学业。1925年轰轰烈烈的"五卅"运动爆发,正上初三的他积极参加罢课、游行示威等活动,欣然投入排山倒海的革命洪流中。1926年,加入崇实学堂的共青团组织,因传阅宣传革命的小册子而被捕。1928年被校方开除,流亡汕头。

萧乾初三毕业曾考取北新书局练习生,接触到大量新文学作品,并通过送稿费等形式见到鲁迅、刘半农、钱玄同、冰心等著名作家、教授。他如饥似渴地阅读鲁迅《呐喊》、《彷徨》和《语丝》等进步刊物上的作品,阅读外国名著《少年维特之烦恼》、《国民公敌》、《曼殊斐尔小说集》、《新英雄主义》等。由此萌生了对文学的爱好,并开始练笔写作。

1929至1935年,萧乾先后入燕京大学国文专修班、辅仁大学英文系,最终毕业于燕京大学新闻系。大学期间,萧乾结识了沈从文、巴金等名作家,在他们热情支持和鼓励下,开始了文学创作。1933年起,作品陆续见诸《水星》、《文学季刊》、《国文周报》及《大公报·文艺》等报刊。1935年大学毕业,进入天津《大公报》任文艺专栏编辑,并兼任旅行记者,一直随《大公报》辗转于天津、上海、香港,足迹遍及亚洲、欧洲、美洲,写下大量引起国内外瞩目的散文特写、报道书评等。

1935至1939年,萧乾作为记者采访了鲁西、苏北等地区的水灾,奔走于广东岭东一带,写下《流民图》、《岭东的黑暗面》等数组散文特写,反映民生疾苦,揭露国民党黑暗统治。抗日战争爆发后,萧乾广泛报道战时情况,写下《刘粹刚之死》、《一个爆破大队长的独白》、《血肉筑成的滇缅路》等特写,和人民一起,以自己的血肉铸成保卫中华民族的钢铁长城。这一时期,萧乾的思想状况比较复杂矛盾,既表现出对黑暗现实的否定,又表现出对个性解放的追求。但就其政治思想倾向而言,革命民主主义占有主导地位,这种以反帝反封建的坚决性和彻底性为主要特色的民主主义思想,正是那个时代所烙下的深刻印记。

1939 至 1942 年,萧乾赴剑桥大学英国文学系攻读研究生,毕业任伦敦东方学院讲师兼《大公报》驻英国记者。1944—1946 年任《大公报》驻英国特派员兼战地记者期间写下大量通讯报道和特写。1939 至 1946 年,萧乾先后以兼任和专职特派记者身份,从欧洲反法西斯战场发回大量通讯报道。《赴欧途中》、《坐船犯罪记》等写其旅途经历;《剑桥书简》、《初访伦敦》、《伦敦三日记》、《伦敦一周间》等写战时英伦三岛的生活;《血红的九月》、《矛盾交响曲》、《银风筝下的伦敦》等表现英国人民在遭到德国飞机狂轰滥炸时的悲惨遭遇及其顽强不屈的爱国精神,记述二次大战期间英国惨遭破坏的史实。1945 年,欧洲第二战场开辟,萧乾亲赴法国、德国前线,写下《阿山公路上》、《到莱茵前线去》、《纽伦堡战犯营》、《南德的暮秋》等作品,真实报道战争期间和战后的情况。同年,萧乾还到美国采访 6 周,写下《美国散记》等特写,报道联合国成立、罗斯福总统逝世、德国投降等重要事件,摄下一组组珍贵的历史镜头,成为蜚声中外的作家兼记者。这一时期,作者沸腾的爱国之心得以升华,从崇高的国际主义角度思考这场战争,放弃即将到手的学位,投身于风驰雨疾的反法西斯国际战场。

1946 至 1948 年,萧乾任上海《大公报》国际问题社评委员兼复旦大学教授。1949 年参加香港《大公报》起义,并协助编译地下党英文刊物《中国文摘》。同年秋,萧乾谢绝英国剑桥大学担任"现代中国文学"教职的聘请,毅然归国。

萧乾民国时期的散文创作,按时间顺序大致分为两个阶段,主要作品有散文集《小树叶》、《落日》、《灰烬》、《珍珠米》,报告文学集《见闻》、《南德的暮秋》、《人生采访》等。

第一阶段 1934 至 1939 年。这一阶段的作品除反映塞外落后

第五章 民国时期散文（1912—1949）

愚昧、统治阶级荒淫无耻和各族人民抵御天人暴虐的《平绥琐记》，是1934年上学期间写的一篇实践性特写外，大多是1935年作为《大公报》文艺副刊编辑与特派记者后所作。代表性作品有《流民图》、《雁荡行》、《岭东的黑暗面》、《血肉筑成的滇缅路》、《一个爆破大队长的独白》等。1935年夏，鲁西、苏北、安徽发生大水灾，萧乾作为《大公报》记者奉派进行采访报道，目睹成千上万灾民啼饥号寒、无家可归的凄惨景象，沉痛地写下一组记述灾难和离乱困苦的报告文学《流民图》，包括《鲁西难民》、《大明湖畔啼哭声》、《宿羊山麓之哀鸣》、《从兖州到济宁》等，展现20世纪30年代连年水灾、哀鸿遍野的图景。这些作品后来收入1937年出版的散文集《小树叶》中，标志着萧乾散文真实、准确、迅速反映社会现实事件及其新变化的开端。

《流民图》真实记述1935年黄河大水灾中苏北和鲁西地区人民流离失所、遍地哀鸿的悲惨情景："由车站向四周眺望，济宁可说是整个浸在汪洋大水里了。不错，我们还看得见树梢，甚至屋顶，但屋顶旁边都可以航行丈长的大船。用这银亮亮的一片做背景，栖在站台上、铁轨旁、田塍上、郊野坟堆上的，是一眼望不到边的难民。"通过孤苦无助的灾民生活的如实写照，充分揭露国民党当局不顾人民死活，致使"可怜的流民，像一片片浮萍，茫然地在灾难中漂流"的滔天罪行，从而向国人和世界展示一个灾难深重的国家和民族的惨痛境况。《雁荡行》在描写浙东一带壮丽景色与风俗民情的同时，着重报道了贫困乡民"二十块钱卖一条命"的悲惨处境，壮丽河山与黑暗人间的鲜明对照，揭示严重不合理的社会现实。

抗日战争爆发后，萧乾由上海经武汉，辗转于昆明、香港、岭东和中缅边界，广泛报道战时情况，写下大量新闻特写、报告文学。这些作品1939年收入《烽火丛书》第十种《见闻》并出版，后来又增补为《人生采访》于1947年出版。《由香港到宝安》、《潮汕鱼米乡》、《岭东的黑暗面》、《林炎发入狱》等,揭露国民党政府与地主势力互相勾结镇压爱国农民,彼此争权夺利,大发国难财的丑行,反映出社会的黑暗,同时,记述岭东人民同仇敌忾、积极抗战的事实。《刘粹刚之死》记述空军少尉刘粹刚驾机连续作战70余天,击落敌机14架,后驾机掩护八路军收复失地,返航时因飞机断油、机场无灯光,为保护战友和飞机而英勇牺牲的事迹。《一个爆破大队长的独白》以八路军爆破大队长自述的口吻,生动地记述活跃于华北敌后的一支八路军游击队开展游击战、炸毁敌人军车、烧毁敌人油库等战斗经过,礼赞八路军游击队奇袭日本侵略军的英雄壮举,展现敌后人民的抗战威力。《血肉筑成的滇缅路》感人至深地报道了抗日战争时期,为修筑"大后方"通向世界的大动脉——滇缅路而付出壮烈牺牲的千百万民工的伟大业绩,被誉为"充满爱国激情"的优秀作品,反响巨大,是萧乾这一阶段的代表作品。

《血肉筑成的滇缅路》载于1939年6月17至19日香港《大公报》,讴歌各族民工艰苦奋斗、流血牺牲修筑滇缅交通大动脉的动人事迹,热情歌颂中国人民的爱国壮举和崇高品质。抗日战争时期,为打通后方与前线的联系,给在缅甸与日寇作战的中国军队以后勤支援,同时便于与国际援助力量相联系,云南边疆2500万各族民工以血肉筑成900多公里的滇缅公路,开创了筑路史上的奇迹。第一章"罗汉们",记述工程情况及任务的艰巨性:"九百七十三公里的汽车路,三百七十座桥梁,一百四十万立方尺的石砌工程,近两千万立方尺的土方,不曾沾过一架机器的光,不曾动用巨款,只凭两千五百万民工的抢筑:铺土铺石,也铺血肉。"而在这恶劣环境里施工的竟是"老到七八十,小到六七岁"的普通男女百姓,甚至有"没牙的老妪,花裤脚的闺女"。进而将目光聚焦于那些筑路的"小罗汉"们身上:"当洋人的娃娃正在幼儿园拍沙土玩耍时,这些小罗汉们却赤了小脚板,滴着汗粒,吃力地抱了只簸箕往这条国防大道的公路上'添土'哪。"第二章"桥的历史",着重描写修筑胜备桥和通惠桥两项最艰巨的工程,修筑胜备桥时恰遇洪水,一百多男女老幼在激流中奋战一夜,翌日水退,发现被洪流卷走数十人;修筑通惠桥要从悬崖峭壁上开路、从深山密林中砍伐搬运木材,人们没被逞狂的大自然吓倒。第三章"历史的原料",描述筑路民工惊天地、泣鬼神的悲壮事迹:一位60多岁的老人带着儿孙三代参加筑路,老人最后死于瘴气;一个在绝壁上打炮眼的民工,与其同伴被炸飞到江心;"金塘子那对好夫妇",男的凿炮眼,女的背药箱,一天在开凿完六个炮眼的任务后,见天色尚早,想再多凿一眼,却因劳累过度跑不动,双双被炸身亡。文末写道:"有一天你旅行也许要经过这条血肉筑成的公路。你剥橘子糖果,你对美景吭歌,你可也别忘记听听车轮下面格吱吱的声响,那是为这条公路捐躯者的白骨,是构成历史不可少的原料。"

第二阶段1939至1946年。1939年萧乾赴英国学习、任教,并兼任《大公报》驻英特派记者,成为第二次世界大战唯一活跃于欧洲战场的中国战地记者,写下大量通讯报道和特写,弥足珍贵。《坐船犯罪记》记述由上海乘客轮赴欧,途经西贡,中国乘客竟被刁难,当作"囚徒"关了七昼夜,只得换乘客轮前往伦敦,反映中国国际地位低下的境况。《赴欧途中》记述作者自科伦坡横渡印度洋,经苏伊士运河,再经马赛、巴黎前往伦敦,又被疏散到剑桥,战争引起的恐慌和造成的破坏随处可见。《伦敦三日记》、《血红的九月》、《银风筝下的伦敦》、《一九四零年的圣诞》、《矛盾交响曲》等,集中报道英伦三岛在纳粹德国飞机狂轰滥炸下满目疮痍的景象,真实地记录处在德国飞机轰炸下的伦敦一片惊慌和惨象,揭露德国法西斯野蛮残暴的侵略罪行,赞扬英国民众英勇抗击德寇的英雄气概和乐观主义的战斗精神,抨击希特勒政府是"一个恶魔般的法西斯政权"。世界反法西斯战争出现转折后,萧乾放弃学位专任特派记者,随联军渡过英吉利海峡,奔驰于欧洲战场,足迹远涉莱茵河畔和阿尔卑斯山下,亲眼看见"充满哭喊声"与遍地"碎砖破瓦"的劫后城区,挥笔写下《到莱茵前线去》、《南德的暮秋》等文,全面反映战火甫熄的一系列重大事件和经受磨难之后德国的社会状况,记述战后德国人民蒙受的苦难与屈辱。1945年,萧乾从德国前线返回英国,又专程赴美采访联合国成立大会,历时月余,马不停蹄地采访报道,写下《美国散记》等多篇散文特写与消息报道,记述联合国成立盛况、美国人的生活方式,以及人们欢庆胜利的景象。

《南德的暮秋》是这一阶段的代表作,以日记体形式写成。萧乾作为战地记者三访德国,目睹战后德国的悲惨情景,亲至关押纳粹战犯的纽伦堡,看到杀人如麻的刽子手,以及毒瓦斯室、刑场、狼犬,并以记者敏锐的眼光,将这一切见闻收入笔底,抒发对战争的无比愤慨和对深受战乱之苦的平民百姓的同情,从而使"远在国内的读者看到纳粹歹徒的狠毒,看到一个高度文明的民族让一个穷兵黩武的独裁者牵着鼻子走,可以落到怎样狼狈不堪的地步"[①]。其中《暴徒的发祥地》通过对纳粹党发迹的啤酒店、张伯伦与达拉第签署"慕尼黑协定"之处、德国纳粹党的达豪集中营3个地点及发生事件的记叙,展示德国法西斯由兴起到灭亡的过程;《纽伦堡战犯营》、《战犯开审》、《公审之前》等篇,反映战后普通德国人民的复杂心态。这些作品被誉为第二次世界大战以及战后欧洲景况最具权威性的报道,是欧洲发展史重要的见证。

高度集中凝练、善于剪裁是萧乾民国散文特写最显著的艺术

---

① 萧乾:《我怎样写散文》,《文艺报》1981年第15期。

第五章　民国时期散文(1912—1949)

特征。萧乾曾多次谈到散文特写这种文体的艺术加工主要是在剪裁上,精当的剪裁可以避免材料的重复和琐碎,突出重点的组接可以使众多材料互相补充,构成完整的社会生活图画。对此他孜孜以求,在《未带地图的旅人》中谈到自己写作《伦敦三日记》时说,"其实是根据十天的日记压缩而成的",选取典型事例来描写伦敦遭轰炸后的情景。《血红的九月》的时间跨度更长,一个月中伦敦遭受纳粹飞机多次轰炸,但作品巧妙剪裁,只选取六组典型事例加以描述,从而大大深化了主题。开篇描述伦敦遭轰炸后的惨景,以"人们像是做了一场噩梦"的社会心理来反衬大轰炸前夕伦敦不重视防空战备的情形,继而具体描述牛津街和贵族区残败凄凉的景象,集中展现伦敦人民清除定时炸弹的动人场面,表明英国人民已从噩梦中惊醒、正从惨痛的教训中奋起。第一、二组镜头揭示伦敦遭受惨重损失的一个重要原因是人们敌情观念淡薄;第三、四、五组镜头交错反映大轰炸后的惨状,既控诉纳粹的罪行,也为人们吸取教训作必要的铺垫;最后一组镜头转入人们正以新的姿态投入战斗。这样,由于组接剪裁得当,使主题得以深化,对欧洲战场以及正在浴血奋战的中国人民均产生深刻的影响。

名篇《流民图》、《血肉筑成的滇缅路》亦是剪裁得当的成功范例。《流民图》报道鲁西、苏北遭受水灾这一重大社会题材,面对丰富的素材,作者并未面面俱到,而是将笔墨聚焦于人民受灾后流离失所、衣食无着等突出问题加以描写,紧紧围绕流民的"流"组织素材。透过广大灾民流离失所这一现象,揭示造成流离失所的原因及产生的后果,使读者既看到人民遭灾之重之苦,又看到政府对防灾、救灾工作的不重视,对百姓疾苦的不关心,从而达到对社会黑暗进行揭露批判之目的。《血肉筑成的滇缅路》报道震惊中外的"筑路奇迹"——滇缅公路的建设过程,内容相当广阔丰富,但作者在掌握大量素材的基础上,抓住工程艰巨险峻而施工条件极差这一组矛盾来结构文章,突出描写其险峻:劈山修路、架桥、凿隧道,数千万民工却衣着破烂,完全靠手工操作,最后公路修通,创造出人间奇迹,从而表现中国人民在国难当头的时刻,勇于以血肉之躯打通胜利之途的高度爱国主义精神。充分体现出作者剪裁得当的深厚艺术功力。

善于用白描手法写人叙事,是萧乾民国散文特写的又一重要艺术特色。散文特写要求简明、扼要、准确地报道人和事,但又与一般报刊上的消息报道不同,带有鲜明的文学性,要求形象生动。如何解决这一矛盾,萧乾认为最好的办法就是用白描:"写特写应该尽量用描写代替叙述,用动词代替形容词。我认为这样就容易使写的东西较为'形象化'。比如1939年写滇缅公路的民工,我就尽量用白描笔法,把我们目睹的状况用文字'画出来'。"[①]而其散文特写的语言又力求笔墨简约、特征突出,画面感和形象性强。无论人物的勾勒,场景的描摹,事件的叙述,都是简约几笔便跃然纸上。如《银风筝下的伦敦》一段以白描手法描述一个14岁女孩在飞机轰炸后,被砖石埋在地下4天后方才得救的情景:"刨掘队发现她后,问她痛吗? 仰卧在重梁下的她,还照平时礼数说:'谢谢先生,我很好。'六小时后木梁才被移开,当她被抬上担架还说:'瞧,我的手表打破了,是过生日奶奶送的呢!'"抓住人物最突出的举止言语,寥寥几笔,便将英国人民的乐观、沉着和自信生动地表现出来。由于萧乾注重白描,其散文特写很少有大段大段的议论文字,总是通过形象和情景的客观描述来体现自己的观点。

此外,与白描手法相适应,萧乾散文特写的语言不追求表面的"文采"、"华丽",而是根据自己对素材的理解、情感表达的需要,追求一种亲切自然的风格,如同一位阅历丰富而机敏的朋友娓娓

[①] 萧乾:《我爱新闻工作》,收入《一本褪色的相册》,百花文艺出版社1981年版。

叙述着一件件动人的故事。

赛春嘎(1914—1973),又名纳·赛音朝克图,乳名扎嘎普利布,内蒙古锡林郭勒盟正蓝旗人。祖父豪来音·沙格德尔是一位知名的民间即兴歌手,母亲冬吉德玛会唱无数古老民歌,这些民歌委婉悲凉,一唱三叹,尽情倾诉着牧人的苦难和美好的祝愿,在赛春嘎幼小的心灵上镌刻下终生难忘的印痕,成为其日后创作的无尽源泉。20世纪20年代设立的正蓝旗那日图小学激起赛春嘎求知的渴望,经再三请求,父母终于答应他不再随长兄入寺当喇嘛,转而入学读书。1932年以优异成绩毕业,成为旗公署一名文书。1936年,被选送到伪蒙疆政府设立的察哈尔青年学校学习,学校聘任日本教师,侧重日语教学,出于以文化知识拯救民族的真诚心愿,赛春嘎如饥似渴地阅读中外历史文学典籍,如《蒙古秘史》、《黄金史》、《江格尔》、《格斯尔传》、《青史演义》、《一层楼》、《成吉思汗的箴言》、《智慧的钥匙》、《苏布喜地》、《三国演义》、《隋唐演义》、《东周列国志》、《聊斋》等,博得"好学"和"青年圣人"的美名。这些优秀古代文学典籍打开了赛春嘎的眼界,同时又使他痛感民族的危亡,决心以文化科学开启民智,为有过光荣历史的蒙古民族重新走上自立自强之路而贡献自己的一切。

1937年初,赛春嘎被伪教育署选派去日本留学,先入"善邻协会"预科班补习日文,后入东京东洋大学攻读教育学。在日本期间创作有诗集《心侣集》和散文集《沙漠,我的故乡》,反映出他崇拜日本科学文化,赞赏岛国自然美景,探索蒙古民族出路并为民族落后现状焦灼担忧,孜孜探求以科学文化挽救民族的方策,并坚信进化论能够救民族于危难。

1941年赛春嘎回国,次年到锡林郭勒盟西苏尼特旗家政实习女子学校任教,创作有散文集《蒙古兴盛之歌》和诗集《前进的杵臼之声》(未出版)。1945年,经苏蒙红军介绍进入蒙古人民共和国苏赫巴托党校学习,开始接触马列主义学说,亲身观察体验社会主义新生活,世界观和文学观开始发生变化。1947年,怀着投身祖国革命和建设的迫切心情返回内蒙古,更名为纳·赛音朝克图,投入到创办《内蒙古日报》的工作中。

赛春嘎民国时期的散文作品主要有《沙漠,我的故乡》和《蒙古兴盛之歌》两部散文集。《沙漠,我的故乡》是作者留日期间于1940年7月11日至9月2日返乡省亲的日记。以挥洒自如的笔墨多方记述蒙古地方的社会生活、人情习俗、自然风貌,以及作者的情感历程,既是一部寻求民族前途命运道路上跌跌撞撞、踽踽独行的知识分子内心生活的实录,亦是20世纪30、40年代日伪统治下内蒙古草原一幅黯淡图景。这种日记体散文在蒙古族文学史上属首创,具有独特的形式内容。

《沙漠,我的故乡》表达难以割舍的乡恋乡愁。日记生动地表明,草原之子赛春嘎客居繁华的异国他乡却不忘养育自己的亲朋故友和贫苦牧民,只有草原沙漠才是其精神家园,无论走到何方,经历多少荣辱酸甜,心都永远朝向那个"北方的天堂",因为只有回归故乡,他才觉得安心、踏实、愉快、幸福。"汽车继续向前奔驰,然而耕种的田地,越来越少,最后完全进入了荒凉的大草原。这时白色的蒙古包却不时地进入眼帘。久居在人烟稠密,烟雾弥漫的大城市的我,心境顿时开朗起来,觉得格外舒畅。"(7月18日)草原的美景让他重温儿时的欢乐,像久别的游子投进母亲的怀抱。但"近乡情更怯",一直渴盼见到日思夜梦的故乡,可当真的踏上故乡的土地,登高远望,一股"惆怅不安"的情思却涌上心头;景物依旧,人事皆非。蒙古民族已经告别过去的荣光,苦难的现实把这个"天之骄子"折磨得面容憔悴,日渐衰亡。如花的草原本应让归来的游子心情振奋,"然而不知今天却为什么使我如此惆怅不安?⋯⋯啊!神峰、宝尔汗,嘎拉登!我几时才能攀登到你的脊背上瞭望？你几时才能把你的英姿再现于人世呢？啊！安然静卧的湖水啊！当我看见你那平静晶亮的面孔时，不由得请问你，我几时才能看见照亮我们的心地，鼓舞我们前进的圣祖成吉思汗的敖思河的英雄的脸颊呢？"(7月14日)这种剪不断的乡愁中充满着对民族前途命运的忧患意识。

经受过异域文化洗礼的赛春嘎，以新的眼光审视故乡的人情风物。这次返乡，一向让他魂牵梦绕的山川景物仿佛浸染着一层淡淡的哀愁，故乡的人情风习让他既珍惜留恋又不胜遗憾和叹惋。他怀着美好的感情赞颂蒙古民族自古以来热情好客的礼仪、长幼有序的道德人伦和孝敬父母的纯朴美德。但是，他又觉得民族风习也不应该原封不动地保存，以至成为民族前进的绊脚石。"我认为我们应当研究蒙古民族的这些风俗和礼节，保留并发展那些有利于人们生活、促进发展的好东西，而抛弃或改革那些虚伪的，因而对生活并无用处的风俗和礼节。"(7月28日)正因如此，当赛春嘎遇到感情与理智的矛盾，即今后是要尊奉古朴亲情，终生相守，还是坚持理想信念而远走他乡，经过激烈的自我斗争，最终痛苦地选择了后者。但对于天性纯朴善良的作者来说，80高龄的老祖母恳切的挽留，一生辛劳的母亲难舍难离的哭诉，还有父亲荒草萋萋的坟墓无言的召唤，都使他陷入几乎无力自拔的情感漩涡。日记以恳切之辞，反复申明离家远走的抱负："我本来早已知道自己并无什么超越别人的地方，但我却决心要遇有能为民族为百姓做出贡献的机会，哪怕是牺牲性命也甘心情愿，在所不惜。"沐浴过所谓"现代文明"之光的赛春嘎，最终还是踏上了留日的旅途。

《沙漠，我的故乡》展现黯淡的草原生活画卷。作者重踏故乡路，一幅幅阶级压迫剥削的惨痛图景陆续展现眼前：一座破烂不堪的蒙古包，包顶盖着富人扔掉的破毡片、旧炕席，包里散落着烂羊皮、旧橱柜，满身污泥的孩子偎缩着，黑压压的苍蝇在瓦盆里的剩奶旁飞舞。女主人只能用野草当茶招待客人,她丈夫提着一块羊身上最难吃的羊脖子肉归来,说是牧主赐给的宰羊报酬,"可是母子二人见了这块肉,却是喜出望外,犹如几天没有进食,突然获得食物的饥民那样,如获至宝,高兴得眼睛发亮。""天突然风雨大作,下起了倾盆大雨。这座破旧的蒙古包怎能阻挡住这样大的雨呢?雨水从蒙古包的破孔,直流不停。包里的人们犹如在山野上的树根下避雨一样,全身被雨水浸透的女主人抱着孩子缩在蒙古包的角落里。"(8月1日)看到牧民衣不蔽体、食不果腹的苦难生活,作者"心酸"得两眼"湿润"起来,对这种社会不公亲历亲见后心情沉重,禁不住激愤地质问掌权者:"像他们这样的贫穷主人,怎么会度过严寒的冬季啊!我们怎样才能改变这些受苦受难的老百姓的艰难生活,而使他们过上好日子呢?"(8月1日)

　　残酷的政治压迫和经济剥削伴随着宗教的精神奴役。近代以来,僧俗统治者亵渎的佛教成为一根两头打的棍棒,一头愚弄世俗百姓:多子家庭必须有两人入寺为僧,普通牧民常年为寺庙"施舍"牛羊财物,活佛喇嘛装神弄鬼诈取百姓血汗,并与王公贵族互相勾结,无孔不入,把罪恶的黑手伸向人民生活的各个方面。生计艰难的拉盐工因为"公家不准拉盐了,说是盐泡归公了",于是想改为拉石灰糊口,可是喇嘛的一句话"不吉利",这桩生意立即告吹。"喇嘛的那几个四方的小木头①,在我们这里就是如此神圣,既可以使人倾家荡产,也可以叫人白白地送掉性命。"(8月13日)另一头奴役普通僧众:下层喇嘛不仅是寺庙的苦役,遭受活佛大喇嘛的压迫剥削,而且丧失人格尊严,身心备受摧残,就像宫廷的太监被剥夺了正常人应有的性爱和婚姻自由,一旦有"越轨"行为,便会立即被绳之以教规,轻则背上"道德败坏"的恶名,重则受到

---

①　四方的小木头:即骰子。

私设公堂的严厉惩处。对喇嘛教愚弄民众、造成蒙古地方愚昧落后、人丁锐减的现状痛心疾首,尤其对宗教禁欲主义戕害人性,更是愤愤不平:"要求同异性相爱,实在是人的天性的一种具体表现,而且,从人类的发展来看,也只有两性的结合,才能生育后代,才能成家立业,继祖续后。既然如此,青年喇嘛要求同异性相爱以及结合,不也是他们本性的具体表现吗?"(8月16日)认为年轻喇嘛恋爱结婚并非"可耻和不正当",而是一种天然合理的要求。

《沙漠,我的故乡》表达疗救痼疾的治世方策。作为留学返乡日记,总爱拿日本与蒙古作比较,把日本当作蒙古民族未来复兴的楷模,将民族愚昧落后的根源归结为缺乏科学文化知识,人民特别是青年"好吃懒做",坐享其成,被"惰魔"控制纠缠。"夜,已经完全占据了大地,犹如愚昧落后占据了蒙古地方一样黑暗、寂寞。"(8月22日)作者意识不到民族悲剧命运的社会根源,在当时是可以理解,但自觉不自觉地赞颂日本的"现代文明",对日本军国主义狂热投以赞许的目光,对日寇的殖民政策给以肯定,则不可取。如在日本看到新兵应征入伍,即将开赴侵略战场,认为这是日本人"用自己的生命来保护自己的国家和民族",因而颇为感动(7月11日)。回国途中,看到朝鲜"满山遍野不是绿油油的庄稼,便是树木森林,真可谓有山皆木,有土皆田,连巴掌大的荒地也没有",由此称赞这蔚然可观的景象完全是"日本统一朝鲜民族后"的必然结果(7月13日)。途经我国东北,认为日寇刺刀下成立的满洲国享有独立地位,是"满洲人成立了满洲国"(8月6日)。作为一个初次走出闭塞的沙原,眼界比较狭窄,政治上比较单纯幼稚,而又怀着以科学文化救民族于危亡的蒙古青年,其主观意图是想尽快改变家乡愚昧落后的面貌,重现民族历史的荣光,然唯心主义的历史观,狭隘民族主义情绪,以及留日期间接受的社会改良主义思想妨碍了他对现实的矛盾斗争及其深刻的社会根源作出正确的判断。牧人之子淳朴厚道的天性使其不能漠视满目疮痍的社会现实，不能不对人民的苦难寄予深切的同情，初具的民族民主主义思想和借助"窗口"瞭望世界的痛切体验，又促使他急于开出疗救民族痼疾的药方，以便让这个濒临危亡的民族重新走上自由幸福的康庄大道。

《沙漠，我的故乡》表现躁动不安的"民族热"。历史上长期的民族歧视、民族压迫，特别是历代统治阶级推行的大汉族主义侵害了民族利益，损伤了民族的自尊心和自主意识，因而激起持久的反抗和报复心理，加之蒙古族封建统治阶级也惯于挑拨民族关系从中渔利，以维护自己的统治地位。因此，在当时的部分蒙古族青年中滋生起一股"民族热"，即狭隘民族主义情绪。这使他们误认为造成蒙古族愚昧落后的根源不是王公贵族的压迫剥削，而是科学文化的落后，是汉族的渗透掠夺。由于历史条件的局限，他们不能区分汉族反动统治者和汉族劳动人民，分不清什么是大汉族主义，什么是正常合理的民族感情。在回国的火车上，看到草原上出现绿油油的庄稼和蠕动吃草的牛羊，便认定这全是汉人所为，感叹道："我们如此让人侵占祖先所给我们遗留下的自然富源，不仅有伤于我们的自尊，而且也不利于我们的生活。"在张家口饭店，几名西装革履的同学严厉训斥女服务员错把他们当成汉人的"有眼无珠"，声称要让她知道一下"大蒙古"后代的厉害。在当时的历史条件下，这种"民族热"虽然表现得激昂慷慨，实际对改变蒙古民族的处境于事无补，相反倒容易被利用。抗战时期，日寇便利用了流行于蒙古青年中的"民族热"激化蒙汉民族矛盾，宣扬"日蒙亲善"、"同宗同祖"以分裂中国，心怀叵测地把"民族热"的斗争矛头引向汉族，通过制造民族矛盾转移蒙古人民的斗争目标，泯灭中国人民抗日救亡的爱国心。

现代性与民族性融合，以抒情为主，辅之以议论和描写，纯真自然、优美委婉是《沙漠,我的故乡》的鲜明艺术风格。对民族命运的叹息,对沙原故乡的怀念,对亲朋故友的眷恋,均通过娓娓动人的抒情笔法自然而然地流露而出。如母亲从泥塘里拉扯瘦牛的艰辛;收拾儿时玩具睹物思人,引发对故乡亲人难舍难离的深厚感情;目睹年轻喇嘛被宗教剥夺了爱情与婚姻自由,悲愤难抑。浓郁的抒情笔调贯穿始终,透露着一种柔和雅致,给人以心灵的震撼。

蒙古族古代散文为散韵结合,其中的散体部分仅具客观的叙事描写功能,并不专注于作者内在情感抒发和个性的刻画描摹。至近代,散文真正成为一种独立的文体,但仍寄情于陈述(说故事)或训谕(道德说教),而且往往失之于散乱和浅显,缺乏现代散文神凝意深、明快隽永、挥洒自如的特点。《沙漠,我的故乡》堪称蒙古族现代散文的发轫之作,表现出现代散文写实求真的特性,字里行间洋溢着充沛的真情实感,注重深微的心理和活泼的个性描写,有时带点感伤、苦涩的幽默味儿,富有蒙古民族的奶茶味。①

《蒙古兴盛之歌》1944年4月出版,分上下两册。上册为书信体散文,共16篇,以同学、师生、母子之间的通讯形式写成,表达对社会诟病的批判和对改变现实的期盼。下册为论说文,共7篇,对社会及人生的阐释虽然有唯心论成分,想以改良方法改变现实亦不切实际,但对民族兴旺的期盼,对改变现状的呼声是积极的。《蒙古兴盛之歌》寄托着复兴民族的理想,以及实现这一理想的一系列治世方略。

铲除"惰魔",复兴蒙古民族,是《蒙古兴盛之歌》表现的主题之一。为民族命运焦虑的作者接受了"文化科学救民族"的社会改良主义思想,以西方文化首先是日本"现代文明"为楷模,提出

---

① 参阅建磊、特·莫尔根毕力格:《纳·赛音超克图评传》,内蒙古人民出版社1985年版,第54页。

一系列社会改革的设想。可是要实现这些改革设想,必先找到民族愚昧落后的根源,因为疗救的药方是根据病因开出的。这个民族愚昧落后的病根就是"惰魔",它几乎无所不在,以"好吃懒做"、"坐享其成"为主,广泛涉及酗酒、吸毒、行淫、赌博以及"敲诈百姓,压抑青年,歧视老人,守旧厌新"等种种社会弊病。惰魔肆虐,达官贵人、王公那颜直到普通牧民,都不免受其毒害,而且为害日深,积弊难返,为此作者大声疾呼:"满腔热血的青年同胞们,让我们携起手来想尽一切办法杜绝上述现象的产生吧。"(书信15)如此看来,这个"惰魔"实际上是民族劣根性的一种形象化概括。弱小民族或强大帝国,殖民者或亡国奴,都不可避免地存在着各不相同的精神创伤和心理疾病,德国的"小市民习气"、日本的武士道精神、中国的"阿Q精神胜利法"、蒙古族的"惰魔"等,都是特定历史时期阶级斗争和民族斗争在集体心理上打下的印记。从生产方式和生活方式的特点看,自给自足的自然经济,特别是粗放的游牧经济顺应自然,靠天吃饭,生活节奏比较缓慢而缺乏竞争,封闭的社会形态,小生产者的分散性与保守性较为强固。这些物质生活条件必然在民族心理上造成安于现状和易于满足等消极因素,但更重要的还是阶级压迫和民族压迫造成的恶劣的生存环境,劳动者无论怎么勤劳都无法改变他们衣不蔽体、食不果腹的悲惨命运。此外,王公贵族好吃懒做、坐享其成的阶级劣根性对人民的精神戕害亦不容忽视,它作为一种统治思想时时处处都在向全社会渗透蔓延,久而久之,会演变成一种覆盖全民族的行为方式和价值观。近现代以来,压迫剥削的深重灾难加剧了劳动者的沮丧失望情绪和对前途命运的悲观迷惘,在这样的历史背景下,"惰魔"可以说是以消极的方式自觉不自觉地表现出人民对现存秩序的不满和厌倦。

惰魔是造成民族愚昧落后的最终根源吗?惰魔产生并肆意为

虐的原因何在？作品对这两个问题的阐述值得商榷。近现代以来，蒙古民族逐渐失去昔日成吉思汗时代的历史主动精神，根本的原因还是民族内部阶级分化日趋严重，压迫剥削日甚一日，以及民族矛盾激化，大汉族主义政策加剧民族的衰退，特别是帝国主义列强打开中国的大门之后，包括蒙古族在内的中国各民族陷入殖民主义奴役的深重灾难之中。看不到这种民族苦难的根源，脱离民族所处的政治的经济的恶劣处境而单纯去探求精神文化上的国民劣根性，即所谓"惰魔"，是舍本逐末，其结果不仅不能丝毫改变民族愚昧落后的处境，而且容易转移人民的视线。事实上，《蒙古兴盛之歌》所记述的大量材料已经雄辩地表明，惰魔肆虐并非民族愚昧落后的原因，而是结果，颠倒这种因果关系，自然会陷入历史唯心论和社会改良主义的漩涡。作品声讨惰魔，却忽略了惰魔赖以产生和肆虐的社会基础。

作者以进化论为思想武器，敏锐地观察体验到这个阻碍民族复兴的"惰魔"的存在，并大声疾呼，号召社会各阶层奋起，从社会生活以至各人内心里将这个祸害铲除。相对于那些坐享其成、心安理得、以"敲诈百姓，压抑青年"为指归的达官贵人而言，无疑具有警策和针砭时弊的积极意义。对于广大的"关在铁屋里沉睡"的麻木不仁的民众来说，这种思想更不啻是沉闷空气中吹来的一阵清风，虽然不可能从根本上动摇产生惰魔的社会根基，但毕竟是某种改良思想的启蒙，某种文化意识的觉醒。

展现民族兴盛蓝图，是《蒙古兴盛之歌》表现的又一主题。"一个民族，如要摆脱落后的状态，应考虑进步开化的途径"（《学习为贵》），认为扫除惰魔，杜绝吸食鸦片、行淫、赌博、以强凌弱、坐吃山空等丑恶野蛮的社会流弊之后，民族兴盛的光明前景就会呈现在眼前，为实现这一理想蓝图还要去除民族封闭保守心理，敞开心胸，大胆向科学文化先进的国家取法求教："亲爱的同胞们，假如我们了解了开化的国家和先进民族的历史及其当前的情况之后,将会使我们清楚地认识到,我们必须赶快觉醒起来,复兴自己的民族。否则我们的民族便不能继续生存下去。"(《自然界与人类社会》)。面向世界,首先要锐意吸收借鉴先进国家的科学文化知识,以此改造或重建本民族的文化,只有具备了崭新文化意识的人才能担负起振兴蒙古的重任,做到这一点,民族的愚昧落后便能被彻底铲除,从此走上民族复兴的光明之路。作品列举许多实例来印证科学文化知识对改变民族成员精神面貌的决定意义,如一位女子学校的女生沐浴着"智慧之光",对新知识的渴求使她兴奋不已,面对"学海无涯"的现实又深感不安,对"愚者无虑"的文盲女性表示深切的悲悯,这位从愚昧中挣脱出来的新女性大胆宣称:"我宁肯愿意因为有知识而去苦恼,却不愿意因无知识而无虑无忧。"(书信2)这种文化意识的觉醒在当时实属凤毛麟角,不可多得,产生的启蒙作用不容忽视。

要想真正走上民族复兴之路,只是学习外来文化科学知识还不够,必须与自己的特点相结合,在学习中有自己的创造才行:"当我们吸收其他民族的文化时,不仅要和我们自己的特点结合,而且必须以自己的智慧、双手和体力去创造自己的文化,发展自己的经济生活。"(《文化与生活》)指出蒙古民族必须改变单一的牧业经济形态,"拿起铁锹,或斧头,或镰刀,以及其他工具",学会生产粮食,并建立起民族的工业。世界市场正在进行着激烈的竞争和斗争,蒙古人如果不改变游牧经济和生活方式长期养成的不善竞争、缺乏胆识的心理,其结果就会"如同笼中之鸟一般须别人的摆布",永远处于落后的地位。作品列举蒙古地方的寺庙为例,指出这些辉煌壮丽的建筑都是出自外地艺人之手,不是蒙古人自己建造,认为只有自己亲手建造的寺庙才算真正代表民族文化,无愧于其他民族。

第五章　民国时期散文(1912—1949)

善于向他人学习,但学习又要有自己的独立创造,要跟上世界潮流,发展多种经济形态并参与国际市场。这些思想都表现出真知灼见,如果不具备面向世界的胸怀和眼光,不善于在同其他民族的比较对照中重新认识自己,那就不可能提出这样明确的主张,并结合本民族的实际作出较为详尽的阐述。在当时的历史条件下,只有走出沙漠草原而身处异国文化环境中,通过比较,才能深切地认识自己民族的弱点,从而提出开阔眼界,使民族面向世界的主张。就此而言,作者得风气之先,最早意识到参与世界经济文化交流对复兴民族的无比重要性,应给予肯定。当然,从根本上说,作者设计的这幅民族兴盛蓝图显然是一座空中楼阁,实际上无法实现。不触动剥削制度的现存秩序,不推翻日伪政权以恢复国家主权的独立,任何改良措施都只能是纸上谈兵。

关注妇女命运,是《蒙古兴盛之歌》表现的主题之一。作品关注妇女问题,将妇女命运同全民族的命运联系起来,认为谈论蒙古民族的兴盛,妇女地位的改善应是题中之意,主张男女平等,认为妇女对国家民族的发展负有重大的责任:"家庭乃是一个国家的基本单位,而妇女又是一个家庭的主持者,可见妇女对国家民族的发展,以及在抚养教育第二代,担负着极为重大的责任。"(书信11)传统观念认定妇女没有独立的地位,而只能充当男性的附庸甚至玩物。作品借一位老妇之口,明确主张妇女自尊自重、具有独立人格和不可替代的社会责任:"假如她们不觉悟到这一点,而仅仅知道做饭缝衣,以及满足自己丈夫的性交的要求,那就大错特错了。相反,假如她们省悟到自己所负担责任的重大,并努力去完成它,那么,她们就会如同不竭之泉水一样来使自己的国家的海洋更为饱满更为汪洋恣肆。"(书信11)但面对广大妇女遭受压迫奴役的现状,又深感妇女解放的艰难。由于受封建婚姻和陈规陋习的压迫,有的妇女沦为好色之徒的牺牲品,有的成为丈夫役使的工具,个别为反抗包办婚姻而投水自沉。妇女一直处于社会的最底层,但是妇女的苦难处境并没有引起"社会贤达"和"慈善家"们的关注,普通人也都习以为常。这使作者十分悲哀,愤愤不平,忍不住大声呼吁,慷慨陈词,并提出改善妇女社会地位的改革措施。首先,妇女必须掌握文化科学知识,接受学校教育,以智慧之光驱散愚昧无知的乌云,以实际行动赢得社会的承认,实现男女平等。其次,改革旧风习,改善妇女操劳过度的生活处境,让她们"过上现代文明的生活"。再次,帮助她们养成良好的审美情趣,抛弃"未开化"妇女披金戴银、俗不可耐的陋习,倡导自然朴素、活泼大方的"良风美俗"。

由于所处的具体历史环境和世界观的局限,作者提倡的这些妇女解放的改革措施,同他振兴蒙古民族的社会理想一样,都避开了社会制度的革命性变革,试图在现行统治秩序下"修修补补",进行一些不触动压迫剥削者利益的改良,或者是专注于精神(普及文化知识以"开发民智")而忽略了物质(生产资料所有制、经济基础的变革)。因此,其妇女解放的理想尽管十分美好,主观意图真挚善良,但在日伪统治时代,这仅仅是一种无法实现的空想。

《蒙古兴盛之歌》艺术上的突出特点是直抒胸臆,袒露心扉。虽有较多的说教意味,过分寄情于教谕号召,不免伤及文学的审美特性,但这种内心激情的真实表露在"万马齐喑"的社会境况中有其值得肯定的一面。此外,某些篇章显得散漫粗糙,缺乏耐人寻味的意境和语言上的锤炼,一定程度上降低了作品的审美价值。

民国时期,蒙古族较有影响的散文创作还有儒勒格日扎布、宝音德力格尔、布和克什克、哈达、梁漱溟、萨空了、艾思奇等作家的作品。

儒勒格日扎布(1889—1941),汉名福亭,昭乌达盟克什克腾旗人。贵族出身,29岁被封为公爵,曾任张学良列席顾问。1926

年,与克兴额、拉希僧格托钵集资,在沈阳创建"东蒙书局",先后编辑、翻译蒙文图书30余种,为发展民族文化教育事业做出了有益贡献。1929年,任克什克腾旗旗札萨克,创办旗小学,宣称今后蒙古人不许让儿子当喇嘛,男女幼童一律上学读书,否则,旗札萨克没收其牲畜。1936年后,历任伪满洲国兴安西省政府办公厅厅长、省长,然无实权,权力完全掌握在日本人手中,主要精力用以《丙寅》杂志审稿和编纂大型辞书。1941年8月的某日,应日本人邀请赴宴,当晚呕吐身亡。儒勒格日扎布创作有诗歌、寓言故事,主要成就是散文,全部收入由其编写的《蒙文小学教科书》中。此外,《蒙古辅助读本》收有他的《脑》、《蒸气之运动规律》、《家庭用品》、《蒙古包》和《民族》5篇散文。

儒勒格日扎布的散文表现出鲜明的民族民主思想。作者对半封建半殖民地的旧中国感到失望,对贩卖土地以自肥,嫉贤妒能,沉湎酒色,迫使百姓离乡背井的蒙古王公们嗤之以鼻。认为要想根本改变国家民族日渐衰亡的现状,首先要建立共和制度,而要实现共和必须开启民智,发展教育文化事业。《东蒙书局的报告》指陈欧美各国无不注重教育事业,所以社会发达、民众富裕,通过编书著文,反复强调发展教育的重要性。《蒙文小学教科书》在说明编写宗旨时称:"此书以开发国民智慧为目的。因此,对尊重知识,发扬爱国主义,维护民族利益诸问题进行了讨论。"教科书内容包括天文、地理、人事、法律法规,以及军事常识等国民应具的知识,为体现国民小学男女学生一视同仁,还编入一些适于女生学习的内容。

儒勒格日扎布的散文题材广泛,有历史、政论、科普和景物等。历史散文,或为成吉思汗赞歌,如《成吉思汗》、《圣祖成吉思汗陵墓》、《孛端察儿之母》、《民族》等,赞颂成吉思汗统一蒙古、开疆拓土的丰功伟绩,抒发民族的自尊心和自豪感;或为传统民族习俗素描,如《蒙古包》细致生动地描摹这种"为世界任何其他国家所没有"的独特居室,以及看待蒙古包的两种截然不同态度:怀旧的人"希望看看它",时髦的人却"嘲笑"它,虽没有明显的褒贬,但字里行间流露出对优良民族传统的向往热爱之情。

政论性散文,倡导科学与民主的启蒙主义思想,宣扬高尚的道德情操,鞭挞社会各种丑恶现象。《共和国》言简意赅地阐明共和政体的真谛是"老百姓当家做主",反映民意的选举法确保国家权力机关和国家元首真正由民众选举。《女子应该学知识》抨击重男轻女的封建陋习,指出妇女要想"争取独立"而不被人"轻视",必须入学学习知识,自立自强,尽早摆脱充当男人附庸的旧风俗束缚。《富户的懒汉》、《鸦片》、《烟》、《酒》等,从各个侧面针砭时弊,深刻揭露社会的黑暗与不公。

科普散文,意在传播科普知识,开启民智,提高民众文化素养。《石炭》、《野兽》、《菜》、《蒸气之运动规律》、《露珠》等,以通俗的语言、形象的比喻阐述物理学、地质学、生物学、气象学等自然科学知识。《盲文》以农夫因不识字而坠入陷阱的寓言,告诫人们切勿甘于愚昧,贻误终生。《脑》运用解剖学知识和生动有趣的比喻,系统阐述人脑的生理结构、信息系统和保健常识,纠正通常所谓"智慧生自胸中"的谬见。因人脑结构复杂,功能特殊,不易三言两语说清楚,便形象地以电的传输比拟人脑的信息功能,将科学性、知识性和趣味性融为一体,对缺乏文化知识的民众,比抽象的理论说教更易收到成效。

写景散文,描绘祖国大好河山、自然风物。或侧重草原、戈壁等地方民族风物的赞美,或表现对民族命运、民族生存环境的关切,夹叙夹议,情景交融。《嫩江》以全景式扫描的笔法,从源头顺江而下逐一描绘沿途景色,并予以热情礼赞,文末以议论作结:"可惜啊,我们蒙古人由于不谙水陆交通,废弃了多少江河之利!

第五章 民国时期散文（1912—1949）

如果我们像世界各国那样善于利用水利，那么内蒙古的西拉沐伦河和嫩江这样的大江大河，怎会比长江、珠江逊色呢。"《乌珠穆沁盐湖》以自豪的笔墨娓娓描绘盐湖的自然风貌，特别是盐的生产过程，然不无忧虑地指出，这取之不尽的资源却因政府苛以重税而使生产逐渐萎缩，生意萧条，盐业几乎陷于困境。

儒勒格日扎布的散文，构思精巧，剪裁得当，视题材内容或描写对象不同而灵活组织结构、安排布局。描写江河往往由远而近，从源头次第沿江河而下，采用发散式结构，如《嫩江》；而描写湖泊则是由外到内，由大到小，运用环绕收拢式手法，如《青海》；描述盐湖生产状况，按照盐的生产过程环环相扣徐徐道来，如《乌珠穆沁盐湖》；追溯历史或描绘民情风习，则往往时空交织穿插进行，如《成吉思汗》、《蒙古包》。

儒勒格日扎布散文，短小精悍，通俗易懂。其作品尽量不用深奥的词句，以便"给那些初学的儿童阅读"，一事一议，具有极强的现实性和针对性，构思新颖，情景交融，往往采用类比或比喻的手法阐述自然现象或阐释科学道理，引人入胜，发人深思，给人以美的享受。

宝音德力格尔（1899—1965），原名赛音宝音，汉名王营柱，宝音德力格尔为笔名，昭乌达盟喀喇沁右旗人。1924年入"蒙藏学校"学习，受到俄国十月革命、我国五四运动和中国共产党人的影响，接触到革命理论，同情支持民族解放运动。1925年，途经蒙古人民共和国入苏联莫斯科东方大学学习。1938年回国，在林西镇以伪仓库保管员身份做掩护，从事秘密革命工作，不久暴露，转入克什克腾旗，创办呼古日格小学，向师生宣传苏蒙革命形势，教唱《国际歌》。1944年执教达日罕山小学。解放战争期间，积极参加内蒙古自治运动联合会工作，任克什克腾旗青年部部长和教育科科长。1947年5月，参加为内蒙古自治政府成立而召开的人民代表大会，担任旗政治协商委员会委员，不久重回呼古日格小学执教，直至病逝。

宝音德力格尔主要写散文，也作诗。新中国成立前创作有散文《报应》、《牧人》、《蒙古人靠福气》和诗歌《渡海的四季风》。1939年，其散文获"蒙文学会"颁发的蒙文创作一等奖，产生了一定的反响。新中国成立后创作有杂文《野蛮的莫尔根》、《拍马屁的人》、《须知》、《五保户》以及传记《本人》等。

《报应》从佛家"善有善报，恶有恶报"的教义和是否有利或有害于穷人的利益出发，着力鞭笞僧俗封建统治者的恶行。为穷人做有益处的善事，做得越多，就越能得到善报，反之，极力去做压迫剥削、吸吮穷人血的恶事，"这种坏事做得越多，就越会让民众视为两条腿的狼，两只手的蛇，终得恶报"。恶人为什么会遭到恶报而"自食其果"，因为"佛爷是既明智又公正"的，他不会接受"讨好"而让恶人逍遥法外，那些靠压迫剥削起家的人假惺惺地到庙里"煮经茶和经膳"，或者在河上架桥以图善报，也是万万办不到的，"因为他们剥削别人，吸吮人血，这不等于用人的血肉祭祀佛爷，用人的血肉之躯架设桥梁吗？所以，他们不但得不到善报，反而变成了佛爷的罪人了。他们将要永远沉入地狱，永世不得逃脱。这就叫报应。"运用讽刺幽默的笔调揭露批判"两条腿的狼"、"两只手的蛇"盘剥穷人的罪行，为使批判更加切合实际、更加有力有效，为广大民众所理解和接受，以佛教的报应观为武器，诅咒恶人必定不会有好下场。

《牧人》反映草原上残酷无情的压迫剥削，揭露压迫剥削者的罪恶，同情牧民的疾苦。严冬，牧人们"穿着别人丢弃的破袜子"踽踽独行，疾病流行，首当其冲的便是穷苦的牧人及其子女。在富人眼中，被榨干血汗的穷人猪狗不如，丝毫引不起他们的同情，"有了剩饭，他们只给牧犬分吃一半。他们说：养肥那些牧人有什么用？又不能宰着吃！"寥寥数语，活画出富人冷酷无情的嘴脸。面对这惨不忍睹的景象，发出悲天悯人的呐喊："穷人的苦难真是比海深，比山高！不但无人同情，连老天爷也不怜悯他们了。"

《蒙古人靠福气》紧扣所谓"蒙古人靠福气"这一句"野蛮愚昧的话"进行阐述，通过与飞禽、原始人，与现代发达国家的正反面对比，指出这种懒汉思想是"不用花费体力和智慧，只靠牲畜自产的原材料而生活"，实际上就是靠天吃饭，为无所作为的懒惰行为辩护开脱。尖锐指出，蒙古人中流行的这句口头禅为害匪浅，它引导人们"毁坏蒙古的古老根基而沦为他人的奴隶"，实在是一条"奴隶之路"。为抵制这种"靠福气"的庸人习气，主张蒙古人应该用自己的体力劳动和思想智慧去"努力奋斗"，以此改变愚昧落后的处境。这种主张在不改变压迫剥削制度的前提下提出来显然是空泛的、不切实际的。蒙古民族历来是一个勤劳智慧的民族，因为压迫剥削的酷烈才使他们无法充分发挥其"体力和智慧"，痛苦的生活又使他们往往相信命运（福气）。在当时的情形下，能够尖锐地批判民族性的痼疾，倡导科学文化以振奋民族精神，其积极意义值得肯定。

宝音德力格尔的散文结构谨严，层次分明，说理透彻，逻辑性强，语言尖锐犀利，富于幽默感和讽刺意味。如《报应》将压迫剥削者比作狼和蛇，深刻有力地揭示其凶残本质。《蒙古人靠福气》以俗谚口碑命题，对所谓"福气"加以深入浅出的辨析，并给以善意的讽刺，使文章既具说理性又显得生动活泼。

布和克什克（1902—1943），蒙古族现代著名出版家、教育家、文化活动家和散文家。哲里木盟奈曼旗人。1923至1926年先后就读于北京私立俄语大学法律系和北京国立法律大学。1929年执教于蒙藏学校。1933年任伪满洲国兴安西省文教科长，陆续创办"蒙文学会附属蒙文、日文学校"、开鲁国民第一、第二高等学校,以及博贺乌苏小学等,热衷民族文化事业。布和克什克努力振兴民族文化事业的举止引起日伪当局的注意,1940年被以"提拔"为名调任兴安西省真实事业厅厅长。1943年元月,猝然去世。德国蒙古学学者瓦·海西希认为是被日本人杀害的,"据战后美国出版社报道,日本人判处布和克什克死刑这一事实是确凿无误的。"①

在大学期间,布和克什克即创办了文化团体"蒙文学会"及其刊物《丙寅》,宗旨是"以认真研究蒙古文字,用蒙古文字推广所有的知识,更新观念,开启蒙古民族的智慧,发展蒙古民族的文化艺术为主要目的。"联络团结了一批民族作家、学者和文化人,振兴民族文化事业。在其主持下,学会先后出版了40余种民族文化典籍,其中有《青史演义》、《一层楼》、《泣红亭》、《蒙古族源史》、《古今蒙文故事》、《蒙古秘密历史故事》、《蒙古字新辞典》、《青蒙古之青旗》、《水浒演义》等。他还坚持搜集民间文艺,包括成语、谚语、婚礼祝词等。文学创作方面,主要有长诗《僧王颂歌》和散文集《视察日本国学校日记》。

1935年4月25日至5月28日,布和克什克以兴安西省文教科长的身份参加访日教育视察团,途经朝鲜到达日本,参观考察了日本的大中小学、女子学校、职业学校,以及图书馆、博物馆和名胜古迹。《视察日本国学校日记》共34篇,记述此次考察日本文化教育的观感,并由此联想到蒙古民族的命运,提出发展教育振兴民族的治世方策。

儒勒格日扎布在本书序言中称其基本主题是号召"以他人之长,补一己之短"。5月16日的日记,谈到观看日本戏剧的感触时说,这种戏可能是模仿汉族戏的武打演化而成的,日本人不管是模

---

① 瓦·海西希:《蒙古历史与文化》,内蒙古文化出版社1992年版。

仿中国或西欧,他们都注重在本民族生活的基础上"融化吸收"别国戏剧的养料,"而不是囫囵吞枣式地接纳",这种扬他人之长、补己之短的态度值得效法。

《视察日本国学校日记》对日本的教育,多加赞扬与钦佩,认为日本学校注重培养孩子文化素质、重视体育课和音乐教育、组织参加生产劳动等,很值得学习。学校的组织管理井然有序,有条不紊,也使其深受启发。5月16日的日记详细记述明伦小学整齐的体操、热烈的拔河游戏,以及完善的教学设备。京都府立农业学校则特别重视学生的实习,"有几百个学生在劳动。有的锄草,有的插秧,有的割草,有的拾草。他们扛着锄头和铁锹,活像一个个农民。真是值得赞扬,这才算是一所劳动者的学校呢。"在对日本文化教育钦羡之余,颇多感慨。5月5日的日记,记述日方欢迎作者一行的一次恳谈会,会上人们痛饮畅谈,载歌载舞,无奈客人们不谙日语,只能枯坐静候,"由此看来,一个人如果不注意保护自己的语言文字,不能独立自主地生活,即使领受他人之美食,聆听他人之乐曲,自己也总是高兴不起来啊!"一面是日本繁荣发达的"物质文明"和"精神文明",一面则是蒙古民族"产业贫乏"、教育荒废、广大民众"昏昏沉沉地度日"的凄凉景象。这种强烈的对比在日记中时有所见,从中可以窥见作者难以言状的复杂心态。通过参观和听取日方的介绍,悟出复兴民族的希望在于发展教育和建立民族工业。5月24日的日记,记述日本明治维新之所以取得社会进步,就是"得益于重视教育和发展工业的政策",所以蒙古民族要想改变贫困弱小的现状,空有"英勇本色"而不发展教育,加之"产业贫乏",是"很难成就大业"的。这种"教育救民族"论在日本帝国主义侵占中国的黑暗时代不仅不合时宜,而且容易被日伪所利用,试图套搬日本帝国主义时代的教育模式以复兴蒙古民族,则更属缘木求鱼,不切实际。

哈达（1908—1972），呼伦贝尔盟伊敏苏木人。1928年就读于日本东京郑泽快训中学。1930年归国，在呼盟各旗高等小学任教。1932至1934年，在伪满洲国长春兴安局监察科任职，继之二次赴日留学。1935年归国，相继在索伦旗和兴安北省政府谋职，后回故乡额鲁特兴办小学。1938年第三次留学日本，就读东京庆应大学医学科预科。1942年归国，先后在呼伦贝尔皮革绒毛公司、呼盟自治政府、呼盟高等学校、呼盟中学等任职。新中国建立后，先后在内蒙古自治区工业局和地质勘探局任职。

哈达散文创作始于20世纪30年代，主要是历史散文和科普散文，还有些寓言散文和议论抒情散文。历史散文，其意不在复述历史故事而陶醉于祖先的赫赫勋业，而是通过总结历史经验，直面现实，探求民族新生的途径。《斡嫩河畔召开了蒙古大会》、《在斯楞格河边进行的蒙古军队的战斗》分别取材于《青蒙古之青旗》第二章《诸国之迁移》、第四章《大胜敌人，杀开血路》。《诸国之迁移》炫耀武功，借人物之口号召"坚忍不拔的诸蒙古人"大力开拓疆域，让"全世界都拜倒在你们脚下"，而《斡嫩河畔召开了蒙古大会》则将"拜倒在你们脚下"变作"永远和世界一同兴旺发达"。一句之差，表现出截然不同的两种民族观和世界观。

科普散文成就较高。《样式相同体的现实道理》以生动形象的比喻阐述人体各个器官的构造和作用，向民众普及医学知识。《世上的动植物》运用达尔文进化论阐述"物竞天择，适者生存"的道理，以激发蒙古民族从梦中醒来，认清落伍的现状，去争取"先进文明"的前途。《科学》阐述地球的形成和人类的进化，列举大量的科学产品和科学成就，如宫殿、轮船、铁路、放大镜、望远镜、电话、电视、天气预报等，表明科学的发达给人类带来巨大的利益，号召蒙古民族振作精神，努力学习科学知识。《大城市》没有孤立地描写大城市的繁华鼎盛，而是时时处处拿城市文化与蒙古草原文化作比较,以此表达作者的社会理想。开篇将现代城市与沙漠戈壁中的蒙古村落相比,继而描述城市的布局,宽阔的街道、鳞次栉比的高层建筑、令人心旷神怡的公园、商品琳琅满目的店铺等,城市人"生活节奏快,时间观念强,而且在经济方面注重灵活敏捷",因此大城市必然成为世界交往的中心。文末点题,与开篇呼应:"与此相比,觉得我们戈壁地区的村落、草场、家院真是太粗、太小、太弱。希望有毅力的蒙古人睁开眼睛看看吧!"这种反映时代精神的民族自审意识和开阔眼界,实属难能可贵。

寓言散文颇具特色,隐现出民族民主思想和对民族前途命运的忧患意识。《帖木真》仿照庄子《庖丁解牛》的命意,帖木真在寻马途中遇见一好汉正在解牛,刀子变钝之后又用斧砍,好汉对此颇感自豪,问帖木真:"朋友,你能拉几弦弓?能举多重的石头?"帖木真语意深长地回答:"天下好汉成就事业时只相信智慧不尊重力气。"世上诸事如同解牛,不会解牛的人,眼里看到的是一头整牛,会解牛的人,看到的是被分割的各个部分,而非整牛。所以外行人解牛,即便用钝十把刀子也难以解开,甚至于非拿斧头劈砍不可。从单纯地崇拜"力"到赞美"智勇双全",这是人类思维发展的一个历史过程。文中的帖木真,强调智谋而批评匹夫之勇,这与那些把成吉思汗单纯颂扬为"勇武"君主的作品相比,独具一格。《森林中一只鸟的生活》以第一人称形式和拟人化手法记述一只鸟的生活境遇,风和日丽时它尚能捕食蝴蝶昆虫为生,夜幕降临便因惧怕鹰隼而栖身于树巅的叶片之下,暴风雨袭来,黑暗吞没了它和世界上的一切,电闪雷鸣,它只得"死抓住那条树枝不放"。它的幸福很短暂,多数时间处于险恶的环境中,以此影射弱肉强食的黑暗社会,贫弱的百姓时时处处都会遭到迫害和杀戮。"我感到世界好像是无情无义的"结尾一句点题,给人以无限的深思与遐想。

议论抒情性散文,针对当时存在的现实问题有感而发,表达对民族前途命运的思考。《知识修养是幸福愉悦之根》沉痛回顾民族苦难历史,指陈长期闭塞的游牧生活"已被二十世纪的城市文明和机遇所遗弃",要想摆脱贫困落后,"必须以知识修养为本",只有把团结和知识结合起来,大力兴办学校,让人人都有接受教育的机会,方能使民族走出水深火热的痛苦境地,奔向快乐幸福的坦途。《过着游牧生活的蒙古人》从民俗和人类学的视角描述蒙古民族的生存状况、生活方式和内心世界,在与其他民族的对比中,揭示蒙古人自身的某些弱点:"他们具有多种信仰,不但崇拜树木和石头,而且忌讳乌鸦等禽类。性格略带傻气,厌烦繁重的劳动,性格粗暴,不爱学习。思想集中于畜类的繁殖、长膘和水草状况,而对其他事情却毫无兴趣。"号召全民族要勇于照镜子发现脸上的灰尘,并决心把灰尘洗掉。试图以"文化教育救民族"的社会改良主义来匡正时弊,这是当时具有民族民主意识的知识分子普遍信奉的治世方策,不可避免地带有时代的局限。

哈达散文短小精悍,寓意深刻,具有较强的知识性和趣味性。科普散文运用形象生动的语言讲解科普知识,或者通过两种事物、两个地域的对比阐明某种科学真理,如达尔文进化论。寓言散文用极短的篇幅(《森林中一只鸟的生活》仅160余字)或以简单的人物故事说明深刻的道理,隐喻和拟人化手法的恰当运用深化了主题,增强了文学色彩。

哈达的散文善于娓娓动听地叙述事件,绘声绘色地烘托环境气氛。《森林中一只鸟的生活》抓住典型细节(夜幕下森林的恐怖,暴风雨中小鸟"死抓住那条树枝不放"的危险处境)生动形象地表现出"我感到世界好像是无情无义的"主题。《过着游牧生活的蒙古人》对内蒙古草原自然风貌和人文环境进行真实细致的描绘,对蒙古民族内心世界中的光明面和阴暗面给以逼真的呈现,如

第五章　民国时期散文(1912—1949)

果没有牧区生活的深切体验,很难做到这一点。

进入现代以后,由于蒙汉交流的日渐频繁,蒙古地区现代教育、特别是汉文化教育的迅速发展,精通汉文并用汉文进行文学创作的人越来越多,蒙古族文人的汉文创作得到长足发展,蒙古族知识分子在内蒙古和全国其他范围报刊上用汉文发表了许多现代散文作品。如萧乾、梁漱溟、萨空了、艾思奇、王守业、云从龙、云占标、霞等。这些作者大多是具有反帝反封建革命意识的知识分子,大都具有进步的革命思想,其中一部分人还接受了马克思主义的无产阶级世界观,作品大多表现出较强的反帝反封建的思想倾向。

梁漱溟(1893—1988),原名焕鼎,字寿铭,笔名寿民、瘦民等。著名蒙古族思想家、社会活动家。历经近代、现代、当代不同历史时期,孜孜以求探索研究中国文化真谛,探索救国救民良方,一生笔耕不辍,有400多万字著述留存后世,除大量理论著作外,还有不少自传体散文和抒情散文,在现代蒙古族汉文散文创作中占有重要地位。

作于1925年的怀念亡父之作《思亲记》,记述父子情深,沉痛中体现出人伦孝道之情。开篇描述作者自幼体弱多病,多赖其父精心调养方长大成人,娓娓道来,唤起对父亲的深深怀念,感情真挚沉痛。继而叙述其喜读梁启超等人鼓吹维新改良的著作,其父夸曰:"肖我少年时所为也!"并赐字曰"肖吾",父子情投意合溢于言表。然随着年龄的增长,社会阅历的丰富,与父亲在政治观点上逐渐相左,有时争吵达于户外,想到当年"词气暴慢",不由深感"悖逆无人子礼,呜呼,痛矣!"特别是自己"谬慕释氏",信奉佛教,有违父意深感内疚。父亲在子女教育上,重在启发,不强力压服。如他当初信奉佛教,立志不娶,其母临终牵手泣而相劝,父亲本也不同意他的做法,但却示书说:"汝母昨日之教,以哀语私情,堕吾儿远志,失于柔纤委靡,大非吾意。汝既不愿有室,且从后议,不娶殆非宜,迟早所不必拘耳。"再如他中学毕业后便走上社会,再未升学,父亲亦尊重他本人志愿,未加勉强。沉痛中深感父亲"教之有道","足为一世法者"。梁漱溟这类抒情散文写得感情充沛真挚,又与思想发展结合起来,脉络清楚,结构层层相扣,简洁朴素,浑厚凝重,具有强烈的感染力。

　　进入30、40年代,梁漱溟散文多为叙事之作,并基本采用流畅的白话文书写。《自述》、《我的自学小史》、《漱溟卅后文录》、《先父所给予我的帮助》、《我的生活实情》等,多描写自己亲身经历,以朴实的语言记述自己的思想意识及对社会现实的态度,力求真实可信,反映数十年来中国社会变迁、时代风云,"倘若以我的自述为中心线索,而写出中国近代的变迁,可能是很生动亲切的一部好史料"①。《我的自学小史》分15部分,历述其家庭出身、幼年时代、中小学学习生活、初入社会从事革命和后来转而信佛信儒、出世入世,到北京大学执教著书等情况,同时涉及其父与同人等情形。如描写少儿时经历:"七八岁后,虽亦跳踯玩耍,总不如人家活泼勇健。在小学里读书,一次盘杠子,跌下来,用药方才复醒。在中学时,常常看着同学打球踢球,而不能参加,人家打罢踢罢了,我方敢一个人来试一试,又因爱用思想,神情颜色皆不像一个少年,同学给我一个外号'小老哥'。"将一个体弱多病但又勤于思考的少年活灵活现地呈现而出。《漱溟卅后文录》叙述民国初年,一白发苍苍老年人力车夫勉强拉车前行,摔倒在地,胡子染满鲜血,反映贫富不均、弱肉强食的社会现实;一瘦弱男子为生活所迫,偷食充饥,被警察逮捕、威吓、治罪,反映民不聊生、官府鱼肉百姓的横暴。细节描写中融入对比衬托手法,使形象更加鲜明生动,如人

---

① 梁漱溟:《我的自学小史》序言,华华书店1947年版。

力车夫白胡子上染了鲜红的血、年老力衰不能快行而乘客却要求快跑,瘦弱无力的小偷与如狼似虎的警察。《读卓娅与舒拉的故事》评述该书"琐细逼真而临文无枝蔓、无冗赘,不意存说教,乃所以其感人者弥深也"。《自述》、《忆往谈旧录》记述山东从事乡村建设运动,与国共两党高级人士接触,力促抗战和谈,筹划成立"民盟",以及新中国与毛泽东的争论、闭门思过,"文革"中遭受批判等情形。需指出的是,由于作者的资历与影响,加之在行文中总是密切结合自己的思想与当时大大小小的政治事件加以描述,这些作品确实为研究我国清末、民国以及当代历史提供了可资借鉴的宝贵资料,但决不能将其等同于一般的历史著作或回忆录。因为作者在总体把握历史真实的前提下,更多地运用文学描写手法写人记事,其间又特别注重细节描写,从而显得真实自然、亲切生动,充满艺术感染力。

萨空了(1907—1988),原名萨音泰,笔名了了,四川成都人,祖籍内蒙古翁牛特旗。著名蒙古族新闻记者、社会活动家。从事报业数十年,著有大量社会专评、新闻报道以及新闻专著。在文学创作方面也多有建树,创作有数百篇小品杂文和纪实散文,就大众普遍关心的问题一事一议,或赞扬,或指斥,或呼吁,或控诉,具有强烈的现实针对性和鲜明的思想倾向性,在现代蒙古族汉文散文创作中占有重要地位。

萨空了小品杂文密切关注社会现实,有的放矢,有感而发。或对社会重大问题发表己见,如《除夕的话》通过一年来国家大事的回顾,反映水灾和兵荒马乱给人民带来的痛苦。或描写现实中的一人一事,揭露国民党黑暗统治,如《谈北平生病的地方》指出北平的西山、汤山、颐和园已成为国民党达官贵人的养病之所,而他们得的全都是政治病,在那里作政治交易,争权夺利;《高尚的享受》描写高等华人、上层官吏们在国难当头的关键时刻,沉湎于纸醉金迷的生活;《一幅缩影》通过公共汽车上外国人称王称霸、中国人忍气吞声的情景描写,淋漓尽致地揭露统治当局崇洋媚外、奴颜婢膝的丑恶行径。此类小品杂文鞭辟入里、短小精悍、语言犀利,具有很强的战斗性。

　　萨空了小品杂文讽刺国民党统治下四处弥漫的苟安妥协、麻木慵懒、投机取巧的社会风气,触及国情民风的较深层面。《今天的感想》抨击一些中国人只知外国的圣诞节,而不知中国反抗军阀统治的"云南起义",指出这是毁坏民族自信心的亡国奴心理。《民众应恢复"想"的能力》抨击中国人随遇而安,缺乏想象力、创造性的怠惰习性。《谈侥幸》描写一些人为侥幸致富而去买彩票、跑赌场,结果弄得两手空空、倾家荡产。作者批评国人缺点的目的,是让他们有所警醒,共同为抗战救国出力。

　　萨空了小品杂文不仅批判与讽刺黑暗,亦歌颂和赞美光明,特别是中国人民历来具有的勤劳勇敢、不屈不挠、反抗外侮的优良传统。《三次可贵的前例》通过对北平发生的"五四"、"三·一八"和"一二·九"3次学生运动的回忆,赞扬爱国青年学生那种为民族翻身解放而不怕流血牺牲,与反动势力进行殊死搏斗的精神,"群众有知识,能团结,那势力是不可侮的,这三次事件已证明了"。在日寇侵占我国东北、觊觎华北的形势下,发出这样的声音,其进步意义和号召力可想而知。《记一个凶手的话》描写一个文弱书生在被人骗取房产后,愤而杀死骗子,文章赞其勇敢,并引申号召国人对那些掠我土地、侮我人民的外国侵略者,也要做一回"凶手"。《骨气问题》赞扬黄包车夫的骨气和民族自信心。此类小品杂文摆事实,讲道理,情真意切,爱憎分明,具有很强的鼓动力。

　　萨空了小品杂文不少是根据民众来信,针对人们最关心的社会问题而作。《谈据理力争》以民众来信反映公共租界的洋人无视中国领土主权,任意扩大租界地范围,超越租界线在中国地界内修筑公路为线索,指陈既然公路修在中国地界内就应属于我们,外人干涉就要与之斗争。《苟安足以亡国》写巡捕越界捕人之事,号召人民不要迁就偏安,"这样迁就下去,中国的主权自然只会一天比一天损失"。《女子只应求民主》号召人们帮助被遗弃的女子获得自由。《风化和吃饭》要求当局关注穷人的生计问题。这些作品直接与民众交流,更容易被民众理解和接受。

萨空了纪实散文,以纯熟文学笔法记事写人,描景状物,具有较强的艺术感染力。《香港沦陷日记》以日记体形式记述1941年12月8日至1942年1月25日,目睹日寇侵占香港烧杀抢掠的罪行,以及港英当局歧视中国人,地痞流氓乘机抢劫,百姓生活困苦,社会秩序混乱的景象。《由香港到新疆》记述由香港出发,押运印刷设备远赴新疆筹办《新疆日报》的艰难历程,日寇对重庆等地狂轰滥炸,国民党官吏腐败无能、坑害百姓、重赋盘剥,以及苏联人民对中国抗日战争的援助,中国人民勇赴国难、全力抗战的情形。《两年的政治犯生活》详细描述作者在国民党集中营里的狱中生活与斗争,以大量事实揭露国民党特务的残暴,从一个侧面透视蒋介石政权的反动腐朽。

萨空了的纪实散文语言通畅明快,记事形象生动,不时穿插评述或通过心理刻画与环境描写来展现主题,感情充沛,观点鲜明,表现出清丽委婉的风格。《两年的政治犯生活》通过对敌人集中营悲惨生活的描写,一针见血地将反动派迫害爱国进步人士的罪行展露无遗。《由香港到新疆》描写离开香港的依恋心情,充分表现热爱祖国领土、痛恨外国侵略者的复杂情感。总之,萨空了小品杂文和纪实散文,都与当时的社会现实关系十分密切,体现出鲜明的现实主义倾向,感情充沛,爱憎分明,语言通俗易懂,结构显豁明了,具有较强的感染力。

艾思奇(1910—1966)，原名李生萱，笔名崇基。云南省腾冲人，祖上为漠北蒙古族，元朝时落籍云南。著名蒙古族马克思主义哲学家、文学评论家、作家，创作有大量的文学评论、散文、杂文和翻译作品，在现代蒙古族汉文散文创作中占有重要地位。

艾思奇的散文创作主要是科普小品和杂文。科普小品于1934至1936年间发表于上海《太白》、《读书生活》以及延安《解放日报》等报刊上，约有数十篇。如《孔子也莫名其妙的事》、《由爬虫说到人类》、《谈死光》、《毒瓦斯》、《谈潜水艇》、《火星中的生物》、《火箭》、《由蝗虫到鸡生蛋的问题》、《中风症与黄河》等。其内容非常广泛，上自天文，下至地理，从自然生物讲到社会发展，并将思想性与知识性、趣味性有机地融合在一起，且具有鲜明的革命性与战斗性。这些科普小品是针对当时林语堂等人鼓吹的所谓"幽默小品"，提倡"以自我为中心，以闲适为格调"，引导读者不问政治，逃避现实，甚至诋毁革命，诋毁左翼文学，认为"小品文是不能写科学的，科学是不能用小品文来写的"论调，"写几篇给他看"，锋芒直指帝国主义、国民党反动政府及其御用文人。作者深知当时中国民众对科学知识很陌生，如果板起面孔谈自然科学，一定会使大众退避三舍，只有用艺术的大众化的表达手段来向他们介绍科学知识才能为其所接受。所以这些科学小品通俗易懂、深入浅出、生动活泼，注意艺术技巧的运用。

艾思奇科普小品善于运用形象的比喻。如用鱼鳔来说明潜水艇沉浮的原理，将黄河比作一条血脉，将它的灾难说成是中风等，形象贴切，生动活泼，给人以深刻印象。《孔子也莫名其妙的事》借用一个民间传说，层层深入，不但解释了人的眼睛在看太阳时所发生的错觉，而且教人观察太阳的简单方法。《太阳黑点与人心》采用"赵君"与"张君"的论辩形式，随其辩论深入辨明是非，最终呈现正确结论。《牛角尖旅行记》通过游记的形式揭示物质分子、原子的结构。或开篇以当时上映的电影、马戏团的演出引出话题，或用与读者聊天的方式开始，或借题发挥，形式多样，引人入胜，给读者以清新的启迪和深刻的教育。

艾思奇从事科普创作正值这一形式在中国的初创期、发轫期，他以严肃科学的态度，辛勤的创作实践，与高士其、茅以升、周建人等为这一新的文学样式的发展成熟做出了贡献。李公朴为其科普小品集《知识的运用》所作序言道："作者是一个很诚恳的人，他所说的一切，都是他真正了解了的东西。他的长处是知识广博，因此虽然是个小册子，已经包括了各种各样的科目；他虚心地恐怕自己的经验不足，遇到问题涉及现实生活的地方还常常要和朋友详细讨论之后，才肯下笔。因此，这里面所给予的一切问题的解答都是很谨慎地写成的。"生动地道出了作者创作科普小品的过程和取得成绩的缘由。

艾思奇尚有许多优秀杂文，其中以主持延安《解放日报》副刊时写得最多，不少收入其新中国成立后出版的《"有的放矢"及其他》一书。《光明》、《再谈面子》、《谈讽刺》3篇被收入《延安文艺丛书·散文卷》给予重点介绍。艾思奇杂文继承了左翼文艺运动以来杂文写作的战斗传统，针砭时弊，痛斥侵略者的残暴与不义，揭露国统区现实的黑暗，歌颂解放区的光明与进步，对革命队伍内部一些人的缺点错误给予辛辣的讽刺。语言犀利，阐述深刻，说理透彻，比喻贴切，颇似鲁迅风格。《再谈面子》例举希特勒、慈禧太后之流，尽管当初戴着一副副美丽的面具，不可一世，但最终还是连同他们的面具一道灰飞烟灭，遗臭万年。人民欢迎真正的英雄，因为他们忠实地为人民谋利益。如何辨别英雄与小丑，最好的办法是打一盆水来让他们洗脸，以便显露其面目，真英雄不怕洗脸，只有冒牌货才有"恐水症"。即便犯了错误的同志也不必把面子深藏起来，要敢于接受批评"洗脸"，才能"保持我们血液的完全健康","发扬我们脸上的真正光彩"。《谈讽刺》阐述如何正确运用讽刺艺术,指出对敌对友要有所区别,以便达到打击敌人、团结同志的目的,说理中肯,具有一定辛辣味。

20世纪20年代中期至40年代末,众多边政报刊的出现,是现代内蒙古政治文化生活中的一个突出现象。这些报刊大部分为汉文或蒙汉文合璧的综合性刊物,其中包括有文学栏目,刊载内蒙古本地知识分子用汉文创作的诗歌、小说、散文、戏剧作品,成为现代蒙古族文人汉文创作的重要组成部分。有侧重议论的政论文,大都以如何从内忧外患中挽救国家民族立论,缅怀过去,剖析当前,展望未来,言辞恳切,情感激越,具有一定感召力。如云从龙《纪念成吉思汗》、《新年感言》、《读〈忠告蒙古青年〉后》,贺守业《对蒙古毕业同学之希望》,杨士贤《我对于蒙古宗教的呐喊》,李彬《伟大的成吉思汗》,王守业《献给内地的同胞们》、《我的感想》等。有侧重叙事的叙事文,则往往从具体的人事入笔,通过具体人事的记述描写,反映当时内蒙古社会的黑暗、腐朽、衰败。如云占标《回蒙古去》、郝振华《她的一生》、兰生智《听了两个农夫的谈话》、霞《可纪念的三月三》等。有侧重抒情的抒情散文,大都表现当时内蒙古黑暗的社会现实,在记述内忧外患的具体人事中自然流露忧国忧民之情。如杨锦文《往事不堪回首月明中》,王守业《我的故乡》、《城上》,天戈《幻灭》、《牵牛花》等。

民国蒙古族散文以各式各样前所未有的新形式,从各个侧面反映蒙古族现代社会生活的丰富内容。人物传记、知识小品、序跋、书信、日记等各种散文新体式应运而生。作者们关注民族命运,提倡文化教育救民族,揭露封建僧俗统治者盘剥压榨贫苦农牧民的罪行,不同程度地反映出民族民主革命的时代精神。

关注民族命运,为民族危亡慨叹,为民族新生奔走呼号,是民国蒙古族散文的基本主题。许多作品在表现这一主题时,总是通过回顾民族光荣历史,今昔对比,痛定思痛,同时在横向对比中介绍赞美先进国家和民族的物质文明与精神文明,对蒙古族的愚昧落后现实痛下针砭,号召广大民众觉醒起来,走上与世界各民族并驾齐驱的光明之路。王中贵《话说蒙古》回顾元朝以前蒙古族声振欧亚的历史功勋,沉痛指出当今的现状是"一蹶不振",令人悲叹,要想改变这种愚昧落后状况,首先要警醒起来,认真思考民族的自立之道,承认与其他国家民族的差距,奋起直追现代先进文明民族,才能避免优胜劣汰的悲剧命运的重演。额尔德木图《呼伦贝尔游记》、《西蒙古游记》通过描述纯朴自然的民族风习,表现民族的自豪感和自信心,某些日本殖民主义者趾高气扬贱视蒙古人,恰恰从侧面表明蒙古民族必须奋发图强的道理。比较而言,赛春嘎对民族命运的关切、民族自省意识与忧患意识就更为强烈,在《蒙古兴盛之歌》和《沙漠,我的故乡》中,痛陈民族"昏睡不醒"而"坐以待毙"的现状,大声疾呼,号召开明人士和广大民众警醒起来,大家"齐心协力"、"患难以共",效仿先进国家民族的经验,以坚忍不拔的意志去重现昔日成吉思汗时代的光辉。

　　民国蒙古族散文另一基本主题是号召兴办教育事业,倡导文化科学救民族。不管这一思想在半封建半殖民地的旧中国多么不切实际,但作者们的善良愿望是热烈而真诚的。"我们蒙古人,为何在几个世纪内变得如此懦弱了呢?原因就在于:当其他民族的科学文化发生着日新月异的变化,如日中天地进步发展时,我们蒙古人却仍然死守着旧传统,丝毫不顾及当今世界的飞速变化,教育事业尚未兴起,科学文化也不发达。正因为如此,我们才落后于欧亚强国,变得如此懦弱。难道这不是非常可耻的事情吗?"[①]克兴

[①] 伊德钦、汪睿昌等:《毕业》,见《蒙文教科书》第八册,漠南景新社1923年发行。

额《文化与民族兴亡之间的深刻联系》通过比较世界与中国、蒙古族的古代与现代,运用大量事实阐述文化与民族兴衰的必然联系,认为蒙古族从成吉思汗威震四海的历史峰巅跌落下来,大元帝国急剧没落,最终变得"智慧堵塞",根本原因是文化教育落后,特别是满清政府的恶毒政策及其愚弄民众的手段更造成无可挽回的恶果。愚昧是民族灾难的根源,但蒙古民族之所以终未被外力所亡而顽强地生存下来,也得力于没有放弃自己的民族文化和语言,继续弘扬文化教育这一"功在千秋"的勋业,有力手段之一就是运用新的科学技术,创制蒙文铅字印刷模子。

缅怀祖先历史功绩,赞美纯朴民俗民风,也是民国蒙古族散文的重要内容。如满都呼吉日嘎拉《安葬并祭奠圣祖成吉思汗遗体状况及每年的祭礼仪式》、《遗留在圣祖成吉思汗灵院里的各种习俗》,农乃《庆祝白色之日》,白音《呼伦贝尔的古迹》,道尔吉《我眼中的蒙古人的工作与生活》,达西尼玛《奇特的贝加尔——布里亚特蒙古人的故乡》等较具代表性。

强烈的现实主义精神,是民国蒙古族散文的特色之一。蒙古族传统文学充满神异色彩和浪漫主义理想,现代散文则更多地转入对现实生活的关注,被誉为现实生活的"明镜"和"神灯"。民族的衰败危亡,阶级压迫剥削的残酷,是现代蒙古族散文关注的焦点。哈达怀着深深的忧患抨击民族痼疾:衣不蔽体食不果腹而仍然痴迷宗教,性格粗暴愚蠢,逃避繁重的工作,缺少求知的欲望,拒绝一切现代文明成果。大声疾呼蒙古族赶快醒来,千万不能被现代历史潮流所淘汰。宝音德力格尔、赛春嘎等笔下穷苦牧民的苦难生活令人同情:寒冬腊月,牧羊人脚穿无帮的烂靴在冰雪中跋涉,空腹露宿,赤脚和烂靴冻在一起,勉强脱下来却受到主人的嫌弃和咒骂。从人格的侮辱到残酷的迫害,富人对穷人的压迫真是无所不用其极。面对一幕幕人间悲剧,深深震撼,情不自禁地呼吁:"广大的朋友们,请你们想一想,像这样的人们会怎样过冬呢。怎样才能改善这些可怜的沙漠故乡的劳苦大众的生活状况,拯救这些同胞兄弟啊!"①

内容的革新为现代蒙古族散文带来了新的艺术生命,崭新的内容要求与之相适应的新形式,蒙古族现代散文因之涌现出许多新形式。赛春嘎、布和克什克、儒勒格日扎布等创造了书信体、日记体、序跋、小品等多种新的体式。它们短小精悍,活泼自由,情真辞切,尽情挥洒,为蒙古族散文体裁样式走向丰富成熟开辟了新的天地。此外,现代蒙古族散文塑造了许多体现时代精神的鲜明艺术形象,他们对民族的光荣历史充满自豪感、荣誉感,富于忧患意识和民族自省意识,对民族危亡和社会黑暗忧心如焚,不约而同地发出疗救痼疾、振兴民族的呐喊。

第三节 满族作家黄裳、老舍、端木蕻良散文

黄裳(1919—2012),原名容鼎昌,笔名黄裳、勉仲、赵会仪,山东益都(今青州)人。生于河北井陉煤矿,父亲是矿上的工程师,曾留学德国。随父母辗转北京、天津、石家庄、上海,曾就读于天津南开中学,抗战初期转至上海中学,后考入交通大学电机系。1933至1937年南开中学期间,开始广泛接触新文学作品,对鲁迅、周作人的作品尤为关注,也受到胡适的不少影响,一度想走整理国故的道路,对新旧文学怀有强烈兴趣。1939年开始写作散文,并在《文汇报》副刊发表。1942年与同学黄宗江等赴重庆,仍就读交通大学,继续散文写作。1946年,第一部散文集《锦帆集》经巴金编定由中华书局出版,主要记述由上海至内地的旅途生活,山河破碎的

---

① 赛春嘎:《沙漠,我的故乡》。

悲痛和乱世漂泊的凄迷,渗透在类似古典诗词的意境里,伤感而美丽,属精致的美文。

1944年春,黄裳与大学四年级全体同学一道应征,任驻华美军译员,辗转重庆、昆明、湘桂前线、桂林、印度兰伽、贵阳等地。因走过许多地方,开阔了眼界,散文写作迈上一个新台阶。这一时期的散文仍由巴金编定,题名《锦帆集外》,1948年由文化生活出版社出版。这些作品,尤其是《昆明杂记》、《贵阳杂记》、《桂林杂记》等,注重山川、历史、人物的记述,在对山川、人物的具体描写中,透露出抗战时期流转西南的旅人心情,对南明史实的叙述和议论,实为吊古伤今,亦与家国命运息息相关。

1945年冬,黄裳任《文汇报》驻渝特派员,写下大量通讯报告,同时在上海《周报》上连载《关于美国兵》,1947年以单卷形式由上海出版公司出版,引起广泛关注和强烈反响。《关于美国兵》是作者从军生活的写照,对国民党军中腐败状况的描写和对某些人在洋人面前的丑态刻画,入木三分,从思想内容到艺术形式都与以往有所不同,由关注自我心灵的表现走向关注客观现实,失掉些许柔婉而增添不少刚健。黄裳在回顾自己创作历程时说:"我是在五四以来散文的影响下学习写作的,会稽周氏兄弟的作品,尤所爱读。鲁迅的《朝花夕拾》一卷,至今常在案头,每一翻读,有历久常新之感。朱自清、俞平伯的作品也给了我不少影响。稍后有何其芳,《画梦录》、《还乡杂记》有一个时期几乎成为学习的范本。这在我早期散文《锦帆集》的某些篇章中可以找到朦胧的影子。少年哀乐很自然地成为创作的主题。这个时期并不很长,等我做了记者以后,接触社会的机会多了,感慨也自然不少,觉得旧有的写作方法不能不有些改变。这就是我曾在某处说过的,感情变粗了。在这时,有一卷《关于美国兵》,从中可以看出这种变化的轨迹。这是在还没有报告文学这名目以前出现的报告集,所记的是一年

第五章　民国时期散文(1912—1949)

中的从军生活。文章写得舒畅、酣恣,是我自己喜欢的作品。"[1]创作主题、表现方法和艺术风格的改变不仅与作家生活实践的变化有关,而且与作家创作经验的积累和审美取向改变有关,也同社会矛盾的转换及时代风云的变幻有特定联系。从写作表达"少年哀乐"的"美文",到写作贴近现实生活的"舒畅、酣恣"的"报告",原因是多方面的,是各种合力作用的结果。

1946年,黄裳在上海《文汇报》副刊"浮世绘"上刊发一系列以谈戏为主题的讽刺性杂文,总名为《旧戏新谈》,产生极大反响,1948年由开明书店结集出版。这些作品谈的是旧戏剧,表现的是新观念,这种新观念不仅包括对旧戏本身的新认识,还包括对世道人心的新发现和对专制腐败政治的揭露。如《连环套》开篇谈戏里的故事情节和人物形象,指陈黄天霸是统治阶级的走狗和帮闲,是用别人鲜血染红自己"顶子"的特务头子,然后顺势由此及彼,从戏剧转入现实,把当时北平行营的将军与黄天霸联系起来,说他们从黄天霸那里学来走狗与帮闲的伎俩,看他们的种种行径,正像看《连环套》。旧戏里的人物故事,舞台上演员的表演,相关的历史事实,现实的社会情景,都被信手拈来又熔铸一起,形成一个多重组合的艺术结构,使人们既欣赏了旧戏,又开启了心智,在了解历史的同时也思考现实。这种方法有点像电影艺术家运用蒙太奇,以不同镜头的切分与组接,建造起一个丰富多彩、快速转换而又完整统一的艺术画面,彻底打破剧评的传统写法,使原本死气沉沉的文体变得生气勃勃,极具生活气息和时代气息。

唐弢先生对黄裳散文颇为推许,在《旧戏新谈》的跋中写道:"我读作者的散文很早,深知他爱好旧史,癖于掌故,对前辈有他的向往,却不必真的效颦。这几年奔驰西南,远及印度,所见渐多,

---

[1] 上海社会科学院文学研究所:《中国作家自述》,上海教育出版社1998年版,第566页。

笔底的境界也更广阔,不复是伏在牖下的书生了。"道出黄裳民国时期散文的根本特色。

  以小说和话剧闻名于世的老舍(1899—1966),亦有散文传世。老舍十分重视散文,在《散文重要》一文中,说我们的生活一天也离不开散文。他从20世纪30年代开始创作散文,至40年代末,发表有《何容何许人也》、《又是一年芳草绿》、《青岛与山大》、《想北平》、《英国人》、《我的几个房东》等作品。《何容何许人也》剖析中国的国民性:革过命、吃过枪弹的何容,个人品质光明磊落,可他"是旧时代的弃儿,新时代的伴郎。谁都向他们讨税"。由于何容骨子里是保守的,对向他讨税的人还得赔笑脸,最后还是"站在自幼儿习惯下来的那一面",这是一种被传统羁绊的国民性。《又是一年芳草绿》阐述自己的人生处世:正直,善良,勤勉,不张扬,"不想当皇上",勤勤恳恳地去写,踏踏实实地去做,不卑不亢,谨慎而不胆怯,谦虚而不装蒜,见"权威"、"大家"、"大师"字眼就头疼,见小孩(穿小马褂的"小大人"除外)、花草、小猫、小狗、小鱼就喜欢,这便是老舍。这些为人品德,乃是中华民族得以绵延不绝的优秀传统。

  以小说名世的端木蕻良(1912—1996),亦涉足散文创作。端木蕻良原名曹汉文,又名京平,笔名叶之林、罗旋、隼、曹坪、荆坪、金侉霓、红楼内史、红莨女史等。辽宁省昌图县人。1928年就读于天津南开大学,期间创办《人闻》和《新人》杂志,小说处女作《水生》刊载于《新人》。1933年创作长篇小说《科尔沁旗草原》,生动地展现"九一八"事变前东北农村经济、政治及民俗状况。1940年赴香港,任《大时代文艺丛书》编辑,创办《时代文学》杂志。新中国建立后,先后任创作部副部长、副秘书长、北京市作协副主席等。

  端木蕻良民国时期的散文作品主要有《有人问起我的家》、《耐力》、《永恒的悲哀》、《哀鲁迅先生一年》、《衷心的纪念》等。

《有人问起我的家》抒写日本帝国主义入侵、家乡沦陷、国土沦丧的内心悸痛,以及自己的家"在饥饿线上拉成了五段"的悲惨遭遇:"从江南到东北,倘若我想把我的家人看望完全,我要在这五千里的途程之中停留五段,而那最后的一段,我依然不能看见。"貌似平静的叙述中蕴藉着悲伤与愤懑,家仇国恨尽在其中。《耐力》以大写意的手法描写美丽的鸽子和坚韧的骆驼,"骆驼能征服沙漠,鸽子能征服天空",它们的"耐力"无与伦比。这里鸽子和骆驼,都是象征意象,其内涵丰富而深邃,郭风先生称其"极深刻地概括了某种人生哲理","具有散文大手笔品格"①。《永恒的悲哀》、《哀鲁迅先生一年》、《衷心的纪念》分别写于1936、1937、1938年,均为悼念鲁迅而作,以亲历亲闻的事实描写鲁迅精神,感情真挚,如泣如诉,然哀而不伤,悲痛中显出奋起,具有强烈的艺术感染力和思想启示性。

第四节　穆青、郭风等回族散文

穆青(1921—2003),原名穆亚才,河南省杞县人。1937年中学毕业参加八路军,1940年入延安鲁迅艺术学院学习,1942年毕业从事新闻工作,历任延安《解放日报》、《东北日报》记者、编辑,随军转战大江南北,创作发表许多以散文笔法写就的新闻通讯和报告文学,为中国散文和报告文学的发展作出了突出贡献。其中《雁翎队》、《赵占魁同志》、《一部震天撼地的史诗》、《淮河两岸》、《湘鄂道上》、《湘中的红旗》等,曾产生广泛影响。

1942年穆青继在延安文艺刊物《草叶》上发表纪实性报告文学《搜索》之后,又在《解放日报》发表报告文学《赵占魁同志》,宣

---

① 郭风:《读〈耐力〉——有关端木蕻良散文的浅见》,载《文艺报》1991年1月5日。

传英模人物赵占魁,开启大写特写英雄人物的先河,奠定其以报告文学独步中国文坛的创作道路,以及多写现实生活楷模和先进事迹的格局。赵占魁是解放区一名普通工人,他拼命工作,厉行节约,乐于助人,热情传授生产技艺,手指骨碎了也不肯休息,是工人阶级中的硬汉。作品在解放区激起学习赵占魁的热潮,人们纷纷学习赵占魁,涌现出一批"赵占魁式"的劳动模范。

1943年穆青发表堪称其代表作的散文《雁翎队》,高扬爱国主义精神,以细腻的笔触,描绘一支活跃于白洋淀上的华北抗日队伍的英雄业绩,展现英雄的雁翎队员神出鬼没打击日寇的富有传奇色彩的战斗场面。"秋天,数十里深的芦苇在呼啸着,漫天飞舞着雪白的芦花","冬天,白洋淀广阔的湖面为明净的冰块凝固","就在散布于白洋淀广阔湖岸,像无数岛屿似的村庄边缘,雁翎队的队员们,化装成包着头巾的洗衣妇,或是悠闲的垂钓者"。"有时候,他们也用衔着空心的苇杆透换空气的方法,带着武器,作数小时以上的水底埋伏,一遇时机,就人不知鬼不觉地突然颠翻敌船,把敌人沉尸湖底。"以白洋淀神奇风光为背景,用朴素、细致、优美的文笔,展现雁翎队传奇战斗生活,塑造英雄的群体,营造陷敌人于死亡的氛围,语言优美,层次分明。

抗战胜利后,穆青奔赴东北,先后发表《一部震天撼地的史诗》、《空中飞来的哀音》、《月夜寒箫》、《一枪未放的胜利》等报告文学,反映东北人民解放军战争的节节胜利和蒋介石在东北统治的崩溃。1948年发表《工人的旗帜赵占魁》、《哀音更加低沉》、《拉开国民党海军黑幕的一角》等。《工人的旗帜赵占魁》再次引起轰动,赵占魁这时已成为解放区工人的一面旗帜,作品准确地抓住这一形象的实质和典型意义,予以升华,"蘸着热泪忠实地记录"这位工人阶级的先进人物,着力塑造一位全力生产支前的"工人阶级先进人物的高大形象","一个新时代无产者当家做主的崭新形象"。赵占魁热爱边区,拼命工作,拼命生产支前,厉行节约,耐心向青工传授生产技艺,因为哪怕"一块烂炭一片碎铁,都不是容易来的","多教会一个徒弟,就多增加一分革命力量"。这篇人物形象鲜明的报告文学,写的并不是什么惊天动地的战斗,而是后方一点一滴看似生活小事的积累,但就是这些日常的平凡小事,却体现了工人阶级的高尚品德。文章之所以引起很大反响,成为鼓舞解放区人民努力生产支前的精神力量,原因正在于此。

1949年,穆青随军入关南下,足迹踏遍华北、华南等地,紧随人民解放战争的步伐,选取典型事例和人物,写下大量具有真实美、意境美、结构美、语言美的通讯和报告文学,及时报道革命战争的胜利进程。如《淮河两岸》、《湘鄂道上》、《狂欢之夜——长沙市民欢迎解放军入城速写》、《湘中的红旗》、《记湖南的和平解放》、《衡宝战役》、《界岭夜雨》等。这些作品气势磅礴,反映自东北一直横扫到南海北岸的气吞山河的解放战争,回荡着高亢的革命英雄主义、集体主义、共产主义理想的激情,凸显穆青报告文学的特征,即善于捕捉社会演化进程中的重大题材,反映与时代发展和国家民族命运相关的重大主题,语言朴实壮美,准确传神,生动形象。

郭风(1918—2010),原名郭嘉桂,福建莆田人。出生书香世家,有深厚家学渊源,家中"芳坚馆"是其游憩读书之地,自幼便对祖国独特的艺术创造和文学精神产生倾慕之情。3岁父亲去世,寡母坚忍不拔的人生态度和博大无私的爱心,对其后为人、为文产生深刻影响。1936年,莆田师范学校毕业后在家乡小学任教,抗战爆发后到福建战时省会永安任华南通讯社编辑。1941年,入福建省立师范专科学校中文系深造。1944年毕业,历任中学教员、编辑、《现代儿童》主编等。1949年后,历任福建省文联秘书长、副主席,中国作家协会第三、四届理事和福建分会主席。

郭风1938年开始文学创作,一直耕耘于散文园地,几十年如一日,出版有散文诗集、散文集、儿童文学集30余部,作品曾获全国性和地方性文学奖,有的被译为英、法、日、俄、波兰等国文字介绍到国外,1990年苏联出版了俄文版《郭风作品选》。郭风善于使用多种散文形式写作,早年在散文诗方面有杰出成就,晚年喜欢写随笔,进入无拘无束、自由自在的写作状态,作品充满童心、诗情和理趣。不论早年散文还是晚年散文,都鲜明地表现出郭风的文学个性,因此人们称其散文为"郭风体散文"。郭风的散文不乏时代精神,又不受时尚牵引,善于根据时代需要,捕捉客观世界中真纯、善良、美好的事象,并以个性化的方式加以艺术表达。他不刻意规避政治,对自然景物、日常生活、社会风俗、历史文化特别倾心,故有人称其为按个人经验和心灵律令写作的作家。郭风一直对散文理论比较关注,新时期以来倾注不少精力,发表大量具有真知灼见的理论文章,如《关于散文的独白》、《散文偶记》、《关于老年散文》、《不必偏重抒情》、《散文中的人格境界》、《散文中出现的趣味》、《游记中的人文景观》等。其散文理论,从创作实践总结而来,因此显得切实而深入,闪烁着理论光辉,极具理论价值和实用价值。

郭风民国时期的散文作品主要是一册《开窗的人》,收录作于1938至1949年的散文作品。作者在《后记》中说,自己当时处于创作的探索期,作品的体式和思想都显得驳杂,"是少小之作,幼稚得很"。但现代文学史家却相当看重,特别是其中的散文诗。因为现代文学史上除鲁迅的《野草》外,成功的散文诗作并不多,而郭风这些散文诗"是经过了精雕细刻的产品,很有自己的特色","不仅是家乡和劳动的赞歌,更是对旧世界十分愤激的诅咒"[①]。

---

① 林非:《现代六十家散文札记》,百花文艺出版社1980年版,第417页。

第五章 民国时期散文(1912—1949)

随着中国社会、中国文化现代化变革的进程,回族散文也呈现出变化与转型,以经世救时为契机,现实主义倾向明显突出。反对列强侵略,反对衙门和官吏腐败无能,抨击国民醉生梦死、麻木不仁成为民国回族散文的主题。黄镇磐《发刊词》、《宗教与教育之关系》、《论回民》、《回教之文明》等,喊出改变旧面貌,兴办新型教育的口号,在西北、西南民族省份无疑振聋发聩,起到促使回族教育发展和文化转型的旗帜和号角作用。著名回族爱国将领马福祥的杂文集《青岛安庆留别手书》,充满社会转型期特有的矛盾冲突和无畏的进取精神,表现回族进步人士对国家民族前途的忧虑,对社会民主的憧憬,以及为救国救民甘洒热血的牺牲精神。其夫人马书城突破封建社会的浅见陋规,以新女性的姿态,参与社会活动,兴办女子教育,积极进行文学创作,出版现代回族妇女第一部诗文集《晦珠馆近稿》。丁竹园将其用白话文写成的报载文章于1921年汇编为《竹园丛话》(24册)先后面世,刘孟扬出版杂文汇编《孟扬杂稿选刊》、《敝帚千金》等,宣传自由观念,反对思想束缚,要求代庶民立言,提倡白话文。其他如刘孟扬的散文、马惟廉的《晚晴室家书》等都是社会变革时期,回族文人学士们受时代感召而发出的心声,表现民族的觉醒和个人的奋发卓励,丰富繁荣了现代回族文学园地。丁竹园、丁宝臣、刘孟扬、张子歧等是回族现代白话散文的开创者。

丁竹园(1869—1935),名国瑞,字子良,号竹园,北京人。所著《竹园丛话》分撰著和选录两部分,撰著即丁竹园自撰之稿,按类分为演讲、寓言、谐谈、卫生、杂俎。

"演讲"类是《竹园丛话》中篇目最多,分量最重的部分,曾刊载于"竹园演讲"专栏,大胆评论时事,直言局势,宣扬爱国精神,阐述救国之策,劝说、鼓励、呼吁国民振奋团结,爱国救国。作者清醒地看到中国社会经济贫困不堪,文化落后闭塞,实业教育不振,求生存、求振兴、求发展成为社会先进理论的主流精神。《爱国、治国、救国》开篇阐述国家、国家自主权和爱国,从地理环境、人口、历史、物产、人民等方面综述中国特点,尤其是人民"温厚和平,勤俭朴实,沉静中而有刚毅不可侵犯之庄严",而后笔锋一转,直言现实的破败,驳斥流行的孔孟败国论,以"治国、齐家、修身"古训入手,阐述如何为治国贡献力量。进而以第一次世界大战为例,阐述各国争利夺强的恶果,并将中国春秋战国时期的纷乱与之相比较,孔子最终以"祖述尧舜,宪章文武"八字政纲平息战乱,造福百姓。认为孔孟之道几千年来对中国政治、民生影响巨大,寻求治国良策应回归古道,盲目效仿西方无异舍本逐末。通过中西对比,不仅剖析中国落后的原因,也注意到所谓先进的西方文明的弊端,联系现实,视野宽阔、胸襟博大。文末激励国人团结一心,奋发图强,从自身做起,爱国敬业,救国治国。全文思路清晰、阐述透彻、言辞恳切、娓娓道来,富于感染力。《爱国质言》先谈"爱字的真义","国"的内涵,在澄清基本概念的基础上,展开爱国必要性和重要性的阐述,比喻贴切自然。《中国无救亡之策》阐述中国社会落后的原因,指陈"中国之危,危于政体之不善、人民失教、宦途人品太杂、武备不振、经济困难"。《悲中国之将来》探讨国民性,抨击中国有冷血派、笑骂派、随风派、蒙昧派存在,所以无爱国之心,更无爱国之举。《中国两大隐患说》对鸦片、纸烟和铜圆深恶痛绝:鸦片毁人身心,流失国财;纸烟毒性虽没有鸦片大,但也易上瘾,废身体费钱财;铜元外国铸,中国买进,白银大量外流,长此以往,中国财政将破败不堪。

寻求强国安邦之策,是"演讲"类探讨的另一重要话题。《强中国策》、《中国当以农立国》、《民为邦本》、《说自治》等文,从团结人心、勤求民隐、开通民智、蓄养民力、教导民德、振作民气的角度加以深入阐述。《说实业》、《清宦途须先奖励实业》、《普及教育

第五章　民国时期散文(1912—1949)

之不可缓》等文,注重实业和教育,认为发展民族实业是解决其他问题的基础,而教育的普及则是利在千秋万代的根本途径。尤其值得赞赏的是对女子教育的关注,《悲女学》《中国女子宜求自立说》等阐述女子教育的重要意义。

"演讲"类对经济问题的阐述亦深入透彻。《对于筹还国债会之管见》《关于筹还国债之研究》《关心国债的请看》等文,针对当时国债累累、民不堪负的情形,列出国债清单,面对数目庞大的国债,建议进行15个方面的研究,以尽快、合理、适度地逐步偿还。"演讲"还就法治、水利、交通、军备、治家、修身等诸多问题展开阐述。《有治法须有治人》从立法、执法、守法几方面阐述法治:"凡百事情,须有法则,无法则无范围,众人即无所遵依。"唯有善法,可利国利民,执法者唯有精谨良善之人,才能真正发挥善法的作用。

"寓言"类,故事情节设计巧妙,引人入胜,或略加点评,阐明旨意,或不着一句,启人哲思,大多作品隐喻现实,讥讽时弊。《东方病夫之病况》记述一富翁生病五六十年,愈治愈重,一名医应征前去治病,查看病人连吃五六十年而不愈的药方后,建议将"情面水换成认真水,烟锅改用饭锅,文火改成武火,酒杯改为饭碗",却遭到富翁家下人的坚决反对,理由是"敝上自幼儿就是喝情面水长大的,离开情面水就喘不上气儿来了",不用烟锅熬药,铁甲虫泛滥,浑身发痒,饭锅更是不能动,"我们好好的饭锅,叫认真水一熬,再弄点子苦药味儿,我们还吃什么饭?"最终名医苦笑着离开,自始至终未见到病人本人。将中国比作病入膏肓的病人,药方即是改革旧制、焕发新生的策略、措施,隐瞒实情、徇私舞弊的下人是中国官场的比喻,最终落个有医不看,有药不吃的结局则是对中国前途命运的悲观预测。

《人体改良会纪闻》记述所谓人体改良会甲乙两派就人体的

种种不合理之处提出改良方略,甲派主张无头论,即"废去头颅,将耳目口鼻,分置于前胸后背,及手面足跗之上,使权利均等"。乙派主张多头论,即"增设五头,计两肩各增一头,以便左右看,背后增一头,以便观察背后之一切变动,两足跗各增一头,以便劳逸均等,且不致误蹈陷坑"。丙派身为裁判,不置可否,却有一番言论:"(甲乙两派)纯在有形之肉体上注意,而未讨论灵魂,未免去精取粗。"作品以人喻国,人体改良即国体改良,无论无头论还是多头论,都只注重外在形式的变革,而未触及灵魂这一核心,仿佛治病,治标不治本是徒劳的,唯有标本兼治,从根本上入手才能解决问题。文章以诙谐荒诞的故事阐发严肃深刻的国体法治改革,情节引人入胜,道理发人深思。

《大盗不操戈矛》记述一处名为"独立府自治县纯良镇"本是富庶幸福之地,人人纯良上进,勤劳发家,因懒惰被驱逐的游民强攻纯良镇不成,便以颜色涂面,骗取人们信任后在镇内充当官吏,他们肆意妄为,聚敛钱财,不到 10 年,纯良镇由人间天堂变成地狱,民不聊生,心性大变。秘密终于在他们洗脸时不慎暴露,游民逃遁,幡然醒悟的镇民想去游民老巢追讨财物,没想被海盗捷足先登,游民被杀,待镇民准备回家重整旗鼓时却发现海盗已将纯良镇据为己有,镇民无家可归,四散逃命。作品以镇喻国,以海盗喻外国侵略者,通过纯良镇兴衰变迁的悲剧故事警示国人,应团结一心抵御外侮,强国富民,勤奋纯良。

《纪桶怪》记述一只结实而历史悠久的大木桶装满粮食,老鼠为得到木桶里的粮食,想尽各种办法都不能奏效,最终一只老鼠游说木桶各条木板,挑拨离间,引起木桶内讧,乙丙两板难以抗拒老鼠所承诺的种种美事,拼命挣脱桶箍的束缚"挺身而出",结果乙丙两板从腰折断,大木桶轰然解散,老鼠蜂拥而入。通过这则寓言警示人们唯有团结一心,才能共保祖国长治久安。

第五章　民国时期散文（1912—1949）

《大树伤心》有感于"庚子之役，英人用威海所募之华军为前敌"而作。记述一个农夫伐木，因为树枝粗大，农夫先砍下小枝做成木斧和木椎，然后一下一下将树砍倒，大树颓然倒地，伤心不已："用吾生出之枝，分裂其身，是最可悲最可哀之伤心事也。"文末点评："故古往今来自伐其国者，其伤心甚于见覆于敌国。"《游黑暗世界记》、《梦游新地府》等以虚拟环境折射现实，指陈病垢，催人警醒，构思奇特，想象丰富，寓意深刻。

"谐谈"类，有戏说之意，幽默谈笑间深藏良苦用心。《财神爷说实话》记述梦中有客来访，细看是大名鼎鼎的财神爷，他向自己诉说一肚子的委屈，原来财神爷并不富有，终日忙于奔波，养家糊口，财神奶奶成日在家操劳，无片刻闲暇。每当凡人将他高高供起，烧香磕头，期盼发财时，财神爷却打心眼儿瞧不起这些人："求阁下写一段登在报上，嘱咐嘱咐他们，早打正经主意求己胜求人，勤俭生富贵，别指着吾照应他们，那可就耽误他们的事了。"虽为戏说，但立意严肃，针对许多人不去积极进取，而是成天给财神爷烧香磕头幻想发财，愚昧可笑，故撰此文借梦境劝说之。《灶王爷不爱小便宜》记述人们在祭祀灶王爷时，总是在其面前摆些糖果甜点，甚至用蜜糖抹灶王爷嘴巴，目的是让灶王爷上玉皇大帝那里汇报时多说好话。文章假托灶王爷之口，说人们这样做是枉然的，灶王爷不爱小便宜，也不会因为这些甜食而隐瞒真情，劝阻人们不要再迷信鬼神这些无稽之谈，而把心思放在勤俭持家、努力图强上才是正理。《尚文蠢公传》、《毛厨子纵谈臭肉》等联想丰富，在看似轻松随意的演绎中，总有善意而正确的道理在字里行间闪烁。

"卫生"类，面向大众普及卫生知识，措辞严谨认真，力求通俗易懂、平易近人。身为医生，丁竹园特别关注民众的健康问题，在《竹园白话报》上大力宣传各种大众卫生保健常识，帮助人们纠正不良卫生习惯，培养科学的生命观和生活态度，从点滴做起，既是利民利家的小事，也是关乎民众素质，增强国民体质的大事。《夏令卫生杂说》设身处地、细致入微地从居室、饮食两方面向民众宣传应如何在夏季注意避暑、防止生病。《卫生浅说》详细分类阐述卫生学中的饮食，诸如饮食所忌、煎炒、细嚼、饥饱、助胃消食法、食不语、保护牙齿等，还谈及吸烟、饮酒、咖啡、鸦片的害处及常见食物如肉类、蔬果类的药用价值及饮食禁忌等。《济世良方》为一专栏，专门登载治疗日常疾病的简单有效的方子，如霍乱等流行病的防治药方，方法简便，以方便百姓寻找。

"杂俎"类，所涉内容较繁杂，林林总总，归放在一起。或论说宗教，如《清真教中之美俗》称颂回族及信仰之美俗，阐述回族在崇信仰、讲平等、重孝道、明礼仪，以及婚丧嫁娶、清洁朴素、强壮体质等方面的优良风习。《论宗教》通俗易懂地阐述伊斯兰教的信仰、教育、卫生、婚丧礼俗，以及民族、宗教性格等。《阿拉伯》从不同角度阐述伊斯兰教，以及与之密切关联的回族社会政治、经济、文化特点，以益于非回族和伊斯兰社会的民众正确认识回族与伊斯兰教，减少误解，消除民族、宗教隔阂。或评说古人故事，如《费襄庄公之轶事》叙述评说各有韵味，说事言简意赅，颇有古风。或为警世格言，如《一得之愚》皆生活历练所得真谛，句句恳切，劝人劝世，教人进步。

刘孟扬（1877—1943），字伯年，天津人。著有杂文汇编《孟扬杂稿选刊》、《敝帚千金》。其散文忧国忧民，强国救国。《东方病夫》以先忧后乐的胸襟阐述中国国情，指陈积弊，呼吁全民觉醒。《人贵能自治说》在教学中有感于古语而发，联系国家现状，教导孩子先要自立，然后国家才能富强。《刮地皮》借洋人之口嘲弄、讽刺中国腐败官员，看到西方先进农耕机器后想引入国内，为的不是提高土地耕作效率，而是可以高效"刮地皮"，将中饱私囊官员丑陋嘴脸揭露得入木三分。

刘孟扬散文多内容修身立身，提倡教育，或谈气节，或谈精神，或推崇民族英雄。《立国之本在道德，做人之本在青年》由人为万物之灵说起，人比动物究竟高级在何处，"人生不满百，常怀千岁忧"，人懂得忧患，懂得思考，可为何有些人"贪如猪狗，凶如虎狼"，是因为从小没有受到正确的教育，进而从家庭教育弊端入手探讨教育的必要性和重要性，教诲青年重公益，守气节。《志存匡济》记述一位真士表先生的事迹，意在赞赏，希望能多些这样的有志有用之士。《说忍》、《信天翁》等阐述中国人的"忍"，认为许多人把忍字的含义理解错了，古人所讲的"忍"并非不分情况一律忍耐，国人曲解忍耐的含义，官员出去与他国谈判，受了欺负也不力争，不禁发出"如此的忍法，忍来忍去，将来把一个国家全要忍丢了！"反对一味忍让，主张有些事可忍，有些事则绝不可忍。进而从国民性方面剖析中国日渐衰微的原因，"生成一种懒惰优柔性情，凡事不肯上前追究，尽心尽力，要等自然机会，动不动说天说命"对国民软弱性格和等靠心理的揭示十分鲜明。

刘孟扬善于钻研，善于发现问题，视野开阔，知识丰富，其散文多宣扬普及科技知识。《创兴钟表时代》、《照像原始》、《织布机器原始》、《吸铁石指南针的原始》、《西洋枪炮及印字机器的原始》等文，通俗易懂地阐述科技知识，关注西方发达科技，认真钻研，发出"中国开化虽早，今反不如古"的感叹，体现了对中国近代科技衰败的深刻思考。《农家须知》针对农民播种时常常为小鸟啄食种子而苦恼的问题，介绍一种外国农民的经验："凡要撒菽、麦、萝卜各样种子，必加火油，把它弄湿了，然后用红色的铅粉撒在上面，用手擦匀，照寻常的法子撒种。"这样小鸟就不再来吃，对种子的生长也没有影响。《宇宙之大疑问》涉及天文地理、哲学宗教、物种起源等万事万物，于虫鱼草木之微探寻大千世界，质疑日月星辰、山川、各种动植物之本源。由天空联想到天堂、地狱，认为宗教虽可解释"世界万物何自而生",但天堂与地狱无人见,亦不可知,由此又联想到有神还是无神的哲学争辩,认为所谓人、神仙、鬼等"亦属杳冥恍惚之谈"。

民国回族散文还有马书城(1891—1970)《晦珠馆近稿》,包括"文稿"和"诗词稿","文稿"计31篇共万余字。或读经史而论,或就时事而发,虽以女性视角,却无内室琐议,具有较高思想境界。论史不求考据,以定论史实而发议论、抒己见;时议则眼界开阔,识见深刻高远;文风清新简洁,叙事论说层层深入。《生男无喜生女无怨说》阐述中国千百年来男尊女卑的社会根源在于"女子生而多之不教,遂成弃才",要改变这种状况,须"男女接受同等教育"。《中国历史上不乏女后听政,欧洲各国亦多女君,共和以来南方女士运动参政,试论其可否》阐述女子教育的重要性:"同为人类,男子则教之、诲之,启沃其智慧学识;女子则止之、遏之,惟恐其稍露锋芒。故女子之佼佼者,几寥若星辰。至于欧美,男女教育平等,凡男子能为之事,女子莫不能之。女子之禀赋何尝弱于男子?在于教不教而已"。《中国有一夫多妻制;西藏有一妻多夫制;欧美有一夫一妻制;回教之制,至必要时再娶,总不得过四妻。试论何制最宜于社会》阐述各种婚姻制度的利弊,重点阐述中国一夫多妻制的弊端,对比欧美之制,得出"四者之中各有利弊,惟一夫一妻弊少益多,通行于世界各国"的结论。《勾践事吴论》、《弭兵策》等阐述史事人性,以人性为准的史观清晰明了。

马惟廉(1876—1933)《晚晴室家书》,收作于1916至1933年的家书210封,按内容分敦品督学、处世立身和家规家教三类。发扬北齐颜之推《颜氏家训》的精神,亦受《曾文正公家书》的影响,记述个人历世经验和对社会事物的见解,以正统儒家思想提出治学修行标准和途径,辩证了一些存在于当时社会的风气之谬,其中游心物外、清高孤洁的思想倾向,显然受伊斯兰教影响。

刘曼卿(1906—1941)游记《康藏轺征》。1938年由上海商务印书馆印行,有孙科、蒋唯心、黄警顽序,自序和补序,并附有照片数十幅。包括"康藏轺征"62节和"康藏轺征续记"9节,每节均以序号和小标题标明,并附有成都至拉萨、西藏至印度、云南与康藏间路程表。记载作者在藏区的所见所闻,擅长记述民情风俗,尤其是对藏区回族和伊斯兰教的记述,也有对藏区美丽自然风光的描绘,如今享誉全球的香格里拉,最早出现于刘曼卿笔端。

丁宝臣《回教人心最齐》宣扬回族人民的优秀品质以及伊斯兰教义的真谛,从回教人的"心齐",说到抵制洋货、发展民族经济,从兴办工艺、教育,说到结团、振兴,引导民众正确认识回族人的精神信仰。《回回劝回回》影射揭露回族伊斯兰社会因循守旧、心地糊涂,时时误导"一方民人"的某些宗教职业人员。《分利生利说》、《劝回族人长新思想》、《尽人力就是知天命》、《回回诉委屈》等,从不同角度对阻碍振兴民族的意识加以规劝。

丁子瑜《北郊清真女子国民学校开幕演说》、《观摩会露布》、《伤心人语》、《普及教育之难》、《对于四郊贫儿学校感言》、《吊薛文澜文》、《昌明回教议》、《吊王君浩然》、《预祝清真周报出版》等文,或为振兴民族宗教事业出谋划策,或为发展教育进言献策,摒弃回族、伊斯兰教社会中的闭关自守主义,主张"设立劝教处所及教务研究会",使回回民族风习、精神以及健康的宗教真谛得以宣扬,力主阿文学习过程中的汉文学习,提倡"造就经汉人才"。

王孟扬(1905—1989)《回忆牛街"拉玛丹"之夜》、《回忆中的牛街东寺》、《牛街摔跤纪闻》、《北京的回民饮食业》、《回忆赵望云先生》、《记"内画壶"专家马少轩》、《我和"八段锦"》、《皇帝和保健杂谈》等,表现回族民俗文化、民族艺术、民族体育。《马仲英起事始末》、《新疆新新日报始末》、《新疆各教派现状》、《华北护教团始末》等,记述新疆民国时期历史风云变幻和作者早期的社会活动。《回教之基本精神》、《中国与回教》、《回教文化之特色》等,表现伊斯兰教文化。

第五节 壮族作家华山、万里云

华山(1920—1985),原名杨华宁,广西龙州县人。著名记者、报告文学家、散文家。先后就读于南宁邕宁县立初中(今南宁一中)、上海泉漳高中。1935年参加上海学生救亡活动,1938年入延安鲁迅艺术学院学习,毕业后历任华北敌后抗日根据地《新华日报》、《冀察热辽日报》和《东北日报》记者,随军转战于太行山、华北地区、东北平原,写下大量战地通讯、报告文学和散文。1949年后历任新华通讯总社记者、中国作家协会广东分会专业作家、《人民日报》编辑等。1949年秋,以新华社特派记者身份,采写工业题材通讯。抗美援朝期间,三次入朝采访,著有《歼灭性的打击》、《从安东到新义州》、《清川江畔》、《朝鲜战场日记》等,真实报道中国人民志愿军的战况及其保家卫国的光辉业绩。20世纪40年代开始发表作品,1954年加入中国作家协会。著有报告文学集《远航集》,新闻特写集《踏破辽河千里雪》、《英雄的十月》,长篇报告文学《战士嘱托的报告》等。以高昂的格调、激越的情感、雄浑的气魄,对时代精神、时代心理进行形象而高度的概括,生动而准确地反映时代风貌,奏出一曲曲时代的强音、英雄的赞歌。华山长期身处火热的现实生活,他的散文创作,将现实生活和真实人物紧密地结合在一起,人物充满激情与活力,充满旺盛的革命斗志。

华山20世纪40年代的通讯、报告文学以反映重大社会问题为主,基本上都写军事题材,表现火热的战争生活,气势磅礴,妙笔生花,产生了巨大反响。《英雄的十月》展现辽沈战役雄伟壮阔的场面,描绘人民解放军将沈阳敌军团团围困的气壮山河之势,在英

第五章　民国时期散文(1912—1949)

勇无敌的解放军面前,国民党军溃如山倒,乱作一团。为关门打狗,我军先打下锦州,切断沈阳之敌退路。关外敌人疯狂反扑,六个师轮番进攻锦州南面的塔山。塔山英雄团顽强阻击,打退敌人一次又一次的攻击,战斗异常惨烈:"地堡被轰塌了,转到壕沟里再打;壕沟被轰平了,跳进弹坑打;子弹打光了,用手榴弹打,手榴弹打完了,用石头打。"文章把敌我双方、指挥员和战斗员、部队和群众、战前和战后各方面进行特写式的描绘,将四个战斗场面表现得淋漓尽致,使人如身临其境。打下沈阳瓮中之敌,部队浩浩荡荡南下,"整整半个月,满载人马的进军列车疾飞南下,而车窗外面,原野上依然尘土飞扬,马达轰响,伪装着绿丛的炮车活像一行行飞跑着的林荫,从步兵纵队旁边掠过。"多么宏伟的气势,多么壮观的场面! 逼真传神,激情动荡,气势磅礴。"战士们在行进中遥望南方,忍不住敞开胸膛唱道:'走一山,又一山,眼看就到山海关!'"这些典型的小插曲,形象地描绘出战士们的革命乐观主义精神和急于入关歼敌的急切心情,与大场面相映成趣,相得益彰。作品场面阔大,层次分明,粗细相间,行文流畅。《窑洞阵地战》描写山西武乡地区民众用自己的聪明智慧巧妙地与日寇斗争的故事,人们在山脚挖上许多"保险窑",以对付日寇的扫荡,上可防敌机轰炸,下可用与敌周旋。敌人来犯,到处都有他们的坟墓,敌人败走,人们"不死照样过时光",洋溢着革命乐观主义精神,笔法朴实明快。《承德撤退》记述解放战争初期人民解放军一次局部战略转移,为后面反攻蓄积力量。《向白晋线挺进》、《太行山的英雄们》描写太行山八路军 129 师的抗日事迹,《碉堡线上》记述敌后武工队机智勇敢与日寇斗争的故事,《其塔木战斗的英雄们》、《踏破辽河千里雪》、《解放四平街》、《总崩溃》等描写解放军挺进东北、开辟战场并解放东北的全过程。这些作品记述了许多英雄集体和英雄个人可歌可泣的英勇事迹,以生动的文笔刻画为革命胜利而顽强战斗直至流血牺牲的英雄人物,表现他们崇高的精神和大无畏的英雄气概,塑造了一个又一个动人的形象。

华山20世纪40年代的散文,叙事具体,描写逼真。《踏破辽河千里雪》描写中国人民解放军在从长白山麓到松花江畔的千里平原上,将战线向南推进到东北南部辽河平原的雄伟壮观行军场面和战斗场景。时值1947年冬,千里冰封,万里雪飘,"辽河大雪为七八年来所未有,千里平原不露一块黄土,朔风刮起遍野积雪,把蹚开的大道埋没了"。但这丝毫不影响部队的进军,"滚滚雄师还是川流而过,用双脚踏出新的道路。鞋踏破了——光着脚走;脚板的血泡沾成一片,咬牙挺着;双脚肿得穿不上鞋,缠上绷带一样蹚雪行军。害眼的战士看不见路,便用绳子拴在腰里,让同志们牵着行军,宁肯在雪窝里跌来摔去,不愿离开队伍半步"。这样一支无坚不摧的铁流,焉有冰雪可以阻挡之理!作品选材典型,描写细腻逼真,场面雄伟,富于艺术感染力。华山写人,善于捕捉典型形象,尤其是关键时刻勇炸敌碉堡的爆破手,如《其塔木战斗的英雄们》中的任子厚、《英雄的十月》中的梁士英等,刻画得更是栩栩如生,在事件叙述、人物刻画和场面描写中,笔墨饱满,情感激烈,具有感人的力量。

万里云(1916—2011),原名韦庆煌,广西融水县人。1934年罗城师范学校毕业在家乡小学任教。1938年参加新四军,1939年入晋东南抗大一分校。历任宣传干事、科长、处长、第三野战军第十兵团宣传部副部长,前锋报社、战士报社、民兵报社、军政报社主编、社长,福建省《红与专》和《福建日报》副总编辑、文化厅长、文联主席。1947年开始发表作品。1979年加入中国作家协会。著有纪实文学集《滨海八年》、《河西走廊万里行》、《古代廉政肃贪谭》等。

万里云民国时期的创作,以通讯、报告文学为主,代表作品是

1945年出版的通讯、报告文学集《滨海八年》，反映山东滨海地区人民8年抗战的英勇事迹，所述大都为作者亲历的生活，真实、多样、富于战斗性。如《巨峰抗击战》生动地描绘日照县歼灭入侵日寇600多人的战斗过程；《诸城的解放》记述诸城军民合歼敌伪，给敌人予迎头痛击；《抗战八年中的滨海区的滨海八路军》全面记述滨海8年的艰苦抗战和辉煌战绩。此外，还有《共产党的俘虏》、《世界驰名的曾生将军和东江纵队》等。

第六节　沈从文与《湘行散记》、《湘西》

以小说创作闻名的苗族作家沈从文(1902—1988)，也写有不少散文，著有散文集《湘行散记》、《湘西》、《记胡也频》、《记丁玲》、《记丁玲》续集，散文评论合集《昆明冬景》等。其中，创作于20世纪30年代，反映湘西民众生活、人生、风物的姊妹篇《湘行散记》和《湘西》是其代表作。

《湘行散记》是1934年冬作者重返家乡湖南省凤凰县后所作，共12篇散文(原收11篇，其中《回生堂的今昔》在最初结集时原稿为编辑遗失而漏排，1983年《沈从文选集》出版时重新补入)。作者曾言及写作《湘行散记》的动因和目的，意在"把最近二十年来当地农民性格灵魂被时代大力压扁扭曲失去了原有素朴所表现的式样，加以解剖和描绘"[①]。作者离开家乡20多年，湘西的事事物物都发生了变化，社会的进步所掩盖的是堕落的趋势，农村社会所保有的那点正直朴素的人情美几乎快要消失殆尽，而代之以一种唯实唯利的人生观。

《湘行散记》以叙事、写人、记闻的形式，反映湘西沅水流域和

[①] 沈从文：《散文选译·序》，《沈从文文集》第11卷，生活·读书·新知三联书店香港分店1984年版。

辰河一带的人事和社会历史变迁，表现湘西民众的悲欢与情操，展示他们的精神心态。作品以大量篇幅叙写"沅水流域各个水码头及一只小船上纤夫水手等等琐细平凡人事得失哀乐"①，以及与水手密切相关的吊脚楼妓女们的悲惨命运，他们社会地位低下，经济收入微薄。《辰河小船上的水手》叙述水手们的悲苦生活情状：船主雇佣水手，掌舵的8分钱一天，拦头的3分钱一天，小伙计一天只有1分2厘钱，而生活和生命却毫无保障，随时有被激流吞没或生病死亡的危险。作者便亲眼看见一个水手葬身于激流，而按照先前与雇主所订契约，"生死家长不能过问"，雇方只为死者"烧几百钱，手续便清楚了"。即便是那些能闯过激流险滩幸存下来的水手，等待他们的同样是悲剧，"能在用气力时，这些人就毫不吝惜气力打发每个日子。人老了或六月发痧下痢，躺在空船里或太阳下死掉了，一生也算完事了。这条河中至少有十万个这样过日子的人。"同水手命运相似的是沿河码头吊脚楼的妓女，她们被迫出卖肉体，甚至生病或病重都得支撑着陪客，而有时一整夜只得到1块8毛钱。《桃源与沅州》、《一个水手和一个多情妇人》、《鸭窠围之夜》等篇，记叙妓女们的辛酸和血泪交织的生活，她们的结局极其悲惨，"直到病倒了，毫无希望可言了，就叫毛伙用门板抬到那类住在空船上孤身过日子的老妇人身边去，尽她咽最后一口气。死去时，亲人呼天喊地哭一阵，罄所有请和尚安魂念经。再托人赊购副四合头棺木，或借'大加一'买副薄薄板片，土里一埋就完事了。"（《桃源与沅州》）作者之所以选择水手和妓女的生活加以集中描写，无疑源于沅水流域及各个水码头的生活特点，而这些特点能够典型地反映湘西民众普遍的人生境况和生活命运，因为沅水上揽船的水手许多是破产的农民，那些卖淫的妇女又多是乡下农

---

① 《沈从文文集》第11卷。

民的妻女。

《湘行散记》记叙造成湘西贫困破产、黑暗堕落的各种重大社会事变,描写压迫摧残劳动人民的各类政治势力和人物,真实地暴露出20世纪30年代湘西社会问题和矛盾,反映民众的苦难、不满和反抗。《桃源与沅州》对国民党政府就鸦片明禁暗纵内幕和血腥屠杀革命人民的罪行进行揭露。《腾回生堂今昔》记述鸦片给松林一家带来的灾难。《一个爱惜鼻子的朋友》讽刺一个从投机革命到堕落为反动派百货捐局长的政治投机分子。《箱子岩》抨击一个"用什长名义受同乡恭维,又用伤兵名义作点特别生意",靠贩卖鸦片在社会上吃喝玩乐的跛脚什长。这些作品表现湘西重大社会问题,通过这些事变和人物,揭示"这个民族,在这一堆堆长长的日子里,为内战,毒物,饥馑,水灾,如何向堕落与灭亡大路走去。一切人生活习惯,又如何在巨大压力下失去了它原来的纯朴型范,形成一种难于设想的模式"(《辰河小船上的水手》)。而与作者湘西题材小说相类似,《湘行散记》诸作非常注意突出湘西民众所具有的人性美和人情美,对蒙受苦难和艰辛的家乡民众,作品总爱描述他们那与山青水美的湘西相协调的美好品性,如水手们的诚实、勤快、豪爽、勇敢、义气,妓女们的善良、多情等。

《湘西》是1938年沈从文再次重返家乡湘西数月的产物,目的在于给抗战初期大量涌入湘西的外地人提供一点认识湘西的资料,"借以辟谬理惑",达到加强团结、安定后方、利于抗战的目的。所以,作品"比较有系统地把一条延长将达千里的沅水流域和五个支流地方的'人事''生产'作个概括性介绍,并用沅陵和凤凰作为重点,人事上的好处与坏处,都叙述得比较详尽些"[①]。《湘西》

---

① 沈从文:《散文选译·序》,《沈从文文集》第11卷。

共9篇散文,一反《湘行散记》以记人为主的特点,以写景、状物、抒情为主,详细地记述湘西地方的历史沿革、地理环境、物产资源、民俗风情、人事现状等,不啻一幅湘西独特的风俗风景画。

《湘西》以大量篇幅记叙湘西沅水流域永顺、凤凰、溆浦、常德、保靖、沅陵、龙山、辰溪、芷江、黔阳等十几个县的历史沿革、风土人情、人事哀乐。沅水码头古老的吊脚楼,保靖神秘幽深的洞穴,四面环山的泸溪石头城,五色斑斓的箱子岩石壁,沅陵云烟莫测的山峦,洪江柚子,芷江玉腰米,沅州的美兰香草,辰溪的煤,浦市的鞭炮,以及"赶尸"、"放蛊"、"祭傩"等奇异风俗。以优美的文笔娓娓叙来,无不充满诱人的色彩,且写景状物不忘人事,以浓浓的乡情,写出民众的勤劳、朴实、正直、勇敢,亦谴责地方的黑暗政治,而对人们的保守和自负自弃、缺乏进取热情,哀其不幸,怒其不争。作者希望自己的家乡不要暮气沉沉,题记写道:"民族兴衰,事在人为。我这本小书所写到的各方面现象,和各种问题,虽极琐细平凡,在一个有心人看来,说不定还有一点意义。"虽然"战争一起,我们南北较好的海口和几条重要铁路线都陆续失去",但相信敌人不能永远占领中国,我们总会有"谈建国复兴"的时候,关键是"自尊心的培养","有勇气和决心改善"自己的弱点。

《湘西》在秀丽如画的山川、丰盛富饶的物产背景下,叙述湘西社会的重大事变、人事哀乐和独特的风俗文化,抒发作者的爱憎感情和对民生疾苦关注。《沅水上游几个县分》描述官、兵、匪横行造成的灾难景象:官府强行抓兵,逼得青年男子上山为匪,使沅陵成了女儿国;土匪团长贪夜下山,强抢民女做压寨夫人;由团绅升为军长的军阀,杀人抢劫,聚敛钱财,娶妻纳妾,荒淫无耻。剖析阻碍湘西社会进步发展的因素,表现对湘西民众生活命运的关注。《辰溪的煤》描写矿工向大成长年下井挖煤,一天工作12小时,工资却只有1毛8分,还得让妻子为人缝补维持生活,大女儿被驻军

第五章　民国时期散文(1912—1949)

诱奸,沦为妓女,因不甘受辱吞食鸦片自尽,向大成又在煤井里被砸死,留下孤儿寡母,凄凉度日。向大成一家的遭遇,正是沿河两岸民众的共同命运,辰溪的矿工"永远用血和泪在同样情形中打发日子,地狱俨然就是为他们而设的"。《沅陵的人》赞颂湘西人民修筑高山公路时表现出的伟大创造力。

《湘西》对湘西少数民族尤其是苗族独特文化和民族问题加以真实描绘和深入探索。《凤凰》记叙放蛊、行巫、落洞少女三种怪异的现象,并深入揭示其产生的社会历史根源。无论是蛊婆借放蛊以致人死命,发泄报复情绪,或是巫婆借神附体"装神弄鬼",或是落洞少女自以为被洞神所爱,"在人神恋自我恋情形中消耗其生命,终于衰弱死去",都没有简单地归结为有意作伪和迷信,而是将其视作精神极度压抑下的变态表现。封建专制观念和湘西地方军阀的特殊统治,民众生存权利被剥夺和美好人性被压抑,是造成人们性格灵魂扭曲的根本原因。《苗民问题》探讨湘西民族问题的历史与现状,认为所谓"苗民问题"乃是历代统治者对苗族民众压迫、征服、屠杀的反动民族政策的产物,湘西的"匪",不过是湘西民众在官府欺压下的铤而走险。因此,"在报复情绪下就是对公务员特别不客气,凡搜刮过多的外来人,一落到他们手里时,必然是将所有的得到,再来取那个'命'"。而对一般的外地人,他们不仅不抢劫,还给以"应有的照顾和帮助"。所以,"以湘西为匪区,作匪又以为苗族人最多,最残忍,这即或不是一种有意诬蔑,也是一种误解"。沈从文以一个苗族作家的鲜明民族倾向,对被歪曲的湘西历史和统治者强加于苗族民众的诬蔑,进行了有力地驳斥和洗雪。指出只要各民族能"一律平等……去歧视,去成见,去因习惯而发生的一切苛扰","苗民问题"就可得到解决,而且能为国家做出自己的贡献。

《湘行散记》和《湘西》集中体现了沈从文散文的艺术成就和

独特风格。首先,充满湘西特有的乡土气息,蛮荒而优美的自然景色、错综复杂的社会场景、神秘而荒诞的人生悲剧,组成一幅幅独特的湘西风景图和风俗画。如沅陵的"辰州符"与赶尸的传说、黑夜土匪下山抢压寨夫人、柳林岔年轻寡妇爱恋和尚的故事(《沅陵的人》),长河上水手同吊脚楼妓女匆匆聚会与分别的场景、一个年轻姑娘被一个老兵占有的人生悲剧(《一个多情水手与一个多情妇人》),凤凰放蛊的蛊婆、装神弄鬼的巫婆及落洞少女的怪异行为(《凤凰》)。无不涂染着独特而浓郁的地方和民族色彩,只有这样的自然环境和社会背景,才能生发这样的人生故事和人物悲剧。

其次,将历史回忆、远古遗迹、民间传说穿插于山川景物的描绘和人生现实的叙述中,具有历史、文化的纵深感。沅水中流的伏波宫、箱子岩崖上的悬棺、白河岸畔的立约铜柱、凤凰城外的古堡,清朝统治者最后一次对苗民的屠杀,以及赶尸等民间传说,都被作为现实人生的参照,使作品融汇古今丰厚的历史内含,具有强烈的感染力。

再次,采用一种连轴式散文创作艺术,在中国现代散文史上独树一帜。《湘行散记》和《湘西》由 21 篇作品组成,所表现的内容集中,主要是活动于延长千里的沅水及各支流沿线城镇、码头、乡村的各色人物及他们的喜怒哀乐与命运。各篇之间相互紧密联结,构成一个完整的整体,以"地理、民俗、传说、史实、风景、人事,绞结成一帧五光十色的湘西连轴画卷"①。

第四,高超的语言艺术与成就。《湘行散记》和《湘西》沿秀美的沅水、辰河,将沿途之地理、民俗、传说、史实、风景、人事交织一起,构成一帧以人物画和风俗画为主、五光十色的湘西生活画卷。

---

① 凌宇:《从边城走向世界》,生活·读书·新知三联书店 1985 年版。

作品在描绘这一画卷时,采用一种极纯粹、独特的"沈从文式"文字,且融古代文言、现代口语、湘西土语于一炉,"脱去矜持、浮夸、生硬、做作"①的清新自然的语言风格,又由于语言中浸透着作者的人格情感,自然中流溢着一种感人的诗情。

沈从文20世纪30、40年代散文,还有一些记述其人生体验,如《沉默》、《时间》、《水云》、《怯步者笔记》等,富于人生哲理,文笔委婉含蓄。《小草与浮萍》、《流光》、《遥夜》等,写"人生梦幻",披露作者幽深的情愫,文字炉火纯青,如诗般隽永。《昆明冬景》借北平中人们的对话,道出"我去打仗,保卫武汉三镇"的抗战意识,表明作家关注时局和国家民族的命运。《五月卅下十点北平宿舍》是新中国成立前夕在"精神失常"状态下写的一篇手记式散文,表现出"别旧"与"惧新"的剧烈心理冲突,焦灼、苦闷、惶惑,将一个历经文坛坎坷,善良、清醒、孤独而忧惧的灵魂,展现于读者眼前。

第七节 马子华与《滇南散记》

马子华(1912—1996),白族,原名锺汉,子华既是其字,亦是笔名,笔名还有秋星、丘明。祖籍云南洱源县,出生于昆明。1924年入云南省立第一中学,开始接触新文学刊物和中外文学名著,受到"五四"新文化运动和新思潮的冲击,对文艺产生兴趣,并开始学习创作。1931年,入上海光华大学中国语文学系,与同学组织轨迹文艺社,创办刊物《轨迹》,并加入左翼作家联盟,从事革命文艺活动,期间在上海各报刊发表文艺作品。1932年出版中篇小说集《颠沛》,后陆续出版短篇小说集《路线》、《笔伐集》,新诗集

---

① 沈从文:《从文自传·附记》,人民文学出版社1981年版。

《坍塌的古城》，叙事长诗《骊山之夜》等。1937年毕业于上海光华大学。抗战时期，加入中华全国文艺界抗敌协会云南分会，先后在昆明的中学、五华文理学院任教。1944年，以云南当局政务特派员的身份，沿滇南进入西双版纳地区进行考查，著有小说散文集《滇南散记》，后陆续出版短篇小说集《飞鹰旗》、《丛莽中》等。1949年，参加云南起义。新中国建立后，历任北京国务院机关事务管理局秘书、北京政法学院讲师、云南省文史研究馆馆员、云南大学中文系教授。1956年加入中国作家协会。著有长篇传记文学《卢汉后半生》、《一个幕僚眼中的云南王——龙云》，散文集《文坛忆旧录》、《雨林游踪》等。

马子华以小说、诗歌创作著称，也写散文。其小说散文集《滇南散记》弥补了民国时期缺乏较全面地反映西南地区少数民族生活的散文作品的缺憾，在现代少数民族散文史上占有特殊的地位。

《滇南散记》收纪实散文20篇，广泛真实地反映了民国时期滇南少数民族多方面的生活，大部分篇幅是作者边地生活亲历的真实记述，其中又以较多篇幅叙写彝、傣、拉祜、佤等民族在野蛮的土司制度统治下，在国民党官员、军队的压迫剥削下，过着贫困、屈辱的生活，表现他们在艰难困苦中的挣扎与反抗。如《西瓜皮》、《厂哥》、《里目》、《血手》、《葫芦笙舞》、《糯扎渡口》、《三道红》、《花堆酒》、《葫芦王地的火焰》、《一朵罂粟花》、《黄昏》、《鬻歌者》等。作者在初版前记中说，这些作品的产生，是凭借和利用了一个偶然的机会，"时间是在抗战结束前一年的冬天，整整以八个月的跋涉来体尝到那种'狄草蛮花'的风土和血腥的味道。就中，并不是蕴含着什么'趣味'，而却是陈列着若干的问题，它要联系着整个中国的政治制度来看方才能得到正确的解答"。显然，作者是怀着真诚的改变边地落后贫困的愿望来表现滇南边地生活的，他对那儿的各族人民抱着深深的同情，"当这本册子出世时，我还在悬念着那些在'蛮烟瘴雨'之区挣扎着、生活着的边民,他们在没有得到'人助'之前,还在要求着神助啊!"

《葫芦笙舞》描写作者"所见到的一个喜庆的日子——新年,正月初一日",土司宣慰司家过年的"热闹"场面,拉祜族民众被强迫磕头、送礼、服役,青年男女们被驱赶着吹葫芦笙和跳三跺脚舞。然而这对土司家是欢乐的庆典,对百姓则分明是摧残奴隶的劳役和苦刑,简直就是戴着镣铐的奴隶的舞蹈,没有时间限定,没完没了,哪怕"吹得脸红筋胀,吹得上气不接下气,背上是汗,颈上是汗",哪管肉做的双脚又痛又酸,甚至疲倦得无一丝力,甚或"脱离圈子去小便,或是借着肚子疼而退出来休息一会",都不允许!这歌,这舞,乃是统治者对人民的最野蛮的劳役。作品插叙了一件更加悲惨得令人发指的事:一个穷极的拉祜族青年,因为想偷土司一把银鞘刀子和一件衣服,便被土司下令生生砍去了右手,激起寨人的极大愤慨,趁着黑夜群集而起,杀光土司及其一切客人,被奴役和欺压的人们不会总是屈服的。但反抗终究被统治者镇压,拉祜族子孙仍然奴隶般地为土司朝贡、跳舞!这个60多年前发生的事件,正是潜植于人民心中的火种,时时都可以爆发成燃向统治者的烈火!"这些细小的种子快点生长吧,快点成熟吧,它是火,它是力量啊!"

《一朵罂粟花》描述20世纪40年代滇南边地一种特殊的社会现象,即鸦片生产在农民生活中的重要地位。在边地特定条件下,罂粟竟成为农民赖以为生的主要作物,百姓靠种植罂粟为生,当士兵要铲除罂粟时,男女老幼竟痛哭流涕,不让士兵夺走他们的衣食之需,无奈于"铲烟"与所造成的农民灾难的矛盾,对边地民众的灾难表现出深切的同情。通过这一畸形社会现象的描写,深刻揭示旧社会制度的黑暗和当局反动统治的腐朽,揭示造成这一畸形现象的深层社会根源:"我们不能怪责那些忠厚的人民,只怪他们的统治者,因为他们每一个月必得要摊派门户费达现金二十余元之多,若果他们'靠天吃饭'耕种旱谷,也许到了秋收的时候,谷穗是扁的,没有结实,即或可以生产出一点儿谷子,也只够三四个月的衣食,那儿还能够缴纳土司和县政府各所科派出来的门户费?"

《糯扎渡口》通过渡口老船工的诉说,反映土司和反动当局盘剥、压迫少数民族人民的种种恶行,描写拉祜族百姓的贫困生活和悲惨遭遇。居住在澜沧江畔村寨里的拉祜族农民,一年辛苦劳作所得,只够维持半年的生计,还要拿一大半去上粮、缴门户钱,只好靠上山挖野生植物充饥。而过江来的官军和官员的骚扰盘剥更使其处于水深火热之中,"要马夫也是问这几个村寨,要住夜也是到这几个村寨,要吃也是到这几个村寨。我们没有,他们便打,吊着打,打得半死,把各村寨的谷米都抢光,人还要去当伕子。"他们受不了这残酷的压榨,终于一村一寨地逃亡,致使江边村寨几乎全跑光。这情景激起作者心头"无可言状的仇恨",满怀愤怒地发问:"这真是中国的边疆吗?它的纯朴洁净让什么人奸污了呢?"

《岩帅王子》借着出土的种子抒发对佤族人民的祝福,怀着深切的同情和敬意,描写各族人民的苦难和美好的心灵,同时,也以相当开明的观念和肯定的笔调,赞颂他们正义的反抗。《葫芦王地的火焰》集中表现1945年春阿佤山佤族人民对肆意压榨掠夺的国民党军队的一次反抗斗争,将窃取抗战成果、不择手段敲诈搜刮人民财产的所谓游击司令部官军全部消灭殆尽,正如一个目睹了葫芦王地烧天火焰的边民所说:"先生,那些阿佤是不好欺侮的!"《血手》描写傣族土司少爷得了手脚出汗的"怪病",竟用人血浸泡治疗。《三道红》叙写一群彝族姑娘被当成"高脚骡子"背负沉重的货物,还被老板们随意凌辱。

《滇南散记》具有浓郁的地方和民族色彩。每一篇作品都是一幅真实独立的边地生活画卷,同时又共同组成一幅互相连接的滇南少数民族人民命运的连轴长卷。在艺术表现上，不拘一格，融散文、游记、小说、见闻录、笔记等手法于一炉，有描写、有记叙、有抒情、有议论、有情节、有人物，丰富多彩，变化多端。几乎在每一篇作品中，均精心选择一个典型的事件或人物，加以细致描写和刻画，穿插于整个事件的叙述中，营造深刻突出的效果，集中彰显作品的主题。

《滇南散记》对云南边疆少数民族人物及生活场景的描写，真实、具体、生动。尽管某些篇章对社会现实和民族文化的揭示尚欠深入，但在表现"苦难"和表示"祝福"的基调下，滇南地区的民族风情习俗在作者笔下显得相当的深刻和厚重。作品精心选择典型事件和人物，进行细致的描写刻画，有力地突出了主题。表现手法也极为多样，叙述、描写、议论、抒情并用，文章活泼而富于变化。

马子华的散文不仅在少数民族现代散文史上而且在中国现代散文史上，都有着独特的价值和特殊的地位，它弥补了民国时期缺乏较全面地反映边境生活的文艺作品的缺憾，真实地反映了云南边地各民族独特的生活和矛盾。这里有：澜沧江畔撑渡船的拉祜族老人，宣慰司门前奴隶般被役使的拉祜族青年男女，猛朗坝被害的傣族老汉和少女，岩帅山寨的佤族王子和阿佤民众，靠鬻歌为生的傣族民间艺人。他们独特的生活际遇和人生命运，他们的屈辱、挣扎和抗争，都有生动而艺术的表现。作品通过真实的描写，揭露国民党统治当局和地方军队的反动统治与民族压迫造成的少数民族人民的苦难。

第八节　赵银棠与《玉龙旧话》

赵银棠（1904—1993），纳西族，原名赵玉生，出生于云南丽江一个知识分子家庭。6岁入女子初等学堂，10岁入县立高等小学堂，1920年毕业于丽江女子研习班，随省立师范学校毕业的四叔到石鼓乡任教，翌年转至丽江女校任教。1929年考入东陆大学（云南大学前身）专攻文史，成为纳西族第一代女大学生，接触到国内新文艺书刊和外国翻译作品，对文学产生浓厚兴趣，期间曾任教员和小职员。1936年一度回丽江任中小学教员。1938年加入"雪社"，为该社唯一女会员。历任丽江中学教员、丽江妇女会理事长。1942年，赴重庆寻找机会投奔革命圣地延安，结识郭沫若及其夫人于立群，并通过他们见到董必武、邓颖超。郭沫若鼓励她："你可以用你们那里的玉龙山、金沙江作背景，反映本地群众的生活，边写、边学、边提高。"①后因交通不便去延安未果返回丽江，遵照郭沫若的教导，深入边远地区，特别是纳西族地区，考察社会民情，搜集整理民间歌谣、神话、故事等，创作游记、散文，1947年结集成诗歌散文集《玉龙旧话》，并于1949年得友人资助自费出版。1949年后，任教于鹤庆中学，教学之余，深入民间搜集民族民间文学，先后整理发表纳西族民间长诗《鲁般鲁饶》、神话故事《黑白战争的故事》等。1957年遭不公正待遇，被迫辍笔达20余年。1976年后重新执笔，著有《玉龙旧话新编》，1984年出版。

赵银棠民国时期的散文收于《玉龙旧话》集。《玉龙旧话》内容繁杂而丰富，有记述山川古迹、风物人情的游记和散文，有旧体诗词，有纳西族历史文化介绍与研究论文，有搜集整理的民族民间文学作品如神话《创世纪》、长诗《鲁般鲁饶》等，其中的游记和散文，多为作者游历各地触景生情而作，展现丽江纳西族社会风貌。彭荆风在《玉龙旧话新编》序中，对赵银棠及其创作给予高度评价："《玉龙旧话》虽写于1948年，但实际是构思取材1942年。在那样一个民不聊生的动乱年月，一个文弱女子能冲破世俗的羁绊，

---

① 赵银棠：《亲切的墨迹，难忘的教诲》，《玉龙旧话新编》，云南人民出版社1984年版。

勇敢地与赶马人做伴,餐风宿露行走于边地,博采风情,考察文化,这是何等可敬的行为!可以设想,如果没有这样一位辛勤的耕耘者,我们对纳西族的古文化和风情虽然也可东鳞西爪略知一二,总不似读《玉龙旧话》这么印象鲜明、完整吧!""我认为,无论研究纳西族的古文化,或者对近代丽江地区文学艺术的了解来看,这都是值得细读的一本好书。而且,这又是纳西族的第一位女作家为民族文化发扬光大而艰苦奋斗的一块里程碑,这意义又更为深远。"①

《玉龙旧话》中的写景散文相当富有特色,《丽江名胜及边关》是一组如诗如画的写景散文,以生动优美的文笔,描绘丽江旖旎的自然风光、名胜古迹,展现一幅幅富于地方和民族特色的山光水色。《山行》描绘玉龙雪山"一列由西北蜿蜒向南的十多个山峰,峰峰积雪皑皑,活像一条银鳞舞动的巨龙,龙头就是昂然高举在丽江城北的雪山最高峰"。《刺是海》描写刺是海湖景,宛如一幅水乡水彩画:"在那风高气爽的深秋季节,驾着一叶小舟,飘悠到'落霞与孤鹜齐飞,秋水共长天一色'的世界,像鸥雁、凫鹭、鹅、鸭、鸳鸯等水禽,什么都有。飞的飞,叫的叫,各畅天机地逍遥着。临湖边的村舍,大半依山而居。最值得欣赏的,是围绕着远近各村的树林,映照在水底的白云青山和湖上的清风明月,无一处不给人们超越自如的情趣。"《玉水龙潭》描写滇西北高原的玉水龙潭风光,"处处有水源,水味特别鲜美,水又明洁如玉,大约就是命名为'玉'的意思了。玉水龙潭泻出后,滚滚向东流,供给合邑饮料,装点合邑风景,灌溉合邑田亩"。《泸沽湖》对泸沽湖水更是情有独钟,"当从山上远望湖水时,水是靛青的,坐在船里看水,水和天蔚蓝相映,水色比天空还要蔚蓝。船越划进深水,湖水越变翠绿,绿

---

① 赵银棠:《玉龙旧话新编》。

如翡翠,绿得玲珑透明,绿得盈盈流动,特别是两船齐进或一前一后之时,从这船看望那船,好像绿水把船底船身都染浸成绿色了。"玉水龙潭之水"清",泸沽湖之水"绿",而对"绿"之渲染,几个"绿得"简直使水之"绿"到了极致。这些妙趣横生的景色和浓郁的民族风情描绘,充盈着馥郁而独特的诗意,体现出细腻而多姿的艺术风格和对家乡如醉如痴的深厚感情。在描绘优美景致之余,还常融入作者的情感心绪,形成情景交融的美妙境界。

与写景散文主要描绘家乡山水景物之美,注重表现民族风俗,表达对故乡的热爱之情不同,赵银棠的记游散文,在描绘自然风景之美的同时,并未忘怀人民的苦难命运,表现社会的动乱和对人民生活命运的关注与同情。《永宁之行》描写玉龙雪山、泸沽湖等优美秀丽的山水景物,记叙马帮夜晚露宿野地、吕喜(摩梭)人温泉洗浴疗病和热情待客的朴素民情,表现对边地河山和少数民族同胞的颂扬之情。但也同时反映动荡的社会现实和人民的苦难,记述边疆民众的悲惨生活,如《意外的风波》描述阿侯岛上的"海堡"是土司的别墅,土司总管在仆人侍候下过着骄奢淫逸的生活,仅仅为搜查客人被窃的"金佛",便砍掉了天天给客人捧茶送饭的奴隶的脚杆,而这奴隶还有年迈的老母和幼小的孩童需要他养活。地主官绅的压迫剥削,土匪盗贼的抢劫掠夺,使民众处于社会混乱、饥寒交迫之中,小谢的被劫和死亡集中反映了人民生命财产毫无保障的悲惨境况:"小谢是一个青年伙子,没有小孩,只因他在皮匠村做点茶、盐、土布等小生意,被引起匪众注意。""纳西族这位年青善良的小谢就这样遭了殃,也终于因太受惊骇以至病死了"。

民族民间故事的引用记叙,地方民族风俗习惯的穿插描绘,使赵银棠的散文具有独特的民族情韵。蒋公与恋人私奔无法渡江而决心修桥的故事(《金龙大铁桥》),少女"阿韶命"反抗侯爷逼婚拒嫁的故事(《红石岩一带》),震青山三月朝山会的香客朝佛和青年男女对歌的场景(《震青山》),玉水龙潭龙神会的风光(《玉水龙潭》),既能给人以风景美的愉悦,又能给人一种民族文化的熏陶。

第九节 舒守恂、苗延秀等侗族散文

　　侗族民国时期散文创作,涌现出舒守恂、王天培、潘万霖、苗延秀等作者,作品主要反映侗族地区和侗族人民生活,反映民主革命和无产阶级革命斗争生活,或揭露社会的黑暗,或抒发忧国忧民的情怀,或缅怀将士的英灵,或讴歌革命的前景。作者既有植根于侗族社会土壤中的文人、学士或教育工作者,又有在民主革命潮流中奔波,探求真理,乃至为此而捐躯的侗族知识分子。

　　舒守恂(1896—1950),号幼恂,湖南省新晃县人。著有《东山集》[①],民国时期唯一正式出版发行的侗族作家文学专集,也是舒守恂唯一存世的作品集。系作者在从事教育和新闻工作之余偶作的杂论,有杂文、诗、评论、地方掌故、传记、趣闻、小品等,按体裁分为"东山杂文"、"东山杂诗"、"东山诗话"、"东山零话"、"随便谈谈"五部分。其中"东山杂文"和"随便谈谈"属散文,短小精悍,语言生动泼辣,富于时代感。

　　"东山杂文"有短文59篇,系作者担任《民报》主编时为该报而作,大部分在《民报》发表过。这些文章是根据当时《民报》的宗旨,要求竭力为党国的事业服务,做国民党党政和民众的喉舌,所以多数是应当时政治的需要写的一些迎合执政当局口味的东西,如替执政当局重申政令并阐明其要旨,代执政当局向民众发出号召,替执政当局作解释,歌颂执政当局等。这种受政治左右的文章

---

① 1945年由中国晨报社出版。

是不可能真实地反映客观现实生活的,甚至于有的为达到为政治服务的目的,还极力为执政当局开脱,把一些本来与执政当局有关的弊政真相掩盖过去。但作者毕竟是一个有血有肉有正义感的中国人,有的文章也表现出强烈的爱国主义思想,反映客观现实和表现人民要求和愿望。如《对于晃县民政报刊之期望》《粮食统制问题》《一个建议——关于路灯的问题》《茶油搀杂问题》《窃案感言》《渡船贪载问题》《警刀所向》《关于整顿市容的几句话》《一点感想》《小小管见》《谈本市公共卫生》等,或反映官场上重粉饰而不重实际的陋习,或反映当时的社会治安问题,或反映交通问题,或反映市容问题,或反映市场管理问题等等。虽然其主观意愿是为当时的政治服务,目的主要是扶助和督促执政当局,维护其统治地位,但在以事实说服执政当局时,亦触及当时社会现实的一些阴暗面。《对于孔县长莅任之数点希望》痛心疾首地希望新到任的孔县长替晃县人民着想,努力改变一下晃县的黑暗状况,"身为县长者,有解除民众痛苦之责任,而绝对站在保护民众立场者也"。对新任县长提出数点希望:一肃清散匪,二严惩贪污,三勤求民隐,四扶植正义。尽管如此苦口婆心地向执政当局提出建议,然而执政当局并不采纳,甚至有的人还不顾事实真相故意粉饰现实,这使作者极为愤慨。《读扬君中心学校毕业会者感言以后》《晃县民众精神动员了没有》《晃县新生了没有》等,通过对企图粉饰现实的有关谬论的驳斥,批评执政当局。

"随便谈谈"一共29篇,内容相当广泛,几乎涉及社会各方面;形式比较自由,时而议论,时而叙述,集情感哲理于一炉。"随便谈谈"因为"随便",相对"东山杂文"少一点政治束缚,借"随便谈谈"自由漫谈,较真实地反映了社会现实和作者的思想。《记名枪决》叙写国民党某执政当局因受贿而把"枪决"两字改为"记名枪决",让一个理应枪决的罪犯逍遥法外,从而揭露国民党执政当

第五章 民国时期散文(1912—1949)

局姑息养奸、包庇罪犯的不法行为。《罗局长》通过一个姓罗的局长离职后专在社会上干骗人的勾当,暴露国民党统治时期地方官吏的丑恶行径。《仰止堂》描写国民党统治集团内部凡事层层推卸责任,到最后大家都撒手了事,表现国民党统治时期的政治腐败。《杨木匠》通过作者与杨木匠关于求菩萨护佑的各执一词的争议,反映封建迷信思想在群众中有着极深的影响,劳动人民受封建迷信思想毒害很深。《谭畏公》通过人们有病不去求医而去求神的描述,反映人们对封建迷信思想的执迷不悟。《李县长》叙写民众深受迷信思想影响,求神拜佛,不惜大搞铺张浪费,消耗国家大量的人力、物力和财力,严重影响抗战事业。《仇瞎子》指陈因群众受封建迷信思想影响深重,为借巫行骗的人大开方便之门,使他们大张旗鼓地在社会上干着骗人的勾当。《星海法师》鉴于封建迷信思想对社会的危害,要求从精神上彻底根除迷信思想,号召民众树立起科学观。《一个笑话》阐述人与人之间的关系问题,极力推崇人与人之间的平等关系,主张不管穷富如何悬殊,贵贱差别如何大,但在相互对待上,要人人平等,相互尊重,列举西方主仆人共餐之例,透露出对资产阶级民主的向往。《三K运动》阐述妇女问题,主张男女平等,抨击歧视女性和认为女性是低能儿的观念,认为能否担负起社会重任,不在于是男是女,而在于有无自信心。列举众多古代名女性,以证女性并非低能,而是由于社会的压迫才不能显示其才华,要求解放妇女,号召女性自强自立,不做男人附庸。《毛骨悚然》针对教师误人子弟而言,劝诫教师,在知识上一定要过得硬,不要不懂装懂,误人子弟,教师误人子弟比庸医杀人罪孽更重。《认错了人》借一个患近视眼的人与一个装扮男性化的女青年发生的误会冲突,抨击当时有的青年人在穿着和装饰上极力模仿西洋人的样子,极力追求西方生活方式的社会风气。《精神生活》阐述如何对待物质生活和精神生活的问题,主张在抗战期间，不应该过分追求物质享受，而应该提倡注重精神生活，列举众多古代名人的生活，教育那些极力追求物质享受的人们，表现处处为抗战着想的爱国精神。《处世哲学》叙写为抗日大局，极力效仿苏东坡，回避现实，不问政治，透露出对执政当局的不满和消极情绪。《区区之意》既想回避现实，又不甘心过一种碌碌无为的生活，羡慕那些在政治上飞黄腾达、名利具有的人，如罗壶公之流，内心充满矛盾，正是当时社会矛盾的反映。

苗延秀（1918—1997），原名伍延寿，又名伍延秀，广西龙胜县人。以诗名世，亦有散文存世。散文作品主要有《搬家》《海滨的夜明珠》《沈阳，一个侗族儿子思念你》，报告文学《南征北战的英雄》《南下归来》，通讯集《伟大的祖国，可爱的大瑶山》等。其中，以歌颂革命英雄主义的《南征北战的英雄》《南下归来》较有代表性。解放战争时期，时任《东北日报》副刊编辑的作者先后访问了在哈尔滨疗养的战斗英雄、荣誉军人司汉民和他的战友白水田，深为司汉民的英雄事迹和白水田叙述的一位英雄的经历所感动，怀着崇敬而激动的心情，写下了这两篇报告文学。

《南征北战的英雄》[①]着重表现司汉民作战的英勇和双目失明后的坚强。司汉民是一个身经百战的英雄，英勇善战，坚定顽强，每次战斗都和战友们一起冲锋在前，攻城拔据，无坚不摧，后为营救一个火线上的伤员，不幸被炸弹炸伤了眼睛。在治疗期间，时时惦记着和战友们一起战斗，念念不忘革命事业，表现出一个革命战士忘我的牺牲精神和坚强不屈的革命意志。《南下归来》[②]记述一个名叫郭慎的宣传干事随军南下至湘南后返回延安，途中历尽千

[①] 原载1947年12月6、7日《东北日报》，后东北新华书店出版单行本《新文艺小丛书之三·南征北战的英雄》。

[②] 原载1948年8月《文学战线》第1卷第2期，1957年收入中国青年出版社出版的《红旗飘飘》第2期。

辛万苦,受尽种种磨难,在苦难面前丝毫没有动摇革命意志,最终找到队伍,表现出革命战士对革命事业的矢志不渝。两篇报告文学不仅表现英雄在战场上的勇敢,而且注意从生活的环境中去揭示英雄崇高的思想境界。如司汉民双目失明后,心情极度痛苦:"为什么不干脆光荣牺牲?为什么不把我的胳膊或是腿打掉而偏偏要打坏我的眼睛呢?"然在痛苦中更多的是想到革命事业,想自己既然不能打仗了,便去做别的工作,比如像宣传之类的,或扮算命先生回家乡做地下工作,"横竖只要革命就是,哪里工作不一样?"并以《钢铁是怎样炼成的》的作者奥斯特洛夫斯基激励自己,决心失明了也要为党为人民干一番事业。郭慎带着伤去追赶部队,因为穿得破烂,加上伤口还未痊愈,沿途被当成乞丐,要饭不给饭,要睡不让睡,还被人放狗咬,一个曾经为人民出生入死、身受重伤的革命战士,不仅得不到同情,反而被人误解。英雄的可贵之处在于对革命事业矢志不渝,不为一时一事的受挫而患得患失,表现出无产阶级革命战士的英雄本色。

王天培(1888—1927),原名王伦忠,号植之,贵州天柱县人。1926年王天培奉命出师北伐到达湘西洪江,广东国民政府任命他为国民革命军第十军军长,眼见实现远大抱负的机会即将到来,对革命事业更加忠心耿耿,坚定不移,为表示对革命事业的忠心,写下《革命格言》以鞭策自己。文章不长,将关于真正革命和负起完成革命事业的重任以及达到自由平等的目的所必须具备的条件阐述得清清楚楚,表达自己对革命事业的赤胆忠心,既是衡量和检验自己的信条,同时也是行动指南。正是在这些思想的驱使下,他在革命斗争中勇往直前,义无反顾。

潘万霖(1901—1960),又名潘泳笙,贵州省天柱县人。作品主要是诗,也有散文。《雷公山游记》记述游雷公山的经过与感受,表现穷根究底、锲而不舍的精神,雷公山的雄奇壮丽描写得淋漓尽致。雷公山是黔东南境内的一座高山,作者小时候听说过雷公山的许多传说,后来他在贵阳供职,决意要去游雷公山一次,以了幼时的夙愿。邀约多人前往,有的人害怕传说中当地簸箕般大小的癞蛤蟆,"百毒之所窟数耳",不敢去;有的人去了,中途又迟迟不敢前行。只有作者一意孤行,不到山顶,决不罢休。结果,这里并没有所谓癞蛤蟆簸箕大,"百毒之所窟数耳",而只有满山参天的古树、嶙峋的怪石,还有遍地的奇花异草,使作者目不暇接,看之不尽。

第六章　中华人民共和国时期散文
（1949—1976）

第一节　20世纪50、60年代散文概述

中华人民共和国时期少数民族散文创作发展迅速，60多年来，伴随着中国当代社会的变化而律动，大体经历了新中国成立后前十七年（1949—1966）、"文革"十年（1966—1976）和新时期（1976年以后）三个历史时期。

20世纪50、60年代少数民族散文，报告文学、历史文学、随笔、报道、政论、游记、杂文、小品文大量涌现，作家辈出，作者队伍逐渐壮大。无论是抒情散文还是叙事散文抑或是议论文，都如百花争艳，目不暇接。各民族作家致力于模山范水，从民俗风情、地理物产方方面面表现五光十色的少数民族生活，有意识地突出表现少数民族人民获得新生后的幸福生活和崭新思想风貌，记录下各民族人民珍贵的新生活和新人物真实的塑像。如老舍、沈从文、端木蕻良、萧乾、郭风、黄裳、华山、穆青、赵银棠、那家伦（白族）、杨明渊（苗族）等作家，执著于故乡热土，以优美的文笔、精巧的构思、精练的词句，创作了大量颇具艺术性的美文。故都之风物，草原之壮美，亚热带风光，南国奇观，以及生活于其间的少数民族丰富多彩的生活及其历史文化，有机地融合在一起，构成一幅幅民族

历史和民族风情画卷,体现出中国当代少数民族散文创作的浓郁民族特色。这些作品以质朴的文字和火热的激情,记述具有特殊意义的历史事件和生活事件,刻画或普通或非凡的人物,真实地反映历史,高度地浓缩生活,形成独具特色的写实艺术。歌颂新中国,歌颂新生活,歌颂各族人民新的精神面貌,是20世纪50、60年代少数民族散文的共同主题。描写少数民族人民的幸福生活,反映国内外重大社会事件,表现各个历史时期人民的革命斗争和建设祖国家园的英雄业绩,歌颂不同时代的英雄和先进人物,成为20世纪50、60年代少数民族散文创作的重要题材内容。

20世纪50、60年代少数民族散文,在薄弱的基础上起步,伴随着社会主义事业和多民族社会主义文学的发展节奏前行,逐步走向繁荣。虽然成就远不如诗歌和小说那样明显和突出,但也取得了相当可观的成绩,主要表现在如下方面:

首先,一批出身于少数民族的具有国内外声望、颇负盛名的老作家、历史学家以及电影戏剧家,在散文、特写和报告文学创作领域亦有巨大建树。如老舍《我热爱新北京》、《养花》、《新疆半月记》、《内蒙风光》、《春来忆广州》,萧乾《土地回老家》、《草原即景》、《万里赶羊》、《时代正在草原上飞跃》,沈从文《新湘行记》、《致张兆和》、《春游颐和园》,端木蕻良《草原放歌》、《草原春曲》、《在草原上》、《美丽的呼伦贝尔草原》,华山《童话的时代》、《山中海路》,翦伯赞(维吾尔族)《内蒙访古》,乌·白辛《从昆仑到喜马拉雅》等。这些老作家亲历新旧两个时代,对旧中国的黑暗和新中国的光明有着直接、具体而又强烈深刻的感受。他们取材于少数民族地域与生活的散文,具有真切的感受和鲜明的民族色彩与浓郁地域色彩,以强烈的时代气息、独到的选材和珍贵的历史价值产生了广泛深远的影响。

其次,主要致力于散文创作的少数民族作家取得成就喜人。

第六章　中华人民共和国时期散文(1949—1976)

与小说和诗歌的创作队伍相比,主要致力于散文创作的少数民族作家并不很多,还没有形成一个强大的散文作家群,主要有郭风、那家伦、马犁(回族)、杨明渊、张长(白族)等。他们的散文都以新颖的题材、独特的视角取胜,虽然作品有些稚嫩,但表现出较为鲜明的民族色彩与地域特色,为其后在散文领域的开拓展现出美好的前景。如那家伦《然米渡口》《思茅儿女》,马犁《天池赋》《荡秋千》,杨明渊《钟情鸟》《大象》《鸟会》,张长《太阳花》《傻尼人的老师》等。以绚丽的色彩,描绘我国各族人民这一时期政治、经济、文化生活的各个侧面,尤以描写边疆少数民族地区的英雄模范人物和风俗民情为主要特色,为我国当代散文园地增添了具有不同民族风格的时代画卷和风俗民情画卷。

再次,少数民族散文呈现出百花齐放的局面。虽然专门从事散文的作家较少,但是许多诗人、小说家和电影戏剧家涉足散文领域,有的还出版了散文集,使少数民族散文领域出现百花齐放的局面。如玛拉沁夫(蒙古族)《鄂伦春组曲》、孙健忠(土家族)《洛塔的河流》、陆地《节日纪事》、关沫南(满族)《汤旺河上的早晨》、包玉堂(仫佬族)《鱼影仙踪》、阿·敖德斯尔(蒙古族)《母亲湖》、郝斯力罕(哈萨克族)《鲜花覆盖的新源》、韦其麟(壮族)《翠绿的连绵起伏的群山啊》、吴琪拉达(彝族)《聪明的阿妞和打哈》、李根全(朝鲜族)《渔家乐》等。这些出自不同民族作家的散文通过不同的画面、不同的人物,折射出各族人民多彩多姿的新生活。就每位作家来说,他们创作的散文数量并不多,但其作品画面的新颖,主题的深入,则足以在中国当代散文领域闪烁异彩。

20世纪50、60年代少数民族散文,历史文学、传记文学和回忆录创作勃兴。各民族地区与全国一样,写史成为一种热潮,出现了创业史、地区革命史、校史、厂史、社史、乡史、村史等众多著作。这些作品的特点是材料丰富翔实,脉络分明,语言优美,富于文采,融思想性与艺术性于一炉,虽然难免受当时"左"倾思潮的影响,但反映了历史的轨迹和少数民族人民艰苦创业的历程。人物传记方兴未艾,随着新中国的建立,人们在享受胜利果实的同时,不忘历史上有过贡献的英雄人物,尤其缅怀革命烈士、革命领袖,于是为历史英雄人物、老一辈革命家、革命烈士、民族领袖、各条战线英模树碑立传,形成一种风气。与此同时,各种回忆录纷然而出,其中尤以革命回忆录为最,有鸿篇巨制,更多的则是回忆一人一事的单篇。这些回忆录,不仅忠于史实,而且有生动的情节,加之作者回忆的往往是其一生中重要的经历,注入了真挚、浓烈的感情,从而使这类作品极富艺术感染力。张云逸题词、韦国清作序的《广西革命回忆录》,收52篇回忆录。新民主主义时期,广西民族地区是国内唯一经过大革命、土地革命、抗日战争、解放战争四个阶段的民族地区,由于这些革命根据地主要在壮族地区,培养出一批壮族高级指挥员,因此本回忆录大多由壮族将军等革命老前辈撰写。如谢扶民(壮族)《忆右江赤卫军总指挥——黄治峰同志》深情回忆革命烈士黄治峰光辉的一生,青年时代便立下报国之志,有着永远旺盛的精力,对同志、农友,真诚热情,经常下赤卫军连队检查工作,与战士促膝谈心,疾恶如仇,斗争有勇有谋。通过生动的情节,塑造了一位智勇双全、深得民心的农民运动领袖形象。吴西等壮族将军的《红七军的诞生》、《风暴童年》、《红色风暴卷龙州》等,回忆邓小平、张云逸、韦拔群领导百色起义和龙州起义的过程,描述红七军的转战历程、红八军与敌人的殊死搏斗、两军主力北上中央苏区,以及留在地方的红军独立师与敌人进行坚苦卓绝的战斗。这些生动的回忆,反映出右江壮族群众参加红军的踊跃和他们从事农运时遭受的苦难。

20世纪50、60年代少数民族散文,特写、报告文学取得突出成就,涌现出萧乾、穆青、华山等大家。华山《远航》、《童话的时

第六章 中华人民共和国时期散文(1949—1976)

代》、《山中海路》,萧乾《土地回老家》、《草原即景》、《万里赶羊》,穆青、冯健、周原合著《县委书记的榜样——焦裕禄》等,是这一时期少数民族报告文学创作的主要收获。《万里赶羊》记述内蒙古自治区畜牧厅派到新疆买羊的干部,为把新疆西部巩留县的巩乃斯良种细毛羊安全运抵内蒙古锡林郭勒盟国营农场,万里"吆运"的事迹,着重描写英雄们徒步赶羊途中遇到的难以想象的重重困难,以及战胜这些困难得到各兄弟民族帮助的过程,真实再现英雄们的精神风采和各兄弟民族间深厚的友谊、团结互助精神。《草原即景》以广阔的大草原为背景,描绘内蒙古地区社会主义建设的图景,反映少数民族人民征服草原、建设草原的雄心壮志。《山中海路》记叙地质工程师彦继学带领一批年轻的地质工作者深入祁连山,不畏艰险,不怕牺牲,爬冰川,攀悬崖,依靠群众,实地勘探,历尽千辛万苦,在扎喜等藏族同胞帮助下,终于寻找到大铁矿的动人事迹,展现地质工作者为祖国社会主义建设探矿的艰辛历程。《县委书记的榜样——焦裕禄》以中共河南省兰考县县委书记焦裕禄为描写对象,截取他带领县委和人民群众与自然灾害搏斗的几个动人片断,在人与自然灾害、勤奋工作与疾病困扰、艰苦奋斗与特殊化三对矛盾冲突中集中展现其思想品格,再现他为改变农村落后面貌而鞠躬尽瘁、死而后已的高尚品格。在我国当代报告文学史上,占有一个独特而重要的位置。文学评论家雷达评价说:"这部作品,把17年文学的优势发挥得非常充分,但也不可避免地带有那个时代的某些局限。它的精神价值是无可怀疑的:焦裕禄不但属于历史,也属于今天,今天的民众仍然在呼唤着焦裕禄。"[①]

20世纪50、60年代少数民族散文,纪游、随笔、咏怀占有较大

[①] 《中国报告文学精品文库·作品赏析》上卷,作家出版社1997年版,第392页。

分量。这些作品，叙事与抒情相互映衬、相互融合，具有内容新颖、文笔优美、感情充沛等特点。老舍《我热爱新北京》抒发对新北京的热爱，通过东西比照，新旧对比，热情歌颂建国伊始为老百姓办了几件好事的北京市人民政府，歌颂北京的新变化，表达一个饱经风霜、对民族前途重新唤起信心和希望的知识分子发自内心的赤诚的爱。《养花》叙写养花的爱好，养花的辛劳，养花的快乐，养花的忧伤，谈的是花草，展露的是美好心灵，"情"在其中，"美"在其中，洋溢着对美好事物和新生活的热爱。《新疆半月记》记述石河子军垦区荒原变沃野、地底喷石油、野兽出没之地成为现代城市的历史变迁，反映正在那里创造历史的各族人民的理想愿望和艰苦劳动。《内蒙风光》描摹内蒙古地区林海、草原、渔场、风景区迷人的自然景色，展现蒙古族、鄂温克族人民摆脱民族压迫后的生活与心态。沈从文《致张兆和》是写给妻子的一封家书，表现出在重大社会变局和人生剧变中，复杂的思想情怀和进取精神，他在努力思考、寻找、调整自己，希望能够重新拿起笔进行创作，却又痛苦地感到力不从心，不知怎样去选择自己的位置。《新湘行记》回溯历史，勾连今昔，从政治、经济和自然人生的相互关联中展现湘西各族人民的新生活和新的精神风貌，流露出对家乡山水的眷恋和对家乡人民的关切与温爱，自然朴实的文字中融入"我"的独特情思，诗情画意中散发出浓郁的乡土气息。《春游颐和园》将掩映于湖光山色、花草树木间的亭台楼阁、廊柱殿庙、虹桥游艇，以及一鳞一爪的文化历史纳入视野，从近观远眺、动静结合中全面介绍颐和园的景致，题为春游，却又不忘夏趣秋兴，不仅写园中之景，同时抒发内心之情，寓情于景，景中生情，物我融合为一，形神兼备，情景交融。《过节和观灯》包括"端午节给我的特别印象"、"记忆中的云南跑马节"、"灯节的灯"等既相互独立又彼此关联的内容，在广阔时空背景下，描述节日与观灯的历史渊源和现实景象，以及其间积淀和呈现的丰富多彩的传统文化内涵,展现中国各族历史文化的过去、现在和未来,具有丰富的历史内容和深厚的思想蕴涵。《天安门前》以天安门为背景,追忆历史,描绘现实,畅想未来,具有丰富的思想内蕴,意境或沉静深远,或明朗热烈,细腻而深刻地表达出历史的深思和对新时代的感悟。翦伯赞应邀访问内蒙古时创作的一组游记散文《内蒙访古》,虽为游记,却纪游很少,而对一些史实、古迹的考证、评述较多,将史学家的理性思考与个人的感性表达融会为一体,富有知识性和趣味性,兼有自然美和情趣美,通俗易懂,生动流畅,引人入胜。《哪里能找到这样的诗篇》记述内蒙古两千年的历史和新世纪的社会变迁,《一段最古的长城》记述从居庸关到呼和浩特沿途所见大青山南北迥然不同的景色,《在大青山下》记述寻访阴山一带汉代城堡和昭君墓,《游牧民族的摇篮》叙写中国历史上大多数游牧民族如鲜卑、契丹、女真、蒙古等都把水草丰美、牛羊肥壮的呼伦贝尔草原当作民族的历史摇篮,《历史的后院》将大兴安岭原始森林视作是中国历史上的幽静后院,《揭穿了一个历史的秘密》阐述这次访问使自己解开了一个历史的秘密。

20世纪50、60年代少数民族散文,表现各民族历史命运的变革与新生,歌颂美好新生活的作品突起,且呈旺盛之势。那家伦《然米渡口》叙述偎尼(即哈尼族)姑娘漂茜一家三代在旧社会沦为头人"终身摆渡工"的悲惨命运,在新社会为边疆社会主义事业恪尽职守、忘我工作的故事,以渡口为聚焦点,将历史与现实进行交织对比,把人、景、事、情加以贯通融会,借一代新人的成长,反映一个民族的历史变革和新生,是一曲新人的赞歌,更是一曲新生活的颂歌。《思茅儿女》记述一个被从死亡线上救回的傣族孤儿成长为一名解放军女军医的动人事迹:解放初期,解放军一个卫生队随团部进驻云南思茅,在残破的街头救活了一个奄奄一息的女孩,她叫艾新,13年后成长为一个英姿飒爽的女军医,体现了一个民族历史命运的变革和新生,是一曲动人的民族新生颂歌。敖德斯尔《牧马人之歌》通过白云鄂博公社青年牧马人卫托布辛勤放牧的描写,展现草原繁荣兴旺的生活画面,意境深邃,诗味浓郁,字里行间流露出对故乡、对草原的依恋与热爱。张长《太阳花》叙写西双版纳曼索寨傣族青少年学生烧制砖瓦,给集体增加收入却又互让荣誉的事迹,这些高小和初中毕业生回到家乡后,伐木烧炭,和泥砌窑,烧制砖瓦,分两个突击组,互帮互学,展开竞赛,砖瓦烧成后为队里增加了一笔收入,两个组互相谦让,谁也不要先进红旗。作品以花卉比喻那些建树着辉煌业绩而又默默无闻的普通劳动者,"太阳花"正象征着新一代青年。

  20世纪50、60年代少数民族散文,虽不如诗歌、小说兴盛,但因为有了一些文化素养很高的老作家加盟,情不自禁地在散文领域内驰骋他们的神思,创作出一批文思并茂的作品。这些作品,大都从有深切体验的生活中取材,努力把握、挖掘个人感知的时代意义,显露自己的艺术个性和风格。一些中青年散文作者,致力于边地人情风习的描绘,借一花一草、一事一景,运用联想、象征,进行深入开掘、探求,以小见大地勾画出新生活面貌,写出时代精神,具有浓郁的民族地域色彩。当然,我们也应该看到,20世纪50、60年代少数民族散文,也存在着诸如题材不够广泛、体裁不够多样、具有鲜明个性和风格的作家不多等不足。这与少数民族散文基础薄弱,创作队伍幼小,以及"左"倾思想的干扰有一定的关系。

  "文化大革命"十年,是少数民族散文创作的萧条荒芜期。林彪、"四人帮"在文艺界极力推行极"左"路线,大搞文化专制主义、文化虚无主义和"瞒"与"骗"的阴谋文艺。各种文艺刊物被查封、停办,大批优秀民族文学作品被打成毒草,一些卓有成就的少数民族作家被扣上莫须有的罪名,打成"民族分裂分子"、"叛国分子"、"反动文人"被审查、批斗,或被迫害致死,或遣送农村、干校劳动改造,大都被迫停止了创作,少数民族散文创作寥寥无几,实无成就可言。

第二节　萧乾散文特写

新中国成立后,1949至1957年萧乾先后任英文版《人民中国》副总编辑、《文艺报》副总编辑、《译文》编委、专业作家兼《人民日报》文艺部顾问。满怀激情投入祖国的社会主义建设,赴农村、到草原、过三峡,以手中之笔热情讴歌祖国的新生,歌颂社会主义革命和社会主义建设,创作了《草原即景》、《万里赶羊》等作品。1957年反右斗争中受到不公正待遇,被迫停止创作,"文化大革命"中更是受到残酷迫害,险些丧命。在受打击迫害的日子里,没有灰心,更不悔初衷。

萧乾20世纪50年代的散文特写主要有《土地回老家》、《初冬过三峡》、《幸福在萌芽》、《人民教师刘景昆》、《凤凰坡上》、《黄友毅回家》、《李媛驰的一生》、《草原即景》、《万里赶羊》、《时代正在草原上飞跃》等。满怀激情地歌颂内地与边疆各族人民的新生活和新面貌,无论写人还是写事,都着力发掘新生活的内在因素,展现新人物的美好心灵,努力探求生活的本质和人生的价值。虽然当时文艺领域中"左"的思想对作家的艺术个性有一定的束缚,但这些作品仍旧呈现出作家长期以来所形成的独特风格。

《万里赶羊》、《时代正在草原上飞跃》、《草原即景》是萧乾这一时期较有影响的散文特写。新中国成立之初,作者踏上了魂牵梦绕的内蒙古大地,这是一片古老、富庶而神秘的土地,是其祖先世世代代生养繁衍的土地,他以对草原、对家乡的挚爱,带着自豪感向国内外宣传内蒙古草原的新面貌和草原上各族人民建设新生活的壮举，唱出扣人心弦的新时代颂歌。

  1956年9月，萧乾在呼和浩特访问内蒙古自治区畜牧厅派到新疆去购买羊的干部，特别是领队哈迪同志，他们忠于职守、热爱祖国的事迹，使其感奋不已，写下脍炙人口的特写《万里赶羊》。特写报道内蒙古自治区6位干部和20多位工人为提高锡林郭勒羊毛产量和质量，如何走过5个省和2个自治区，历经11500里的路程，把新疆细毛种羊赶运至内蒙古草原的事迹。记叙赶羊英雄们所经历的艰难险阻，赞扬克己奉公的干部，颂扬各民族的团结。细致描写赶羊人如何徒步赶着1400只羊翻过12座高达4000米的大雪山，渡过百余个山洪肆虐的河口，穿越人迹罕至的原始森林、毒蛇区和毒草区，战胜狼群和熊群，历时75天，从新疆西部巩留县的巩乃斯羊场把羊赶到乌鲁木齐，然后如何克服种种难以想象的困难，把羊群装上火车、搭汽车，辗转运到内蒙古锡林郭勒盟国营农场。"真实对特写比什么都更为重要，因为感动人的不是文字，而是英雄事迹本身。"[①]作品极为重视真实性，决不为加强效果而虚构什么，着重突出的是英雄们徒步赶羊途中所遇到的难以想象的困难，以及战胜这些困难的事迹。赶羊英雄们为国家为人民的利益甘愿出生入死、不怕千难万险的精神，各族人民团结互助的深厚情谊，得到生动而深刻地表现。因为徒步赶比用飞机运给国家节省20多万元，比用汽车运节省将近5万元，而且羊的体质得到一番磨练，平均每只羊增5公斤膘，真实地写出英雄们的精神风采。赶羊毕竟是在一个完全陌生的环境中进行，光靠热情是无法完成任务的，"一路上只要听说是内蒙古自治区政府为了改进畜牧业派来买种羊的，这个说明本身就是最吃得开的'护照'。什

---

  ① 萧乾：《未带地图的旅人》，《萧乾散文报告文学选》，人民文学出版社1980年版。

么样的要求对于哈萨克人都不是太大的,他们什么都肯拿出来。"将各兄弟民族之间深厚的友谊、团结互助的精神,真实动人地展现而出。作品在记叙事件时,注意表现人物,特别是人物的精神世界,善于选择真实典型的细节和人物真实的心理活动加以准确、简约地描摹、勾勒,从而使通篇充实鲜活,体现出朴素厚实、雄浑遒劲的风格。

《时代正在草原上飞跃》描述社会主义时代的奇迹,昔日辛苦辗转的牧民开始定居,昔日荒寂的草原出现城市之光,昔日破旧的喇嘛庙变成新饲料基地,被认为是"废物"的人变成自食其力的劳动者,物质生活的变化带来人们思想观念的变化,女会计因丈夫好吃懒做偷东西而与之离婚,女副社长孟和与锡林浩特的银行干部(带着两个孩子的鳏夫)自由恋爱结婚,过去统治阶级制造的蒙汉间的仇恨化为友爱。草原上的变化是深刻的,从物质生活到精神文化生活,从思想情感到伦理道德,千年如一日的游牧社会正在巨变。作品运用电影蒙太奇手法,将画面与画面、画面与音响巧妙地剪辑连接起来,营造一系列逼真的、运动着的、有声有色的图像,增添艺术新颖感和表现力。草原、阳光、云彩、猛狗、黄羊、山羊和孩子,种种富有草原色彩的审美意象组成一幅幅不断变幻又和谐统一的系列画面;融为一体的静物、动物、人物,既生气灌注又宁静祥和;孩子与山羊较量过程中的咯咯笑声和哇哇哭声,突现草原生活的特点,渲染翻身牧民的幸福与欢乐。作品所要表现的并不是风景本身,而是作者观赏这些画面时的内心反应,意在诱发人们心中的美好意象,感受新时代牧民生活的幸福和欢乐。

如果说,《时代正在草原上飞跃》勾勒了一幅幅神奇瑰丽的草原时代剪影,那么《草原即景》则是一幅绮丽多姿、色彩斑斓的蒙古草原自然风景画,在这异彩纷呈富有民族特色和地域特色的画面中,让人感到跃动的时代气息。作品采用油画笔法描绘内蒙古大草原,用笔简练而粗犷,清晰而浑厚。草原、天空、大风、骏马、牧民等,经过动态组合,构成一幅别开生面的草原风景画。远景、中景、近景和特写镜头互相配合,静态刻画和动态描写彼此呼应:草原像大海一样和天空相连接,风呼啸起来像千军万马似的奔腾而至,辽阔草原上身着高粱红长袍、骑马背枪持杆的牧民英姿。景色、人物、情思融为一体,自然浑成,不露痕迹。

萧乾描绘草原的散文特写,以感情漾出画面,以画面吐露诗情。上述三篇,在写人、记事、描景、状物中,体现出作者的"意"、想象和审美,捕捉形象深刻,而支配这种审美观察力的是内在的情感。刘勰《文心雕龙·情采》云:"情者文之经,辞者理之纬,经定而后纬成,理正然后辞畅。"在意象真实的基础上,情感是支配散文特写的内在线索,作者对草原、对内蒙怀着一种发自肺腑的热爱,怀着一种依依眷恋的深情。这源于一个海外赤子对其翘首切盼的祖国的热爱,源于一个久居内地的蒙古族知识分子对其历史悠久的民族命运的关切,这两种情感融合统一,升华出一种纯真而炽烈、执着与崇高的感情。"能看到自己祖先栖居过的草原,看到只是本来有五座破喇嘛庙的荒原上兴建起现代化的崭新城市,我的喜悦是难以描绘的。"萧乾怀着欣喜与激动,描述踏上内蒙古土地的最初感受,这种真实而宝贵的感受是创作的原动力,使思想感情的潮水发自优美的笔端。描写草原"天苍苍,野茫茫"的景象,古今中外,不乏其人,而萧乾的描绘给人一种异乎寻常的新异之感,他摒弃一般性描绘,而是将视觉向感觉移挪,"草原象海"、"寂静"、"广漠",而这种感觉又向心理转移,人在草原面前渺小得会"在潜意识里产生莫名其妙的恐怖",草原的广袤、坦荡、神秘在作者笔下一泻无余。作品运用艺术通感,即视觉、听觉、嗅觉、感觉的沟通和挪移,"一切景语皆情语,一切情语皆景语",写景形神毕肖,抒情真切感人。

第六章　中华人民共和国时期散文(1949—1976)

　　萧乾笔下的草原具体、真实、可爱,表现出"逼真"和"如画"的美。在细致观察的基础上,进入一种感情微醺的情态,对事物入微的体味,往往升华为一种想象。由于想象的附丽,草原变幻出瑰丽的色彩,云朵"象一簇狂舞着的雄狮","骤雨还没住,太阳又嬉戏地从云隙里投下一道微光,就象悬在半空的一匹薄纱","风呼啸起来,象千军万马奔腾而至,穗头已经发黄了的草上就掀起一阵波浪,草梗闪出银白色的光亮。"画面跃动、活跳,交融着诗意,洋溢着诗情,不仅气韵生动,逼真如画,而且透过画面,能够体味到作者沸腾的激情,如愿以偿的无限欢欣和对草原的由衷赞美。

　　萧乾描绘草原的散文特写,在写人时摒弃大笔涂抹,喜欢素描,寥寥数笔,轻色淡抹,人物神情姿态便脱颖而出。《万里赶羊》描绘一位哈萨克族妇女,"她骑在马上,怀里抱着一个刚满周岁的娃娃,另一只手还从容地理着头发,女人后边坐着八九岁的女孩,她一手搂着妈妈的腰,一手还玩着什么,另外有一个十来岁的男孩,他骑着马,腋下还夹着一只雪白的羊羔","这位妇女骑在马上,在海拔几千米高的崎岖上行走,犹如平履清风,脚踏平地。"运用最简单的线条,体现出人的体态、位置、神采、色调、质感等特征,犹如一幅素净的国画,又像一幅平实的剪纸,充满淡雅、素朴之美。

　　萧乾描绘草原的散文特写自然、朴素、淡远,追求一种心与象通、意与景谐的境界。意境主要依存于作家的精神境界,依存于作者的审美情感之中。意境不局限在一时一地的景物情事的美上,而是通过所写的景象,向更广阔更深远的天地伸展。不同的作者,所创造的意境不尽相同。萧乾有着丰富的阅历、崇高的理想和品德、爱憎分明的情感、独特的审美观察力和艺术想象力,其意境自然高远。作品所描绘的草原之景之所以楚楚动人,正是由于立意的宏大博深,"想传达草原给我的那种如在茫茫大海中的感觉,以这浩无垠际的背景来衬托社会主义建设"。20世纪30年代,萧乾

第一篇新闻特写《平绥琐记》便是取材于内蒙古，以犀利的笔墨勾勒出黑暗中国之现状，具有"中古意味"的张家口，带有"荒凉"和"原始质朴气"的包头，开满罂粟花的卓资山，地狱般的大同煤矿。前后对比，两相映照，萧乾散文特写的立意深刻豁然显现。

第三节　满族作家散文

　　1949年12月9日，旅居美国的老舍毅然远渡重洋，辗转回国，在天津塘沽港登岸后，感慨万端，写下《由三藩市到天津》一文，这是老舍歌颂新中国的第一篇散文。当时歌颂新中国的作品，多以新中国与旧中国对照，这篇作品不仅有新中国与旧中国的对照，而且有新中国与世界上其他国家和地区的对照，视野开阔，见解深刻，充满爱国热情，体现时代精神。

　　回到阔别14年的故乡北京，老舍发现这座古城在人民政府的治理下焕发了青春，写下散文《我热爱新北京》，对建国伊始为老百姓做了几件好事的北京市人民政府进行热情的歌颂，传诵一时。虽然只写了北京的"下水道"、"清洁"、"灯和水"三个方面，却反映出这座古老城市的新生，因为这些是新北京建设的重要组成部分。老舍是北京人，又到过欧美，见到过许多西方名城，从比照中深深感到"北京是美丽的"。但是在旧中国，皇帝、军阀和国民党政府"占据着北京，也糟蹋着北京"，给北京留下许多"缺欠"。尽管"我"爱北京就像爱自己的母亲，也无能为力，"我"为她的缺欠着急，对她的前途感到茫然。在人民政府的治理下，又脏又臭的龙须沟修好了，电灯明亮了，饮水充足了，城市"像一个古老美丽的雕花漆盒"，变得十分"清洁、明亮、美丽"。市容变了，人的精神面貌也变了，"人的心和人的眼一齐见到光明"，那些翻了身的普通百姓，从历史的阴影中走到光明的历史"前台"，以主人翁的姿态

第六章 中华人民共和国时期散文(1949—1976)

建设着新的中国、新的北京,这是多么豪迈的事业。新北京与旧北京对照,是纵比,具有纵深感;新北京与欧美名城对照,是横比,具有开阔感,充分体现出历史性眼光和世界性视野。文章带有纪实性,记述亲历亲见和所爱所憎,对新北京的赞美既真诚,又有力,用语真挚平易自然。

热爱新北京的老舍,对旧北京是否只有憎恨呢?不然,而是有憎也有爱。对于旧的统治者,对于外国侵略者和各种黑暗势力,老舍充满了憎恨;但对于历代劳动人民和他们的创造精神,对于北京光辉灿烂的传统文化,老舍则一往情深。《北京的春节》、《北京》、《宝地》、《勤俭持家》等散文,从不同侧面表现了作者对北京的丰富感情。《北京的春节》写尽了20世纪上半叶北京的春节风情,从腊八到二十三日过小年,再从除夕到元旦,初六铺户的开张和家家户户闹元宵的盛况,纷繁多样的节日活动和欢天喜地的节日气氛,清晰明朗而又细致深微地呈现出来。文章以北京的春节展现丰富多彩的北京传统文化,意在突出节日文化蕴涵的世态与人情。

《养花》被视为老舍散文代表作,常被选入各种散文选集或散文"经典"。文章写养花的爱好,以及养花带来的乐趣。养花是一种生活乐趣,因气候的限制,"我"只适合养那些"好种易活,自己会奋斗的花草"。养花是一种辛劳,必须像对待朋友一样关照它们,要懂得花的脾性,于是"我"便逐渐"摸着一些门道",增长不少知识,如遇到刮风下雨,就得很快把花草"抢到屋里去","天气好转,又得把花儿都搬出去",每搬出或搬进一次,都"使人腰酸腿疼,热汗直流"。养花是一种快乐也有忧伤,花开了,劳动果实受到别人夸奖、欣赏,被友人分享,"全家都感到骄傲","我"心里"特别喜欢",偶因暴雨墙倒,花秧多被砸死,"全家几天没有笑容"。最后以"有喜有忧,有笑有泪,有花有实,有香有色,既须劳动,又长见识,这就是养花的乐趣"归束全文。将养花与劳动、求知、友谊等联系起来,表现一种不平凡的精神追求。谈的是花草,却"情"在其中,"美"在其中,洋溢着对美的事物的热爱、对新生活的热爱,富有生活情趣和求知欲,是作者美好心灵的袒露。文章布局精巧,在环境情绪的对比变化中娓娓而谈,简朴流畅,自然天成。运用经过严格提炼的北京口语表达养花的真情实感,在简明、柔婉、平淡中,显现出深厚与高洁,宁静和淡泊,文学风格与作家人格精神达到和谐统一,鲜明体现出作者的性情和艺术风格。

　　老舍但凡离开北京到外地参观访问或指导工作,都会写下一些相关散文,如《新疆半月记》、《内蒙风光》、《团结颂》、《南游杂感》等,其中《内蒙风光》、《新疆半月记》较具代表性。1961年夏,老舍与一些作家、画家、舞蹈家、歌唱家等20余人,应内蒙古自治区领导人乌兰夫的邀请,由内蒙古自治区文化局主持工作的布赫陪同,到内蒙古东、西部参观访问8个星期,行程8千里。回京不久,老舍便在10月31日的《人民日报》发表长篇散文《内蒙风光》,含林海、草原、渔场、农产、风景区、呼和浩特、工业基地7个部分,以白描手法描绘一幅幅别开生面的草原风景画,时代感强烈。"天苍苍,野茫茫,风吹草低见牛羊"是人尽皆知的名句,"骏马,西风,塞北"是历代作家诗人描写塞北时采用的基本审美范型,但老舍笔下的草原是"一碧千里"、"到处翠色欲流,轻轻流入云际"。作品营造的境界,奇丽而静谧,使人联想到江南风景的秀色,不过其范型又不是"杏花、春雨、江南"式的,因为这里有"给无边的绿地毯绣上了白色的大花"的羊群,还有"骏马与大车"。作品在描摹内蒙古地区林海、草原、渔场、风景区迷人的自然景色的同时,也表现了蒙古族、鄂温克族人民摆脱民族压迫以后的生活与心态。《新疆半月记》记述石河子军垦区荒原变沃野、地底喷射石油、野兽出没之地出现新型城市的历史性变化,表现正在那里创造历史的各族人民的理想愿望和艰苦劳动。

第六章 中华人民共和国时期散文(1949—1976)

老舍有许多写人的散文,其中多为悼念之作。《大地的女儿》为纪念中国人民的朋友美国著名记者、作家史沫特莱(1890—1950)逝世一周年而作。1929年初史沫特莱作为《法兰克福日报》特派记者到中国来采访,1934年底作为英国《曼彻斯特卫报》特派记者再次来华,参与创办英文《中国呼声报》,1937年春到延安,赴抗日前线报道战况,1941年9月回国,1949年初被美国陆军当局指控为"红色侦探",同年秋流亡英国,翌年病逝于牛津,遵其遗嘱,1951年其骨灰移葬中国,著有《大地的女儿》、《伟大的道路——朱德的生平与时代》、《中国人民的命运》、《中国红军在前进》等。老舍的文章真实生动地记述史沫特莱多样的思想和性格,把一位似有性格矛盾而实际性格丰富、完整的传奇女性形象,刻画得栩栩如生。她刚毅、坚强、勇敢、一往无前,同时又温柔、多情、真纯、随和可爱。她没有国籍、种族、宗教的成见,热爱世界上所有的劳苦大众,也热爱中国人,"死了还把尸骨托付给中国人","是中国人民的真朋友"。这样一位集真善美于一身,对世界上所有劳苦大众充满爱心,同中国人民有生死之交的人,因法西斯当局迫害而死,怎不令人悲愤与痛惜!作品打破悼文写作的传统模式,具有深厚宽广的思想感情容量。《白石夫子千古》、《悼念罗常培先生》、《悼于非闇画师》、《梅兰芳同志千古》、《敬悼郝寿臣老先生》等篇什,分别真实具体地记述了齐白石勤学苦练、爱业敬业、努力创新的艺术精神,罗常培独立不倚的人生态度及做事负责的工作作风,于非闇如何精勤绘事、至老不懈及获得的杰出成就,梅兰芳怎样广问求知、锤炼演艺及其创造的辉煌业绩,郝寿臣高尚的道德修持、精深的艺术素养及其对中国戏曲教育事业的突出贡献等。这些悼文实事求是,言必有据,不溢美夸饰,悼念之情完全发自内心深处,深沉凝重,声情并茂,真挚感人。

20世纪50、60年代中国散文,通常是按照时代的规范,以歌颂光明为基本主题,爱用以小见大和托物言志的方式表现特定的政治思想和主流文化观念。老舍的散文当然也不可能超越这样的总规范和总趋势,但又与大量时尚性散文有明显的不同,说真话,叙事实,表现真情实感,绝不矫揉造作、写应景文章,始终保持自己的艺术个性,实话实说却有严格的选择取舍,使用口语而注重加工提炼,追求自然流畅但不违背散文的艺术规则。

新中国成立后,老作家端木蕻良以极大的热情参加筹建北京市文联的工作,先后任创作部副部长、副秘书长、作协副主席等职。端木蕻良在 20 世纪 50、60 年代创作的散文数量不多,但不乏佳作,其中赴内蒙古访问期间写的一组散文脍炙人口,堪称我国少数民族散文园地的奇葩。1961 年秋,端木蕻良随中央文化艺术代表团赴内蒙古参观访问,怀着欣喜之情踏上内蒙古高原这块古老而又美丽的土地,文思泉涌,写下壮美的"草原系列"散文。《草原放歌》、《在草原上》、《风从草原来》、《在内兴安岭原始森林里》、《泥板书新页》、《掼跤》等刊载于 1961 至 1962 年上半年的《北京日报》、《民族团结》、《人民文学》、《民间文学》等报刊,《内蒙古纪行》(包括《草原春曲》、《美丽的呼伦贝尔草原》、《三河马》、《套马》、《原始森林》、《去达赉湖路上》、《达赉湖》7 篇)连续刊载于 1962 年 1 至 3 月北京《大公报》。这些散文绘声绘色地描绘内蒙古草原风情,并通过风情描写凸显草原人民美好善良的心灵,展现浑厚质朴、自由奔放的草原文化,以阔大的视角,烛照出时代的光焰。

《草原放歌》(入选《中国少数民族文学经典文库·散文报告文学卷》)从呼伦贝尔草原上爱唱歌的百灵鸟写起,对内蒙古人民对歌唱的喜爱进行了生动而深刻的描绘,以准确、清晰而又优美的散文语言,形象地描绘出草原歌声中"高度的精灵"。对于草原人民来说,歌唱就是生活本身,就是生命存在的方式,就是表达心灵

第六章 中华人民共和国时期散文(1949—1976)

的最好手段,"歌声是内蒙人民最好的语言",草原上"每支歌声都是从心里发出来的花",人们看到八月的大雁、火爆的枣红马和思念母亲时禁不住要唱歌,以致使内蒙古草原成为一个蕴藏丰富音乐的宝库。对草原歌声与蒙语关系的叙述,表现出对草原歌声的杰出知解力,"蒙语的诗歌都是押头韵,所以在尾声里常常加上装饰音。蒙语发音是复杂的,变化很多,要用回荡的旋律来唱出,就使歌声有了一种特殊的魅力。"把蒙语语音和词汇的特殊性、多样性、丰富性,以及进入草原歌曲之后产生的优越性与奇异效果,即草原牧歌的独特魅力,阐述得周全而透彻。《在草原上》以细腻舒朗的笔墨描绘草原风俗民情,盛开的野花,翱翔的雄鹰,瑰丽的彩虹,可爱的羊群,透过优美的画面,传达出生活的足音,揭示出时代的活力,远在祖国边陲的广袤绿野感应着时代的春潮,凝聚着时代的活力,燃烧着创造生命的火焰。端木蕻良是一位起步于20世纪30年代的老作家,饱经沧桑,屡经忧患,在新与旧、美与丑的强烈对比中,有着比年轻的散文家更为深切的感受和更为深刻的认识,其笔下的草原给人一种新异之感,具有新时代的音响、节奏、力度和生机。

端木蕻良草原系列散文不仅给人以时代感,而且给人以历史感,并未停留于自然景观的描摹,而是更注意探索和揭示自然景观的人文内涵。《草原,新禧》深刻思索草原民族的历史命运,领略这亘古荒原的历史,痴迷其优美的神话传说,醉心草原人世世代代创造的牧业文明,探索蒙古族文化内涵与价值,挖掘这一伟大而又重获新生的民族的性格和精神。鲜明的时代感与深邃的历史感相交融,既体现时代的旋律又展现历史的丰厚,平添一种纵深与厚度。文笔如草原清泉般洁净明丽,又如马奶般香醇,酿出烈酒般的诗意。

端木蕻良描绘草原的系列散文体现出独特的艺术风格。他如橡大笔以构思小说闻名于世,当笔耕于散文园地时,创作方式与审美情调有所改变和转移,并不热衷于人物的设置,而寄情于景物的描绘,并不在乎人物形象的勾勒,而在于进入一种感情微醺的世界。《美丽的呼伦贝尔草原》描绘大草原,天地人心辽阔旷远:盛开的鲜花,翱翔的雄鹰,归牧的羊群,奔腾的骏马,激烈的套马和摔跤,欢乐的蒙古族牧民。在这里,天空、草原与人构成一幅图画,既静谧和谐,又跳荡跃动。草原景观与宇宙人生叠合,自然图像与个人沉思相交织,外物美与内在美融汇,于自然、人生、宇宙与生命的艺术同构中抒发一种深层哲理。这里有物我合一的交感,有对生命与自然关系的诠释,更有对人生真谛的追求。画面格调清新、虚实相契,既是现实的写照,又是内心的灵动。一切美的都是自然的,在其散文世界里,簇新的意象代替了陈旧的俗喻,真挚的倾吐代替了矫揉造作,自然的节奏代替了呆板的语序,显示出行云流水般的自然美。

端木蕻良散文的自然美显现在构思上,显现在对景物的描绘中,也显现在叙述语言中。"小黄马是在原野上面自由自在地长大的,它的背上偶尔落上一根小草儿,也要把它甩落下去。现在,居然有一个人牢牢地骑在它的背上,它怎会经受得了。于是,便使出一切招数来,决意要把马背上的骑手甩掉。低头、尥蹶子、抬蹄、往别的马腹下乱钻。它把这些花招都搬弄出来了。但是,有经验的骑手,一点也不给它施展的机会,只要一跨上鞍子,使用马鞭左右开弓地打起来,断绝了马的妄想,使它只有往前面窜的份儿。"(《套马》)这段套马的描写,语言自然、朴素。"低头"、"抬蹄"、"尥蹶子"、"招数"等都是草原牧人惯用的词汇,可谓俗字,但在作家笔下,却显得平中见奇,俗中见巧,写出被套住的小黄马的刁钻、顽皮,衬托出牧人的智慧与骁勇。端木蕻良的散文,笔墨洒脱不羁,行文无拘无束,意之所至,笔亦随之,具有阔大恢宏的气度,自

第六章 中华人民共和国时期散文(1949—1976)

然洒脱之美。

新中国成立后,黄裳任《文汇报》主笔,后调军委总政治部文化部、上海电影剧本创作所,1956年回《文汇报》任编委。1957年被错划为"右派",被迫长期搁笔。这一时期,著有通讯集《新北京》,其中《温特》、《老舍在北京》等为人所称道。与新中国成立前作者的散文相比,《新北京》的思想和艺术都更趋成熟,创作个性也更鲜明,作品大多欢快、纯净、明朗,带有新时代精神,以往作品中时常流露的愤懑和忧伤情绪,一扫而空。作为新中国的记者和散文家,黄裳努力按新时代的需要而写作,真诚地歌唱祖国、歌唱人民、歌唱新生活,这歌唱深沉而优雅,不同于当时的一般颂歌。《温特》写一位同情中国革命,在清华园执教的美籍教授,祝愿他在新的历史条件下解除寂寞,"打起精神"。文章娓娓而谈,情真意切,以白描手法刻画人物,三言两语便将人物刻画得栩栩如生。《老舍在北京》写老舍刚从美国回北京时的情形,他身着绿尼西装和扎裤脚蓝绸子棉套裤,幽默风趣而又极富新意的话语,对美国文化具体深切的感受,回到成为首都的老家之后的兴奋与忙碌,特别是为人民为新北京而写作的高度热情和全新姿态,绘声绘色,形神兼备。老舍是公认的当代戏剧大师,也是当之无愧的当代通俗文学大师,在描述老舍创作戏剧的宏伟目标、光辉实践和"好极了"的"兴致"后,又写他在通俗文学方面的才能、设想与活动。文中描写老舍演唱大鼓的文字,可谓神来之笔,不足百字却尽现老舍作为文化名人和文学大师的魅力与风采。作品风格简约而典雅,语言文字炉火纯青。文章作于1950年1月,当时关于老舍的通讯报道很多,但这样既迅速及时又具前瞻性,既有丰富的社会历史内涵又有强劲的艺术力度的则不多见。

这一时期黄裳也创作有游记、书话和杂文,但数量不多,这与时代环境和个人境遇相关,政治运动频仍,人们大多噤若寒蝉。《杂文复兴》表现一位杰出的杂文家在新的历史条件下对杂文创作道路的深刻思索,引用瞿秋白《鲁迅杂感选集·序言》中关于杂文"其实是一种'社会论文'"的论断,指出杂文是与时代结合得最紧密的文学体裁,随着时代的发展,它的形式自然得变。以往杂文的成功,并非隐晦曲折而是它的尖锐,能一笔下去就刺着时弊的要害。时代变了,不再需要隐晦曲折的笔法,但杂文并未过时、不能沉默,为巩固革命的胜利果实,批评和自我批评是重要而有效的武器,杂文正是这种武器。杂文的特征之一是讽刺,其中既包括"冷嘲",也包括"热讽"。对同一战线战友的批评,不应是"冷嘲",而应是"热讽",即含着浓烈热情的讥讽,目的是纠正过失、改善工作现状,这与对敌人的无情打击有着根本差别:"我觉得这就是杂文的路,是出发于热爱、有积极性的杂文的路。"这些见解完全没有所谓政治阴谋、煽风点火的意图,是积极正面的,有利于新中国杂文创作的发展和繁荣,然而作者却因此遭到误解、批评和批判。

第四节　回族作家散文

新中国成立后,穆青历任新华社上海分社社长,新华社副社长、社长,中国记者协会名誉主席,中国新闻摄影学会名誉社长等。穆青20世纪50、60年代的散文和报告文学作品日趋成熟,更具思想深度和艺术力度,以壮阔而生动的时代画卷反映新中国的深刻变化,以高昂激越的时代主旋律表现党领导各族人民为祖国的繁荣富强而进行的伟大奋斗,大气、凝重、深刻,感人肺腑,催人奋进。主要作品如《县委书记的榜样——焦裕禄》(合著)、《为了周总理的嘱托》、《一篇没有写完的报道》等,源自社会生活的深处,揭示社会生活的实质,看似朴实无华,实乃"大巧之朴"。其中《县委书记的榜样——焦裕禄》产生巨大反响,掀起全国学习热潮,焦裕禄成为共产党人、各级干部的楷模,成为艰苦奋斗、廉洁奉公、全心全意为人民服务的榜样,许多年过去了,焦裕禄依然活在人们心中,成为一种鼓舞人的精神力量。

穆青、冯健、周原合著的报告文学《县委书记的榜样——焦裕禄》,以河南省兰考县委书记焦裕禄为对象,赞颂他带领人民群众与自然灾害作斗争,改变农村落后面貌,鞠躬尽瘁、死而后已的高尚情操。文章分为8个部分,以8个小标题点出人物工作和行动线索,将焦裕禄置于人与自然灾害、艰苦奋斗与特殊化、勤奋工作与疾病困扰3组矛盾冲突中加以刻画。1962年,焦裕禄到内涝、风沙、盐碱灾害严重的兰考担任县委书记,一到任便全身心投入工作,深入走访调查,哪里有灾情,哪里有困难,便出现在哪里,到灾区看望困难民众,雪夜到难民集中的火车站开现场会,忍着病痛探流沙、摸风向等。他极为重视领导班子建设,耐心细致做干部的思想工作,克服怕困难、怕犯错误和软弱、悲观的情绪,树立战胜困难的信心和决心。他患有严重的肝病,发作时疼得手指发抖,左手经常揣在怀里按住作痛的肝部,在与自然灾害作斗争的同时,一直与疾病作斗争。1964年5月焦裕禄去世,临终要求把自己葬在兰考的沙丘上,"活着我没有治好沙,死了也要看着你们把沙丘治好"。焦裕禄不谋私利,不畏艰苦,忘我工作,全心全意为人民服务到最后一息的感人事迹,在全国城乡广为传颂。

《县委书记的榜样——焦裕禄》在中国少数民族文学史乃至中国当代报告文学史上,占有独特而重要的位置。"这部作品,把17年文学的优势发挥得非常充分,但也不可避免地带有那个时代的某些局限。它的精神价值是无可怀疑的:焦裕禄不但属于历史,也属于今天,今天的民众仍然在呼唤着焦裕禄。"①当代文学史家称其"为人们树起一座真正共产党人的光辉塑像。焦裕禄那'心里装着全体人民,惟独没有他自己'的崇高品质,艰苦奋斗、奋发图强的硬骨头精神,在20世纪60年代中期曾传扬在整个神州大地,扣动亿万心灵。这篇作品的发表,为'十七年'的'英雄人物报告文学'创作画上了一个非常动人光彩的句号。"②散文评论家称其"继续大胆探索,深入艺术开掘,超越了当时创作的平均水平,具有文体突破的重要意义"③。在"17年文学"这一时段,它是报告文学的幕终曲,带有总结性质,在强调阶级斗争的时候不写阶级斗争,在不允许写生活阴暗面的时候写老百姓逃荒要饭,通过写战胜灾难、克服困难表现共产党人的高尚品质和英雄气概,其意义不同寻常。时至今日,作品的审美价值和社会作用并未终结,"提倡艰苦奋斗,人们想到焦裕禄,反腐倡廉,人们想到焦裕禄,焦裕禄已融入了中华民族的文化精神。"④

1949年后,郭风历任福建省文联秘书长、《福建文学》副主编、福建省作家协会主席、福建省文学院院长、中国作家协会理事和名誉委员。郭风20世纪50、60年代的散文作品主要有《搭船的鸟》、《会飞的种子》、《在植物园里》、《洗澡的虎》、《蒲公英和虹》、《叶笛集》、《山溪和海岛》、《曙》、《英雄与花朵》等10余部集子。这些作品大半为抒情散文,另有些近似报告文学或特写的散文,还有些小品文,具有相当鲜明的艺术个性,很少像当时某些作家那样去

---

① 《中国报告文学精品文库·作品赏析》上卷,作家出版社1997年版,第392—393页。
② 余树森、陈旭光:《中国当代散文报告文学发展史》,北京大学出版社1996年版,第133页。
③ 刘锡庆:《当代散文:发展轨迹、分"体"考察和作家特色》,载《文学评论》1992年第3期。
④ 《中国报告文学精品文库·作品赏析》上卷,第392—393页。

第六章 中华人民共和国时期散文（1949—1976）

配合或迎合什么，大多数作品，特别是散文诗和抒情散文，或写故乡的山水和风物，具有浓重的乡土气息与民间色彩；或写儿童喜爱的动物与植物，表现纯真的诗心与童趣。尤其是散文诗，其思想和艺术成就为文学史家所公认。在中国当代文学史上，散文诗的创作不怎么景气，新中国成立后前17年间的散文诗创作尤显冷落，郭风是这一领域的"拓荒者"，其《叶笛集》代表了20世纪50年代中国散文诗创作的成就。散文诗既有散文的形式，又有诗的神韵，兼具二者的优长。《叶笛》一直被视为郭风早年散文诗的代表作和新中国成立初期散文诗的佳作，它将爱故乡、爱生活、爱人民、爱劳动等各种感情融为一体，情思绵邈，韵味悠远："啊，故乡的叶笛。/那只是两片绿叶。把它放在嘴唇上，于是像我们的祖先一样，/吹出了对于乡土的深沉的眷念，吹出了对于故乡景色的激越的赞美，/吹出了对于生活的爱，吹出自由的歌。"

马犁（1938—1992），原名马广利，祖籍河北肃宁，出生于吉林省集安县一个小商人家庭。少年时代即对演剧等文艺活动产生强烈兴趣，高中毕业后报考中央戏剧学院未果，开始文学创作，发表有许多散文。1981年被选送至中国作家协会文学讲习所学习，1983年调入中国作家协会吉林分会任专业作家。中国作家协会会员。著有散文集《水击三千里》，中短篇小说集《五彩缤纷的事业》《西望博格达》等。正当年富力强的马犁在文学领域辛勤耕耘并开始结出创作果实之时，不幸于1992年10月病逝。

马犁最初是以散文创作走上文坛的，其散文大多以家乡长白山区的秀丽景色、风土民情、掌故传说为内容，在颇具地方风味的山光水色中，曾经在这里战斗过的抗联英雄，生活在这里的采参人、放排人、工匠以及科学家被精心地描绘而出。它们是长白山人物画、风景画和风俗画，有着浓郁的地方特色。如《天池赋》《白山红翠莲》《春风桃李》《荡秋千》等，或写革命传统，或写现实生活,革命的优良传统和普通劳动者美好纯朴的心灵得到有力表现。虽然这些作品主题较为浅显直露,文笔也不够成熟,但仍然体现出其散文努力反映现实生活,不尚浮华,追求清新质朴的特点。

第五节　壮族作家散文

华山 1957 年调中国作家协会,不久下放到三门峡,写下《童话的时代》、《尖兵》、《山中海路》、《远航》、《大戈壁之夜》、《神河断流》等作品。1964 年下放到河南省林县红旗渠,写下《劈山太行侧》、《旱井世界》等作品,反映中国人民战天斗地建设家园的事迹。1979 年任广东省作家协会副主席,不久调回《人民日报》社。晚年写有《青青海罗衫》、《我当记者》等回忆性散文,以及带病在中越前线采写的《战士嘱托的报告》(获中国人民解放军总政治部嘉奖)。华山 50、60 年代出有新闻特写集《踏破辽河千里雪》,报告文学《远航集》、《黄河散记》等。

华山这一时期的通讯、报告文学侧重反映经济建设,选择重大题材,描写激动人心的建设场景,为奋战在社会主义建设第一线的人们放声歌唱。写大事,抒豪情,气势磅礴,雄浑激越,是这一时期华山报告文学创作的突出特色。代表性作品如《童话的时代》、《山中海路》、《尖兵》、《远航》、《神河断流》等。《山中海路》(载 1957 年《延河》1 月号,后收入《远航集》)记述新中国一批年轻的地质工作者深入祁连山,寻找铁矿的动人事迹,展现地质工作者为祖国探矿的艰辛历程。地质普查大队副队长、工程师彦继学是作品着力刻画的人物,他热情爽快、敬业刻苦、不畏艰险,全心全意为国家找矿,具有开阔的胸怀和崇高的人生目标。1941 年他进入地质学校,开始在野外找矿,却一无所获,便推迟婚期,骑一辆旧自行车,随身带一把铁锤、一只水壶和一口小铁锅,独自一人进入荒漠

第六章　中华人民共和国时期散文(1949—1976)

找矿,住老君庙,啃马铃薯,过着苦行僧般的生活,还曾遭国民党散兵抢劫,差点没把命丢掉,可当时一心追求的是"写几篇略有创见的论文,在地质界闹出一点名气"。在危难时曾多次被牧民营救,终生难忘,"可是自己该给牧区做点什么事情,当时连想也没有想过"。昔日,国民党政府请来美国专家带着几台钻机指导探矿,钻头极易损坏,只能到美国去高价购买,六七年也未钻出矿来,钻头倒换了不少,"原来那个美国专家是跑来做买卖的啊!"到过祁连山探矿的外国人不少,"可是每个人的结论都是:'祁连山没有铁,没有有价值的金属矿藏。'就和'西北没有铁'一样"。1953年苏联铜矿专家洪吉诺夫来到祁连山探矿,彦继学给他当了一年助手,学到很多,也想到很多,一种沉重的历史责任感涌上心头,想到省委书记的话:西北能不能建设成一个新的工业基地,就看你能不能把矿找出来。意识到有了矿,一个新型工业基地就可围绕它建设起来,西北的建设就会发生根本的变化。于是,他带领普查大队一群年轻的地质工作者,深入祁连山寻找铁矿,支援社会主义建设。他们不畏艰险,不怕困难,爬冰川,攀悬崖,在扎喜等藏族同胞的协助下,实地勘探,历尽千辛,终于找到了大铁矿。自然环境的险恶和工作条件的艰苦,地质工作者战胜千难万险的气概和极端困难条件下的高度乐观主义精神,蕴藏于字里行间,语言简练明快,画面奇丽壮阔,起伏着强烈的时代脉动。

以往的报告文学,大多采取"以事带人"的方式,《山中海路》则以写人为中心,用多种手法刻画人物,通过人物塑造来表现主题。作品的主要人物彦继学性格鲜明,次要人物也都有自己的性格特点,如裕固族县长布什安、藏族老牧人扎喜、地质队炊事员老李等,虽然着墨不多,却各具个性。这一方法,具有创新意义,是提高报告文学文学品位的一种新尝试,将写景、状物、叙事和刻画人物完美地结合起来。

在中国当代报告文学史上产生过广泛影响的名作《童话的时代》(入选《中华人民共和国五十年文学名作文库·报告文学卷》),满怀豪情地将振兴时期的祖国赞誉为创造了"神话的时代",对黄河三门峡水库建设构想进行讴歌,以流畅的语言、恢宏的气势,叙写三门峡惊心动魄的景象,叙写黄河的功勋和灾难,叙写三门峡水利工程在世界建设史上的重要地位和巨大作用。赞颂"童话的时代"就是"人民的时代",在这样的时代里,"昨天只能在梦里找到的东西,今天都由我们亲手做出来了"。具有强烈的诗一般的抒情色彩和浪漫情调,将神话、历史与现实紧紧联系在一起,字从心发,句随意到,酣畅淋漓,不板不滞,犹如黄河之水汹涌恣肆,表现千千万万劳动人民改造河山、战胜灾害的美好愿望。三门峡是黄河中游的著名峡谷之一,位于河南三门峡市与山西平陆县间。旧时河床中有岩岛将水道分成三股急流,北为"人门",中为"神门",南为"鬼门",故称"三门峡"。关于三门峡,历史上有不少神话传说和民间故事。三门峡水库,是新中国成立不久在黄河干流上修建的第一座大型水利枢纽工程,将修筑一道90米高的拦河大坝,把黄河拦腰截住,在三门峡上游的秦岭、六盘山和黄土高原之间的河谷平原上建设一个当时中国第一、世界第二、容积360亿立方米的巨大水库,对防洪、发电、灌溉、航行等具有重大作用。这是一个前无古人的伟大壮举,在国民心目中,其意义可与神话传说中的大禹治水相比。作品以历史事实和科学数据为基础,形象地描述黄河的历史功过,特别是黄河像乱滚的泥龙那样滚遍北中国所造成的历史灾难,同时也形象地表明中国人民要改变黄河面貌的决心,以及在全国范围内进行水利建设的光辉前景,旨在表现"人民的时代,童话的时代",在当时具有强烈的教育和鼓舞作用,至今仍有其认识价值。它不仅开拓了新题材,表现了新主题,而且突破了报告文学以叙事为主的传统格局,构建起叙事、抒情、议论相结合的复合型体式,使报告文学具有抒情散文和政论文章的优长。

作于1958年以三门峡水库建设为题材的《神河断流》,选取三门峡截流的惊险而宏大的场面,歌颂黄河的治理者,歌颂社会主义的伟大建设成就。作品以李白《赠裴十四》的诗句开头:"黄河落天走东海,万里写入胸怀间。""黄河落天"是建设者的胸怀,是时代的胸怀。以此为基点,记叙黄河8天截流的壮观场景,建设者的豪言壮志,截流指挥员的勇敢果断,庞大车队的往来奔驰,三门峡"这个世界水利工程的绝顶",今天已变为现实!表现人民的性格、人民的理想、人民的智慧,这一切合成人民征服自然的英雄气魄,字里行间,充溢着无羁的情感,语言随情感裹挟而出,这种激情与建设者的雄心勃勃、与建设时期的火热场景水乳交融。语言节奏和段落节奏,既具有跳跃性的纵横交错,又具有连续性的一气呵成,创造出浓郁、瑰丽、生机勃勃的意境,令人心驰神往。

《尖兵》、《远航》着力表现社会主义建设者远大抱负,在集中笔墨刻画人物过程中,传达出青年一代的追求和健康成长,以及祖国日新月异的喜人风貌。《尖兵》记述女子测绘队员来去黄河南北、穿高山过平原的艰苦卓绝的工作与生活。注重刻画人物,善于攫取人物行为、语言、心理的细节,使人物思想性格逐渐完善、丰满。如测绘队员的羊皮筏子在冬天的黄河上遇险,险情排除后,"文秀娣跳上河岸,浑身忽然冷得直哆嗦,牙齿格格格的。原来刚才在筏子上把她急的,冷都忘了"。又如,文秀娣组接到测量地形复杂的红土大深沟的任务,而在众多的三门峡测绘组中,她的小组技术力量最弱,所以文秀娣跑了两次队部想退换测区,后来虽然接受了,但又因进度缓慢担心影响先进集体的荣誉,对人物矛盾、犹豫的心理进行了细致入微的刻画。文章幽默、风趣,或以幽默风趣的语言,或以幽默风趣的故事,描绘青年人活泼可爱的特性,与他们的吃苦耐劳精神交相映衬,增强艺术表现力。如听黄河老艄公讲洋人乘筏,因不听话变成河心一块孤石的故事;为参加测量队外号"小白菜"的小蔡,因钻进筏上卷心菜堆偷渡,外号变成了"莲花白";队员朱素贞因疲劳过度,念数字时几乎睡着了,把"0"说成"洞",别人问她什么洞,她在睡眠状态中答"天然洞",嘴里一直念叨着"天然流水洞"。《远航》以中苏协作航测祁连山区为背景,以刚从俄文专科学校毕业的翻译方丽为中心人物,展现一幅幅为新中国的建设事业无私奉献的多彩画卷。方丽活泼爱笑,充满从天空到陆地、从陆地到海洋的天马行空一般的幻想,她带着喜悦和激动的心情参加工作,经过艰苦生活的磨练,迅速成长。

  上述两篇作品,不仅刻画了年轻建设者感人至深的性格形象,而且在场面渲染、景物烘托方面,也有独到之处。《尖兵》借姑娘们的观察视线描绘三门峡:"好凶的水啊!那么大条黄河,一冲进三座石门,就猛跌下去,恨不得把悬崖上的三个姑娘也卷到河底去似的。峡谷的出口,高山气势万千,如同直插蓝天的许多利剑,不知什么年代,地震把山峰震塌了半边,岩石滚落下来,堆成了一道石头的瀑布,你站在跟前,仰头凝望,满眼的石崖好象还在滚动着,整座大山随时都会突然倾泻滚落下来似的。而狮子头下,满河翻滚着咆哮的激浪和旋涡,一阵阵地翻上来压下去,翻上来压下去,沸腾如同火焰,疾飞如同闪电。"有客观性的直接描写,有主观性的想象发挥,山势险恶河水湍急,更衬托出"尖兵"事业的艰辛、伟大。红土大深沟"又是断崖,又是塌土,还有煤层、黄土层和三门峡的古海沉积岩层的断层露头,陡崖上挂满了山洪冲出来的沟沟缝缝"。将严峻的考验摆在女子测绘组的面前,克服艰难险阻的过程,始终闪耀着"尖兵"精神的光辉。《远航》的场面、景物描写,不仅起到渲染、烘托作用,就文章结构而言,还有点缀意义,增强作品的艺术效果。如文章开头对兰州火车站和风尘仆仆旅客的描

第六章　中华人民共和国时期散文（1949—1976）

绘:"满月台上,到处是老羊皮大衣,到处是狗皮褥子紧紧裹着好几床棉被的大铺盖卷。多少农民打扮的人,肩上扛着,背上背着,手里提着,胳膊上还挂着件青布棉袄或者光板皮大衣之类,好象要赶到哪里过冬似的。"抓住场面之中最重要的人的因素,描绘边疆地区欣欣向荣的景象和建设边疆人们的精神面貌,为中心人物的活动设下大时代背景。第二节方丽记忆中的南洋风景和机翼下祁连山晶莹皎洁积雪的对照描绘,不仅呼应文章开头,而且表现了人物纯真的梦想和热情。第三节大戈壁滩的喧嚣,荒漠的酷烈和风暴,祁连山区的响雷闪电、多雨多雪,恶劣自然条件造成的巨大障碍,以及秀丽的自然景色的多侧面描绘,透露出支援边疆、开发边疆、建设边疆的热闹景象,充实了作品的主题。无论是对艰苦自然条件的摹写,还是美好景象的描绘,都不是纯粹为写景而写景,而是基于对作品整体的考虑,进一步突出人物积极、乐观的生活态度。

华山是一个具有独特追求的作家,毕生将自己融入时代洪流之中,秉承时代的愿望,以手中之笔记录那些曾经战斗的人和正在战斗的人,使其作品具有涌腾、鲜活的神韵。他在《远航集·题记》中说:"在人类历史的长河里,一个人算得什么！一滴水,一粒沙罢了。可是,那穿透岩石的飞流,那劈开山脉的河川,那拥抱着整个世界的海洋,不正是水滴聚成的吗？"

周民震,祖籍广西鹿寨县,1932年出生于上海。1948年参加革命工作,历任广西壮族自治区文化厅厅长、自治区文联副主席。1955年开始发表作品。1959年加入中国作家协会。擅长于电影文学剧本,也从事诗歌和散文创作。20世纪50、60年代,在《人民文学》、《人民日报》、《长江文艺》、《广西文学》等报刊上发表了《白云深处走马帮》、《钟声》、《月亮田》、《花中之花》、《碧玉盘中》、《新绿》、《苗乡曲》等数十篇散文。1980年,结集出版了壮族当代文学史上第一部散文集《花中之花》。

周民震的散文,饱含着对广西少数民族地区山水的热爱和对社会主义新生活的赞美,以抒情笔调描写少数民族生活,描绘广西秀丽风景,刻画少数民族人物,反映青少年生活和社会现实问题。山寨小学的钟声、白云深处的马帮、耕耘月亮田的苗家七姐妹、深谙鹅经的牧鹅老人、平凡的生活场景和自然风光,一经其点染,就都如诗如画,新鲜活泼,具有清新的生活气息和浓郁的民族色彩。这些散文,篇幅短小,文笔清丽,意境优美,形式活泼,像一支支抒情短笛,吹奏着社会主义制度和民族团结的颂歌。《碧玉盘中》描写山高云低的谷中碧绿的"玉盘":"它绿得那样鲜明而纯粹,绿得那样丰盈而华美。是谁把一串脱了线的金黄和银白的珍珠洒在这碧玉盘中?一粒粒珍珠在盘中缓缓滚动,那金黄的珠儿滚过这边,那银白的珠儿滚向那边;一会儿,那金的银的又渐渐掺合起来,混在一块,构成了一幅活动的金斑银点的图案。"原来,这张碧绿的"玉盘"是高岜生产队的牧场,牧牛的是一个彝族男孩,牧羊的是一个苗族女孩。"一个生产队里说着两个民族的语言,一个牧场上却吹出了一个调门的牧歌。""一对牧笛和谐的协奏曲又在这丰美的牧场上空飘响起来,于是,我仿佛觉得这民族团结的花儿也开在这两支笛管里。"整篇散文就像一支令人陶醉的牧歌。《白云深处走马帮》动情地写道:"在那边远山区人迹罕至的地方,每天都有一串丁丁当当的铜铃声,从这里摇过一趟,雾中来,云里去,由远而近,由近又远","这是公社的运输马帮,这是山里人心中的盼望",铜铃摇过山顶的观察哨,摇过山谷里勘探队的帆布房,摇过一个个高山小寨。马帮的铜铃将居住在白云深处的人们和伟大的祖国联系起来。

周民震的散文不仅精细地描绘广西少数民族的风土人情,而且将质朴的爱献给建设新生活的人们。作者赞颂在山寨赶走愚昧无知、播种知识和文化的女教师,记叙巴凤山林场场长陈虎生的战斗业绩和建设功劳,还以一颗慈爱之心描绘中小学生朝气蓬勃的生活和天真活泼的形象,特别是那个把美人蕉称为"红领巾花"的5岁女孩新新,"啊!这是一朵共产主义花园中的新花,这是一朵花中之花!"(《花中之花》)作品常这样将一些平凡的事物上升到理想的高度。

第六节 那家伦、张长散文

那家伦,祖籍云南大理下关,1938年出生于昆明市。1951年,正在读初中的他参加了中国人民解放军,经过一段时间的卫校学习,成为一名卫生兵。这使他能够经常深入边疆和战士们中间,人民军队的温暖和同志的情谊,给他留下了深刻的印象,崭新充实的生活激起了年轻战士强烈的创作欲望,开始了文学创作。1958年参加血吸虫防治,回到美丽的家乡大理,巍峨苍山之麓和浩瀚洱海之滨的伟大民族,极大地激起了他的创作热情,同时提供了大量生动的创作素材。最初的散文《家》、《白衣赤心》、《鬼愁寨》、《洱海渔歌》等,描写人民军队医务人员救死扶伤的事迹,是防治血吸虫病斗争生活的真实记录和艺术写照,收入1960年出版的小说散文集《篝火边的歌声》。1960年调军队政治部门专门从事文艺创作,使他有更多的时间和机会深入边疆、连队,了解边疆各族人民和边防战士的战斗生活,叙写边疆军民的美好心声和战斗风貌。1964年,转业回家乡大理,如诗如画的苍山洱海和善良、正直、勤劳的白族人民的生活为他提供了丰富的创作素材。1965年,出版散文集《澜沧江边》。1960至1966年是其创作日趋成熟的时期,除少量诗歌和小说外,有百余篇散文作品面世,其中《然米渡口》、《思茅儿女》、《桢叶会》、《不落的天鹅》等较具代表性。

那家伦的文学创作经历了从诗、小说、散文并行,到以散文创作为主的过程。"渐渐地我喜爱上了散文这种体裁,而边疆的生活,似乎极便于用散文来反映:美丽神奇的风光,越逾历史的飞跃,一日千里的变化,丰富多彩的风土人情。这一切,多么便于抒发情怀,多么需要迅捷反映,多么应该彩笔绘描。许多老作家到云南来,都写出了很美丽的散文……于是,我也跟在他们后面,用一支笨拙的笔涂抹一幅幅色彩不匀、透视不准的水彩画。"[①]

赞美新时代、新生活,反映时代与生活的历史性变迁,是那家伦这一时期散文的基本内容。那家伦经历过旧社会的苦难,又阅历过战争的硝烟,因此最能感受到风光旖旎的新世界的美好和可贵。作者说,激励他写作的是不毛之地变为繁盛之区、一个民族从奴隶社会向社会主义的飞跃、一个村寨翻天覆地的变化、一个从血泊中站起来的人幸福地在建设新生活。其散文,无论是绘景状物,还是记事写人,都弥漫着新时代、新生活的光彩,都充满着对新生活的由衷的热爱与赞美之情。新与旧、美与丑的强烈对比感应着他的激情,因此,在赞美生动活泼的现实生活的同时,又常常喜欢把笔触伸向苦难的岁月,触动人们在苦难岁月中留下的斑斑伤痕,在交织着昨天与今天、黑暗与光明的描绘中,使人感到社会生活的历史性变迁,感到新生活的温馨。代表性作品为《然米渡口》和《思茅儿女》。

《然米渡口》叙述僾尼姑娘漂茜一家三代旧社会沦为头人"终身摆渡工"的悲惨命运,赞扬漂茜在新社会为边疆社会主义事业恪尽职守、忘我工作的精神,通过生活素描展现漂茜命运的变化,借一代新人的成长历程,反映一个民族的历史变革与新生,是一曲新人的赞歌、新生活的颂歌,更是一个民族新生的颂歌。"然米"

[①] 吴重阳、陶立璠:《中国少数民族现代作家传略》,青海人民出版社 1980 年版,第 206 页。

第六章　中华人民共和国时期散文（1949—1976）

在僾尼语里是姑娘之意，在然米渡口摆渡的正是一个叫漂茜的僾尼姑娘，家住西双版纳罗梭江边一个古老的渡口旁，身世十分悲惨凄凉："祖父欠下了头人的银元，只好以劳役来偿还——他小小年纪就成为'终身摆渡工'，不管风，不管雨；不给盐巴，也不给米，他日夜守在江边那间残破低矮的窝棚中"听候头人的役使。爷爷奶奶死后，阿爹阿妈又沦为头人的"终身摆渡工"。爹妈死后，幼小的漂茜沿江乞讨，一位善良的摆渡工收留了她。新中国成立后，她回到日思夜念的故乡，立誓言为边地人民做一个"终身摆渡工"，将全部精力乃至生命都奉献给摆渡工这一事业。她爱岗敬业，勤奋工作，跳入湍急的江流护卫老医生过江、为工人师傅捞回掉入水中的机器零件、奋力捉住企图偷越国境的敌特。漂茜美丽聪慧，拥有许多爱慕追求者，"不爱渡口，就莫爱我！"这是她的爱情誓言，男友波列也决心和她共守渡口，做一对人民的"终身摆渡工"。漂茜荣幸地被选为僾尼人的代表上北京观礼，受到毛主席接见。最终，渡口的竹筏、木船摆渡将被轮船代替，漂茜面前展现出一幅无限美好的远景。

《然米渡口》紧扣边地古老渡口背景，展开摆渡工英雄形象的描写，"江流湍急，船在颠簸，摆渡工脚踩风浪如履平地，好一幅生动的图画，出人意外的是，在激流中勇于奋进的是一位僾尼姑娘漂茜。"接着回顾摆渡工三代人的悲惨命运，情节曲折的哀婉回忆，笼罩着民间故事的传奇色彩，但又的确是边疆劳苦民众旧社会痛苦生活的艺术再现。作品采用欲擒故纵的逆笔法，前半部避而不写漂茜的粗犷，而写其纤秀，不写其深沉含蓄，而写其爽直热忱，不写其英雄勇敢，而写其平凡普通，为下文"平凡的摆渡工在平凡的岗位上做出了多么不平凡的贡献"埋下伏笔。后半部笔锋一转，满腔热情地歌颂这位普通僾尼姑娘冒风浪送老医生过江，4次跳入激流捞回掉在水中的机器零件，捉住想偷越国境的蛊贼。三件事像一面三棱镜,既互相映照又各放异彩,对人物美好内心世界作多侧面的艺术透视,揭示人物心灵美的根源,展现漂茜的崇高理想和高尚志趣,使其秀美热情的形象与开篇那激流勇进、勇敢粗犷的摆渡工形象浑然一体。过去是任人宰割的奴隶,而今却是社会主义建设的中坚,通过人物命运的鲜明对照,反映少数民族新人迅速成长,歌颂社会主义制度使少数民族的历史地位发生翻天覆地的变化。以旧社会的丑恶衬托新社会的美好,虚实相间,有力地揭示作品的主题。

《思茅儿女》叙述一个被从死门关救回的傣族孤儿成长为解放军女军医的动人事迹。新中国成立之初,解放军一个卫生队随团部进驻云南思茅,在残破的街头救活了一个奄奄一息的女孩,她叫艾新,自幼随父漂泊于澜沧江两岸,父亲给头人做苦工,不慎失足摔死,头人把她卖给人贩子宋三爷,被当作丫头使唤,受尽凌辱。宋三爷准备将她卖到内地,走到思茅,解放大军逼近,艾新高烧不省人事,便被弃之街旁。康复后艾新被交给地方政府,但这个自称"思茅儿女"的小姑娘一直尾随着部队不走,部队收留了她。在部队她学文化、学技术、学唱歌,帮助护理伤员、做饭、找柴火,一次外出为伤员找鸡蛋,几天没回,被暗藏于寨中的宋三爷绑架到深山里的土匪窝,直到这股残匪被歼,遍体鳞伤的艾新才得救。13年后,艾新成长为一个英姿飒爽的思茅女军医,"透过玻璃窗,我看到她站在手术台前,一双深邃的大眼发出坚定果断的光芒,那灵巧而熟练的手拿起一件件闪着光亮的器械。""祝福你,古老而年轻的思茅边城!祝福你,美丽而幸福的思茅儿女!"艾新人生命运的变迁,正是一个民族历史命运变革和新生的写照。

那家伦50、60年代的散文以描写云南边疆风光及各族人民的生活与劳动著称,往往以边陲秀丽的自然景色和民族风情为背景,表现傣、哈尼、基诺、白等族人民的生活变化,通过不同人物的命运

第六章 中华人民共和国时期散文（1949—1976）

变迁,反映少数民族地区的巨大历史变革和少数民族人民幸福欢乐的新生活。《不落的天鹅》记述傣家姑娘伊娜——美丽的天鹅从试飞、跌落到再起飞的经历。伊娜从小就沦为头人的奴隶,家乡解放的那天,一位解放军战士把她从硝烟中救出,而这个战士却因此受了重伤。之后,伊娜迎着朝阳上了小学、中学,又进了农业机械学校,当上国营农场的拖拉机手,正当她驾驶"丰收"试飞的时候,不幸受伤,腿被截肢,农场老支书鼓励她:只要有一颗不残废的心,就能在向共产主义长途飞翔中找到位置。原来这位老支书的双腿也是木头的,他就是曾经救过伊娜的解放军战士,傣家姑娘又一次得救,勇敢地迎着困难,再度起飞!《洱海歌声》写一个白族姑娘在月光下编织草帽,听大爹讲述把草帽送给红军、送给游击队员、送给那在家乡升起第一面红旗的解放军战士的故事,联想到毛主席手拿草帽走遍全国等情景,抒发苍山洱海儿女对家乡的热爱、对红军的怀念和对人民领袖的歌颂。《阿鸠》描写从小父母双亡、跟随祖父在森林中流浪的基诺族孤儿阿鸠,新中国成立后成长为一名边防军战士的历程。《美丽的树海》记述从土匪的劫持中被救出来的傣族姑娘依燕,新中国成立后成为林学院毕业生,当上了一名林业工作者。《竹窗记》生动描绘清新别致的自然景色,烘托边疆欣欣向荣的生活画面,展现傣家人的理想,感受边疆的山美、水美、人更美。《笑声淌满江》描写傣家人丰收乘筏回寨的喜悦,犹如一幅赏心悦目的山水素描。《筏上花》则是别具一格的人物画,描绘傣族少年水手激流勇进的英姿。《山乡之念》描写千方百计克服困难、为少数民族青少年而献身山区教育事业的教师。《山区的黎明》描写在艰苦环境中生气蓬勃、富有理想的农场女知识青年。《春晨锤声》描写走村串寨、全心全意为农业服务的流动铁匠"老犁头"和"小犁头"父女。《金燕》描写带病渡越激流,前去抢救产妇的青年女医生金燕。这些作品,描绘边疆各族人民沸腾的生活,表现边疆村寨翻天覆地的变化,展示边疆民族地区广阔的生活图景;或以抒情取胜,或以叙事为主,或托物言志,或触景生情,以独特的方式表现边疆各族人民的生活,地方色彩和民族气息浓郁。

那家伦50、60年代的散文在云南边疆艰苦环境和复杂斗争的背景下,集中描写人民军队可歌可泣的英雄业绩。由于特定的云南边疆地区民族生活的环境,那家伦散文所描写的人民军队的英雄业绩总是与少数民族人民的命运联系在一起而独具特色。如《篝火边的歌声》中医疗大队长朱明和司机小李冒着大雨出诊而受伤流血,是为抢救病危中的彝族老人茶凹林;《茶花调》中解放军的血防医疗队,治好了白族姑娘茶花的血吸虫病,使她成为一名出众的独唱演员;《舞剧》中边防军年轻的战士三次冲进烈火中,救出傣族姑娘依蒙,才使她成为舞剧编导和演员;《火把》中流浪孤女解英被解放军从病魔中拯救出来,后来成长为一名医生,当上了边疆卫生所的女所长。此外,女军医艾新、国营农场傣家女拖拉机手伊娜、架着竹筏穿行于激流之上的傣族小英雄岩英林,无一不是人民子弟兵从死亡的边缘上救回来的,给了他们新的生命。这些作品,既是一曲曲人民子弟兵的赞歌,也是一曲曲民族团结的颂歌。那家伦以散文的形式如此集中和热烈地歌颂各民族的友谊和团结,并将民族团结与各民族的生活命运紧密联系起来,这在当代少数民族散文创作中,确实不多见。

那家伦这一时期散文,立意新颖,结构别致,擅长写一人一事,一景一物,剪裁精当,无论取材、立意、谋篇、布局都颇具新意。写人有自己独特而深刻的感受,并非对人物进行一般的性格刻画,而是通过丰富的想象,把自己对生活的独特感受和强烈感情,铺洒于着意描绘的一幅幅形真神似的画面上。如《然米渡口》意境围绕人物展开,而人物靠作者的情思获得艺术生命,作品对主人公漂茜

第六章 中华人民共和国时期散文(1949—1976)

有两次肖像描写:第一次漂茜在纺线"艳红的火光,把她映照得很美";第二次"她的身体挺立着,火光把她长长睫毛下的眼睛照得更为明亮"。文末写道:"在这匹宽宽的红缎上,我们的一对佤尼青年,将要写下多么美、多么美的诗句啊!"这是情的升华,更是意的升华,佤尼青年的理想如何壮美,他们将如何为锦绣般的未来贡献自己全部青春,要靠读者借助这飘舞的绚丽的红霞去想象和填充。作品对人物的讴歌和对时代的讴歌完全融化在这深邃的意境中,卒章显志,言尽意长。那家伦的散文以饱满的热情抒写新时代,以真挚的感情赞颂新人物,往往通过对人物生活的描绘,表现人生命运的变化,借以反映一个民族的历史变革和新生,唱出一曲曲新人的赞歌和新生活的颂歌。

将边疆特有的山水风光的诗意描绘与战士热烈崇高的激情抒发融汇在一起,文笔优美,是那家伦这一时期散文的又一特色。那家伦散文很少抽象的、空洞的抒情,总是将自己炽热的情感,融汇入所描绘的风景和叙写的事件中,以富于情感的笔触描绘边疆的风景,色彩绚丽,充满诗情画意:

> 我们沿着翡翠的边境前进。绮丽、险峻的风光连连不断地奔来眼底,多少异叶奇花抚头挨肩而过,湍急的涧流像无缰的骏马在险崖下飞奔,山道上弥漫着蓝茵茵的雾。朝阳,从浓密的枝隙叶缝间投来一道道耀眼的光幕,给这幽深的峡谷添了几点光亮……
>
> 走出峡谷,迎面是一座更高的陡山。顺着两人多深的茅草中的小径,我们汗珠滚滚地翻上山峰。举目远眺,脚下的小路像一条蟒蛇,弯曲地爬过更高的山峰,伸进浓密密的雾中;回首望去,我们走来的路,已经隐藏在一片葱翠中。
>
> ——《沿着翡翠的边境》

翡翠的边境、绮丽的风光、险峻的高山、幽深的峡谷、数不清的异叶奇花，是云南边境的典型景色，也是边防军侦察员生活的典型环境。那家伦对美好的大自然和生活于其间的人们，怀有强烈而厚重的爱，并从中焕发出一种对一切可贵生命的美的呼唤和护卫的力量。

那家伦对美好的大自然历来抱亲和态度，从中汲取素材，也吸取灵感。美丽、富饶、神奇的云南大自然，始终在其散文中占有重要地位。它们或是作者思想感情的承载体，或是作品中人物活动的背景，或是独立的描写对象，具有自身的生命、灵性和艺术冲击力。《竹窗记》对边寨景色的描绘，见出作者善写人，更善写景，借描绘自然风光以抒发情怀。作品以"竹窗"为"银幕"，通过山水景物晨、夕、夜的交替变幻，描绘出一幅边疆人民生产、劳动、繁忙、欢乐的生活图景，用多彩的笔，绘一幅山水画，用情意盎然的语言，谱一首抒情的诗篇。那家伦曾是一名边防战士，参加过剿匪、防治血吸虫病的战斗，所描写的故事有的就是他亲身的经历，作品中的人物有的就是其战友。因此，当作者叙述这些故事和人物的时候，笔端自然流溢出深深的情感，那一股缅怀思念之情和着南国的花香月色，使读者为动人的故事所吸引，也为热烈的情感所感染。

张长，1938年生，原名赵培中，云南云龙人。1956年毕业于昆明医士学校。历任医生、文化馆工作人员、云南省文化局创作室编辑、《大西南文学》编委。1957年开始发表作品。1979年加入中国作家协会。写诗、小说，也写散文，著有散文集《紫色的山谷》、《三色虹》、《凤凰花与火把》、《宁静的淡泊》、《另一种阳光》、《远去的船》、《感受记忆》。这一时期散文作品主要有《傲尼人的老师》、《太阳花》等，其中《太阳花》是代表作。

《太阳花》记述西双版纳曼索寨傣族青少年学生烧制砖瓦，给集体增加收入却又互让荣誉的事迹。这批高小和初中毕业学生回到家乡后，就合计送给队里一点儿"见面礼"，根据队里搞副业的需求，他们悄悄伐木烧炭，和泥砌窑，烧制砖瓦，把在学校学工时学到的技术用上。他们分成两个突击组，展开相互竞赛，一个个像小老虎，劲头十足，成了泥人炭人，满掌打起血泡，连捏糯米饭吃都困难，但谁也不叫苦叫累。砖瓦烧成后为队里增加了一笔收入，两个组互相推让，谁也不要先进红旗。"我"去找二组长了解情况，她听"我"说外地砖瓦厂已改用新式煤窑，"烧的砖瓦质量又好，又快"时，便立即到公社开了介绍信前去学习。一个月后，曼索寨青少年学生用煤炭火烧砖瓦给集体增加收入的事迹，便在四乡传开了。二组长在挖窑时为救护小同学被塌土砸伤，"我"到医院探视，见同学们围在她床前，一个个仰着红彤彤的小脸，闪着坚定、自信的目光，正在秘密商讨试种三季稻的问题。张长喜用所爱之花比喻那些建树着辉煌业绩而又默默无闻的普通劳动者，当他们单独出现时，有着惊人的光彩，当他们身处群众之中，又平凡得令人分辨不出。作品中的"太阳花"就是如此，"花虽小，却红得灼眼。不开花时，朴素得像一丛小草，路边、墙脚，不注意根本认不出来。可只要一见太阳，哗一下，一片草地全红了！"作者正是以"太阳花"来象征新一代青年人，从写具体的人开始，又由此生发做更大范围的艺术概括。在医院"我"问二组长叫什么名字，她却说窗台上那盆小花叫"太阳花"。"我"问"它们为什么这样红呢？"她答"因为它们永远向着太阳"。作品由此生发开去，"是的，她就叫太阳花！他们都叫太阳花！太阳花，岂止在我们这儿有，你瞧，在那里，在兴安岭的雪杉林里，在大戈壁的红柳丛中，在万里海疆的波峰浪谷间……在我们阳光灿烂的祖国，有哪儿不是遍开着这红彤彤的太阳花呢！"

  细腻隽永，神韵清秀，独特的表情达意方式和诗意盎然的文笔，构成张长散文的特色。张长善于描绘美丽、神奇、丰富的西双版纳,常常透过表面现象,去发掘包含在自然风光中的社会生活内涵,以丰富的联想和诗的语言将平凡的事物诗化,创造出耐人寻味的意境。《太阳花》中的太阳花,在西双版纳的山谷和坝子里,随处可见,而作者却以他丰富的联想和独特的想象,巧妙地将一群天真、纯洁、刚投入新生活的傣家青年,比作一朵朵在阳光下开放的太阳花,描写他们怎样生龙活虎、无私无畏地为建设社会主义新生活而劳动,将平凡的自然景色和社会生活诗化,显示出作品的思想深度。《连理枝》选择的抒情媒介是在西双版纳随处可见的榕树,它枝繁叶茂,质地坚实,在记述榕树生长环境背景的同时,着重描绘榕树下僾尼人和傣家人合欢痛饮的情景,以此颂扬民族团结,树就像人那样,紧紧地攀着肩膀连在一起,"一代代下去,越长越粗,越长越茂盛,什么力量也不能把它们分开。"缀满连理枝的榕树,显然已成为社会主义民族大家庭中友谊的象征。即使反映重大题材的散文,也处处洋溢着诗的激情,刻意追求一种诗的意境。

张长的散文善于写人,普普通通的劳动者,一到其笔下,便产生出动人的艺术魅力。《僾尼人的老师》便是一首边疆女教师的赞歌。在僻远的僾尼山寨,一个学校只有一位教师,工作是何等繁重,然而女教师丝毫不觉得单调寂寞,却感到生活的充实有趣和丰富多彩。从早晨小溪边洗脸到大青树下摇铃上课,从中午吃饭与僾尼大嫂的嬉笑到晚上批改图画作业,作品从平凡的生活中,挖掘出人物高尚的志趣,表达对社会主义新人的热爱和歌颂。

张长散文的语言朴素、清新、活泼、优美,充满抒情韵味。行文十分注重语言的抒情美,如:"茉莉:娇小、白色而纯净,香味不浓但清新——我算认识了这朵花。"这是在借花颂人。又如"一定是撒着欢的春天的小鹿,撞进了她的心里",不言而喻,姑娘是被年轻猎人的爱情之箭射中了。张长的散文还刻意追求一种音乐的旋律和节奏,以声韵之美衬托出生活的诗意,如《节日的欢乐》写道:

"水声乐声,笑声串串,歌声阵阵,鼓声梆梆,傣族的泼水节呵,是一个欢乐的海洋。"一气用了几个叠字形容数种音响,给人以紧凑欢快之感,与欢乐的人群兴奋愉快的心情十分合拍。

第七节　乌·白辛与《从昆仑到喜马拉雅》

赫哲族当代散文代表作家当推乌·白辛(1919—1966),吉林市人,青少年时代即开始戏剧演出和写作活动,进行抗日救亡宣传。1945年参加东北民主联军第七纵队文工团,创作有歌剧《好班长》、《送饭》、《郭志太太杀鸡》、《土地是我们的》,话剧《四海为家》等,表现人民军队火热的战斗生活以及人民子弟兵与群众的鱼水情。1951年随中国人民志愿军赴朝鲜,参加抗美援朝战争。1953年调八一电影制片厂从事编导工作,多次赴新疆和西藏等地深入生活,拍摄了《在帕米尔高原上》、《勾格尔王》等反映新疆民族风情和考古文物的艺术纪录片。1958年调哈尔滨话剧院任专业编剧,创作有话剧《黄继光》、《雷峰》、《印度来的情人》、《赫哲人的婚礼》,电影文学剧本《冰山上的来客》,歌剧《映山红》、《焦裕禄》等。其中《赫哲人的婚礼》和《冰山上的来客》为其代表作,以深刻的主题和感人的艺术魅力确立其在新中国话剧电影文学界的地位。1966年9月21日,遭"四人帮"诬陷迫害去世。

乌·白辛在从事戏剧电影文学创作的同时,也创作了不少游记式散文,著有散文集《从昆仑到喜马拉雅》。"在祖国的大地上,我爬过好多山,走过好多路。我喜欢朋友们承认'旅行'是我的专业,我避讳人们称我为'作家'。因为我没有丰富的词藻和才智,写出我看到的听到的,游刃有余地倾泻出我心里想说的话。"[①]"作

[①] 乌·白辛:《赫哲人的婚礼·后记》,中国戏剧出版社1963年版。

为一个旅行者,能用足迹填补起地图上的空白,把祖国瑰丽的山河大地一览无余,形象地画在心里……那又是多么令人意往神驰呵!"(《昆仑山》)乌·白辛正是出于对祖国大好河山的诚挚热爱和热诚向往,而从事散文写作的。因而,从他的散文中,很难看出刻意营造构思和阐述哲理的人工斧凿痕迹,文风朴实,创作态度真诚。

乌·白辛是新中国成立后第一批深入西藏高原旅行探险和进行文学创作的作家之一。1955年作者带领一个电影摄制组,拍摄一部有关藏北阿里地区的自然山川、风土人情的影片,从新疆南部出发,越过昆仑山、冈底斯山到喜马拉雅山,走访了被称为高原的高原、屋脊的屋脊的西藏阿里地区。《从昆仑到喜马拉雅》正是记述这段令人难忘的充满艰险而富有意义的生活,表现人类征服自然的勇气和信心,包括《昆仑山》、《冈底斯山》、《喜马拉雅山》和《帕米尔高原历险记》四篇作品。

《从昆仑到喜马拉雅》以生动的笔触描写在旅行过程中所观赏到的奇异自然景观和所经历的严酷自然环境。"当你翘首把目光投到云层的最高的边际,便发现云层的后面有一座大冰山的圆顶,在月里闪射着乳白色光芒,它像一个美丽的少妇,盖着云被,露出甜睡的面孔。我想这座山应该是岗拉木且,因为我再找不出一座山比她更高,比她更美。云带一条条的扯开了,有的披在她的肩上,有的复在她的腿上,巨大的冰舌,是她的乳房,一直下垂到她的腹部雪田上,她侧卧着,满身披着蓝汪汪的月光。"(《冈底斯山·暴风雨之歌》)"我踌躇着是否选择一个低凹的地势隐蔽一下,还没容我下定决心,新的疾风又把整团的沙尘卷起,我闭上眼睛伏在鞍桥上打了个旋转。就在这瞬间狂风暴发了,它咆哮着,跳跃着,吱着黄牙涌起冲天的浪涛。柽柳树像被巨人揪住头发的疯妇,呼天抢地地哭嚎"(《昆仑山·在塔里木的遭遇》)。"旅人在峡谷里

第六章　中华人民共和国时期散文(1949—1976)

要整天和黄土纠缠,头顶上是一线黄天,脚下是一条黄地、黄人、黄马、黄骆驼。风镜、口罩、裸露的脸皮上漆满一层厚厚的黄土。几十公尺外便什么也看不清。"(《昆仑山·黄色的峡谷》)"风涛,在灰蒙蒙的月光下,挟带着沙粒、风化石,向我们凶猛的扑打。虽然头部已经武装起来,但为了保全风镜,却不得不半侧着身子与暴风抗拒,骆驼不止一次的挣断了驼链,像一只没有舵的风船,身不由己的向山坳里飘去。"(《昆仑山·翻过桑株大坂》)将塔里木狂沙中的柽柳树比作被巨人揪住头发的可怕的疯妇,而把夜色中披着云带和月光的岗拉木且山形容为一位冰清玉洁的美丽温柔的少妇。作品赋予塔里木和岗拉木且以人的气质和性格,将遥远的陌生的异地景物真切地拉到读者所能感受的艺术的近距离状态。在旅人通过黄色峡谷的描写中,集中用了7个"黄"字,给人一种简练的色彩感,仿佛一幅印象派的绘画。

《从昆仑到喜马拉雅》并非一味地描写和渲染大自然的神奇与可怕,而是以更多的笔墨揭示处在大自然怀抱中的旅行者的艰辛与勇气,以及他们乐观浪漫的情怀和对未来充满希望的信念。"鞭子挂在墙上是旅人最大的忧郁,我多么渴望着听到节奏轻快的马蹄,在眼前不断展开新的境界。""这几天,我天天做梦,几乎是每次都要梦见天际的森林和清亮的泉水。……从此,我懂得了旅伴们的心思,那一对对沉默向天边瞭望的眼睛,又潜藏着多少渴望的忧虑,在干巴巴、黄褐色的戈壁上,人们的梦想又是多么的单纯而固执!"(《冈底斯山·在漫长的旅路上》)将旅行和探险与人类对未知世界的探索联系起来,尽管人们或许会被暂时的"海市蜃楼"的幻象所欺骗,但人类追求真理,创造未来的精神和毅力将会使人类到达理想中的美好天堂。

《从昆仑到喜马拉雅》以诗一般的语言记述流传在高原少数民族地区的美丽神奇的故事与传说。《帕米尔高原历险记》记述了这样一个神话:一个守护花草的仙女,为了成全一对塔吉克恋人的婚事而触犯了天条,被天神永远困锁在山顶,她流下的热泪冻结成冰,盖住巍峨的山岭,她在苦难中熬白的长发,变成山上长年不化的积雪。神话热情歌颂了那个不惜生命为恋人盗取仙花的勇敢的塔吉克青年,对善良的守花仙女的不幸遭遇表示了深切的同情。《喜马拉雅山·勾格王国》记述古代一个叫勾格王国的百姓们,为保卫国家,不分男女老幼,与残暴的侵略者徒手搏斗,最后与敌人同归于尽的壮烈事迹。勾格王国虽然灭亡了,但当时百姓们传唱的歌谣却流传了下来:"为了兴水利,诸天出主意。传令筑堤坎,引水灌农田。穿过神镜滩,凿开狮鼻崖。盘转莲花山,雪水导进川。"可以想象到当时勾格王国的兴盛和安定,也可以感受到生活在祖国大家庭中的各族同胞对战乱动荡生活的悸惧和憎恨,对美好和平社会的向往和珍视。

《从昆仑到喜马拉雅》记述了远离家乡,不畏艰险,驻守边疆的人民战士以及他们与当地兄弟民族的鱼水深情。《昆仑山·一个维吾尔人》描写一位维吾尔族老乡,赶着毛驴,给山里的边防军送粮,却遇上大雪封山,他只穿着单薄的棉衣,晚上冷了就烤火,或者围着粮食垛子跑步,"同伴临别给他留下一口袋馕,为了挨延时日,他每天只能吃一个,饿极了,便用马尾拴个粪蛋套野鸽子吃。"当作者问他为什么不吃口袋里的米面时,他回答:"那是送给边防军的……知道吗?是送给国防军的!"只一句普通的话,一位爱战士胜过爱自己生命的可敬可爱的人物形象便活生生地立了起来。《昆仑山·冰山上的玫瑰》中那段关于戒指的美丽动人的故事以及它在人民中的传诵和加工,正是对军民之间深情厚谊的歌颂和赞扬。

第七章　中华人民共和国时期散文
（1976—2008）

第一节　新时期少数民族散文概述

新时期，少数民族散文创作迅速走向成熟、繁荣和丰收，报告文学、随笔、通讯报道、游记、抒情散文、叙事散文、文化散文大量涌现，作家辈出，作者队伍迅速壮大。著名作家萧乾、端木蕻良、黄裳、穆青、华山、郭风、黄永玉、玛拉沁夫、柯岩（满族）、张承志、高深、那家伦、晓雪、杨苏、张长、敖德斯尔等不断有新作问世，一部部出自少数民族作家手笔的散文和报告文学集相继出版。如萧乾《搬家史》、《美国之行》、《北京城杂忆》，端木蕻良《化为桃林》，穆青《彩色的世界》，黄裳《黄裳书话》，郭风《汗颜斋文札》，黄永玉《往日，故乡的情话》、《这些忧郁的碎屑》、《太阳下的风景》，张承志《绿风土》、《荒芜英雄路》、《一册山河》，那家伦《花海集》、《红叶集》，舒乙《老舍的关坎和爱好》、《我爱北京》，马瑞芳《名士风采录》、《学海见闻录》，杨明渊《钟情鸟》、《苗岭情思》，张昆华《梦回云杉坪》、《鸟和云彩相爱》，鲍尔吉·原野《善良是一棵矮树》、《青草课本》，杨世光《孔雀树》、《爱神在微笑》，杨盛龙《山乡小桥》、《杨柳依依》，冯艺《朱红色的沉思》、《逝水流痕》，赵玫《一本打开的书》、《以爱心，以沉静》、《从这里到永恒》，玛拉沁夫《远方集》,敖德斯尔《银色的白塔》,张长《紫色的山谷》、《三色虹》、《凤凰花与火把》,晓雪《梦绕苍山洱海》,周民震《花中之花》,胡昭《珍珠集》,马犁《水击三千里》,叶广芩《景福阁的月》、《我本是散淡的人》,马自祥《东乡秋雨》,柯岩《船长》、《美的追求者》,理由《她有多少孩子》、《手眼神通》、《理由小说报告文学选》,霍达《万家忧乐》,杨苏《艾思奇传》,景宜《节日与生存》等。这些散文作品题材广泛,立意新颖,风格技法多样,引起各族读者和文学界的关注与好评。

新时期少数民族散文不仅数量上相当可观,而且质量也有显著提升。萧乾《北京城杂忆》获中国作家协会全国优秀散文(集)杂文(集)奖;柯岩《船长》、《特邀代表》,理由《中年颂》、《扬眉剑出鞘》,穆青《为了周总理的嘱托》(合著)获第一届(1977—1980)全国优秀报告文学奖;理由《希望在人间》、柯岩《癌症≠死亡》获第二届(1981—1982)全国优秀报告文学奖;那家伦《开拓者》、理由《南方大厦》获第三届(1983—1984)全国优秀报告文学奖;理由《倾斜的足球场》、霍达《万家忧乐》获第四届(1985—1986)全国优秀报告文学奖。这些作品不仅是少数民族散文中的精品,而且是整个中国当代散文的上乘之作,充分显示出少数民族散文创作的成就。

新时期少数民族散文拥有一支庞大的、高素质的创作队伍。他们主要由三部分人组成:一是新中国成立前步入文坛的老作家,如萧乾、端木蕻良、黄裳、郭风、黄永玉、穆青、华山等。他们虽然有着不同的人生遭遇和创作追求,但是又有大体一致的社会经历与创作方向。他们有的走遍世界各国,学贯中西;有的青少年时代便投身革命,出生入死,有深刻的人生体验和丰富的生活积累。他们具有热爱祖国、热爱人民的高尚情怀,讲真话、写真情的创作原则,不为名利牵引、拒绝媚俗的文学操守。社会的、历史的、人生的、学

第七章　中华人民共和国时期散文(1976—2008)

识的和文学的蕴积,汇聚并转化为笔底波澜,使他们的作品达到炉火纯青的境界。二是新中国成立初期登上文坛的中年作家和本时期涌现的生力军,如蒙古族的鲍尔吉·原野、乌力吉、苏尔塔拉图、桑·舍力布、高文修、杨帆、布仁巴雅尔、巴·那顺乌尔图、长江,壮族的凌渡、冯艺、苏长仙、蓝阳春、岑献青、何培嵩、庞俭克、苏方学,回族的马瑞芳、马犁,满族的舒乙、赵正林、鲁野、康启昌,白族的那家伦,苗族的杨明渊、向启军、马蹄声,仫佬族的潘琦、包晓泉,土家族的杨盛龙、颜家文、温新阶,纳西族的杨世光、拉木·嘎土萨,彝族的张昆华,傣族的程林,撒拉族的闻采,达斡尔族的苏勇等。他们是新时期少数民族散文创作的主力军,勇于探索,善于创新,具有更开阔的视野、更丰富的内涵和更深刻的思想;创作手法更具个性,不再满足于简单的歌颂,而是将自己民族的发展、个人命运放置在中国历史大背景下加以审视,多层次、多角度地表现生活;敢于触及人们关注的社会热点,揭示国家民族心理的缺陷和深层问题。三是兼写散文的诗人、小说家和戏剧电影文学家,如壮族诗人韦其麟,小说家陆地,戏剧电影文学家周民震;白族诗人晓雪,小说家张长、杨苏、景宜;满族诗人胡昭、柯岩、中流,小说家舒群、关沫南、赵玫,戏剧电影电视文学家赵大年、关守中;蒙古族诗人那·赛西雅拉图、特·赛音巴雅尔、毕力格太,小说家玛拉沁夫、敖德斯尔、扎拉嘎胡、安柯钦夫,戏剧电影文学家超克图纳仁、云照光;藏族诗人格桑多杰,小说家益希单增、丹珠昂奔;彝族小说家李乔;维吾尔族小说家柯尤慕·图尔迪;土家族小说家孙健忠、李传锋;回族小说家霍达、张承志;瑶族小说家蓝怀昌;达斡尔族小说家孟和博彦、额尔敦扎布等。这些诗人、小说家、戏剧电影文学家的散文创作,丰富了新时期少数民族散文创作,为少数民族散文百花园增添了更加鲜艳夺目的光彩。

　　新时期少数民族散文,题材内容不像以往那样只限于歌颂家乡、歌颂新生活、歌颂社会主义革命和建设中涌现出来的新人新事,而是多层次多角度地展现生活、展现社会变革、展现本民族和国家的历史、现状及未来,揭示其内在的丰富蕴涵。理由《扬眉剑出鞘》以中国女子击剑运动员栾菊杰在西班牙第29届世界青年击剑锦标赛上,忍着伤痛,奋力拼搏,夺得亚军为契机,叙述一个女子运动员成长的经历。报告文学发表后,引起强烈反响,对于正在一心一意搞现代化建设的中国人民是一个极大的鼓舞和激励。马瑞芳《煎饼花儿》从山东人最常见的食物煎饼说起,整篇散文并不长,但跨越年代比较大,以人们最常见的煎饼为题论事,令人感到自然亲切,寓意深远:"不要忘了吃煎饼花儿的年代,更不要忘了连煎饼花儿也吃不上的年代吧。"杨世光《夜石林》描写夜色下阿诗玛形象的另一番景色后,笔锋一转,写"活的阿诗玛"——一个叫普莲红的撒尼姑娘,她不但人长得美,歌唱得好,舞跳得棒,而且还有一颗美好的心灵。使人们从历史上的阿诗玛和现实生活中"活的阿诗玛"身上看到撒尼姑娘对爱情的坚贞与渴望。那家伦《开拓者——寄自风雪前线的报告》以饱满的热情,叙写科尔沁草原霍林河露天煤矿的建设,来自不同地区,不同民族的普通工人、技术人员、领导者为祖国的建设挥汗如雨,艰苦创业,终于开拓出一片新天地。萧乾《北京城杂忆》由10篇反映北京旧城风土人情的短文组成,将北京城市建筑、古迹、语言、风土人情等文化氛围详加勾勒,透露出作为一个北京人的骄傲。世界上任何一个国家,任何一座城市都有自己的特色、自己的传统,北京的风俗、北京的传统文化是北京立于世界都市之林的资本,北京的魅力、北京的迷人之处,"不是某地某景,而是这座城市的整个气氛",整个文化氛围。

新时期少数民族散文,题材广泛,立意新颖,富有哲理和深刻思想内涵的作品增多,触及社会现实问题、人民群众所关心的热点

第七章 中华人民共和国时期散文(1976—2008)

问题、敏感问题的作品增多。或从宏观角度展现少数民族地区的重大变化,或从微观方面探索各族人民心灵的变化,或写整个民族的挫折与发展,或写社会的一角或个人的命运。国内与国外,人物与事件,社会与自然,山川湖海与草木虫鱼,都被纳入笔端。艺术上,既重视本民族散文传统,又努力突破僵化的模式,进行新的探索,在写人叙事、状物抒情、行文谋篇等方面,都出现了新手法和新形式。创作技巧、表现手法比以往更加新颖、多样化,风格多姿。各民族作家具有崭新的创作姿态和创作心态,具有较高的知识、素养、能力。他们直面社会现实,关注历史文化,沉思历史的哲理和文化的底蕴;不担心边缘化,尽情为"边地"诉说和歌唱;具有"美文"意识,用"美文"再现自然美、社会美和人情美、人性美;重视人的生存状态和生命状态,力求在作品中表现自己的人生感悟与生命体验;将艺术地表现自己的真情实感作为创作要义,努力用自己的话语和自己的言说方式写作。作品具有鲜明的时代特征,独创性和心灵化程度较高。

1977年以来,少数民族散文创作的发展演变,大致经历了这样几个阶段:新时期初期的复兴阶段,80年代的繁荣发展阶段,90年代以来的多元新变阶段。

新时期初期少数民族散文和报告文学的复苏,始于歌颂老一辈无产阶级革命家,悼念被林彪、"四人帮"迫害致死的文学家、艺术家和科学家。这些作品反映了这一时期各族人民的独特情怀,情真意切,境界高远,具有动人心魄的艺术魅力。较著名的悼念之作,如张长《泼水节的怀念》以华彩柔美的文笔,描绘周总理当年与傣族人民共渡泼水节的动人情景,火红的凤凰花、灿烂的阳光、晶莹的水花、尽情欢笑的脸庞、像是长着绿色云朵的荔枝树,渲染出傣族人民和周总理共渡泼水节的欢乐幸福氛围。傣家人把敬爱的周总理当作光明和吉祥的象征,把总理参加泼水节当作比梦还要美的记忆,当总理逝世的噩耗传来,乡亲们像是被雷击中,都在荔枝树下号啕大哭起来,"老咪涛"(老大娘)不相信,当变得低沉无力的"伊腊呵"(泼水节跳的一种集体舞蹈)的歌声在荔枝树下响起时,她一大早就在树下等着、盼着能很快见到周总理那魁伟的身影。文章绵绵情深,令人感泣。穆青等人的《为了周总理的嘱托》真实地报道了农民科学家、植棉老模范吴吉昌不忘周总理嘱托,在屡受挫折和打击的情况下坚持科研的感人事迹。吴吉昌直至生命垂危之际,仍在崎岖的科学之路上奋力攀登,充分表现了一个农民科学家对党、对人民、对科学的拳拳之心。由于周总理的嘱托是他在科学之路上坚持不懈前进的动力,所以对吴吉昌的歌颂与悼念,也就是对周总理的歌颂与悼念。文章笔调沉稳庄重,文字朴实无华,引起强烈反响和共鸣。

进入20世纪80年代,少数民族散文迎来繁荣发展的局面。随着四化建设和改革浪潮日趋高涨,少数民族散文创作伴随时代脉搏的律动,唱出各族人民开拓奋进之歌。从天山到五指山,从蒙古草原到云贵高原,民族地区四化建设和城乡改革的重大事件与新气象,都在少数民族散文中有着程度不同的反映。其中较具影响的,如那家伦《开拓者》报道北疆霍林河大矿区的建设历程,展现大草原天翻地覆的变化,描绘一群"四化"建设者的形象,他们来自五湖四海,属于不同民族,但都充满四化建设的热情,具有开拓者的创业精神。作品善于从生活中撷取富有诗意的东西,同时又注意将作者的激情同被描写人物的激情交融汇合,因此扣人心扉。虽然思想深度挖掘不够,文字有雕饰痕迹,但总的来看,"它有力地歌颂了我们社会主义创业者的高度英雄主义精神和那些可尊敬的社会主义新人"[①]。作品对报告文学的形式作了新的探索,

---

[①] 冯牧:《从〈开拓者〉谈起》,载《民族文学》1984年第3期。

将笔触掘进到边疆民族生活的最深层次,以新的价值观念对所描写的人和事进行深刻审视和艺术再现。

随着知识分子政策的贯彻落实,涌现出许多赞颂知识分子的少数民族散文和报告文学作品,其中以马瑞芳和胡昭的作品较具代表性。马瑞芳《女学究轶闻》、《名士风采录》刻画了一批著名专家、教授的生动形象,以新的时代意识思考人物的生活与际遇,字里行间时时闪射出当代思想的光华。作者长期任教山东大学,深厚的古代文学素养,使其笔致从容而雅驯。胡昭《冰雪小札》、《珍珠集》以写意的方法写人,展现闻一多、丁玲、田汉、艾青、田间、流沙河、周良沛等作家和诗人的风采,他们为人为文的个性特点,表现得栩栩如生,对艾青深沉、宽厚、幽默、机敏和浸透诗情性格的勾勒,尤为生动传神。

随着对外开放政策的实施,增强与各国的友好往来,国际题材的少数民族游记连篇涌现。影响较大的篇什如萧乾《美国之行》,穆青《在斜塔下》、《维也纳的旋律》,玛拉沁夫《飞往非洲》、《缝纫鸟》等。这些国际题材的游记,通过对异国社会生活和自然风物的描绘,表现国际社会问题、各国人民的友谊或某种带启悟性的主题。这类作品的涌现,是新时期少数民族散文发展的可喜现象,从一个侧面表明少数民族散文家生活与艺术视野的拓展和文学题材的扩大。

20世纪90年代以来,少数民族散文创作进入多元新变的阶段。商业文化语境使得少数民族散文创作面临着前所未有的挑战与考验,随着以经济建设为中心的确立和商业时代的来临,人们的价值观念、行为方式和文化态度都发生了转变。在"边缘化"的过程中少数民族散文不得不接受商品社会法则的侵袭,然而边缘化恰恰使90年代以来少数民族散文创作成为一个真正自由、自主的时代,一个真正反映个性特征和真正多样发展的时代,尽管仍有着

"弘扬主旋律"的要求。自新中国建立以来,少数民族散文就形成了关注现实,与时代主潮共生共荣的传统。这一传统在新时期少数民族散文中所表现出来的直面现实的忧患意识,不但在80年代十分明显,而且形成的创作惯性也作用于90年代以来的少数民族散文演变和创作主题之中。

20世纪90年代少数民族散文一如既往地描写边疆各族人民的生活,抒写乡土情怀。少数民族散文作者来自从天山到喜马拉雅山,从白山黑水到彩云之南的边疆少数民族地区,熟悉边疆少数民族人民的生活,对边疆少数民族有着深厚的情感。张昆华《多情的远山》、《遥远的风情》、《梦回云杉坪》以"美文"形式表现云南的美,作品兼具地域特色、民族特色、美感特色,既闪耀着高黎贡山、哀牢山、玉龙雪山和金沙江、澜沧江、瑞丽江的绮丽光彩,同时也使美好的江山在语言艺术之光的辉映下更加绮丽。赵玫创作有《我的祖先》、《那遥远的斜阳》,前者叙述满族历史故事,描写作为满族历史与文化象征的紫禁城,作品没有作实录式叙述或再现式描写,只是借助片断的故事和典型的景物,表现民族情感和对民族历史的感悟,包括对民族历史变迁、满族民族性格和满族女性命运的深刻思考。后者既是写母亲,也是写母族,祖母将民族的血脉汇入兴旺而古老的家族,也将这血脉传给了"我",使"我将把编故事当作生命的方式并取得成功",与其说是文学才能的传承,不如说是民族精神的传承。以充满诗情画意的语言,歌颂满族人民世代相传的信仰与寄托。

故乡是童年的摇篮、心灵的寓所,少数民族散文作者大都离开故乡到都市学习工作生活,对故乡一往情深。走遍全国和世界不少地方的黄永玉,始终忘不了故乡,其散文写得最多最好最动情的是故乡的山水和人物,如《往日,故乡的情话》、《太阳下的风景》、《这些忧郁的碎屑》描写难忘的故乡山水与人物,写人物生活和思想的片断,以片断写全人,进而写时代。杨明渊《苗岭情思》描写生养自己的贵州苗乡,抒发苗岭情结和故乡情怀,既抒写对故乡的热爱和眷恋、故乡风景的美丽和风习的美好、故乡人情的温馨和人性的善良、故乡昔日的苦难和今日的欢乐,也不回避苗乡曾经的蛊毒迷信,人们谈蛊变色,被指为"蛊女"的女性命运悲惨;在描写"蛊女"命运的同时,亦揭示苗乡在理性和人性方面的某些缺失、生存的艰难、人生的劫难、人性的善良美好与邪恶丑陋。表现出20世纪90年代以来少数民族散文不多见的悲悯意识和忧患意识,而正是这种悲悯意识和忧患意识,使杨明渊对故乡的爱表现得更加深沉。

抒写亲情、友情、爱情是20世纪90年代少数民族散文的重要题材内容。从表面看,这些作品大都写家务事、儿女情,但其目的不仅在讴歌家庭和亲戚之间的人伦情味,也为折射更为广阔的社会人生。冯艺《朱红色的沉思》充分表现了亲情、友情、爱情、师生情、乡土情、民族情和爱国情,情感丰富,思想深沉,民族特色、地方特色和个性色彩相当鲜明。舒乙《我的思念》抒写对父亲老舍的思念,情感真挚、深沉,源于亲情又超越亲情,情与理在相当深广的层面达到融合,在对父亲无尽的思念中,包含着对社会、对人生、对历史发展的深切关怀,对人类面临的某些共同性问题和人类感情某些本质方面的哲理性体察与领悟。赵玫《你的栗色鸟》、《门口的鲜花》、《幸福的牵扯》等,不仅表现天下父母心和母女之爱,而且表现对人类、对社会、对自然的关爱,山川中写人,家事中抒情,情真意切、温馨醇美。作品以广阔的社会人生为背景,注重对情感的升华,同时注意情与理的关联,因此既有诗情又含哲理,思想感情容量深厚。

20世纪90年代少数民族散文创作呈现自由、多元的状态。张承志散文突出人文关怀,《荒芜英雄路》(入选《当代中国作家随笔》丛书)编者所作内容提要云:"生活的磨难和心灵的煎熬,化成了《荒芜英雄路》、《芳草野草》等篇章;出自生命对自然的感应和作家内心迸发出的呼唤,《心灵模式》、《神不在异国》等充满力度的文字就极具穿透力。"晓雪《雪与雕梅》、《晓雪序跋选》题材广泛,形式多样,写山水,也写人物,写国内见闻,也写国外观感,描写大理苍山洱海带着深刻的生命体验和人生感悟,具有丰富的文化内容和思想蕴涵,体现自然美、人情美和人性美。杨苏《艾思奇传》充满历史感悟、人文精神和哲学智慧,同时深刻而生动地表现出对历史法则、人生意义和生命真谛的审视与追寻,具有丰富的思想内涵和独特的艺术魅力。穆青《彩色的世界》描绘世界各地著名自然景观和世界各国人民从古至今创造的丰富多彩的人文景观,对世界各国人民创造的大量物质文化成果和精神文化事象,作了生动描写。同时,表现世界各国人民的美好人性和彼此间的深厚友谊,以生动的人物形象和艺术语言记录世界各国人民对中国的向往和对中国人民的情谊。郭风《汗颜斋文札》内容涉及日常生活、民俗民风、自然山水、地域文化、文史知识、爱情婚姻、散文写作等,文体包括散文诗、小品、随笔、游记、传记、论文等。言之有物,语出肺腑,笔墨纵横,在自由自在的形式中表现出非凡的历史洞察力和对人情物理的透彻理解。舒乙《我爱北京》和《梦和泪》描写北京风俗人情、北京的人、北京的事、北京的情调、北京的语言,"京味"十足,题材多为改革开放后的北京,且侧重文化方面,既写北京的"可爱之处",也写北京某些不尽人意的地方。

　　进入21世纪,少数民族散文创作持续着上世纪末的态势,各民族作者仍旧继续着一贯的描写故乡美丽迷人的山水、风物、人情、世态,记叙游历祖国乃至世界锦绣河山所见、所闻、所感,盛赞中华尤其是各民族地区大好山河,回忆逝去的童年或过去的时光,赞叹故乡惊人的今昔变化,只是多了些对少数民族地区自然、人文环境遭到破坏的忧虑,环保意识渐浓。阿拉旦·淖尔(裕固族)《我的八个家 我的天格尔》、龙章辉(侗族)《晨光弥漫的村庄》等,从情感的故乡出发,描摹一幅幅田园山水画,文笔和情感流畅自如。和国才(纳西族)《紧挨摩鲁纳的小学》怀念故乡岁月,氤氲着浓郁的故土难离情,远行的心灵依然魂系故园,远走他乡的游子,离家越远的人,对故乡的情谊就像酿得越醇越浓的美酒。那家佐(白族)《博大、厚重又多彩——壮家文化巡礼》、袁智中(佤族)《最后的魔巴》以文化散文的形式,对壮族文化和佤族文化进行解读,仿佛走进壮乡和佤山,感受那一方水土养育的人们和他们灿烂多彩的生活方式,以及精神领域里的神奇诡异。这不是某种猎奇,而是作家以人类学者的眼光和博大的人文情怀,对一个民族拥有的文明与文化忠实而形象生动的记录描写。格致(满族)《告诉》以独特的文本样式记述几个人与几棵树的战争,作为一个绿化工作者,当看到几个人起诉几棵小树时,突然有一种站在强与弱之间的尴尬,有一种说不清道不明的滋味。鲁诺迪基(普米族)的随笔《关于〈1985年〉及其它》是对人性的诗意表现与探索,呈现出一种特有的气质和刁钻,妖艳和诡异,刁钻和诡异中却有人性基本的真切和朴素,在平凡和伟大之间游荡的人性,呈现出的正是深邃诡谲和朴素真切。张承志《脆弱的城市》、吴琪拉达(彝族)《大雪飘飘的故乡》、曲木车和(彝族)《爸爸的猎犬》以对照笔法写自然、人文环境的被破坏,文化的消失与保护,体现出浓郁的环保意识。

第二节 特·赛音巴雅尔、鲍尔吉·原野等蒙古族散文

特·赛音巴雅尔,1938年生,内蒙古兴安盟人。1958年毕业于内蒙古师范学院蒙文系。历任教师、干部、编辑、记者,中央少数民族翻译局翻译,《民族文学》副主编、编审。1955年开始发表作

品,写诗、小说,也写散文。著有散文集《晨鸟》、《啊,额吉河》、《红峰驼》、《九十九粒红豆》等,大部分发表于20世纪70年代末以后,或描绘草原生活,或缅怀纪念老作家,表现出强烈的时代感。

特·赛音巴雅尔散文,摒弃那种重情思而轻事实的写法,正视矛盾,正视现实,撷取内涵量比较大的素材,表达其主观感受和理性认知。文学界有一种观念,认为散文不像小说那样具有内在的震撼力,时代的狂涛巨浪反映在散文上只是微波涟漪,给人以细雨和风、轻描淡写之感。诚然散文以美文著称,以抒情见长,确与小说不同,同样可以拨动时代的强音,可以表现时代意识,抒发时代之情。《头马》描写一个普通的公社书记巴音巴特尔,在那场全民大灾难中,其爱人丧生,但他没有只顾抚摸自己的伤痕,而是带领牧民在共同富裕的道路上飞奔。《啊,额吉河》启示人们应如何对待那些虽受极"左"思潮影响而又为人民立过功的干部。《白云兴安赞歌》颂扬林海深处伐木工人抵制极"左"思潮的精神面貌。《特牧驼哈达的传说》贯穿着一个美丽的传说,更蕴含着一个动人的故事:蒙古族知识分子乌恩巴特尔早年在日本留学时,因不肯把自己的论文出卖给日本教官而被学校开除,而今他在大兴安岭林区实现了自己的愿望。作者站在一个民族历史的新起点上审视过去,将着眼点放在对一个民族精神的整体关照和民族的自强意识上。《晨鸟》描写一个在汽车上出生,现在又驾驶着汽车在草原上飞奔的年轻姑娘,她的奋斗追求、向往更高层次的物质与精神生活。这些人物虽经历各异,特性各不相同,但在他们身上,共同折射出一种自强不息的民族个性之光,一种崛起的奋斗精神,这是蒙古民族固有的民族素质的延续,也是其新的民族素质的铸造。揭示一个民族世世代代、生生不息的缘由,体现当代文化意识,显现出深邃的历史纵深感。

特·赛音巴雅尔散文注重对民族精神的探索,对时代精神的抒发。散文由于篇幅所限,不能大刀阔斧地刻画人物,捕捉的只能是生活的侧面,从一个侧面折射民族精神和时代精神的光彩,这就需要作者精于构思。特·赛音巴雅尔擅长构思,在刻画人物时往往采用与草原上的自然物类比、对应、象征的手法,写草原人情物事、民风民俗,往往将艺术笔触在历史与现实的波峰浪谷中作反差极大的纵向跳跃,使作品具有一个较大的历史跨度,因而使作品内蕴较大的情感力量和理性张力。《晨鸟》中晨鸟与汽车是两种不相及的事物,却将它们有机地组合在一起,将在草原上飞驰的汽车喻为欢快的晨鸟,这是吉祥的祝福,是理想的寄托。作品在晨鸟与汽车之间架起一座由此及彼的桥梁,深刻地表明了作者的主观感受,也写出了当代意识。《叮咚,叮咚》由一位普通干部在"文革"中的遭遇联想到人生道路的艰难坎坷,将正确对待人生的态度集中在骆驼形象的塑造上,骆驼那执著坚定、一往无前的形象可以说是一个民族整体精神的写照。"我望着那峰渐渐远去的骆驼背影,联想着人生。啊,它真象一只乘风破浪勇往直前的小舟,消失在朝霞满天银波荡漾的雪原深处。然而,它那有节奏的悦耳动听的铃声,仍然回响在我的耳边。"构思巧妙,联想丰富,表现出的不仅是限定的画面,还有由画面联想而出的丰富意境。草原上的审美对象丰富多彩,作者对草原风物十分熟悉,草原风物成为其对生活进行哲理思考的媒介和借以开掘民族精神的形象。《特牧驼哈达的传说》将一个美丽动人的传说有机地组合于情节结构中,从其意境到所蕴含的哲理,无不成为现实的铺垫,传说为虚,现实为实,以假衬真,以虚映实,挖掘蒙古民族深层的文化心理和民族灵魂。《娜布琪玛河的故事》以娜布琪玛河作为线索构思全篇,有传说故事的穿插,有对消逝的青春和爱情的痛苦回忆,有对极"左"思潮的痛心疾首,有对女主人公娜布琪玛的赞誉,通篇笼罩着一种历史感。从传说到历史,从十年动乱到步入现代化偌大的历史跨度，作品却举重若轻，可见构思之缜密。

特·赛音巴雅尔散文，注重意境的营造。意，即作家头脑中所蕴藏的创作意向、想象和作家捕捉形象的深刻观察力。林纾《春觉斋论文》云："文者，唯能立意，方能造境，境者，意中之境也。"散文意境的创造，依赖于构思立意。由于特·赛音巴雅尔常以草原的景物构思谋篇，因而草原景物便成为其作品中心思想的有机组成部分，成为焕发和启迪民族精神的动力。生长在草原上的作者最擅长描绘如诗如画的草原意境，它的坦荡辽阔、它的多姿柔情、它的山川河流、它的冬夏阴晴，雄鹰、骏马、晨鸟、大漠，雨后的草原、天空、河流、牛马、羊群，显得那么澄明透彻，生机勃勃，闪烁着光彩，从有限的物象中流泻出悠悠不尽的美，并赋予其活泼泼的生命。笔墨可谓细微缜密、丰富多彩，唱出一曲大自然的生命之歌，但这首草原情曲绝不同于屠格涅夫笔下的俄罗斯草原，特·赛音巴雅尔笔下草原的生命意志、性格精神都焕发出时代的光彩，折射出新时期蒙古民族的自强意识。

特·赛音巴雅尔还有一些缅怀纪念老作家的散文，其中《难忘的教诲》和《花儿为什么这样红》两篇较具代表性。前者以一个学生的视角，回顾笔者与蒙古族著名诗人纳·赛音朝克图的交往，文字朴实、自然、平易，没有丝毫的虚饰与夸张，但却蕴含着无比丰厚的内涵和感人的力量。后者从一个访问者的角度，披露赫哲族著名作家乌·白辛在"文革"中被迫害致死的经过，以泣泪泣血的文字，尽情讴歌历史、讴歌英烈、讴歌中华民族的民族魂，感人至深。

鲍尔吉·原野，祖籍内蒙古哲里木盟宾图旗，1958年出生于呼和浩特，生长于赤峰市昭乌达盟。赤峰师范学校毕业。辽宁省公安厅《平安》杂志编审、辽宁省公安厅专业作家、辽宁文学院合同制作家、辽宁作家协会副主席。1984年开始文学创作。著有散文集《善良是一棵矮树》、《百变人生》、《脱口而出》、《酒到唇边》、《思想起》、《世相铁板烧》、《一脸阳光》、《羽毛落水的声音》、《青草课本》、《每天变傻一点点》、《草家族的绿袖子》、《风吹哪页读哪页》、《浪漫是情场的官僚主义》等，其中《善良是一棵矮树》获全国第五届少数民族文学创作"骏马奖"。

《羊的样子》是鲍尔吉·原野散文代表作，最能体现其艺术个性。作品绘声绘色地描写羊的善良、温驯、纯洁、美丽、祥和，还生动形象地描绘猪的"忙碌、肮脏与浑浑噩噩"，牛的"勇猛"与看不见被杀的"天真"，猴的"上蹿下跳"与害人害己，以及"天上的尊者"鹰、盲目自杀的鲸和带有"佛性"的众生，在对照与比较中凸显了"羊的样子"。在一些重要的语境中，要言不烦地谈论各种各样的人，特别是"执刀的人"、不计算动物寿限的"屠夫"和有"天天活羊"招牌的餐馆的"厨工"，刻画他们杀戮"活羊"时的随意、潇洒与凶狠。作品还谈及叶利钦、萨达姆、安南、胡志明，对释迦牟尼爱说的"众生"与佛经里说的"众生皆有佛性，只是尔等顽固不化"进行辨析与诠释，认为"佛性"是一种共生的权利，而"不化"乃是不懂与众生平等。在 2500 余字的篇幅里，或描写或议论生存与死亡、善良与凶残、和平与杀戮、人性与兽性、人道与反人道，涉及动物世界和人类世界的诸多问题。篇幅虽短，但主题复声多义，语言文字蕴藉深厚，古今中外，旁征博引，描写议论挥洒自如，生动活泼，率性随意，涉笔成趣，人类追求真善美的愿望与对世界和平的企盼，蕴涵于字里行间。

鲍尔吉·原野的散文多方显现草原神韵和蒙古民族的精神。作者虽已离开故乡，离开草原，却不能忘怀故乡的草原和养育自己的民族，在创作中一直描绘故乡和草原。如《蒙古男人》、《青草课本》、《羊的样子》、《草家族的绿袖子》、《草》、《青草远道》、《静默草原》、《风吹草动》、《南风里有青草的香味》、《草还是草》、《古拉日松河的歌声》、《腾格尔歌曲写意》、《满特嘎》、《萨如拉》、《宝音三》、《斯琴的狗和格日勒的狗打架》、《金毡房》、《对酒当故乡之歌》、《小羊羔》等，带着故乡情结、民族情结和草原情结，具有民族风格、地域风格和草原风格，或隐或显地呈现出作者的艺术个性，直接或间接地透露着作者对蒙古文化和蒙古人心理的深刻理解。

鲍尔吉·原野的散文善于描写蒙古族男人和女人、老人和孩子。《蒙古男人》是其中的代表，作品不写蒙古男人的剽悍威猛和粗犷豪放，却细致入微地写他们的柔情："你看蒙古人的眼睛，眸子深处总藏有一些珍怜。当他们注视马、羊、孩子和女人的时候，这些珍怜便会流露出来，仿佛面对一个易碎的珍品。因此，他们经常赞美的是马、女人和土地。"继之通过比较更加生动深刻地描述蒙古男人爱马与其他人的本质差异，同样是看马蒙古族人和其他人不同，跟赌马以求发财的香港人尤其不同，"在蒙古男人眼里，马并不是牲畜与动物，它是——马，一种骄傲的、具有神奇速度、外貌俊美的高等生物。因此，当蒙古男人抱着马的宽厚的颈子时，眼里的神情令人感动。"继而写蒙古男人柔情中包含的"浪漫"，说他们"把情爱视为人生大事，赴汤蹈火，缠绵悲壮"，对自己倾心的女人极其真诚和热烈，"不太理解虚伪是怎么回事"。当他们"发现令人倾心的女人时，会肆无忌惮地盯着她们看"，"眼睛像火把一样，似乎能烧光她们的衣服和羞耻之心"，而每个蒙古女人也都知道，"被人看就是被赞美"。换句话说，蒙古女人能够而且乐于接受蒙古男人这种又强烈又浪漫的爱情方式。鲍尔吉·原野也写蒙古男人的粗犷豪放，但不像一些作家那样只写其表层，而是将笔触深入蒙古男人的心灵深处，表现他们人性层面和生命层面那些美好可贵的内质，在其笔下，蒙古男人外在的粗犷豪放与内心的柔肠百转互为表里，和谐一致，蒙古男人的"傻"、"懒"、"喜饮"等，也都从人性层面和生命层面进行开掘，生动而深刻地展现其民族性

第七章　中华人民共和国时期散文（1976—2008）

格和民族精神。

鲍尔吉·原野的散文善于描写蒙古族男女老幼的歌唱，并通过这种描写显现他们的心灵。《青草课本》集中的40余篇散文全都关于音乐，写巴赫、马勒、莫扎特、德沃夏克、贝多芬、勋伯格、柴可夫斯基、施特劳斯、詹姆斯·拉斯特、麦克·鲍顿等著名音乐家和他们的杰作，写听《月光》、《春天》、《第九交响曲》、《我的祖国》等作品的感受。而更令人折服的，还是他对蒙古族音乐的感受和精彩描述，使人感受到蒙古人的心灵和草原的律动，进入如痴如醉的境界。如《云良》、《腾格尔歌曲写意》、《对酒当故乡之歌》、《歌唱》、《萨如拉》、《古拉日松河的歌声》、《唱歌，就是歌唱》、《耳语》等，写蒙古族音乐，如诗、如画、如歌。《云良》是其中的代表，作品分五部分，手法好似走马灯的旋转、川剧的变脸和电影的交叉蒙太奇。第一部分，写云良是一个女人的名字，认识云良，要到草原上，具体描述内蒙古草原的自然环境和人文生态，云良可能就在科尔沁草原，在自己的故乡。第二部分，写云良没有到过城市，也不知道几十里外的人怎样生活，但是人们全知道云良，北京一次颁奖晚会上，坐满蒙古人那桌突然响起歌声，突兀中觉得豪放，倾听后感到柔婉多端，歌罢方知是蒙古人都会唱的云良，原来云良是人名，也是歌名。第三部分，写作为草原女人的云良，看到母羊有时不接受刚生下来的羊羔，便唱一支名为《陶爱格》的歌，凄婉无际，"直到母羊流着泪给羔羊哺乳"，4月的庙会上，一拨又一拨的蒙古族女人让你分不清哪个是云良，但看到这些健硕、端正、羞涩、大胆、善良，眼里充满柔情的女人，"你觉得'云良'一听就会唱了……因为她们正站在你面前笑，海蓝色的蒙古袍镶着橙色的滚边儿，银耳环和银扳指的花纹里透着岁月的洁白"。第四部分，写如果想要真切地了解云良，就去听齐·宝力高的马头琴曲，他最了解蒙古女人，了解她们的美丽和一生劳碌，了解她们的芳香和忧戚，琴声中有克鲁伦河、嘎达梅林、天上的风,然后有云良。总之,云良是蒙古族的民歌,同时是大草原上的蒙古女人,是齐·宝力高大师的马头琴,是蒙古人的生活和蒙古族文化的写照,也是蒙古族历史和蒙古人心灵的镜子。这相互交融的一切,通过既真真切切又扑朔迷离的文字描述,有意蕴、有韵味、又有趣味。第五部分,阐述蒙古族民歌的主旋律、艺术风格和审美效果,指出蒙古族音乐与蒙古族的悠久历史、草原上丰富多彩的生活与牧民们美好善良的心灵世界之间的深刻关联。文学语言和音乐语言各有自己的优势,作者并非想用文学语言来挑战音乐语言,而是想凭借对音乐的爱,用语言来描述音乐,特别是蒙古族那些无比纯正和清澈、如同草原上露珠和溪流一样的民歌,表现民族自豪感。

总之,鲍尔吉·原野善于驾驭多种散文形式,包括抒情散文、叙事散文、幽默小品、札记随笔等,不仅具有理性、粗豪、犀利的风格,也有感性、细腻、温柔、敦厚的风采。在新时期以来用汉语写作散文的蒙古族年轻作家中,他产量多、质量高、有艺术个性。

萧乾 1979 年平反后,长期担任中央文史馆馆长。新时期,年逾古稀的老作家焕发出创作青春,历经 30 年风风雨雨,仍不改热爱祖国、热爱社会主义的拳拳之心,以饱满的热情和深刻的思考写下大量回忆性散文,以及国际题材的游记和观感,先后出版《美国点滴》、《一本褪色的相册》、《负笈剑桥》、《北京城杂忆》、《搬家史》等散文、特写、回忆录。这些作品具有丰富的历史内涵、深刻的人生体验和独特的生命感悟,其中《未带地图的旅人》、《往事三瞥》、《一本褪色的相册》、《北京城杂忆》、《八十自省》、《在洋山洋水面前》、《关于死的反思》等文深受好评。

讲真话,写真情,表现饱经忧患的老作家为人处世的赤子之心,是萧乾新时期散文的最大特点。《未带地图的旅人》是 1979 年作者新编《萧乾散文特写选》代序,艺术地记叙作者半个世纪的思想和创作历程,以真实的事件揭示历史现象的本质,以形象描写表达对社会生活的感悟,是以文字"素描写生",只在剪裁上作了"艺术加工"。人生的爱与憎、义与利、荣与辱,创作上的知与行、得与失、成与败,都有着真实反映,时时处处表现出讲真话、写真情的风格。如写第二次世界大战期间冒着德国法西斯的炮火从事采访时,既写自己同纳粹炸弹的"缘分",1944年成百上千纳粹架飞机轰炸伦敦,自己住所中弹,但仍在"炸弹四落"状况下坚持写作;也写自己领到随军记者证的复杂心情与有欠勇武的模样,"翻开战地记者证,看到那句'此记者如被俘获,须按照国际红十字会规定,给予少校待遇'时,心里还怦怦直跳,摹想耷拉着脑袋走在俘虏队伍中的情景。"《一本褪色的相册》以生动的文字回顾作者几十年的生活经历和创作道路,亲切委婉,深挚动人,多难曲折的人生足迹清晰可辨,表现一位热爱祖国、热爱人民的知识分子历经磨难的一生和磨练出来的美好人性。《八十自省》记述一位九死一生的80岁老人的人生体验和生命感悟。这些散文不仅真实生动,而且蕴涵至情至理,讲真话、写真情,叙述历史的巨变、现实的沉重,表现对故土深沉而强烈的爱。

  回忆性散文在萧乾新时期散文创作中,无疑占有重要的地位。《搬家史》《往事三瞥》《北京城杂忆》《关于死的反思》《在洋山洋水面前》《黎明曲》等回忆性散文"在作者俏皮、活泼、凝重、深沉诸多色彩的交替闪回中,显得多姿多彩。过去与现在,描述与思考,民俗与心理……构成这些文章的要素,使回忆录避免了枯燥乏味,面面俱到,读来或妙趣横生,或感慨系之。"①《搬家史》便是其中的代表性作品,记叙自西欧回国到"文革"动乱结束的十多次"搬家"经历。1949年8月,萧乾谢绝英国剑桥大学中文讲师之

---

① 李辉:《北京城杂忆》编后记,萧乾:《北京城杂忆》,生活·读书·新知三联书店1999年版。

聘,毅然归国,满腔热情地为祖国建设贡献自己的知识和才华。起初作为一名著名记者、作家却得不到专心写作的时间和机会,然后是不被重视。1957年春,刚受到一丝信任,讲了几句真话,便被打成"右派"到农场劳动,接着妻子下放农村,一个温暖的家分成了几处。好容易熬到60年代初,摘掉"右派"帽子,却又被"文化大革命"的狂潮卷到湖北干校充当壮劳力。之后,这位世界知名记者、作家竟在一间由七八平方米的门洞改成的房子里生活和工作了五六年,直到"文化大革命"结束。每一次"搬家",都有一个难忘的故事,通过记叙屡次"搬家"的经过,表现坎坷的人生经历和命运的沉浮,展现一个爱国知识分子曲折的生活道路。开篇将回国前的自己比作一只漂泊在外却又十分恋家的鸽子:"不象苍鹰,鸽子并不以体貌惊人。尺把长的身躯,圆圆的那咕—咕—咕得儿咕的啾声单调而且平淡。然而在那小身子儿里装着怎样的坚毅和果敢啊!它们的生活目标无比单纯:就是要回家,它们为之全力以赴。"然而这只鸽子历尽风雨雷电飞回故乡,却无枝可栖,不得不四处颠簸,多么令人痛心。使人敬佩的是面对这一切不幸,虽有怨言和针砭,却无半点悔恨与绝望:"在不少方面,中国确实还不够美好,但我们总归是吃她的奶水长大的。对这百年来天灾人祸,受尽欺凌的国家,总该有份侠义之情吧。"这是作家发自内心的肺腑之言,也是中国知识分子热爱祖国报效人民的传统美德。《搬家史》不仅是作者个人的搬家史,也是近几十年中国爱国知识分子的命运史,新中国成立以来国家历经了许多磨难,而在每一次磨难中,首当其冲的便是知识分子。萧乾在叙述自己那些可悲可叹的生活故事的同时,清醒地看到中国知识分子共同的遭遇,既展现强权统治下知识分子的处境和地位,也审视其自身的种种弱点,无疑为今后的社会发展提供深刻而有益的参照和启示。

《搬家史》文字清新简洁,毫无刻意雕琢之感。作为作家兼记

第七章 中华人民共和国时期散文(1976—2008)

者的萧乾,深谙创作必须精练才有力量的真谛,曾说冗赘散漫是文章的大敌,写散文非讲求文字经济不可。确实,一个完全可以写成几部书的近30年的苦难历程被高度浓缩在短短的58000字之内,可见在剪裁和叙述上的艺术匠心。在勾勒人物上,更是惜墨如金,如第二章"以场为家"中写作者被打成"右派"下放农场,仅有一次机会回家过春节,便去看领导,可那位大干部却"方方正正地坐在他那把硬木太师椅上,劈头就问我劳动得怎么样。我把路上想好的话说了一遍,表示尽管改造得不好对自己还是乐观的。现在党中央连象王耀武那样的国民党战犯都释放了,我相信自己总比他们会……那位大干部铁青着脸,半腰里就把我打住,恶狠狠地说:'你就是文艺界的王耀武。'凉了。我立刻后悔此番自讨没趣,找上门来挨他的骂。"只寥寥几笔素描,便将那位大干部的蛮横和作家的悲惨,刻画得栩栩如生,令人感慨万千。

《往事三瞥》也是萧乾回忆性散文的重要作品。文章叙述三件往事:1920年代,一位远离故土逃到中国的白俄老人"大鼻子"以乞讨为生,最后饥寒交迫"倒卧"而死,遗尸异国他乡;1930年代末,赴欧海轮上一个生来便无国籍的青年,为得到国籍,不惜充当雇佣兵,以鲜血和生命去换取;1940年代末,从香港归国前对祖国的向往以及坚定不移的信念,作者不愿成为一个流落异国的"白华",变成一个没有国籍的人,在人生的一个大十字路口,做出自己和一家命运的抉择:拒绝英国剑桥大学的聘书,也不留在香港工作,坚定不移地随地下党经青岛回到北京。巧妙地将三件看似毫不相关的事,以有无祖国这条线贯穿起来,通过彼此之间鲜明形象的对比,表明没有祖国、没有国籍的人是悲惨的,在祖国的怀抱中是幸福的,表现强烈而深沉的民族感情与爱国主义精神。写作此文时正值作家刚从噩梦般的反右运动和"文化大革命"中醒来,内心存有深重的创伤,但他没有沉湎于那段痛苦的回忆,更没有流露出一点悲观失望的情绪,而是以坦荡的胸怀抒发对祖国深厚的情感和对未来更坚实的信心:"这的确是不平静也是不平凡的三十年。在最绝望的时刻,我从没有后悔过自己在生命那个大十字路口上所迈的方向。今天,只觉得基础比那时深厚了,想的积极了——不止是不当白华,而是要把自己投入祖国重生这一伟大的事业中。"作品以具体可感的人物和事件来表现深厚的爱国主义情愫,语言平实、活脱,感情真挚、坦诚,对比、映衬、烘托、铺垫等艺术手法的运用,增强了文章的表现力。

反映北京旧城风土人情的《北京城杂忆》由10篇短文组成:《市与城》、《京白》、《吆喝》、《昨天》、《行当》、《方便》、《布局和街名》、《花灯》、《游乐街》、《市格》,还有一篇附记《〈杂忆〉的原旨》。萧乾是北京人,对北京的城市建筑、古迹、语言、风土人情等,十分熟悉。"我是羊管儿胡同生人,东直门一带长大的。头18岁,除了骑车跑过趟通州,就没出过这城圈儿。如今奔76啦,这辈子跑江湖也到过十来个国家的首都。哪个也比不上咱们这座北京城。"透露出作为一个北京人的骄傲,世界上任何一座城市都有自己的特色,自己的传统,北京的风俗、北京的传统文化是北京立于世界都市之林的资本。北京的魅力、北京的迷人之处,"不是某地某景,而是这座城市的整个气氛",整个文化氛围。"京白"的委婉动听,"吆喝"的合辙押韵,街道、胡同名称的别致有趣,风味小吃、游艺的可口、娱人,年节花灯的异彩纷呈,服务的多样、周详。《〈杂忆〉的原旨》云:"我是站在今天和昨天、新的和旧的北京之间,以抚今追昔的心情,来抒写我的一些怀念和感触","不是昧着良心,而是照我自己的意思写","不掩饰对昨天某些事物的依恋,也不怕指出今天的缺陷"。作者依恋的是这座古城的整个文化氛围,旧北京人谦和、多礼的处世哲学。缺陷既指旧北京满大街的垃圾、恶狗、乞丐、八大胡同、死囚车、兵痞警棍等,也指当今北京精神文明、社会风气的倒退,一些文化精髓的失落。作品把对历史文化的思考和生活艺术的趣味融为一体,在中与外、新与旧诸多事物的比照中抒情议论,活泼、俏皮、京味十足的语言运用,具有浓郁的地方色彩和强烈的时代气息。

《关于死的反思》根据亲身经历,以富有个性特色的艺术话语,阐述对生死的超然与独见,从"对生命有着执著的爱",到"死才第一次对我显得比生更为美丽",再到"死亡使生命对我更成为透明的了"和"死亡对我还成为一个巨大的鞭策力量",对生死的认知在一步步地深化,人生态度也越来越豁达、坦然、积极,表现出一位世纪老人对生死问题的哲学思考和处理生死问题的人生智慧。人到暮年,不把死亡当成禁忌,没有对死亡的恐惧,还要对死亡"唱一赞歌",同时发誓"跑好人生这最后一圈",这样的境界不是一般人能达到的。生死问题是人生的根本问题,也是文学的永恒性话题。

《在洋山洋水面前》抒发爱国民族情感,旅欧7年,两度赴美,看到的"洋山洋水"不少,可是面对"洋山洋水",作者的心没有一天离开过祖国,看到好的,恨不得立刻带回国;看到不好的,则希望自己的国家得以幸免;总盼着"自己的祖国能够摆脱贫困和愚昧,自己的民族不再低人一等"。在洋山洋水面前,这位走遍西洋和东洋的老人,民族感情和爱国主义精神已化为血肉、深入灵魂。萧乾回忆性散文,还有追述自己身世以及青少年时代学习和生活的《黎明曲》。

国际题材游记和观感,构成萧乾新时期散文的另一重要题材内容。新时期,萧乾多次应邀赴美国、西德、挪威、英国、新加坡、韩国等国家和地区参加国际笔会和进行学术演讲,为沟通和促进中外以及海峡两岸作家之间的交流,做出了巨大贡献。1979年8月,萧乾应美国爱荷华大学"国际作家写作计划"主持人的邀请,赴美国进行为期4个月的交流活动,写下一组散文特写《美国点滴》,刊载于1980年3月17至19日《人民日报》。以一个记者的敏锐和胆略,考察美国社会各方面,同时处处联想和对照国内存在的问题,为刚刚开始走向改革开放的我国现代化建设提供了即时宝贵的经验与启示。

《美国点滴》以穿透性的目光,审视美国社会生活的各个侧面,具体形象地告诉人们:那里有高度的物质文明和工作效率,但精神的贫乏和道德的危机又是十分突出的社会问题;它的某些方面可资借鉴和学习,某些方面则不足为训,应当警惕。作品不是生硬地对各种问题作简单的结论,而是通过事实、形象和细节说话,从对活生生的人或事的感应落笔。《爱荷华的启示》展现美国青年刻苦攻读的良好风气,以及整个社会由竞争带来的奋斗精神,由此联想到我国阻碍社会发展的"铁饭碗"弊病。《美国点滴》、《在康奈尔校园里》则触及美国社会阴暗和堕落的一面,同时记述美国的工业技术、教育设施以及商业服务等方面的先进水平,并对照我国的不足,以冷静的心态从中寻找差距和原因。

《美国点滴》有的是采访美籍华人和曾经在中国工作过的美国朋友的访问记,生动地勾勒各种各样的中国人和美籍华人形象,将中西写人的技法巧妙地糅合,讲究神似,同时注重揭示人物的心灵奥秘,以白描和写意的手法,展现人物的风神和内心矛盾。《湖北人聂华苓》写美籍华裔女作家聂华苓前半生的奋斗史,表现她对故乡中国的深沉怀念和热爱。《寻根者叶维廉》记述一位在美国教书的台湾诗人,对中国古老文化的酷爱,对中国古典诗学的精深而独到的研究,对中西比较文学研究的执著,展现这位寻根者浓重的乡愁和强烈的故国之思,以及留美华人内心深处共通的乡土情愫。《海伦·斯诺如是说》则是采访中国人民的伟大朋友埃德加·斯诺的前妻海伦的客观记述,背负着沉重生活负担的海伦·

斯诺,仍然不知疲倦地写作,对未来充满美好的憧憬,她身上体现出一种可贵的进取精神,借海伦之口,将美国的麦卡锡与中国的"四人帮"联系起来,愤怒抨击法西斯主义对作家、艺术家的压制和对文明的破坏,同时高度赞扬中美两国人民的友好情谊。

桑·舍力布(1935—2014),内蒙古哲里木盟科左后旗人。1957年毕业于内蒙古师范学院。历任内蒙古师范学院教师,内蒙古自治区党委宣传部干事,《内蒙古青年》杂志副总编辑,《花蕾》杂志总编辑,内蒙古青少年杂志社社长、总编辑、书记、编审。1955年开始发表作品。1988年加入中国作家协会。著有散文集《鲜花盛开的草原》《春满祖国大地》《山水情》《为了美好的明天》、《桑·舍力布散文选》、《野樱》,报告文学集《为了真理而斗争》、《戈壁胡杨》等。最初在《内蒙古日报》、《花的草原》等报刊发表诗和文艺评论。1970年代后,将主要精力转向散文、游记和报告文学的创作。由于工作之便,足迹遍及内蒙古每个角落和祖国名山大川,从内蒙古西部的阿拉善沙漠到东部的呼伦贝尔大草原,从五岳之首泰山到甲天下的桂林山水,观赏美丽神奇的自然风光,了解丰富多彩的民俗人情,搜集优美动人的神话传说,为神奇的大自然、勤劳的人民、悠久的民族历史和文化所激动,每到一个地方都写下许多散文、游记和报告文学。

桑·舍力布的散文,抒写对祖国、对民族的热爱之情,无论写北国风光还是南国景致,历史神话传说还是现实斗争故事,字里行间浸透着作为祖国和民族之子的炽热之心。《新疆行》(获内蒙古自治区文学创作索龙嘎二等奖)包括《博格达湖》、《博格达湖的过去》、《博格达湖的传说》、《博格达峰》、《博格达的子孙》和《美丽的乌鲁木齐市》6篇散文,主要取材于著名的天山博格达湖,不仅描绘博格达湖地区的自然风光,而且追忆有关神话传说;不仅记述它过去的历史,而且赞美它的现在和未来。其中《博格达湖》、《博格达峰》着力描绘湖泊和山峰的雄风异彩,《博格达湖的过去》、《博格达湖的传说》着重描述博格达湖的地理位置和相关历史神话传说,《博格达的子孙》、《美丽的乌鲁木齐市》则将历史、神话传说与现实生活融为一体。游记《羊城》记叙羊城人民同帝国主义侵略者和封建专制制度进行不屈不挠斗争的事迹,《桂林》则描绘桂林的旖旎风光和奇异风采,仿佛一幅优美的风景画。

桑·舍力布擅长栩栩如生地描述眼前景物,在描摹景物时,往往采取不同的角度,从不同的时间、不同的观察点切入,或由大及小,或由小及大,有时从宏观着眼,有时从微观入笔。《泰山日出》描写太阳从露出地面到升入天空时的详细经过:"蓦地一轮红日从那一片汪洋中脱颖而出,露出半截红体,将那扇形红光射出地平线,先是染红东方天边的晨雾,渐渐地将一片血红洒向整个天空和大地。那硕大的火球变圆,升腾,弹入半空中。于是刚刚还是模模糊糊的泰山和泰山上的人影变红,变得清晰。那万道霞光不仅将那东方染得一片赤红,而且也将那眼底的云海、山岳、河流和宇宙的一切染得一片赤红。"极其细腻地描写太阳从小到大、从半圆到全圆,以及将万丈红霞洒向世界时的每一细小变化,绘声绘色地再现泰山日出的壮观场面,同时速写般地记叙天空、大海、云雾等远景,以衬托这幅"太阳礼赞图",文末表述观赏泰山日出之激动心情,使这幅礼赞图顿然生辉、魅力无限。文章具有一种辽远的境界、宏大的气魄,将这境界和气魄寄寓在引人遐想的优美画面中。

桑·舍力布的游记散文,给人以美的享受,还给人以知识的启迪。《大自然奇观》抓住科尔沁草原大清沟的自然特点,从大清沟的地理位置、形状、宽窄、长短、坡度、气候到动植物,一一详加记叙,然后提出一系列疑问:"在浩瀚的沙洲里为什么形成这样一条奇特的沟呢?为什么走入那百余尺深的沟底,气候竟变得如此异常?为什么北方林木和南方沿海植物同时在这里生长?"这些问题给人以理性的思索,使人耳目一新。总之,桑·舍力布散文丰富多彩,具有深刻的内涵和自然浓郁的生活气息,构思精巧,文笔流畅,写法多样,或描绘风物人情,或介绍名胜古迹,变化多端,美不胜收。

苏尔塔拉图,1934年生,原名色丹忠爱,笔名漠思,内蒙古哲里木盟人。1957年毕业于内蒙古师范学院。历任呼和浩特第二师范、内蒙古蒙文专科学校教师,内蒙古教育厅、内蒙古党委宣传部干部,内蒙古人民出版社总编室主任、副总编辑、总编辑、社长,编审,内蒙古文化厅副厅长、党组副书记,内蒙古党委宣传部副部长,内蒙古广播电视厅厅长、党组副书记、总编辑。1974年开始发表作品。1985年加入中国作家协会。著有散文集《金丝鸟之歌》、《海外散记》等。

苏尔塔拉图散文取材广泛。或描绘故乡风物、抒发故土恋情,如《那达慕大会即景》、《枣骝马》、《青城漫话》、《金鹰》等;或描绘祖国山川河流,如《青海之旅》、《博格达湖》、《极目楚天舒》等;或描绘异国风俗人情,如《迷人的阿拉伯海滨》、《世界最大的清真寺》、《莫兀儿汗的古城堡》等。无论描绘、记述什么,都与传统民族文化衔接,无论是渗透在文章中的道德文化精神、人格价值志趣,抑或散文的审美追求,都体现着这种久远的文化积淀。

苏尔塔拉图散文,注重表现蒙古族深层文化心理和民族灵魂,具有蒙古民族独特情调和一种内在民族精神韵致。《重放的鲜花》描述土默特左旗的现实图景,粗犷巍峨的大青山,高亢嘹亮的爬山调,小学生朗读蒙文字母的美妙音调;从容舒缓地回顾土默川的历史和为蒙古民族的历史作出贡献的不朽人物:达延汗、阿勒坦汗、满都海夫人,久久难以忘怀。讴歌现实,抒发感情,未停留于现实表面,而追求一种历史的纵深感,但作品主旨并非写历史,而是通过对历史的观照,增强对深厚的民族文化审美意识的认知,通篇蕴含着动人心魄的情感、意趣、心绪和韵味。《库伦旗的传说与现实》将库伦旗流传的古老传说与当今的现实交映在一起，将眼光投向深广的民族文化，所传达的不是历史的苍茫感，而是历史的自豪感，思想内蕴深厚。

苏尔塔拉图散文不满足于民族特色的外在展现，而是伴随新的思想意识追求，有分寸、潜在地表现当代意识、深层文化心理和民族灵魂。《金丝鸟之歌》以悲壮亢奋的"嘎达梅林之歌"贯穿首尾，对那场全民族大灾难陷入痛苦沉思的同时，着眼于一个民族倔强不屈的精神，女歌唱家普通平凡而又壮美的生命形态，呼应着作者油然而生的关于生命价值意义的联想和阐发。《红穗战刀》以至情至哀的文字塑造了一个蒙古族优秀骑兵战士的形象，玛克斯尔在日本鬼子的刀尖下两次救出老人，两人结下深厚的骨肉情感与战斗情谊，然而这个民族英雄却死于"挖内人党"那场灾难，善良的老人一直向老伴隐瞒着女婿的死讯，在希望和憧憬中寻找人生新的支点，徜徉着一种对生活的自信和一种追求意识。《萨仁姑娘》记述在浩荡壮美长江行驶的江轮上，萍水相逢的蒙古族女服务员萨仁姑娘，为"我"洗净衣服，细心剪裁下蒙古袍式样，表露出纯真情感，不仅涵括强烈的民族意识，而且充满对祖国的情感。苏尔塔拉图写人记事散文，所写人物大多是将爱心奉献于他人和社会的善良诚实的普通人，以及敢于和不公平的命运搏击的坚毅顽强的勇士，表现一个民族的自豪感、一个民族在人类历史长河中所奉献的生命意义及较明确的社会道德取向。往事、故人、自然以及有意味的现实片断，是散文家经常流连之地，在偏重于内心感情涵盖世界的苏尔塔拉图笔下，纷繁驳杂的现象世界由一只理性之手梳理，存留下并熠熠生辉的是一种生命的形式。

苏尔塔拉图写景散文也体现出上述追求。他笔下赞美的大青山、博格达湖、青海的茇茇草、晚亭边的元代樟树等自然景物，是作为人类生命的对应物、参照物而存在的,不是平面的死的风景画,而是立体的活的生命之歌,从明亮豁朗的自然生命形态空间里、从大自然的生命意志和性格精神的描绘中透视人生的生命形态。总之,写人记事也好,写景抒情也罢,都立足于民族命运的角度,挖掘一个民族奋发昂扬的灵魂。写人,写得真切感人;写景,描得委婉细致。

苏尔塔拉图的散文,具有稳定的心理、情感定势和稳定的结构及创作方式,而支撑这一稳定结构和创作方式的内在因素是内心的激情。散文是思想的凝聚,散文的力量来自于对外在世界质的把握,它不在于外表,不在于色彩,不在于描摹表象,而在于情感的凝聚、情感的抒发。广袤的草原、茫茫的沙漠,承载着祖先光辉业绩的历史遗迹和优美的传说,子孙万代生息繁衍的土地,各民族生死相依的深厚情谊,激起作者内心的情感,使其散文洋溢着一股灼热的激情。作品抒情方式多样,有时情到至处,充溢而出,如不可挽之狂澜;有时又含蓄节制,如涓涓溪流。

高文修,1945年生,笔名图古勒,内蒙古呼和浩特市人。1969年毕业于内蒙古工学院机械系。历任内蒙古农机公司科长、冶金机械工业厅办公室副主任、牧业机械产销联合公司总经理、高级工程师。1964年开始发表作品。1991年加入中国作家协会。著有散文集《青山石》、《那小溪,那小路》、《只有香如故》等。

高文修的散文,从题材内容大致可分为两类。一是游览祖国大好河山及参观访问企业工厂所见所闻的抒情性散文。如《青岛纪行》、《铝厂情思》、《岳麓山驰思》、《齿轮厂抒情》、《风能赞歌》等,此类散文具有崭新的时代气息和敏锐的思想意蕴,或许作者还没能将其所见所闻进行适当的沉淀和细细琢磨,这些散文总显得有些匆忙直露,甚至概念化,缺少艺术感染力,这也是当代许多散文作者面对同类题材共通的毛病和困惑。《青岛纪行》借助青岛海滨的栈桥、黄海饭店以及蓬莱等景物,回顾和反思中国人民苦难的历史,歌颂今天人们生活的美好和幸福,并以传说中的蓬莱神话八仙过海为譬喻,赞扬青年改革者们各显神通的壮志豪情。《铝厂情思》通过包头铝厂由建厂初期的艰苦创业,"文革"中的混乱,到今天的兴盛,27年来的发展历程,表现工人阶级的主人翁意识,讴歌工厂新时期以来取得的巨大成就。

真正代表高文修散文特色和成就的是他另一类反映故乡风云、人情、童年往事的回忆性散文和颂扬真挚爱情或友情的抒情性散文。如《那小溪,那小路》、《柳林间的脚印》、《远方的思念》、《杏花》、《寒窑纪事》等。《那小溪、那小路》通过对童年伙伴兰妹的怀念,表现孩提时代一段永生难忘的情感,以诗一般的语言,展现两颗心灵交融的美好,同时控诉社会动乱给孩子心灵造成无法弥补的创伤,清醒而又冷静地将思念、痛苦和友情化为一种上进的推动力量,文章立意得以升华,感情真挚,语言朴素优美,有较强的艺术冲击力。《柳林间的脚印》借对家乡柳林的思念和礼赞,回顾动荡分离和相思团聚的爱情生活,表达对美好爱情和幸福家庭的憧憬和向往,作品并未停留于个人情绪的抒写,而是将个人的欢乐和痛苦与祖国和人民的命运相联系:"我们回望着在柳林间留下的深一脚浅一脚的脚印,脑海里波涛奔涌,激起心中层层欢乐的浪花。季节的变化,冲淡了离别与相思之苦,大自然的儿女们会顺应自然规律的安排,勇敢地迎接社会实践的制约和改造,沐浴着人间的风风雨雨奔向灿烂的未来。"

高文修散文有其鲜明的艺术特点。首先,善于从身边一些细小甚至在一般人看来微不足道的小事入笔,寄托情思,娓娓道来,亲切且令人回味。其次,情感真挚,笔法自然,描写细腻,意境朴实深远,这在其回忆性散文中尤为突出。再次,能够自由地发挥联想,引用古诗名句、历史故事和民间传说,既能将读者引向一个出人意料的想象天地，又能马上将读者拉回精心营造的主题意蕴中，显得活泼、生动，给人以艺术享受的同时，又能获得许多有益知识。

第三节 舒乙、赵玫等满族散文

舒乙，祖籍北京，1935年出生于青岛。1953年考入留苏预备班，1954年入列宁格勒基洛夫林业工程学院木材化学工艺木材水解专业，1959年毕业回国。历任中国林业科学研究院林产化学工业研究所实习员，北京市光华木材厂科研室主任、科长、工程师、高级工程师，中国现代文学馆副馆长、馆长。曾任中国作家协会全国委员会委员、全国政协委员、北京市政协委员、幽州书院院长、中国老舍研究会顾问、冰心研究会副会长、中华文学基金会理事。1978年始业发表作品。著有散文集《父亲最后的两天》、《散记老舍》（合著）、《老舍的关坎和爱好》、《我的风筝》、《我爱北京》、《梦和泪》、《小绿棍》、《现代文坛瑰宝》、《我的思念》，长篇传记《老舍》等，其中《老舍》于1988年译成日文由日本作品社出版。

《散记老舍》、《父亲最后的两天》、《老舍的关坎和爱好》、《老舍》、《我的思念》均写其父老舍，为老舍研究提供了大量真实、详细、鲜为人知的资料。如老舍幼年、少年、青年时期的资料，老舍在英国、新加坡和美国的资料，老舍所写北京城的有关资料，老舍之死的资料等。在对父亲无尽的思念中，包含着对社会、对人民、对历史发展的深切关怀，对人类面临的某些共同性问题和人类感情某些本质方面的哲理性体察与领悟。记述切实生动形象，有理有据，又怀有深情，其中以抒情为主的散文，更是饱含深情，感人肺腑，所表达的感情不但真实，而且深沉，源于亲情又超越亲情。《父亲最后的两天》描述1966年8月25日夜，作者在北京太平湖公园里守护父亲遗体的情景："那一夜，我不知道在椅子上坐了多久,天早就黑了,周围是漆黑一团。公园里没有路灯,天上没有月亮和星星。整个公园里,大概就剩我们父子二人,一死一活。天下起雨来,是濛濛细雨,我没动。时间长了,顺着我的脸流下来的是雨水,是泪水,我分不清。"这是天地间的至文,是弥漫于大地上和天宇中的至情。1966年8月23日,红卫兵批斗北京市文化局的领导干部,顺便批斗邻近文化局的北京文联的文化名人。老舍作为文联主席,见所有的好朋友和领导干部都被点了名,便主动站了出来。一位在现场担任指挥的学生发现了他,"这是老舍!是他们的主席!大反动权威!揪他上车!"于是因吐血住院,刚出院上班的老舍便被揪去批斗,在文庙批斗会上被打得头破血流,而后被拉到市文联的批斗会上,遭到更加残酷的肉体折磨,并因不再低头、不再举牌子、不再说话,以及把"反动学术权威——老舍"的牌子扔掉等而被视为"现行反革命"送到派出所,又遭尾随少年的轮番毒打。24日凌晨妻子为他清理伤口并长谈,他与3岁小孙女"再见"后出走……事情发生在"文革"时期,可每个有良知通人性的读者,都会产生强烈的共鸣,并对历史事件作深刻的反思。

《老舍的关坎和爱好》由《老舍的关坎》、《老舍的爱好》和《老舍早年年谱》三部分组成。前两部分都曾在《人民日报·海外版》连载,合成集子出版时由冰心先生作序。《老舍的关坎》写老舍先生一生中12个最重要的命运转折点,其中有10个是他自己做出的重要决策,不用说哪怕有一个决策的内容换成其他的选择,世界上恐怕就不会有一个叫作老舍的作家了。这12道关坎:出世即遭"冷遇"、在刺刀下酣睡、偷偷考学、退婚、自愿受穷、写小说、当专业作家、出走、扛起"文协"大旗、回国、走上舞台、最后的"坎儿",实际上是老舍先生的12个生命里程碑。

《老舍的爱好》由19个短篇组成,描写19种老舍先生的爱好:打拳、唱戏、养花、说相声、爱画、玩骨牌、和孩子们交朋友、下小馆、念外交、写字、养猫、旅游、行善、分享、起名字、自己动手、给人温暖、收藏小珍宝、剖析自己。这么多爱好都集中于一个人身上,此人必是一个极热爱生活、极有情趣的人。老舍先生是酷爱生活的人,所以他的爱好甚多;老舍先生的爱好广泛,所以他是个有情趣的人。爱好,往往带有强烈的时代色彩,这一时代的爱好与另一时代的爱好常常不同。老舍先生生于19世纪的最后一年,经历两个时代,新旧交替,社会变革,文化扬弃、继承和创新,在其一生中留下五彩缤纷的痕迹。偏偏他又由一个满族穷孩子成了一个文学家,于是在某种程度上,老舍成了一个20世纪上半叶中国社会大变化的体现者,在他身上既有古老文明的优良传统,又有新一代优秀知识分子的特征和气质。作品通过对老舍先生19个爱好的描写,将个人爱好放在历史和社会大背景下加以观察,从而对作家及其成就的产生原因给予一种客观的可信分析。

《老舍早年年谱》更像一份研究报告,记述老舍成为作家前的事。翻开任何一种已有的老舍年谱都会发现,26岁以前的老舍事迹充其量不过只占4页纸,相当贫乏,与其一生的经历很不成比例。这种贫乏构成当下写老舍传记一个不可逾越的大困难,为弥补这个空白,舒乙花了整整10年的时间,从事收集、调查、整理老舍早年史料的工作,其成果便是这份《老舍早年年谱》。它表明这样一个问题:成为作家之前所走过的路程,对一个作家日后的发展、创作是何等的举足轻重,这一段"帽儿戏"可决不能轻视,它和作家一生的创作都是休戚相关的,好多问题的答案都应该到那儿去探寻。作者一番话形象地道出老舍的出身对他的影响:"老舍是由北京的贫民小胡同中生长起来的作家,浑身上下带有他固有的特点,就象他多次描写过的长在北京城墙砖缝中的小枣树一样,土壤、营养都贫乏到极点,可是它依附在母亲——雄伟古城的胸口上,顽强地硬钻了出来,骄傲地长成了树,从而独树一帜,别具风格,令人赞叹不已。"年谱对已经有线索而尚待证实和继续挖掘的史实都作了列题说明,以期引起更多的注意和进一步的充实。

老舍身前没有自传,曾写过两部自传体小说,可惜都没有写完,只好由他人来弥补,为其写传记、评传。《老舍的关坎和爱好》便是一种尝试,虽然它既不是传记,也不是评传,主要写老舍人品、为人、性格。老舍是一个满族人,北京人,穷人,19、20两个世纪交替期的产儿,先后有近10年生活于国外。这五个特点决定了老舍的创作,使他不同于他的同时代人。《老舍的关坎和爱好》从横的方面补充和完善了老舍的这五个特点,使它们变得十分具体和充实,大大有助于对这些特点的捕捉和理解,对研究老舍的生平和创作提供了非常珍贵的线索和依据。《老舍的关坎和爱好》选择一些枝枝节节的细微之处,用大量生动活泼的新鲜材料,精雕细刻,具有丰富的信息量。文字生动、俏皮、上口,富有趣味性,可读性强,将老舍先生描绘得活灵活现。作者力图将自己的文笔与描写对象的风格统一起来,读来饶有兴味,不忍撒手,正如冰心先生在序文中所说:"我打开书本就不能释手地看了下去。"

《老舍的关坎和爱好》于《人民日报·海外版》连载时便引起海内外广大读者的极大兴趣,许多读者来信强烈要求作者继续写下去,作品的后半部分实际上是在读者的鼓励和要求下完成的。成书后也很快脱销,再版后依旧供不应求。台港文学评论界也很快做出反应,给予高度重视,著名作家林海音女士1992年在自己新辟的专栏"我的床头书"中专门写了一篇推荐文章,向台港读者详细介绍该书。

舒乙有不少散文描写中国现代文学大师和大家,或同中国现代文学有着密切关系的中外文化名人。如茅盾、巴金、曹禺、冰心、萧乾、许地山、胡适、梁实秋、萧红、凌叔华、何容、夏衍、凤子、杨犁、宗月、胡乔木、吴延环等,都有专章描写。这些散文侧重于描写人

第七章 中华人民共和国时期散文(1976—2008)

物的身世、气质、品德,特别是生死两个环节。多用写实的方式,常以白描的手法,选择若干典型事件、典型情节、典型场面、典型语言和典型细节,真实、自然而又精确地为人物传神写照。一般不贪大求全,文字不长,可内涵深厚,所写人物极富个性,个个形神兼备。如《向您九鞠躬,曹禺先生》不足1300字,先写曹禺追悼会之后李玉茹夫人在北京广济寺为曹禺举行家庭式念经会,世俗性追思的真挚,宗教性仪式的庄重,在三言两语中如实呈现,字里行间充满对曹禺的爱戴和景仰之情:"整个过程,青烟缭绕,乐声大作,诵歌嘹亮,和声高亢回荡,极为悦耳。闭目听去,心绪早已飞出尘世,仿佛又见曹禺先生,沐浴在他的慈祥胸怀和斑斓戏剧中,在极其庄重的形式中完成了一次澎湃的心灵交流。"即使写庄严肃穆的佛事活动,也在特定的宗教氛围中尽显人间情怀,有声有色,情思悠远,不仅营造了超凡脱俗的意象、庄严肃穆的意境,而且描绘了生者与死者的心灵契合和精神向度的一致性,彰显曹禺人品与文品的价值和影响。接下来笔锋一转,描写20年前曹禺参加老舍"骨灰安放仪式"的情景:

> 曹禺先生夹在人群中来到灵堂,拄着一枝大手杖,在老舍遗像前深深地鞠了三个躬,满脸挂着泪,和老舍夫人及孩子们逐个紧紧拥抱,然后跌跌闯闯走出灵堂,消失在人群中。所有人都鞠完了躬,大堂里已经空了,老舍家人们向遗像最后的礼拜,这时,大门外跌跌闯闯地走进了一个人来,是曹禺先生,他一个人径直走到遗像前,又深深地向老舍先生鞠了三个躬,然后在大家的注视下默默地转身离去。家人离开大堂,把"骨灰盒"捧到骨灰安放室,作最后的告别。突然,曹禺先生又来了,他一直没有离开八宝山墓地。上千人都先后离去了,只有他一个人不肯离去。他又跌跌闯闯地走上前来,再一次对着老舍先生的遗像和"骨灰盒"鞠了三个躬,动作很慢很慢,一

只手吃力地拄在手杖上,整个身体微微有些颤动。在场的人大受感动,泪如雨下。

这样的仪式人们并不陌生,但在这样的仪式中颤巍巍地行九鞠躬大礼的人却不多见,何况行这种大礼的又是人品与文品光耀中华的曹禺!揭示出一代文学大师的内心世界,显现出一颗善良美好心灵的道德内质。

散文集《我爱北京》、《梦和泪》大多是描写北京风俗人情的作品,北京的人,北京的事,北京的情调,北京的语言,"京味"十足。"京味散文"在中国当代散文领域有着广泛的影响,老舍、萧乾等是文坛公认的"京味散文"大师,尤其是老舍。作为老舍之子的舒乙,耳濡目染,深得老舍散文的真传,其散文从题材、手法到语言风格,都有老舍散文的情调和韵味,但又有自己独特的审美追求。就题材而言,舒乙多写改革开放以后的北京,而且侧重于文化方面,既写北京的可爱之处,也写北京某些不尽人意的地方。如《北京文化也学学上海》等篇什,便表现出与时俱进的文化理念和大度包容的文化姿态,使人感受到一种与传统"京味"不同的新式"京味"。从语言层面看,地地道道的北京话,大大增添了舒乙散文的"京味"。其北京话大体分土语系和非土语系,土语系有不少北京地区的土语、俗语、俚语、成语、歇后语,非土语系只用普通的北京话,不用或仅用个别易懂的土语。根据作品的内容、形式、特定语境、表情达意的需要和审美趣味,娴熟地运用不同类型的北京话写作,不仅具有浓厚的"京味",而且展现出鲜明的个人风格:京腔京韵,悦耳动听,活泼自然,俏皮隽永,包含着深刻的社会内涵和丰富的文化底蕴。

舒乙在《我的风筝·序言》中将自己的书称为"自己的风筝",而且是被北京人称为"屁帘儿"的风筝。用巧妙的比喻,通过"屁帘儿"风筝的制作过程、质地和形制特征、放飞天空后制作者的心情与观赏者的态度等,阐述自己对散文创作和散文欣赏的种种看法,对散文的独创性和真实性、规范性和随意性,以及在文学天空的位置和价值,进行全面深入的阐发。从这些描述中,舒乙散文的艺术个性和特殊意义突显而出,他在文学天空放飞的"屁帘儿",是"舒乙号",其思想意义和艺术价值是其他名号的"风筝"无法取代的。

赵玫 1954 年生,天津市人。1982 年毕业于南开大学中文系。历任《文学自由谈》杂志编辑部主任、天津市文联创作室主任、天津市作家协会党组成员、天津文史研究馆馆员等。1986 年开始发表文学作品,以写小说著称,也写散文。中国作家协会全国委员会委员。著有散文集《以爱心,以沉静》、《一本打开的书》、《从这里到永恒》、《网着你的梦》、《分享女儿,分享爱》、《欲望旅程》、《赵玫随笔自选》等,其中《以爱心,以沉静》获第四届全国少数民族文学奖、《一本打开的书》获第五届全国少数民族文学奖、《从这里到永恒》获全国首届鲁迅文学奖。

赵玫散文执著于表现自己的心灵,不论写自己还是写别人,写人物还是写故事,都侧重传达主体的情思,即使写各种景物,着力透露的也是有个性特色的心境。《我的祖先》看似叙述满族的历史故事,描写作为满族历史与文化象征的紫禁城,但并未作实录式叙述或再现式描写,只是借助片断的故事和典型的景物,表现其民族情感和对民族历史的感悟,凸显的是主体情思,包括对满族历史变迁、满族民族性格和满族女性命运的深刻思考。《那遥远的斜阳》既是写祖母,也是写母族,自己的祖母,是一个乡下女人,尖尖的小脚,每日里做着普通农家妇女的事,但是这位祖母又如同"那遥远的斜阳","将一首永远的诗留下来","她总是用家族的往事、先人的历史编织起无数神秘;她又总是从那无限的神秘抽象出信仰与寄托"。祖母继承了民族的血脉,把民族的血脉汇入兴旺而古老的家族,也把这血脉传给了"我",使"我将把编故事当作生命的方式并取得成功"。与其说是文学才能的传承,不如说是民族精神的传承。作品以充满诗情画意的语言,歌颂满族人民世代相传的信仰与寄托。

描写亲情、爱情、友情,是赵玫散文的重要题材内容。对淡泊而温暖的家,似乎永远在那一片金黄麦地中的祖母,为自己做过各种牺牲的父亲,此生最好的朋友又是亲人的"他",使自己感受光荣和幸福的女儿等,都有真切而细腻的描写,来自灵魂深处的关切和出于生命本身的钟爱,表现得淋漓尽致。这些散文,经过了合乎艺术逻辑、情感逻辑和人伦逻辑的升华与概括,因此既呈现出个性化的感性形态,又包蕴着更普遍更深远的人性内涵,具有相当开阔和博大的境界。《小河》、《你的栗色鸟》、《门口的鲜花》、《色彩斑斓》、《幸福的牵扯》、《感受光荣》等描写女儿的作品,不仅表现天下父母心和母女之爱,而且表现对人类、对社会、对自然的关爱。《感受光荣》绘声绘色地叙述女儿参加天津市中小学首届英语口语竞赛并在近万名选手中脱颖而出获得第一名的过程。女儿编织了一个表现人类之爱的校园故事,这个故事来自她自己的真实生活和理想愿望,极富情感又趣味盎然,当用英语演讲时,如同听一种动人的诉说,一种美妙的音乐,是"我的生命,我的诗行"。描写女儿以这个英语故事参加初赛和复赛的情景,透露出当代先进的人文意识和人类对真善美的价值追求。

散文集《从这里到永恒》主要记述访美感受,有对自然景观和人文景观的描绘,但与一般游记和访问记不同,侧重表现美国文化和美国人的思想与情感。不仅展现东西文化的不同特点和中美两国人民不同的价值观念,而且对人类面临的共同问题有相当深入的开掘,展现人类困境和出路,并把热情的赞颂,献给代表人类真善美追求和社会历史进步的人物和事物。如写福克纳故居,既写

第七章 中华人民共和国时期散文(1976—2008)

树林、草场、花园、牛舍、马厩、高大的雪松、挺拔的橡树、一串串鲜红晶莹的果实、随风摇曳的金色秋草,也写让人心生悲哀的沉重而无望的满目荒凉,还写福克纳家乡小镇奥克斯佛的种种景象。不但写感官中的风景,而且写心灵中的风景:奥克斯佛广场书店显现的人文精神,小镇商店显现的美国富有者的奢华,以及小镇贫富的悬殊、等级观念的严重和感觉得到的种族歧视,都有具体生动的描绘。当年福克纳把人们带进南方的苦难中,又牵引着人们的精神从苦难中摆脱,用他所能传达的人们从各个角落发出的声音来拯救人类,唤起人类的精神力量:"福克纳要的不是生存的质量,而是一个人的生命的力量","他像暗夜中的星辰,照亮了人类的灵魂"。

新时期,端木蕻良的散文产量多,质量高,将艺术性与哲理性相结合作为创作追求。著有散文集《火鸟之羽》、《友情的丝》、《化为桃林》,其中《化为桃林》较具代表性。文集收作于20世纪30至90年代的作品79篇,其中71篇作于新时期。既展现了作者强烈的社会责任感和爱国热情,也展现了作者丰富的内心世界、独特的文化性格、深厚的学术素养、高雅的美学趣味和散文大手笔风范。许多作品论及亲历的重大事件和文坛逸事,但这些回忆性作品不是为回忆而回忆,也不是要借文坛逸事博人一笑,而是立足现实回忆历史,蕴涵着对社会和人生的深刻理解,不但有文学欣赏价值和史料价值,而且有助于读者认知社会与人生。文集中描写前辈和朋友的散文约占40%,其中回忆性的作品居多。鲁迅、茅盾、邹韬奋、欧阳予倩、郑振铎、张伯苓、老舍、萧红、杨骚、王统照、秦牧、尹瘦石、关山月等文化名人的音容笑貌、个性气质、生平事迹和道德文章,均得到真实而生动的表现。文集恪守实录精神,尊重历史事实,虽然有剪裁取舍,但决不违背真实性原则,不溢美,更不虚饰,所引材料皆为直接见闻,带独家披露性质,因此具有特殊价值。

文集所记均为20世纪中国文化精英,对中国现代文化具有杰出贡献,他们所表现的文化精神和文化智慧,所创造的文化业绩和文化历史,是中国人民乃至世界人民的宝贵财富。文集借助众多文化名人的个人际遇和社会历史变迁,对生命价值和生存意义进行形而上的探索,因此在真实地记述他们的生平事迹,热情地赞颂他们的文化贡献时,注重历史反思和理性分析,借以揭示历史哲学和人生奥秘,思索历史的底蕴和人生的真义,时时显露出思辨色彩。艺术性与真实性兼而有之,是端木蕻良晚年散文呈现出的主要创作个性和重要特色。

　　端木蕻良新时期散文取材广泛,其散文有厚实的生活基础,这里所说的"生活",其特定意义是指艺术家的生活,具有异于常人的"只眼",对生活看得真切,感受得深刻。有了丰实的素材积累,才有可能真正激起写作的冲动和欲望,写自己最熟悉、最有兴趣、最带感情的事件、人物和其他生活景象,胸中有丘壑,下笔才会满纸烟云。《声音》体物入微地描绘人类世界各种各样的声响,并对此做出科学的认知和判断。《花·石·宝》勾勒了一个宝石花的世界:"这个花坞是奇特的,说它五彩缤纷,还形容不出它的流光焕彩来;说它万紫千红,还形容不出它的绚烂夺目来;说它堆云缀锦,还形容不出它的晶莹欲滴来。"《蚌壳》记述蚌壳又称"明瓦",智慧的渔人把它镶嵌在屋顶上取光。这些咏物散文,借物以咏怀,对事物独具慧眼,生发出独特情思和哲理。较之以往,其语言平易明净,犀利而老道。

　　精于"眼"的安置,是端木蕻良新时期散文艺术魅力之所在。意大利艺术大师达·芬奇说过眼睛是心灵的窗口,两眼神采最能表达人的内在思想和情感,如要刻画人物内心的精神状态,关键是在双眼上。不仅人物描写如此,推而广之,散文的艺术表现也应如此,端木蕻良新时期的散文较好地体现了这一点,"一粒沙里看世

第七章 中华人民共和国时期散文(1976—2008)

界,半瓣花上谈人情"。《花椒木》通过全文之眼"花椒树有个怪脾气,总不肯顺顺溜溜的长着,身上生得疙瘩瘤球的,树身既不标直,树皮也不够光滑"这扇窗户,传达出思想哲理之光和诗情画意交融的音色情采。文章从可暖手祛风的花椒木写起,乡下人砍掉花椒木做成手杖想卖大价钱,但由于它"疙瘩瘤球"的外形,城里人并不买账,然后笔锋一转,当有人看到花椒木而想买花椒树时,乡下人眼前"是一株一株重生在地上的花椒树"。将花椒树作为构思意境的支架,衍生脉络的龙骨,并以这个"眼"点为中心,对材料进行抽丝剥茧的安排。由花椒木到花椒树,由花椒手杖到花椒树的幻觉,进行哲理的思索,营造出一个诗意蓊郁的艺术境界。

文眼既是意识的焦点,也是思想的焦点,端木蕻良散文平易简约,娓娓道来,却给人以深刻的思想启迪。《邦伊论邦》记述一种奇异的植物,被称为"邦伊论邦"的四只果子只要储存上阳光,点燃起来,发出的光,抵得上一支蜡烛。作品从人们模仿鸟儿飞翔谈起:"想飞而没有飞起来的人,人们都赞美他,但用蜡烛做翅膀而飞行失败的人人们却已忘记了。"讴歌勇于探索、勇于实践、敢于第一个吃螃蟹的勇敢者。这便是文章之"眼",它能够发挥一种牵动、制约的作用,根据意境的需要,使各部分成为一个严谨的艺术整体。因为有"眼"的安设,看似驰笔点墨,随物赋形,一路写来,散漫失纪,实则凭"眼"穿线,丝丝入扣,使散漫的材料有着内在的逻辑联系,使之形散而神不散。

"眼"是散文抒情的饱和点,它往往是抒情吐发的依据,又是诗情的泉口,端木蕻良常以"眼"来组织抒情的波澜。《花·石·宝》中彩石是不落的花为作者安设的"眼","在这个石中之王的面前,却不能不下拜了,是甘心情愿地下拜……我愿做个虔诚的石弟子!"抒情是生动的,借画面表现出来,画面是无声的,包含思想的具体生动的形象。《芦苇的记忆》妙笔生花地传达出芦苇的绿色、芦苇的声响,以及在芦苇里泛舟而行的情趣,文笔潇洒,而芦苇的歌唱成为全文之眼,给文章安上明亮的眸子:"过去的诗人将芦苇的声音和秋声联系起来,但我却感到,它是在枯萎的时候,根却扎得更深了。秋天对它来讲,不是灭亡,而是走向更加成熟的信息,因为这时新的芦苇正在根株上滋生呢……因而,我总是看到它发出的绿色,听到它发出来辣辣的响声,在我的记忆中,几乎没有什么歌声能压倒它呢。"抒情性议论融化为哲理情思,平易叙述的语句化为抒情洪波,爱芦苇颂芦苇的情感溢于言表。端木蕻良散文精于画龙点睛,精于意境设置,语言朴素清新,仿佛自然天籁,蕴含一种情韵。所谓情韵就是作者的内情与万物、心声及天籁的融会谐和,暗暗透入文字中的一种情调和气氛,表现其思想、学识、艺术修养的深厚。

1978年,搁笔20余年的黄裳重返文坛,著散文集《花步集》、《晚春的行旅》、《金陵五记》、《黄裳论剧杂文》、《过去的足迹》、《银鱼集》、《翠墨集》、《珠还记事》、《负暄录》、《惊弦集》、《笔祸史丛谈》、《前尘梦影录》、《榆下杂说》、《黄裳书话》等。1998年,上海书店出版社出版六卷本《黄裳文集》,收录其60年间特别是新时期以来的散文作品,包括杂文、书话、游记等,几乎囊括散文文体所有样式。

黄裳新时期杂文,表现出鲜明而独特的艺术个性,对敌人,如批判"四人帮",毫不留情,采取的是"无情打击",而对人民内部的批评,则怀着满腔热情。总体看,批判性杂文不多,绝大多数杂文基本倾向是"出发于热爱、有积极性的杂文的路",思想内容更丰富、更广泛,艺术形式更多样、更成熟。或意在写时事政治,如《"牛棚"与牛》、《长官意志》、《治僵化法》等,谈大事,议大政,触及时弊,但不慷慨激昂,即使"无情打击",也是黄裳式的,不失精致优雅。或写生活琐事,如买老鼠邮票、吃油焖笋之类,重品位,讲

第七章 中华人民共和国时期散文(1976—2008)

究情趣、意趣、理趣,倘有机会顺便针砭时弊,但不表现得愤世嫉俗。

黄裳新时期书话有《黄裳书话》、《榆下说书》等,自成一格,在读书界和文学界有着较高知名度。书卷气、艺术味、现代风,是黄裳书话的主要特征。孙郁评价道:"黄裳以书话名。当世之人,若先生于书话体中得大自在,盖鲜矣!身为报人,志在学苑,故兼学者、作家、记者文脉于一体,厚重而古朴,自然而大方,书卷气与艺术味杂然相糅,悠悠然有古雅清醇之风。先生钟情版本目录之学,探颐明清典籍,尤见功力,于古于今,无隔膜之感。所谓'善本'、'孤本',多真知灼见,纵横古今,散淡飘逸,多为书林中妙语;而言及现代诸文人轶事,则洗练冲淡,如痴如醉。其所言多书话家肺腑之语,以人生为书,以书为人生,揭天下鲜知之旧闻,或乐古,或讽今,常有久历沧桑、冷眼看世之态。"[①]道出黄裳书话主要特征、所达到境界,以及黄裳对书话的开拓性贡献。

黄裳新时期游记,描摹山光水色自然景观及人文景观,吊古伤今,抒情绎理,于山水古迹中蕴涵人生感悟和人文关怀,民众冷暖、国家命运渗透字里行间;善于开掘山水与古迹中的美学潜能和文化潜能,极大地激活自然景观和人文景观的生气、情趣和诗意。《深圳》甚至在深圳这样没有深厚历史文化积淀的地方开掘出历史性蕴涵:"好像在什么地方见过这种场面。我喜欢这一切,喧闹、繁忙、杂沓、灰土、汽油味,这一切充满了人间味。我想,这也许是小时候从电影里看到的那种美国西部小镇的场景。"可见黄裳游记的美感和历史感不仅表现在对良辰美景和历史遗存的描写中,也表现在对复杂多样的现实人生的描写中,有书卷味,也有人间味,能在别人不经意、不喜欢或者认为丑陋的现实生活中发现美

[①] 见《黄裳书话》,北京出版社1997年版,第362页。

好的和具有历史意义的因素。

康启昌、鲁野(1926—1997),一对夫妻作家,辽宁省凤城满族自治县人。康启昌,1932年生,1947年肄业于凤城女子中学。1950年进入铁路部门工作,历任凤凰城车站售票员,苏家屯铁路子弟中学、沈阳铁路局教师进修学校、沈阳铁路师范学校教师。1980年开始发表作品。1993年加入中国作家协会。历任辽宁省散文学会秘书长、副会长、顾问。著有散文集《心心集》(合集)、《耐冬·黄叶》(合集)、《黑夜的爱情》、《海棠依旧》、《投影黄昏》、《文学与爱情》、《哭过长夜》,其中《心心集》获1989年省作家协会丰收杯奖一等奖,《海棠依旧》获1996年省少数民族文学创作二等奖,《文学与爱情》获2002年省作家协会丰收杯一等奖。鲁野,1944年毕业于安东第一国民高等学校。1948年参加中国人民解放军,历任文工团创作员、创作组组长。1953年转业,历任辽宁人民出版社编辑,春风文艺出版社编辑、编辑室主任、副编审。1980年开始发表作品。1992年加入中国作家协会。曾任辽宁省散文学会常务副会长,中国少数民族作家学会首届常务理事。著有散文集《心心集》(合集)、《耐冬·黄叶》(合集)、《美文经纬·鲁野卷》。

1987年,康启昌、鲁野联袂推出两人散文合集《心心集》,共收散文42篇,各占21篇。二人文风迥异,情趣殊别,以各自生活的积累和个性鲜明的艺术表现形式,表达出对大自然、对美好生活情景及自身神圣职责的礼赞。每篇作品虽只写一人、一事、一景、一物,但将新、旧生活和回忆交织在一起,或以人写意,或就事说理,或借景抒情,或托物言志,闪烁着两位作家散文艺术及其个性的光辉。这些作品文笔精美,艳而不俗,构思新巧,体现了这对夫妻作家的散文成就。

写景记游,是康启昌、鲁野散文的主要题材内容。康启昌《凤凰山漫话》采用书信体亲切自然的形式,以介绍的口吻娓娓道来,描绘凤凰山壮美绝伦的自然景象,歌颂劳动者的崇高品质。文字精确、充满诗情画意,以史衬今、以景出情,注重多侧面多角度的铺垫、烘托。鲁野《天下第一壁》记述乘筏于九曲溪上观赏武夷山水的经历,引用神话传说,从穹崖峭壁上遗留下的历史石刻,印证"千年雨脚,万世水踪,虽无爪牙之利筋骨之强,却能以柔克刚,实因用心不躁,持之以恒"的人生真谛。笔墨豪放,情感浓郁,尤其是整句、散句相交相错表现出作家语言艺术上的造诣。此外,《天池惊春》《阳朔三景》《漓江秋》《福陵松雪》《绝壁悬棺》《永陵散记》《对松亭回马》等都是两位作家的写景记游性散文。这类作品,景物特点鲜明、传神,在对客观景物的描写过程中,融入抒情主体强烈的主观情感和人生哲理。在描写手法上,或勾勒全貌,或点染局部,或映衬,或反衬,或比喻,或象征,将描写、叙事、抒情、议论、阐述熔为一炉,不拘一格,极大地发挥了散文形散神聚的艺术特点,表达出真实、深刻、丰富的思想意义和情感内涵。

写人记事,是康启昌、鲁野散文的又一题材内容。康启昌《西瓜的故事》采取欲扬先抑的手法,叙述游棒槌峰时结识的一个小女孩助人为乐、无私无畏的感人故事,不仅慨叹大自然的杰作,而且突显小女孩纯真的心灵,蕴蓄着时代的希望。鲁野《蚕行新秋》紧扣堂兄放蚕的曲折经历,从人物经历中透视蚕乡在新形势下的勃勃生机,透视社会政治、经济的变化发展对广大农村农民命运的巨大影响。两位作者这类写人记事的散文,真切而传神地描摹人物的神态个性,并提供人物活动以真实的自然环境,赋予人物活动以广阔的社会、时代背景,挖掘人物崇高纯正的心灵世界,使作品的主题一步步升华,最终达到形式和内容的融洽统一。

康启昌、鲁野散文,讲究独特的取材与构思。"一粒沙里见世界,半瓣花上说人情",以芥米之微反映和表现大千世界、国运兴衰和人的情感、思想，不长的篇幅，既精微又宏大、既具体又抽象，而两位作者不同的生活经历以及这些经历在散文作品中的表述，又使各自的创作呈现出不同的特点。康启昌《嘎拉哈的故事》从闺中姑娘的热门玩具猪踝关节距骨做的"嘎拉哈"入手，叙述表姐玩嘎拉哈的高超技艺，她回乡下后常常捎来嘎拉哈，后来因为乡下生活贫苦而断绝，直到20多年后，农村经济情况好转，表姐重新捎来嘎拉哈，孩子们兴高采烈地玩起嘎拉哈游戏。作品以小见大，见微知著，风格流畅跳脱，描写细腻自然，在普普通通的故事里凝聚了童年的欢欣和友情，反映农副业在经过挫折后的中兴和崛起，以及几代人追求美好生活前景的强烈愿望。鲁野《西大河的梦》从故乡西大河边惬意的童年生活写起，叙述参加革命后无数次对西大河的思念，然而回到故乡却见到西大河排泄着污水浊浪，直到10余年后西大河河水才得到重新治理，恢复了"杨柳轻摇淡淡风"的美丽景象。从西大河几十年的变迁史中，透视出时代的变迁发展。

康启昌、鲁野散文，是自己真实生活、真实感受的艺术再现。康启昌的作品细腻多情、充满爱心，尤其是对孩子的爱的表露，时而潜藏含蓄，时而酣畅淋漓。鲁野的作品溢满战士豪情和对军旅生活的怀念，不乏积极、健康的闲情逸致，表现出作家多姿多彩的人生追求。他们都注重散文作品的情感因素，把情感看作是散文艺术的灵魂和生命，看作是散文作品不可或缺的感人肺腑的精神力量。正如康启昌所说散文适合抒情，一人、一事、一物、一景，都能寓我一片真情，两位作家的散文创作，便是"寓我一片真情"的艺术实践。

康启昌的语言风格，犹如小河小溪般清澈明亮，涓涓流出，潇洒俊逸。《福陵松雪》描写松涛如海，"春天，福陵深藏在万顷碧波之中；冬天，它贮藏了春天的碧波万顷。"想象奇特，诗意盎然。

第七章　中华人民共和国时期散文(1976—2008)

《孟姜女礼赞》描绘泥塑孟姜女像"青衣素服,正襟危坐,眉蹙容寂,面带哀愁,一双凄怆深邃的眼睛遥望南海,啊,这双眼睛能使苍山呜咽,能使碧波怒吼"。以强烈的主观色彩表达作者的思想倾向。《阳朔三景》描写古渡苍榕"一树独揽春光","横生的老干上又派生出一株新枝,枝上翠叶如染。"描写独秀峰黄昏"倦鸟飞还,鸣声上下",登迎江阁俯视漓江,曲水如带,"船楫泊岸,渔火点点;舟帆竞渡,水光闪闪。"细腻的感受以细腻的文字流泻而出,意境悠长,耐人寻味。

鲁野的语言风格,犹如大江大海般气势恢宏,奔腾不已,舒放豪迈。《西大河的梦》写故乡的西大河"从五里以外的华山脚下弯环诘屈,抖闪银光,或湍或溢,或冲或漱,从小镇的身边流过。啊,西大河,我第一眼就爱上了你,你是友爱的化身,纯洁的精灵!""西大河啊,请带走我的遐思和梦想吧,因为我真的看到了你的新生!"感情充沛、激越,对故乡的赞颂和对祖国的赞颂全都浓缩在对西大河的赞颂之中,文笔恣肆无忌。《草原行》描写威武的白杨、宽广的草原、奔驰的牛群、好客的主人,无一不充满豪迈的情绪。《绝壁悬棺》表现古代人民的智慧,笔墨激荡,气势逼人。鲁野的散文,也不乏细微的体察,纤巧的语言,为情感的高潮作铺垫,体现作家精致老到的构思。

赵正林,1942年生,笔名林楠,辽宁海城人,长期生活工作于内蒙古,现旅居加拿大。1986年调北京从事对外宣传工作,后调中国作家协会,历任中国文采声像出版总公司常务副总经理、《中国之友》杂志社副总编辑、《桥》杂志社总编辑、中国作家协会服务中心常务副总经理等。1964年发表处女作《早晨》,以浓郁的诗情描绘出一幅令人神往的北国田野雪景,运用戏剧手法调动不同人物渐次出场,交相呼应,着意渲染一派热气腾腾的劳动场面和一种让人能够明显感觉到的温馨而悠然的乡村生活情趣,以一种清新

329

的艺术气息赢得好评。从此走上文学创作道路,但其创作成就主要在新时期,特别是散文作品,在读者中有一定影响。著有散文集《生活的歌》、《青春草韵》、《彼岸时光》等。

赵正林散文无论是写景、写人还是叙事,字里行间充溢着诗意,具有一种音乐美、绘画美。常常采用乐章的结构布局散文篇章,如《白云的恋歌》让人感觉到一种乐思的涌动和节奏的魅力,"飘移,远去,似有光影的波动。那犹似静止一般的浮游,把人们带入一个崇高的境界。安详的希冀,美好的向往,获得充分展示。清晰的,神妙的音乐,又把人们送入梦境一般的遐想。"对于音乐、舞蹈等艺术形式的熟悉,使其能以诗的语言描绘众多的少数民族艺术家。

赵正林散文,对乡土语言的艺术化作了有益的探索,如:"照例,是哨梅的首先到场。只见他从神筒里掏出一杆梅(竹笛),圪蹴在板凳上,剥开一瓣蒜往笛孔上粘苇膜,分明是刚刚放下饭碗,嘴角上还挂着一颗饭粒。新理的分头,边儿刮得狠,齐长发下截然露出青白色。贴好苇膜,轻轻舔一舔,试吹起来。开头的两声是随便吹的,大概是品一品苇膜的松紧干湿,音质好坏。随即便正式吹出一支曲子。他迷离着眼睛,周围的一切全然不顾。"(《村口晚唱》)语言的运用,常常使作品产生出一种情韵,一种感觉,这种意味,就是一个作家的创作风格。又如:"渔船归来,船舱里堆满他们辛勤劳动的收获。也堆满他们的喜悦。那沉甸甸的鱼兜子压弯了杠子,压弯渔工们的腰,可渔工们的步态却是一颤一颤,节奏里蕴含着满足和希望。鱼库就在近海处。渔场派专人在那里过秤记账,维持秩序。渔工收起渔场开出的单据,掖进帽子或裤兜,笑着,四散在夜色里。"(《岱海剪影》)文学作品最忌作者跳出来指手画脚,一切在不经意中感知、颖悟出来。

20世纪80年代后期,赵正林的散文与时代的脉搏息息相通,体现出一种深沉的思考。作家的创作思想正经历着一种变化，从以往那种感叹生活、赞美生活进入到一种参与和揭示的新阶段，尤为显现出一种思想力量，一种厚度和力度。如《机会不是永远属于我们的》、《复调》、《众多的学生记着她，这是最珍贵的》等作品。相比之下，收于其第一部散文集《生活的歌》中的作品，就显得有些稚嫩和单薄。

第四节　柯岩、理由报告文学

柯岩(1929—2011)，原名冯恺，满族，河南郑州人。历任中国青年艺术剧院、中国儿童艺术剧院编剧，《诗刊》副主编，中国作家协会书记处书记、专职驻会作家。1949年开始发表作品。1960年加入中国作家协会。曾任中国报告文学学会副会长。以诗歌和儿童文学名世，在小说、散文、报告文学、舞台剧本方面也有出色成就，作品曾多次获得全国各种门类的文学奖。1978年开始散文和报告文学创作，以报告文学《奇异的书简》引起文坛关注。尔后，连续发表《追赶太阳的人》、《天涯何处无芳草》、《船长》、《特邀代表》、《东方的明珠》、《美的追求者》、《癌症≠死亡》等报告文学，产生强烈反响。其中《船长》、《特邀代表》、《癌症≠死亡》获全国优秀报告文学奖。著有报告文学集《奇异的书简》、《癌症≠死亡》，长篇传记文学《永恒的魅力——一个诗人眼中的宋庆龄》，是新时期报告文学的重要收获。

《船长》是柯岩报告文学的代表性作品，记述远洋货轮"汉川号"船长贝汉廷从一个"南方的孩子"和一位"吐血的船手"，成长为一名搏击四海风浪的远洋货轮船长的人生历程。贝汉廷忠于祖国、忠于人民、忠于职守，既坚强又勇敢，有学问也有智慧。他"在海里像一块冲不动的礁石"，上了岸"像一块千锤百炼的钢铁"，面对外国同行,则是热情洋溢的朋友、精通业务的行家和善于折冲樽俎的谈判对手,为祖国赢得尊严和荣誉,被外国人称为"邓小平式的船长"。他身上有着高度的民族自尊心,明确的人生目的,自觉的主人翁生活态度,又有着果断干练、精明强悍的气质,有着强烈的献身精神,面对各种风浪镇定自若,勇于驾驭,是中国民族脊梁式人物的代表。

《美的追求者》是柯岩报告文学的又一代表性作品,记述著名画家韩美林的故事,不只是一个单纯的人生故事,更是一个美的追求者的精神传记和心灵记录。韩美林早年命运悲苦,先是被"打入另册",长期"下放劳动",后来蒙冤入狱,长期过着铁窗生活,但这一切并没有使他失去对生活的热爱和对人生理想的憧憬。他在备尝人生苦果的同时,从小动物身上发现了温情和美丽,于是不断观察、体验、分析、研究,投入巨大的精力为小动物传神写照,并在小动物身上寄托自己对生活对人生的美好希望。历史翻开新的一页,韩美林也终于迈进艺术的最高殿堂,其动物画在画坛大放异彩,受到海内外一致好评。这正是他把美的创造视为生命,百折不挠地追求美的结果。作品文采飞扬,诗意充盈。

传记文学《永恒的魅力——一个诗人眼中的宋庆龄》记述的是"20世纪最伟大的女性"、"中国历史上最伟大的女性",在全中国和全世界都有巨大影响和崇高声望的宋庆龄。传记以诗人的眼光,用诗歌的笔调,描绘这位伟人的历史功绩,赞颂其"永恒的魅力"。宋庆龄是孙中山的夫人、助手和战友,在孙中山一生的最后10年,她不仅在生活上无微不至地关心照料孙中山,而且在艰苦复杂的革命斗争中给他极大的支持和帮助。孙中山逝世后,宋庆龄继承其遗志,为实现他的理想进行了可歌可泣的斗争。她对中国民主革命的贡献,对新中国建设的贡献,对世界和平的贡献,均已载入史册。传记对宋庆龄与孙中山的爱情和婚姻,据历史的真实作了诗意的描绘,塑造了一位高雅、贤淑、安详,同时又对"情之所钟"的人充满真挚、强烈而永久的爱情的东方女性典型,不仅具有世人公认的美貌,而且有完美的节操。

理由[1],原名礼由,满族,祖籍辽宁辽中,1938年出生于北京。历任《光明日报》记者、专业作家、商人、中国报告文学学会副会长。1972年开始从事文学创作,1977年开始致力于报告文学创作。1978年发表的《扬眉剑出鞘》是其报告文学成名作,获全国首届优秀报告文学奖。此后,理由激情喷发,发表了大量的报告文学作品。他的报告文学创作贯穿20世纪80年代全程,成为这一时期我国最为重要的报告文学作家之一。主要作品有报告文学集《她有多少孩子》、通讯报告文学集《手眼神通》、《理由小说报告文学选》等。80年代前期的作品以《扬眉剑出鞘》、《中年颂》为代表,主要写人物。后期以《倾斜的足球场》、《香港心态录》为代表,以反映重大事件、重要事象为主。

作品小说化,是理由报告文学最为显著的特征。形成这种创作景观的原因,一方面由于理由是以写小说走上文坛的,在报告文学创作中,小说家的原色自然渗出。另一方面主要导源于作者的创作观念,报告文学小说化,在理由这是自觉的,他说:"我是习惯于用小说的手法来写报告文学的。就表现形式而言,我甚至感觉不到报告文学与小说的写作有什么区别。它们同属于叙事性的文学体裁,使它们在艺术上天然接近。我认为,小说的一切技法在报告文学中都可以采用。"[2]在这种观念的支配下,理由运用除了虚构以外的小说艺术写作报告文学,特别注重人物的塑造,注意通过

---

[1] 理由部分参考引用了朱栋霖、丁帆、朱晓进主编《中国现代文学史》下册(高等教育出版社1999年版)相关成果。
[2] 刘茵、理由:《说话"非小说"——关于报告文学的通讯》,《鸭绿江》1981年第7期。

环境烘托、心理刻画和细节描写等,再现生活中的典型人物。发表于1979年的《中年颂》(获全国首届优秀报告文学奖),是理由最为重要的代表作。作品的主人公是一家毛纺厂的挡车工索桂清,这在普遍地写名人、明星的创作时潮中,独显其题材开拓的意义。不仅如此,《中年颂》还成功地塑造了具有高度概括力的典型人物,善于从寻常中烛照伟大,从琐碎中提升崇高。作品注意摄取细节,特别是典型化的核心细节用以人物立体的造型,整篇作品以反映家庭生活、工厂工作的若干细节连缀而成,形成动人的"细节链",并有小说的细腻和生动味。透过寻常的细节,可以看到一个普通劳动者的伟大灵魂,可以一睹中年这一代"社会的壮工,国家的筋骨"的生活状况和令人感奋的精神风采。

题材泛化,是理由报告文学的又一显著特征。《高山与平原》、《她有多少孩子》写科学家;《淘气的姑娘》、《扬眉剑出鞘》写运动员;《痴情》写艺术家;《希望在人间》(获全国第二届优秀报告文学奖)写企业改革;《倾斜的足球场》(获全国第四届优秀报告文学奖)写球迷骚乱。其成名作《扬眉剑出鞘》以中国女子击剑运动员栾菊杰在西班牙第29届世界青年击剑锦标赛上,忍着伤痛,奋力拼搏,夺得亚军为契机,叙述一个女子运动员成长的经历。击剑运动一向被认为是欧洲的传统优势项目,自国际剑联成立以来,历届世界比赛的前列名次,全被欧洲选手垄断,从来没有一个亚洲选手进入过决赛。中国击剑运动始于1950年代,且先后两次被取消,1973年开始恢复。1977年,栾菊杰代表中国参加在奥地利举办的第28届世界青年击剑锦标赛,结果只获得第17名。一年的卧薪尝胆、刻苦训练后,栾菊杰的剑术有了极大的提高。在第二年的29届锦标赛上,栾菊杰一路过关斩将,从小组赛中脱颖而出,杀入决赛。外国记者惊叹:"这是成立国际剑联以来,亚洲第一个取得决赛权的选手。"进入决赛阶段,栾菊杰越战越勇,首先拿下上届亚军苏联选手蒂米特朗,比分竟是 8 比 1。全场惊动,整个剑坛轰动了。接下来,栾菊杰对阵另一个苏联选手扎加列娃,在领先 1 分的情况下,意外发生了,"对方的剑刺在她的左臂上方的无效部位。这一剑刺得太狠了,剑身像蛇一样地拱曲,又形成僵硬的直角,弹簧钢制成的剑身也承受不住这样剧烈的变形,发出刺耳的断裂声。折断的箭头约有 20 厘米,飞进出去,落在击剑台上。对方的半柄断剑依然在手,箭头失去了安全装置,而对方由于惯性作用,全身的重量还在向前运动。这时,小栾的左臂传来一阵电击般的感觉,待她收回自己的剑后,左臂已经麻木、僵硬了。"小栾负伤了,而且伤势很重,鲜血直流。但比赛还没有完,她没有停下,坚持继续比赛,最终竟以 5 比 4 取得了胜利。接下来的 4 场比赛,她连输 2 场,又连胜 2 场,从而夺得第 29 届世界青年击剑锦标赛亚军,让五星红旗第一次升起在国际剑坛上。这篇报告文学发表后,在国内引起了强烈反响,对于正在一心一意搞现代化建设的中国人民是一个极大的鼓舞和激励。

第五节　张承志、马瑞芳等回族散文

张承志,祖籍山东济南,1948 年出生于北京。1967 年毕业于清华附中,怀着满腔热血自愿去甘南藏族自治州,在海拔 4000 米的雪山上放牧。1968 年到内蒙古东乌珠穆沁旗道特诺尔公社插队,在蒙古族牧民中生活了 4 年,熟悉蒙古语及游牧生活,给其思想及人生打下深刻烙印。1972 年入北京大学历史系学习,1975 年毕业后在中国历史博物馆工作。1978 年考入中国社会科学院研究生院北方民族史及蒙古史专业,开始发表作品。1981 年毕业后在中国社会科学院民族研究所工作。1982 年加入中国作家协会,中国作协第四届理事,第五、六、七届全委会委员。现为自由作家,以小说闻名,也有大量散文。迄今著有散文集《绿风土》、《荒芜英雄路》、《清洁的精神》、《牧人笔记》、《以笔为旗》、《一册山河》、《鞍与笔的影子》、《谁是胜者》等,其中《一册山河》获第七届全国少数民族文学"骏马奖"。张承志的散文具有原构和独创风格,卓然一家。

张承志的散文,题材内容广泛,彰显出作者的学问、信仰、爱国主义情怀与人文主义精神。张承志曾不止一次地说自己"立命"于"三块大陆":内蒙古草原、新疆文化枢纽、甘宁青伊斯兰黄土高原。对这"三块大陆"的土地、土地上的各族人民,以及与中原汉族文化有同也有异的少数民族文化具有特殊的感情和深刻的认识,并被越来越多地用各类散文形式表现出来。《语言憧憬》强调"神示",让人感到诧异和隔膜,同时受到严厉的批评,是事出有因的。但有一点值得注意,作者在发现上述"三块大陆"上的文化与中原文化的差异后,也为更深刻地认识和更充分地表现中华文化中这些异样文化因子而焦虑异常。他认为这是自己的人生关坎和艺术关坎,必须跨越,因此努力进行人生和艺术的探索,包括"更浓稠地用一行字或几个词提出一个认识,更强烈地把小说完全变成了诗",甚至"在艺术上也斗胆迈出了一步",醉心于绘画。其思想焦虑的程度和艺术探求的大胆,可见一斑。张承志的目的,是要表现他深入观察、体验、分析、研究过,并且重新发现的"三块大陆",表现这"三块大陆"与中原地区的不同,彰显其人文的、自然的、地理的、历史的和审美的特色,包括大西北历史上那种"强硬反叛的美"。张承志关于"三块大陆"的散文很多,同时也有不少其他题材的作品,如记述游历全国各地和世界各国见闻的游记,对这些国家和地区的文明,态度明达,《撕了你的签证回家》等作品表现出的强烈的爱国主义精神,让人感动。

张承志的散文,在思想和艺术上表现出可贵的探求精神。他

第七章　中华人民共和国时期散文(1976—2008)

的许多描写,常常在思想方面或艺术方面具有启示意义。《金钉夜曲勾镰月》描写西北黄土高原伊斯兰文化:清真寺塔、塔上挑着的镰月、空气中游荡的伊斯兰教音乐等,都是代表性的伊斯兰文化标志,在中国伊斯兰教盛行的黄土高原和新疆地区随处可见,阿拉伯、伊斯兰世界更比比皆是。然而用中文将其营造为文学意象并加以审美组合,作为中国伊斯兰文明的符号与中国汉文明并列,在古今中外文学史上尚未见过。特别难得的还有对其作为"异端"形象的描写,既有深意和新意,又符合中国历史的真实。伊斯兰教何时传入中国,学界尚存争议,多数学者认为是在唐代,已有1300余年的历史。从传入中国的时候开始,它就不断变化发展,逐渐本土化,成为中国的伊斯兰教,因此中国伊斯兰文化也成为中华民族文化的一个组成部分。然而在中国漫长的封建社会中,起主导作用的文化是儒家文化,崇儒是中国政治的根本特色。中国的政权性质和整体文化氛围与政教合一的阿拉伯国家有本质性差异,因此伊斯兰教和伊斯兰文化在中国并不处于中心位置,甚至曾受到轻视、排挤和打击。历代封建王朝,信仰伊斯兰教的中国各族人民或沉默,或反抗,甚至为捍卫自己的信仰和理想而流血牺牲。作品描述中国伊斯兰文明"孤傲地对汉文明的继往开来表示沉默",赞颂其"无言之美"、"刚强之美"、"牺牲之美",符合中国的历史实际,达到了历史真实和艺术真实的统一。同时,张承志也描写这些少数民族人民当今的生存状态,表现他们"清洁的精神",讴歌他们心灵中的真善美。如《离别西海固》、《最净的水》、《听人读书》、《对奏的夜曲》、《背影》、《北庄雪景》、《夏台小忆》、《嵌在门框里的绿色》、《长笛如诉》等,或写维吾尔族、或写哈萨克族、或写回族、或写东乡族、或写撒拉族的现实生存和清洁精神,感情炽热,意蕴深远,人性内涵与历史哲学意味相当浓厚,在中国当代散文文苑中呈现出奇光异彩,体现出张承志散文的杰出成就和对中国当代少数民族散文乃至中国当代散文的独特贡献。

作为"草原养子"的张承志，自步入文坛以来一直没有停止过对内蒙古草原的描绘和对那片草原上伟大人民的讴歌。《午夜的鞍子》《骏马的神情》《美女与厉鬼的风景》《一页的翻过》《二十八年的额吉》《与草枯荣》等散文，便是描写草原的重要篇章。20世纪60年代后期的政治狂潮，把张承志等一批北京知青抛到了远离京城的茫茫草原，草原极端艰苦的生活折磨人，也磨砺人。在插队的岁月里，给他最大关怀最多温暖和最好教育的，是他落户房东的蒙古族母亲，即他称为"我的额吉"（额吉，蒙语母亲）的一位饱经沧桑的老人。张承志不止一次地说，自己有过学业的老师、导师，但是真正使自己获得彻底质变的是这位乌珠穆沁草原的"额吉"，她是自己最早的老师。正因如此，离开草原以后，他时刻怀念着草原和"额吉"。《二十八年的额吉》中的"额吉"既是具体的人，更是一种象征，是一种文化符号。歌唱"额吉"，也就是歌唱蒙古族人民、歌唱蒙古族文化和游牧文明。他的歌唱是真诚的，没有丝毫的矫揉造作。张承志对内蒙古草原的诉说与歌唱，包含着对历史变迁和人类命运的感悟，有深刻的理性内涵，也带着感情色彩，其中充满温馨，也有几许悲凉。从草原回到北京后，张承志一直关注着草原上那些熟悉的和不熟悉的牧民们的命运，与自己的蒙古族家庭保持着密切联系。

《与草枯荣》以实录方式记述当年插队时"我们大队里"几个有代表性的家族和人物的生存与死亡。钢嘎白音，这个名字只是代号，"钢嘎"在蒙语中意为时髦，此人在物质匮乏的20世纪60年代，也总是"打扮得人马两帅"，穿着洁净的蓝袍子，说话温文尔雅。他贫牧成分，是驰骋于酷烈草原的马倌，但是直到病入膏肓的老年，依然有着绅士风度。其妻是牧主之女，却不乏草原牧民的美德，总用大碗给客人盛饭装茶。因为与"我家"是邻居，所以交往

第七章 中华人民共和国时期散文（1976—2008）

最多。1981年"我"重返草原,还应邀在他家住了一天,受到礼遇。谁知第二年便听到他的死讯,还听说他那不能自立的寡妻已回娘家就食,养女也远嫁他乡,"我第一次目击了一个毡包的消失"。"蓝家族",是大队里对一群北京知青从政治到气质影响最深的,他们是混血牧民,有特别的血统,骨架优美,"宛如电影上的阿尔巴尼亚人"。作为蒙古人,这个家族的男子不怕穿呆板的汉人制服,老祖父是历史,是传奇。父亲是远近的名人,属于最后一代靠传统技能著名的牧人,他的套马是一方的传奇。他有思想,不过更大的事是酗酒,最后是因日以继夜的烂醉,入魔发疯地驶过草原而不知所终。这个家族的其他几位"阿尔巴尼亚美男子"也随着岁月逝去,"就像草原上曾闪过的、那潇洒剽悍的姿态一样","草海里的一个无名家族,虽然它的成员有些逝去有些活着,但是归根结底,它主导一块草原、赢得权力和荣耀的历史结束了。"大阿伽,大队的首席牧人、慈祥老人、无字书等一切形象的集合,因为是"我"插队好友的义父,所以与"我"有类似叔伯的关系。90年代后期"我"再回草原时,随他参观了草原上曾被破坏后又重建的新庙,据说他已经是喇嘛了,说起此事"阿伽的神情里浮起一种满足","这神情在他衰老的脸庞上化成了不可形容的慈祥"。他把自己的牲畜交给亲戚和女婿,住在暖和的土房里,草地毡包早已收起,以后用或不用,要看他的一个小独孙子,而这位孙子半大身材,条纹T恤,俨然一个"现代小伙"。阿伽还相当健谈,但比起当年谈论牧草马经时已显得"消瘦而垂老",重逢的次年便去世了。"她",一个"富牧"的女儿,几乎和"我"没有交往,但这类人的辞世"更使我难过"。她家当年只有100来匹马,200来只羊,作孽的父亲使过牧工,于是被划为"富牧",她也因此遭遇人生悲剧。"我"插队时,一连几年,总是见她卑下地低着头、弯着腰从事最脏最累的劳作,穿一件泥点斑污的旧袍子,见了人就赶紧躲闪着让路。除了大队的劳务,谁都可以支使她和牧主们给自家干点私活,谁都可以训斥她。不过她实在是草原上最美的女人,身材苗条,"是女人身材的极致"。后来她算是有了"运气",被一位有权势的贫牧人物看中,"成了一座插着红旗的蒙古包的主妇",但因为"我"已离开草原,没有看到"喜剧的几幕"。最后听说她在一个冬天的早晨去包外蹲下来解手,"就那样蹲着,再也没有起来"。听到这个消息,悄悄松了口气:"她总算走了。她离开了这个残忍地折磨了她,又给了她一个体面结尾的世界。"作品包含着深刻的人生感悟、生命体验和历史哲思,艺术地揭示了草原游牧文明的本质,显现了牧民的内心世界。文章标题"与草枯荣",含有深意。草木的枯荣,岁月的流转,历史的变迁,人类的生死等,有其特定法则,不以人的意志为转移。面对草原,就应当关注牧民的生存与死亡,与青草共命运共枯荣。作品发表后好评如潮。如:"张承志的《与草枯荣》,在草原上没有记录的历史中寻找历史,在像茫茫的野草生长一样平常的生活中,寻找并记录它的悲壮与豪迈,牧民所遭受的命运的不公和沉默的抗议,在草原的历史和文化,在平凡的生死之间,体会沉默中蕴涵的悲剧意味。"[①]

张承志的散文突出人文关怀。张承志在《荒芜英雄路·作者自白》中说:"回忆起来,这本随笔以前的我,弱似一片枯叶却经历了思想的许多巨浪狂风,甚至我并不认为有哪一个人具有与我匹敌的思想经历。"这本随笔集是张承志个人思想历程中的一座里程碑,而它又始终与1990年代中国思想文化界的大背景联系在一起。该书编者所作内容提要云:"全书辑入作家近年来创作的随笔40篇,旨在反映他近几年的生存状态和创作背景。生活的磨难和心灵的煎熬,化成了《荒芜英雄路》、《芳草野草》等篇章;出自生

[①] 林非等:《散文:丰收的季节》,载《文艺报》2002年11月7日。

命对自然的感应和作家内心迸发出的呼唤,《心灵模式》、《神不在异国》等充满力度的文字就极具穿透力。作家毅然走出世俗,走出虚荣,走入茫茫的黄土和广阔的天地间,在理性和情感的冲撞下,抖出一个活生生的灵魂。"这是理解张承志和《荒芜英雄路》的一个角度。其"旨"在强化作家自己独立地做人,独立地思考、创造和战斗的声音,或者说是表现他意在"独立地树立起一面旗帜"的思想呐喊。张承志对其周边状态和背景不无情绪化的否定,对现实状态因果关系的揭示也往往有本末倒置的倾向,对关怀途径的选择也未超越历史的预设,这些都使张承志和他的思想一时间成为争论的焦点。1990年代初张承志意识到大命题和小命题都不应当一划而过,应该再接触它们一遍,并且采用了"呐喊"的方式,躁动不安地发出了他的"强音",向别人挑战事实上也向自己挑战。张承志不是一个成熟的思想家,他带着这个时代的文化局限向这个激剧变革的时代挑战,由此而引发的争论甚至无法说究竟谁"战胜"了谁。张承志散文再次引发了1990年代中国社会、文化发展命题的深沉思考。

张承志的散文风格具有多样性和变易性。张承志散文有时电闪雷鸣,高亢激烈,震撼人心;有时又柔婉细腻,曲折有致,亲切自然。1990年代中期以前,张承志散文有着"强硬的反叛之美",是"现代散文史迄今以来的一个晴空霹雳风格的特例"[①]。之后的散文则总体趋向平和,很少"晴空霹雳"状。

马瑞芳,笔名青川,1942年出生于山东青州一个回族中医家庭。1965年毕业于山东大学中文系,先后就职于中国医学科学院、《淄博日报》。1978年后历任山东大学中文系讲师、副教授、教授、博士生导师、古代文学学科学术带头人,参加国家教委博士点

[①] 佘树森、陈光旭:《中国当代散文报告文学发展史》,北京大学出版社1996年版。

项目"蒲松龄研究",著有《蒲松龄评传》、《聊斋志异创作论》、《聊斋志异全文鉴赏》等专著,长期从事学术研究为其散文创作提供了丰富的营养和功底。1985年加入中国作家协会。中国作家协会第五、六、七届全委会委员,中国红楼梦学会常务理事,山东省作家协会副主席兼散文创作委员会主任。1979年起,马瑞芳在《山东文艺》、《人民文学》、《人民日报》、《光明日报》、《新华文摘》等国内报刊和香港报纸上发表小说、散文、报告文学和电视剧本,尤以散文见长。著有散文集《名士风采录》、《学海见闻录》、《假如我很有钱》、《野狐禅》、《女人和嫉妒》、《漏泄春光有柳条》、《香炉礁》(合集)等。其中散文《煎饼花儿》获第一届全国少数民族文学创作奖、《祖父》获山东省1981年文学创作奖。

　　马瑞芳的散文多写家庭和民族、学校生活和教授学者,还有一些杂感。她善于摹写真人真事,抒发真情实感。如《煎饼花儿》通过儿时吃"煎饼花儿"的动人描绘,展示建国初期我国人民朝气蓬勃、艰苦奋斗的精神风貌,表明新时期发扬这种精神的必要性,字里行间激情洋溢,颇富感染力。《祖父》记叙祖父与父亲两辈人不同的经历与命运,反映回族人民的新生,通篇对社会主义的感情溢于言表。马瑞芳擅长表现校园生活,着力刻画知识分子形象。《女学究轶闻》借冯沅君在20世纪70年代尚不知尼龙袜为何物的细节描写,典型地展现了"专心致志攀登者的成功秘诀"。《名士风采录》表现知识分子的高风亮节:成仿吾校长置个人荣辱于不顾而尽职尽责的崇高品质,历史学家童书业"卓绝的才华"与"落拓的举止"集于一身的风采。语言洒脱、练达、幽默。

　　马瑞芳的散文内容丰富,多姿多彩,而最具民族特色的是其家世性散文。此类作品数量不多,但每篇都曾引起文坛关注,如《煎饼花儿》、《祖父》、《等》、《美国女博士和中国老太太》、《医院琐记》、《多绰号的大猫猫》等。《等》将母亲84年的岁月浓缩于临终前等待儿女的场面中,以凝重感人的笔墨塑造母亲的感人形象,讴歌在母亲教诲下7兄妹的成长与追求。《祖父》一直被视为马瑞芳散文代表作,被收入各种散文选集。作品采用欲扬先抑的手法,起笔突兀:"我从小就恨祖父",因为祖父重男轻女,断我母奶;祖父专挑中秋节去世,使孩子们永远不能过中秋节;祖父在"文革"中被判定为"土豪劣绅",使已经蒙受不白之冤的全家又添新罪名。写过三恨之后,笔锋一转,由抑而扬,徐徐道出对祖父的三爱:一爱祖父精于医道,有妙手回春之术,是国内闻名的青州名医。二爱祖父的医德和人格,恪守"三治三不治":街坊邻里治、市井穷人治、疑难大症治;高官不治、豪强不治、汉奸不治。三爱祖父明察时势,对共产党的赞助。祖父因受日寇汉奸之辱8月中秋气绝归天时,正值八路军进城,弥留之际写下一首五言绝句绝笔诗:"未睹三皇世,却现五帝天。噫吁几千载,沧桑一变迁。"作品成功地塑造了20世纪30、40年代一个爱事业、爱家庭、爱民族、爱祖国的老知识分子形象,生动地展现他独特的个性和高尚的情操。然作品并未将笔触局限于对祖父的缅怀,写成缠绵凄怆的祭文,而是将时代风云和丰富的社会内容寓于一个小小的社会细胞之中,以具体的艺术形象展现时代的缩影,表现不同社会制度下回族人民命运的变迁。文章第五部分写父亲作为少数民族代表人物走上省民族工作领导岗位,看似节外生枝,实则具有强烈的对比效果。父亲自认德才不及祖父,党和国家却给予他在怀仁堂代表全国少数民族给毛主席敬酒的荣誉和待遇,并非是父亲命好,而是时代变了,国家民族政策好:"重要的不是哪一位中医受到尊重,而是华佗、扁鹊古业的中兴;重要的不是我们哪一家回回扬眉吐气,而是在党的怀抱中,一切左衽蛮夷之族,如婴儿之望父母;重要的不是我们家的姐妹可以象哥哥们一样挺胸做人,为国做事,而是千千万万在旧中国雌伏于灶间,蛰居于闺中、受制于三座大山的夏娃,成了社会主义祖国的主人！"运用艺术形式歌颂党的民族政策，赞扬社会主义优越性。

如果说《祖父》写的是回族人民在政治上的翻身，那么《煎饼花儿》写的则是回族人民在思想、文化上的解放。《煎饼花儿》发表后为近20种报刊和选本选录，被誉为亲情之歌、民族之歌和时代之歌。作者生长于山东，对家乡的煎饼"总有一种特殊的亲切感"，作品从山东人最常见食物煎饼说起。20世纪50年代家里没有细粮，只有吃高粱煎饼，再加上孩子多，每当煎饼囤露底时，妈妈就将那些零零碎碎的煎饼花儿，用油盐葱花炒得松软可口，孩子们吃得很高兴。60年代"大炼钢铁"，"两年进入共产主义"，正在大学读书的"我"，煎饼花儿吃不上了，整天吃令人直冒酸水的地瓜，甚至在高校开始供应连狗都不问津的"代食品"。70年代初，7兄妹先后大学毕业，却都成了"臭老九"。新时期，大家有了用武之地，孩子们也吃上了糖酥煎饼，但"不要忘了吃煎饼花儿的年代，更不要忘了连煎饼花儿也吃不上的年代吧"。整篇文章并不长，但跨越年代比较大，以人们最常见的煎饼为题论事，自然亲切又寓意深远。值得注意的是，作为回族作家，马瑞芳并没有忘记她所生活的民族氛围，"解放前，回回多是肩挑贸易，朝谋夕食，读书人如凤毛麟角"，"转弯抹角净亲戚，本是回族人的特点"，"她是七兄妹中第七个大学生，我们则是回族医生家第一代大学生"。在这篇充满诗情画意的散文中，描写少年时代"春苗逢喜雨，一日长三寸"的情景尤为动人："经济拮据，大家精神却十分饱满，东方未晞，分头上学，夜晚，争抢罩子灯下的有利地形，读书写字。逢年过节，就揣上两个煎饼，一齐去扭大秧歌。二哥在队首开路，手持大钹，威风凛凛，余者身穿列宁服，腰系红彩绸，载歌载舞。"这种朝气蓬勃、艰苦奋斗的精神决不限于回族，而是整个中华民族精神状态的真实写照。作品通过家庭这个社会细胞，反映回族人民历史命运的变迁和"一切左衽蛮夷之族"的翻身解放,具有丰富深刻的思想内涵和强烈的艺术感染力。

除家世散文外,马瑞芳在文坛产生影响的还有大量的学者型散文。此类散文主要写学校生活和教授学者,具有一定的思想深度和艺术力度,分为三种类型:一是评论界所谓"教授文学"。如《女学究轶闻》、《高兰先生》、《唯愿身化光明烛》、《名医的风格》、《名士风采录》、《大智若愚的新例证》、《大学老校长和农村小保姆》、《余修老伯》、《从哈佛到哈佛》等。这类作品以一些鲜为人知的轶事,表现一批著名高级知识分子的高尚思想和道德风范,亦庄亦谐,富有情趣和理趣。擅长塑造高级知识分子形象,这些学者或大智若愚,或不饰衣着,作者写的似乎是一些小事,却透过独特、敏锐的观察,因小即大,从平凡小事发掘出他们生命的闪光,照射出中国老一代知识分子深刻的内涵和高风亮节,动人心魄,催人泪下,闪射着诗情的光芒。二是留学生散文。如《面对外国青年的眼睛》、《假如我很有钱》、《我们心中都有一个孙悟空》、《老外神侃》等。马瑞芳是国内最早描写外国留学生在中国学习生活的作家,她的留学生教学札记自 1983 年起,有 10 余篇被香港新晚报连续刊载。此类散文描写的是教师眼中的学生,一群来自异国、学习中国文学的学生。将一种特殊的、艰难而有趣的教学生活描写得多姿多彩,充满热情与活力,幽默而风趣。三是各类传统散文。如游记《蒲松龄故居漫笔》、《西宁清真寺》、《草原的眸光》等,知识小品《锦绣文章巧名成》、《毛主席延安论聊斋》、《香菱·菱角·放翁诗》等,杂文《芭蕉扇,换个调法》、《别字趣谈》等,生活轶事散文《摄影绝活》、《笊篱的诱惑》等。此类散文给校园和课堂生活注入了浓厚的诗意,形成富有谐趣的个性风格,文笔流畅,感情激越,色调清新明朗,用语遣词华丽、俏皮、幽默、泼辣。

《女学究轶闻》写著名作家和学者冯沅君,没有罗列其事迹和成就,而是从她不知世上有尼龙袜这样的逸闻落笔,用欲扬先抑和对比映衬的手法,展现人物丰富的内心世界与攀登科学高峰的坚韧精神:"一个在三十年代初就留学法国并获文学博士称号的学者,在七十年代不知尼龙袜子为何物!古典文学学识异乎寻常的渊博,日常生活知识令人惊诧的贫乏,这二者在冯沅君身上水乳交融。人们始闻而觉可笑,继思为之叹息,回想深感可敬!那是锲而不舍的学问家的亮节高风,那是专心致志登攀者的成功秘诀!"牛顿曾把手表当成鸡蛋煮进锅中,爱因斯坦曾忘记自己家的地址,科学上的杰出成就和日常生活中的无知愚笨有时确实是结伴而行的。《大智若愚的新例证》记述著名教授潘承洞、童书业和田仲济的逸闻,三言两语勾勒出专家教授们的风采,使之形神毕现:"超凡出众的数学天才不会或不屑于挑芸豆,满腹锦绣的历史学家是柴米油盐的低能儿,治学谨严的老学者在最普通的日常事务中表现粗疏。"以他们一些违背生活常识或一般人情的趣事,衬托他们对科学事业如痴如醉的追求,通篇情趣盎然也颇具意味。然而,马瑞芳笔下的高级知识分子又各具个性特色,或外拙内秀,大智若愚;或学富五车,道德高洁,人情练达,风度翩翩;或集革命家、教育家、老学者各种优秀品质于一身。《名士风采录》写成仿吾在文化大革命中遭批判的场景。成仿吾早年留学日本,与郭沫若等组织"创造社",倡导文学革命。1925年任广东大学教授、黄埔军校教官。大革命失败后流亡欧洲,1928年加入中国共产党,主编中共柏林、巴黎支部的刊物《赤光》。1931年回国,曾任中华苏维埃共和国中央执行委员,长征到达陕北后,任中共中央党校教务长、陕北公学校长、华北联合大学校长。新中国成立后任中国人民大学、东北师范大学和山东大学校长。作品描写这样一位有着传奇经历的老革命家、老教育家、老学者,在文化大革命期间临危不惧的英雄气概,求真求是的执著精神,以及诲人不倦的师长风范。文化大革命的混乱与荒谬,从中略见一斑。

马瑞芳学养广博深厚,性情机敏坦率,出语深刻、新颖、明快,带有浓厚的书卷味和学苑风。其散文大多立意高远,感情充沛,庄谐并出,文笔畅达,或典雅,多警句;或风趣,妙语连珠;或泼辣,入木三分;然有时也词气浮露。总之,马瑞芳散文所写多是他人很少或无法涉笔的人和事,拓展了散文的表现领域,语言洒脱、练达、幽默,具有自己的独特艺术个性。

新时期,穆青著有《穆青散文选》、《彩色的世界》、《十个共产党员》、《新闻散论》等散文集。《彩色的世界》是穆青新时期的重要作品,也是新时期少数民族散文园地的重要收获,收入访欧、美、亚、非50余个国家所作41篇散文和拍摄的195幅照片。这些国际题材的散文,眼界开阔,思想深邃,艺术形式老到而又新颖。对世界各地著名自然景观的描绘,让人大开眼界,并给人以高品位的审美享受:赞比亚的维多利亚大瀑布,法国尼斯的蓝色海岸,葡萄牙美丽的海岛马德拉,亚马孙河的原始森林,芬兰伊瓦洛的北极风光,撒哈拉大沙漠中如同精美玉雕一样的石头花,墨西哥瓦哈卡州的"世界树王"等,可谓美不胜收。

《彩色的世界》在描绘世界各地自然景观、赞美世界各地大自然迷人景色的同时,用更多的笔墨描写世界各国人民从古至今创造的丰富多彩的人文景观,赞美人类的创造性劳动。大自然的神奇造化,给予人类一个浩瀚无垠的世界;人类创造性的劳动,为这个世界增添了璀璨夺目的光彩。罗马的雕塑、教堂、喷泉,威尼斯的桥,贝宁的水上村庄,荷兰的花区,维也纳的音乐,埃及的金字塔,摩洛哥古城马拉喀什的佛纳广场,伊拉克的古巴比伦遗址,伊朗的波斯古城波斯波利斯遗址,以及纽约的感恩节化装游行,墨西哥城印第安人瓜达卢佩圣母节……对世界各国人民创造的大量物质文化成果和精神文化事象,作了生动描绘。这些描绘蕴含着丰富而深刻的社会历史内容，极具生活包容性和历史穿透力，大多以人类的物质创造和精神创造为母题，同时又具有复声多义、蕴藉深厚的特色。人与自然、人与社会、人与人、人与神等各种关系，不同文化间的交流、融会和碰撞，不同文明的消长起伏与矛盾冲突，以及外来侵略者和强权政治对人类文化与文明的摧残，都有所呈现，使人们在了解世界各地自然景观和人文景观的同时，对其更多更深层面的蕴涵也有深入的感受和认识。《维也纳的旋律》不仅描写著名"音乐之乡"维也纳优美的自然风光，而且描写这座历史名城的古老建筑艺术，对贝多芬、莫扎特、舒伯特和施特劳斯父子在维也纳生活时期的辉煌成就，维也纳无处不在的音乐源泉，描写更是绘声绘色，精确传神。在描写维也纳音乐旋律的同时，还描写维也纳整个城市生活的旋律，现代节奏与传统节奏，社会进步态势与人们生活态势，以及不同人群显露的精神面貌和隐藏的内心世界等跃然纸上。五光十色，多姿多彩，又蕴藉深厚。除表现维也纳人的物质创造、精神创造和维也纳前进的历史趋势外，字里行间尚含一些言外之意和味外之旨，耐人寻味。

　　《彩色的世界》在描写世界的"彩色"时，没有规避从古至今人类世界一直存在的阴影，而是表现了世界的不公，描写了诗情画意背后的辛酸，有赞美，也有批判。《沙漠中的玫瑰》对突尼斯200多处古代建筑遗址年代之久远、规模之巨大和设计之精美，赞叹不已，称其为突尼斯历代劳动人民智慧的结晶，同时指出这些建筑"也凝结着他们的斑斑血泪"，"是他们屡遭外国侵略和压迫的历史见证"。《救救非洲》既描绘大沙漠"雕塑"石头花的"绝技"，也描绘沙漠化给非洲造成的灾难；在叙述灾难的原因时，不仅谈到生态平衡和自然植被受到严重破坏，而且强调300年间殖民主义对非洲的疯狂掠夺。《在斜塔下》用充满同情的笔触，刻画比萨斜塔下一位遭遇严重精神创伤、行为失常、失去最起码的生活权利和人格尊严的红衣老妇人,白色古代建筑比萨斜塔和今日被社会遗弃的红衣老妇人映衬对照,发人深思。《金字塔夕照》没有描写大漠落日中金字塔的神奇色彩,着意描绘的是骑着埃及瘦骆驼兴高采烈漫游的肥胖外国人和为生存而挣扎的各种埃及人,特别是贫穷的老人和肮脏的孩子。

《彩色的世界》还表现世界各国人民的美好人性和彼此间的深厚友谊。《亚玛尼·穆斯塔法》、《快乐的赶车人》、《三个向导》、《一代名厨》、《阿玛社长》、《阿罗》、《罗拉》、《法蒂玛》、《阿丽小姐》等,以生动的人物形象和艺术语言记述世界各国人民对中国的向往和对中国人民的情谊。他们大多是生活在社会较底层的普通人,虽然不是主宰世界的风云人物,却是这个星球上真正的主人,具有纯朴的感情和坦诚的胸怀,以及对中国和中国人民的深情厚谊。

《十个共产党员》也是穆青新时期的重要作品。记述的 10 位共产党员是:英勇牺牲的抗日游击队司令梁雷,支援人民解放战争的工人旗帜赵占魁,兰考县县委书记焦裕禄,大庆油田"铁人"王进喜,山西闻喜植棉模范吴吉昌,在荒山坚持绿化至死的"老坚决"潘从正,改造山河、牺牲自己的孙钊,腰上磨出一圈厚厚老茧的红旗渠特等劳动模范任羊成,永远姓"共"、带领农民共同富裕的党支部书记阎建章,心怀河山、情系人民的辉县县委书记郑永和。铭刻了不同历史时期共产党人全心全意为中华民族的解放和祖国的富强而奋斗不息的事迹,大多是新中国成立后不同时期不同岗位上的先进人物。

新时期,郭风散文创作进入丰收期,不仅数量激增,质量也大为提高,样式增加,题材拓展,内涵丰厚,表现形式自由自在、不拘一格。由于生活阅历更丰富,人格境界更高洁,文学功底更深厚,郭风晚年散文呈现出一贯追求的那种纯粹、醇厚、朴素之美,艺术形式与思想内容相适应，表现出内在精神的深刻性和随心所欲不逾矩的状态。散文十八般武艺均被其娴熟地运用，或抒情，或叙事，或说理，文笔畅达，势如行云流水，同时涉笔成趣。

1997年海峡文艺出版社出版的《汗颜斋文札》，是郭风新时期散文的重要收获。所收作品除少数作于1980年代，大多作于1990—1995年间。内容涉及日常生活、民俗民风、自然山水、地域文化、文史知识、爱情婚姻、散文写作等。除一般散文体式，还包括散文诗、小品、随笔、游记、传记、评论等，无论何种样式，均言之有物，语出肺腑，笔墨纵横，于自由自在的形式中表现出非凡的历史洞察力和对人情物理的透彻理解。《论饮食》从圣经人类始祖吃禁果和中国史乘记载先民"茹毛饮血"谈起，小时看到的先民围火烤兽肉吃的图画、五六年前寻访闽西所见旧石器晚期人类饮食文化遗址、殷商至西周用作饮食器具的青铜器、作为美食家的孔子、英国散文家奥立佛·哥尔斯密的散文《酒肉竞选》，乃至闽中把种种美味一锅煮的"佛跳墙"，可谓古今中外，无所不谈。乍看杂乱无章，然细细品味，便可发现所谈乃人类饮食文化史，并在这一宏观背景上阐述人类饮食究竟怎样才称得上科学与合理，什么样的饮食才叫"美食"。中国人历来认为"民以食为天"，因此《论饮食》这样的题目是非常重大的题目，从古至今，谈论这一题目的文章很多，要想谈出新的见解和深刻的思想并不容易。"我想不计工拙，就自己想到的，在本文谈论一下"，表明作者意识到谈论这一问题的难度，同时也表明谈论这一问题的方法，不重复别人的见解，"就自己想到的"来谈。而在谈自己想到的问题时，紧紧抓住中外饮食文化史上为人熟知的事例，并从人所熟知的事例中开掘出人们未曾想到的内涵，可谓角度新颖，手法高明，见解深刻。

新时期郭风仍继续着散文诗的写作，《汗颜斋文札》《晴窗小札》等集子中都收有散文诗，但数量较少。郭风认为，包括鲁迅在

第七章　中华人民共和国时期散文(1976—2008)

内的中外散文诗大家,创作的数量都不多,"这可能是由于散文诗在文学诸体裁中,是最为严肃的文体;它对作品的思想意义的深刻性,具有特殊的严格要求,严肃的散文诗作家对之格外虔诚。"正是基于这样的认识,对这种早年运用得较多而且取得突出成就的文体,郭风晚年却很少运用,但凡有所作,皆为上品。如《夏夜偶得》、《落日景象》、《残雪》、《教堂》、《海市蜃楼》、《夜霜》等,有人生感悟、宇宙意识、哲学思考,内涵丰富而深邃,不再像《叶笛》那样高亢、激越、明朗,却比《叶笛》深沉、凝重、厚实。《夏夜偶得》在未名的星、茉莉的花朵和夏夜等可视的意象之下,还有不少潜沉性意象,与这些可视的和潜沉的意象相融会的"我的意念",也极具思想深度和艺术力度。

晚年的郭风最喜欢的散文体式是随笔,之所以喜欢随笔,是因为随笔最适合其个人气质和性格,"我早年的散文,五六十年代的散文,以及晚年的散文,有不少明显的差异和变化。这当然与生活阅历以及文学修养、趣味的变化有关,但总的来说,可能也仍然是如何使自己的写作更加适应个人气质和性格的一种探索和追求","这些年我喜欢写'随笔'。这也是我的最终选择"[①]。在郭风看来,所谓文学,无非是表现作家对宇宙、自然、人生、社会、历史、宗教、道德、政治、哲学等问题的思考,而散文,特别是其中的随笔,由于无拘无束、自在活泼,最便于表现种种思考,再加上经过长达半个多世纪的实践和探索,认识到随笔对自己最为适性合情,所以就把写随笔当作"最终选择"。从郭风晚年的大量随笔看,随笔的确适合郭风晚年的性情,也正是这些随笔,最充分地体现了"郭风体散文"的特征。

以诗名世的高深(1935年生),1990年代以来在《人民日报》、

[①] 上海社会科学院文学研究所:《中国作家自述》,上海教育出版社1998年版,第506页。

《光明日报》、《求是》、《文艺报》、《新闻出版报》、《经济日报》、《工人日报》、《解放日报》、《羊城晚报》、《中国人事报》等报刊上发表大量的杂文随笔,著有《高深杂文随笔选》、杂文随笔集《庸人好活》。这些作品思想性、知识性、趣味性兼具,触及种种社会现实问题,时有出人预料又令人信服的见解、鲜为人知而足以使人增智的知识、让人兴味盎然却不同于流俗的趣味,引起世人关注。

作为老报人和老诗人,在将近50年的笔墨生涯中,高深不论是从事新闻工作还是从事文学创作,都十分关注社会与人生,表现出可贵的忧国忧民情怀。他说自己"总是'位卑未敢忘忧国',从不敢无病呻吟,不敢风花雪月,不敢溢美阿谀,不敢粉饰太平"[①]。这样的原则和心态,在他的杂文创作中表现得尤为突出,在他看来"杂文就是'社会病'的医药","主要任务应该是指正错误、批判流弊","不应该跟写赞美诗一样地写杂文"[②]。高深关注社会生活的方方面面,可谓事事关心,处处关心,因此其杂文题材十分广泛,善于以小见大,从看似琐碎的事物中发现带本质性的内涵,也善于议论具有全局性和关键性的重大问题,使作品具有普遍性含义。有的杂文作者干脆回避重大问题,或对重大问题采取以大化小的策略。高深既不回避重大问题,也不以大化小,他采取的办法,一是撤出同声合唱,主要写自己的感触感悟感叹感动或感愤;二是侧重指正错误、批评流弊,不在要害处吞吞吐吐,隔靴搔痒。

领导干部的思想与作风、共产党人的理想与信仰、政府的行为与措施、老百姓的愿望与处境等,是高深杂文谈论的中心和永恒的主题。《庸人好活》、《从严治官》、《相信未来》、《牛年不吹牛》、《中国人幸福的三个条件》、《心室留一块空间给百姓》、《底层平民更需法律保护》、《畏百姓者智也》、《一把手的作风》、《道德被偷

---

① 《高深杂文随笔选》,江苏文艺出版社2000年版,第1页。
② 《高深杂文随笔选》,第159页。

第七章　中华人民共和国时期散文(1976—2008)

光以后》《钱有时真咬手》《清贫养德》《"形象工程"的形象》等杂文,正气凛然、旗帜鲜明地抨击官僚主义、形式主义、损民肥己、吹牛撒谎、伤风败俗等不正之风。在当今信仰动摇、腐败未止、不正之风盛行,不少文艺作品热衷于赚钱或戏说,某些杂文丢失人民性和批判性之时,确属难能可贵。其中《庸人好活》较具代表性,体现了高深杂文创作的目的和方法。作品描绘"上受青睐,下得选票"的官场庸人,先将无德无才却又"左右逢源"的庸人刻画得入木三分、形神毕肖,继而描绘得志庸人的大小环境,着墨虽然不多,却触及上下左右,"凡庸人好活的地方或单位,十有八九必是庸主当权。庸主无贤臣,庸师无高徒。那么这个地方或单位的事业也就可想而知了。"文章不足千字,却颠覆了一种生存方式、一种生命状态和一套价值体系。

　　高深杂文追求一种独到而深刻的见解:有无独到而深刻的见解,决定着杂文的品位,作者深知这一点,坚持独立思考的个性,加之丰富的社会阅历,以及坎坷经历中得来的人生体验和历史感悟,使其作品具有思想深度和艺术力度。《从严治官》由"从严治警"、"从严治厂"、"从严治店"、"从严治医"等说起,对全国一片"从严"的口号进行分析,深刻地指出,这些口号太笼统,定位不准,"因此抓不住事物的主要矛盾"。接着以某市公安局一些头头成为黑势力后台为论据,联系媒体的相关报道,让人思考"上梁不正下梁歪"的道理。最后画龙点睛,阐明自己的见解:"依我看,这从严那从严,都没有错,只是没有抓住要害。牵牛要牵牛鼻子。只要狠狠抓住其中一个'从严',就可能使我们的机关风气、企业风气,乃至整个社会的风气焕然一新,那就是'从严治官'。"

　　高深杂文追求普遍性和永久性。高深杂文谈论的大多是焦点热点问题,从来不脱离现实人生,注意点与面的结合,力求过去、现在、未来的联结,故其杂文与政论和时评不同,也没有应景文章的弊病。高深杂文谈论的问题虽然是现实的具体的,但作品总是在广阔深远的时空背景上开掘,表现出对普遍性和永久性的追求。《相信未来》从什么是"未来"说起,分析鲁迅曾经相信过的进化论,描述人类发展史的崎岖坎坷和走向光明的总体趋势,以历史唯物主义和辩证唯物主义论证过去、现在、未来,劝告人们"总结经验和教训时要回忆过去,企求进步和幸福时要着手现在,感到不满足时要放眼未来",并鼓励人们奋斗拼搏,拥抱未来。《牛年不吹牛》作于1997年4月,刚进入牛年不久,有人写文章介绍与牛有关的知识,也有人写文章赞扬老黄牛精神,高深别出心裁,谈论吹牛不吹牛的问题,从马季的相声到老子的话语都被信手拈来,在谈笑风生而又层层深入的议论中,吹牛撒谎的本质和实事求是的重要得到了精辟阐述。

高深杂文注重思想内容与艺术形式的结合。在杂文创作中,无论选材立意,还是议论描写抑或叙事抒情,高深都极注重思想内容与艺术形式的结合。他在《高深杂文随笔选·自序》中说:"有人给杂文下过这样的评语:'一面是思想之不离开社会现实的批评,一面是形式之不离开形象性的感染'。这个评语很准确又很明了扼要,我是赞成的。"作者认为对社会现实的批评是杂文的基本属性和主要任务,杂文不能舍此而旁骛。中国文学历来讲究"美"与"刺",高深以诗歌赞颂真善美,以杂文讽刺批评假恶丑,继承发扬了中国文学的美刺传统。其杂文对社会现实的批评与鲁迅杂文的社会批评和文明批评一脉相承,在人物形象的刻画、讽刺幽默手法的运用以及感情传达的方式上,也不时表现出与鲁迅杂文相似的某些特征。

新时期,马犁著有散文《水击三千里》、《长城行》、《血染的借条》等,表现对现实的思考、对黑暗年代荒唐行径的揭露和对被扭曲破坏的党群关系的痛惜。《血染的借条》(获全国第一届少数民族文学创作奖)通过当年抗联战士向村民借土豆打下借条,而"文革"期间,村民却因土豆而受到迫害、搜刮的对比,讴歌革命先烈与人民大众鱼水情深的关系,鞭挞极"左"路线对党群关系的破坏,揭露在黑暗年代人民所遭受的苦难。感情真挚、深沉,文笔凝重平实,具有较强的艺术感染力。《水击三千里》和《长城行》在描写爽朗、正直的放排工和具有豪迈胸怀的老干部时,以汹涌奔腾的大河、气势巍峨的长城来映衬人物个性,形象鲜明、生动,给人以深刻的印象。马犁新时期的散文注重艺术构思,追求诗的意境,善于用景物描写烘托人物形象,借一情一景或一人一事,将历史与现实联系起来,在状物写人中融入自己对历史与现实的思索,用类似国画的写意手法,抒写独特的审美发现,因而具有浓郁的地方特色和强烈的时代气息。

第六节 凌渡、苏长仙、冯艺等壮族散文

新时期,壮族散文作家挥洒汗水,辛勤耕耘,创作了许多优美的散文作品。以写作电影文学剧本闻名的周民震,20世纪80年代初创作出版了壮族当代文学史第一部散文集《花中之花》,描绘广西少数民族的风土人情,赞美少数民族崭新的生活,文辞清丽,意境优美,富有特色。凌渡致力于散文创作,著有散文集《故乡的坡歌》、《南方的风》等,作家的足迹遍及祖国南疆的山山水水,作品辉映着壮乡瑶寨的花草树木,从平凡的生活中发掘散文的艺术美,展现桂海风物人情的动人画卷。黄福林晚年致力于散文创作,虽起步较晚,但收获颇丰,著有散文集《蹄花》,给人以亲切、朴实、清新之感。蓝阳春既写诗,也写散文,著有散文集《歌潮》,将笔触深入到少数民族广阔的现实生活中,摄取富有民族生活特色和时代生活气息的题材,精心构思,神韵充盈,色彩斑斓。"杂家"苏长

仙著有散文集《山水·风物·人情》、《云絮风花》等，题材广泛，挥笔成篇，情真意切，妙趣横生，挥洒自如。年轻的壮族女散文作家岑献青散文集《秋萤》，善于抒写童年、故乡、亲人、朋友，情思缠绵，文意委婉，充满青春活力和诱人的灵气，极富女性特质和美感。以创作小说闻名的韦纬组，同时也写散文，著有散文集《绿柳情思》，其散文常发思古之幽情，点染绚丽的山光水色，构思精细，韵味独特。散文诗是散文与诗有机结合的一种文学样式，在当代壮族文学中也不乏其作，邓永隆《红水河之恋》字里行间透露出眷恋故乡，深爱红水河的情怀；瑙尼《吻的悲壮》对捍卫祖国疆土的将士纵情讴歌，格调高昂，音韵壮美；农耘《煤城记事》和《远航》、潘耀良《爱之舟》（合著），情感真挚，诗意浓郁，有深层思考，有哲理启示，生活气息清新，时代色彩鲜明。

20世纪80年代以来，《广西民族报》、《三月三》（壮文版）等报刊刊载了许多以壮文创作的散文，构思新颖，行文流畅，富于哲理，耐人寻味，手法渐趋成熟，给壮族散文带来了新气象。如《Giuz》（桥）、《Gizneix Dwg Gijmaz Deihfueng?》（这儿是什么地方？）、《BOUXFANHGAEN》（卜万斤）等，展示壮乡奇山秀水、诗画般山水风貌，赞颂在这些青山秀水之间生活的壮族人民，歌颂他们美好的心灵。

凌渡，原名凌永庆，1935年出生于广西扶绥县东门乡一个壮族农家。从小爱读书，因家境贫寒，中学毕业后选择了国家负担学费食宿的师范专科学校，在校期间阅读了大量中国古典文学名著和苏联作家的小说，对文学产生了浓厚的兴趣，幻想着将来自己也能成为一名作家。1956年龙州师范学校毕业，回乡当了一名小学教师。扶绥是壮族老作家陆地的故乡，陆地的文学创作历程，激励着凌渡，促使他拿起笔开始了最初的文学创作。1959年凌渡考入桂林广西师范学院中文系，大学期间参加桂林文联的社团活动，在

第七章　中华人民共和国时期散文（1976—2008）

一次聚会上,他见到了仰慕已久的陆地,后来在柳州实习时,他又拜访了正在柳州休养的陆地,老作家与这位故乡的青年亲切交谈,谈自己正在构思的长篇小说《瀑布》,使凌渡深受启发,更坚定了文学创作的决心。1963年大学毕业凌渡被分配到广西文联民间文艺研究会工作,从事民间文学研究、搜集、整理。1970年代初调《广西文学》,历任编辑、副主编、编审。1976年开始发表作品,多年蕴积于胸的创作激情一旦迸发,便一发不可收。1979年他选定散文作为自己创作的主要体裁形式,1990年加入中国作家协会。著有散文集《故乡的坡歌》、《南方的风》、《听狐》,散文诗集《视线中的彩蝶》等,其中《南方的风》获全国第四届少数民族文学创作奖、《故乡的坡歌》获首届"振兴广西文艺创作铜鼓奖"。

在众多当代壮族散文作家中,凌渡是成就和影响较大的一个。他的创作丰富了当代壮族文学的薄弱环节,使当代壮族文学构成更加齐全和臻于完善。凌渡是一位勤奋而富有责任感的作家,他投身火热的现实生活,足迹遍布八桂大地,满怀对故乡的一往情深和对生活细致入微的观察思考投入创作,不断拓展自己散文创作的题材领域,每有所作都力求有新意,创作颇丰。凌渡有着自己独特的艺术追求:"表现主观感情和体验的散文,常常揭示作者的内心世界。但袒露心灵,必须真情。审视的目光一定对准一个真实的世界,展现出你的爱和恨。"①他深受大山的哺育,深受壮族生活的熏陶,出于对母族的挚爱,以散文艺术的形式,表达内心的激情。20世纪80年代以来,是我国社会发生巨大变革的时期,各种新浪潮猛烈冲击着社会生活的各个领域,商品经济意识盛行,人们的价值观、道德观受到冲击而发生形形色色的变化,乃至物欲横流。但不论社会上刮什么风,下什么雨,凌渡始终坚持自己现实主义的散

---

①　凌渡:《走进山里——我的散文写作》,载《南方文坛》1989年第4期。

文创作道路,又不墨守成规,因袭旧套,而以崭新的思想内容,崭新的姿态,不断拓展、升华着自己创作的审美视野。

凌渡初期散文,多以广西各民族生活为题材,浸透着浓郁的民族风情、醉人的民族习俗。散文集《故乡的坡歌》以灵活的笔调、清丽质朴的语言和细腻的情思,展现多姿多彩的民族风情画:侗家跳动欢快的芦笙舞、苗家热烈粗犷的拉鼓节、瑶寨声震天宇的迎亲火炮仪仗、壮乡野趣勇猛的猎鹰……组成一幅幅色彩斑斓的民族风情画卷,涌动着一片挚诚的乡恋之情。然而又绝非猎奇,那一个个令人神往的少数民族生活场景,使人强烈地感到各民族新时期内心的律动和一种新的生活节奏。

散文集《南方的风》无论从题材的拓展、艺术的提升,还是思想的深度,较之以往都有了新的突破,加强了对社会生活深层面的挖掘,融入对历史的沉思和对现实的忧患意识,标志着凌渡散文创作趋向成熟。《南方的风》鲜明地体现出一种历史感,虽仍以写故乡风情为主,但已不仅仅停留在以往的感情上,而是于优美鲜活的文字和引人入胜的场景中,精心地从生活现象抽出其"经络",透视出一种历史纵深,一种民族心理,一种时代的脉搏韵律。"跳出习惯的思考","敢于直面严峻的人生","袒露心灵","用新的一种文化精神,把民族的思考逐步导向深刻"[①]。如《戴花的女子》以两个女子搭船一路谈笑说开去,由她们的装束想到历史的变迁、本民族对生活的新追求,继而更进一层,用近似闲笔写道:"我抬起头,月光落在滩下的一个平台上。那一定是激流将沙带到这里,沉积于河湾旁的。沙越积越多,变成了沙丘……如果再没有激流的冲击,它将会永远滞积于此了。"喻指改革与传统观念的关系,既形象又生动地引发人们的思索。《大化湖抒情》以充满激情的笔

---

① 凌渡:《走进山里——我的散文写作》。

调状写红水河的壮美与未来:"每年红水河都有六百亿立方米水从大化流过,仅仅流淌过去!多少年了,它仿佛一个怀才不遇的游子,粗豪不羁,虚度时光,浪迹深山峡谷中。现在,巍巍的拦河大坝,象一座大山截住了激流,瘦小蜿蜒的红水河,丰腴了,饱满了,弯曲而博大,深邃了,形成了一座坦坦荡荡曲折绵长七十多公里的人造湖。"比喻准确传神,充满诗意,蕴积着对红水河伟力的赞颂,表现出雄壮的气势和丰富的想象力。

凌渡的散文,以表现广西各地壮族等少数民族生活变化及其秀美山川、风土人情的作品最具特色,这在当代壮族散文作家中也是较为突出的。有声有色、意趣盎然的三月三歌圩(《故乡的坡歌》),壮族青年男女草地上抛绣球、碰彩蛋的情景(《红水河风情》),回荡在侗家鼓楼的芦笙之歌(《林溪夜曲》),彝族人民昂扬奋进的民族精神(《金竹情》),白裤瑶传统文化与现代意识巧妙融和、使优秀传统文化闪耀着时代光彩(《夜宿流香寨》),壮家姑娘衣着观念的更新、嬗变(《戴红花的女子》),还有苗族芦笙会、侗族"坐妹"、瑶族达努节、峥嵘五老峰、悠悠红水河、带刺板栗果等。多方展示广西各族人民的风土人情,南疆多姿多彩的自然风物,绚丽多彩,凝聚着作者纯朴浓郁的情感,折射出奇异的光彩。《故乡的坡歌》和《红水河风情》二文,描绘歌圩对歌这一极具代表性的壮族传统风俗,并以歌圩内容之丰富、用物之先进及赶赴歌圩人们的喜悦,表现壮族农村生活的崭新变化,在传统风俗中呈现出鲜明的时代色彩。《南方的风》中的作品,则几乎写的是地道的广西风物人情,壮族的斗鸡、彝族的跳弓节、京族的风情、白裤瑶的乡俗等,举凡各民族富有特点的衣食住行、歌舞节庆、婚丧嫁娶,都生动地呈现于作家笔下。《听狐》中的有些精美篇章,则把这种特色发挥得更加淋漓尽致,如《山里的黄昏》描写壮族山区的黄昏:"霞的余光,柔柔地吻这世界的一切,耕耘回归疲惫的农妇,一旦被拥进她的光辉,也变得温馨而安详了。宁静的山道,恬淡的水牛群缓缓行过,慢慢消失在绿竹环绕的村寨里;炊烟无声无息从农舍飘出,白绢一般,绕过筑在屋外望塔似的高挑的粮仓,悄悄爬上山脊,追逐这即将逝去的夕光。山村逐渐淡化了,氽进了黄昏朦朦胧胧的轻柔。"《里湖,不是湖》描写白裤瑶的服饰特色:"他们多么酷爱白色!他们的衣饰上,素白色,是最为显著的特征。处在白裤瑶人中间,白色就像一道白光从你的心中闪过,让你想起秋天寥廓而深邃的夜空里的银星。"这些描写,充满浓郁的南方少数民族生活气息。此外,《听狐》中尚有若干篇幅写雪山、草原、戈壁等的观光考察见闻,为其民族风情画卷增添异彩;还有许多回忆之作,忆儿时故事、亲朋故交,展现心路历程,其中怀念亲人之作,不仅真切感人,而且体现出对生命意义和人生哲理的探寻。

　　凌渡散文浓墨重彩描绘南国风情时,往往看似不经意地稍加点染,便成点睛之笔,道出各族人民的历史命运及其沧桑感,从而使其描情写景既保持了风情画的格调和完整性,又具有了精髓。《红水河之歌》于壮族歌圩和对歌的热烈景象描绘中,穿插交代歌圩习俗的来龙去脉,表现壮族人民健康、积极的美好情操,有意将歌圩这种传统风情与时代色调有机地融合在一起,巧妙地展示壮族人民的美好前程。如写歌棚过去是"用芭蕉叶和茅草盖的","后来是用土布",而今年"不少歌棚用上了涤卡和腈纶",道出壮族农村生活日新月异的变化。写抛绣球、碰彩蛋,在精彩的场面描写后,进一步联想和想象:"近年农村政策落实,鸡多蛋多,家家户户着染的彩蛋比往年都丰富……你看,在那碰过蛋的地方,不论大路小路,如鲜花瓣、如珍珠贝片,不是撒满了五彩缤纷的蛋壳片片吗?路,变成彩色之路了。"这里所引发出的"彩色之路",增强了作品主题的深刻性。

　　凌渡的散文,始终以满腔热情面对现实,拥抱生活,以现代意

第七章　中华人民共和国时期散文(1976—2008)

识和改革眼光审视那些似乎司空见惯的题材,从而发掘出现实生活中许多美好的事物,激励人们更加珍惜生活,热爱生活,创造更加美好幸福的生活。自觉地将反映时代精神面貌和人民的愿望要求,作为自己散文创作的美学追求,与时代、人民、现实生活保持着密切的联系,有一种使命感和责任感,作品扎实丰富,厚重有力。《扁桃熟了》写一个名叫勒诺毕的11岁壮族少年,通过江中划船、田里拔菜、吊网待果、教吃扁桃等一连串事件,少年真诚助人的内心世界袒露得形象、逼真,文末女孩墨蜜西问,天上星星叫什么来着?勒诺毕答:"那不是星星,是雷锋叔叔的眼睛哩!"表明所赞美的是壮家少年助人为乐的雷锋精神,可谓点睛之笔。《女人山雪》通过描写在女人山上牧羊的壮族妇女米婆亮和米涛氏萍,不怕冰天雪地严寒侵袭,坚持为群众放羊,心地如白雪般纯洁美好,公家的羊丢失了,她们寻找回来,精心护养,然后送回给公家,赞颂壮家女勤劳的品性和善良、美好的心灵。"女人山多象一位包着白头巾的壮族牧女啊,美丽,娴静。浮荡在它附近峰峦间的一团团云雾,就是她放牧的漫山悠然吃草的羊群吧。"物的拟人化全借助美好的想象,这种想象又浸透着作者美好的民族情感,显示着独特的个性。

凌渡散文多从现实生活中撷取题材,善于从平凡的事物中寻找生活的意蕴,不枯燥乏味地平铺直叙某些事象的发生和发展,而是巧妙地借助一些鲜活的物象或景观来寄寓某种独特的感悟和哲理的思索。《南方的风》中"少数民族生活探胜"一辑,展现一幅幅情趣盎然的少数民族生活风俗画:彝族人民欢度跳弓节的盛况,壮族鸡斗西长街的传统,京族三岛的风情,巴莱崖壁画的古朴壮观、神秘莫测,白裤瑶人民的乡土民俗等。努力从传统的民族生活表层开掘,进而揭示变革意识的深入人心和审美意识的主体升华,令人耳目一新。《金竹情》中的金竹是胜利的化身,是彝族人民刚强

361

不阿性格的化身,然文章意旨决不只停留于传统文化的描述与赞美上,而是进一步揭示彝族人民在改革年代里发生巨大变化的崭新心态。《巴莱崖壁画》所描绘的历史与现实相互辉映、水乳交融的画面,使生活和艺术浑然一体,显得自然、朴素、优美。《合浦珠还》所叙述的故事超越了故事本身的内涵,统一祖国、振兴中华的主旋律令人荡气回肠。凌渡的散文,不管选取什么题材,总是营造出一种温婉的意境,使人在清新舒缓的文字中进入到一个纤巧细腻、富有诗意的氛围,或得到一点启发,或是一个哲理,也许是一个美好的记忆。

凌渡散文讲究艺术构思,许多篇章极为巧妙精湛,既舒徐自如,又结构严谨。首先,自由灵活,无拘束感,如叙家常,娓娓道来。《点点滴滴京岛情》描写汸尾岛青年阿勇弄海鲜招待客人的诚实和热情,读来如见其人、如闻其声,倍觉阿勇忠厚憨直、纯朴可爱,以及深感京族人民心灵深处令人感动的美德。《良夜》叙述"我"巡礼壮族夜歌圩的情景,如亲临其境、亲睹其景,心儿似乎飞到那幽静迷离的良地,感受到"歌与光"的交织,"心与心"的撞击。其次,自然流畅,少斧凿之痕,信笔写来,自然天成。《吃螺》写捡田螺、吃田螺的生活琐事,着重写南宁、桂林两地"吃法"的不同和"螺味"之相异,从妻子大惊小怪的"取笑"中悟出"俚俗之食"的深邃哲理:雅与俗是相对而言的,雅有雅的风骨,俗有俗的韵味,田螺小吃,只因具有"土气",方让人梦寐以求,趋之若鹜。再次,讲究章法曲折有致,峰回路转,许多篇章委婉而严谨,犹如园林幽径。《景在弯弯处》看似游览崇左石林和左江风光的纪实,实则描绘"几个楼台游不尽,一条流水乱相缠"的奇观,以及"右江滩,左江弯",左江弯弯多,处处弯弯有目不暇接的迷人景致,将一幅幅绚丽画卷展现在世人面前。其四,纵横捭阖,舒展自如,多写亲历之事,常以自身行踪或思想经历为构思主线,同时善于联想,张开想象的翅膀,自由翱翔。《金竹情》写与彝族同胞一起欢度跳弓节的经历和感受,引出一个关于金竹的来历以及跳弓节与金竹密切相关的故事,有现实的写真,有历史的回声,有实景的描摹,有虚拟的幻想,寓意深刻精湛,文思迂回曲折,感情波浪起伏。其五,"首句标其目,卒章显其志",开篇精彩漂亮,结尾深刻有力。开篇显目,使人一见钟情,结尾隽永,耐人咀嚼深思。《鹤舞》通过"她"沐浴后骤然想起鹤舞,怀念"他"在艺术学院攻读的情思,旨在反映当今农民生活富裕后"惬意"的心态,文末以"鹤舞庭前,吉祥如意"作结,颇有象征意义。《海榄林偶拾》开篇赞美海榄这种海底森林"海潮冲不垮,海水泡不死"的顽强意志和品格,卒章显出"一颗种子,一个生命,一个力量"的深意,因为海榄的种子要在海底扎根,才会有蓬勃的生命力。

　　凌渡的散文,富有真情实感,触角敏锐,笔调灵活,色淡而情浓,言浅而意深,语言自然朴素,流丽清新,节奏明快,寓意深远,蕴含哲理。《长翅膀的种子》语言自然质朴,连用"我说的是"4个结构相似的句子,揭示"长翅膀的种子"的深刻内涵,从而揭示一个富有诗意的命题,不论是独白或对话,还是叙述或感叹,"皆沛然从肺腑中流出",似乎自然天成,实则经过精心提炼,既传达出真情实感,又清新流丽。《地角》描写女子服饰的三次变化,从巾缠头、穿短衣到花衫裙、中跟鞋,再到略施粉黛,如花似玉,语言流丽清新,真切感人。凌渡散文注重句型的变化和句子成分的搭配,常采用交递出现的长短句,并在长短句的淡雅中嵌入一些生动的比喻、形象的对偶、精彩的排比、贴切的比拟,还有反复、想象、象征、骈语俪句等。《扫街女》以"沙沙沙,沙沙沙"组成"夜的绝唱"的乐段,回环往复,富于节奏感。《那红的绿的枫叶》描写一个老干部"身在二线"、"心在一线"的思想情操,句式整齐匀称,活泼跳荡,感情炽烈深厚。凌渡散文大都通俗易懂,明白如话,但亦不乏含蓄隽永、寓意深刻、富有哲理、启迪性强之作，洋溢着美感，闪现着从心灵深处涌现的闪光警句，生花妙语，如语言珍珠，熠熠生辉，夺人眼目，发人所未发，富于想象和启迪性。凌渡常常在散文中嵌入有生命力的古典诗词和典故名句，以此抒发自身情怀，表达某种独特的思想感受，使文章显得简洁精练。在新鲜活泼的口语基础上，酌情运用一些表情达意的古典名句，如果得当，能与整个作品浑然一体，便能增添古朴典雅的色彩，使散文的情韵更加摇曳多姿。

苏长仙，1936年生，字山人，笔名奋飞，广西武鸣县人。1960年毕业于广西师范学院中文系，历任百色地区师范专科学校讲师，《三月三》编辑部编辑、编辑室主任，广西民族出版社副总编辑、编审。1960年开始发表作品。1988年加入中国作家协会。曾任广西作家协会民族文学委员会委员，广西文联委员，壮族作家创作促进会副会长、会长。著有散文集《山水·风物·人情》、《伊岭岩·灵水》，散文诗集《云絮风花》等，其中，与韦以强合作的散文《卜万斤》获全国第二届少数民族文学创作散文二等奖。

从生活出发，写真情实感，追求诗意美，是苏长仙散文的特色。作家深入观察、体验生活，创作有感而发，蕴含着坚实的生活基础，透露出浓郁的生活气息，洋溢着深挚的思想情感。或描绘鼓舞人心的景象，笔端溢彩，从内心发出由衷的喜悦；或叙述动人故事，亲切朴实，娓娓道来，赞叹之情溢于言表；或描写社会新风尚，热烈渲染，从心底泛起层层的情感涟漪；或描绘山水风物、云絮风花，在想象和联想中倾注热烈的爱心和人情。《三月三风情》以随笔形式，记述壮族歌圩的来源、内容、形式、发展和作用，引述翔实有序，文笔轻松活泼。《繁花似锦》以采访民族圩镇为线索，描绘满山遍野的繁花和农村集贸市场的兴旺景象，展现各族人民对美好生活的热切期望。《红潮登颊醉槟榔》记叙龙州边陲壮乡的婚礼过程，表

第七章　中华人民共和国时期散文(1976—2008)

现壮乡以槟榔为礼的习俗和积极、乐观的人生追求,文笔清新明快,详略得当。《蕉林夜雨》描写一壮族男子在一茅亭内对烛冥思,亭中央有一堆土坟,坟边一兜芭蕉树。原来其妻临床难产,抢救无效,母子同归阴间,丈夫按照习俗,在坟边搭棚守灵,要亲眼见芭蕉开花——象征妻子顺利生出孩子,消除她在阴间的痛苦,守到第三个春天,这一夜芭蕉花开,他终于赎回由他所造成的罪孽,得到安慰。透过这看似带有浓重迷信色彩的故事,展现壮族男子赤诚忠厚的心灵世界。《德胜红兰酒醉人》从红兰姑娘写到红兰草,再从红兰草写到红兰酒,从红兰酒又写到德胜镇繁荣兴旺的景象,就像一坛正在酿造的红兰美酒,"那样的醇和、甘美","那样的令人陶醉"。抚今思古,感慨万千,讴歌壮族人民创造美好幸福生活的精神,讴歌民族情、民族意,主题层层深化。这些作品以采风记游为主,富有强烈的民族特色和地方色彩,在民族风俗、民族气氛中展现民族地区普通人物的精神品质,抒发作者的深厚情意,行文简洁,不着意雕饰,疏密相间,转承自如。

鉴花赏草,触景生情,描山绘水,物我辉映,描绘花草山水在苏长仙散文创作中占有很大比重。作者对自然风物,似乎特别偏爱,不厌其烦地反复描写吟咏,连集子也以此为名,似乎无花不成诗,无草不成文,无山不成篇,无水不成章,以自然风物为契机,抒发自我在特定环境、特定情况下的独特感受。《牡丹》以拟人的手法抒发"花中之王"的刚强意志和虚怀若谷的思想情操,"我们是属于人民的,我们要永远开在人民的天地里,谁是劳动模范,最红最大的一朵呵,将开在谁的胸膛",与其说表达的是牡丹不幕权贵的心声,不如说是"我"乐于奉献的情怀。《山茶花》称其象征着青春的生命和幸福的爱情。《雪梅》颂其傲冰斗雪绽笑脸的坚强性格和鼓舞人们"向困难作战"的精神。《翠竹》赞其能屈能伸,高洁坚韧的高尚品德。《万年青》述其只求一滴水就永远青翠的顽强生命力。《栎木赞》颂其挺着暴风雨傲然屹立于高高山崖之上的伟岸形象。《油茶树》讴歌其笑迎风刀雪剑开白花,给世人献出甘甜的茶花蜜和喷香的茶籽油的精神与情怀。这些描写,借景抒情,咏物言志,给人以深刻启迪,耐人咀嚼,看似鉴花赏草,实则寄寓着作者追求美好生活的理想和愿望。

苏长仙散文不乏"游山玩水"的优美之作,登山则情满于山,观海则意溢于海,神与物游,相映成趣。其笔下山水,决不仅作客观描绘,而注入浓郁的主观情感,借助美丽的山水风光,或抒发热爱祖国大好河山的情怀,或赞美劳动人民创造历史的伟大业绩,或品赏奇山异水所蕴含的种种美意。《悬河飞瀑》描绘隆林县冷水山大瀑布奇观,"深为祖国河山的壮美而倾倒","感受到了大自然的神力":大山可以冲穿,石板可以"凿"成深槽,大树可以连根拔掉,石墙可以冲垮。赞美劳动人民改造穷山恶水,建设美好生活的壮举:这条过去作孽的冷水河,如今已被制服:"20里悬河,20里灯光,72道飞瀑,象72条银练,联结成一条人间'银河'。"感情热烈奔放,色调绚丽俊美,如诗如画的意境,令人流连,为之心动,深受陶冶和感染。

苏长仙散文抒情作品居多,但也有不少写人叙事之作。这类写人叙事的作品,往往事中有情,寓情于事,叙述与抒情紧密结合,加之文笔生动,活灵活现,富有生活气息,给人以幽默感,朴素中见机智,说笑中见深刻。《卜万斤》叙述卜万斤因父母早亡,辍学回乡放牛,人们都不知其真实姓名称其"特九怀"(放牛人),在打击经济犯罪活动期间,乘客轮回乡,与爱人同铺,床头床尾堆放了很多补买的婚礼物品,引起乘警的怀疑和盘问,卜万斤一时竟说不出自己的名字,于是讲述了20多年来自己的辛酸遭遇,批判"左"的路线带来的灾难,歌颂十一届三中全会确定的路线给人民带来的幸福。叙事新奇而在理,民族特色浓郁,语言活泼而有情趣。《一张珍贵的照片》记述一位壮族妇女陈彩月历经50多年腥风血雨的磨难,珍藏着壮族革命将领韦拔群赠予的照片,昭示出一段鲜为人知、感人肺腑的爱情故事,浓缩了一个民族对革命事业的忠贞情操,格调深沉隽永,耐人寻味。《泉》以"泉"和"母亲"作类比,无名小泉被高山阻隔,但"慷慨无私地将它甘美的液汁献给路人及鸟兽",母亲"一生连县城也没到过",是个"地道的农妇,她只知道自己姓郑,连名字也没有",但她为子女们献出了所有的爱。正叙与插叙交织,诉说深挚的母子之情,从平凡的人生中揭示伟大、崇高的精神品质,令人感动深思。此外,《歌王轶事》《灵水垂钓》、《悼念勇刹同志》、《蓝鸿恩印象记》、《古榕新风》等都是这方面的佳作,在写人叙事之中,字里行间充溢着浓郁、真挚的思想情感,倾注了对壮族山乡、壮族人民,以及对同志、亲友的热爱。有些篇章故事情节娓娓动人,人物形象栩栩如生,颇具小说手法之灵气;有些篇章激情似火,节奏跳荡,有诗歌手法的特质。

苏长仙的散文,情感真挚自然,文笔纵横恣肆,不乏诗人气质,颇具学者风范。《桂林山水小志》描绘独秀峰、叠彩山、芦笛岩等桂林名山的奇丽风光,阐述山峰的得名和与之有关的古迹,歌颂祖国的大好河山和民族的悠久文化。《悬河飞瀑》在为悬河飞瀑的壮美而倾倒的同时,融民谣、传说、历史和现实为一炉,赞扬隆林地区各族人民改造山河的精神面貌。此外,《滔滔灵渠水》、《南山寺游记》、《高高的小叶桉》、《平马情思》、《陵园花树》等,萍踪记游、寄托山水之爱,既有写景又有抒情,既有知识性又有趣味性。纵情山水,博览古今,格调高昂、意境深邃,表现出对意境苦心孤诣的营造,对语言表现力的深度开掘。

苏长仙散文语言朴素清新,文字晓畅隽永,篇幅短小灵活,基调自然洒脱。他的大多数散文,本乎自然,不事雕琢,朴素清新,语浅意深,内涵丰富。《攀枝花》寥寥数语,便将攀枝花的"形"与

"神"描绘而出,既口语化,又富文采,二者和谐统一,显得简洁明快:"我爱攀枝花全在一个'攀'字。她那火红的树冠高耸于群林之上,大有'欲与天公试比高'的姿态。她那奋发向上,敢于攀登的精神,实为芙蓉、牡丹所不能相比。"名句"欲与天公试比高"的引用,顿使文章增色不少,自然流畅,又富有表现力。

冯艺,1955年生,广西天等县人。1976年入天津轻工业学院学习。1979年考入中央民族学院汉语言文学系,1983年毕业。历任广西民族出版社文艺编辑、社长、编审,广西作家协会副主席、主席,广西文学院常务副院长,广西文联副巡视员。中国作家协会全国委员会主席团委员,中国作家协会民族文学委员会委员。1975年开始发表作品。文学创作由诗歌而散文诗而散文,散文影响较大。著有散文集《朱红色的沉思》、《逝水流痕》、《桂海苍茫》、《红土黑衣——一个壮族人的家乡行走》、《沿着河走》,报告文学《云山朗月》、长篇人物传记《甘苦人生》等,其中《朱红色的沉思》获全国第四届少数民族文学创作奖、《桂海苍茫》获全国第八届少数民族文学"骏马奖",散文《大瑶山的思考》获首届广西青年文学奖。

《朱红色的沉思》收80余篇散文,分为三辑:第一辑"乡土梦境"。以故乡的山水风景、历史传说、现实人生为题材,深深植根于本民族土壤,凭借民族的自尊自信和炽热情感,讴歌民族的传统和文化,愿自己的"锤凿继续发出清脆而深沉的声韵,这波动着阳光的历史山溪将不息地涓涓流动",以自己的散文实践表达自己的不懈追求。第二辑"旅途走笔"。笔涉西北高原的旷达雄浑,西南弥漫的风雨黄昏,从海岸的巉岩怪石到沙漠上的红砖房,组成对祖国之爱的歌咏礼赞:"步入浑黄浑黄的朝日,在艺术的定格里吟喃,脚印总想重合这历史的叠影,思维也在寻求一支古老而新生的赞歌。"第三辑"情愫流云"。献给恋人、献给爱妻、献给老师、献给战士、献给四季和人生的情感抒发,对记忆中美好的人、事、景,寄寓真切的感受、真切的思索、真切的感情,"在今天,我寻找昨天。如果我的今天,同我的昨天一样,那么我的明天也会是曾远去的昨天。"以对过去和现实的勇气,宣告对未来的自信,具有高昂的气势。文集充分表现了亲情、友情、爱情、师生情、乡土情、民族情和爱国情,情感丰富,思想深沉,民族特色、地方特色和个性特色鲜明。文集中显现并在书名中标示的"沉思",具有丰厚的内涵,不只是沉思历史、沉思今天、展望未来,也不只在主题思想的范围内,既有理性的"沉思",也有艺术的"沉思"。其中不少作品在思考人生、社会、历史、文化的同时,把各种各样的自然情感熔铸为审美情感,通过艺术沉思达到情与理的融合,其共同特点是以审美的、历史的和文化的眼光,在精神王国里追寻人类存在的终极意义,寻觅人类的精神家园,如对花山壁画和百越民族的描写。

《逝水流痕》由"往日一曲"、"灵思一缕"、"屐履一声"三辑组成。叙述诸多流动的记忆和岁月深处的人生感悟与生命体验,艺术地表现日常生活中不平常的诗意、社会历史现象中深刻的哲理,以及个体情思中带普遍性的人间情怀和人类共性,深邃而凝重,是冯艺散文艺术成熟期的力作。第一辑"往日一曲",表现青少年时期的痛苦体验,有幸福欢乐,也曾颠沛流离,饱尝辛酸。冯艺父亲1952年被错定为"托派分子",所以一出生便被视为"另类",此后家庭和个人的灾难接连不断,直至文化大革命结束。青少年时期的痛苦体验,对作家性格、气质、创作取向和文学风格有着重要影响。比某些同代人有着更多痛苦体验的冯艺,也比某些同代人更早地具备了强健的人格精神和充实的内心世界,敏于感知各种人生况味,善于分辨真善美和假恶丑,擅长描摹纷纭多变的世态与丰富复杂的人情。《我们老土吗?》、《一个夏天的故事》、《珍重记忆》、《走西口》、《三海岩旧事》、《打工少年》、《解饿的窍门》、《曾经穷过》、《给女儿讲故事》等,在表现个人遭际和少年情怀的同时,表达对人生命运、人性善恶、人类处境和人类终极价值的深度关注,凸显出作者的器识和文品。这些作品虽写的是青少年时期的痛苦体验,但并非当年痛苦体验的简单复现,而是经历时间的过滤和艺术的熔铸,包含着作者几十年的人生体验和生命体验,闪耀着当下的思维之光,不少作品沉郁悲凉又兼具昂扬劲健之气。第二辑"灵思一缕"中的《首选宽容》、《来一点自嘲》、《苦差与乐事》、《契诃夫与酸葡萄》、《寻找快乐》、《人生真趣》等,谈古论今,旁征博引,人生和人性,人生的苦与乐、成与败、顺与逆,人性的真诚与虚伪、善良与凶恶、美好与丑陋,娓娓动听的故事叙述,有理有据的文献引用,意在揭示人生真谛和人性要义,哲思、人情、诗意三者兼容。《寂寞减肥》、《关于语言的纯洁》、《一种文明》、《包装的"狂"》、《太阳真好》、《书缘》等,议论日常生活之事,谈笑风生,轻松愉快,然又不失高雅和庄重,并非神聊胡侃,议论中充盈着形象、情韵和趣味。第三辑"屐履一声",30篇游记,异彩纷呈,立意独具匠心,创作取向与众不同,彰显人类文明和人类心灵中的真善美。任何美好的东西都是属于人类心灵的,应该"用心灵亲近它、体会它、拥抱它",以知识安身立命的作家,"应该用内心来欣赏世界一切文化精华"。作者到访过许多国家,法兰西文化的典雅与浪漫,俄罗斯文学艺术传统的深厚与丰赡,日本人的勤奋好学、兢兢业业和个人牺牲精神,美国人生活环境的美好、从容、舒展与宽松等,在其游记《从罗纳河到地中海》、《走马观花看卢浮》、《巴黎风情》、《樱花时节》、《永不沉没的俄罗斯》、《地铁的发现》、《东瀛联想》、《得州回梦》、《想起了埃尔姆街》等篇中有着绘声绘色、别开生面的描写。作品从正面落笔,不抱成见,如对日本人性格和日本文化的描写,撇开定论,指出"忍耐与服从"在日本人性格中"根深蒂固",描写日本人的"自觉的忍耐和克制"、日本人视为美德的"团体主义"和个人牺牲精神,以及这种民族性格和民族精神对日本

第七章 中华人民共和国时期散文(1976—2008)

社会发展的重大作用。《得州回梦》、《想起了埃尔姆街》写今日美国,没有规避政治只写民风民俗或风花雪月,也没有常见的讥讽嘲弄或揭露抨击,反而称赞肯尼迪家族对美国的贡献,称肯尼迪"是个很有理想和很负责任的领袖人物",小布什"有父亲的气质,有母亲跟人坦率相处的优点","颇受公民拥戴",他担任州长的得克萨斯州"物质文明与道德文明程度极高"。《逝水流痕》既深邃又清澈,既凝重又飘逸,行文随意而章法井然,平实质朴却色彩绚烂,呈现出独特的个人风格。

冯艺的散文,大多篇幅不长,充满对故土、民族、祖国的深情,作品中灌注的人生格调和审美情趣,透露出作者的胸襟、性情、理想、追求和品格。尤其难能可贵的是,作为一个少数民族作家,在民族风情、民族历史、民族人物题材的处理上,往往开掘出许许多多美好的生活场景和人生哲理,格调积极乐观。《三月笙歌》融入诗歌艺术的表现手法,讲究语言节奏的舒缓流畅,开篇将三月侗乡特有的风物景致勾勒成一幅美丽的画卷,继而叙写山一样强壮的身架、丰盈的侗女、三月的月光,表现侗乡经历苦难岁月之后多姿多彩的新面貌,文末描绘笙歌轻奏,连空气都是彩色的、飘香的,孕育一片片溶溶春意。充分运用联想和想象,将侗乡人民奋发图强的生活赋予浓烈的诗情画意。同样取材于三月、取材于侗乡的《侗寨夜雾》,可视作《三月笙歌》的姊妹篇,同样描写芦笙踩堂歌舞,但侧重点不同,紧扣烟雾用笔,表现雾所蕴藏的传说和现实,主题明朗,富于哲理意味,注重视觉听觉的交叉跳跃,由物及人,灵动自然。《西线风景》写西部牧民转场迁徙场景,通过一场场大迁徙,烘托恢宏的记忆,幽婉的岁月,流动的历史,而恢宏属于无限,幽婉属于不朽,流动属于生命,揭示牧民的历史是在流动的旅途中创造、谱写的,以豪放的气势给人以震撼。《大板城起风了》描绘大板城残酷的风和坚韧的树,在狂风肆虐的背景下,展示树"热情洋溢的感情",歌颂生命的信念。《朱红色的沉思》叙述明江之边、花山壁画下深沉而积极的思索,倾听明江流水的娓娓絮语,倾听凝滞千年的历史回声,表现一个少数民族作家对民族历史的崇敬之情、崛起之志,具有博大的胸怀和气度。《不老的情歌》由7篇散文组成,每篇有单独标题,副标题为"写在两地分居时之一到之七",表达对人、对事、对景的爱的空间的广阔无限,主题纵横交错,具有极强的立体感。《一个中秋的话题》通过一位老妇人40年遥望东南的企盼,表现她的期待和烦恼,献给所有游子,具有感人至深的艺术魅力。《阳光·泉·山菊花》是献给教师的诗篇,将之比作阳光、泉水和山菊花,借物咏人,借物颂人,形象地赞誉教师的崇高品质,语言清新明丽,流畅不羁,联想生动,比喻贴切。

冯艺的散文,结构整体和谐,错落有致;语言灵活清新,整句与散句相结合,起伏跌宕;联想丰富,想象奇异,更是其散文的一大特色。但也有个别作品,内容和艺术稍显轻浅,缺乏更为深刻而凝重的思索,创新意识也显得较为薄弱,正如他在自己散文集《后记》中所说,尚有一定的语言雷同、手法反复、模式重叠的倾向。冯艺以其较为独特的诗化散文的成就,奠定了他作为一个壮族散文作家的地位。

蓝阳春,1943年出生于广西环江县福龙乡内节村。其父上过中学,当过乡村小学教员,是个山歌能手。蓝阳春自幼爱唱山歌,爱听故事,深受民族民间文学的熏陶。1959年考入宜山师范学校,在校期间阅读了不少文学作品,喜欢上文学。1960年开始在当地报纸杂志发表诗歌、小说、民歌等。1962年毕业回乡当小学教师,后调县团委、县委宣传部。70年代末,调《广西日报》文艺副刊。1978年后,主要致力于散文创作,取得突出成就,在《人民日报》、《民族团结》、《文汇报》、《长春日报》、《广西文学》、《广西日报》、《知识》等报刊发表大量散文作品。作者从中精选出45篇辑成散文集《歌潮》出版,还出有报告文学集《攻癌医师凌朝光》等,散文《大明"佛光"》获广西第二届少数民族文学评奖优秀奖。

蓝阳春的散文,追求"大我"气势,很少或者没有那种"小我"的恩怨情绪。蓝阳春认为,在当代文艺园地里,写"小我"也同样可以形成自己的风格,也可以成为有特色的引人注目的文学流派,但当代文学的主潮肯定是属于"大我"的抒怀。人民百姓尤其是少数民族,在日常生活中已有着很多的艰难和困苦,文学作品应该给他们以安慰和希望,哪怕是片刻的精神上的愉悦也好,不应给他们再增添过多的难以承受的伤感。所以,他不把散文创作停留在个人生活的小圈子里,而是在大千世界、芸芸众生中挖掘美、创造美,向人们献上一束束微笑之花。蓝阳春散文对于"大我"气势以及给人以真善美和积极向上的主题的追求,是执着的、可贵的,也是感人的。《花炮闹侗乡》、《守珠棚一夜》、《红豆情》等,都"心同客体",设身处地地站在人民大众的立场上看问题、分析事物,描绘的是人民大众的"人生",抒发的是平民百姓的心声,因而易引起人们的共鸣。

描写故乡人,叙述本土事,抒发民族情和爱国情,是蓝阳春散文的显著特色。其散文多取材于南中国少数民族生活,特别对壮、侗、苗、瑶等民族的风物民情、文化传统进行多角度、多侧面、淋漓尽致的生动描绘:连唱三天三夜、盛况空前的壮族歌圩,既比力气、又赛智慧、令人神往的"抢花炮",雄浑高昂、欢跃有力、热烈奔腾、天荡山摇的苗家芦笙庆典,风韵独特、诙谐有趣、"未近桌边人已醉"的布努瑶家"笑酒",瑰丽神奇的大明"佛光",乐居深山为四化的"云中仙子",山川秀丽、素有"小桂林"之誉的靖西景观,美艳如画、价值"连城"的凭祥秀色。这些格调明丽的作品,富有独特的南中国神韵和多姿的民族色彩,是聚居于祖国南疆的各族人民历史文化积淀的生动再现,更是20世纪80年代壮乡侗寨幸福生活的真实写照,将涌动于心底的民族情和爱国情浓墨重彩地倾注于笔端,情真意切,感人至深。《黄荆赋》以朴实的语言,叙写"我"到北京香山参观游览的见闻和感受,热情抒发对故乡和祖国的热爱之情。"我"在香山顶上"他乡遇故知",在路边的树丛中惊奇地发现"壮家人生活的伴侣"——黄荆树,勾起心中美好的联想和赞美之情:"黄荆树有倔强的生命力,你把它的枝干砍光,只要根还在,第二年一开春,又是最先标出青枝嫩叶,拂拂迎风。"即使在北方,气候和土质不同,它也还是"拼命地生长"。它使祖国的美好江山焕发出少女般青春和妩媚动人的神采!它能绿化、美化华夏大地,能让清新的空气中腾出耐人寻味的温馨。进而由树及人,赞美"南方的亲人,北方的老乡,他们都有着黄荆一般的精神,因而才把我们的祖国创办出一派美好的天地"。即便从北京香山落笔,笔尖也还牵着故乡的风土、民族的情意,并让这种情意与热爱祖国的深情融汇在一起,显出不同凡响的韵味。眷念家乡故土的情思,抒写爱我民族、爱我中华的深情,是蓝阳春散文的主脉和灵魂。正因如此,其散文洋溢着浓郁的乡土气息,闪烁着鲜明的民族色彩,如《故乡的山影》、《禾笛》、《红豆情》、《鸳鸯谷》、《大龙垌渔歌》等。

　　蓝阳春散文大多为抒情散文,内容繁茂丰富,洋溢着浓郁的生活气息。这与本民族民间文学的影响有关,壮族歌谣、传说故事等,虽是"开口成章",但都是"言之有物",很少离开生活事件进行凭空的纯抒发。作者长期生活于少数民族地区,经常到少数民族地区采访体验,注意对生活的细心观察,积累有丰富的生活素材,所以写作时左右逢源,生活气息特别浓厚。或写人物、事件,或写景抒情,每一篇都是一幅少数民族生活的风俗画,都是一张人生际遇的晴雨图,或是一个社会环境的小窗口,展现一片生活的新天地。《禾苗》、《峨眉吐艳》、《香满瑶山》等所描绘的都是人们闻所未闻的生活,非常新奇,就像空旷的山野间忽然飞跑出一两只小鹿,立刻吸引住人们的视线。蓝阳春散文抒情的背后透过景物场面仍能见到人物心灵的跃动、情绪的涨落,写景实际是以景衬托人、渲染人,象征人的某种精神,如《峨眉吐艳》《守珠棚一夜》、《夜访郭老故居》等。文学是人学,只有写人,写人的活动、人的祸福、人的情绪,才有价值。

想象丰富,构思巧妙,精于提炼,立意深远,是蓝阳春散文的特色。《山稔》为突出山稔的不凡品格和深湛旨意,运用欲扬先抑的手法,开篇由远道来,侃侃而谈,从选国花、市树,一直到怎样给壮族选族花。有人说选木棉花,有人说选桂花,有人说选映山红,众说纷纭,莫衷一是,被"我"一一否定,指出应选山稔为壮族族花。虽然它没有奇特伟岸的外貌惹人注目,但它形态匀称平和,在壮族地区生长非常普遍,它平凡的形态和平和的性格,不正是千千万万壮族人民的形象和性格的象征吗?一经点出,赢得四座赞同。文章并未就此打住,继续向事物的深处开掘,逐层揭示山稔果与壮族人民生活的特殊关系及其重要地位:它是壮家荒年充饥的"逃荒粮",国民经济困难时期的"活命粮"和"养身粮",增进民族团结友好的"桥梁",革命战争年代的"革命果"和"红军粮"。从眼前写到过去,从现在写到未来,文笔纵横驰骋,思路开阔,既有现实感,又有历史感,大大增强了文章厚度,并将寓意升华到壮族人民勤劳勇敢,蓬勃向上,自强不息精神的高度,山稔——壮族人民值得骄傲和自豪的民族花树。

蓝阳春散文大都闪耀着联想和想象的智慧之光。从当年红八军誓师起义的地点龙州青龙桥头竖起的"龙江茶楼"四个龙飞凤舞的红色大字,想到那闪闪发光的牌坊,像是革命传统在发扬光大,匾上的蝴蝶在凌空飞舞,像是新一代在展翅飞翔(《茶楼清风》)。在登上大明山顶峰之后,始知传说中的大明"佛光"系"误传",但却看到了另一种"佛光",那就是大明山将受惠于广大人民群众、添彩于南疆壮乡的幸福之光(《大明"佛光"》)。漫游长江三峡,看到了真正的日出——辉煌的葛洲坝工程,正像一轮喷薄的红日徐徐升起,就要跃出地平线,将为三峡增添更多的丰采,给祖国发出无限的热力(《长江日出》)。《瑶林金带》插叙七仙女从天上抛下五彩带的传说,顿使作品平添迷人的神奇色彩。这些壮丽而充满激情的景观,以联想和想象的手法出之,而这些绚烂奇丽的想象和联想,加深了作品的思想内涵,增强了作品的艺术感染力。

蓝阳春散文极尚色彩描绘,语言朴实、简洁,文采淡雅、清新。蓝阳春学过绘画,又兼搞业余摄影,将绘画摄影中"取景"、"采光"的手法运用于散文,对事物的审美有独到之处,加之丰富的形容词汇以及比喻、想象、联想、映衬、象征、对比、反差等手法的运用,遣词雅丽,故对事物动态特别是人的活动和各种景观的描绘别具洞天,有一种特别的真实感、热烈感和生动感,可谓写动(人事)引人入胜,写静(景物)令人陶醉。如《歌潮》、《元宝山下芦笙节》等,对景物色彩的描绘可谓是五彩斑斓,淋漓尽致,动静幻化,堪称奇绝。

蓝阳春作为一个现实主义散文家,以反映现实生活的真实性为艺术宗旨,直面人生,直面现实,说自己心里想说的话,故其语言文字,像泥土一般厚实朴素,像稔花一样清新喜人。《火焰兰》写火焰兰的嫩红和鲜丽,游人对它的专注和青睐,最生动的是有关花名的描写:"这叫火焰兰,因它的花象火焰。但从整丛花看去,它又象海里红色的珊瑚花,所以又叫'红珊瑚'。这花能耐可大哩,不用着地,只要傍着石头、木桩之类的东西就能生长,这是属于附生兰一类的。"通过简洁、朴实的描写,将火焰兰的形象和性格、"我"心里的崇敬和感慨等淋漓尽致地表现出来。不涂脂抹粉而清香扑鼻,不着颜色而光彩灼灼,语言朴实中含浑厚,简洁中含隽

第七章 中华人民共和国时期散文(1976—2008)

永,淡雅中含深邃,清新中含启迪,耐人咀嚼。

黄福林(1926—2005),笔名周雷林,出生于广西万岗县(今巴马县)盘阳村一个壮族农家。1943 年参加革命,历任游击队小、中、大队长,解放军滇黔桂边区纵队桂西第一指挥所参谋长、前线总指挥,解放军副支队长。新中国建立后,历任凌云县代县长,右江革命纪念馆馆长,广西文联专业作家。1946 年奉命化名入百色高级师范,边读书边搞学生运动,主编《戈风周报》宣传革命思想,在《南宁商报》发表处女诗作《旅途拾零》,在《广西日报》发表散文《爱的共鸣》等。20 世纪 50 年代初开始创作人物特写,1979 年开始从事左右江革命故事搜集整理,1982 年转而从事散文创作。1985 年加入中国作家协会。曾任广西壮族作家创作促进会会长。著有散文集《蹄花》、《西出阳关》、《古河新韵》等。其中,散文《蹄花》获广西第一届少数民族文学奖、全国第一届少数民族文学创作奖,散文集《蹄花》获首届振兴广西文艺创作铜鼓奖。

革命历史题材在黄福林散文中占有较大比重。《蹄花》、《人民的怀念》、《火花歌》、《右江夜渡》、《清明糯》、《孖铺情》、《马鞭传奇》、《三层埂石林》等,倾注浓烈的革命情感,有着极强的感染力,"每一步都踏在现实的地面上,步步都倾注我的感情和力量"(《蹄花·代序》),那些如火如荼的革命斗争生活题材,在作者笔下变成一篇篇激动人心的优美散文。《蹄花》写 1930 年"邓小平同志骑着壮家的广马,挥着壮家的征鞭,戴着壮家的风帽,成了壮家最贴心的人,走遍左右两江流域,马蹄所至,盛开一路蹄花"。《火花歌》写 1930 年邓小平同志从南宁暗送军火上鸳鸯渡,"每一颗金灿灿的子弹,化成了一朵朵火花,火花烧遍了右江。世世代代在右江称王称霸的豪绅们在这火花下上了西天。"《清明糯》描述邓小平在战斗中从容吃五色香糯饭的风趣场面。《右江夜渡》描写壮家人保护邓政委成功夜渡。《孖铺情》描述在艰苦条件下邓政委"孖着别人的脊背入睡",表现艰苦奋斗的革命精神。《芭蕉爱子心》记述和赞颂邓政委爱士兵胜于"芭蕉爱子心"的高尚情操。

　　黄福林的散文,洋溢着如火如荼的民族情感。作为壮民族的一分子,黄福林具有鲜明的民族意识,在其创作中处处流露出鲜明的民族心理、民族性格及浓烈的民族情感,使其散文具有鲜明的壮民族印记。《京都踏雪》描写置身于灯火辉煌的天安门,面对人民英雄纪念碑太平天国农民起义的浮雕,情思喷涌,浮想联翩:"我们民族,风格豪烈而品性和驯,素以忠于祖国,急于边疆,从来都是无保留地贡献出自己的一切所能,只管尽力,甚至超出自己的力量所及,多少次舍命以赴国难,铿锵的铁蹄,踏倒过安南入寇,踢翻过法国侵略军,远及江浙平倭乱,力保边疆以固京畿,每每艰危当前,愈险愈起劲,唯符合多民族大家庭的利益而进退奔驰,从不拒绝执行任何历史使命,让祖国满足又满意。"袒露壮民族博大的胸襟,无私无畏的情怀,为作为壮族人而感到自豪,淋漓尽致地表现民族自豪感和民族审视精神。此外,《蹄花》、《清明糯》等篇描述壮族人憨厚诚实、重情义的品德,如老保给邓政委赠送自己心爱的广马、壮家人为保卫邓政委突围而拼死奋战在阵地上等。作为一个熟知本民族的作家,在抒发民族自豪感的同时,站在历史的制高点透视民族的以往,显示出深刻的洞察力。花山的殀亡,"马厩"的位置,以其他民族文化打扮自己而羞于表现自己民族文化的变态心理使他陷入深沉而痛苦的思索,清楚地看到"罪恶的民族歧视政策代代相习,使得我们壮族丧失在自然状态中生活的权利,沦为一个智慧发育不完全的民族"(《京都踏雪》)。对造成壮民族悲哀命运的原因,不仅从客观上揭示,而且从民族内部主观上揭示,以自省意识痛苦地回顾本民族英雄的悲剧:"我想起我的民族——壮族,百几十年甚至三五百年不容易出一个英雄。韦拔群就是壮家无双子,右江独一杰出的当之无愧的英雄。他披荆斩棘站在我们民族的前头,正当可以为自己的民族和人类起作用的时候,就被本民族的一个'类人'杀害了!"(《风景这边独好》)。民族的愚昧导致民族的灾难,民族的灾难则更加速民族的愚昧。作者生于民族灾难深重的黑暗年代,痛感民族愚昧落后而投身革命洪流,立志改变这一现状,为各民族共同繁荣昌盛而呐喊疾呼,显示出与时代同呼吸、与民族共忧患的高尚情操。

黄福林散文构思新颖巧妙,情浓意重,以情铸文,字里行间洋溢着激情,语言简洁、朴实、清新、亲切,富有个性,民族色彩浓郁。《蹄花》描写流传于右江两岸一匹有功于民的广马的动人故事,构思新颖巧妙。壮族养马能手韦老保养了一匹滇桂黔驰名的广马——"一天能行五百里,平如坐轿,稳如轻舟,无不叫你得意!"四乡邻里都有人来争相购买,韦阿爷均好言劝退,说这匹广马"只等仁人志士",福分浅的人是配不上的。1929年,邓小平同志来到右江,"打着赤脚,跋山涉水,同拔哥踏遍桂西山区,天天满头大汗,领导右江各族人民争自由,求解放。"壮家人看在眼里,爱在心中,纷纷倡议送一匹好马给这位"壮乡吉人"代步。成百上千的骏马聚集在马圩上应比,众人公认这匹广马最好,因此"请王绺须老保代表壮家人把马送给它的真正主人——邓小平"。"百色起义"前夕,敌我分布态势很散,使起义统一指挥、统一行动增加了困难,而"邓小平同志要从恩龙县的平马城,横跨奉议县的田州、那坡两镇,赶往百色县的清风楼作出起义的战略决策,全程160余里,步行要两天,而起义的时机必须是第二天凌晨。这样时不待我的军机大事,全靠广马的飞奔来抢时间了"。果然,"马蹄所向,不待天明,百色、那坡、田州、平马所有的敌人都被起义军民一举消灭,右江流域四个重镇都宣告解放,真是马到成功呵!"为革命做出了卓越的贡献。文末道:"今天,右江盆地,红河沿岸,桂西山岗,到处盛开的马缨花,据说就是邓小平同志的坐骑——广马留下的蹄花呢!"点明题旨,寓意深刻,如此新巧的构思,别出心裁。《火花歌》以简洁、清新的笔调,描写1930年邓小平同志"溯舟右江领导革命事业,从南方暗暗装束一船军火"运至起义地,农民武装部队得到武器弹药,革命的灿烂火花在右江遍地怒放起来:"每一颗金灿灿的子弹,化成了一朵朵火花,火花烧遍了右江。世世代代在右江称王称霸的豪绅们在这火花下上了西天,世世代代被压在水深火热之中的穷人被拯救了出来,扬眉吐气了。在这火花中,打土豪,分田地,建立苏维埃政权的群众运动,在右江两岸轰轰烈烈地开展起来了。"人们编出一首首热情洋溢的火花歌,赞美邓小平同志的机智勇敢,领导壮家人民进行革命斗争的丰功伟绩:"红河三千里波浪,浪花不比火花多。右江八百里通红,锻铸苏维埃大印一颗。"

新时期,周民震的散文带有浓郁的南疆少数民族生活气息,洋溢着对新时代幸福生活的激情,笔调清新,构思精巧,形象鲜明,语言活泼。《百花图》写金秋十月枫红菊黄季节,"我"在北京颐和园游览,不期而遇碰到一位"手中拿着越南式尖顶竹笠"盛装华服的京族女大学生,想起前几天在全国工艺美术展览馆看到京族人民"用千百种金翠华彩的天然贝壳,经过雕磨镶拼而成"的"百花图",进而想到13年前在北部湾岛屿采访京族人民的生活时,结识的一位业余贝雕画能手"阿公",他曾作了一幅"京族人民上北京"的精彩贝雕画,而眼前这位京族女大学生,很像这位"阿公"的二孙女,便按捺不住兴奋的心情走到她跟前,带着长者的气度和幽默的笑意问道:"小阮,你还记得我吗?"看似误会的描写,实则是作者的精巧构思。继而笔锋又转回全国工艺美术展览会上那幅姹紫嫣红、竞吐光华、出神入化、巧夺天工的"百花图",想象力飞腾而起:"幻象中出现了那幅美不胜收的百花图,那一朵朵一丛丛扬辉璀璨的鲜花一瞬间和眼前的鲜花多么协调地吻合在一起了。呵!

第七章 中华人民共和国时期散文(1976—2008)

多明亮的阳光,多甘美的雨露,生活中的百花图,不正以它的千姿百态展现在新长征的康庄大道上吗?"它不仅表现了京族贝雕画能手的情思、精神风貌,也表达了京族人民对祖国的爱,既是一幅色彩斑斓的图画,也是一首热情奔放的颂诗,以曲折有致的情节和色彩斑斓的描绘,成为周民震散文的代表作。周民震新时期的散文《百花图》、《红水河之波》、《阳光、空气和水》等,比以往有着较强的故事性和哲理性,如《百花图》由一位京族贝雕能手制作的"百花图",联想到祖国和各族劳动人民:"我们辽阔绮丽的祖国就是一幅壮伟灿烂的百花图啊!那是我国几十个民族的精华集锦而成的,都是八亿多人民用血汗精心绘成的。"构思精巧、想象丰富。

新时期,万里云著有散文集《故乡明月》、《浙东之行》,以及一些零散随笔、散记、小品。多以现实主义手法反映生活,生活气息浓郁,时代精神强烈,感情真挚深沉,文字自然朴素,结构散而不乱,主题确切鲜明。《故乡散记》包括《剪不断的相思》和《常绿的榕树》,前者以抒情笔调写对"故乡"一词的深切体会,叙写"游子"长期飘游在外,思乡之情从未间断,回到故乡、见到故乡的激动之情,道出乡思是"一种看不透说不清的特殊的感情",糅合了哺育之恩、亲友之情、乡里之乐,包涵着"妙不可言"的情趣,主题突出,一气呵成,感情真挚热烈。后者以榕树为主线,将生养自己的故乡和自己工作之乡所发生的与榕树有关的事联系在一起,将壮族民间传说和对歌的风情融于其间,形散而神聚,突出爱榕赞榕的主题:"我生平最喜欢榕树,因为我出生在榕树之乡,而且又长期在榕树之城工作。"榕树令人喜爱一是它能给人美的享受:"枝繁叶茂,郁郁葱葱,荫覆广阔,雄伟博大,它那久经风雨依然碧绿的颜色,给以人清新,洁净,安宁,愉快之感。"二它是历史的"见证人":"我"在榕树下度过金色的童年,"我"见过男女青年在榕树下对唱着恋歌,"我"见过红七军两过榕树下转战南北。

岑献青，1955年生，笔名平常，广西龙州人。1982年毕业于北京大学中文系。历任中央宣传部文艺局干部，中国作协《民族文学》杂志社编辑室主任、副编审。1974年开始发表作品。1990年加入中国作家协会。著有散文集《秋萤》（获全国第四届少数民族文学创作奖）、散文《永远的魂灵》。

岑献青擅长散文创作，其散文短小隽永，清新而富有文采。散文集《秋萤》多以壮乡山水人情为题材，表现壮族地区日常的生活现象和独特风光，善于从平凡的事物中，揭示较为深刻的主题，透露出纯真的感情，给人以思想的启迪和情绪的感染。生长于南国土地的她，对生养自己的壮乡山河、草木、人情和风俗极为熟悉，感受较深，故常常以细腻的笔调，娓娓动听地向人们诉说壮乡的人事和情景，让人们与之一道平静而又潜心地去品味其中的深意和真情，去触及人们灵魂世界，从而获得一种美的享受。《江村七月七》描写阿兰半夜江边取水祭奠养育自己长大成人的婶娘，情重意浓，壮族习俗，相传七月七的江水治病有特效，我们"懂得在天地间本是没有这美妙的事情的"，但通过阿兰半夜取水祭奠养育自己长大成人的婶娘，悟出"人们总在企求着美好"这样独特的深意。咏物篇《九死还魂草》借对毕生为人类创造美的卷柏的描绘，热情歌颂这种俗称"还阳草"，又名"九死还魂草"的植物在困逆环境中所表现出的极为顽强的生命力，阐发经过千难万苦的生命所创造出来的美，才是最有价值的，才是永恒的哲理，立意新颖深刻。卷柏"还阳"经过的描述，经历惊奇、赞叹转而惋惜、再赞叹的情感起伏，逐层推进，十分细腻，托物言志的技巧运用娴熟，耐人寻味。此外《梦中的小河》、《灯》等，也都显现了同样的特征，对壮乡景色的描绘，发出浓郁的民族和地方气息。

第七章　中华人民共和国时期散文（1976—2008）

第七节　杨明渊等苗族散文

当代苗族散文家较著名的有杨明渊,此外,徐平、杨光全、杨昌才等也著有散文集。

杨明渊,1935年生,贵州黄平人。1951年黄平县中学毕业后入西南公安部边防训练班受训,历任麻栗坡检查站检查员、西双版纳边防部队侦察员。1957年转业至《云南日报》任编辑、记者。1978年调至《滇池》文学杂志任编辑。1986年起从事专业创作。1956年发表处女作《边寨一夜》。1980年加入中国作家协会。著有散文集《钟情鸟》、《在深山密林中》、《野象出没的丛林》、《苗岭情思》、《流动的黄金》、《云岭苗山纪行》等,散文《老虎坳》获全国第一届少数民族文学创作奖、《"蛊女"的命运》获全国第二届少数民族文学创作一等奖、《欢乐的芦笙会》获1979年云南省文学创作奖、《桥》获1982年云南省文学创作奖。长于散文创作,著述颇丰,风格独特,成为颇具影响的苗族散文家。冯牧称其散文"优美得引人入胜"、"十分真挚自然"、"毫无雕琢斧斤的痕迹"[1]。杨明渊散文成就主要在新时期,作品数量激增,写作技巧进一步成熟和提升,以描写云贵高原的人物、事物、景物为主,抒写乡情、开掘人性,充分显示出其创作的民族特色和地方色彩。

杨明渊散文从题材看,一是描写他生于斯长于斯的苗岭山乡,二是描写他长期工作和战斗过的云南边疆,此外,还有部分游览祖国各地名山胜景之作。不同的题材采用不同的表现手法,或叙事,或抒情,抑或议论。《钟情鸟》、《在深山密林中》和《野象出没的丛林》3个集子,主要描写云南亚热带边疆瑰丽、神奇自然环境中的

---

[1] 冯牧：《在深山密林中》序,杨明渊著《在深山密林中》,上海文艺出版社1981年版。

动物奇趣和民族风情,多采用叙事手法,以第一人称参与的形式借助小说结构谋篇,通过人与兽的遭遇,表现亚热带风光和记述各种动物的原生态和习性。这些作品往往通过形象生动的记叙和描写,渲染出引人思索和给人启迪的思想,使人开阔视野,增长知识,融文学性与知识性为一炉,深受读者青睐。《苗岭情思》主要反映家乡苗族人民的生活,通过写一两件事,或一个活动场景,或几个人物,从不同角度反映苗族人民的生产、生活、风情、习俗以及苗乡山水风光。有鞭挞陈规陋习和揭露封建迷信危害之作,亦有颂扬山乡巨变后生活蓬勃向前之章,于中倾注对家乡和民族同胞的真挚感情,寄予对故土深沉的思念。作品力求从民族学、社会学和美学等多角度展现多姿多彩的社会生活,不仅具有文学欣赏价值,且对研究苗族历史、文化和心理素质等提供了生动形象的资料。《流动的黄金》将笔锋转向云南边疆,以澜沧江——湄公河这条黄金水道为主线,串起这条"东方多瑙河"沿岸的奇景:思茅港和糯扎渡、"澜沧号"首航和神秘的金三角、漫湾电站和徐家坝自然保护区、李仙江和土卡河口岸、边境贸易和异国风情,尤以描写群山中的飞禽走兽最为精彩,使人如身临其境、过目难忘。

描写生养自己的贵州苗乡,抒发苗岭情结和故乡情怀,是杨明渊散文的基本内容。作者不到20岁便离开了贵州苗乡,但"最深的梦境仍系那个山国的村落里","故乡的高山流水,故乡人劳其心骨的耕作,故乡少女埋头刺绣、勾腰织锦的辛苦,以及婚嫁丧娶特有的喜怒哀乐的表现形式,都发人品味,够人消受,令人难忘。"[①]《苗山行》、《苗乡之恋》、《苗乡春节》、《苗寨婚酒》、《苗山恋歌》、《苗寨来了个汉媳妇》、《苗山三题》、《苗寨葬礼》、《故乡的路碑》、《故乡情》、《笙歌袅袅》、《节日的笙歌》、《欢乐的芦笙会》、

---

① 杨明渊:《情系苗山》,载《文学自由谈》1991年第4期。

第七章 中华人民共和国时期散文(1976—2008)

《老虎坳》、《刺绣断想》等,以对故乡苗山风情的怀想以及回乡探亲的所见所闻为素材,通过苗族特有风俗习惯活动及其变化的描写,反映苗族人民生活的变革、发展,以及少数民族人民的成长和美好的情操,歌颂党的民族政策和各族人民的团结友谊。这类散文,多写对故乡的热爱和眷恋,写故乡风景的美丽和风习的美好,故乡人情的温馨和人性的善良,故乡昔日的苦难和今日的欢乐。但也不回避苗乡的阴暗面:"反映苗乡风情时,我有一种渴望,渴望揭示人的尊严与生存现状,弘扬美的存在;同时也渴望揭露、鞭挞邪恶丑陋对人格的凌辱与残害,从而净化人的灵魂。"[①]苗乡曾有蛊毒迷信,人们谈蛊变色,被指为"蛊女"的女性命运悲惨。《"蛊女"的命运》、《"蛊女"之冤》等,鞭挞邪恶陋习,揭露丑恶人性,描写"蛊女"命运的同时,对以往苗乡在理性和人性方面的某些缺失、生存的艰难、人生的劫难、人性的善良美好和邪恶丑陋等,进行生动而深刻的揭示,见解犀利,爱憎分明。这是当代少数民族散文不多见的悲悯意识和忧患意识,而正是这种悲悯意识和忧患意识,使杨明渊对故乡的爱表现得更加深沉。然而,杨明渊这类描写苗乡、抒发苗岭情结和故乡情怀的散文,也存在概念化和某种程度的图解政策的弊端。

描写云贵高原的名山胜水、边疆亚热带森林里的珍禽异兽和奇异景象、少数民族村寨的生活图景,是杨明渊散文的又一基本内容。此类作品,生气灌注,蕴藉深厚,占作者散文创作的绝大部分,最能代表其散文创作的成就和风格。《钟情鸟》、《相思鸟》、《林中"婴啼"》、《大象》、《蟒》、《鸟会》等,无论是自然风光的描绘,还是珍禽异兽习性特点的叙述,均善于巧妙地将作者的思想意图寓于其中,所作的结论,也只从故事中自然流出,不带任何牵强的斧凿

[①] 杨明渊:《情系苗山》。

痕迹,充满真实自然的情感。杨明渊20世纪50年代初期曾在云南边防部队当侦察兵,转业后留云南工作,云南是他的第二故乡:"由于对敌斗争的需要,我常常穿便衣只身出没于巍峨险峻的山岳和浩瀚深邃的森林。亚热带奇异的绿色世界和特有的珍禽异兽曾使我大开眼界。"①他怀着强烈而深厚的感情描写这个绿色世界和这些珍禽异兽。《钟情鸟》描写亚热带森林中一种"比孔雀还难见"的稀有益鸟,学名犀鸟,俗称钟情鸟的奇特习性。这种鸟"成对齐飞,非常恩爱,如果被猎人打死一只,另一只就会气死在森林里",它们选择周围果树较多的地方栖息,窝巢筑在高大的树洞中,当雌鸟孵卵时,洞口被雄鸟衔泥糊起来,中间只留一个小孔,每天雄鸟觅来食物,雌鸟便从洞口伸出嘴来接受雄鸟喂食,直到孵出的雏鸟能够飞翔,它们才啄开泥土,带着儿女翱翔于广阔的天空。在描写钟情鸟的同时,还借动物考察队员"老汪"之口,叙述了一个与钟情鸟情形相似的一对恩爱的人类夫妻的故事,从而沟通了动物世界与人类世界,鸟类的习性与人类的感情有了内在的关联。作品对钟情鸟甘愿被泥封"囚禁在树洞里孵卵繁衍后代"的奇特习性的描写,无疑是对忠贞爱情的一种委婉曲折的歌颂:"钟情鸟的形象就浮现在我眼前,不由得一股无名的思绪萦回于心头:那毫无思维的飞禽竟如此恩爱和睦,可叹的是有的人却不如钟情鸟。"《鸟会》通过描写几只画眉的不同遭遇,反映捕鸟养鸟人在新旧社会的不同命运,"在旧社会,穷人养只好鸟都不能。只有在共产党的领导下,人民当家做了主人,个人的自由爱好才得到保障,我现在这只好鸟才永远属于我"。《大象》通过大象被驯养为人服务的描写,"我看到了边疆人民与大自然作斗争的坚韧不拔的性格,和克服困难的坚强意志"。作者笔下,大象也有人性,有爱憎:"象是

---

① 吴重阳、陶立璠:《中国少数民族现代作家传略》续集,青海人民出版社1982年版,第132页。

讲义气的,它跟人一样,你亏待它,它就恨你。主人决不能忘记牲口的功劳。"《林中"婴啼"》描写一种名为"婴啼"的鸟的叫声和它的故事,"使我们想起一个残酷的封建社会"。此类散文,动植物世界和人类世界常常相互关联,彼此映衬,虽写的是自然、鸟兽,目的则在于反映社会、人生,通过两者的自然类比,表达具有深刻意义的主题。

西南边疆是美丽、富饶、神奇的,在杨明渊真挚自然的艺术描绘中,平中见奇,真中见美。冯牧《在深山密林中·序》中说:"这本主要是描写西南边疆的自然风光、特别是狩猎生活的作品","写得十分真挚自然,毫无造作猎奇的痕迹。这可能是同他对于所写的对象怀有很深的感情而又十分熟悉,是分不开的。"真实的生活,真实的感情,真实的艺术描写,使杨明渊关于西南边疆的散文呈现出一种与众不同的审美风貌,那就是平中见奇,真中见美,真挚自然,毫无人工斧凿的痕迹。

自然景物的生动描绘与民间传说故事演绎的自然结合,以表达对祖国、对边疆的热爱,表现深刻的主题,是杨明渊散文创作突出的艺术特点。如《蝴蝶泉》中那个美丽的白族民间爱情传说故事的引叙,《林中"婴啼"》中那个地主弃婴悲惨故事的叙述,《钟情鸟》中那对青年夫妇忠贞不渝的爱情传说,都能与所描写的自然和叙述的事件达到相当紧密的融合,突出了作品的主题。

徐平,1926年生,原名鸿钧,笔名秋阳、于非等,贵州省凯里人。大学农艺专业毕业,历任接线生、绘图员、教员、干事、科长,《贵阳日报》记者,《贵州日报》副刊编辑,《花溪》编辑部编辑、副主编、副编审,《花溪文谈》主编。20世纪40年代开始发表作品,第一篇散文《忆》。2004年加入中国作家协会。著有《山居鸟言录》、《谢六逸评传》、《李端棻传》、《苗疆风云录》、《闻鸟斋集》等。《山居鸟言录》除少数文艺评论和学术论文外,几乎都是散文。

《高原的路》、《刺梨香酒》、《山溪水趣》、《山里的灯笼》、《笑雪》、《深圳观潮》、《山乡的桥》、《罗登义与刺梨》等作品,多采撷自黔乡见闻,举凡高原的路、山乡的桥、神秘的湖、山溪水趣、鸟趣乡情、刺梨酒香等等,洋溢着浓郁的乡土气息,包蕴着对家乡如清水江一样深长的恋情,文笔娴熟,寓情于景,由景生情,或引诗文、或引史料、或引神话传说,信笔拈来,如行云流水,挥洒自如。徐平散文语言平和恬淡,考据与议论相融合,内在感情与描写对象有机统一,充满着热爱家乡、热爱祖国、热爱人民的深切之情。

杨光全,1943年生,贵州凯里人。1960年毕业于凯里师范学校。历任凯里市文联主席、《凯里报》社总编辑、凯里市委党史办主任等。1965年开始发表文学作品,先后在《人民日报》、《山花》等全国10余家报刊发表散文、小说、诗歌等。著有散文集《巍巍香炉山》、《奇特的情书》。散文集《巍巍香炉山》由山水篇、风情篇、乡恋篇和同乐篇4部分组成,或以饱含激情的笔触,描绘出一幅幅苗乡秀丽的山水和奇特习俗的风情画;或讴歌苗乡的巨变和改革开放以来充满希望的新生活;或颂扬人民军队和民兵火热的生活与斗争。文笔流畅,情感激越,色调清新明丽,语言优美谐趣,还引入许多优美的民间故事,富有神奇而浪漫的色彩,基本体现了作者的创作成就和风貌。

杨昌才,1938年生,贵州省凯里市人。1959年毕业于西南民族学院政法专修班。历任剑河县公安局、人民检察院工作员、书记员,县直机关团总支副书记,黔东南苗族自治州人民委员会办公室秘书,自治州党委办公室秘书、副科长、科长、副秘书长,自治州民族事务委员会主任、党组书记。1960年开始文学创作,写新闻通讯、散文、小说,散文处女作《边寨一夜》。历任黔东南苗族自治州文联委员、州新闻工作者协会副主席、贵州苗学研究会副会长等。著有散文集《深秋红叶》、《苗寨新人》。散文集《深秋红叶》集中体现了杨昌才散文主要题材内容特色,文集收入作者各个时期的散文63篇,内容多为思亲忆友及游记杂感之作,以带有情感的语言,真实地描写和叙述边疆特有的景色和生活,表现家乡贵州苗区特有的风俗人情和边境绮丽的风光景色,如《从游方到结婚》、《苗山行》、《边寨一夜》等。著名苗族作家伍略为之作序时称其"真切感人",一语中的。

第八节 晓雪等白族散文

晓雪,1935年生,原名杨文翰,云南大理人。1956年毕业于武汉大学中文系。历任云南省文联编辑、专业作家,省委宣传部文艺处处长,省作家协会副主席、主席,省文联副主席、党组副书记。1952年开始发表作品。1979年加入中国作家协会。以诗名世,也有散文行世,著有散文集《雪与腊梅》、《无味之味》、《情思绵绵》、《晓雪序跋选》等。晓雪散文数量不多,但题材广泛,品种多样,质量上乘。他既写山水,也写人物;写国内见闻,也写国外观感;写抒情和叙事散文,也写游记与序跋。自由自在、自然和富有人情味是晓雪散文的基本特色。自由自在不是信马由缰,自然并不排除理性开掘和艺术升华,人情味也不只是表现人们通常的情感而没有更广阔更深邃的思想内涵。晓雪散文最引人注目的特色之一,就在于它既表现丰富多样的人间情怀,也表现对人类的终极关怀,通过不同方式对人类的整体性目标即精神彼岸的自由王国的向往、叩问与追寻。

表现自然美、人情美和人性美,是晓雪散文的中心内容。《屈原故里的端午节》描写屈原故里湖北秭归1982年6月下旬举行纪念屈原逝世2260周年的活动,山川雄伟,风景壮丽,吃粽子、赛龙舟、举办诗会,各种活动隆重而热烈,伸张民族大义和弘扬爱国热情的意蕴,渗透于作品的叙述和描写之中。《闽南小记》描写像海底一般奥妙、龙宫一般晶莹的厦门,有着不息的风、飘动的绿和日夜拍打着岩石的海浪的鼓浪屿,集中了厦门的美、海滨的美和闽南的美的集美,层峦叠翠、千岩竞秀、万壑争流的鼓山,还有已"成为风景,成为传奇"的惠安女,绘声绘色,栩栩如生地呈现于笔端。特别是对"优美地站在海天之间"却带着"普遍的忧伤"的传统惠安女和"没有古老部落的银饰"的新型惠安女的描写,具有深邃的历史意味和丰富的人性内涵,显得厚重且有纵深感。晓雪描写异国他邦的散文,如菲律宾、缅甸等,在表现异域自然美和人情美的同时,也表现对异质文化的理解和对人类共同性的思考,具有诗性质感和理性深度,字里行间常常闪烁着奇光异彩。

晓雪有不少描写故乡大理苍山洱海的散文,如《洱海月》、《大理茶忆》、《雪与雕梅》、《银苍玉洱》、《大理石杂忆》、《我的中学时代》、《苍洱钟声》、《鸡足山游记》、《石宝山游记》、《剑川三记》等。对作者而言,大理苍山洱海不但是名城名胜,而且是孕育自己生命的源头、自己赖以生存的文化根基和永远让自己魂牵梦绕的精神泊地。因此,他描写大理苍山洱海的散文,总带着深刻的生命体验和人生感悟,具有丰富的文化内容和思想蕴涵。《洱海月》描写的既是天上的月亮和洱海里的月亮,也是人间的月亮和心中的月亮:

> 我的家乡在洱海边,在我童年的记忆中,洱海和明月是分不开的。
>
> 白族人一般都喜欢白颜色,雪白、银白、白菜白、萝卜白、梨花白、玉兰白、瀑布白,以及秋田里的鹭鸶、蓝天上的白鹤,这一切都白得那么纯洁、清新、耀眼、可爱。但小时候我最喜欢的还是那一轮升起在洱海上、倒映在碧波里的月亮,它有一种说不出的白净、明洁、妩媚、温柔,有一种难以言喻、不可代替的白和美。所以在大理著名的四景即下关风、上关花、苍山

第七章 中华人民共和国时期散文(1976—2008)

雪、洱海月中,我最喜欢的还是洱海月。

这里有自己的童年体验,同时有白族人的审美情趣。升起在洱海上和倒映在碧波里的月亮,是外宇宙的物理的月亮,也是作者和白族人内宇宙的心理的月亮。如果说白净、明洁还属于物理事实,那么妩媚、温柔就不再是物理事实,因为其中包含着人伦情味和生命气息。接下来写母亲唱的白族月亮童谣,母子关于月亮的家是在苍山背后还是在洱海底下,月亮的爸爸、妈妈、弟妹是谁的问题的描写不但强化了月亮的人伦情味和生命气息,而且能够引发宇宙联想,增添与洱海月相关的审美意趣,营造一种人月相得、水月浑融的艺术境界,使对洱海月的描写达到心与物、情与景、意与境的和谐统一。作品所写之月,是白族人眼里的,苍山洱海的,走向人间的,其审美视角和文化方位的选择均有独创性,表现的是美好的人间情怀,是对现实社会和宇宙自然中真善美的讴歌。《雪》叙写自己从小爱雪,对雪有极为深厚的感情,一看见苍山顶上那晶莹璀璨的雪,便涌起一股欢欣和喜悦之情,中学时代在丽江看到玉龙雪山那"更明亮高洁、更光彩照人的雪影",大学时代在武昌珞珈山第一次亲身感受下雪时的"兴奋、激动和幸福的心情",以及在西藏海拔5000米以上的雪域面对天地万象时心中的悸动和战栗:"啊,我终于来到了多年向往的、多少回梦中见到的雪域。也许,这才是我的故乡,我的灵魂的归宿,我的生命的起点。"融入了对宇宙生命的整体性体验,借雪表现生命的诗学和人生感悟。

序跋在晓雪散文中占有显目位置。20世纪80年代以来,晓雪为海外和国内各民族老中青作家的作品集作序200余篇。国内著名作家田间、邵燕祥、韦麒麟、张长、纪鹏、马瑞麟等请他作序,音乐家、摄影家、画家、书法家请他作序,老红军、老干部、老教师请他作序,菲律宾、泰国、马来西亚等国作家请他作序,《中国西部丛书》、《云南诗选》、《广西诗选》等作品集请他作序,其名望和学养可想而知。在有些人把作序变成做买卖,或借作序为自己沽名钓誉的时候,晓雪不计个人名利,为素不相识的作者作序,为工人农民作者作序,为大学生作者作序,为出第一本书的青年人作序,为边远地区的少数民族作家诗人作序,其人品和文品可嘉。而不论为谁作序,晓雪对自己序文的思想内容和艺术形式都有着严格要求:"这些序和跋,最长的有万把字,五六千字,多数是一两千字,最短的只有几百字,不论长或短,我都写得很认真,注意到因人而异、因作品而异,注意到每一篇都应有不同的角度、不同的视点、不同的内容、不同的开头与结尾。序和跋也是散文的一种。一篇好的序必定是一篇好的散文。我是把序和跋当作散文来写的,是散文式的评论或评论性的散文。"(《晓雪序跋选·后记》)晓雪的序跋自由、自在、自然,有平易近人的人情味,见解独到,诗情荡漾,文采飞扬。

1980年,那家伦调任北京《民族文学》编辑,同年加入中国作家协会。新时期,一度将其创作重心转移到散文诗的写作,著有散文诗集《红叶集》、《孔雀集》,散文集《放歌春潮间》、《花海集》、《那家伦散文选》。其中,报告文学《开拓者》获全国第三届优秀报告文学奖、全国第二届少数民族文学创作荣誉奖,散文《花的世界》获全国第一届少数民族文学创作奖、《大江歌》获全国第二届少数民族文学创作一等奖。

时代与生活、哲理与激情的交融,是那家伦新时期散文的重要特征。从"十年浩劫"中走出的作者重燃创作热情,将对社会人生的感悟与激情,化为优美的文字。《大江歌》、《太阳花》、《黎明的乐章》、《十月的黎明,十月的秋风》、《沃土》、《秋思》、《渔歌》、《落叶》等,描述国家民族历经劫难后新时代潮流的律动,人们顽强拼搏的意志,奋发图强的精神,太阳花坚韧的生命力,黎明的大海奇伟壮丽的景象,表现民族精神的升腾,反映人民的憧憬与追求,绚

第七章　中华人民共和国时期散文(1976—2008)

丽豪放,散发出强烈的时代感和浓郁的生活气息。其中《沃土》、《秋思》、《渔歌》、《落叶》等篇为人所称道。

《沃土》以三个典型事例,展开人物形象和事件的动人描述。第一例,在一次边境歼匪作战中,排长身负重伤,他的一只手死死抠进敌人的眼眶,另一只手深深插到身边的泥土里,"他的鲜血,滴在沃土里。我的热泪,滴在沃土里"。第二例,一位戎马一生、战功卓著的将军,十年浩劫中遭囚禁,身边带有一包用红绸包着的血染的沃土,夜夜枕于枕下,它"能让我感到祖国肌体的阵痛",云开日出,将军复出指挥现代化军事演习,他"伸出双手,轻轻捧起酥松的沃土",身后是无声无息行进着的士兵。第三例,一个激情的歌手立誓要终生歌唱"沃土",不幸被错划为"右派"押去劳动改造,他跪在湖滩上捧起一捧沙粒"我将把它带到天涯海角"。20年后,获平反的歌手已是满头白发,重病缠身,却捧出一摞手稿,临终前"紧紧亲吻着手上的沃土"。三个形象就像三座壮美的丰碑,体现出不屈不挠的爱国精神,热爱生活、追求真理的献身精神,对培育民族栋梁"沃土"的崇敬膜拜,献身祖国大地的热切愿望。

散文诗《秋思》面对"万山红遍,层林尽染"的大好秋色,陷入沉思,从"秋"之来之不易,引发对艰辛岁月的追忆和慨叹,从中又生发出对国家民族命运、对未来人生更深一层的庄严思索。散文诗《渔歌》抒发对故乡洱海春汛到来的喜悦之情,春天来了,鱼汛到了,白族儿女边劳作,边唱起歌,歌唱如春天般绚丽的爱情、如渔火般炽热火红的时代。歌声像火、像浪,"在阳光的经线和纬线编织的波涛里,响起来"。两文气韵情调一脉贯通,昂扬、明快、蓬勃向上,铺陈渲染,反复咏叹,哲理的阐发与激情的表达和谐统一。

那家伦到北京工作后,创作有许多关于北京的散文和散文诗。从边疆到首都,从南方到北方,目睹了不少新人物、新景致,在比较对照中产生了许多过去未曾有过的艺术情思,使那家伦散文创作进入一个新的境界。《落叶》描写北京初冬时节的陶然亭公园风光,颇具独特韵味,虽然其中的议论有点煞风景,但描绘夕阳中落叶的文字颇耐品味。"汇融"两字,可说是画龙点睛,夕阳与落叶,人物与景色,心理与物理,实境与灵境,以"汇融"两字描绘和提摄,极具神韵。

《开拓者》是作者深入科尔沁草原霍林河露天煤矿采访,以饱满的热情写下的感人至深的长篇报告文学,大气而凝重,是那家伦新时期的代表作。作品报道科尔沁草原一家现代大型企业——北疆霍林河大矿区的艰苦创业历程,展现大草原天翻地覆的变化,描绘一群煤矿建设者形象,他们中有领导干部、普通工人、技术人员、汽车司机、报纸编辑和刚毕业的大学生,来自五湖四海,属于不同民族,充满四化建设的热情,具有开拓者的创业精神,为祖国的建设挥汗如雨,艰苦创业,终于开拓出一片新天地,为人民做出了贡献。"朝霞是多情的。它为霍林河带来晶莹透亮的美!这时,我却想到开拓者心中那不衰的朝霞。它们,更能让人心动。"作品善于从生活中撷取富有诗意的东西,同时又注意将作者的激情同被描写的人物的激情交融汇合,因此扣人心扉。虽然思想深度挖掘不够,文字有雕饰痕迹,显得不够质朴和自然。但总的来看,"它有力地歌颂了我们社会主义创业者的高度英雄主义精神和那些可尊敬的社会主义新人","对从历史到现在,从自然环境到生活变革,从建设的发展到人的成长,以及无愧于社会主义时代的新人的精神力量的发挥等,都作了比较成功的描绘"[1]。作品对报告文学的形式作了新的探索,把笔触掘进到边疆民族生活的最深层次,用新的价值观念对所描写的人和事进行深刻审视和艺术再现,内容上有新意、艺术上有独创。

---

[1] 冯牧:《从〈开拓者〉谈起》,《民族文学》1984年第3期。

新时期,张长著有散文集《紫色的山谷》、《三色虹》、《宁静的淡泊》、《凤凰花与火把》、《另一种阳光》、《远去的船》、《感受记忆》、《爱的收获》等,其中《泼水节的怀念》是这一时期的代表作。

细腻隽永,神韵清秀,独特的表情达意方式和诗意盎然的文笔,构成张长新时期散文的特色。张长善于描绘美丽、神奇、丰富的西双版纳,常常透过表面现象,发掘包含在自然风光中的社会生活内容,用丰富的联想和诗的语言将平凡的事物诗化,创造出耐人寻味的意境。《蚯蚓》通过生活中几件平凡小事,成功地刻画了一个常年奔走在边疆山区,为少数民族人民谋幸福的基层干部形象,他默默无闻地工作着,思想境界却是那样的宽广崇高,"我就这样,一头从山箐里钻出来,一头从高山上钻出来"。看似脱口而出的语言,却包含着丰富的内涵,值得回味。《连理枝》选择的抒情媒介是在西双版纳随处可见的榕树,它枝繁叶茂,质地坚实,记述榕树生长环境的背景下,着重刻画榕树下僾尼人和傣家人合欢痛饮的情景,树就像人那样,紧紧地攀着肩膀连在一起,"一代代下去,越长越粗,越长越茂盛,什么力量也不能把它们分开"。以此颂扬民族团结,缀满连理枝的榕树,显然已成为社会主义民族大家庭友谊的象征。即使反映重大题材的散文,也处处洋溢着诗的激情,刻意追求一种诗的意境。《泼水节的怀念》描绘周总理曾穿着傣家服装向傣族少男少女泼洒幸福之水的情景、周总理和民众一起拍打着象脚鼓的细节,那以后每当凤凰花开,泼水节到来的时候,人们就特别希望再一次见到周总理。周总理逝世之后,傣家的竹楼上挂起一幅幅周总理和群众一起泼水的画像,每间竹楼都有这种精制的画像,"周总理永远和傣家在一起!"作品不仅描写傣家风俗,而且表现傣族人民对周总理的爱戴,字里行间,寄托着人民的无限哀思和深挚怀念。

第九节　杨苏、景宜传记、报告文学

小说家杨苏（1927年生）进入20世纪80年代末期，先后推出长篇传记文学《白子将军》（与杨美清合著）、《艾思奇传》、《王复生烈士》。《白子将军》后更名《周保中将军》，为民族英雄周保中将军的文学传记，属英雄传记。《王复生烈士》为革命烈士王复生的文学传记，属烈士传记。《艾思奇传》为著名哲学家艾思奇的文学传记，属学人传记。其中《艾思奇传》获全国第五届少数民族文学创作奖，影响较大，是当代少数民族文学的标志性作品，也是我国当代长篇传记文学的重要收获。

《艾思奇传》具有真实的历史依据，充满历史感悟、人文精神和哲学智慧，同时深刻而生动地表现了对历史法则、人生意义和生命真谛的审视与追寻，具有丰富的思想内涵和独特的艺术魅力。艾思奇（1910—1966），原名李生萱，云南腾冲人，蒙古族。早年留学日本，"九一八事变"后回国。1935年出版《大众哲学》，一问世便成为畅销书，新中国成立前印行32版，在全国引起强烈反响，对广大民众特别是青年知识分子产生了重要的启蒙作用。1937年由上海到延安，历任抗大主任教员、中央研究院文化思想研究室主任、中央文委秘书长、延安《解放日报》副总编、《中国文化》主编等。新中国成立后，历任中共中央高级党校副校长、中国哲学学会副会长、中国科学院哲学社会科学部委员。曾当选为中共第七、第八次全国代表大会代表，第一、第二、第三届全国人民代表大会代表。艾思奇毕生从事马克思主义哲学的研究、宣传和教育工作，在中国新哲学的建设和开拓中有着重大贡献。

鲜明的实录精神，是《艾思奇传》的显著特点之一。作者在《后记》中述及写作前的调查和阅读情况时称，阅读了人民出版社出版的近120万字的两大卷《艾思奇文集》、20余万字的《毛泽东对马克思哲学的贡献》、近20万字的文艺评论集《论文化艺术》、由德文本翻译的亨利希·海涅的长诗《德国——一个冬天的童话》,以及马克思、恩格斯关于历史唯物主义的10余封信的译文后,"艾思奇的形象在我的脑海中逐步清晰了"。在进行了许多艰苦深入的调查访问,同时阅读了大量回忆艾思奇的文章后,认同了这样的评价:"艾思奇是使'哲学'走出神圣的殿堂的首创者,他是使马克思主义哲学成为广大青年所接受并成为他们走向革命指南的哲学家;是一个掌握几国文字,兴趣广泛,多才多艺,哲学与诗在他身上融为一体的翻译家和哲学家;是一个一生勤奋工作,对人民对党忠心耿耿,敢于坚持真理,也敢于修正错误的胸怀坦荡的哲学家。他在多次政治运动中不断抵制'左'的东西,不断受'左'的打击,却又在自己的一些文章中流露出受'左'的影响而不自觉。"在某些传记作品不尊重历史事实,任意虚构,或者为尊者、贤者、亲者文过饰非,实录精神失落的年代,《艾思奇传》坚持实录精神,以科学的实事求是的态度写作,传主生平事迹真实可信,相关史料翔实可靠,既不夸大其历史功绩,也不掩饰其时代局限,用真实的个体生命、真切的历史内容和真挚的思想感情打动读者。

浓郁的思辨色彩,是《艾思奇传》又一显著特点。这种思辨色彩主要来自两方面:一方面来自题材本身,另一方面来自对题材的深入开掘。艾思奇是一位哲学家,以哲学为人生,视哲学为生命,其思想、言论、行动都与哲学有关、富有哲学意味,以实录精神为艾思奇作传,传记自然而然会有一定的哲学思辨色彩。同时,作品十分注意对其所处的历史时代和其生平事迹进行深入的历史反思与理性分析,透过历史风云与个人际遇,探索一代人的生活道路和历史命运,以及人生的价值、生存的意义和社会的真理。传记不但写哲学家艾思奇,而且写一代知识分子的人生道路和历史命运。作品将哲理思辨的笔触伸入艾思奇的思想、言论、行动、人生遭遇与历史环境的深处,对历史沧桑和人生真义进行形而上的追寻,于是具有了三重哲学内涵:艾思奇哲学的内涵、历史哲学的内涵和人生哲学的内涵,显现出三重哲学思辨的光辉。

独创性审美品格,是《艾思奇传》另一显著特点。传记作为一种文学样式,必然具有审美属性,优秀的传记文学作品,都具有独创性审美品格。《艾思奇传》不论是叙述历史事件,描写时代环境,还是刻画人物形象,都十分注重审美化和独创性,对传主艾思奇的刻画尤其如此。艾思奇虽是个哲学家,但有着很高的文学修养,阅读过许多中外文学名著,写过不少有关文艺问题的文章,其哲学论谈中往往带有文学气味。《艾思奇传》彰显了这一点,无形中增添了传记的文学性,同时,独具匠心地利用了一些审美内涵丰厚、又最能突出艾思奇其人其文特点的写作资源,借以强化传记的文学意味,提升传记的审美品格。如《题记——仿艾思奇1933年的译诗》便是一首感情真挚、思想深邃、意象丰富、意境悠远的诗,心与物、情与景、意与境彼此渗透,互补共生。蓝天、绿树、鲜绿的豆荚、天竺葵、玫瑰、郁金香和累累果实,以及在"战斗的钟声里","和着提琴、黑管、长笛欢快地响着"的"老的歌",都是富有象征性和暗示性的审美意象。这篇《题记》实际上是传记的主题歌,它开辟了一个深邃而悠远的审美空间,对全书有审美点染作用。传记开篇引用雷加《大漠雷声》的两段话,也具有同样的意义与作用:"平坦的荒漠是一个大消音板,一排排雷声滚过,几乎没有留下什么痕迹。雷声先是震动了大地,再由大地传到心灵,心灵引起一阵阵轰鸣。""我看这里的闪电在长空中如此纵情地驰骋,而大漠中的雷声,在这大乐章中显得那么深沉有力,又是那样悄声逝去。大漠吸尽了落雨,吸尽了光闪闪的电波,也吸尽了有声无声的雷声。大漠上便留下了一场滋润万物的甘霖。这时,我突然想起了艾思奇这个动人的形象。"消音的大漠,震动大地并传感心灵的雷声,深沉有力的雷声悄然逝去,大漠留下了甘霖,这些彼此关联的审美意象构成了一组感性与理性相结合的系列图画,成为情景交融、虚实相生的艺术至境,再将这一至境与艾思奇的"动人形象"联系起来,耐人寻味。传记以《悄然逝去的大漠雷声》作终章标题,以"给沙漠带来甘霖的雷声"比喻艾思奇其人其文的历史功绩,贴切精妙,富有情韵,且蕴藉深厚。优秀的传记文学作品,都具有历史的和文学的双重品格,《艾思奇传》不仅具有这两种品格,还有哲学品格,且历史、哲学和文学三重品格浑然一体。

　　以小说名世的景宜(1956年生),世纪之交将主要精力放在报告文学创作上,接连出版了3部描写少数民族文化精神、生存状态和未来发展趋势的长篇报告文学:《节日与生存》、《金色喜马拉雅》和《东方大峡谷》,引起文坛关注。

　　《节日与生存》在节日与生存和发展的关系上立意,"是我们创造了节日,还是节日创造了我们","没有节日就没有生存和梦想,就没有创造和升华"的提示与议论,可谓高屋建瓴,画龙点睛。在悠远广阔的巨大时空背景上,从天开地合、日月诞生的日子开始描写纳西族节日,表现出不寻常的视野和气度,颇具思想深度和艺术力度。作品紧紧围绕"99中国丽江国际东巴艺术节"这一重大事件,特别是艺术节上的大型文艺表演《东巴魂》设章立节,展开叙事、描写和抒情。一个民族的节日浓缩着这个民族的文化,连接着这个民族的过去、现在和未来;民族节日显示着这个民族的历史生命力,可以把现代人统摄在本民族的文化旗帜之下;作为文化积淀物,它也是这个民族赖以生存和发展的根基。作品正是在这样的深度和广度上展开叙述与描写,"不要丢掉自己的家园,不要忘记自己的声音,今天的纳西人再一次提醒人类",不论对纳西族还是其他民族,都发人深省。作品注重刻画人物,特别是足以代表纳西族文化精神的人物,如对当代著名纳西族学者白庚胜的刻画便相当成功,他胸襟开阔,眼界高远,学养深厚,不但对纳西族文化有全面、深刻的研究,而且对纳西族的当下生存状态和未来发展前景有精辟、独到的见解,站在宇宙中看地球上的中国,站在地球上看纳西族,的确是白庚胜的非凡之处。他在推动东巴文化走向世界、扩大丽江在海内外的知名度、促进纳西族复兴民族精神等方面具有杰出贡献。纳西族人民十分敬佩他,东巴智者们将他与纳西族文化史上两位圣者丁巴什罗和阿明什罗并列,给予高度评价。作品对这位获得"阿明东白"法号的当代学者的刻画,既展现了人物自身丰富的内心世界,也彰显了纳西族的文化精神,尤其是纳西族文化精神的当代魅力。作品具有浓郁的诗意、充沛的激情、浪漫的情调和人文理想,以及对人类生存终极价值的追寻:"世上有两条路,一条是人类物质文明诞生和发展的路,它带来生存的福利和日趋变化多样的物质享受;另一条是心灵之路,梦想之路,能将平凡的生命点石成金的路。"《节日与生存》真实生动地展现了人类的两条路,极富启示性。

《金色喜马拉雅》以藏医藏药和藏文化为题材,其内涵和意义又远远超出作品所描写的题材。藏族与汉族,藏文化与汉文化,中国与世界,物质与精神,高科技与高思维,过去、现在与未来等相关问题,都围绕藏医藏药和藏文化这一题材展开。不但描写物质、具象、实在,而且探求本质、法则、规律;不但反映一种行业、一个民族和一个地区的事件,而且关注全国的、世界的和人类的根本性问题;描写雪域高原奇伟瑰丽的自然风貌和悠久深邃的人文传统,同时表现藏族文化的丰富智慧和藏族生命科学的要言妙道。刻画汉族民营企业家、科学家,藏医藏药大师、天文历算大师、活佛,以及藏族出身的厂长、歌手、形象大使等众多人物。雷菊芳,汉族女科技工作者,甘肃临洮人,出生于黄河边,毕业于西安交通大学,原在

第七章 中华人民共和国时期散文(1976—2008)

中国科学院兰州近代物理研究所从事重离子加速器研究,科研成绩显著,曾被评为"三八红旗手"、"新长征突击手"、"优秀共产党员"等,为将科研成果直接服务于改革开放事业,在风华正茂时离开中科院,走上经济建设的主战场,到西藏研制藏药,经历千辛万苦,她领导的奇正藏药集团取得了辉煌的业绩,而且创造了诚信和平、传统与现代交融的企业文化,引起海内外的极大关注,但雷菊芳从来不以功臣自居,不把自己看成"援藏"人员,而把自己视作藏族人民的女儿和藏族文化的学生。20世纪90年代,雷菊芳以中国民营企业家的身份,作为非政府组织的正式成员,应邀赴瑞士参加联合国有关会议,在会上就文化融合与民族发展的关系问题发表演讲,道出献身藏药是感情与理性的选择,也是对一个伟大民族与文化的认同,表现出人间情怀和人类终极关怀。嘎藏根登是第一位向雷菊芳传授藏文化的人,当雷菊芳受到不应有的伤害,感到非常痛苦时,嘎藏根登对她说,你的目标不是在前面吗?路上横生出一丛恶刺要伤害你,你要把它拔掉太费事了,说不定它还可以做药,你不要去拔它,应该找一块牛皮把自己的腿包上,跨过去继续往前走,因为你的目的不是与恶刺论输赢而是要达到你的目标。嘎藏根登的开导使雷菊芳茅塞顿开,意识到这是藏族人民的处世法和认识论,是智慧的、善良的、博大宽容的,他们的智慧离生命本质很近,充满人性,此后便努力寻找那一块"牛皮"。强巴赤列,西藏藏医学院院长、中国科协副主席,不仅在藏医学领域有着崇高的学术声望,而且有献身藏医藏药造福人类的高尚品德,作品称其"像喜马拉雅山的岩石一样坚强","像青藏高原万里蓝天一样胸襟宽阔"。此外,嘎玛群佩老师、慈成坚赞老师、旦考老师、赛仓活佛、多识活佛等人物,也个个光彩照人,如同雪域高原闪烁的群星。

《东方大峡谷》以云南独龙江公路建设为题材,这条公路通向当时我国唯一不通公路的少数民族聚居区独龙江,沿线山势险峻、沟谷纵横、地质结构复杂、气候环境恶劣。在20世纪90年代近10年的艰苦建设中，4千多名各民族修路大军，克服昆虫蚂蟥叮咬、毒蛇袭击和高海拔寒冷及缺氧等困难，穿越原始森林、沼泽泥潭，攀登人造天梯、雪山丫口，战塌方，开路基，凿隧道，架桥梁，风餐露宿，日夜苦战，创造了中国公路修筑史上的又一个奇迹，在最原始道路和桥梁上行走的少数民族自治地方和象征国家交通文明的最高机构交通部共同建构了一个创世神话。新颖独特的理念，多样灵动的手法，丰富珍贵的图片，构成本书的亮点。《东方大峡谷》虽不注重文化内涵的开掘和哲理性的探索，思想内容有失厚重深邃，但它同样关注人类的生存与发展，具有历史感和现代感，激情喷涌，大气磅礴。

第十节　杨世光等纳西族散文

杨世光，1940年生，笔名阳关、淡泊山人、辛闻，云南省中甸（现为香格里拉）县人。1964年毕业于昆明农学院，先后就职于丽江地区文化馆、地委宣传部。1979年参与创办《玉龙山》杂志并任主编。1980年调云南人民出版社，历任编辑、副总编辑、编审。1994年起任大型文学期刊《大家》主审。中学时起便酷爱文学，家乡高耸入云、玉雕银塑般的玉龙雪山，如诗如画的金沙江峡谷，著名的长江第一湾，不同凡响的虎跳峡，水清玉洁的黑龙潭，晶莹如金杯的泸沽湖，被称为茶花之王的玉峰茶，以及纳西族丰富生动的民间故事，陶冶了他爱美、追求美的艺术情趣，成为其日后散文创作的题材。最初以搜集、整理民间故事《阿一旦的故事》走上业余文学生涯。1978年发表处女作散文《虎跳峡散记》，以朴素明丽的文字描写家乡丽江的山水和风情，展露才华。1986年加入中国作家协会，历任中国少数民族作协常务理事、云南省当代文学研究会副会长,成为一位致力于表现纳西族人民人格力量的散文家。著有散文集《神奇的玉龙山》、《爱神在微笑》、《孔雀树》、《滇西北游历》、《亲吻美丽》、《享受风景》等,其中散文《玉龙春色》获全国第一届少数民族文学创作奖、《夜石林》获全国第二届少数民族文学创作一等奖,《泸沽湖,晶莹的金杯》获1981—1982年度云南省文学创作优秀奖。

杨世光的散文,多取材于丽江风物,描绘一幅幅祖国边疆的奇山异水和风土人情,反映纳西族人民的生活、表现纳西民族精神,歌颂时代新风貌及故乡人民的新生活、新思想。如梦境般瑰丽的玉龙山(《神奇的玉龙山》)、千奇万状的虎跳峡(《虎跳峡散记》)、如诗如画的玉泉妙景(《玉泉赋》)、银屏玉壁般的泉台奇观(《流银泻乳白水台》)、纳西寨子口弦为媒的古俗情趣(《口弦铮铮》)、摩梭青年新式婚礼的热烈异彩(《摩梭人的婚礼》)、令人心醉的梨园秋色(《甜蜜蜜的茨满梨》)等,多姿多彩,绚丽纷呈。这些作品,以丽江特有的风光景色、古迹名胜为独特背景,反映纳西族人民生活的新变化、新进步,表现纳西族人民的崇高精神和美好心灵。

故乡和母族,是人们的精神家园,钟爱故乡和母族是人之常情,而作家对故乡、母族的情感通常更强烈更深沉。正是对故乡、母族强烈而深沉的归依体验,使杨世光萌生一种执著的追寻心理和超越意识,他走遍故乡的山山水水,寻求民族文化之根,讴歌源远流长、光辉灿烂的东巴文化,赞颂纳西族人民昂扬奋发、容纳百川的人格力量。《虎跳峡散记》未停留于现实生活表面和一般感情层面,不仅描写故乡自然力量的壮美,而且突出纳西族人民人格力量的崇高,注意对人生真谛和历史哲理的开掘,如世居虎跳峡拓荒不止的劳动者、为开发水电站九度踏勘大峡并把骨灰撒在大峡的将军,均表现出不平凡的人格境界。《玉龙春色》(包括《石鼓》和《雪山玉湖》)将优美绮丽的自然风光、翻天覆地的民族生活巨变、红军长征路过的历史传说、神奇的民间故事、农民起义的事迹和古代汉语诗文的引用,融会在一起,思想内容丰富深刻,语言雄放华美。

杨世光有许多侧重写人的散文,或写其一生,或写其思想性格的某个侧面。《历史的儿子》、《古栗青青》、《梅画》等,以充满激情的笔触,叙写纳西族文化精英——著名历史学家方国瑜、著名女作家赵银棠、著名画家周霖等老前辈不平凡的一生,虽然选择的题材和描写的人物各不相同,但其旨趣和审美意向均在将纳西人的人格力量艺术化。《爱神在微笑》通过纺织女工与战斗英雄残疾军人之间纯洁的爱情描写,突出歌颂年轻一代对祖国、对爱情的忠诚。《寻找歌之根》通过对藏族女歌手宗庸卓玛成长道路的追索,点出民族生活的"根"和古老文化的"根"所固有的价值,讴歌其追求艺术的精神。此外,《心在这一边》、《活佛》等,着重揭示人物丰富的内心世界和性格的多重性,带有强烈的时代色彩。

杨世光也写有许多反映其他民族社会生活和精神面貌的散文作品,《夜石林》便是其中的代表作。作品描写三进石林的见闻和感受,首进石林,惊叹自然的造化;二进石林,从"阿诗玛"的石像联想到古神话所表现的人格力量;三进石林,听到一位撒尼姑娘的真实故事,发现神话与现实的关联。这个美丽、聪慧而又能歌善舞的撒尼姑娘,受到一位富有的香港游客的青睐,富有的香港游客以"迁居香港"和享受"荣华富贵"等承诺向她求爱,却被她谢绝。作品塑造了一个有血有肉的"现代阿诗玛",着重表现这个"现代阿诗玛"新的价值观和新的人格精神。

杨世光散文注重构思的巧妙和立意的新奇。往往将历史线索与时代视野、神话幻境与现实生活、山水风物与今人性格相互融谐,以便从丰富的色彩组合和较大的历史纵深中,升华出新的主题,如《鱼神》、《药乡神话》、《虫草奇踪》等。前期作品多倾向于一种构思方式,于是一些作品出现表现手法的自我近似。后期在对自身创作道路进行反思总结后,表现出新的格局与变化:取材范围从滇西北扩伸至滇中、滇南乃至黔、桂和大西北,抒情、哲理散文增多,表现技巧不断变化,时有意识流等手法,精雕细镂的同时追求一种空灵自在的风格。《傣乡的绿光》、《壮哉黄果树瀑布》、《德宏三题》、《珍珠雨》、《翠绿的高碑》等,便是这种新追求的体现。明清以来,描写丽江地区名山大川、名胜古迹的散文连篇累牍,只有进行艺术创新,方能不落古人窠臼。《玉龙春色·石鼓》将一面相传是诸葛亮"五月渡泸"时竖立在金沙江边的光滑浑圆的石鼓,描绘成纳西族人民斗争历史的"活"证人和光明的象征,是中原和边陲各族人民历史上和睦、团结、吉祥的见证。它曾与纳西族人民一道参加抗争,共过欢乐与忧患,"义旗乍举石鼓即自裂开一缝,那是它以笑相庆吧;而当火被扑灭,它又会弥合无痕,似在沉默地抗议"。它记录着革命的风云,工农红军曾在这里渡江北上,"贺龙敲石鼓,鼓响红旗舞"。它以咚咚的声响,迎接丽江的和平解放,激励纳西族人民在社会主义建设大道上高歌猛进。作品以历史为纬,现实为经,织成一幅五彩缤纷,鲜艳夺目的锦缎,把昨天的回忆,今天的现实,明天的向往熔为一炉,使一面古老的石鼓焕发出如此崭新的含义。

杨世光散文追求一种诗的意境和哲理意蕴。其文字清新隽永,情深意美,尤其是那些反映丽江地区山川风物和时代风貌的篇章,色彩缤纷,诗意盎然。其笔下的玉龙山,千姿百态,如梦似幻,善于抓住玉龙山客观事物的个性特征着意刻画,将科学推断和神话传说巧妙地糅合在一起,将自然的美和构思的美融合在一起,以富有魅力的想象,独出心裁的比喻,使玉龙山"神奇、丰富、刚强"等特征跃然纸上。写景如诗如画,写人事蕴涵言外之意,情景交融,意境清新。《玉龙春色》通过对玉湖景色、传说、今昔变迁的描绘,烘托出纳西人刚强不屈的性格和他们世代不渝的执著追求,并借老画家之口点出:"也许,玉湖的自然美我是画出来了,可是那玉湖儿女的心灵美,譬如说,龙女那冰清玉洁的爱情,那开拓者造筝觅筝的百折不回的信念,我是无能为力画出的。玉湖春色的真正画家不是我,而是世代居住在这里的纳西人民,是他们,积年累月为这幅杰作呕心沥血,不断添绘出新的绚彩!"《金链子》从故乡曲折细长的乡间小路到平坦宽阔的公路的历史衍变中,描写新时期故乡人民"胆气壮了,本事大了",他们"一个个像神奇的魔术师",用金链子牵回了千载难寻的"金牛"——富裕的生活,表明一旦人们挣脱束缚手脚的精神枷锁,其创造力将如熔岩喷出火山口。《新星,从文笔峰升起》透过文笔峰顶电视转播塔上的信号灯,表现标志着现代文明的星光已照耀到偏僻的纳西山寨,反映古老的纳西民族可贵的献身精神在新时代的闪现,这种弦外音,景外景,给人一种崭新的审美体验。

这种哲理意蕴,在其哲理性散文中更为突出。《红豆之思》从自古赋予红豆的狭隘爱情含义中跳出,转而挖掘出中华儿女忠诚于党、忠诚于祖国和对共产主义理想的"相思"之情,赋予红豆以新义。《一粒种子的杰作》就树包塔的奇观,刻画了生命(树)与僵体(塔)的力量消长,表现新陈代谢和生命愈向下深入,方能愈向上发展的道理。《密密雨林》通过西双版纳热带雨林那争强斗旺的情景,感触到"跃争,方有生命,方有空间,方有拓展,方有永生的希望"。叙写的是森林,透示出来的却是社会的哲理,富于时代意蕴。此外,描写人与动物关系的一组散文,也不乏哲理的渗透。《高原的宝贝》叙述高原牦牛的种种轶闻趣事,歌颂它们坚韧奋发的精神和无私奉献的品格。《斗牛》通过乡野斗牛的精彩场面,集中刻画优胜牛仅凭一时的勇猛和狂劲慑服了所有的对手,最后却在阴险的圈套中险些丧生,别有寓意。《诱子》描写鹦鹉被主人调

第七章　中华人民共和国时期散文(1976—2008)

教后成为诱子,为贪主子赐予的美食,竟把大批同类诱入网坑中,以物映人,以物喻事,发人深思。

杨世光散文选材严,开拓深,布局得当,剪裁适体。《新星,从文笔峰升起》表现古老雄奇的丽江文笔峰出现了电视传播塔的信号灯,标志着边疆民族新飞跃的开端。作品没有孤立地写文笔峰的古老雄奇,而是紧扣自然风光和故事传说,来展现纳西族人民的新生活:电视塔,使文笔峰增添了新的壮美色彩;文笔峰的险峻,表明建设的艰辛;恶劣的自然环境,衬托出在这样的环境中为人民忘我工作的精神的可贵,而正是这种可贵的精神才使人民在古老神话中寄托的愿望变成现实。如此布局和剪裁,形散而神不散。《摩梭人的婚礼》没有过多渲染婚礼喜庆的气氛和欢乐的场面,而是以大量笔墨描写新娘梭娜与新郎石采尔的相识、相爱、订约到结婚,借婚礼歌颂摩梭人跨世纪的飞跃,颂扬摩梭新一代的文明新风和道德新貌,选材新颖,炼意深刻。长期以来,摩梭人一直保留着母系氏族残余,实行一种属于初期对偶婚的"阿注"婚,尚未普遍实行一夫一妻制。梭娜与石采尔从恋爱到结婚,便是移风易俗,是向旧传统的挑战,他们的婚礼便有着不寻常的意义。这样选择题材和确立主题,远比记述摩梭婚礼的庆祝活动、反映民族习俗的礼仪要新颖深刻得多。

杨世光散文多系明快的现实之作,也有部分较具深沉历史感的作品。《金沙石》以亲历亲闻为线索,围绕渡口和渡船的兴衰,老船工的命运荣辱,对十年动乱这段历史及其教训进行冷静的反思。《一个憨厚的寨子》通过透视家乡小寨"拉同里"的历史,展现一个民族漫长的历史足迹,从富于传奇色彩的建寨来历,直至20世纪50年代以来历次政治风云,都在这个小寨子里有过生动的演示,其间有喜有乐,有悲有怨,有进步亦有教训。由于运用了诙谐笔法,加之所写之事均是作者自幼耳濡目染,既令人心酸,又令人失笑，将一个大跨度的历史时代浓缩于一个小寨子所引发出的"前车之鉴"，具有一定的时代精神和历史内涵。

杨世光散文动人以情，动人以美，文字活泼清新，语言表现力强，善于借鉴古代散文的笔法，形成典雅清丽的风格。《玉峰山茶》借鉴古代散文铺叙手法，大开大合，对比映照，运用一连串结构相同、字数相等、整齐匀称的排比句，生动地描绘出万朵山茶竞相怒放的气势："有的舒蕊怒开，有的含苞待放；有的深藏似羞，有的昂头赛娇；有的横伸拦路，有的倒吊吻人；有的单花串枝，有的成双并蒂；有的硕如大碗，有的巧如酒盅。"博喻、排比、对仗，诸法并用，着力渲染出"万朵山茶"盛开的景象。在借鉴和吸收古代优秀文化传统的基础上，随着创作的深入，杨世光散文的语言风格发生了新的变化，《新拾的寓言》、《德宏三题》、《哦，土林》、《昆明二题》、《雪国的旋律》、《大江的歌》、《大漠的绿韵》等，更多地运用跳跃的、富于现代味的、诗化的语言，表现出语言多向发展的追求。此外，杨世光善于从丰富的民间文学宝库中汲取养料，使其散文内容充实而丰腴，民族特色鲜明浓郁。《虎跳峡散记》引用有关金沙江美丽动人的民间传说，将古老的传说和想象怪异的神话，穿插得自然恰当，又赋予其新的含义。

20世纪80年代后，一批纳西族散文作者脱颖而出，他们相继出版个人集子或在省级以上刊物发表大量散文作品，如拉木·嘎吐萨《苏里玛飘香的地方》、《牧女苏娜敏》、《父亲的情人》，亚笙《彩虹》、《美的湖》、《雪乡行》，王正觉《雪山茶》、《雪里桃花》、《托卡格桑》，白庚胜《雪茶》，夫巴（张万星）《飞逝的鸦群》，和建华《友谊的结晶》，杨福泉《在科隆大学国立图书馆》等。

拉木·嘎吐萨，1962年生，本名石高峰，云南省宁蒗县人。1985年毕业于云南师范大学中文系，就职于丽江地区群众艺术馆、地区文联《玉龙山》杂志编辑。1990年调云南省社会科学院民

第七章　中华人民共和国时期散文（1976—2008）

族文学研究所从事文学研究，历任副研究员、副所长。2000年任《华夏人文地理》杂志社副社长。1983年开始在《民族文学》、《边疆文艺》、《青春》、《萌芽》、《散文世界》等刊物上发表诗歌、散文。1995年加入中国作家协会。著有散文集《母亲的湖》、《梦幻泸沽湖——最后一个母性王国之谜》、《走进女儿国——摩梭母系文化实录》、《泸沽湖·母亲湖》，纪实文学《打开女湖》等。其中，《母亲的湖》获全国第四届少数民族文学创作优秀奖，散文《父亲的情人》获云南省首届文学艺术奖励基金二等奖。

拉木·嘎吐萨作为纳西族摩梭新一代，带着泸沽湖泥土的清香，踏上文学创作的道路。他从故乡的弯弯山道走来，用自己独特的眼光写童年，写故乡，写故乡人们特有的风俗习惯，写他们的过去和现在，用自己的心声呼唤富裕，呼唤现代文明。《泸沽湖，我的故乡》以游子的视角，抒发对故土的深深眷恋之情，记叙故乡在心目中留下的直到生命终结时才可能结束的深刻烙印。"当候鸟又一次离开这里的时候，我却回到了泸沽湖畔——让我终生爱恋的地方……寻找我失落多年的魂。"用候鸟作衬，对比自己，候鸟来这里是适应换季的需要，而作者离别多年后归来，则是因为终生爱恋这地方，身虽在外地，魂却在故乡。"多少个流逝的岁月，我始终融不进那个热闹的世界；多少个宁静的夜晚，我都离不开那片迷人的湖泊。"离开故乡在都市求学、工作多年，但是城市的繁华热闹，始终融不进其心里，每到夜晚，梦境里总是离不开那片迷人的湖泊，即被称为母亲湖的故乡的泸沽湖和女神湖。泸沽湖的蔚蓝色，在梦里占据了作者整个心灵情思，故"带着理不清的乡愁和想不透的思念"归来。

拉木·嘎吐萨笔下的故乡山水、故乡人情，似一幅幅明丽的纳西族生活和优美的自然画卷，仿佛使人置身于清幽美丽的泸沽湖之中。作者并非为写景而写景，而是在情景交融的字里行间，时时流露出对家乡、对民族、对父老乡亲的热爱之情,"傍着神秘的女神山,那湖光把山色映得透蓝透蓝,好象青山都在做着蔚蓝色的梦。湖中,那星罗棋布的小岛是那么安静、安详而自信,好象在盼望,又是在亲昵地絮语着什么,是游子在向母亲诉说离别的苦衷么?"记叙故乡静态中的壮美景象,继而记叙故乡动态中的美,景美人亦美:"几个姑娘从容地摇着船儿","在明澈的清波上留下一阵阵动人的歌声,歌儿洋溢着泥土的韵味和山野的气息。""她们都长得很美,天生的一副好人才。美丽的面庞上,被阳光镀上了早出晚归的痕迹,使人感到一种山野成熟的美。"(《泸沽湖,我的故乡》)极写故乡之美,以此映衬新时代纳西族乡村的美,富饶美丽的泸沽湖景观,活生生展现于世人面前,清新美丽,沁人心脾,耐人寻味,流溢着生活情味,亲切感人。

　　拉木·嘎吐萨散文以民族代言人的视角,用本民族生活的真实情景和本民族的道德观,拨正外界的一些扭曲议论。"在过去,青年男女有恋爱的自由,但没有婚姻的自由,相爱的男女山盟海誓,始终逃不脱逼婚的命运。""而被誉为女性王国的地方,当外地的人们津津乐道地欣赏那里自由的婚姻和家庭时,我却偏偏看到一些恋人蹒跚的脚步"[①]。《父亲的情人》通过父亲一生情爱生活中的难言之隐,透露出他在不合理不公平的婚姻制度中的颠簸和受到的不由自主的命运的安排、摆布。尽管如此,父亲还是严守着道德戒律,当他与婚前的情人邂逅,情人"满脸泪水地靠在父亲的膝盖上,父亲盘着腿,怀里躺着睡熟了的我的那个弟弟,父亲眼里也有泪水在闪着。""别这样,孩子听见了多不好,我们头发都白了,还想那些辣心的事做什么,你我都是有家有室的人啦,儿女也撑撑展展的,还有什么值得流泪的。"婚前自由恋爱时,情人已有

---

① 拉木·嘎吐萨:《刻在记忆中的情结》,《母亲的湖·代后记》。

身孕,然而由于逼婚而未能与相爱的人我父亲成婚,尽管如此,父亲恪守着结婚后不能再乱来的道德戒律,内心世界纯洁美好,并非世人所传"没有道德观的乱爱"。拉木·嘎吐萨善于用如诗如画、情景交融、以美引人、以情动人的手笔表现意境,且生动自然,感情纯真,质朴中倾注着万斛情意,乡土气息和民族特色浓郁。

第十一节　黄永玉、杨盛龙等土家族散文

黄永玉,1924年生,笔名黄杏槟、黄牛、牛夫子,湖南省凤凰县人。父母为音乐美术教员,12岁开始漂泊生涯,当过瓷场工人、中小学教员、报社编辑和记者、自由撰稿人等。20世纪40年代主要从事木刻、美术编辑,对文学亦有浓厚兴趣。1943年前后开始发表文学作品,写诗、散文、小说,以诗为主。1952年开始任中央美术学院副教授、教授,以绘画名世,文学创作不多。1970年代末创作激情再度爆发。就散文创作而言,1987年三联书店出版其三部散文集《罐斋杂记》、《力求严肃认真思考的杂记》、《芥末居杂记》,赢得好评,被称为"永玉三记"。1993年古椿书屋出版其新三记《往日,故乡的情话》、《汗珠里的沙漠》、《斗室的散步》,与前三记合称"永玉六记",备受推崇,"如果说旧三记有更多的愤世嫉俗,新三记则更多的是艺术家的深刻思考和对故园温馨的回想"[①]。1998年三联书店又以"黄永玉作品系列"的方式出版其四部散文集《吴世茫论坛》、《太阳下的风景》、《这些忧郁的碎屑》、《沿着塞纳河到翡冷翠》,篇篇笔走龙蛇,纵横开阖,雄健而有力度,就连开口闭口"老汉我"的《吴世茫论坛》,也没有给人老气横秋之感,27篇作品深刻而又幽默,字里行间充满意趣、理趣、情趣,

---

① 卫建民:《"湘西刁民"赤子心》,载《新华文摘》1994年第7期。

既蕴涵着丰富的人生智慧，又显现出强劲的生命活力。黄永玉散文题材内容：一是写恩情难忘的山水与人物；二是写人物生活和思想的片断，以片断写全人，进而写时代。

走遍全中国和世界不少地方的黄永玉，始终忘不了故乡，其散文写得最多最好最动情的是故乡的山水和人物。《往日，故乡的情话》共117篇，篇篇蕴藉着对故乡的深情，在其他散文集中，故乡也常常成为重要的话题，是其精神的泊地。他在国内外有好几个"家"，但是堪称"精神泊地"的家在美丽的湘西凤凰。《仿佛是别人的故事》开篇写20世纪20、30年代的凤凰县城，沿山蜿蜒的城墙、全用青石红石铺成的街道、底部满是鹅卵石的清水河、苍翠欲滴的峡谷、高高的岩石上懒洋洋地躺着晒太阳的豹子、竹林里和古树上歌唱的黄鹂、空中盘旋的岩鹰、挂满高高低低房子的三拱桥、桥左河边的吊脚楼、正对着大桥的万寿宫、河下游的"蛮寨"、凤凰山上的庙宇、北门河岸一边洗衣一边打闹的洗衣女、打铁铺力气大脾气也大的铁匠、孤独而寂寞但对职务精益求精的打更人，还有端午节赛龙船时密密麻麻坐在河边山上看赛事的苗族"阿雅"，以及孩子们心目中的和尚、道士、尼姑等，绘声绘色地呈现于读者面前。生动传神的语言文字，借助绘画等多种艺术样式的手段，发挥出综合性审美效应。继而叙写小学和与学校相关的人事，以孩童的视角，描绘20世纪30年代凤凰的政治、经济、文化、宗教信仰、风俗民情，在平静从容的语调中展现社会生活的种种矛盾与斗争。当时的凤凰县城并不像外人传说的那样是块"奇幻的乐土"，它确有诗意与欢乐，然而也充满愚昧和苦难，黄鹂的歌唱是与杀人的号音糅合在一起的，北门考棚对面高大的照壁上用于悬挂成串人耳朵的排排大铁钉，"时不时从乡里挑来的一担担切下的人头，其中还有几岁大的孩子，一串串人的耳朵"，表现统治者的暴虐，社会的凶险，底层百姓命运的悲惨与生命的低贱。凤凰小城非常美丽，但

第七章　中华人民共和国时期散文（1976—2008）

也充满血腥；动物界的豹子懒洋洋地躺着，人世间的刽子手却非常忙碌；菩萨雕刻的兴旺和纸扎鬼王的金碧辉煌，都不是偶然的社会现象。道出了当年凤凰的美与丑、善与恶、生与死、苦与乐，呈现出一个立体多元的历史时代。

黄永玉有大量写人的散文。在他看来，如果写文化名人，如齐白石、张大千等，不能只写神圣庄严的一面而"丢弃珍贵的人间平凡欢乐温暖"，应当写写他们的"经历、结交、脾气、爱好、工作，琐琐碎碎，形成一部大书，那就不仅仅是有用而且是有趣和全面地有益了"，因为这样能够写出"一个立体之极的文化时代"。如丹钦柯回忆录那样的作品，写包括斯坦尼斯拉夫斯基、契诃夫、高尔基、托尔斯泰等人在内的"有意思的人"，以及范围广泛、无所不包的趣事，"喧闹热烈活跃的19世纪俄罗斯文坛、剧坛、画坛全集中在这个集子里"，群星璀璨，相互辉映，乍看鸡毛蒜皮、零零碎碎，其实反映了时代的本质，具有"通彻的文化厚度"。再如詹伯尔日记那样几乎囊括了第一次和第二次世界大战欧美主要文学艺术家活动的作品，活灵活现，比干巴巴的美术史生动，重要的是"它写了人和生活"，"那批人死了，却活在后人的心中"，同样是文化历史的瑰宝[①]。黄永玉正是以这样的理念和艺术方法来写人，虽然写的是"片断"和"碎屑"，却拥有"大书"的价值、"大书"的深刻厚重，但又不乏人间意味、生活细节和艺术情趣。其笔下的沈从文、聂绀弩、常书鸿、张乐平、李可染、林枫眠、陆志庠、郑可、苗子、郁风等文化名人个个有血有肉，性格鲜明，具有各自的文化风采，体现出时代风貌。这些人都是20世纪中国的文化精英，具有高尚的人格、渊博的知识、辉煌的业绩、传奇性的人生经历和广泛深刻的社会影响，作者与他们有着亲戚、朋友、同行或师生关系，来往密切，

[①] 参见黄永玉：《此序与画无关》，载散文集《这些忧郁的碎屑》。

了解较深,有的曾朝夕相处,共过患难,具有相同的生活感受和生存体验,既熟知他们的生平事迹,也了然他们的内心世界,写来左右逢源,笔触伸入其心灵深处,使人物更生动更形象,更具艺术张力和思想内涵。《此序与画无关》记述著名满族画家常书鸿(1904至1994),称其为"伟大画家"。常书鸿杭州人,1926年赴法国求学,毕业于法国巴黎高等美术专科学校。1936年回国,任国立北平艺术专科学校教授。1943年至敦煌筹建敦煌研究所,历任敦煌文物研究所所长,敦煌研究院院长、研究员,对敦煌艺术深有研究。擅长油画,曾任中国美术家协会甘肃分会主席,著有《敦煌彩塑》、《九十春秋——敦煌五十年》、《常书鸿画集》等,在海内外有着广泛影响。开篇写其耄耋之年眼睛不好,头脑也混混沌沌,说起话来总是那么几句,重复又重复,全国政协开会时,每年都重复自己的经历,因此作者等年轻委员们就作打油诗"书鸿发言万里长,先说巴黎后敦煌"在桌子底下传阅,后为此深感内疚,郑重地作自我批评,认为自己"沾染了不尊敬老人的恶习","颠倒伦理","我们忘记了常书鸿先生也曾经有过年轻的时代,并且非常辉煌壮丽"。作品所写正是"碎屑",即"经历、结交、脾气、爱好、工作"之类,却展现出常书鸿这个大写的人,他强烈的爱国主义精神,把一切奉献给人民的高尚信念,以及对敦煌艺术宗教般的虔诚,彰显无遗,称之为"伟大的画家",当之无愧。在茫茫千里的沙漠中,在荒无人烟的绝境里,在严寒酷暑难耐的一个又一个夜晚,父亲一笔一笔地临画,女儿举着小油灯跪在旁边照明,这种历史情景和对这种情景的艺术再现,具有永恒的启示与感召力。作品的人生态度、伦理情感、审美取向和艺术传达能力,给人留下深刻印象。

《太阳下的风景》、《这些忧郁的碎屑》生动地记述了沈从文的故乡、家庭、禀赋、际遇,沈从文特殊的生活环境、人生经历、创作资源和创作心理等,突出表现沈从文性格的复杂性和丰富性。1949

第七章　中华人民共和国时期散文(1976—2008)

年因不适应巨大的社会变革发生的"精神失常",1950年在启蒙性政治活动中出现的"神魂飘荡",1953年在家庭变故的人生逆境中排除个人痛苦衷心赞美新社会和共产党,1954年和1955年"拿顶"和学画眉"采雄"声的两个生活细节的描写,入情入理,富有个性特征,忘年忘情地"拿顶"和学鸟鸣,是沈从文特定心情和心性的外射。作品没有将沈从文的思想和性格简单化、凝固化、概念化,不仅写出了沈从文的善良、真诚、博大、深邃,而且展现了沈从文不同历史时期与不同境遇中的生存状态和生命形态,活现出一个有灵魂又有血肉,有独特个性又有性格完整性,有超凡脱俗的器识又有七情六欲的充满人情味的形象。黄永玉是沈从文的侄子,对沈从文的生平、思想、为人、著作等有全面而深刻的了解,对沈从文有着真挚深厚的感情,作品展现大量亲见亲历、鲜为人知的素材,表现许多经过长期观察和深入思索、既独到又带着亲知色彩的见解,知人论世,精当而独到,同时又充满诗意与情韵。

黄永玉散文常喜议论,有不少杂文和论说文。《吴世茫论坛》27篇文章,每篇都是议论性的,嬉笑怒骂,文采飞扬,精辟见解层出不穷。他还有大量的书画题跋,长短不一,风格各异,也以论说为主,率性而谈,见解独到,大俗大雅,妙趣横生。《难得小心》写到清代郑板桥提倡的"难得糊涂",200多年来影响深远,时至今日,许多人还把这四个字当成座右铭。黄永玉对这样的生活态度和生存方式不以为然,巧借其意立论,提出"难得小心"。在他看来郑板桥提倡的是假装糊涂,做起来费神费力,而且郑板桥自己就没有这样做。作者无意否定郑板桥,实际上很欣赏郑板桥的坦白、直爽、表里如一,实话实说,不做假。"难得小心"针对的是当今的现实生活,主旨在反作伪、讲诚信、不敛财、防受骗等,画与文彼此彰显,古与今相互生发,理趣与情趣有机结合。

黄永玉题跋署名,常标举故乡,自称"刁民",多用"湘西黄永玉"、"湘西凤凰黄永玉"、"湘西老刁民黄永玉"、"凤凰老刁民黄永玉"等。他引以为豪的,是湘西人民的倔强、剽悍、机智。其散文深刻、尖锐、泼辣、新颖,同时机智、幽默、通脱、飘逸,在思想内容和艺术形式上常常打破教条,违反常规,带着蛮性和野性,同时也充满朝气和勇气,多有创意和创新。他能够使矛盾对立的因素相兼相融,从而使自己的散文风格达到稳态与动态的统一,主导性与多样性并存。他将自己的艺术成就归功于故乡的山水和人民,人杰地灵的湘西,文化土壤丰厚,为其提供了取之不尽的创作源泉和艺术灵感,而其散文艺术地传达了湘西的神韵,湘西是他散文的永恒主题。

杨盛龙,1953年生,笔名田由,湖南省龙山县人。1967年初中毕业在家务农。1977年考入吉首大学中文系,毕业留校任教,后调北京国家民族事务委员会工作,其间曾有3年援藏。2001年起任文化宣传司副司长,政策研究室副主任、研究员。1978年开始发表作品。1997年加入中国作家协会。著有散文集《山乡小桥》、《出山集》、《湘西记忆》、《走进都市唱民谣》、《杨柳依依》等,引起文坛关注。其散文主要倾诉乡情、亲情、友情、爱情,注重作品的思想价值和社会意义。他在《杨柳依依·自序》中说:"倾诉我的乡情、亲情、友情、爱情,不但说给周围的人,还要说给更广泛的读者,引起感情上共鸣,激起情思的激荡,以更加热爱我们的亲人、爱人、友人、故土,带着这些感情上的财富,去热爱生活,钟爱情义,将我们的爱涂满世界的天幕。"文学是人学,展现丰富多彩的人情和人性,是文学的根本要义之一,乡情、亲情、友情、爱情是人情和人性的重要内容。在当今物欲冲刷文坛,某些作家丢弃情义之时,杨盛龙散文张扬情义,呼唤爱心,难能可贵。杨盛龙的散文从题材内容大致分为两类:一是描述湘西风土人情,二是抒写西藏以及边疆少数民族人民生活。

第七章　中华人民共和国时期散文(1976—2008)

抒写乡土情怀,是杨盛龙描述湘西风土人情散文的重要内容。故乡是人们童年的摇篮、心灵的寓所,杨盛龙二十八九岁离开故乡,对故乡一往情深。散文集《山乡小桥》、《出山集》、《湘西记忆》主要写故乡,《杨柳依依》也有相当多的篇幅从不同侧面表现浓郁的乡情。如《深山吊脚楼》、《石板路》、《火塘》、《托杈》、《牧童》、《歌婚》、《酸甜记忆》、《竹的世界》、《回家》、《乡亲乡情》等,描写故乡的吊脚楼、火塘、石板路、牛群、牧童,乃至一颗野山泡、一把托杈、一首民谣、一场婚礼、一次相聚或送别等,充盈着诗情画意。杨盛龙的青少年时代是在故乡湘西度过的,熟悉本民族和故乡生活。从湘西山乡到首都北京的生活轨迹,使他见识了外面的大千世界,回眸湘西,有了新的角度和较深刻的认知,便倾注浓烈的情感描写故乡。《深山小桥》开篇写湘西山乡小木桥,古老苍劲,秀丽别致,架在小镇街口,满载着熙熙攘攘赶集的人流,飘摇于云雾之中,继而写公路石拱桥,描绘湘西的奇峰险峻:"刀切似的峭壁上,座座长虹飞跨,凌空高悬,像城市高层建筑的层层阳台,汽车队在云雾缭绕的石壁上绕着'之'字形,楼上楼,天外天,编织出一幅车走桥上,云从桥下流的绝妙画图。"湘西旧称"中国的盲肠",山高谷深,交通不便,蛮荒闭塞。杨盛龙散文不仅写湘西的山川景物、风土人情,而且从民族和地区的经济与历史文化的发展脉络开掘立意。系列散文"湘西九章",写世世代代肩挑背负一条羊肠道出山的艰难和突破大山的封闭走向开放的壮举,世代山民从峰回路转的"锅罗圈"经济文化盘山道走向山外的世界,连接世纪之交开放大潮的激流。这组散文信手写来,深沉凝重,既古朴又有现代感。湘西在不断前进,但并没有完全摆脱贫困、愚昧与落后,各种不良风气也残存着或滋生着,作者在离开故乡并产生难以消解的思乡情结之后,与故乡的距离感使他有了表现故乡真善美的定向性选择,将之升华为心灵意象,使之成为一种精神存在。对于长年生活在北京的杨盛龙来说,湘西是历史的和现实的,更是带着理想色彩和梦幻情调的。他并不刻意地规避生活中的阴影,但他更倾心于生活中的光明,所描写的湘西,是理想的精神泊地和充满真善美的乐园。

杨盛龙描写故乡的散文,有不少充满童趣,以童稚的眼光和情怀涂画出一幅幅土家山乡风俗画。如描写捕鱼,按当地叫法为赶闹,着一"闹"字,意境全出,"河弯里赶出一条大鱼,立即哦呵声四起,人如潮涌",你抢我夺未到手的鱼,赶热闹的凑趣逗乐,像一场激烈的足球赛,主要不是为了鱼,而是"闹",事后慷慨解"篓",随便把鱼分送给得鱼少的人,正所谓"吃鱼不如赶闹味"(《渔乐》)。说起"捅马蜂窝",马蜂的螫人毒针,使人谈蜂色变,而家乡土家人却玩似地找蜂钓蜂养蜂,堵住蜂门砍下树枝,连枝提一个拥有乱哄哄千万个"居民"、千万支毒箭的球状马蜂窝、一枚咝咝作响的炸弹,神态自若地像打着个大红灯笼去赶花灯会,提回家挂在屋檐口养起来,逗画眉似的,将蜂巢当作地球仪逗趣,充满山野情趣,表现出土家人的智和勇(《蜂趣》)。

抒写亲情和爱情,是杨盛龙描述湘西风土人情散文的另一重要内容。从表面上看,这些作品大都是写家务事、儿女情,但作者的目的不仅在讴歌家庭内部和亲戚之间的人伦情味,也为折射更为广阔的社会人生。《远山的呼唤》、《父亲如兄长》、《家传技艺》、《我的歌》、《窗口,心灵的眼睛》、《关注天气预报》等,写父亲母亲、妻子儿女、岳父岳母、祖父祖母、伯父伯母,乃至表公公表姑姑等,写家庭内部的和谐关系与亲戚之间的友好往来,情真意切,温馨醇美。《远山的呼唤》主要笔墨写母亲,表现亲子之爱,山川中写人,家事中写情,对母亲的心灵感应和生命体验,蕴藉于字里行间。作品以广阔的社会人生为背景,注重对情感的升华,同时注意情与理的关联,既有诗情又含哲理,思想感情的容量相当深厚。

第七章 中华人民共和国时期散文(1976—2008)

抒写西藏以及边疆少数民族人民的生活,是杨盛龙散文的又一重要题材内容。由于从事民族文化工作的关系,作者经常深入边疆少数民族地区各民族中调研,从天山到喜马拉雅山,从白山黑水到彩云之南均留其足迹,对西部边疆和少数民族地区有着深厚的情感,写下大量散文,笔触涉及 50 个民族的生活,多姿多彩蔚为大观。如《酒乡漂》写苗族人民的生活,《塔什库尔干写意》写塔吉克族人民的生活,《佤乡走马》写佤族人民的生活,《夏日牧场》写哈萨克族人民的生活。这些作品不仅能够展现少数民族地区异彩纷呈的自然景观,而且能够由表及里,揭示各族人民独特的内心世界和不同民族的文化密码。作者对曾经工作过 3 个春秋的西藏一往情深,世界屋脊的生活在其散文中占有不少篇幅。《喜马拉雅散记》记叙跨上喜马拉雅肩头的见闻和感受,描绘珠穆朗玛状如伸向天外的横空跳板,咏叹雅鲁藏布江的滚滚波涛与牛皮船,感慨中尼边境樟木口岸的边境贸易潮流,以及壮怀激烈的雪域冰烛奇观,日光城拉萨的和煦春光,八廓街古韵和今曲的交汇。

北国南疆的秀丽河山,各少数民族的文化艺术、风土人情,在杨盛龙散文中均有反映。从哈萨克族的夏日牧场"姑娘追",到路南石林的火把节之夜,从东北朝鲜族的农乐舞,到中越接壤的边境贸易。《长江掠影》幻想驾驶着巨轮飞驰耕耘滚滚长江,"洞庭鼓浪,为我加油添料;庐山笑迎,给我擦汗进茶",播下理想的种子,收获滔滔大海。随着少数民族对外文化艺术交流的履痕,作者还记叙了少数民族瑰丽的文化艺术之花享誉海外的盛景,并抒发了对异国风情的独特感受。

散文集《走进都市唱民谣》分"城里田园"、"边走边唱"、"都市真情"、"南来北往"、"街巷日月"和"阳台眺望"6 辑,描写都市生活,内容丰富。本书后记云:"我写出的都市城不城,乡不乡。我笔下的都市,是城的角落,是转弯抹角的胡同小巷。我有自己的角度,自己的思考。……要说是写城么,充满乡村味,田园情"①。作者在北京工作生活了20余载,写都市的作品仍"充满乡村味,田园情",耐人寻味。这种"有自己的角度"的作品别具一格,都市作家写不出,乡村作家也写不出,只有具备乡村和都市双重生活体验,同时不失乡村本色的作家才能写得出。作为一个真诚的边地歌者,杨盛龙即使写都市,也有自己特殊的审美选择。

情感真挚,是杨盛龙散文最突出的特点。真实是散文的生命,是衡量散文作品优劣的首要标准。散文要求对客观现实的人与事作真实反映,但主观感情的真挚,则是散文创作成败的关键。所谓"真悲无声而哀,真怒未发而威,真亲未笑而和"(《庄子·渔父》),在散文创作中表现得最为直接与鲜明。杨盛龙散文的情感真挚,发自胸臆,少有作伪与矫情。这里所说的真实性与感情真实,是以生活真实为依据的艺术真实,从感情角度说,则是以真情实感为基础的审美感情。

杨盛龙散文质朴清新,站得高,开掘深,语言生动,具有诗的韵味和色彩美,以及醇厚的民族风味和地域特色。将对自然风物的生动描绘与民间传说的叙述结合起来,表达对故乡、对多民族祖国大家庭的挚爱。但在表现民族的历史命运,描写人物的生活、情感方面略显单薄,有的篇章感情奔放,笔墨浓酣,随意泼洒。

张二牧,1934年生,湖南永顺县人。1956年毕业于永顺师范学校。历任小学教员,县文化馆、县委宣传部干事,自治州政协文史编辑、副主任、主任、副编审,自治州作协主席。1956年开始文学创作,"文化大革命"期间因歌颂贺龙的作品被打成"贺龙的吹鼓手",被迫停笔。1991年加入中国作家协会。著有传记文学《贺龙在湘鄂西》《贺锦斋烈士传》《清清的玉泉河》等,其中《贺龙

---

① 杨盛龙:《走进都市唱民谣》,中国文联出版社1999年版,第291页。

在湘鄂西》获湖南省首届文学艺术奖、《清清的玉泉河》获湖南省首届儿童文学奖。

《贺龙在湘鄂西》是一部既生动,又真实的长篇英雄传记。有关贺龙的革命事迹,在湘鄂西几乎是家喻户晓,广大民众编有许多民歌与故事表达对英雄的崇敬,为写作贺龙传说提供了丰富素材。张二牧深入采访,在掌握大量第一手原始材料的基础上,认真分析研究,用科学的态度去伪存真、去粗取精,无论在历史事件的描述、人物思想发展轨迹的勾勒以及细节的描写等方面,都力求做到真实有据。传记没有采用编年体方式,而是把贺龙在革命斗争中的杰出表现与他思想觉悟的提高紧紧联系在一起加以描述。

作品描写贺龙从8岁读私塾起,至参加长征这33年间的生活与革命实践。全书分4部分:第一部分8节,记叙贺龙青少年时代的苦难生活。贫困与现实社会的不公、母亲的教育,孕育与激励着贺龙的反抗性格和斗争精神。第二部分5节,记叙贺龙同旧官府的斗争,包括两把菜刀打盐局、树旗讨袁、处决袁世凯爪牙朱海珊等情节。辛亥革命与轰轰烈烈的讨袁运动把贺龙引进新的斗争中,他提出"打富济贫,剪除强暴"的战斗口号,没收洋鬼子运来的军火,打军阀唐荣阳、杀土豪黄义兴,把财主富户的粮食分给农民。他在努力寻求救国救民的道路,但没有找到。第三部分2节,记叙参加北伐与八一枪声,贺龙一生重大的关键转折点。北伐时周逸群受党的委托帮助贺龙工作,改造军队,壮大部队,战斗力增强,贺龙对党的认识提高,认识到共产党的主张好,能够救中国,马列主义才是解放劳苦大众的真理。在周恩来的帮助下,贺龙与国民党反动派彻底决裂,在震惊中外的南昌起义中担任总指挥,并在起义不久加入中国共产党,开始了为共产主义事业奋斗的光辉一生。第四部分19节,全书的重点,记叙贺龙在湘鄂西的革命生涯。以生动朴素的笔触,再现贺龙接受党交给的"创建根据地、组织红军"的任务,转战湘鄂西,开辟根据地的战斗历程。有胜利的欢欣,有失败的痛苦,有对"左""右"倾机会主义者的愤懑,也有对未来的坚强信念,把贺龙对党对革命事业的无限忠诚,对人民对革命战士的骨肉情深,以及坚毅果断、顾全大局的高尚品德、卓越的军事才能与大无畏的革命胆略刻画得栩栩如生。

作品脉络清晰,按时间与事件顺序叙述,34节各有侧重,分别反映贺龙的某个侧面。每一节既相对独立,又是全书不可分割的组成部分,插叙补叙也运用得恰到好处,使全书波澜起伏、跌宕有致。作品绝大篇幅描写战争,但写法多样,善于变化。赤溪大捷不同于十万坪大战;消灭五峰"两只虎"之役,对团防头子孙俊峰是明写,对另一只"坐山虎"湘鄂边联防总指挥王文轩则是暗写;同样是"智取",汪家营收拾魔王"铁拐李"就和陈家河诱捉敌营长不同。战争本身是千变万化的,贺龙指挥作战也十分灵活机动,作品如实地反映了这种情形,既生动曲折,又真实可信。

作品材料取舍恰当,有话则长,无话则短,这"长"、"短"既根据事件本身的重要性,也取决于同全书主旨的关系。如贺龙在龙山茨岩塘镇压蒋介石派来的说客熊贡卿便写得很详细,几乎用了整整一节,并附抄了中央分局呈报中央的原件,因为这一情节不仅表明了贺龙的坚定立场与组织原则,也是对林彪、"四人帮"诬蔑贺龙的最有力反驳。段德昌与王炳南等同志被王明路线杀害则略写带过,因为本书是贺龙传记,段、王烈士的牺牲过程写少了说不清,写多了则有喧宾夺主之弊。贺龙一家"满门忠烈",叙述父亲贺士道与弟弟贺文掌的牺牲只用两句话带过,满姑1928年在桑植慷慨就义以补叙的方式放在贺英牺牲前简要介绍,而大姐贺英在桐石湾的牺牲则是正面描写,十分详尽。

在人物形象方面,除集中笔力刻画主人公贺龙外,对贺英、贺锦斋、周逸群、关向应等革命英雄的形象也有较细致的刻画,与贺龙的形象互相映衬,相得益彰。贺英立场坚定、勇敢顽强、聪明能干、有胆有识、顾全大局。贺锦斋是一个文武双全的红军将领,他"心眼灵,办法多,在任何困难场合下,总是能出人意外地把局面打开"。书中三处写到周恩来,一是在武汉专程看望贺龙,二是南昌起义前夕向贺龙传达起义计划并委任贺龙为起义军总指挥,三是在电话中听取贺龙汇报。在不多的篇幅中成功塑造了周恩来目光敏锐、智慧果断、平易近人的伟大无产阶级革命家风范。在新时期少数民族文坛,这部传记文学较早刻画老一辈无产阶级革命家的形象,有着不容忽视的地位。

第八章　中华人民共和国时期散文
（1949—2008）[上]

第一节　土族散文

　　土族当代散文创作始于20世纪50、60年代,董思源等一些早期的土族作者以散文的形式描写家乡生活,创作了《黑泉的故事》、《金色的长城》、《晨曲》等作品,以优美的笔调、质朴的语言描绘土族人民当家做主的喜悦心情。土族当代散文创作的活跃期是进入80年代以后,随着文艺政策的落实,文艺战线百花齐放,涌现出一批有才华的土族青年散文作者,他们扎根于自己脚下的土地,怀着对民族、对人民的深深爱恋之情,从丰富的、熟知的生活矿藏中寻找提炼素材,从民族民间文学中吸取养分,创作了数量可观的散文作品。

　　董思源,1938年生,青海省互助土族自治县人。1951年就读于青海民族公学,1962年大学三年级时因病辍学,长期从事党政工作,1980年调省民委工作。1958年开始文学创作,写小说、散文、诗歌。主要散文作品有《黑泉的故事》、《金色的长城》、《晨曲》、《阿兰佛登》、《恩达努普吉赫》等。

　　董思源的散文,以优美的笔调、流畅朴实的语言,描绘土族乡村的沧桑变化,抒发对本民族人民的一片炽情,表现土族人民在不

第八章 中华人民共和国时期散文(1949—2008)[上]

同的历史时期为创造新生活,团结一心,艰苦奋斗建设家园的精神风貌。《黑泉的故事》通过王六阿爹的亲身经历,进行两重社会两重天的写照,旧社会热湾寺的僧官活佛勾结官府土豪,抢占穷苦人家的牛羊和水利资源等生产资料,逼得当地人民奋起反抗,以鲜血和生命保卫黑泉,保卫水磨,如今王六阿爹即将到黑泉上新修的水磨房担任第一任管理员,表明只有在人民当家作主的今天,清澈甘甜的黑泉才真正回到人民手里,那新修的水磨才真正属于人民。《金色的长城》描绘一幅土族乡村壮美的丰收图景,这座金色长城,是新时代土族人民凭着建设社会主义的极大热情,用自己的一双双长满茧花的手和汗水建造起来的新奇迹,包含着土族人民的巨大创造精神和改天换地的气概!在对庄稼丰收景象尽情铺写的同时,着力刻画修筑这一长城的贫协老主任、杨队长等新一代农民形象,当一场无情的大雪吞噬着地里的野灰,将严重影响到庄稼收成的关键时刻,大队党支部成员带领民众往山上背炕灰来催化冰雪,贫协老主任不顾年迈体弱,不停地往山上背灰,途中摔倒多次,遍体鳞伤,仍念念不忘送灰之事。正是有这样一些为集体事业忘我奉献的带头人,才赢得生产的胜利,迎来丰收年,一座金色长城,屹立在土族乡村大地上。《阿兰佛登》反映新时期农村实行生产责任制后,大大调动了农民的生产积极性,打开了农民致富的大门这一可喜的变化:"现在人们生产积极性之高,人心之顺,这已超过了人们记忆中的那个最好的时代。家家都调动了一切可以调动的积极因素,凡能下地的,都下地了,正如缀满苍穹的繁星。哦,我懂了,阿兰佛登(土族语,满天星斗)!"《恩达努普吉赫》由衷赞颂土族文字的创立,昔日蒋马匪帮甚至不承认土族是一个民族,土族民众穿民族服装遭到当权者的阻挠,土族民众说民族语言招来横祸,如今土族人民有了自己的文字,这是土族社会历史进程中一个伟大壮举!怎不令人心潮澎湃、思绪万端:"随着文字的推广使用,会使这个勤劳、勇敢的民族如虎添翼,展翅飞翔。我仿佛觉得,这个具有悠久历史的民族,它的进步,今天才算真正开始。"

董思源的散文,善于运用象征、寓意等表现手法,揭示社会生活的内涵。长城,这一中华民族的象征,在其《金色的长城》里被赋予了新的含义,虽然也体现着劳动人民无比丰富的创造能力,但它的象征意义却不同了,它代表着丰收的硕果,体现着既厚重、又丰实的金黄的色彩和雄浑的姿态。以意为满天星的土族语"阿兰佛登",比喻在改革开放之年,广大农村的巨大变化,多么丰富而优美的联想。

董思源的散文,行文流畅,语言优美。在散文创作中,精巧的构思,洗练优美的语言,作为托物言志的载体,能增强艺术表达效果,给人以美的享受。董思源的散文创作力求体现这一美学追求,注重词语的锤炼,以隽永清新、生动活泼的语言取胜。"铃声划破了山村黎明的寂静,诱出全村群鸡的第二遍歌唱。这时,骡铃似乎完成了它的任务,叮铃铃响着,渐渐远去……接着,响起了各家各户的拉栓声,瞬间,羊牛涌出汇流在一起,撒着蹄儿向晨曦来临的东沟滩走去。"(《晨曲》)由寂静而有声响,声响由近而远地消失;骡铃清脆悦耳的奏鸣曲,唤起报晓的鸡鸣,鸡鸣唤醒整个沉睡了一夜的村庄。由这诗情画意、有声有色的描摹构成的幽雅别致的意境,展现独到的土族山乡生活图景。

张英俊,1957年生,出生于青海省大通回族土族自治县宝库乡张家滩村。青海省作家协会会员、中国少数民族作家学会会员。1980年代开始文学创作,写散文、小说。主要散文作品有《雪落张家滩》、《上坟》、《山里人的爱》、《山里人》、《尕院风波》、《紫色的棉袄》、《臭牡丹》、《家乡的桥》等。

张英俊的散文,展现山里人的生活画面,描述山里人的古朴风习、山里人的生活形态,抒发对山乡故土的一片热恋和厚爱。《雪落张家滩》描写山里人过年的情景,落雪季节,张家滩人在爆竹声、猜拳饮酒的欢笑声中,迎来了新春佳节,那烈性的酒渗入男子汉血液,勃发而出的酒歌跳动动人的音符:"南海岸来南海岸……这悠长的调子是低沉的,悲壮的,跟今晚上的欢乐气氛有些不合节拍。"是酒神,将往日的辛酸和失意,来日的希冀和梦幻,一股脑儿酿进酒里,让人狂醉,让人失态,在肆意宣泄中,失去或者寻找着"自我"。《上坟》描写以发福老汉为首的家族亲戚,春分时节到祖坟上烧纸,齐齐跪在祖坟前,致祭文、求子的过程,反映山里人上坟祭祖仪式的隆重,所透露的强烈功利性,祖先崇拜浓厚的宗教意识和宗教感情。《山里人的爱》叙述"我"的恋情依旧沿袭着祖辈们留下的老规矩,去相亲却无法见到对象的模样,结婚后妻子成天板着脸不说话,直到彼此之间有了情感的交流,心与心的贴近,才算熬过了多么别扭而痛苦的一段时间,"我们山里人祖祖辈辈都没谈过啥败俗的恋爱,可还是照样生儿育女",山里人的爱有一种难言的苦涩。虽然我国农村经过所有制的改造及生产关系的变更,对发展经济生活带来了空前的活力,但在一些自然条件严酷的山村,基本生产方式仍停留在中世纪水平,生产力变化不明显,因而人们也在一种旧的生存模式下生活,旧的宗法观念、伦理道德等,也未受到大的冲击。于是,人们仍旧以敬天祭祖的宗教仪式求得人与自然的和谐,以求生育的传宗接代方式来延续生命历程,给赖以生存的土地补充强壮劳动力。如果不打破这种古老而委顿的生存模式,那么山里人那种凝重、呆滞、悲壮的历史命运便不会得到改变,山里人依旧会上坟。当然,随着时代的发展,以及农村经济生活的变革,山里人也在变化。这种变化,在《山里人》中有所表现,祁尕宝老人以前看到小孩子们在河边捉鱼,黑下脸来骂:"妈妈×的,家里不趴着,害鱼儿的命哩!"可如今,祁尕宝老人也去河边捉鱼,还一条条地摆在公路旁边卖几个钱,当别人提醒他,拿到城里可以卖大价钱时,老人却懒得动了:"嗬嗬!四五角就好哩。"在商品经济浪潮冲击下,人人都在激烈竞争的今天,祁尕宝老人也摸到了通过经济手段来致富的门道。但他性格中易知足、安于现状的惰性,又绊住其手脚,使他无法冲出乡村,奔向更广阔的天地。

张英俊散文对民族历史生活的审视是冷峻的,在对民族和人民的命运进行多角度反省和批判时,往往抑制不住内心哀叹惆怅的情绪,溢满对乡土深沉的爱。《尕院风波》描写一位普普通通、性格善良的土族女性,她曾遭受丈夫的苛刻薄待,当她经过自己辛勤劳动,在经济上获得独立的生活能力后,再也不是以前那个逆来顺受、处处依着丈夫暴躁脾性的女子,她以决然离家出走的勇气,争取自由人生的权利。《紫色的棉袄》通过描写婆媳之间、妯娌之间的家庭矛盾纠葛,歌颂土族女性的人性美。

张英俊有的散文富有哲理性和思辨色彩。《臭牡丹》写"我"喜爱花,但花盆里养的倒挂金钟不知怎么死了,后来"我"见臭牡丹在野外开着不同颜色的花朵,移来栽在花盆里,却活得好好的。臭牡丹富有顽强的生命力,这是"我"对臭牡丹获得的初步印象。再后来,"我"看到有人挖臭牡丹的根子,因而知道了臭牡丹在中药里叫"赤芍",能入药治病,这使"我"对臭牡丹有了更深的认识:要是不臭,兴许入不了药哩。由此联想到在十年动乱期间,那些知识分子、革命干部、劳模都遭到非人的待遇,不是很"臭"了吗?"我"在对臭牡丹从感性的视角印象到理性的思考和进一步的认识中,感悟到自然界与人类社会生活中的某些相似之处,那就是生命本体中真正有价值的东西,常常因表层的浮浅理解或因习惯的思维方式而被忽略,也因反常的政治气候影响或人为的曲解和亵渎而变形。"我"对臭牡丹这一审美客体的视角转换,美与丑位置的重新调整,正是基于哲学上的认识尝试,不仅臭牡丹的形象被赋予了象征性,而且对它产生了发自内心的真情:"这么一想,我越

第八章 中华人民共和国时期散文(1949—2008)[上]

加喜爱臭牡丹了。许是精神作用吧,此后每次去嗅它,总感到有一缕似有若无的香气。"

张英俊许多散文篇幅短小,构思纤巧独特,善于运用特有的叙事方法抓住读者的欣赏心理。《家乡的桥》写"我"远离家乡修改稿子,心里老牵着一件事,是熟悉的村落？是淡蓝色的炊烟？是只剩断壁残垣的村庙和缺了头的泥塑马像？不,都不是"我"努力记忆的那件事。童年的生活影像不断迭现,又一幕幕匆匆而过,悬念迭出,读者的思路也循着作者的导向急于知道到底是一件什么事情。"我"终于想起来了是家乡的桥！原来在宝库河的吊桥上"我"曾丢过鞋子,丢过魂儿,还俨然像个传令官命令长下巴地主修过吊桥,长下巴地主不久死了,吊桥越来越破旧,如今大伙要修一座石桥。"我知道,我开会改稿常常失神,是因为想着家乡的桥。我怕他们采了石头,开工修桥,在奠基的时候没有我的分,那该多遗憾啊！"张英俊长期生活于生养自己的大山里,有厚实的生活根基,其散文语言富有泥土气息,一种不加雕琢、不加粉饰、朴朴实实、地地道道的山里的泥土味,体现出清新质朴的风格。

辛存文,1934年生,青海省乐都县人。兰州大学中国语言文学系毕业,多年从事新闻记者和省报编辑工作。20世纪50年代后期开始文学创作,借助新闻工作者贴近时代潮流,敏于社会前进的脚步这一独有的特长,投入火热的生活,勤奋笔耕。其成就集中反映在报告文学和散文方面,著有《情泼高原》、《摘虹曲》、《绿色交响曲》、《西宁土楼山访古采今录》等报告文学和散文集。

辛存文报告文学豪放、细腻,知识丰厚,富有哲理,饱含时代激情,西部特色鲜明。《天路焕彩》以生动的文笔、激荡胸怀的热情、震颤心扉的故事情节、洋溢民族情趣的语言,展现改革年代军民共建青藏线的宏大场景,歌颂人民军队和各族人民在新的历史条件下奋斗不息、艰苦创业的精神和品格。作品以一首藏族民歌开篇,一下子将人们带到西部,带到"世界屋脊",带到青藏线,艺术地展现藏地民族风情画面。然后层层铺衬,层层推进,着力塑造闪烁时代光焰的人物形象,他们中有爬冰卧雪、带领将士与暴风雪搏斗的指挥员,有坚守在"世界屋脊"的普通战士,有热爱戈壁瀚海、热爱草原雪山、热爱青藏线的养路工人,一个新人便是一座凝重的雕像,一个故事便是一支拥军爱民曲,而这些新人新事就发生在我们时代火热的生活之中。新闻记者出身的作者,善于挖掘活生生的写作素材,注意运用能够揭示事物本质、展现人物精神形态的故事情节,以真感人,以情动人,很少议论、评价,用白描凸显一组当代英雄群像,精于谋篇,内容丰厚,语言凝练。《摘虹曲》高视点、广角度地描绘民和县古鄯灌区水利工程建设过程。这项工程从上马到竣工,时间跨度长,涉及众多部门和人物,头绪繁多,错综复杂,在处理这一重大题材时,把握住了两个关键要素,即对人物的刻画和着力表现干部群众迎难而上的英雄气概,于是林林总总的素材被赋予灵魂,成为民和县广大干部群众在隆治古垣上改天换地、艰苦创业精神的情节和血肉。副县长马子元,看着在工地上紧张修渠的队伍,心头涌起的往事和他与谈永英的对话,表现出对人民的深情、对事业的真诚。通过对技术负责人谈永英生活经历和工作精神的描述,带出这一工程所遇到的许多难题和谈永英、何中杰等技术骨干在解决难题中所发挥的重要作用,以及霍永贵、李文德、陈广义等技术员及广大干部民众乐于吃苦、勇于奉献的感人事迹,展现一曲曲优美动人、气势磅礴的摘虹曲!隆治以前称"龙耆",曾是汉王朝进兵屯田、设郡之地,作品穿越历史时空隧道,从历史与现实的交汇点上阐发这一水利工程的重大意义,凝重厚实,内涵丰富。

  辛存文报告文学所透出的雄浑开阔的意境,除作者具有丰富的生活阅历和知识积累外,还表现在对客观事物所具有的深刻的

第八章　中华人民共和国时期散文(1949—2008)[上]

感悟能力。《擒龙图》写民和县联合引水管道工程自 1985 年 5 月动工到 1988 年 12 月竣工,在千年旱台上第一次引上清泉水这一重大变迁,表现联合人昔日的苦难和如今的喜悦、施工建设中的先进模范人物。昔日令人心酸的民谣和"异人"张壬已活活渴死的令人战栗的故事,李文炳先生凄楚的诗歌,是干旱缺水的山里人生命悲剧的写照。1958 年在大跃进浪潮的鼓动下联合人盲目上马这一工程而招致失败,1975 年在农业学大寨运动中联合人又一次修渠再度失败。可联合人并未因此而退缩,认真总结经验教训,将这一工程建立在科学基础上,再一次向自然发起挑战。这已不是一般意义上的引水工程,而是人类顽强的生存意识和搏击精神的体现! 马子元、苏文卿、关根成、辛有良、穆生福、王发志、江玉钊等干部和技术人员拼命工作和奉献的精神,显得格外悲壮和神圣,从而使这项引水工程成为广大民众在千年干旱的土地上蔚为壮观的擒龙图。《山魂升华录》记述北山乡农民陈世雄白手起家,创办铁合金厂的创业史。陈世雄那地道的山里农民装束,山里人的语言和个性,还有他身上表现出来的为铁合金厂的上马使出浑身解数四处奔波的精明和才智,给人以深刻的印象,而令人思索和回味的是,在改革大潮冲击下山里人灵魂的升华。作品以敏锐的洞察力,捕捉住陈世雄身上这一闪光点。陈世雄之所以能跳出被大山封闭包围的狭小天地,大胆出击,在于他有一种觉醒意识,作品正是在展示这位农民企业家的进取精神和风采中,深刻地揭示了这一主题。

　　由于辛存文注意对生活题材从历史意识、当代意识及独特的审美意识等多视角的观照,使其作品获得了应有的深度和力度。《撒拉尔之歌》写粮食状元韩进孝的模范事迹,表现这位撒拉族汉子身上的阳刚之气,凸显其作为新时期农民的许多优良品格。作品回溯撒拉尔先民历史上的民族大迁徙,韩进孝 9 岁时跟随父母亲闯进柴达木,意在寻找构成民族气节的基因。韩进孝在别人不敢承包那28亩土地时,敢于承包,创下亩产1388斤的纪录。当有人嫉妒他、攻击他时,又让出那28亩土地,在新承包的35亩贫瘠土地上又创下亩产超千斤的最高纪录,他就是要抓这个"耳朵"(争强好胜)。同时,作为基层干部,在带领广大农民共同致富,宣传科技知识,处理好国家、集体和个人三者之间关系等方面,也表现出一位新型农民的优良品质。韩进孝之所以显得富于个性和民族气质,正是作者从主人翁身上挖掘出民族精神和时代精神一些积极的、优秀的因素。作品视角独特,立意不凡,笔锋凝练而遒劲,字里行间涌动着撒拉尔民族的豪壮之气、刚强血性。

辛存文报告文学十分注重那些能迸发时代火花、闪烁新思想光焰的细节。"我们在柴达木戈壁的一个道班门口,曾见到这样一个镜头:一辆军车徐徐开来,一个40多岁的养路工上前招手。车戛然而停,司机探出头来:'要搭车吗?''不!''要捎东西?''也不!''那……'司机纳闷了。这时,那个道班工人说了一句人们想不到的话:'想和你说说话。多日不见怪想你们的!'"(《天路焕彩》)一个小小的细节,几句短短的对话,将道班工人生活的寂寞和军民鱼水深情表现得淋漓尽致,从一滴露珠窥见太阳的光辉。

辛存文报告文学语言富有民族特色,充满"青稞味"、"酥油味"、"西部味"。《天路焕彩》中唐古拉山的巴子河将某国防设施冲坏,守护这一设施的亲人解放军准备雇人抢修,正研究这件事的当儿,"门外传来洪钟一样的声音:'只要雄鹰在,天空就由它飞翔;只要骏马在,草原就由它驰骋;把巴子河碰硬的任务交给我们!'众人一看,说话的是青藏线103工区的藏族工区长巴嘎,身后站着34名虎彪彪的养路工。"这些话语似民歌,似哲理诗,凸显人物性格,增强艺术感染力。

刁桑吉,1962年生,笔名桑吉仁谦,甘肃天祝人。1985年毕业

第八章　中华人民共和国时期散文(1949—2008)［上］

于西北师范学院。1988年开始文学创作,写散文、小说。主要散文作品有《帽子的罪过》、《拉卜旦阿爹》、《阿吾与喜娜姐》、《哦,妈妈》等,长篇报告文学《温情的暴风雪》。

《温情的暴风雪》取材于1990年10月20日在甘肃天祝、古浪、景台一带发生的6.2级强震,反映各级干部群众在抗震救灾中所表现出来的崇高精神和美好品格。作品没有猎奇心理的各种神秘、夸张或恐怖的描述,也没有平面地、机械地堆砌许多好人好事之类的材料,而是将这一特定的时空背景和重大灾难作为昭示人物内心世界、检测人物生命力度的试验场,发掘和提炼出富有时代特征的壮美。这种崇高无私的英雄品质和时代精神,通过一个个鲜活有神的人物形象体现出来。作品刻画了地震后43分钟便赶到现场的裴珍林副县长、地震发生3分钟后将消息传递出去的老邮电左斌武、抛下患病卧床的妻子急赴灾区的毛局长等许许多多干部职工。在人命关天的危急时刻,正是他们真正成了救命的菩萨、百姓的衣食父母;正是他们,冒着生命危险,闯过厚厚的积雪,从死神手里夺回一条条濒临死亡的生命;正是他们用自己的躯体为受难的亲人们遮挡无情的风雪,走遍茫茫草原,将衣食和温暖送到灾民手中。风雪无情人有情,辽阔的松山草原因为有了这样的英雄人物而变得更加温馨美丽。作品通过多角度、多侧面,深刻揭示这样一个主题:我们生存的这个地球上,这样的大灾大难至少目前靠人类自身力量还不能完全避免。但是,人类与自然界的这种抗争精神才是不朽的,因为只有这种精神,人类才能生存。如果说,自然界对人类还有残酷、狰狞的一面,那么,人类本身所具备的自救意识和善良本性,才是人类不被灭绝的希望之光。这一点在松山草原广大干部职工身上,得到了最生动的体现。作品流露出对自然界这类灾难的忧患意识,以丰富的资料和地震数据、灾情等提醒人们要对这一隐患高度警惕。作者历时一年多,采访近百人,面对如此众多的人物，如此纷繁的事件，截取其中最典型、最闪光的生活片断，灵活而巧妙地加以剪裁、集中和概括，像串珍珠那样连接起来，浑然成篇。因篇幅所限，无法浓墨重彩、多方面展示众多的人物形象，便采用简洁传神的手法，抓住人物在特定环境下的举止心态精心刻画描绘，使人物形象富有个性。有些人物前后数次出现，如极富幽默感、又保持公仆本色的裴副县长，他以不同的心境、不同的行为方式分别出现在不同的场合，从不同侧面突出了他的个性特征，不呆板雷同，使人物显得鲜活有神、真切感人。

林山，1968年生，青海省互助县人。青海省作家协会会员、中国少数民族作家学会会员。1984年开始文学创作，主要写散文。林山散文作品富有民族生活气息，质朴真实。作为一个新时代土族儿女，他以一种娓娓动听的语言，表达对生活的爱，吐露对乡土的情，以清新细腻的笔调，展现一幅幅土族社会生活画面。《高原情》描述一个土族姑娘与一个献身于土族山乡广播线务工作的外籍青年之间的恋爱，将一对有情人的爱情和对事业的追求置于迷人的景色和独特的风习之下，既充满诗情画意，又富有时代感。《土族情》描写一位忠厚的土族老村党支部书记，把从医学院毕业即将分配到省城工作的儿子叫回土族山乡，希望儿子能把自己的所学奉献给土族父老兄弟姐妹，细腻地展现父子俩的心灵历程，赞颂土族人民对自己家乡的挚爱之心。土乡的旖旎风光，土乡热情的阿爹阿吾，土乡阿姑的多情秀美，使林山的散文含蓄隽永，具有一种绵和的韵味。《雕在菩提树前的"花儿"》通篇以绵和的笔调描写两个纯朴可爱的土族青年恋人，在特定情境中精细描画人物，姑娘的欣喜与娇羞，小伙子的激动与矜持，如见其面，如闻其声，同时对土族农家风情进行细腻展绘，通篇呈现出一个充满绵甜感的艺术天地。林山的散文有时也暴露出缺乏对生活的深入开掘，因而遏止了意境的升华，在语言表述方面尚需进一步磨炼和提升。

第八章　中华人民共和国时期散文(1949—2008)[上]

解生才,1955年生,青海省互助土族自治县威远镇人。1975年青海民族学院毕业,分配到青海藏文报工作。中国少数民族作家学会会员。20世纪80年代开始文学创作,主要作品有《安昭随想曲》、《人间彩虹》、《雪》、《龙》等散文,以及《风雨九年西北角》、《一个土族老人的心愿》、《高原土族人》、《长河落日圆》等报告文学。这些作品,取材于家乡生活,抒发对家乡、对人民的炽情厚爱,以优美的语言、深厚的情感,讴歌和描绘土族及其他民族人民在青海大地上锐意进取、创建家园的精神品格,流溢出一种风俗美、自然美。《安昭随想曲》描写土族人民喜庆之时欢跳"安昭"舞的欢乐场景,那位引领着长龙般"安昭"舞队伍的老人,曾带着妻子儿女四处漂泊乞讨!而今,他是有名的养猪专业户,崭新的生活使他枯萎的心灵得以复苏,因而这舞,才变得这般热情奔放!这歌,才变得如此甜美悠扬。作品不仅强烈地体现出土族歌舞之乡的时代光彩、青春朝气,而且在有限的篇幅里,将歌舞场面描绘得如诗如画。《人间彩虹》以美丽的彩虹为线索,描写家乡生活,美丽的土族乡村田园,穿花袖衫的阿姑,还有那艳丽多彩的民间刺绣,无一不是土族人民富于创造精神的结晶,无不展示着土乡人民的独特风采。作品以彩虹作类比,如果天上的彩虹在雨后横贯长空、转瞬即逝的话,那么土乡的"彩虹",是土族人民依靠自己的双手绣织而成,永驻人间!这里,天上与人间的美景相映生辉,在瞬间与永恒之间深化了主题,彩虹的家乡美丽无比,令人神往。构思精巧,依物托意,情景相生。

第二节　仫佬族散文

仫佬族当代散文创作的活跃期出现于20世纪80年代后,相继出版《仫佬族风情》、《山花寄语》、《山泉淙淙》、《凤凰的故乡》

等较有代表性的集子，涌现出潘琦、银锋、包玉堂、银建军、包晓泉、罗日泽等作者，其中潘琦的成就较突出。

潘琦，1944年生，广西罗城县人。1967年毕业于中南民族学院政治系，先后在罗城县、河池地区和广西壮族自治区各级党委领导机关从事文秘工作，历任区党委办公厅副主任、南宁地委行署副书记兼副专员、区党委宣传部常务副部长、南宁地委书记、区党委宣传部部长、区党委副书记、区人大常委会副主任。1972年开始发表文学作品，写散文、小说、诗歌。1986年加入中国作家协会。历任中国作家协会第五、六、七届全委会委员，广西文联主席。著有散文集《山泉淙淙》、《琴心集》、《撷英集》、《这里散发着醇香》、《人的故事》、《绿色颂歌》等，其中《琴心集》获全国第五届少数民族文学创作奖，散文《幽谷中一棵玉兰》获广西少数民族文学创作优秀奖。

《山泉淙淙》收潘琦作于1978至1985年的散文38篇，是一部贴近现实生活、朴素清新、民族特色浓郁、情感真挚的散文集。其中许多篇章，"描绘了仫佬山乡的迷人景色，反映了仫佬山乡的生活风貌，表现了仫佬山乡人们的美好心灵和精神境界，其中如《笑声满栗林》、《绿林深处》、《青竹寨纪行》、《下涧河歌声》、《夫妻夜话》等篇章写得纯朴自然，真切感人，一副赤子心肠，跃然纸上。"[①]也有不少篇幅写广西和全国其他民族地区，祖国的名山大川、名胜古迹，各族各行各业的人与事。

《幽谷中一棵玉兰》描写一位扎根仫佬山乡的汉族女教师于兰香的事迹，通过"我"——30年前于老师所教的仫佬族孩子，回到家乡"童年的乐园"的回忆，和对于老师现状的采访，交织成一张民族情深的网络。在这张情感网络上，有许多动人的细节，如女教师到山村小学的第一夜，"我"和阿妈到学校看望她，于老师用柳州话给我们上第

---

① 包玉堂：《山泉淙淙·序》，广西民族出版社1986年版。

一堂课,给生病的孩子补课,返校途中几乎被山洪卷走。30年后我们这些大学生"再去听于老师的课",于老师"微笑着用流利的仫佬话给孩子们讲课",作者深情地写道:"窗外,我看见那棵高大的玉兰树,白色的花,依然吐着芬芳。啊,月缺星移,人老树衰,这是谁也无法改变的自然规律,我敬爱的于老师,你三十年如一日,在这偏僻的山村里,默默地辛勤劳作,你不正象这高高挺立的玉兰树么?你的心如同玉兰花一样纯洁、晶莹!"《格佬书记》描写一位全心全意为仫佬族人民服务的汉族公社书记。文章以第一人称叙事手法,写"我"在仫佬山区追踪寻访这位书记:去勒英大队的路上听公社干部老梁对他的介绍,到了勒英大队听到队长对他的称赞,第二天追到中寨听到姑娘们对他的夸奖,最后才见到他冒雨从水电站工地回来,身上湿淋淋的。作品以热情的笔墨刻画下这位年仅四十七八岁,进山当了10多年公社书记,领着仫佬人办了不少好事实事,被仫佬人尊称为"格佬书记"的一幅幅素描像。

潘琦许多散文,都表达了这种赤诚的民族团结主题。《文学青年的良师》写壮族作家黄勇刹对仫佬族青年作者的培养及友谊,描写几个亲见亲闻亲历的"三亲"细节:作者在包玉堂家见到黄勇刹,通报了自己的姓名,黄勇刹笑了笑,操着浓重的壮语口音:"听玉堂同志说过你,想不到还这么年轻,仫佬族文学后继有人了!"当作者简略讲了自己业余创作的经历,灰心丧气地说没有勇气写下去了,"勇刹同志马上打断我的话,大声地说:'怎么能这样自卑呢?我们这些人也都不是天才的诗人,创作中不知走过多少弯路,才有今天。老包的《回音壁》是四上北京才写出来的,何况你啊!有一首山歌唱道:鸟无羽翼不能飞,人无志气难作为,无力怎显打虎志,无勇怎称壮志威。'"一天,黄勇刹突然到家里来,"刚坐下就从衣里掏出我那篇文章,开门见山地指出稿子中的毛病,他说:'作为一篇反映少数民族生活的作品,却没有一点民族的风味,民族的语言,这样的作品很难说是好的。'""这一夜,我想了很多很多,加了一个通宵,终于把文章修改出来。"通过这些实实在在的细节描写,记载下这位对文学青年的成长倾注了不少心血的壮族诗人的音容笑貌。

综观潘琦散文,主要描绘 20 世纪 80 年代以来仫佬族人民怎样创造自己的新生活。《夫妻夜话》描写贯彻农村生产责任制后,当选队长并干了一年的银万发,夫妻俩夜话如何发展第二年的生产。《笑满栗林》描写巴洛在 20 世纪 70 年代顶住"不砍资本主义的板栗树,就长不出社会主义的玉米苗"的压力,80 年代在党的政策指引下,领着后生们大种板栗树和其他果树,建设美丽富饶的仫佬新山乡的事迹。《情满山乡》以多彩的笔墨,描绘在变异中的民俗风情里创造新生活的人:银英家地炉边聚集着好几个绣花、织彩带、做白线鞋准备走坡信物的姑娘,银英却埋头灯下看农业科技书。第二天走坡,一路上没有理睬一起又一起向她唱"引唱歌"的小伙子,却跟一位小伙子到县农科所去看水稻良种培育,她在笔记本上用一首情歌表露了心声:"当年同学共个砚,如今科研肩并肩。有心连哥难搭桥,姻缘红线靠党牵。"

潘琦有一些散文,描写祖国的大好河山,既继承了中国悠久的山水游记的传统,又富有时代感。《海兰树》写南海海岛之行,由"一株株树根暴露在海滩上,树干呈铁红色,无数新枝上泛起一片葱绿的"保护着海堤的海兰树,联想到"它象那持枪守卫海岛的战士们,在执行着神圣的使命!"《高原明镜》写青海湖之游,没有停留于"那象银灰色镜面似的湖水,盈盈的水域和银灰色的天空融成一体"的远景,也没有停留在"我蹲在湖边掬起一捧水来,冰冷刺骨"的近景,更没有停留在"一群又一群的野鸭、鱼鸥、斑头雁栖息在水面上,随着波浪的摇篮晃来荡去,悠然自得"的仙境,而是深入写了一位水文地质勘探队员的远虑:"近几年,由于气候干

第八章 中华人民共和国时期散文(1949—2008)[上]

燥,湖区河流向湖内的注水量小于湖本身的蒸发量,湖水在不断下降,据测,再有二十年,青海湖会缩小到现在的三分之一。"因此进行着环境保护的研究。《回音壁随想》写一群全国人大代表游览回音壁,描写"色彩斑斓的皇穹宇",以及"顺着皇穹宇团团筑起,成一个滚圆庞大的形体,壁全部用土黄色的方砖砌成,壁顶上镶着绿色琉璃瓦,在阳光的映照下,闪闪发光"的回音壁。"我也把耳朵紧紧地贴着回音壁,抬头仰视着晴朗的天空,潜心地听着各种语言、各种语音。啊!这些声音是那么清晰、那么洪亮,这些声音又那么熟悉、那么亲切。这是在代表大会上听见过的声音啊!"文章情景妙合为一体,意境的创造落脚于警策佳句"这是在代表大会上听见过的声音啊!"上,带有20世纪80年代发扬人民代表大会的中国式民主制度的时代气息。

善于将人物的精神美融化于和谐的环境及明丽的自然景色的描绘之中,善于将诗情画意、人物素描与时代精神相结合,语言简练精美、生动明快、平易朴素、富于口语化是潘琦散文的艺术特点。

包晓泉,1963年生,祖籍广西罗城县,出生于柳州市。童年在柳州度过,少年起在南宁生活。1984年毕业于中央民族学院汉语言文学系。历任广西民族出版社编辑、编辑室主任、副编审,广西艺术创作中心部室主任。1984年开始文学创作。2005年加入中国作家协会。著有散文集《青色风铃》、《山水沉香》等,其中《青色风铃》获全国第六届少数民族文学"骏马奖"、第三届广西文艺创作"铜鼓奖",散文《梦眼归魂》获全国第三届少数民族文学创作特别奖、《北地江魂》获首届广西青年文学创作奖。

包晓泉散文大都笔墨精练,以简洁含蓄的文字,抒写"多梦的青春,抒写故园情,以及湘西风土、北国风光等"[①]。《北地江魂》写

---

① 夕明:《新生代的感知:包晓泉的散文》,《广西作家》1989年第2期。

北国鸭绿江,印象中"一直是属于1951年的。51年的硝烟,51年的悲壮,51年的金达莱"。鸭绿江桥把过去的日子"溶进钢梁,一个弹洞盛了一个故事"。作者朋友有这样一句诗:"江河是乳房,都市是孩子",原诗苦涩得很,作者对这一句却很理解:"鸭绿江边的丹东与新义州,虽为异国,也是同母了。"《南方——一个站着的问号》写南方花山,显得迷蒙空灵,隐隐约约,欲吐又含,欲呼又止。"小时候的南方理解不了长大的南方。长大的南方不愿理解小时候的南方","无数个低头长思的樵夫站成满山遍野的问号,在辉煌的破晓中堆塑出一个未知的崛起。哦南方!"如诗一般的浓缩提炼,是新生代作者对南方这一块"永恒的地母"的感知。

包晓泉一些描写故园风情的散文,既写民族血民族魂民族心民族神,亦写民族骄傲民族悲哀,感知远比仅描摹山水田园的秀美更深一个层次。《梦眼归魂》写归乡的梦,但又非梦,而是放眼仫佬族命运作宏观思考与展望:"西望红水东眺潇湘,苍梧之野,自舜帝葬于九嶷,满世界又演出了多少赚人清泪的故事呢。于是有了遥远的幼发拉底苏美尔文明,于是有了底格里斯的阿卡德文明,于是有了爱情海的克里特文明,于是有了黄河的夏文明,于是有了辉煌自傲的千古史,于是也有了今天不安而自尊地深藏在九万大山边的仫佬。"《红鸟之羽》、《故园秋旅》等从仫佬族生活现实,对仫佬人当今的心态作微观的透视。前者通过仫佬族传统走坡节的歌海盛况,看到"情人之爱"具有一种悠远无边的沧桑意味,听到"爱恋金曲"无疑是"南方民族特有的声音"。后者则从故乡成熟季节的秋景,决然把那迷惘、惆怅锁起来,"留在心中的,只有七彩的虹",将作者的心绪融进民族的情理之中[①]。

包晓泉山水散文,描写大自然奇丽的同时,更多作文化类型感

[①] 参见王敏之:《晓泉散文的价值取向》,《丹凤》1989年第1期。

知比较。《下枧风》写风景也写故事写山歌,将下枧与花山对比,下枧河是阴性柔,花山属于阳性刚,柔与刚对比,刚与柔共存悠远。"花山孕育了万千个刘三姐。下枧养大了万千个刘三姐。刘三姐的绣球,是掷给一个善良者的。"作者在努力读懂南方民族这片土地山川刚柔并立的内涵,这种感知方式,体现出新生代文学的特点,已从过去纯社会功能性,进入到一种尊重主体意识的精神境界。这一点在《山之燕之人》中得到充分的体现,时间虽已流逝,但大学实习生活之梦常把作者带回湘西,一名土家族孩子的蛋壳画,上面三只小燕展示纯真心灵,将它带回却又将它丢失而难忘。湘西后代纯真的心灵,透过这一情节寄情抒怀,动人心弦。

在仫佬族当代散文创作中,包晓泉是继潘琦之后,又一个取得较大成就的作家。他的散文创作已初具个性:新时代的感知,惜墨的文笔,文化积淀的运用,主体意识的发挥[①]。然其某些篇章,流露出 20 世纪 80 年代部分青年人的迷惘、伤感,有点"为赋新词强说愁"。

罗日泽,1945 年生,出生于广西罗城县怀群乡剑江村纳情屯。1968 年毕业于广西师范大学历史系。历任中学教员、罗城县委宣传部干事、《河池日报》副总编辑、《广西民族医药报》社长及总编辑。1970 年开始文学创作,中国民间文艺家协会会员。著有《仫佬族风情》、《怀群山水传说》,回忆录《路之路》。

《仫佬族风情》是仫佬族第一部民俗风情散文集,较系统地记述了仫佬族各方面的民俗风情,文笔质朴,也不乏绘声绘色的描写,将民俗的知识性和文学的生动性较好地融为一体。如对仫佬山乡"奇峰罗列"、"高山云海、百丈飞瀑、烟雨龙江、剑排倒影、穿岩流水、古榕石径、竹柳成荫"的如诗如画的生活环境的描写。男

[①] 参见夕明:《新生代的感知:包晓泉的散文》。

女老少在绿荫如盖的庭院里编织精致的竹帽、麦秆帽,姑娘驾着骏马在田野上耕田、犁地、拉货运煤,好客的仫佬农家在绘有壁画的堂屋里向客人献上香甜的重阳酒,助人为乐的仫佬人为过路游子煮茶洗尘等,无不蕴涵浓郁的乡土气息。再如充满歌情诗意的"走坡",分不出谁是新娘子谁是伴嫁女的"送嫁十姐妹",歌舞与法事相结合、祭祖祀神与庆丰收祈好运相融合的"依饭节"等民俗风情,涉笔成趣,无不呈现着仫佬风俗的民族特色:"山里的姑娘羞羞答答,当新娘的不愿让别人知道。出嫁那一天,送嫁的人很多,别的女伴可以穿着各色各样的衣服,十姐妹却有着与众不同的打扮。十位姑娘脚上穿着一样的'同年鞋',身上穿着一样的'送嫁衣',头上撑着一样的'姐妹伞'。此外,头发剪得一样短,头绳结得一样长,甚至走路的脚步、姿态也一模一样,因此,一路上,谁也猜不透哪一位是新娘。"

仫佬族有着独特的民风民俗和生活方式,独特的生活习惯和民族传统。虽然经济并不发达,但拥有自由自在、无拘无束的生活。过去,仫佬族有"女人种田,男人挣钱"的说法,对商品生意敏感,做生意的人很多,因此,对外在信息的接受也相对比别的民族快。这样一种民族心理特质,这样一种民族文化,带给罗日泽源源不断的创作灵感和激情。每到一地,他都注意搜集当地少数民族风土人情资料,作为创作素材。正是这种对本民族的热爱,使其在创作道路上一直坚持不懈地选择民族民风题材。他说,虽然我已经离开故乡多年,但我一直都没有忘记过我的故乡,是故乡给了我创作的生命,也是因为故乡,让我这一辈子,不管走得再远,身后总有一条叫作"故乡"的线牵着。

何述强,1968年生,广西罗城人。1990年毕业于河池师专中文系,2002年毕业于广西师范大学中文系文艺学研究生班。1990至1993年在罗城仫佬族自治县教育局、县人民代表大会常务委员

第八章　中华人民共和国时期散文(1949—2008)[上]

会办公室从事秘书工作,1993年12月调任《河池师专学报》编辑、编辑部主任,1996年起兼任《河池师专报》副主编、主编,2004年任《河池学院学报》编辑部主任。1994年开始在河池师专组织文学社团,培养青年写作人才,长期经营文学民刊《南楼丹霞》。在《散文天地》、《小品文选刊》、《广西文学》、《岁月》、《红豆》、《三月三》、《广西日报》、《阳光之旅》等刊物发表文学作品数十篇,有多篇入选《散文选刊》、《新世纪文学选刊》、《2004中国精短美文100篇》、《仫佬族20世纪文学作品选》等多种书籍。著有《山梦为城》、《凤兮仫佬》。

　　青年作者何述强,以其智性散文成为仫佬族散文作家后起之秀。他笔力透纸,自由酣畅,文字圆润简洁,有一丝先秦散文的恣肆,又有一分唐代散文的纵横,还有着一种鲁迅直面现实的传统。无论感时写物绘人,直面一切,追问一切,尤其追问自我,在人与事与物中寄予爱与温情,在现实与历史的忧患中抒写心灵的痛感、困惑和质疑。这位仫佬歌者,在生活中修身,在读书中养文,在写作中成性。其文重意象有象征,《细雨和记忆中的黄栀子》的黄栀子、《江流无声》的飞蛾、《青砖物语》的青砖、《石龟行走在记忆的洪荒旷野中》的石龟、《夜访铁城》的铁城、《白鸟》的白鸟等,睹物究事,究事思人,思人问心。《细雨和记忆中的黄栀子》写雨夜读一位女作家的作品,从向往黎明的起名到照片的明眸,引发同代作者关于混乱时代的痛切追问,黄栀子不仅挽救了作者婴儿时的双眼,也明亮了一位文学同道的心灵。这种对历史创痛的关注和对遗忘的拒绝,在追问一切中立人立心,始终贯穿着何述强的写作,这份颇具普世关怀的叙述因思想而温暖,思想因叙述而透彻,富有质感。此外,以物入文,事事入文,作者希望找到一种没有形式的形式,摸索自我心灵的密码,构造一种贴近心灵的松散的新形式。在呼唤散文文体创新的今天,何述强的探索具有一定的文体价值。

此外,著名仫佬族诗人包玉堂也写有散文,出版散文诗散文合集《山花寄语》,熔写景、状物、抒情、言志于一炉,描祖国壮丽河山,表少数民族地区的巨变,写苦难的童年,仫佬山乡1949年和1978年的两度新生。洋溢着深深的情思,内含着乡恋情结和对传统文化的现代思考。当代仫佬族散文作者还有银建军、银锋、潘克蕃、吴盛枝、罗金城等。银建军《失落在洪水河畔的童趣》写老祖母讲述布洛陀开河,带领族众与强盗搏斗,鲜血染红洪水河的神话,记述洪水河中捞柴摸鱼仔捉虾子烤野餐的童趣,"每当在生活中遇到困难或是心情烦闷的时候,只要拣起失落的洪水河的童趣,我又回到了那童话般的世界,从而,一股战胜困难的勇气和决心,又在心中生发了"。《正是潇潇春雨时》通过记述在乡里度过一生的叔叔生前的几件事:1950年代父亲想法使叔叔到一个工厂去上班,没干几天便回乡,说还是种地自在;1969年春叔叔到牛棚探望父亲,带我回到桂西北那个偏僻的小村;前年叔叔背着一大袋腊肉、腊肠来看我,我在招待所找了一个最好的房间,第二天他说床太软,睡不踏实。抒发怀念之情:"窗外,又飘起了如雾如纱的春雨,一个普通农民悄然而去了,不会给这个世界带来什么震动,而正是这千万个平凡的农民,象春雨滋润每一寸土地一样,养育着我们。在这春雨潇潇的时节,我写了这一篇文字,寄托对我叔叔的哀思,不仅仅因为他是我的叔叔,他还是一个地地道道的中国农民。"银锋《古榕风情》记叙家乡洗衣码头上的百年大榕树:"粗壮的枝干,似凌空的鹰爪,榕荫覆盖半个河面,有如一把大罗伞。"回忆童年,歌颂榕树"扎根地层深处,为村寨防风斗雪,为河堤固沙保土,为人们遮阴避暑,给环境净尘美化"的奉献精神。潘大奶在树下摆设义务书摊,"吃家里饭,打庙里鼓",整天在这里当孩子王,有如古榕庇荫着新的一代。忆昔叙今,有情有人,笔调素淡,娓娓动人。潘克蕃《仫佬山乡沐朝阳》记叙仫佬山乡的解放史,1949

年10月中旬,柳北人民解放总队进攻由国民党罗城县长梁庆春等500余人据守的龙岸圩,11月23日,南下大军天津二支队由柳北游击队带路,解放罗城县城,1950年2月11日邻近各县国民党残部麇集天河县,解放军剿灭土匪解放天河县城。作品采用朴直的史家实录笔法,有时也带上一笔细节描述:"在游击队南北夹击下,梁庆春、韦家恩等(从龙岸)弃马而逃,连皮包都来不及拿走。"吴盛枝《回龙水》写故乡罗城景色,天河街尾西门码头下,儿时爬岸边古榕,掷粉红榕籽儿"漂在幽蓝的水面上",炎夏跳水,"顺水势一仰,四肢并拢,闭上眼睛,随那涡儿慢慢往回旋"。前些年,每回来一次,街上冷清了许多,乡亲们议论:"过去老人家都说,西门码头是把扫帚,从里往外扫,天生穷!谁不走?"农村实行了富民政策,"天河人想法儿向高山要钱",老作家、老教师、工程师、技术员们回到县里为改变家乡面貌贡献力量,人说他们"落叶归根,水去回头,就因有了这'回龙水'"。作品写景叙事抒情,景中有人,景中有情,于写景抒情之中自然地歌颂新时期以来国家的富民政策。罗金城《墓碑上的雪莲》写远游新疆,瞻仰乌鲁木齐南郊燕儿窝烈士陵园,缅怀陈潭秋、毛泽民、林基路等烈士的情景与心境,向烈士献上"仫佬山乡儿女的真挚、崇敬之情"。

总之,仫佬族当代散文创作,既有较成熟的潘琦等作家,也有成就或高或低,在散文创作方面正在努力进取的作者,初步形成了一支富有朝气的作家队伍。

第三节 布依族散文

当代布依族散文创作以吴昉为代表,韦安礼也将创作重心转移到散文方面并出有散文集,牧之、黎汝标等的散文诗也以其独特的色彩丰富了布依族文学画廊。

吴昉，1943年生，原名吴继芳，贵州独山人。1961年毕业于贵州大学艺术系，同年应征入伍。历任战士、军官、昆明陆军学院马列主义教官、昆明军区组织部副部长、成都军区组织部副部长，贵阳军分区、都匀军分区、都匀预备役师政治委员。1991年转业，历任贵州省人防战备办公室副主任、党组副书记，省民政厅副厅长、巡视员。1980年开始发表文学作品，在《春城晚报》、《国防战士报》、《云南日报》、《民族文学》等报纸杂志发表散文、报告文学和杂文作品。1995年加入中国作家协会。著有散文集《太阳女》、《河东集》、《横生集》、《响水蓝》、《银桦赋》，纪实文学集《丛林轶事——援越援老抗美散记》，报告文学集《谁说这里是后方》、《车轮滚滚》等。

吴昉的散文创作主要集中于1980至1995年，之后转入小说创作，主要从事长篇小说创作。吴昉散文贴近现实，贴近生活，题材广泛，或写军旅生涯，或写布依山寨，有游记，有直抒胸臆的抒情散文，为布依族文学增添了新的亮点。虽然有些作品受到当时比较风行的杨朔散文创作模式的影响，但已基本形成自己的独特风格，主要表现在构思精巧、感情真挚、语言流畅，富有诗的韵味。题材内容主要反映军旅生活和少数民族人民生活。

吴昉散文主要取材于军旅生活和少数民族生活。吴昉的从军生涯经历了抗美援越、援老和对越自卫反击战两个阶段，其军事题材散文包含了这两个阶段的生活内容，以饱含深情的笔触记述云南边防部队在对越自卫反击战中的一个个动人故事，歌颂边防部队指战员英勇无畏、舍生忘死的革命英雄主义精神和崇高品质，如《老山颂》、《兵车辚辚》、《栽》、《命运女神》等。无论是写人还是写事，由于立意高远，又具有真情实感，爱憎分明，因此大都显得大气，感人至深，回肠荡气，具有一种崇高美、悲壮美。此外，吴昉散文着力描绘新时期以来少数民族农村的可喜变化，如《太阳女》、

第八章　中华人民共和国时期散文(1949—2008)[上]

《孔雀泉》和《刺藜歌》分别反映哈尼族、傣族和布依族新一代妇女在农村社会主义物质文明和精神文明建设中发挥的重大作用。

构思精巧是吴旸散文艺术的一个重要特色。《栽》紧紧扣住"栽"这一动作,描写发生在不同时期不同国度的两件事:一件是抗美援越时期,何叶的哥哥开车送物资支援越南,当行驶至越南境内的巴郎村时,为避让穿越公路的小猪,急刹车撞断了一棵木瓜树,为此他从祖国刨去了一棵木瓜树,为越南老乡栽上。一件是眼前,越南地方霸权主义者竟将七号界碑拔掉,移入我国境内,并将竹签栽到深入我国境内 500 米,何叶扛起界碑,踩着尖利的竹签,将界碑栽回原处。通过这样几次"栽",反映中国人民高尚的国际主义和爱国主义精神,揭露越南地方霸权主义者忘恩负义,推行侵略扩张政策的卑劣行径。《板壁春秋》通过"我"家板壁从"我"小时贴字画和"耗子迎亲图"到贴"春耕图",又到贴"大批促大干"之类的标语,再到贴奖状和年历的前后变化,以小见大,勾画出历史发展的轨迹。《刺藜歌》、《老山颂》、《风雨花》等,将写人与写物紧密地结合起来,使花之姣洁、山之雄奇与人之心灵纯洁、容貌之美丽、精神之崇高交相辉映,物之高洁衬托出人的崇高。

浓郁的抒情是吴旸散文艺术的又一重要特色。除少数作品外,吴旸散文基本上是叙事性的,但明显地感到贯穿于字里行间的涓涓情感细流,有时在叙事中插入一段抒情文字。《刺藜歌》中"我"回到家乡看到兰姐家利用刺藜发展商品生产致富后,写道:"啊,我跟前那台缝纫机渐渐模糊起来,变成了鲜艳的刺藜花,金黄黄的刺藜果,一串串亮晶晶的汗珠,兰姐和藜花的笑脸。"吴旸散文的抒情大多是运用诗一般的语言进行叙述时表现出来的。《老山颂》中参观游览老山踏上归途时的一段文字,是叙述,也是描写,而一片深情亦斑斑可见:"不是烟尘把我回望的眼光遮断,也不是因为越走越远,老山确实又被淹没到万山丛中去了。我要把它的高大形象浓缩,珍藏在心底里,还要将它的壮美的灵魂液化,输储到血液中。""大道上,和来时一样繁忙。运往前线的,开往后方的,车辚辚,马啸啸。胜利,喜悦,自豪,山接水运往后方传播;惦念,理解,关怀,追着一路山风向前方奔跑。南来北往的,陌生熟悉的,都眼对眼,心映心,笑碰笑"。

吴昉散文追求诗的意境、节奏和韵味,无论写人叙事抑或写景,大多构思精巧,感情真挚,语言流畅,富有诗的韵味,这在《兵车辚辚》、《老山颂》、《雨魂赋》等作品中,有着较突出的表现。吴昉一些散文有着较明显的"杨朔模式"的痕迹,给人以造作之感,如何处理好借鉴与创新的关系,无疑是作者应予重视的。

韦安礼,1945年生,笔名骏力,贵州册亨人。主要从事搜集、整理民间文学,亦进行文学创作,新时期以来专注于散文创作。著有小说散文集《绿色梦》、报告文学集《灿烂人生》等,其中《桐花盛开的时候》、《暖风,吹进了山门》、《太阳花》等较具影响。《桐花盛开的时候》由桐花盛开时的壮观景色引发情思,写桐籽、桐油伴随布依人的历史,在日常生活及各种民族文化活动中发挥的重大功能。作品娓娓叙述与桐籽、桐油有关的事,由此引出发生在桐花盛开时节一段曾对自己前途产生过重大影响的往事:中学时,"我"因同学关系,曾帮助阿懿家犁地挑水,谁知后来在部队提干时,公社秘书向部队前来搞政审的同志反映,说"我"与地主家姑娘有来往,政治不过硬。由于这段刻骨铭心的往事,桐花、桐籽、桐米和桐林在"我"心里留下了难以磨灭的印象。作品紧扣"桐"字,并将其与历史、文化及人生遭遇紧密联系起来描写,显得内涵丰富、结构紧凑、层次分明,形散而意不散。《暖风,吹进了山门》通过对20多年前册亨中学石老师一些往事的回忆及当年石老师的学生们现在对石老师的寻找、邀请和接待,反映师生间深厚的情谊,谱写了一曲尊师爱生的颂歌,情真意切、感人肺腑。

杨路塔,1935年生,贵州省平塘人。主要从事民间文学的搜集、整理和研究,也进行文学创作,发表有散文《缅怀树》、《撒满珍珠的处女地》、《愿你爱上夜郎花》,报告文学《求索之路》等。其中,《求索之路》获西南三省青年刊物报告文学征文一等奖,全国青年刊物报告文学评比二等奖。作品写水族青年教师罗万雄在逆境中坚持刻苦攻关,自学成才,在地质学方面取得可喜成就的事迹,展现新一代少数民族知识分子的奋进图。罗万雄是在极其艰难的条件下进行研究的,由于没有图书资料的便利而把大量的钱用来买书,因而生活只能维持在充饥的水平上。而他的研究也曾一度遭到横加干扰,先被送进学习班继而被送进校办农场,粉碎"四人帮"后又由于一些领导干部的官僚主义作风而几次失去宝贵的进修机会。罗万雄的成功说明,只要锲而不舍,刻苦努力,就能成功。作品运用倒叙手法,设置悬念,然后将主人公的事迹娓娓道来,有较强的可读性,然过于偏重事件的叙述而人物性格刻画显得薄弱。

此外,作家黎汝标新时期以来的散文和散文诗创作引起布依族文坛的关注,创作发表了《故乡的油柴树》、《快乐的山韵》、《重游故乡河》、《女性的湖》、《家乡的竹声》、《香姐》等散文和散文诗。其中,《香姐》获《夜郎文学》编辑部主办的"南部风情"散文评比三等奖。作品通过对一位布依族姑娘的婚恋生活的描写,反映布依族年轻一代对现代文明的渴望与追求,既富有浓烈的民族特色,又蕴含着强烈的现代意识。

第九章　中华人民共和国时期散文
（1949—2008）[中]

第一节　藏族散文[①]

在藏族当代文学百花园中，散文是一朵迟开的花。自1949年以来的一个较长时期内，从事散文创作的藏族作者寥寥无几，作品数量也很少，散文创作显得比较冷清沉寂。至20世纪80年代，随着民族政策的落实，文艺事业的复兴，藏族作者纷纷涉足散文园地，藏族当代散文创作才得到长足发展，取得一定的成绩。一批藏族作者，正辛勤耕耘在世界屋脊、康巴草原、云南藏区、甘南牧场、青海湖畔，以他们的笔墨，点染着藏族当代散文的春天。他们中既有专事散文创作的新秀，也有兼写散文的诗人和小说家，如赤烈曲扎、泽旺、长青、意西泽仁、章戈·尼玛、丹珠昂奔、格央、扎登、益娜、索代等。出版了散文作品集《西藏风土志》、《西藏散文集》、《藏族当代散文选》、《流动的情歌》、《西藏的女儿》等。有的作品在国家、省区级文学作品评奖中获奖。如意西泽仁的散文《帐篷情思》获四川省首届优秀文学奖，益娜的散文《海思》、索代的散文《祖国——母亲》获1982年甘肃省少数民族文学作品奖。这些作

[①] 本节所述仅限藏族作者的汉文散文创作。

品,以其独特的风姿,多侧面、多角度地描绘藏区丰富多彩的生活风貌,丰富了当代藏族文学。尤其是赤烈曲扎的游记散文集《西藏风土志》,融西藏风俗人情、文物古迹、逸闻轶事、历史斗争于一炉,知识性、趣味性相结合,受到广泛好评。

当代藏族散文作者出自西藏、四川、甘肃、青海、云南等省藏区,对那里的雪山、草地、白云,以及绚丽多姿的现实生活,质朴、诚实的人民,奇异独特的习俗风情,怀有特殊的感情,因而,多侧面地抒写藏区生活,便成为作品的显著特色。或反映高原雪山四化建设的蓬勃图景,或歌颂吉祥如意的新生活,或缅怀革命先烈,或赞美民族团结,或思念流落异邦的亲人,或追忆四害暴戾,或介绍藏族发祥史和名胜古迹。透过这些作品,既可了解藏族的历史和现状,又可窥见藏族人民的意志、愿望和追求,还可增长见识。尤其令人感奋的是,当代藏族散文家笔下的藏区是那样的色彩斑斓:轻盈优美的弦子舞、欢快喜悦的央妮节、紧张激烈的赛马场面,以及景色瑰丽的阿尼玛卿雪山、郁郁葱葱的甘南草原、雄伟壮丽的布达拉宫、富丽堂皇的拉卜楞寺……将人们引进一个奇妙的世界,令人流连忘返。藏族谚语有道:"最香的食物是母亲的奶汁,最美丽的地方是自己的故乡。"若不是对养育自己的故乡的爱恋与熟知,是绝描绘不出如此逼真感人的图景的。

当代藏族散文内容丰富,立意深刻。或礼赞民族振兴,或反映生活的新变化,或展现藏族人民的精神面貌,或描绘藏区的壮丽山川,或介绍雪山草地习俗风物等。看似信手拈来,实则匠心独运,善于大处着眼,细处落墨,将描绘对象置于广阔的时代背景下,开掘出较为深刻的思想意义。长青的《日西玖》写康巴藏族传统的赛马活动,这一题材习以为常,但作者却从中开掘出不平凡的社会内容,作品不单是在向读者介绍"日西玖",而是借其兴衰际遇,歌颂党的民族政策,表现新时期藏族人民丰富多彩的生活。意西泽仁的《香甜的奶子》由日常的奶子反映出藏族人民生活的变化,德吉梅朵的《旗帜》由司空见惯的旗帜引出藏族人民幸福昌盛离不开共产党领导的真理,泽旺的《漫步八角街》由拉萨八角街的兴旺揭示民族振兴的前景。这些作品虽题材各异,但无不闪耀着思想的光辉。

当代藏族散文作品,大都显示出较为鲜明的民族色彩,如表示吉祥祝福的"丢雪砣"习俗、热烈欢快的藏家婚礼仪式、紧张激烈的赛马场面,以及景色瑰丽的阿尼玛卿雪山、碧波荡漾的嘎马措湖、银带般蜿蜒流淌的金沙江水。这一切构成了一幅幅生动迷人的藏族风土人情画,令人赏心悦目。当代藏族散文的民族特色还表现在对民族精神的刻画,即写出民族的性格、气质与新时代的精神。格桑多杰《千年银海雪底花》中雪山大队党支部书记扎西多杰,性格顽强、坚韧,为了向国家多做贡献,他带领全队牧民战风涛斗雪浪,取得特大雪灾之年牲畜净增百分之五的优异成绩。在他身上,既体现了党的干部应有的品质和作风,又打上了民族性格的印记。阿佩《牧场新歌》中的措姆姑娘极为感人,在动员参加牦牛人工配种工作会上,由于封建传统观念作祟,"女娃子们红着脸把头藏进了皮袄里",谁也不报名,而措姆却冲破母亲的阻拦,勇敢地承担了人工配种工作,最终成为一名"专家"。措姆热情、泼辣的气质背后,放射着一代先进藏族青年的思想光芒。此外,意西泽仁《爱花民族》中心底像鲜花一样美的洛珍阿妈,牟启林《月夜狩猎》中具有像大山一样深沉、刚毅性格的让崩阿爸,丹增《可爱的阿里人》中心灵像冈底斯山一样高尚的阿里人等等。这些人物同作品中所描绘的独特习俗、风光结合起来,使作品充溢着浓郁的藏民族特色。

当代藏族散文形式各异,品种不一,有生活速写、人物特写、咏物之作、抒情小品、山水游记等。可贵的是,无论采用何种形式、撷

第九章 中华人民共和国时期散文(1949—2008)[中]

取什么题材,总是站在时代的高度,并不拘于一隅,善于大处着眼,细处落墨,从看似平凡的事物中,开掘出较为深刻的思想内涵,透露出真挚的情感,给人以思想的启迪和情绪的感染。长青的《日西玖》、益希单增的《高原赛马会》,乍看是介绍藏族传统的赛马活动,实则是通过这一活动的兴衰际遇,歌颂党的民族政策,表现新时期藏族人民丰富多彩的生活。泽旺的《帮乌梅朵》借助对高原小花"帮乌梅朵"(英雄花)的形象描绘,谱写了一曲爱国主义精神的赞歌。索代的《祖国——母亲》则把故乡、祖国比作母亲,呼唤流落异国他乡的游子归来。赤烈曲扎的《藏族发祥地》是篇风土散文,但字里行间洋溢着对藏民族悠久历史的自豪之情。丹珠昂奔的《年茶》等描述习俗的散文,亦不乏动人的情趣。

当代藏族散文追求优美的意境。散文要表达深刻的立意,固然有时可直接抒发,但更多的是有所寄托,或借景以抒怀,或托物以言志,或因事以明理。这种内在"情"和外在"物"统一而成的艺术画面,便是意境。当代藏族散文作品往往将思想感情渗透到生活画面的描绘之中,造成一种情景交融的境界。益娜的《海思》以大海象征祖国,通过对大海的形象描写,造成广阔、浩渺的境界,使人从中感受到对伟大祖国的热爱之情。楚丹娃的《雪里桃花》将画景和写人融为一体,一面写傲雪的桃花,一面写扎根雪山、为藏区教育勤恳工作的人民教师,在盎然的诗意中,展现人民教师的崇高形象。泽旺的《帮乌梅朵》意在赞美 19 世纪初西藏江孜军民抗击英国侵略者的爱国精神,作品先写瞻仰抗英遗址途中,"我"见到一种小花,但却叫不上名;顺路参观地毯厂,又发现这种小花居然占据了毯中之王——壁毯的图案,这使"我"很不解;然后笔锋一转,记述当年江孜军民抗英的事迹;接着写"我"第三次看到在遗址残垣的石缝中,开着的仍是那种小花;最后点明,这种小花叫"帮乌梅朵",即英雄花,而它正是"那些英烈们的化身!"。以象征的手法,把所描绘的"帮乌梅朵"同所赞美的江孜军民的爱国精神交织在一起,形成一个情景交融的境界,具有感人的艺术力量。

当代藏族散文作者注重对创作风格特色的追求。意西泽仁的深沉的爱的抒发和文字的清新、自然;长青精巧的构思和俊秀、婉丽的格调;泽旺的奇特想象和雄浑、豪放的气势;丹珠昂奔的明快、流畅和内涵的深沉、隽永;益娜的饱满的感情和奔放的热情,以及索代等人的拨人心弦的激情……这些迥异的风格特点,构成了各自的艺术魅力。

当代藏族散文也存在有不足。有些触景生情的散文选材还有些相似,给人以雷同之感,而且思路也大致相同,往往是开头以某种事物起兴,随后加以铺陈,篇末点出一个道理,情景交融不够自然。有的散文不甚讲究构思,内容平铺直叙,难以构成意境,显得平淡。有的表现出艺术修养的根底不够深厚,对散文这一体裁的特征把握不准。提高艺术修养,刻意求新,将是进一步提高藏族散文创作水平,发展藏族散文的关键。

赤烈曲扎《西藏风土志》是当代藏族作者的第一部散文专集,在当代藏族散文界具有一定的影响。作者在后记中提到其创作动机:"我们的祖先以自己辛勤的劳动开拓了西藏高原,创造了闻名世界的西藏古老文化,为祖国绚丽的文化宝库增添了光辉。西藏是一块宝地,有高山大川,有翠峰林海,有千顷良田,也有辽阔牧场。这里不仅有各种农牧林产品,还蕴藏着许多珍贵的矿藏及用之不竭的水利资源。不但祖祖辈辈生活在这里的人离不开她,连从祖国内地来西藏参加建设的有志之士也深深地热爱着她。可是往往有些人对她毫无了解,凭借着道听途说和主观推测,将西藏写成不毛之地,十分荒凉可怕,让人们对我们的故乡产生了各种误解。我之所以立志写这本小册子,用意之一就是想向这些同志提供一点真实的资料。"西藏这片雪域高原,由于它特殊的地理环

第九章　中华人民共和国时期散文(1949—2008)[中]

境、悠久的历史以及宗教的影响,造就了其独特而神秘的人文景观和风土人情,令世人神往。为了让人们更准确、真实地认识西藏,赤烈曲扎查阅大量历史资料,走访寺院,请教众多专家,历经几年写出了记述西藏历史文化的散文集《西藏风土志》。

《西藏风土志》一书内容丰富,涉及西藏自然资源、民族历史、藏传佛教、服饰饮食、婚丧嫁娶、寺院僧侣、山水风光等西藏的风土人情。开篇《令人神往的地方》由"秀美多姿的面貌"和"丰富的自然资源"两篇短文组成,以一种自豪感写道:"不少人一提起西藏,便常常把她与冰天雪地、荒草漠漠、高寒缺氧、凄凉可怕的字眼联系起来,其实,西藏高原的地质地貌是丰富多姿、色彩斑斓的。"接着,以朴实的笔调,向世人展示了家乡西藏的自然之美:"这里有与印度、尼泊尔、不丹、锡金等国交界的喜马拉雅山脉,全长2400多公里,是世界最高山脉;这里有四季不化的冰川;藏北草原是我国五大牧区之一,这里绿草如茵,广袤无垠;号称'西藏江南'的墨脱、察隅、勒布和樟木,气候温和,四季不同,处处奇花异草,宛若江南;这里有世界上最高的河流、著名的雅鲁藏布江,全长1787公里。"如此壮美的自然景观,怎不令人神往。《略谈西藏的佛教》一文,巧妙地以"大题小作"的手法,从祈神伏魔的原始宗教、佛教在西藏发展的两个时期、西藏佛教的四大派别和宗喀巴的宗教改革及格鲁派政权的产生四方面,简要而随意地叙述了佛教在西藏的传播与发展,丝毫没有学究式的冗长与严肃。《羌塘草原散记》中的"羌塘"是藏语"北方草原"之意,即指藏北草原。它有60万平方公里的面积,约占西藏草原总面积的二分之一。这片被称为藏北无人区的地方,在作者笔下却是另一番景象:"当你走到草原底部,向两边瞭望,便可看见几乎四处都是和缓的、连绵起伏的低山丘陵,把草原分割成一个个、一排排的湖盆。湖盆中央,便是一串串晶莹的湖泊。""湖泊、草滩和湖岛,则是天鹅、野鸭、鸽子栖息的地方。夏天,要是想捡禽蛋,尽管开着车子来,任何时候都会让你满载而归。""无人区"并不荒凉,这里"常有一群群野驴、野马和黄羊跟汽车赛跑……野鹿和野牦牛,也会毫不在乎地挡住你的去路,任汽车怎么鸣叫,都若无其事地步履蹒跚,丝毫没有想让和惧怕的意思";这里有令人惊奇的热水河和热水湖:羊八井地热附近的热水湖,"面积有2000多平方米,水温在50度以上,每逢清晨和傍晚,地面气温降到零度左右,热水湖上便出现一种奇异的现象:团团薄雾从湖中升起,而且愈来愈浓,一直飘向空中10多米高处,人在其中,如入仙境"。

《西藏风土志》一书创作手法独到,最鲜明突出的就是叙述平实无华,不添枝加叶,不追求语句的雕饰,描述不过多夸张,因此所描绘的事物客观真实,使人感到自然亲切。

泽旺,只上过6年小学,会唱许多民歌的母亲,给了他最初的文学熏陶,使他对文学产生了兴趣。辍学之后,他并未荒废时光,而是拼命读书,甚至不惜以2斤糌粑租一本书,借阅了《三国演义》、《西游记》、《水浒传》、《红楼梦》、《钢铁是怎样炼成的》等名著。同时,开始文学创作的艰难历程,最初试写了几篇散文和民间故事,均未成功。新时期,目睹家乡发生的日新月异的变化,他感奋、激动,重又燃起创作欲望。1980年在《岷山报》上发表散文处女作《松潘城的早晨》,给了他极大的鼓舞和信心,在不长的时间里又陆续创作发表《青稞的新生》、《家乡的锅庄》、《家乡的月兔》、《风水路》等散文。作为习作,这些散文水平参差不齐,却都是作者辛勤汗水的结晶。泽旺深知自己文学根底薄,故从未间断学习,边工作,边创作,边学习。1981年他入四川大学进修学习,其间如饥似渴地阅读了巴尔扎克、托尔斯泰、高尔基、鲁迅、茅盾等中外名家名作,大大开阔了视野。此后创作的《漫步八角街》、《看花节的一天》、《羊八井地热断想》、《帮乌梅朵》等作品,与此前的创作相比,思想性、艺术性均有所提升。

立意鲜明,是泽旺散文创作的特色。其散文大都取材于日常的生活现象和自然景物,但能够站在时代的高度,善于大处着眼、小处落笔,从平凡的事物中开掘出较为深刻的思想含义,透露出真挚的情感,给人思想的启迪和情绪的感染。《漫步八角街》摄取拉萨八角街头的一组画面:拥挤的货摊、渴求知识的青年、磕长头的老者、戴太阳镜的藏族姑娘、穿牛仔裤的日喀则小伙。这相互交织,并不协调的画面,看似信手拈来,随意点染,实则表现对美丑并存的现实生活所产生的既喜且忧的心情,寄予了对民族振兴的愿望。《松潘城的早晨》通过松潘城早晨的蓬勃景象,表现党的农村政策的落实给藏区带来的喜人变化。《青稞的新生》由青稞遭到厄运后获得的新生,揭示新时期党的实事求是精神的恢复。《风水路》则通过故乡一条路的变迁,反映社会生活的进步,藏区的发展。

泽旺散文注重意境的开拓。散文作者表达自己的思想感情,有时可以采用比较直接的方式,但更多的是有所凭借,如依附于人、依附于事、依附于景等。这种情与景融合而成的艺术画面,便是意境。一篇好的散文,必须营造一个优美的意境。泽旺散文比较注意这一点,往往将自己的思想感情,渗透到具体事物的描绘之中,造成一种情景交融的境界。《羊八井地热断想》由"冲破层层阻碍",从地球深处迸发出"旺盛的生命之热"的羊八井地热,联想到不惧大自然和社会的暴风骤雨、奇迹般生息繁衍在世界屋脊的藏族人民,在一种奔放粗犷的意境中,展现藏族人民顽强、坚韧的性格,具有较强的艺术感染力。

泽旺散文民族特色浓郁。首先,他常常采撷藏区特有的风光景色,如蜿蜒曲折的岷江、洁白如玉的雪山、炊烟缕缕的寨子、泛着涟漪的叠溪海子等,使作品具有鲜明的地域色彩。其次,将藏族人民中流传的优美动人的民间传说插入作品中,如《家乡的月兔》关于月亮和白兔的传说,《降扎温泉》关于好心肠的占巴格拉的故事,增添了作品的民族色彩。此外,泽旺散文对藏族人民习俗的描绘,也赋予作品以地方和民族气息,如《青稞的新生》对藏族人民饮用糌粑茶的描写,惟妙惟肖,《家乡的锅庄》对藏族锅庄舞的介绍别具情趣。泽旺散文有的较平浅单薄,构思不够精巧,缺少意境营造。

长青,1966年毕业于中央民族学院预科,时逢"文化大革命",使他失去了继续深造的机会。无奈只好返回四川甘孜家乡,当了一名石棉工人。后调州新闻部门工作,长年的乡村、牧场采访,深入生活、体验民情,为其后的文学创作打下了比较深厚的生活基础。1973年,他来到被称为"世界高城"的理塘县工作,这里海拔高,气候比较恶劣,然而经过几年的生活,他发现这里世俗新异,生活多彩,农牧民热情豪放。这里的景美、人美、情浓。决心用笔将这些告诉人们,并选择了散文的形式,连续创作发表了《彩虹之乡》、《日西玖》、《涯曲藏酒情》、《高原上的海子》、《一次有趣的狩猎》等散文。作品中迷人的景色,美好的人物,动人的情感,给人留下难忘的印象,为藏族散文园地增添一束艳丽的鲜花。

长青散文多为借景抒情之作,这并非是作者缺乏思辨的机智,也并非没有记叙的能力,而是因为采用情景合一的手法,能更好地表现高原美的景、美的人和浓的情。《涯曲藏酒情》那夏日雨后的甲涯景色,如一幅迷人的图画:"只见一条彩虹从无量河上升起,隐隐落在上甲涯卡娘河的碧波中,蓝天却象一面巨大的镜子,映出了彩虹的影子。"高原的夏季是美丽的,高原的秋色同样是斑斓多彩的:"山巅的桦林变成了金黄色,树叶闪射着太阳的反光,山谷中的杂林红的、绿的、紫的,重重叠叠,就象画家手中的调色盘;涯曲秋水碧绿碧绿、清澈见底,它象一条蜿蜒的缎带,在山涧缓缓飘绕。"如此动人的高原景色,既新奇,又独特。在作者的笔下,无论是夏景还是秋色,无论是山林还是湖泊,无论是乡村还是牧场,都是那样的美丽多彩。

长青用他多彩的笔描绘着一幅幅美丽的高原画图,但并不是蹩脚的色彩匠,而是巧妙地将真挚的情感融入一幅幅图画中。古人论文,有"景语"、"情语"之说,长青深谙这一点,他将"情语"自然地融汇到"景语"之中,达到以景引情,景情互补的艺术效果。《色尔玛花》看似在描写那朴实无华、不畏寒霜生存在海拔4000多米高原上的色尔玛花,而主旨则在赞美扎根高原、默默奉献的工作队员老程。《高原上的海子》、《雪山草地上的温泉》等,都是情景交融的感人之作。文学作品中的情不是凭空产生的,而是有感而发的,是对生活、对人情感受的产物。一个对生活浅尝浮掠的人,一个没有用全身心去拥抱生活的人,是不会有真情实感的,是不可能写出让人神往情动的作品的。

表现高原藏族人民的风俗民情,从而挖掘出深刻的生活内涵,是长青散文的一个特点。《日西玖》记述高原人民一年一度的赛马会,就题材而言,并不新颖,但作品却从深层次揭示传统文化对一个民族心灵的震撼。千百年来流传不断的草原盛会,是高原人最高兴的日子,蓝天、绿草、星罗棋布的帐篷、人欢马叫的场面,令人神往,使人陶醉。然而在那黑白颠倒的年月里,一夜之间成了"四旧"被禁止废除。党的民族政策的重新落实,使草原焕发了生机,人民生活欣欣向荣,传统节日日西玖恢复了往日的盛况。这是传统文化的新生,更是民族的新生,国家的新生。

长青散文追求艺术技巧上的完美,除情景互补手法外,还运用一些较成功的艺术手法,收到较好的效果。《洼曲藏酒情》采用欲扬先抑的手法,在去洼曲的路上,"我"看到不少从洼曲返回的区乡干部,都在马鞍上挂了个塑料酒桶,还听到"不饮用洼曲水酿造的青稞酒,那才是遗憾的事"的谈论。然而"我"对此却不以为然,那土深色、带酸味、水分很重的煮酒,怎能跟正宗的老窖、高粱白相比呢。而且第一次喝它,"我"就被这"低劣"的酒醉倒了,发誓不再喝这种酒。但在涯曲工作了4个月后,"我"不但爱上了这里热情好客的藏民,也爱上了那涯曲青稞酒。它"醇香清心,美滋滋的",当"我"离开涯曲时,马鞍上也多了个酒桶。这一贬一褒,并非涯曲青稞酒味变了,而是"我"的情感变了。

长青散文语言朴实、自然,但初期的散文存在有"华而不实的毛病"(作者语),过于追求文辞的华美,使作品不时显露出空洞之感,这在后期的作品中有所改善。

章戈·尼玛,1956年生,原名廖才贤,笔名章戈·阿图嘉,四川省甘孜藏族自治州炉霍县人。1970年参加工作,任炉霍县商业局职工、县公安局民警。1976年应征入伍,任成都军区第一测绘大队测绘员。1983年毕业于西南民族学院语文系藏语言文学专业。历任《甘孜报》采访组组长及编辑部副主任、主任、副总编辑,高级编辑。1983年开始发表作品。1994年加入中国作家协会。著有散文集《流动的情歌》,报告文学集《康巴吉祥地》、《孕育康定情歌的地方》(合著),藏文散文集《金色花》等。散文集《流动的情歌》获全国第四届少数民族文学创作奖。

1991年10月,四川人民出版社推出"环山的星文学丛书",其中收入章戈·尼玛的散文集《流动的情歌》,这是当代又一部藏族作者的散文专集。《流动的情歌》共收作者12篇散文代表性作品。综观整部文集,给人深刻印象的是那流动的浓浓情感,真切、自然地表达出对故乡的思念,对雪山、草地的恋情,引起读者的共鸣。其中《长江源头的歌》和《色青麦朵的思念》较有代表性。

《长江源头的歌》(获《羊城晚报》征文奖和四川文学奖)是一首思念故乡亲人之歌。通过对长江源头故地的思念,表达一种既凝重又喜悦的情感。"一条清亮的小河带着项链般的冰片,从我的帐篷前淌过。她缓缓地走来,缓缓地走去,像阿妈的步子"。"小河如母亲的奶汁喂养了我,我常把母亲和小河连在一起"。"我常常注视着那小河流来的地方,有时,我想阿妈可能就在那遥远的雪山那边,那里是一块宝地。阿爸说过,阿妈去了一个美丽的地方。为了勾勒阿妈的形象,我在小河边用思绪的笔不停地画呀画,可阿妈却像远处的雪山群一样模糊,留给我的是漂浮的印象。"这是一个6岁孩童,因失去母爱而渴望得到母爱的期盼之情。时光流逝,并没有削弱"我"和阿爸对故乡的小河以及母亲的思念之情。父子俩在时隔20多年后终于踏上了寻找故乡梦的途程,"历经半月之久的颠簸,终于回到了小河身边","这偏远而宁静的地方,就是我的故乡"。真切地表现了对故乡、对亲人的思念之情,更可贵的是它并不仅仅是一种儿女私情,而是交织着民族情、祖国情。"母亲的爱永远会留在人间,就像格拉丹冬雪山群里的雪融水点点滴滴永远流不完。雪山是母亲,那滴滴雪融水是母亲的乳汁,她从我故乡的小河开始,一直汇流成长江,养育了一个古老的民族,一个强悍的民族。"巧妙地将母子情、父子情、故乡情同民族情、祖国情联系在一起,真切自然,毫无牵强附会。

《色青麦朵的思念》是一首献给老师和表现民族团结的深情之歌。"色青麦朵"是草原上的一种花,每当四月,草原上的色青麦朵一点点、一片片地铺垫在草滩、路边时,馥郁的清香便会盛满这块土地。色青麦朵花是一种思乡恋土的象征,它使"我"常常想起一位幼时的汉族女教师,她扎根草原20年,"二十年中,她从未离开过西卡草原,可爱情从她身边溜走了"。1975年,一场暴风雪差点要了她的命,西卡人发誓要养她一辈子,但她还是被她哥哥接回了内地。然而西卡人没有忘记这位教他们认字,教他们数羊,使他们懂得了山那边有大海的老师。作品寓情于景,十分感人。

格央,女,1972年出生于西藏昌都地区察雅镇。1994年毕业于南京气象学院,获理学学士学位,就职于西藏自治区气象局,应用气象工程师。1996年开始发表文学作品,以小说和散文为主。2005年加入中国作家协会。著有散文集《西藏的女儿》、《雪域女性》。散文《小镇故事》获西藏作家协会颁发的首届"新世纪"文学奖(汉文奖)。

　　散文集《西藏的女儿》以藏族女性为主要描写对象,表现西藏高原上的各种女性,她们的生活和心灵,她们的快乐和痛苦,为她们欢呼,也为她们哭泣。作为藏族女性中的一员,格央自小生活在西藏,在传统的西藏文化氛围中长大,熟知藏族女性的生活和她们在特殊环境中所面对的问题和困难,正是有了这种熟悉的体会,很多普通平凡的藏族女性成了她笔下的人物。《牧场主的妻子》、《铁匠的女儿》、《八廓街的康巴女子》、《女巫师》等,让人感受到西藏高原女性的喜悦和悲痛,她们有最原本的女性特征,最真实的西藏文化熏陶,最细小却又让人难以忘怀的女性关怀。通过作品这样的描述,读者和她们会有从未有过的接近,从未有过的理解和信赖!

　　格央认为,写作固然是一种自己真实生活的积累和再创作过程,但它更应该是一种心灵的呼唤和感悟,是心灵对生活的思考和倾诉。就像是自己多年孕育的孩子,不论他是丑还是美,是健康还是体弱,总是一如既往地爱和关心着他,把自己的一切都毫不犹豫地付出。因此,她特别感激作品里的那些人物,不论她们有多少不足和缺陷,她还是发自内心地感激和爱着她们,她认为,她们是她生活中最重要的一部分。

　　作为一个女性作家,格央兴趣盎然地倾心于叙写藏族女性的生活状态和开掘藏族女性的精神世界。她的笔触几乎别无旁逸地指向了现实生活或历史传说中的各个阶层的藏族女性。而更让人

第九章　中华人民共和国时期散文(1949—2008)[中]

新奇与心动的是,她在叙述中所持有的那种对待藏族女性的情感经历和价值判断。可以这么说,格央的文学世界,是一个为藏族女性书写历史的世界,是一个为藏族女性营造、设置、敞开的世界,也是一个年轻的女性藏族作家描绘、展示藏族女性的历史状况与现存境遇,探究她们的情感经历和精神轨迹的世界。

20 世纪 80 年代后,一些专事小说、诗歌创作的藏族作者也不时地写些散文,如意西泽仁、丹珠昂奔、扎登、益希单增、格桑多杰等。他们因为有着文学创作的基础,散文质量较高,表现出各自不同的特色,提升了当代藏族散文的品位。意西泽仁《帐篷情思》是一篇叙事散文,描述在草原牧民中生活的感受。初次住帐篷,感受到的是牧民帐篷的简陋:"这些帐篷是用黑牛毛织成的,除了几根撑持的木杆外,再没有别的建筑材料。居住在如此简陋的帐篷里的牧民,却有着开朗、热情和好客的性格。""虽然第一次住帐篷,但我真像回到了自己家一样。"后来再住帐篷,感受到的是牧民生活的变化和他们的喜悦之情:"渐渐地,我发现牧民的帐篷在一年年变大,而且在帐篷里看到了新被盖、收音机、缝纫机。"就像摆龙门阵一样,将亲身经历的动人事情提炼精华,有条不紊地叙述出来,反映出新时期牧民生活的巨大变化,具有真实的民族感情、浓郁的草原气息。

丹珠昂奔《年茶》描写华锐藏区喝年茶的习俗,透露出许多当地藏族年节风情。每到年根,人们总要背来冰块"拿到房顶上,砸碎了,沿着房沿一溜儿摆开,晶晶亮亮的冰块像星星在那里眨眼,仔细看,还有不少霓虹围绕着冰块哩"。过年时,藏族人从不贴春联,"门前常常用糌粑或石灰粉等画了吉祥结的图案"。年茶是在一碗热腾腾的奶茶里放一点酥油、几颗红枣,边喝边谈古论今,表现出藏族人喜欢相互打趣乃至讽刺的性格:"话说得尖酸刻薄,只是打嘴仗而已,并没有恶意,讲完了朋友归朋友,不小心眼记私怨。

那确实需要一些涵养,没有涵养是受不了的。"在叙述喝年茶等习俗时,还回顾了十年动乱中"阿米"老人盲目"闹革命"的事。作品弥漫着祥和的气氛,语言细腻自然,给人留下较深的印象。

扎登《这里是歌舞的海洋》展现名扬四方的四川藏族"巴塘弦子"的精彩画面:"央妮"(庆丰收)节上的弦子晚会万头攒动,人们熙熙攘攘开始跳起圆圈舞。领舞的人每人都拉一把自制的羊皮琴,也称"弦胡"。人们跳起"左手右脚舞","随着拉羊皮琴的老阿爸缓缓移动,人们飞舞彩袖,踏步轻盈,歌声圆润,舞姿潇洒,显得那么飘逸、典雅、轻柔。特别是姑娘们的腰部动作灵巧自如,随着音乐的节奏微微摆动。"在描述舞蹈场面之后,又通过益西老人之口叙述藏族舞蹈的基本特征:"因为海拔高度的不同而有所区别:在高寒的地方,动作粗犷有力,犹如雄鹰飞翔;在稍低一些的地区,动作激烈,节奏快速,如似骏马奔驰;而气候温和的地方,舞姿悠缓,仿佛白鹤漫舞。"将作者的情与民俗糅合在一起,以习俗见情感,以习俗传知识。

第二节 彝族散文

彝族现代散文创作可追溯至20世纪30年代,与各族散文一样,那时的彝族散文表现出较强的政治热情,代表作家是李乔。李乔虽以小说名世,也写有许多散文和通讯报告,如《锡是如何炼成的》、《我的走厂》、《在个旧》(1931—1936)、《旅途》、《军中回忆》、《禹王山的争夺战》、《台儿庄抗日前线的张冲》、《活捉铁乌龟》、《饥寒褴褛的一群》(1937—1941)等。以朴素清新的笔调,描绘新中国成立前的人间沧桑和铁血征程,体现出李乔散文逐渐由主观的抒写转向客观的描述,由自我内心的观照转向社会发展的观照的变化特点。报告文学《禹王山的争夺战》是李乔加入滇军开赴鲁南参加台儿庄战斗,在战地采写的,反映的是鲁南禹王山对日之战。第一部分写抗日战士在敌人的狂轰滥炸之中急行军,赶往前线。第二、三部分写战斗实况,敌人为了夺回台儿庄,要先夺取屏障禹王山,我军立即针锋相对地向日寇反击,"重炮声、迫击炮声、机枪声、步枪声混乱一团",抗日战士们多次猛冲,连通讯连也都上了阵,终于夺回了禹王山。作品真实地反映了台儿庄战斗的一个侧面,关键之处浓墨重彩,有感人的艺术魅力。李乔在滇军中还写下了报告文学《军中回忆》,之一《王班长的悲哀》通过王班长悲愤控诉长官克扣军饷,揭露国民党军队的腐败;之二《逃兵》写一位逃离国民党腐败队伍的"逃兵",他曾是机枪连的攻坚英雄,入伍前曾与红军接触,亲眼见到红军纪律严明,与百姓如鱼水之情,通过对比,他决定当"逃兵",从另一角度反映了国民党部队的人心涣散。新中国成立后,李乔出有小说散文集《寄自小凉山》、《小凉山漫步》、《春天的脚步声》、《彝家将张冲传奇》等。

20世纪50、60年代,彝族散文创作发展较快,阿凉子者的《妞妞和她的月琴》,苏晓星的《春耕》、《马帮一日》,熊正国的《双龙河畔的声音》,熊家斌的《故乡的明灯》、《家乡的火把节》,纳张元的《细细的小路》,吴其拉达的《快乐的罗苏》等,从不同角度、不同层面反映了各个时期彝族地区的生活状况和精神面貌。这一阶段的彝族散文创作政治化色彩明显加强。新时期以后,尤其是20世纪90年代以来,彝族散文创作开始出现根本性的转型,创作主题从歌颂转向哲理思辨,由社会转向自我位移,不少散文开始关注日常的人间情感。张昆华的《梦回云杉坪》、《鸟和云彩相爱》,米切若张的《情感高原》,阿里的《我的红河谷》、《远去的身影》,杨贵富的《彩色的情话》,诺尔伍萨的《融入山界》等作品,通过以我为中心的生活场景与情感体验,反映当下社会生活复杂的人际关系和生存现实。

新时期以来，彝文散文创作发展很快，因为它短小精悍，反映生活迅速及时，便于为广大的彝文作者所掌握。在各种彝文散文中，又以抒情散文发展最快。自1980年11月《凉山文艺》彝文版创刊号上发表了沙马且且的《伟大的祖国》和马海海尕惹的《春天来了》两篇彝文抒情散文后，迄今四川两个彝文报刊又相继发表数百篇彝文抒情散文。其中，比较有影响的有曲木拉体的《可爱的凉山》、吉鲁木基的《美丽的彝海》、阿果拉毅的《泉水》、阿都合基的《赞蜜蜂》、丁长河的《花儿开放了》、马拉呷的《百三叶》、阿巴乌呷莫的《百花盛开的时候》、马海海尕惹的《家乡的雪》等。这些作品从不同角度、不同侧面，反映了彝族人民的新生活，充满激情地歌颂党、歌颂祖国，赞美祖国的壮丽河山，给人留下难忘的印象，受到读者好评。

彝文叙事散文，数量虽不及彝文抒情散文多，但它取材广泛，内容丰富多彩，其影响也不亚于彝文抒情散文。其中，沈伍己的《红军过彝区》、阿巴乌呷莫的《啊，妈妈》、卢兴赴的《凉山的脚迹》、惹雷日色的《马达和克的变迁》等作品，被选入大学彝语文教材。《红军过彝区》是一篇具有史料价值和艺术价值的彝文叙事散文，分五个部分："红军要来了"、"红军来到了彝区"、"歃血结盟"、"红军走了以后"和"盼红军回来"。作品是在深入调查、充分掌握第一手资料的基础上完成的，真实地记述了红军长征通过彝区的详细经过，高度赞扬红军的革命英雄主义精神以及他们模范执行党的民族政策的优良作风，反映彝族人民在革命关键时刻所起的作用和贡献，表现彝族人民对中国共产党和工农红军的无限热爱和崇敬。

彝文游记散文近几年也有所发展。果基木呷的《游马姑山的一天》是第一篇彝文游记散文，以"移步换景"、"情景相融"的手法，描绘马姑山的山色美景，表达对家乡、民族、祖国的热爱。此后,四川两个彝文报刊相继发表沈成军的《峨眉山游记》、骆元章的《石林》、阿鲁斯基的《滇池游记》等几十篇彝文游记散文。

张昆华,1936年生,云南昆明人。1951年入伍,历任战士、卫生员、文化教员、昆明军区文化部文艺编辑,《云南日报》副刊部主任、《边疆文艺》杂志副主编、云南省作协副主席。1956年开始发表文学作品,写小说、诗歌、散文。1979年加入中国作家协会。著有散文集《洱海花》、《多情的远山》、《遥远的风情》、《梦回云杉坪》、《鸟和云彩相爱》、《漂泊的家园》,散文诗歌小说集《云雀为谁歌唱》等。其中,散文《杜鹃醉鱼》获1979年《儿童文学》优秀作品奖、《春城绿意》获1998年《人民日报》优秀作品奖、《东巴故园情》获1996年中央人民广播电台海峡情征文一等奖、《我与税收无故事》获国家税务总局征文一等奖。大量散文在台湾和香港报刊刊载,有些篇什被译为外文,受到海内外读者和评论家的关注。其散文个性鲜明,真情激荡,文才飞扬,地域色彩浓郁。

张昆华散文表现云南美,兼具地域特色、民族特色、美感特色。他在散文集《鸟和云彩相爱》自序中说"如果云南和散文相融合就会有美文诞生","这样的美文将使云南的美和散文的美获得共同的生命,甚至可能是永远的生命"。近20年来因得时代、人民和江山之助,云南已成为我国一个重要的散文创作基地,云南自身也形成了一支由各民族作家组成的散文创作队伍,张昆华正是其中的重要作家之一。其散文既闪耀着高黎贡山、哀牢山、玉龙雪山和金沙江、澜沧江、瑞丽江的绮丽光彩,同时也使大好江山在语言艺术之光的辉映下更加绮丽。

张昆华的散文题材广泛,但对云南的自然美和人文美情有独钟,以个性化的方式作了生动而深刻的反映。其特点表现为:一、云南并非理想中的净土,真善美与假恶丑相比较而存在、相斗争而发展,但作者全力反映的是云南大地上处处可见的真善美。在其笔下，云南的自然美、人文美，规避了人文与自然的冲突，侧重表现的是人文与自然的和谐。创作意象和审美选择，不仅符合散文中"美文"的样式，而且更接近云南自然与人文的本质。云南的美丽、丰富、神奇为世人所公认。二、散文的思想内容，是有层次差异的。张昆华散文也写实际生活层面和情感情绪层面，但并不仅仅停留在这样的层面，他十分注重对独特个性层面、深邃人性层面和生命体验层面进行深入开掘和艺术表现。三、集诗人、小说家和散文家一身的张昆华巧妙利用散文对其他文类的包容性，使诗歌和小说的因素栖居在散文里，别开生面。其散文富有诗情，又保持着自由和散淡；有人物与故事，却不像小说那样凸显人物的性格冲突和故事的前因后果，而且人与事都具有真实性，没有任何想象和虚构。

《梦回云杉坪》和《鸟和云彩相爱》是张昆华散文的代表性作品。《梦回云杉坪》描写玉龙雪山和云杉坪的美丽与神奇，叙述纳西族青年男女殉情的哀婉而悲怆的故事，刻画一位以半个世纪的精力，孜孜不倦地研究东巴象形文字，对玉龙雪山怀着皈依之情的老学者形象。这位老学者名叫李霖灿，曾任台北故宫博物院副院长，是海内外在东巴文化研究方面功夫最深、成就最大、贡献最多的大师级学者。正是他的诸多权威性论著，使欧美和东方各国的学者以及无数游客流水般地涌入丽江研究东巴文化，观赏玉龙雪山美景。这位"大东巴"78 岁诞辰那天，望断云山，想到年迈之躯已经难以前往丽江，便在台北寓所对着明镜剪下一绺黑白相间的头发，遥寄在德国科隆大学研究东巴文化的丽江纳西族青年学者杨福泉，请杨福泉回乡时把头发埋在玉龙雪山上，借以倾诉自己对东巴故园的思恋之情。"这当然是有别于以情死去寻求乌托邦玉龙第三国的那种爱的另一种更伟大更美丽的爱。因为这种爱能够在文化中永存并滋养人类的精神花朵。"文章意蕴深隽如诗，写人叙事生动如小说,行云流水般自由舒展的气韵如散文。纳西人和纳西精神,东巴历史与东巴文化,以及人类对真善美的执著追求得到艺术的体现。

《鸟和云彩相爱》写云南摩梭人,鸟是太阳文化的崇拜物,摩梭人情歌里常把男人比喻为鸟;而云彩是月亮、美丽、温柔女人的象征。作品从摩梭文化的根写起,写蓝色的泸沽湖,独具特色的摩梭语,老人讲述的创世纪传说故事,每年夏历七月二十五日举行的祭祀格姆山的转山节,写母亲为尊、女人当家的母系制家庭。这种母系制家庭在全世界绝无仅有,像无价宝石一样吸引着人们,而人们又很难找到这种母系家庭的历史血脉和文化底蕴,无法走进摩梭人的心灵世界。作品将这种母系家庭作为描写的中心,从各种维度写摩梭人的情爱性爱与婚姻家庭的实际情况,显现摩梭人社会本质、文化根系和心灵密码,进而透视人类社会情爱性爱和婚姻家庭发展趋势。以形象化、情感化和审美化的方式再现了摩梭人的社会生活与心灵世界,打开他们两性之间美丽、和谐而又十分隐秘的门窗,并在终极关怀的意义上,对与此相关的人类问题进行形而上的叩问与追寻。作品以艺术的语言表现云南泸沽湖地区自然与人文的和谐存在,出色地实践了作者以"美文"表现云南的美的散文理念。

熊家斌(1940—2004),云南漾濞县人。新时期以来,创作发表了许多散文作品,反映云南边疆风光和民族地区生活,以及家乡的今昔变化。其散文具有浓郁的诗情画意,但又不仅仅停留在优美的自然景物的描绘上,而是在此背景上,着力表现各族人民历史命运和生活的变化。《故乡的明灯》通过对彝家昔日点松明时打火镰的"铮铮"声、昨日点香油时擦火柴的"嚓嚓"声、今日开电灯时拉开关的"嘀嗒"声的对比,反映彝家三个不同历史时期的生活变化。对于长期处于落后状态的彝区和彝族人民来说,这种变化是激动人心的,是彝胞世世代代的美好愿望。

熊家斌散文从题材内容看,主要分为两类:一是写其家乡漾濞,二是写其第二故乡畹町。在他笔下,千里彝山秀丽迷人,人物也独具风貌。《家乡的火把节》叙述火把节的来历与盛况,特别是火把节之夜的热烈场面,有声有色,十分壮观,令人神往心醉。光明的火把,象征着彝族人民对自由、幸福、光明的渴望。对故乡的土地和各族人民的爱恋,为他们的欢乐而歌唱,为他们的痛苦而呼吁,作者的心与彝族、傣族、景颇族等人民的心紧紧相连,使其散文充满激情和时代感,而且爱憎分明。如《核桃裂了》、《石门怀念》等,当人们目睹核桃的故乡遭受"红色风暴洗劫"的时候,能不为老队长被"腐蚀性极强的核桃青皮抹黑脸"而义愤填膺吗!

对生活、对民族、对故乡、对人民深沉的爱与一颗赤子之心,使熊家斌散文具有蓬勃生气。他能敏锐地、以小见大地获取丰富的散文创作题材,核桃、石门、藤树、甜柿、绿竹、明灯、攀枝花、万年青、含羞草等等,这些平凡而为人常知并不引人注目的小事物,一到他的笔下都被赋予了新意,托物言志,极为丰富、动人。《深秋话甜柿》从柿子的吃法到柿饼的做法,从柿饼又到柿霜,甚至连柿饼的功能和它的经济价值,都有详尽的描述。作者擅长把零碎的材料汇成一个整体,把一些具有民族和地方特色的细节编织在一起,栩栩如生,别有风趣。

具有浓郁的乡土气息和民族特色是熊家斌散文在艺术形式方面的最大特色。语言通俗易懂、简练利落、生动风趣,且多用方言,构成其散文朴实无华的文风。熊家斌散文尚存在视野还不够宽,题材还不够多样,有的篇章比较直白,议论过多,没有注意感情的升华,手法变化不多,一般化的问题。

当代彝族散文作者还有龙志毅、阿凉子者、阿蕾等。龙志毅有《八旗亭怀古》、《三十年过去》、《目光》等作品。《目光》以灼热、深沉的感情怀念一位阔别30多年的老师,没有枯燥的叙述和描写,也没有浮泛的、生硬的抒情,而是把叙述、描写与抒情融为一体,使对齐老师的"悠思"得到充分的体现。"三十多年来的时光像流水似的过去,但却永远流不尽我对齐老师的悠思。齐老师,你在哪里?"感情是如此真挚而深沉,一股激情贯注于其中。阿凉子者有《妞妞和她的月琴》(获全国第一届少数民族文学创作奖)、《阿郎山的日出》、《"妈妈女儿"的故乡》等作品。阿蕾有《故乡的清泉》、《家乡的月夜》、《在首都过彝族年》、《沼泽菜苔》等作品。

第三节　哈尼族散文

哈尼族当代散文创作始于20世纪50年代,1956年毛佑全的散文《哈尼山寨》在《边疆青年报》发表,1965年阿朵的散文《亮》在《边疆文艺》发表。1981年朗确的散文《茶山新曲》获全国第一届少数民族文学创作奖和云南省文学创作优秀作品奖,这是哈尼族作家获取的第一个全国性文学大奖,朗确也因此成为哈尼族获得全国少数民族文学重大奖项的第一人。1988年诺晗的散文《太阳》获全国第三届少数民族文学创作新人新作奖。1999年莫独的散文集《守望村庄》获全国第六届少数民族文学"骏马奖"。此外,艾吉的散文集《清音》、哥布的长篇文化散文《大地雕塑——哈尼梯田文化解读》获云南省文学艺术创作奖,哥舒白的散文《一棵未被命名的树》获云南《边疆文学》优秀作品奖。昔日无作家的哈尼族,20世纪90年代已有散文作品作为全国学生汉语文学习的范本,诺晗的散文《山间又响马铃声》和李雄春的《苏醒的山寨》分别收入全国小学语文统编课本和大学中文教材,成为有作家作品被选入统编教材的少数民族之一。由于散文、报告文学能迅速反映现实生活和表达情感愿望,多数哈尼族作者在创作初期选择散文体裁,以后虽致力于其他体裁的创作,仍坚持散文、报告文学创作,涌现出诺晗、毛佑全、哥布、存文学、艾吉、黄雁、莫独、陈曦、李少军、王家彬、李雄春、冷莎、赵德文、泉溪、金美玲、阿罗、明追、存一榕、哥舒白、钱颖、车明追、史军超、朗确、井力、白茫茫等一批作者。出版了《火塘边的神话》、《留在20世纪的脚步声》(诺晗),《空寨》、《大地雕塑——哈尼梯田文化解读》(哥布),《清音》、《散步红河》(艾吉),《怀金蕴宝的群山》、《拉祜县长》(存文学),《奕车风情》、《哈尼山乡风情录》(毛佑全),《怀念远山》(陈曦),《守望村庄》、《寨门》(莫独),《事与物》(李少军),《阿佤山的孩子们》(黄雁),《哈尼弄潮女》(王家彬),《不灭的火塘》(李雄春),《家在泊那河大峡谷》(冷莎),《第九根月光》(赵德文),《太阳转身的地方》(敏塔敏吉),《从部落王子到佤山赤子》(毕登程)等一批散文集和长篇散文、报告文学作品。

  当代哈尼族散文作者,虽然大都已进入城市工作生活,但仍然与哈尼山寨有着紧密联系,对故乡土地、亲人的眷念,强烈地散发于字里行间。李雄春通过篾桌、锁、石板、杞麻、火塘等把他的亲情、哈尼古老风俗,表现得极为感人;莫独倾向于诗意散文,文笔简练,吟咏的事物广泛,山乡的人事、风情几乎都进入了他的笔下,他把这些称为"故土上生长的恋歌";艾吉善于用散文叙事,如行云流水般顺畅,不啰唆,少冗句,情真意切地把他记忆中的母亲、朋友、阿收姐、放牛老人、曾祖母,写得亲切动人;朗确散文朴实、稳健,深挚的情感在平静的描述中潜行,以多情的目光凝视自己民族的生活、人物、事件和风情。

  诺晗,1956年生,汉名李永万,云南省元阳县俄扎乡人。历任中小学教员、县文联秘书长、昆明市文联专业作家、云南省税务干部学校教师。1980年开始文学创作,写散文、小说、报告文学。1988年入西北大学作家班。著有散文集《火塘边的神话》、《留在

20世纪的脚步声》等。散文《太阳》获全国第三届少数民族文学创作新人新作奖、《神奇的山寨灯火》获《散文选刊》"全国散文大奖赛"三等奖。诺晗虽也写小说,但以散文创作为主,其散文语言朴实清新,富有浓郁的民族特色,在哈尼族作者散文创作中具有一定的代表性。

诺晗属于乡土散文作家,清新明朗,具有哀牢山叮咚作响的山泉般韵味,是其散文的重要特色。作者深受民族文化的熏陶,又有较大的创造性,将对母族、母亲、母亲之山的眷念融入诗意的散文意境中,热衷于描写哀牢山哈尼山乡的一切人与事:父亲使用了几十年的火镰、母亲背了一辈子的背篓、与小伙伴们撮鱼捉泥鳅黄鳝的嬉笑、山间小道上叮铃叮铃的马铃声……均在其散文中有着温情的描述,带着几分羞怯与细腻,带着几分隐隐作痛的快意。《太阳》以一个哈尼族孩童的眼光描绘母亲,她的慈爱、辛劳、耐心、质朴,在儿子点点滴滴、绵绵无尽的回味中表现而出。文章从一个极高的视角来观照一位母亲,而这位寻常的哈尼母亲,在作者看来就是太阳本身,她(它)温暖着儿子,回护着儿子,用终生的辛劳养育着儿子,同时也温暖、回护养育着这古哀牢千山万壑组合的世界。每个人都有自己的母亲,每个人都有一颗照耀人生的太阳,这是人类至死不忘的情怀。将此宏大意境,用细腻的笔墨精致地描绘而出。

温情是诺晗散文的基调。诺晗散文似一个多情的恋人,总在含情脉脉地张望着他的情人——家乡,且总用哈尼家乡的温暖与外部世界的冷漠作对照。诚然,进入都市的哈尼人情感失落太多,于是那古老而惹人的乡思便融化为一片片诗意的白羽向远方的家乡、向他们的根之所在飘去,折射出他们对外部世界的隔膜与疑惧,是哈尼族内敛文化的衍化。人们深为外面大千世界的万紫千红所吸引,渴望走出哀牢山,一旦他们走出来,被冷酷物质世界的利爪撕伤或被那带有强烈文化优越感的都市人睥睨的目光灼伤，他们就立即像孩子呼喊着奔向母亲的怀抱般回到家乡，因为那里有的是熟悉、习惯、亲切的温情。这在《家乡的蘑菇房》中有着充分的体现，围绕蘑菇房"冬暖夏凉"四季宜人的建筑特征，展开人性美的精神建构。作品随意地叙述着儿时的种种快乐：在火塘边和妹妹炸苞谷花吃、在阿妈磨豆腐的嗡嗡声中猜谜语。豆腐做成后，阿妈叫两兄妹把豆腐送给邻居，20多户人家每家都有一碗，剩下的才自己吃。寨里的习惯是有东西大家吃，男人上山打猎，哪怕打着一只竹鸡，也要分给孩子们，即使自己一口吃不到也心满意足。出来工作后，住进小镇上的楼房，这里生活方式与山寨不同，人们各自忙碌，路人匆匆而过，家乡那亲如家人的场面再也见不到，令人怅惘。于是失落感油然而生，面对环绕自己带有冷意的墙壁，明白了家乡蘑菇房为什么在严寒的腊月也不觉得冷。在美的世界里没有对与错，现代社会要发展，传统的蘑菇房和蘑菇房中的传统生活模式一定会被新的东西取代，这是历史的必然，追回、固守旧有或许不对、不合时宜，但作品表现了一种美的毁弃，一种悲剧精神的发生，体现出文章的深刻底蕴，文意优美。

诺晗散文用情感的笔调写成，很能触动人的灵魂。它的情感，它的意境，它的语言，相当美，相当有深度。看不到风花雪月般的做作，看不到拖泥带水的描述，看不到个性化的赤裸，看不到空泛的无病呻吟的抒情，看不到矫饰虚浮之词，看到的是实实在在的人生，是岁月留在作家灵魂中的深刻印迹，是真情实感的追求，是哈尼人内在的精神世界。

诺晗是一个充满颂扬激情的歌手，他从传统的歌谣、谚语、故事尤其是乡土生活中那些富于柔情与浪漫的言语、对话中汲取充盈的养分形成自己多姿多彩的美文风格。从第一部散文集《火塘边的神话》开始，把哈尼人从沉重的历史岁月步入新生活后发生

第九章　中华人民共和国时期散文(1949—2008)[中]

的变化、哈尼人精神面貌的改观以美文的形式抒写得淋漓尽致。以赞美爱情、感恩母亲的深情,"为火塘边的民族,抒写水酒一样醇美的生活"。尽管在诺晗散文中,哈尼族历史烙印的悲剧与忧患意识较淡化,但对于新生活的那种豪迈激情不能不说也是一种传统的发扬与光大,起码体现了几代哈尼人朴素的思想感情。

　　源自部分哈尼人朴素的感恩意识,诺晗散文对现实生活有所粉饰,一些内容本来比较沉重的散文,因此削弱了深沉感。由于社会发展的不均衡和哈尼族自身所处环境,大部分地区的哈尼族处于物质文明的水准线下,在秀丽的梯田深处,大多数哈尼族同胞还在为衣食所难,尚未脱贫致富,离"水酒一样醇美的生活"尚远。作为一个哈尼族作者,不应回避哈尼族面临的实际生存状况,一味称扬、盲目歌颂。

　　以小说创作为主的史军超(1946年生),也有许多歌唱哈尼山乡的散文,如《哀牢山少数民族——山凹中跳荡不息的精灵》、《崖壁诗篇》、《绿叶信》等。其中,《哀牢山少数民族——山凹中跳荡不息的精灵》刊载于台湾《大地》杂志,产生了一定的影响。史军超散文抒情意味浓郁,具有对民族传统的深沉思考和批判色彩。《哀牢山少数民族——山凹中跳荡不息的精灵》记述赫赫有名的彝族大贝玛施文柯,早在多年前就用"贝玛文"解读了中国书学史上的千古之谜《仓颉书》和《夏禹书》。多年后再访故旧,不禁感慨道:"我曾站在李亮文(施文柯大徒弟)家的平顶上,遥望脚下混莽一体的群山,感受到古今一瞬的苍凉与雄壮,我惊叹在这一座座灰扑扑的破旧土房中,竟生息着这样伟大的民族,竟孕化出如此辉煌灿烂的古文明。"对民族文化铭心的热爱和无奈的痛惜之情溢于言表,由施文柯的亡逝与文明在无知中的毁弃所感发的慨叹,有如哀牢山般的沉重。纵横捭阖的议论使史军超散文更加沉雄厚重。

　　黄雁,1962年生,女,云南墨江县人。西南民族学院中文系毕业,普洱市党校教员。她写小说,也写散文,是一位具有一定实力的哈尼族女作家,著有报告文学《阿佤山的孩子们》。黄雁汉文化素养深厚,对本民族社会历史了解、认识深刻,并能"以女性的细腻和敏感,以母性的爱心和温情,以少有的毅力和勇气,用精彩的文笔为大千世界献出一曲心灵至诚至善至美的歌声"①。不仅对《阿佤山的孩子们》是贴切的评价,对黄雁散文、报告文学也是整体客观、准确的评价。黄雁始终将真情献给自己的民族和养育其祖祖辈辈的土地,动乱和困难时期,在哈尼山寨生活了一段时期的黄雁,怀有对民族对家乡的深深依恋。她的作品试图立体地、站在较高的视点上展示哈尼族古老、神奇、悲壮而又斑斓绚丽的历史画卷和现实生活图景,试图用现代文明的眼光对本民族传统文化进行重新审视和判断。散文《土命》反映作者与自己民族和土地的深厚联系、浓烈情感,《昙华寺听雨》、《太华寺访桂》等文绢秀、细腻、隽永。报告文学《阿佤山的孩子们》是作者多次深入阿佤山区以心血凝结而成的厚实的难得的力作,以积极光明的视角,反映阿佤山区的教师与孩子们战胜生存压力、征服恶劣自然环境而奋发求学的真实故事,感人肺腑,催人泪下。

  黄雁散文短小简洁,多愁善感又野性十足,有一种山野之美。《野樱花》写大山里的樱花,欣赏它的野:"山里的樱花只因带了一个'野'字,便少了许多拘束,山头山箐绯红烂漫,田间地角如火如荼。山里人喜欢,总愿把它和火连在一起。""如果到了我们山里,看到那个漫山遍野的花,真会使人心中荡漾起一种暖融融的感觉,继而也像那蓬蓬勃勃的樱花一样,对脚下这山生出火样的热情来。"作者中学毕业分到一个山村粮店工作,下班后独自一人躺在山坡上任撩拨人心的落花纷纷扬扬地落满一身,心也像花瓣快乐

---

① 龚源:《阿佤山的孩子们》代后记,黄雁著《阿佤山的孩子们》,广西民族出版社1997年版。

飘飞。黄昏后坐在老乡的火塘边小口小口喝着野樱花泡成的老酒,品着它的清香淡苦,听山民用说笑点沸热血,将孤寂化作对大山的依恋,胸中燃起野樱花般的烈焰来。而到城里,面对一幢幢水泥大厦和公园里一簇簇温文尔雅的樱花,不禁无限的寂寞与惆怅,也就日里夜里地思念起山里的樱花来,不禁揪心地呼唤:"哦,那自由自在的、如火焰般绚丽的、如火焰般温暖的野樱花呀。"将人们从世俗的尘埃中一下拽到那遍山燃烧的野樱花丛中,拽到自由呼吸的大山里。

当代哈尼族散文作者还有陈曦(1963年生),著有散文集《怀念远山》。陈曦长大后离开哈尼山乡到城市里工作,外面世界的现代文明给予他异样的感受,人与人的隔膜使其倍加怀念生养他的哀牢山,苦苦怀念远山,这怀念使他拾掇起昔日生活中的事物,那些当年不经意的日子现在显得格外珍贵、亲切而惹人心眼。《拾锥栗》回忆当年一起拾锥栗的姑娘迷诺对他是那样有情意,当他再返家乡,她已嫁为人妇,但她说的那句话"不要忘记那些拾锥栗的日子",却使他在心底藏留一份暖意的惆怅。《亲哥》里那个当年只匆匆见过一面的穷孩子"亲哥",几年后凭着一手好竹艺赚了大把的钱,来到城里大碗喝酒,大块吃肉,自己跟他买过椅子却不知他就是当年的"亲哥",蕴含有几多人生的感慨。

白茫茫,1963年生,云南省绿春县人,云南大学法律系毕业。1985年开始文学创作,著有小说散文集《没有栅栏的地平线》等。白茫茫的散文,弥漫着忧郁浪漫的气息,以白云眷恋山峦般的情怀苦恋着自己的故土,善于从司空见惯的生活琐事中发掘哈尼人独具的心灵美。

第四节　傈僳族散文

傈僳族当代散文创作始于20世纪70年代末,涌现出一批作家作品。由于散文形式短小、自由,易于掌握,且宜于快速地反映现实生活,深受当代傈僳族作者的喜爱,散文创作队伍比较壮大,发表的作品比较多。如密英文的散文集《怒江谣》、《人在旅途》、《怒江之旅》、《哈萨木——一个神奇的地方》、《一块玉米地》、《峡谷奇观》、《澡塘会恋歌》,张光泽的散文集《向阳江散文选》、《单骑万里上北京》,斯陆益的散文集《童心世界》(获全国第四届少数民族文学创作新人新作奖),熊泰河的散文《倘若你不想老》、《星星的后代》、《风雪丫口的战士》,杨泽文的散文《爬树》、《外婆的杏树》、《人生在世》等。这些作品题材广泛,以反映怒江特有风光和社会生活、历史文化、民族风俗为其特点;形式多样,几乎包括叙事、山水游记、访问散记、报告文学等散文体裁的各种形式。

傈僳族当代散文题材广泛,形式多样,风格各异,多角度、多层面地反映本民族的生活和内心世界。"老人端来一碗酒,同我共饮,我按傈僳人的习惯,一只手捧着碗,另一只手搂着对方的肩膀,脸贴脸,口唇紧贴着口唇,把一碗酒一饮而尽。蓦然间我产生了一种难以抑制的激动,人与人之间还有什么比脸贴紧脸,心贴紧心的纯真感情更为神圣的东西,在我们生活的这个祖国各民族大家庭里不正是需要更多一些这种纯真与神圣吗?""夜深了,酒还在传递着,歌还在唱。山寨醉了,人们醉了,火塘醉了,醉得很香很甜。"(余新《醉了的火塘》)"如今,岁月匆匆,时光带走了一代人的青春。父亲的两鬓生出了银丝。我也走上了自己的人生路,过着比那时好得多的生活,但儿时走在父亲身后的这段日子,却怎么也不能从我的脑海中抹去,因为它曾经是我童年生活中最值得珍惜的部分。因为那段日子,我懂得了什么是生活的滋味。"(普言东《走在父亲身后》)当代傈僳族散文作者扎根于本民族深厚的历史文化传统和丰富的现实生活土壤之中,起步不凡,但大多都还年轻,有的还很不成熟,还处于起步的阶段,处于积累生活、学习语言文学技巧的阶段。他们的作品不同程度地存在着简单、粗糙的毛病,思想性、艺术性也都有待于进一步深化和提升。

密英文散文集《澡塘会恋歌》展现怒江"澡塘会"这一独特文化现象,以一个怒江人的拳拳爱心和民族使命感与责任心描述"澡塘会"的所见所闻,并本着弘扬民族传统优秀文化和"古为今用"的愿望,将神秘的怒江大峡谷风光、斑斓的民族风情呈现于饱蘸激情的散文诗般优美的文笔中。散文集分"神奇澡塘会"和"澡塘会恋歌"二辑。"神奇澡塘会"辑录记述澡塘会期间所见所闻散文11篇,文笔清新、流畅,对澡塘会和傈僳族文化的熟稔和钟情跃然纸上,不由使人对怒江大峡谷和傈僳人的澡塘会产生向往之情。"澡塘会恋歌"辑录三首傈僳"摆时",包含的内容丰厚,表达的手段、喻事、喻物独到,甚而句子的排列方式也自成一体,使人对傈僳"摆时"暗暗折服。陈建平所作序言称"神秘的怒江大峡谷风光、斑斓的民族风情都被作者全数记录在其饱满激情的散文诗一样优美的文笔之中。不论天籁般的'摆时'或神秘莫测的'甲兹',不论惊心动魄的'上刀山、下火海'壮举,或是射头顶鸡蛋、沙滩埋情人的爱的表白,澡塘会的古老神奇传说,今天'澡塘会'的年年火爆等都由作者的笔端涌出,像涓涓细流,又像温尔水一样暖和柔润。《澡塘会恋歌》不失为时下介绍怒江澡塘会的最为详实的读物"。散文集《哈萨木——一个神奇的地方》、《峡谷奇观》,展现傈僳族文化风采,描绘金沙江、怒江、澜沧江"三江并流"及怒江大峡谷的风光。

傈僳族小说作者大多也都写散文,较有特色的如司仙华的

《猎之独龙江》,表现人性崇善、崇美,人与自然应该奏响和谐的生命乐章,对此作了生动、形象的阐释。独具匠心地以踏进独龙江,向善猎的独龙族兄弟采集"狩猎舞"为引子,描绘、叙述在独龙江采风中所见、所闻、所历之事和所思、所想。通篇有景、有情,情景逼真;有叙、有议,夹叙夹议,浑然一体;语言简明朴素,感情深沉,引人深思,耐人寻味;在细微之中出境界,既充满哲理,也别具一番情趣。"那阵阵扑鼻而来的清香烟味,让我的心归依到大自然的怀抱里,感受到一种原始气息的熏陶,静止在远古先民生息的时空中,净化着尘世混沌的污浊。这股特殊的香火烟味,让人迷离,没有风景显示你却可以感受到风景的旖旎,没有惊人欣喜的欢娱诱惑你却可以感受到心灵的震颤喧哗;美丽的大自然与心灵的舒畅是可以凭借空中特殊的气味感觉与产生的,而此时的香火蓝烟已在我的幻觉中描绘着无上的景色,与其说我在坐观这一古朴、原始的民俗,不如说我在领受着某种欢娱。原来神灵恩赐给世人的香火'神树'是有一定目的的,这烟味的特殊连凡人也陶醉。"这是在举行"狩猎舞"仪式时,点燃"神树"(香樟树做的香)后的描述。"也许,人们会说我的落伍,可我在独龙江感受到的友情亲情,经历的民风民俗,目睹到的人与人之间交往、人与自然的谐和,便是我往后在都市生活中的一个美好回忆。"这是采风归来真切的心理感受和企盼,也是当今人们的共同企盼吧!作品将简约的笔墨和遥远的意绪、浓酽的情味和散淡的描绘处置得相宜而得体。

第十章 中华人民共和国时期散文
（1949—2008）[下]

第一节 布朗族散文

布朗族当代散文创作始于 20 世纪 70 年代末，较有成就的作者有岩香兰、俸春华、李国强、蒋源、王军江等，他们的创作开辟了当代布朗族散文的最初园地，为其繁荣发展奠定了基石。

岩香兰，本名岩香南，1952 年出生于云南省勐海县布朗山新曼峨寨一农家，布朗族第一位书面文学作家。1960 至 1968 年在布朗山小学和农业中学上学，1969 年在布朗山区粮食管理所工作。1974 年入云南大学历史系，毕业后相继在勐海县文化馆、县委宣传部、县文化体育局任职。西双版纳州文学艺术界联合会首届委员、中国民间文艺家协会云南分会首任布朗族理事。岩香兰是从搜集整理布朗族民间文学开始走上文学创作道路，并从中汲取文学创作养分。他从孩提时代起就深受布朗族民间文艺的熏陶，熟悉布朗族民歌和故事，自幼会傣语，7 岁开始学习汉文，直至大学毕业，阅读过大量新文学作品，因此在搜集整理和翻译布朗族民间文学作品时得心应手。1979 年搜集、翻译、整理发表了第一篇布朗族民间故事《小蛤蟆智斗三大王》，之后陆续搜集、翻译、整理发表了大量布朗族民间故事，以及民间歌谣、情歌。岩香兰

1974年开始文学创作,写诗歌、散文、小说、报告文学。最初在《西双版纳报》、《云南日报》、《版纳》等报纸杂志上发表诗歌,这些诗作受当时假大空文学的影响,流于标语口号。后来将创作重心转向散文,并取得一定成就,其中《土壤和花朵》获全国第一届少数民族文学创作奖。

岩香兰散文散发着布朗山乡气息,流淌着布朗人的血脉,紧紧与布朗族人民的生活实际相联系,描写布朗族生活的环境、布朗族的人与事,其风格纯然是布朗式的。《土壤和花朵》描写风和日丽的春天,布朗山寨书声琅琅,布朗族的新生代在丰厚的土壤里、明媚的阳光下茁壮成长。以清新的笔调,抒发对布朗族新一代的赞美,为自己民族的进步而由衷的喜悦。《别致的婚礼》描绘西双版纳地区布朗人婚俗,新郎新娘为来宾举行洗手洗脚礼、长者给新郎新娘拴线祝福、婚宴上必备竹鼠炒香椿,对极富民族特色的拴线场景进行精细描摹,选取布朗族诗化的对话和婚礼祝词入文,不但展示出这个古老民族深厚文化传统,深化作品民族特质,而且呈现出一个民族对美好生活的追求,捧出一个民族的赤诚之心。谋篇布局繁简、疏密适当,显示出既能继承民族文学传统而又能推陈出新的创作才能。"歌声是那样优美动听,新娘新郎是那样幸福多情,布朗山寨是那样兴旺发达,我和严老师虽然没有喝酒,但都一齐醉了。"一个"醉"字,包容尽对淳朴风俗和美好现实的无限深情,充满诗情画意。

岩香兰散文充满生命气息,反映时代风云变幻、传统与现代的无声碰撞,具有浓郁的民族特色,叙述细腻,文笔跌宕,充满诗情画意,令人恍若融入布朗山寨,与那里的人们同喜同忧,同歌同乐。《南览江畔的明珠》在"美"和"变"上落笔,从正面的角度,以"一线情思串珍珠"的方式,通过描绘边镇打洛的风貌,美丽的景观、优美的传说、淳美的风俗、昆洛公路和区镇变化歌颂"政策好,面貌新"。将风物描写分散开来,放在开头和结尾,中间施以浓墨重彩,集中描绘打洛坝的风景和打洛江上傣族妇女晚浴的风俗。打洛坝的描写是静态动写,打洛江晚浴的描写是动景静写,昆洛公路的描写采用反衬手法,过去在勐混至打洛公路上乘车吃尽苦头,如今国家拨款将其改造为四级公路,旅客乘车方便愉快,以歌颂祖国边疆日新月异的变化。布局合理,描写工整匀称,辩证手法掌握娴熟。《养蜂老人》从不同角度折射出时代风云变幻、传统心理与现代意识的无声碰撞,标志着岩香兰散文创作的新高度。以熟悉的布朗山寨生活为题材,用简洁朴素的语言,描写一位养蜂能手达散,在"割资本主义尾巴"的年代,被整伤了心,发誓不再养蜂,新时期,改革开放的政策鼓起老人养蜂的热情,养的蜂比过去更多、更好。作品紧扣养蜂这一闪光点,由此开掘,鞭挞所谓"割资本主义尾巴"的政策对发展生产的阻碍,歌颂改革开放政策给农村带来的繁荣兴旺景象。善于从生活中提取诗意,通过儿童歌谣"幸福的日子现在开始,蜂蜜哟比不上它甜"和达散老人的话"甜蜜的日子来到了",将甜附丽于蜜,而蜜在此已被赋予象征意味,于是,唱出的颂歌味浓意深。在谋篇布局上,以"梦"隔断叙述,加深达散被"割资本主义尾巴"的余悸,然后写达散的再次转变,文笔跌宕,波澜壮阔。在语言运用上,注意从生活中提炼语言,使用民众中鲜活的话语,如写达散的决绝态度:"枯总补(一种树)五十年结一次果,我老死也不再养蜂!"写达散对新气象的疑惑:"难道他们也不怕斗成'基(资)本主义''长尾风猴'了吗?"

俸春华,1952年生,乳名艾迪,笔名山仔,云南省双江县人。1971年初中毕业应征入伍,1976年复员在双江县农机厂当工人。1978年考入中央民族学院汉语言文学系,广泛阅读了中国新文学和外国文学作品,为其后文学创作打下坚实基础。1982年毕业,先后在临沧地委农村工作部、双江县委工作,曾任双江县文化馆文学刊物《仙人山》编辑。1988年开始发表诗歌、散文、小说等文学作品。

  与其他布朗族作家相比,俸春华散文有着自己鲜明的风格,使人耳目一新。其散文常以小见大,注重揭示社会文化转型过程对布朗族人的影响,带有一种文化反思精神,常常直指民族文化的深层,比较厚重,有着鲜明的个性。《"感谢菩萨"》获1988年中国石化总公司和《瞭望》周刊联合举办的"我与这十年"征文荣誉奖。1979至1988年的10年,中国实行了改革开放,农村发生了巨大而深刻的变化,自幼生长在布朗山寨的俸春华对这种变化有着亲身的感受,以自身的经历描写这一变化。文章以"食"为切入口,采用对比手法,描写10年前的布朗山寨食不果腹,10年后由于承包责任制的威力富裕了起来。采用电影的连缀式"化出"法,由远及近地描写"我"因家中缺粮,母亲不得不同意自己去当兵,考上大学辞别亲友的席面上缺肉少酒,4年后返回故乡时,家乡民众不但已初步解决了温饱,还要求"好酒"。通过对话和细节来描写阿叔俸国民在不同时期的思想、愿望,真实、深刻地反映出布朗族民众的精神,以此来表现布朗山村在这10年的巨变。布局精巧,行文时善于穿插,叙述亦庄亦谐,颇富情趣,丰富了内容,加深了主题。采用冷静的叙述,在叙述中积蓄情感,最后喷发而出:"变了!变了!国民阿叔拉着我去他家作客时,又好象喝多了酒,一个劲地说:得感谢菩萨、感谢菩萨哩。""感谢菩萨"是从旧社会走过来的享受到现实生活幸福的农民的典型话语,这句朴素的饱含深情的话可谓是点睛之笔,一下子点活了前面的叙述和描写,使文章上了一个台阶。作品通过布朗山寨"食"的变化折射出社会的发展和进步,这种以小见大的构思,与作者淋漓酣畅的笔墨融合在一起,令人耳目一新。

  《我也变成了"查"》通过一个"查"字在20世纪50年代后数

第十章　中华人民共和国时期散文(1949—2008)[下]

十年间含义的变迁,反映布朗山寨的巨变,有文化的青年一代如雨后春笋般茁壮成长起来。第一部分从"查"一词的含义写起,这个词既是对汉族或其他布朗语中所没有的民族的称呼,也是对官家统治者或者有学识、有地位者的称呼。在逝去的可诅咒的年月,"查"这个词自然是指地主、恶霸,一位被抓去当炮灰的布朗族兵丁逃回家乡,惨遭保长带领几个兵丁毒打致死,全寨人惊骇万状,母亲在吓唬顽皮的孩子时常说:"查拉哦!"(查来了)。第二部分写双江县建立新政权的1950年8月,"查"这个词的词义第一次发生变化,村民把为百姓服务的干部叫作"查"。第三部分写布朗山寨成长起来的第一批大学生、中学生被称作"查",这是"查"一词的第二次词义变迁,从这个变迁,可以窥见现代化在偏僻贫困的布朗山寨的进程。采用第一人称"我"现身说法,既亲切、又有说服力。"查"和"查拉哦"是滇西布朗语,一些民族词语在不同性质的社会的含义变异,只有熟悉母语的本民族人才会敏锐地深深体味到,用它来反映社会的变迁,体现出作品地道的民族性。

《往事》描写一位将一腔心血倾注于布朗族儿童身上的汉族山村女教师,情感真挚、热烈,通过回忆性叙事喷发而出,具有浓郁的诗意。文章以一位顽皮的布朗族儿童的眼光和感受来刻画这位女教师,采用欲擒故纵的手法,通过她的笑、她关心摔伤的孩子、她为走失学生难过等事件,写出了孩子们对她从误解到信任、到爱戴的过程。"以后,我曾听说她'家庭出身不好',但我再没见过邱老师,只是这段难忘的往事,时时唤起我的思忆。"淡淡的感伤,微微的辛酸,附丽于实事上,形成情感的冲击波,在读者心田荡漾。

《蒲曼人歌》抒写观看大南直寨布朗族表演蜂桶鼓舞时的情感波澜,紧扣民族命运抒怀:在激昂的歌舞声中,感受到自己民族在历史长河中的勇敢拼搏;当舞步徐缓后退,歌、鼓低沉时,内心为自己民族的衰弱、备受欺凌而哭泣;在歌舞声转入高亢时,为自己的民族跨入历史新纪元,迎来光明而欢呼、雀跃。音乐与心声交融,给人以感染,然此情尚在表层,不够深厚。

综观俸春华散文,具有"自叙传"的色彩,有一种亲切感、真实感,似一阵阵徐来的清新山风。其散文常常娓娓叙述亲历的平凡故事,情感虽尚欠深却真实,将自己对生活的独特感受以从布朗族山民中提炼的口语道出,初步显露出自己的艺术个性。

第二节 佤族散文

20世纪80年代初,在佤族文化教育大发展的基础上,佤族自己的知识分子成长起来,特别是一些佤族青年知识分子,尝试着用汉文或佤文从事文学创作,涌现出一批文学作者,诞生了自己的作家文学。经过辛勤笔耕,他们由不成熟到成熟,形成了一个以中青年为主的不小的作家群体,创作了一批小说、散文、诗歌等作品。佤族当代散文应运而生,成就较为卓著的作者有董秀英、李明富、肖则贡、钟华强等。

肖则贡,1947年生,笔名艾嘎,云南省沧源县人。1982年毕业于云南民族学院汉语言文学系。当过"知青"、小学教员、广播站播音员、中学教员,兼任县文艺刊物《佤山文化》编委。自幼受民族民间文学熏陶,成人后接受过正规汉语言文学训练,酷爱文学,从搜集、整理民间故事进而从事业余文学创作,著有文集《佤山漫记》。

《佤山漫记》包括散文、报告文学和小说作品,从一个个侧面解读佤山,解读佤民族,展现佤民族文化心理及精神世界。多彩的童年,如歌的岁月,展现青少年时代的生活和思想历程;长于细节描写,有故事,有人物,有精巧的剪裁与构思,字里行间浸透着诚恳朴实、直率睿智,是其中散文的特点。《老师印象》写孩童时代,在家乡岩帅佤寨读小学,老师们慈父般的关怀,阳光雨露般的哺育,在幼小心灵留下的深刻印象和美好记忆,通过一个个小片断,表达浓烈的师生之情:入学之初谢宝铸老师教识字,"我"觉得汉字太难写,便耍起小聪明,"随意创造一大串弯弯扭扭,点点圈圈的小符号",结果老师批改下来,自己本子上得了几个大××;王宗昌老师调离学校时,师生依依惜别的情景:"贺勐的学生把他送到坝子头,一路恸哭。"深情感人;何兴中老师的严肃认真,"我"帮别人写感谢信,被何老师误认为是恋爱信,遭其严厉批评;王志老师在"我"家吃住,不愿给房东增加负担,"杀小鸡给他吃,他都很生气"。通过这些细节描写,"我"的聪明俏皮热情、四位老师个性鲜明的形象跃然纸上,把远逝的往事鲜活地勾画出来。《啊,阿佤人》写孩童时嬉戏,"最有趣的还是那个'共产军'打'中央军'的游戏,因为他们打仗的消息已传播到我们中间来",写"中央军"对佤族民众的欺骗,"共产军"对佤族民众的亲近。作者的童年时代,正值1950年代人民解放军"共产军"消灭国民党"中央军"残匪。作品通过孩子的语言及游戏,表达阿佤人对这一重大社会变革的喜悦之情,对"共产军"的亲近,对"中央军"的恐惧,同样的题材内容还有《央弄寨奇遇》。《梳头情话》描写佤族青年男女独特的恋爱方式,佤族青年男女谈恋爱的主要方式是"串姑娘",一般是两三个小伙子和两三个姑娘在一个姑娘家相聚,大家围着火塘谈笑。如果女方父母未眠,也可一起聊天,暗中观察来者,挑选称心如意的女婿,"为了掩饰来意,小伙子总是很有礼貌地和他们交谈,而不怎么理睬姑娘"。如果小伙子来晚了,姑娘全家都睡了,可以撬开门闩,进屋拨亮火塘,然后叫醒姑娘。如果姑娘不起,好客的老人总是厉声催起姑娘,因为"以热情的态度相待人家带来的友谊是阿佤人的一种美德"。佤族"串姑娘"最独特的习俗是"梳头",即姑娘为小伙子梳头,"有情者的希望完全寄托在梳头的时刻",只有在这时,青年男女才可能相互充分表达自己的恋情和意愿,试探虚实。作品以第一人称的手法,通过"我"和几个挚友对青少年时期恋爱生活的回忆,细致描述佤族少男少女"串姑娘"过程中"梳头"习俗的情形,生动地展现佤族奇异的婚恋习俗,情真意切,意趣盎然。《小树》写童年时因种树经历懂得了父亲的爱子之心,少年时因种树经历在班里创作出一幅优秀美术作品,青年时因种树的经历在高考时写出一篇优秀作文而考上大学中文系,成年因种树的经历在美化校园的同时引发关于经商及种树的思考。《芭蕉情怀》以芭蕉为对象,选取源于佤山生活的细节,叙写一连串与芭蕉有关的奇特故事,其中贯穿着人间悲欢,以奇特方式开头,曲折叙事方式展开,意外方式结尾,收到良好的艺术效果。

真实的人物,感人的故事,以文学语言记述佤山的建设发展变化、重要人物和重大事件,是《佤山漫记》中报告文学传记文学的显著特征。《金光闪烁》是应《佤山文化》之约,为庆祝沧源佤族自治县成立30周年写的专稿。作者徒步穿越深山老林,深入到班洪富公金矿调查采访,以翔实生动的文笔,热情讴歌佤山一个新兴企业诞生发展的历程,尽情抒写佤山各族儿女实现千百年黄金梦想后的喜悦。《"围子"里的奇异王国》是深入沧源戒毒所实地采访后所撰,面对那些熟悉和陌生的面孔,通过真实详细的人物事件记述,写出他们真实而悲伤的往事,感人至深,令人震惊,揭示出一个需要各界严重关注的社会问题,催人思考。《迷彩地带》是深入缅甸佤邦实地采访后,写出的一部优秀纪实作品。"迷彩地带"一语双关,既指佤邦军服是"迷彩服",也指生活在那里的人的"多彩而迷茫生活"。佤邦领导人鲍有祥、赵尼来、肖明亮、张月祥等,每个人都写得十分鲜活,如见其人,如闻其声。对他们及他们的地域、军队、百姓,自然作了别样的解读,既正视现实,又如实地更正了外界一些宣传上的误解。《传奇人生》是在对传主本人认真采访后,

第十章 中华人民共和国时期散文(1949—2008)[下]

花大力气撰写的肖子生传奇人生,每一细节,每一情节,每段历史,都有事实依据。肖子生是一个善良正直的作家,一个老革命老干部,"在沧源的历史舞台上,一直扮演着举足轻重的角色"。传记记述其一生的战斗生活、革命历程和坎坷曲折的命运,语言朴实流畅,人物形象逼真,字里行间处处饱含情感,浸透着爱憎。《从"佤语声韵法"到"华夏语系说"》记述一个把青春年华贡献给佤山文化事业、德高望重的汉族学者王敬骝平凡而辉煌的人生历程,勾勒王教授研究佤文化发展的基本轮廓,尤其是凝集其多年心血对佤民族具有历史性重大贡献的课题从"佤语声韵法"到"华夏语系说",表达对一个汉族知识分子献身佤文研究的由衷赞叹和崇敬之心。佤山沧源人都熟悉王敬骝,百姓们都尊称"王老师",但他的学术及贡献,特别是对佤民族文化发展的贡献,一般人却不大知晓。《爱的天使》记述全国优秀教师周建明,在佤山村寨执教的感人事迹,这个普普通通的山村教师,每调动一次,学生和乡亲们闻讯就自发地排成"一支奇异的队伍,大大小小,高高低低的几百个人,一会儿松散,一会儿拥挤,一路地哭,一路地喊,一片恸哭声,一片抽泣声",送了一程又一程,哭着"哀求:周老师,不要走"。他是千百个佤山山寨教师的典型代表,也是被誉为"人类灵魂工程师"的千千万万个乡村教师的典型代表。

董秀英(1949—1996),出生于云南省澜沧县竹塘乡大塘子村,有"佤族文学之星"、"佤族作家第一人"之称。1975年毕业于云南大学中文系,历任云南人民广播电台拉祜族语播音员、新闻编辑、文艺编辑。1981年在《滇池》杂志上发表处女作散文《木鼓声声》,开始文学创作之路。中国作家协会会员、中国少数民族作家学会会员、云南省作家协会常务理事、第五届全国作家代表大会代表。1996年12月7日,病逝于昆明。

董秀英主要以小说创作见长,也写散文。董秀英散文,民族色彩浓郁，一开始就把艺术目光的聚合点牢牢地对准了自己那个古老而又年轻的民族，通过对佤山和佤族人民生活的深情描述，表达对生养自己的土地和母族的深深依恋与感恩之情。《木鼓声声》、《我的爱深深埋在阿佤山》，满怀深情地叙写其出生地阿佤山和民族的养育之恩、党和人民政府的培养之情，使自己走出大山，步入文坛，充分表达对阿佤山和佤族人民的深沉、热烈、真挚的情感。"我的血管里流着阿佤人的血"，作为阿佤人的后代，决心要"使阿佤人独特的文学艺术，展现在中华民族这片肥沃的土壤里"，"阿佤人多姿奇异的生活画面，将和世界上最美的画面连接在一起"。董秀英曾应美国著名华文报纸《世界日报》之约，为其撰写了三篇表现云南佤族人民年节习俗的散文，生动地向世界展示阿佤民族，使佤族走向世界。第一篇《阿佤过年》于1993年春节期间在该报刊出，第二篇《佤族新米节》刊于该报1995年中秋推出的"少数民族的月亮"专辑，第三篇表现佤族婚恋习俗的《串姑娘》于1996年8月在该报刊发。此外，作为云南人民广播电台文艺专栏《边地艺苑》编辑，她还撰写了5万多字的解说词，它们均是一篇篇短小精悍、优美生动的抒情散文。

　　1988年11月6日晚，董秀英家乡澜沧县发生强烈大地震，她连夜赶回到灾区，不顾强烈余震的危险，不辞辛劳，慰问父老乡亲，走遍灾区采访，写下长篇报告文学《姆朵秘海，天崩地裂——澜沧大地震纪实》。报道党和政府对抗震救灾工作十分重视，地震一发生，便立即派遣大批解放军和医疗队火速赶到灾区抢救灾民。大地震中，仅战马坡村一夜之间就有近300人丧生，幸免于难的人们还没有从震惊中清醒过来，还处于极度惊吓的余悸之中，大家默默无语，"活着的人和死人一样不说话"，"看到他们悲凄的面孔，我难过得说不出话来，泪水像雨水似的流了个不停"。作者善于吸取民族民间文学素材，巧妙地穿插进当年爷爷讲的两个关于地震发生的传说：一是传说大蛇摇房子，试试人在不在家，人们要大声答应"在着、在着、在着"，如果不作声，大蛇听不到声音，就会将房子摇倒。一是传说天地有三层，上层是天，住着长人、高人，中层是地上，住着我们这些中等个子的人，下层是地下，住着小矮人。小矮人负责扛地，时间长了，肩膀酸痛换肩膀，于是地就摇动，人们要大声喊"在着、在着、在着"，假如不出声，小矮人就会放下扛着的地，地面就陷落了。民族民间文学的引用，增强了作品的艺术感染力。大地震，死人不少，处理大批遇难者的遗体是件十分繁重的任务，在反映这一过程时，避开那些凄惨的场面，刻意移风易俗，倡导良好的社会风尚，趁机介绍拉祜族人崇尚火葬的良好习俗："火葬这事，拉祜人视为最神圣。"

李明富，1959年生，笔名三木嘎，云南省沧源县人。1982年毕业于云南民族学院汉语言文学系。长期从事地方志书的编写工作，兼任《佤山文化》编委，主编《沧源佤族自治县地名志》、《沧源佤族自治县县志》等。李明富从搜集、整理民间文学开始走上业余文学创作道路，涉猎散文、小说、报告文学等领域，主要散文作品有《打歌啰!》、《毕业归来》、《不灭的火种》、《班老散记》，报告文学《故乡瓦房悲欢曲》、《佤山"金象"》等。李明富散文充满对本民族和故土的热爱："我是一个土生土长、地地道道的佤族青年，从小一直在乡下长大。我对故乡的人、事、景、物太熟悉了，一旦闭上眼，他（它）便立即出现在眼前。"[①]《打歌啰!》以欢快的笔调，描写新时期以来佤山发生的深刻变化，抒发佤族人民生产发展、生活改善后的喜悦心情。《故乡瓦房悲欢曲》描写故乡的父老乡亲很久以来就憧憬着住上宽敞、明亮的瓦房，但这个愿望一直没能实现，只存在于传说和梦幻之中。新中国成立后，阿佤山发生了突飞

---

① 三木嘎：《写自己身边熟悉的人和事》，载《佤山文化》1992年第2期。

猛进的变化,传说中的预言灵验了,"野象"变成了汽车,"野藤"变成了电话线,"星星"变成了电灯,唯独"瓦房"还是海市蜃楼,人们期待着。20世纪80年代初,故乡开始学盖汉人的瓦房,"一幢幢的土木结构的新瓦房迅速爬满了马鞍似的班糯山,替代了旧日矮小阴暗的小木屋",但好景不长,一场大地震毁灭了一切。人们从余悸中开始重建家园,但建什么样的房子呢?举棋不定:恢复草房?万一火神发怒,全寨即刻化为灰烬!再盖瓦房?地震神一来又要压死人。正当犹豫不决时,人民政府示范了一种韦列式木架石棉瓦顶的新式瓦房。这种房子既防震,又防火;既安全,又适合山区的实际,经济实用,人们接受了这种瓦房,用政府发放的救济款和自己的微薄积蓄,"盖起了白花花、亮晃晃的新瓦房群!"乡亲们住上了新瓦房,喜悦之情溢于言表。作品充分运用佤族民间文学,如达巴眙(仙人)、达格拉热木(地震神)、召武(火神)等传说故事,将神话与现实、历史与现实紧密地联系起来,既增加了作品的思想内涵,又增强了作品的艺术感染力。

钟华强,1968年生,笔名聂勒,云南省澜沧县人。1991年毕业于云南民族学院,1996年入鲁迅文学院学习。大学毕业后开始用佤文从事文学创作,1994年改用汉文创作,1996年开始发表文学作品,主要写诗歌,亦有散文。主要散文作品有《家乡的春天》、《遥望村庄》、《童年的那条小黄牛》等。《家乡的春天》写家乡春节的可喜变化,过去人们过春节要过十天半月,而今作者"惊叹地发现今年的春节与过去不一样了,人们不再是那样迷恋过年了,有的人只过了两天就出去了,有的勉强过了三四天,就显得不安了"。商品经济的大潮,已经在阿佤山涌动,人们趁这个热潮,下海经商:"人们的观念在发生变化。这对一个千年封闭的山村,对于一个世代以经商为耻的民族来说,这又何尝不能说是一种进步,一声春雷呢?"《童年的那条小黄牛》以一颗稚嫩的童心,回想童年喂养一条小黄牛的乐趣,抒发与小黄牛之间的深厚情感,极富童趣与情趣。6岁开始,阿爸除送"我"上学以外,将小黄牛的饲养权也交给了"我","我非常高兴地接受了这一任务,非常乐意到山上放牛。这似乎成了山里孩子步入人生的第一课堂。"文章将一个山村孩子一天进两个"课堂",上午读书,下午放牛,写得极富童趣,以牧歌式的笔调,把小黄牛写得可爱至极,简直成了小主人翁相依为命的宠物。当阿爸为了解除"我"的负担,想把小黄牛卖掉,让"我"专心上学时,小主人翁"坚决不同意,又哭又闹",弄得"阿爸决定不再卖它,但有一个前提条件,那就是在学习上我必须取得好成绩"。就这样小主人翁做到了学习、放牛两不误。文章饶有趣味地写到母亲两次为小黄牛而伤心落泪的情节,歌颂母亲勤俭、善良的品质:一次是"我"偷了阿妈珍藏在竹筒里的食盐喂小黄牛,阿妈为此"竟像孩子似的蹲在墙角默默地流泪,伤心极了",因为那年月阿佤山经常缺盐,盐"奇贵如金",阿妈又不忍心责备我,多么善良啊!一次是"我"到邻村高年级读书,无暇放牛了,阿爸就把小黄牛卖了,因儿子最喜爱的小黄牛被卖,怕儿子回来知道后伤心,心地无比善良的阿妈为此伤心极了,"多好的母亲,总是时时刻刻为孩子着想"。岁月流逝,"我"长大了,但经常"想起童年的那条小黄牛,想起辛劳一生的母亲,泪水就禁不住夺眶而出",满含深情地抒发母子情、人牛情,通篇写满了一个字:情。

第三节　独龙族散文

独龙族当代散文萌芽于20世纪80年代初,一些独龙族青年作者开始创作发表散文,这些作品以反映农村现实生活的叙事文居多,其中,罗荣芬《自然怀抱中的文面女》、马文德《编织彩虹的人》、齐建仁《独龙江之春》较具代表性。

《编织彩虹的人》描述独龙族文化风情，表现独龙江的变化和独龙人的审美情趣。"春秋季节，在故乡独龙江谷的群山之间，经常悬挂着五颜六色、绚丽多彩的彩虹，把大地山水连接成一幅幅五彩缤纷的美妙弧线，望着它，就会使人展翅飞翔在神奇的遐想里。彩虹很美，传说那是星星姑娘从天上下嫁人间时带来的爱情信物，而我们独龙人就是星星姑娘的后代。""连接天地的彩虹是星星姑娘织出来的，我们独龙人照天上的彩虹，也织出了一床床如锦似霞的独龙毯，可以毫不夸张地说：每个独龙族妇女都是编织彩虹的巧手。"从故乡群山间悬挂的彩虹，联想到它由来的神话传说，那是星星姑娘下嫁到人间时带来的爱情信物，而独龙族就是星星姑娘的后代，进而联想到独龙族妇女所编织的独龙毯，犹如彩虹般如锦似霞。而编织彩虹的巧手当中木松大嫂的手艺最出众，对其手艺、人品、长相、家境，一一作了描述。她是个勤劳能干的中年妇女，心灵手巧，在新的形势下，她不守旧，学会了做生意，织独龙毯出售，意识到通过卖独龙毯，可以向外界宣传传统工艺艺术，表现出卓越的见识和勤劳憨厚的本性。木松大嫂是许许多多独龙族妇女的典型形象，从她身上体现出来的品质是独龙族妇女特有的品质。作品将"彩虹"这一自然现象比作独龙族妇女织出的"独龙毯"，进而赞美独龙族妇女的勤劳与智慧，讴歌国家的农村政策给独龙族人民带来的巨大变化和幸福生活，赞扬勤劳能干的独龙族妇女。运用联想与对比手法，从彩虹这一自然现象联想到独龙族妇女编织的独龙毯，进而进行对比，彩虹虽美，但那只是自然现象，只有观赏价值，没有经济价值，而独龙族妇女编织的独龙毯，不仅有观赏价值，而且有经济价值，还是独龙族与国内外联系的桥梁。一步步深入主题，弘扬主题，进而达到讴歌国家的民族政策和赞美编织彩虹的独龙族妇女及她们的传统工艺品。

《独龙江之春》通过回乡所见所闻和独龙江畔发生的巨大变

第十章　中华人民共和国时期散文(1949—2008)[下]

化,反映改革开放给独龙江地区带来的变化,讴歌国家民族政策给独龙族人民带来的新生活,表达对家乡执著的爱和尽早改变家乡面貌的心愿。开篇描写独龙江畔清晨的自然景观,雾霭、鸟鸣、山泉和江水声构成了一幅美妙、幽静的自然景色,面对和谐的自然景色,心情激动不已:"眼前的轻纱撩开了,独龙江畔的绚丽景色如初嫁的姑娘,露出她那羞涩而美丽的面容;蜿蜒的小路绵延伸向深谷,远处那不知名的群山在雾中冒出无数个头顶,宛如一幅高雅而壮美的画卷。"继而描写朝阳下外出干活的老大伯和几位身披独龙毯的姑娘,大伯扛着犁耙、牵着牛,显然是去犁地,反映出过去不会犁田、没有养牛习惯的独龙族,而今学会了养牛并用牛犁地、开垦荒地。从老大伯露出的幸福笑容和姑娘们爽朗的笑声,反映出独龙族的生活和精神面貌发生了深刻的变化,过去的荒地变成了翠绿的麦田、油菜地。"正是像老大伯这样的艰苦创业的人们,在这块土地上挥汗如雨,年复一年,用自己勤劳的双手,创造了自己的新生活,描绘着祖国边疆的美景。"文章将独龙族儿女比作"花儿",将党中央比作"阳光",将"奔流的独龙江"比作发展中的独龙族,体现独龙族儿女在党的民族政策英明指引下,勤奋耕耘,开创未来,生活过得更好、更幸福。作品比喻生动贴切,寓意鲜明,通过对环境、所见所闻、人物的描写和叙述,反映新时期以来农村的巨大变化。

罗荣芬,1962年生,笔名阿罗、罗孟等,云南贡山人,独龙族第一位女作家。1981年贡山一中毕业考入中央民族大学汉语言文学系。1985年毕业进云南省社会科学院民族学研究所工作。多次进怒江、独龙江进行民族学田野考察,有人物采访记、散文、随笔等散见省级报刊。2009年加入中国作家协会。著有调查笔记《自然怀抱中的文面女》,调查随笔《生死之间——独龙族对灵魂的话题》、《阿媽的故事》、《遥远的阿S》、《我的故乡河》等。《自然怀抱中的文面女》通过"自然之女"、"母性天职"、"与天地沟通的中介"、"我们家的女人们"等几个侧面,以现代视角展示传统独龙族女性的人格和精神世界。

第四节 阿昌族、普米族散文

阿昌族当代散文萌芽于20世纪70年代末,一批年轻的阿昌族文人(其中绝大多数是大学生或大学毕业生)开始步入文学创作园地。继诗歌之后,散文开始出现于阿昌族青年文学作者的笔下,最初的散文作者杨叶生首次以散文的形式描述阿昌族特殊的习俗风情。随后,赵家健《阿袍的烟锅杆》、《腊撒》,梁泽昌《我的家乡——弄坵变了》,孙宇飞《园丁的心》等一批散文问世,题材扩展了,内容丰富了,手法亦有所变化发展。再后来,阿昌族散文作者已不满足于单纯地抒写自己的家乡、自己的亲友师长,他们的视野比以往开阔了。于是便有了曹先强《神奇迷人的青海湖》、罗汉《军营的山茶》、张翔《奇味的过手米线》、孙家文《溪流》等散文作品。同时,无论新老作者,描写故土山川、记述风情习俗的散文都比以前深化,抒情性更强,与资料性和真实性的结合亦更好,如孙宇飞与曹明强合作的《阿昌族的"窝罗"节》,孙朝琴的《昌乡月夜》,藤茂芳与孙家申等合作的《劝饭山歌》、《阿昌族的鼓与舞》等。这类散文的进一步发展,导致具有纪实性与报告性的散文的出现,如藤茂芳《三打三怪》,曹先强《阿昌状元》、《哈尼精英》、《她从佤山走来》、《谐剧女星在春城》、《草原夜莺》,东和《缅怀阿昌族杰出人物赵启国》等。

曹先强,1961年生,出生于云南省梁河县曩宋乡关章寨。1985年毕业于中央民族学院汉语言文学系,2003年结业于云南大学中文系研究生进修班。历任云南电视台摄像、撰稿、编辑、制片

第十章 中华人民共和国时期散文(1949—2008)[下]

人、编导,体育部、文艺部、大型活动节目中心主任,生活资讯频道总监、高级编辑。1980年开始发表作品,写诗、散文、小说、报告文学、电视剧本。2001年荣获云南省委宣传部、云南省文联授予的"德艺双馨中青年艺术家"称号。著有散文集《故乡那高高的粘枣树》,电视散文《九乡的河》、《布朗有朵会飞的云》、《青青梅子湖》等。其中,散文《故乡那高高的粘枣树》获全国第五届少数民族文学创作新人新作奖、《从村寨开始》获《人民日报》民族团结进步征文奖、《山寨新姿》获《山西青年》主办的"全国青年散文大奖赛"奖。

曹先强散文描写边地社会的人生命运,风土人情,那些生活在大山深处的人们的生存状态,外部世界对边远封闭的山寨的冲击,都无不一一真实、自然地展示在读者面前,如一束采自阿昌山寨的椎栗花,素雅清新,朴实真诚。曹先强散文洗练、隽永,意境悠远,颇似一幅幅线条简练的素描,所勾勒的人事、景致胜似浓墨重彩的平庸油画,那饱含的生命律动呼之欲出,令人过目不忘。曹先强的散文,越出老一代阿昌族文人那种风情习俗介绍性散文模式,以及作为民族成员而记述本民族风俗民情的意识范畴,在一定程度上超越了自我,在当代阿昌族散文创作中成就较突出。

普米族当代散文创作萌芽于20世纪80年代初。涌现出一批作家作品,如尹善龙的散文集《高黎贡山的脚印》、《滇西有座雪邦山:普米族》,殷海涛的散文集《遥远的山村》,和建全的散文集《神秘的女儿国——泸沽湖览胜》等。作为一个有着悠久民间文化传统、与大自然有着密切关系的民族,当代普米族作者擅长以散文的方式来表达对世界的审美,其中,何顺明的《牦牛山的春天》和尹善龙的《故乡的黄酒》两篇反映农村现实生活的叙事散文较具代表性。

在当代普米族散文创作中尹善龙的成就较为突出,其散文题材并不仅局限于普米族,对怒江境内其他民族的生活也多有表现。散文集《高黎贡山的脚印》是作者深入怒江峡谷各民族村寨,对家乡普米山寨和怒江、独龙江两岸各民族人民生活印象和感受的记述。以抒情的笔调、炽热的乡情、独特的视角,向世人展现中国的"科罗拉多大峡谷"的雄奇与神秘,以及居住在那里的普米族、怒族、傈僳族人民独具特色的生活。民族风情浓郁,文笔质朴,强烈地透露出对自己生长的这片热土的一片挚情。《故乡的黄酒》开篇写"我"在高黎贡山下工作,如何思恋普米故乡的黄酒,追忆家乡制作黄酒的时节,并将黄酒与"茅台"、"洋河"、"特曲"、"双河"等名酒比较,指出黄酒独具的特点和普米族人民爱喝黄酒的习俗。继而叙述童年时看阿妈如何制作黄酒,长大离开家乡后,又如何在异乡想到黄酒;十年"文革"动乱,故乡的普米族人喝不上黄酒;新时期,"我"回到家乡,喝上了黄酒,纵情讴歌国家的农村政策在普米山乡的贯彻落实。作品将黄酒与普米族人民的生活联系起来,并将十年"文革"动乱中人们如何喝不上黄酒与新时期以后又喝上黄酒作对比,讴歌国家的富民政策给普米族人民带来的幸福,叙普米族人民之事,抒普米族人民之情。

《牦牛山的春天》将新时期以来的农村政策和普米家乡牦牛山地区的变化比作春天,以游子"我"回乡,沿途所见种种新景象引发感慨。"我"1963年离开家乡上矿山当工人,后遭遇十年"文革"动乱,生活艰难困苦。粉碎"四人帮"后,家乡发生了巨大变化,家里分到了自留奶牛,吃上了核桃、黄果、甜梨和猪膘(琵琶)肉,喝上了油茶和黄酒。于是"我"不禁回想起童年时代的苦难生活,头人的狗腿子闯进家来,让阿爸准备盘缠跟马帮到木里县去驮年货,阿妈在给阿爸加工盘缠的石磨房中跌伤。1952年家乡解放,阿爸逃出土司的狼窝参加了人民的武工队,后当上大队党支书和公社党委书记,家中的兄弟姊妹们都上了学。"文革"中阿爸遭

第十章 中华人民共和国时期散文(1949—2008)[下]

到批斗,被打伤了腿,粉碎"四人帮"后获得平反,家乡的普米人民,把发电机从城里扛进山,修建电站,点上电灯,村中昔日长工奴隶挨打受骂、后来又被极"左"路线批斗所谓走资派的场坝,变成了人们欢聚的场所,"我"也加入到跳锅庄舞的行列。作品通过"我"和"我的家庭"从旧社会到新社会的变化,再从十年"文革"动乱到粉碎"四人帮"后的变化作对比,揭露旧中国山官头人压迫剥削人民和"四人帮"祸国殃民的罪行,热情讴歌国家的农村政策给普米族人民带来的幸福生活。

参 考 文 献

1. 梁庭望、黄凤显著:《中国少数民族文学》,山西教育出版社,2003年6月。

2. 中央民族学院《藏族文学史》编写组编著:《藏族文学史》,四川民族出版社,1985年9月。

3. 李陶、徐健顺、魏强、梁莎莎著:《中国少数民族古代近代文学概论》,辽宁民族出版社,2001年5月。

4. 和钟华、杨世光主编:《纳西族文学史》,四川民族出版社,1992年8月。

5. 李明主编,林忠亮、王康编著:《羌族文学史》,四川民族出版社,1994年8月。

6. 吴重阳著:《中国现代少数民族文学概论》,中央民族学院出版社,1992年8月。

7. 特·赛音巴雅尔主编:《中国少数民族当代文学史》,漓江出版社出版,1993年11月。

8. 吴重阳著:《中国当代民族文学概观》,中央民族学院出版社1986年1月。

9. 王保林著:《中国少数民族现代文学》,广西人民出版社,1989年。

10. 梁庭望、农学冠编著:《壮族文学概要》,广西民族出版社,1991年9月。

11. 黄绍清著:《壮族当代文学引论》,广西师范大学出版社,1993年4月。

12. 关纪新编:《满族现代文学家艺术家传略》,辽宁人民出版社,1987年6月。

13. 中南民族学院《中国当代少数民族文学史稿》编写组编著:《中国当代少数民族文学史稿》,长江文艺出版社,1986年11月。

14. 赵志忠著:《清代满语文学史略》,辽宁民族出版社,2002年7月。

15. 李鸿然著:《中国当代少数民族文学史论》,云南教育出版社,2004年11月。

16. 龙殿宝、吴盛枝、过伟编著:《仫佬族文学史》,广西教育出版社,1993年8月。

17.《布依族文学史》编写组编著:《布依族文学史》,贵州民族出版社,1992年5月。

18. 史军超著:《哈尼族文学史》,云南民族出版社,1998年8月。

19. 左玉堂著:《傈僳族文学简史》,云南民族出版社,1999年12月。

20. 王国祥著:《布朗族文学简史》,云南民族出版社,1995年12月。

21. 郭思九、尚仲豪著:《佤族文学简史》,云南民族出版社,1999年12月。

22. 攸延春著:《阿昌族文学简史》,云南民族出版社,1995年12月。

23. 杨照辉著:《普米族文学简史》,云南民族出版社,1996年2月。

24. 朱昌平、吴建伟主编:《中国回族文学史》,宁夏人民出版社,2007年1月。

25. 李竟成著:《新疆回族文学史》,新疆大学出版社,2003年7月。

26. 阿布都克里木·热合曼主编:《维吾尔族文学史》,新疆大学出版社,1998年7月。

27. 吴重阳、陶立璠编:《中国少数民族现代作家传略》(合订本),青海人民出版社,1985年7月。

28. 沙马拉毅主编:《彝族文学概论》,山西教育出版社,2004年8月。

29. 芮增瑞著:《彝族当代文学》,云南民族出版社,2002年11月。

30. 马光星著:《土族文学史》,青海人民出版社,1999年6月。

31. 徐昌翰、黄任远著:《赫哲族文学》,北方文艺出版社,2000年4月。

32. 《侗族文学史》编写组编著:《侗族文学史》,贵州民族出版社,1988年12月。

33. 特·赛音巴雅尔主编:《中国蒙古族当代文学史》,内蒙古教育出版社,1999年8月。

34. 李云忠著:《中国少数民族现代当代文学概论》,辽宁民族出版社,2006年6月。

35. 李力主编:《彝族文学史》,四川民族出版社,1994年1月。

36. 苏晓星著:《苗族文学史》,四川民族出版社,2003年12月。

37. 巴略、王秀盈著:《苗族文学概论》,中国文史出版社,2006年2月。

38. 赵志辉主编:《满族文学史》,沈阳出版社,1989年5月。

参考文献

39. 荣苏赫、赵永铣、梁一儒、扎拉嘎主编:《蒙古族文学史》,内蒙古人民出版社,2000年12月。

40. 刘万庆、莫福山:《民族文学散论》,广西民族出版社,1993年5月。

41. (唐)房玄龄等著:《晋书》,中华书局,1996年4月。

42. (梁)释僧祐著:《弘明集》,上海古籍出版社,1991年8月。

43. (唐)释道宣著:《广弘明集》,上海古籍出版社,1991年8月。

44. (宋)李焘著:《续资治通鉴长编》,中华书局,2004年9月。

45. 史金波著:《西夏文化》,吉林教育出版社,1986年12月。

46. 朱风、贾敬颜译:《汉译蒙古黄金史纲》,内蒙古人民出版社,1985年1月。

47. 林非编:《现代六十家散文札记》,百花文艺出版社,1980年3月。

48. 建磊、特·莫尔根毕力格著:《纳·赛音超克图评传》,内蒙古人民出版社,1985年12月。

49. 上海社会科学院文学研究所编:《中国作家自述》,上海教育出版社,1998年9月。

50. 凌宇著:《从边城走向世界》,生活·读书·新知三联书店,1985年12月。

51. 佘树森、陈旭光著:《中国当代散文报告文学发展史》,北京大学出版社,1996年8月。

后　记

此书应赵志忠教授邀约编撰，作为《中国少数民族文学史》丛书之一。编撰时断时续进行了四五年，因为种种原因，一直没有一个相对持续较长的时间集中撰写，常常是写写停停，停停写写，每次中断后再启笔，都需重新整理思路。现在终于杀青，了却一桩心愿，也对赵志忠教授有所交代。由于资料的欠缺，编撰的时断时续，加之作者的水平所限，本书尚不能完全涵盖和呈现中国少数民族文学散文史全貌，还需后继者不断丰富完善，权当是率先抛出的一块砖，不足与缺憾之处，敬请专家学者批评指正。本书是在前人研究基础上编撰而成，参考和引用了大量前人研究成果，在书中无法一一注释，望请见谅！所参阅和引用的主要著作均列于参考文献中。

本书在编撰过程中，一直得到赵志忠教授的支持、关怀与督促，在此表示感谢。还要感谢我妻子赵富芬，有了她的支持，保障我的写作时间，才得以完成本书的编撰。

杨　春

2011 年 11 月 28 日于北京